몽유병자들

몽유병자들 상
Die Schlafwandler

헤르만 브로흐 장편소설　김경연 옮김

DIE SCHLAFWANDLER - EINE ROMANTRILOGIE
by HERMANN BROCH (1931~1932)

이 책은 실로 꿰매어 제본하는 정통적인 사철 방식으로 만들어졌습니다.
사철 방식으로 제본된 책은 오랫동안 보관해도 손상되지 않습니다.

첫 번째 소설
1888 · 파제노 혹은 낭만주의
7

두 번째 소설
1903 · 에슈 혹은 무정부주의
265

첫 번째 소설
1888·파제노 혹은 낭만주의

1

 1888년 폰 파제노 영주는 일흔 살이었다. 그가 베를린의 거리를 걸어오는 것을 보면 어떤 기이하고 설명할 수 없는 반감을 느끼는 사람들이, 그렇다, 그 반감 때문에 심지어 그가 고약한 늙은이임에 틀림없다고 주장하는 사람들이 있었다. 그는 작지만 균형 잡힌 노인으로 말라깽이도 배불뚝이도 아니었다. 그의 몸은 균형이 잘 잡혀 있었을 뿐만 아니라 그가 베를린에서 즐겨 쓰고 다니는 실크해트도 사실은 전혀 우스꽝스럽게 보이지 않았다. 그는 황제 빌헬름 1세[1]풍의 구레나룻을 기르고 있었지만 황제보다는 좀 짧았고 황제를 호인으로 보이게 했던 하얀 터럭은 그의 뺨에선 한 오라기도 찾아볼 수 없었다. 머리털이 성기기는커녕 흰 머리카락도 몇 개밖에 보이지 않았다. 일흔이라는 나이에도 불구하고 젊었

---

1 Wilhelm I(1797~1888). 프로이센의 국왕. 군국주의로 프로이센을 일등 국가로 만들려고 생각하여 1861년에 형 프리드리히 빌헬름 4세 대신 왕이 되자 비스마르크를 수상으로 임명하고 프로이센-프랑스 전쟁에 이긴 후 오랜 소망이던 독일 제국을 세워 1871년에 초대 황제가 되었다. 재위 기간은 1871~1888년이다.

을 때 그대로의 금발을 유지하고 있었는데, 그것은 존경심을 품고 바라보아야 할 노인에게는 어쩐지 어울리지 않는 썩은 밀짚을 연상시키는 좀 불그레한 금발이었다. 그러나 폰 파제노 영주는 자기의 머리 색깔에 익숙했을 뿐만 아니라 외알 안경이 젊은이에게나 어울리는 것이라고도 생각지 않았다. 만약 그가 거울을 들여다본다면 50년 전에 그를 마주 쳐다보던 얼굴을 재확인할 것이다. 이런 식으로 폰 파제노 영주가 자신을 불만스럽게 여기지 않았다 하더라도 이 노인의 외모가 못마땅한 사람들이 있을 것이다. 그들은 어떤 여인이 일찍이 이 노인을 열렬한 눈초리로 바라보고 그를 갈망하여 껴안은 일이 있었으리라고는 생각지 않지만, 만약 그런 일을 인정해야 한다면 기껏해야 그의 장원에서 부리던 폴란드인 하녀들이나 혹시 그랬을지 모르지, 그것도 종종 키 작은 남자들 특유의 약간 신경질적이면서도 거드름을 부리는 태도로 공격하듯이 접근했을 거야,라고 말할 것이다. 이 말이 맞건 틀리건 간에 어쨌든 그의 두 아들은 그렇게 생각했다. 그러나 그가 그런 견해에 동의하지 않을 것임은 물론이다. 하지만 아들들의 견해란 주관적일 경우가 많은 법이므로 그들이 부당하며 편견을 품고 있는 것이라고 쉽사리 비난할 수 있을 것이다. 설령 폰 파제노 영주를 보았을 때 어떤 불쾌감이 엄습해 오고 그 불쾌감이 앞을 지나가는 폰 파제노 영주를 우연히 쳐다봄으로써 가중된다 하더라도 말이다. 아마도 그 이유는 어떤 사람도 그의 나이를 전혀 파악할 수 없기 때문이 아닐까. 그의 거동은 늙은이 같지도 않고 젊은이 같지도 않고 한창때의 남자 같지도 않으니까. 또한 의혹이 혐오감을 초래하는 법이므로 통행인 중의 하나가 이런 식의 이동 방식을 품위 없다고 느낄 수 없는 일도 아니며, 만약 누가 그것을 보고 거만한 동시에 상스럽다고, 혹은 허약하고 휘청휘청하는 동시에 의기양양할 정도로 똑바르다고 욕을 퍼붓는다 하더라도 놀라운 일은 아니다. 물론 그것은 기질의 문제이다. 그렇지만 그런 식으로 걸어가는 사람의 다리 사이에 막대기를 꽂으려고, 어떻게든 그를 넘어뜨려 버리려고, 그의 다리를 부러뜨려 버리려고, 그런 걸음걸이를 영원히 없애 버리려고 어떤 증오에 눈이 먼 젊은이가 내쳐 뒤돌아 달려올 수도 있음은 충분히 상상할 수 있는 일이다. 그러나 그 사람은 아주 재빠르게 일직선으로 걸으며 작은 사람들이 흔히 그렇듯이 머리를 높이 치켜들고 있다. 그의 자세는 너무 똑바르기 때문에 심지어 배가 약간 앞으로 내밀어져 있다. 따라서 사람들이 저 작자는 배를 운반하나 보지, 저 인물, 아무도 원하지 않을 못생긴 선물을 어디론가 가져가나 봐 하고 말할 수 있을 정도이다. 그러나 비유로는 아무 설명도 되지 않으므로 그런 욕설의 근거는 빈약하다. 따라서 아마도 산책용 지팡이가 그의 다리 옆에 있는 것을 발견할 때까지는 그런 욕지거리를 퍼부은 것에 부끄러워할 수도 있으리라. 지팡이는 박자를 딱딱 맞추어 걸어간다. 거의 무릎까지 올라왔다가 가볍게 탁, 바닥에 부딪치며 머무르곤 다시 올라간다. 그리고 그 옆에서 발이 걸어간다. 그런데 이 발 또한 보통 이상으로 치켜진다. 발 앞부리가 위로 너무 들어 올려지는데, 이건 마치 마주 오는 사람을 경멸하여 발바닥을 보여주려는 듯하다. 그리고 발뒤꿈치가 가볍게 부딪치며 포도

(鋪道) 위에 놓인다. 이렇게 다리와 지팡이가 나란히 걸어간다. 그래서 이제 이런 상상이 떠오른다. 만약 이 남자가 말[馬]로 세상에 태어났더라면 같은 쪽의 두 다리를 동시에 올려서 뛰는 말이 되었으리라. 그러나 가장 놀랍고 혐오스러운 것은 그것이 발이 세 개라는 점이다. 스스로 전진하는 삼발이. 이 삼발이의 목표 설정은 일직선으로 전진하고 있는 것만큼이나 그릇된 것임에 틀림없으리라는 섬뜩한 생각. 무(無)를 향한 전진! 어떤 진지한 목표를 가진 사람이라면 어느 누구도 그렇게 걷지 않으리라. 그래서 누가 일순간 가난한 사람의 집으로 냉혹하게 빚 독촉을 하러 가는 고리대금업자를 연상해 낸다 하더라도, 순간, 그것이 너무 부족하며 너무 현세적인 연상임을 깨닫게 된다. 악마나 저렇게 어슬렁거릴까, 세 발로 절뚝거리는 개가 저렇게 걸을까, 저런 것이 똑바른 지그재그 걸음이 아닐까라고 섬뜩해서, ……그만하자. 이 모든 것은 폰 파제노 영주의 걸음걸이를 애정 어린 증오로써 분석한다면 발견해 낼 수 있는 것이다. 하지만 결국 이런 것은 대부분의 사람에게서 찾아볼 수 있다. 언제나 누구에게나 해당되는 점이 있는 법이다. 그리고 폰 파제노 영주가 영위하는 생활 방식이 쫓기는 듯하다기보다는 오히려 안정된 재산에 수반되는 장식적 의무 및 여타 의무를 이행하는 데 넉넉한 시간을 소비할 수 있는 것이라 해도, 그는 — 그의 천성에 맞게 — 아주 부지런하며 진정한 만보가(漫步家)와는 거리가 멀었다. 게다가 그가 베를린에 오는 것은 1년에 두 번뿐이므로 해야 할 일이 아주 많았다. 지금 그는 둘째 아들 요아힘 폰 파제노 중위에게 가는 길이었다.

◆

 요아힘 폰 파제노가 아버지를 만날 때마다 어릴 때의 추억을 떠올리는 것은 자연스러운 일이다. 특히 그가 쿨름 유년 사관 학교에 입학하기 전의 사건들이 생생히 떠올랐다. 물론 그것들은 순간 떠오르는 기억의 단편들에 불과했고 중요한 것과 하찮은 것이 무질서하게 뒤섞여 흘러왔다. 사실 집사 얀을 언급한다는 건 하찮고 쓸데없는 일일 것이다. 그는 비록 아주 부차적인 인물이었음에도 불구하고 그의 모습은 다른 모든 모습들 맨 앞에서 밀려 나왔다. 이는 얀이 사실은 사람이 아니라 수염이었다는 데에 기인할 것이다. 몇 시간이고 그를 바라보며 부드럽긴 하지만 잔뜩 뒤엉킨 덤불이 무성한 풍경 뒤에 대체 어떤 종류의 인간이 살고 있을까 하고 곰곰 생각해 볼 수 있었다. 얀이 말을 한다 해도 — 그러나 그는 그리 말이 많지 않았다 — 그것을 믿을 수가 없었다. 왜냐하면 말소리가 커튼 같은 수염 뒤에서 나왔기 때문이기도 했고 그 소리를 낸 사람이 다른 사람일 수도 있었기 때문이다. 가장 흥미진진한 때는 얀이 하품을 할 때였다. 그때, 어떤 특정 위치의 털투성이 평면이 갈라지며, 그곳이 얀이 음식물을 끌어들이곤 했던 곳과 동일한 장소임을 증명하는 것이었다. 요아힘이 눈앞에 닥친 유년 사관 학교 입학을 이야기하러 얀에게 달려갔을 때 그는 마침 식사 중이었다. 그는 식탁에 앉아 빵을 정육면체로 자르며 말 없이 귀를 기울였다. 마침내 그가 말했다. 「이제 도련님은 아주 기쁘겠지요?」 그때 요아힘의 의식 속에 들어왔던 것은 전혀 기쁘지 않다는 것이었다. 심지어 그는 울고 싶었다. 하지만 울음을 터뜨릴 직접적인 계기가 없었으므로 단지 고개를 끄덕이며 기쁘다고 말했다.

또한 철십자 훈장이 있었다. 그것은 커다란 살롱의 유리가 끼워진 액자 속에 걸려 있었는데, 1813년[2] 사령관의 자리에 있던 한 파제노가 받았던 것이었다. 하여간 그것이 늘 벽에 걸려 있었으므로 숙부 베른하르트가 또 하나의 철십자 훈장을 받았을 때 사람들이 그토록 법석을 떠는 것이 좀 이해되지 않았다. 요아힘은 당시 자기가 그렇게 어리석을 수 있었는지 오늘날까지도 부끄러웠다. 그렇지만 아마 그 당시 그가 격분했던 것은 다만 사람들이 철십자 훈장을 그의 눈앞에 대롱대롱 보여 주면서 유년 사관 학교에 대한 그의 구미를 끌어 보려고 했기 때문일 것이다. 어쨌거나 사관 학교에 더 적합한 사람은 형 헬무트였을 것이다. 그 이후 긴 세월이 흘렀음에도 불구하고 첫째 아들은 장원에 남고 다른 아들은 장교가 되도록 정해진 제도를 요아힘은 여전히 우스꽝스럽게 생각했다. 그에겐 철십자 훈장이 대수롭지 않은 것이었으나 헬무트는 숙부 베른하르트가 괴벤 사단(師團)과 함께 키싱겐의 진격[3]에 참여했을 때 몹시 흥분한 바 있었다. 부언하면 그는 결코 친숙부가 아니라 당숙이었다.

어머니는 아버지보다 키가 컸고 장원에 있는 모든 사람이 그녀에게 복종했다. 헬무트와 요아힘이 어머니의 말을 들으

---

2 나폴레옹으로부터의 독일 해방 전쟁이 일어난 해.
3 독일 전쟁이 있을 당시 1866년 7월 10일 프로이센 군대가 바이에른 군대에 승리하였음.

려 하지 않은 것은 이상한 일이었지만, 아무튼 그 면에서 그들은 아버지와 한패였다. 그들은 어머니의 완강하면서도 나긋나긋한 〈그러지 마라〉를 흘려들었고, 〈아버지가 모르시리라고 생각하느냐〉라고 덧붙일 양이면 그들은 화를 냈다. 〈그러면 정말 아버지께 말씀드리겠다〉라는 마지막 수단을 택한다 해도 그들은 두려워하지 않았다. 어머니가 그 위협을 실행에 옮겼어도 거의 마찬가지였다. 아버지는 그들을 성난 눈초리로 쳐다보고는 똑바른 걸음걸이로 제 갈 길을 가버렸으니까. 그것은 공동의 적과 한패가 되어 보려던 어머니에게 주는 벌과 같았다.

그 시절에는 지금 목사의 전임자가 아직 일을 맡고 있었다. 그는 누르스름한 구레나룻을 기르고 있었는데, 그 색은 피부색과 거의 구별되지 않았다. 축제일 같은 때 식사 초대를 받아 집에 오게 되면 그는 어머니를 아이들의 부대에 둘러싸여 있는 황후 루이제[4]에 비유하곤 했다. 그것은 좀 우스꽝스러운 비유였지만 어떤 사람은 그 말을 듣고 우쭐해했다. 그때 목사는 요아힘의 머리 위에 손을 얹고 〈젊은 전사(戰士)〉라고 부르는 새로운 관습을 도입했다. 모두가, 심지어 폴란드인 가정부들까지도 벌써 쿨름의 유년 사관 학교에 대해 이러쿵저러쿵하고 있었다. 그렇긴 했지만 요아힘은 여전히 최종 결정이 내려지기를 기다리고 있었다. 언젠가 식사

---

4 Luise(1776~1810). 프로이센 왕 프리드리히 3세와 결혼(1793)했다. 대(對)나폴레옹 전쟁에 패한(1806) 후 국정이 곤란해지자 남편을 잘 돕고, 또 틸지트에 가서 나폴레옹 1세를 면접(1807), 프로이센에 대한 강화 조건을 완화시켜 줄 것을 요청했으나 성공하지 못했다. 이러한 쓰라린 운명과 우아하고 솔직한 기품으로 그녀는 국민의 신망을 모았다.

중에 어머니는 요아힘을 왜 꼭 떠나보내야 하는지 잘 모르겠노라고 말한 적이 있었다. 조금 더 후에 사관 후보생으로 입학할 수도 있지 않느냐고, 항상 그래 왔으니까 언제나 지켜져야 하지 않겠느냐고. 그러자 숙부 베른하르트가 새 군대는 유능한 사람을 필요로 하며 쿨름은 필시 청년다운 청년의 마음에 들게 될 것이라고 대답했다. 아버지는 불쾌한 듯 침묵을 지켰다 — 어머니가 무슨 말을 할 때면 언제나 그랬듯이. 예외는 있었다. 어머니의 생일에 건배를 하면서 목사의 비유를 빌려 그녀를 자신의 황후 루이제라고 불렀다. 어머니는 요아힘을 쿨름에 보내야 한다는 것에 정말 반대했을지도 모르지만 결국 아버지와 한패가 되어 버렸으므로 신용할 사람은 못 되었다.

어머니는 시간을 아주 정확하게 지키는 사람이었다. 외양간에서 젖 짜는 시간이나 닭장에서 달걀을 꺼내는 시간을 놓치는 법이 결코 없었다. 오전에는 부엌에서, 오후에는 세탁실에서 하녀들과 풀 먹인 리넨을 개키는 그녀를 볼 수 있었다. 그가 그 소식을 들은 것은 바로 그런 때였다. 그는 어머니와 외양간에 있었기에 그의 코에는 퀴퀴한 외양간 냄새가 가득했다. 그들이 싸늘한 겨울 공기 속으로 나왔을 때 숙부 베른하르트가 농장을 가로질러 오고 있었다. 숙부 베른하르트는 여전히 지팡이를 짚고 있었다. 부상을 당하고 나면 사람들은 지팡이를 짚고 걸어다닐 수 있고, 회복기에 있는 사람은 모두 그리 심하게 절지 않더라도 지팡이를 짚고 다니는 법이다. 어머니는 서서 기다렸고 요아힘은 숙부 베른하르트의 지팡이를 꼬옥 붙들었다. 오늘날도 그는 문장(紋章)이 새겨진 상아 손잡이를 또렷이 기억하고 있었다. 숙부 베른하르트가 말했다. 「축하해 주십시오, 형수님, 방금 제가 소령이 되었습니다.」 요아힘은 소령을 우러러보았다. 소령은 심지어 어머니보다도 키가 컸다. 그는 가볍게, 흡사 자랑스러운 듯, 몸을 추스려 정자세를 취했고, 여느 때보다 더 기사답고 더 억세어 보였다. 어쩌면 실제로 그때 더욱 키가 커졌는지도 모른다. 어쨌든 아버지보다는 숙부가 어머니한테 잘 어울렸다. 그는 온 얼굴에 짧은 수염을 기르고 있었지만 입은 보였다. 요아힘은 소령의 지팡이를 붙들도록 허락받은 것이 큰 명예인지 생각해 보았고, 조금 자랑스러운 일이라는 결론을 내렸다. 「그렇습니다.」 숙부 베른하르트가 말을 계속했다. 「그러나 이제 슈톨핀의 멋진 나날과는 또 작별입니다.」 어머니는 좋으면서도 나쁜 소식이라고 말했다. 그와 같은 복잡한 대답은 요아힘에겐 완전히 이해되지 않았다. 그들은 눈 속에서 있었다. 어머니는 그녀 자신만큼이나 부드러운 갈색의 털 재킷을 입고 있었고 털모자 아래로 금발이 내다보였다. 요아힘은 자기 머리가 어머니와 같은 금발이어서 언제나 기뻤다. 또한 그렇다면 자기도 아버지보다 키가 클 가능성이 있으며 어쩌면 숙부 베른하르트만큼 클 수도 있지 않겠는가. 그때 숙부가 그를 가리키며 말했다. 「이제 우리는 곧 왕의 제복을 입은 동료가 되는 거다.」 순간 그는 전적으로 동의했다. 그러나 어머니는 한숨을 내쉴 뿐 마치 아버지가 앞에 서 있는 것처럼 아무런 이의도 달지 않고 수긍했으므로 그는 지팡이를 놓고 얀에게 달려갔다.

헬무트와 일을 상의할 수는 없었다. 그는 동생을 시기했고 다른 어른들처럼 군인이 될 사람은 기쁘고 자랑스러우리라고 말했다. 위선자도 배신자도 아닌 사람은 얀뿐이었다. 그는 도련님이 기쁜지에 대해 물었을 뿐, 그것을 믿는 척은 하지 않았다. 물론 다른 사람들이나 헬무트가 멋진 일이라고 말했던 것은 그를 위로하려던 것이었으리라. 요아힘은 당시 헬무트의 배신과 위선을 남모르게 확신했고 그 확신을 언제나 간직하고 있었다. 그가 잘 지내 보려고 형에게 자기 장난감 전부를 선물했다 하더라도 어쨌든 그것들을 유년 사관학교에 가져갈 수 없었을 터이므로 그런 행동은 결코 사과라고 할 수 없었다. 그는 형제의 공동 소유이던 망아지 반쪽도 주어 버렸으므로 이제 망아지 전체의 소유자는 헬무트였다. 그 몇 주 동안은 불행이 내포된 시기였지만 어쨌든 좋은 시절이었다. 결코, 그전에도 그 후에도, 그는 형과 그토록 친하게 지낸 적이 없었다. 그런 후 망아지에게 불행한 일이 생겼다. 헬무트가 그동안 자기의 새로운 권리를 양보했으므로 요아힘은 망아지를 독점해도 되었다. 물론 그 양보는 아주 의미 있는 것은 아니었다. 왜냐하면 그 몇 주 동안의 땅바닥은 질퍽거렸고 또 깊이 패어 있었으며, 그런 땅 위에서 말을 타서는 안 된다는 엄명이 내려져 있었기 때문이다. 그렇지만 요아힘은 곧 작별할 사람이라는 유리한 권리가 있음을 느꼈고, 그 밖에 헬무트의 동의도 있었기 때문에 울안에서 망아지를 운동시키겠다는 구실을 대며 말을 타고 들로 나갔다. 막 질구(疾驅)를 시작하려 했을 때 이미 불행한 사태가 벌어져 있었다. 망아지는 앞발과 함께 깊은 웅덩이에 빠져 넘어졌고 더 이상 일어서지 못했다. 헬무트가 달려왔고, 이어서 마부가 왔다. 망아지가 누워 있었다 — 밭고랑에 헝클어진 갈기를 대고, 혀를 주둥이 옆으로 늘어뜨린 채. 요아힘은 또한 자기와 헬무트가 무릎을 꿇고 짐승의 머리를 쓰다듬는 것을 보았다. 하지만 어떻게 집으로 돌아왔는지는 기억해 낼 수 없었다. 그가 부엌에 서자 갑자기 주위가 아주 조용해졌다는 것, 그리고 모두 죄인을 바라보듯이 그를 쳐다보았다는 것, 오직 그것만 알았다. 그때 그는 어머니의 목소리를 들었다. 「아버지께 알려야 해.」 그러자 돌연 그는 아버지의 서재에 서 있었다. 어머니가 자주 듣기 싫게 위협했던 벌의 심판이 쌓이고 누적되어 그의 머리 위로 마구 쏟아져 내릴 것이 분명했다. 그러나 아무 일도 없었다. 아버지는 말 없이 똑바르게 방 안을 서성일 뿐이었다. 요아힘은 벽의 사슴뿔을 쳐다보며 꼿꼿이 서 있으려고 했다. 여전히 아무 일도 일어나지 않았다. 그러자 그의 시선이 흔들리기 시작했고, 난로 옆에 매달린 갈색 윤이 나는 육각형 타구(唾具)의 종이 잔 속에 담긴 푸른 모래에 머물렀다. 자기가 왜 그곳에 들어왔는지를 그는 거의 잊고 있었다. 다만 방 안이 전보다 넓어 보였고 가슴에는 어떤 얼음처럼 차디찬 것이 채워져 있었다. 마침내 아버지가 외알 안경을 눈에 가져다 대었다. 「네가 집에서 나갈 절호의 시기로구나.」 요아힘은 그들 모두가, 심지어 헬무트까지도 위선자였음을 깨달았다. 그 순간 요아힘은 망아지의 다리가 부러진 것이 기쁘기조차 했다. 어머니 역시 그를 끊임없이 비방하며 내보내려고 했다. 그다음 그는 아버지가 권총을 꺼내는 것을 보았다. 그렇지, 그다음 그가 구토를 했다. 다음 날 의사에게서 그가 뇌진탕을 일으킨 것 같다는 소리를 들었고 그는 그것이 자랑스러웠다. 헬무트가 그의 침대 옆에 앉아 있었다. 요아힘은 망아지가 아버지의 총에 죽었다는 것을 알고 있었음에도 그들은 그것에 대해 한마디도 하지 않았다. 다시 좋은 시절이 되었고, 그는 모든 사람들로부터 특별히 보호되고 격리되었다. 그렇지만 그 시절은 끝이 났고 몇 주 후 쿨름의 학교로 보내졌다. 그곳의 좁다란 침대 앞에 섰을 때 슈톨핀의 환자 침대로부터 그토록 멀리 떨어져 있음에도 불구하고 그에게는 격리 상태와 함께 옮겨진 듯이 느껴졌으므로 새로운 환경이 처음에도 견딜 만했다.

물론 그 시절의 사건들 중에는 잊어버리긴 했으나 불안을 야기시키는 잔재들이 여전히 남아 있었고, 때때로 그는 꿈속에서 폴란드어로 말한다는 생각이 들었다. 그가 육군 중위가 되었을 때 그는 헬무트에게 자신이 오랫동안 탔던 말 한 필을 선물했다. 그럼에도 불구하고 아직 헬무트에게 빚이 남아 있는 듯한, 헬무트가 아주 불편한 채권자 같다는 느낌이 그를 놓아주지 않았다. 이 모든 것은 어리석은 생각이었으며 사실 이런 생각을 해보는 것도 아주 드문 일이었다. 이런 기억들이 다시 깨어나는 것은 오직 아버지가 베를린에 올 때뿐이었다. 그리고 요아힘은 어머니와 헬무트의 안부를 물어볼 때마다 말이 잘 있느냐는 물음도 결코 잊지 않았다.

◆

이제 요아힘 폰 파제노는 평복의 프록코트를 입었다. 단추를 채우지 않은 스탠드칼라의 양쪽 모서리 사이에서 턱이 익숙지 않은 자유를 누리며 움직였다. 그다음 그는 둥그스름한 실크해트를 쓰고 끝이 뾰족한 상아 손잡이가 달린 단장을 손에 들고 밤의 여흥에 아버지를 모셔 가는 의무를 이행하기 위해 호텔로 향했다. 그때 갑자기 에두아르트 폰 베르트란트의 모습이 떠오르며 그가 남모르게 배신자라고 불러 온 그 사람만큼 자신에게는 평복이 어울리지 않는다는 사실이 당연하게 느껴지고 또한 유쾌하게 생각되었다. 그가 오늘 아버지와 함께 방문해야 할 민간의 술집에서 베르트란트를 만날 수도 있음은 물론 유감스럽지만 예상할 수 있는 일이었다. 그는 빈터가르텐[5]에서 공연을 보는 동안에도 이미 눈을 크게 뜨고 그를 찾아보았고 그런 사람을 아버지에게 소개해도 좋은지를 열심히 생각했다.

그 문제는 그들이 마차를 타고 프리드리히 가(街)를 지나 예거 카지노로 갈 때에도 여전히 그를 사로잡고 있었다. 그들은 지팡이를 무릎 사이에 끼고 너덜너덜한 검은 가죽을 씌운 의자 위에 말 없이 꼿꼿하게 앉아 있었다. 지나가던 소녀 하나가 그들에게 뭐라고 외쳤을 때 요아힘 폰 파제노는 똑바로 앞을 보고 있었지만 아버지는 외알 안경을 단단히 눈에 끼고 〈미친 것〉 하고 말했다. 폰 파제노 영주가 베를린에 처음 와본 이래로 정말 많은 것이 변했다. 비록 그 변화를 감수한다 하더라도 사람들은 제국 건설자[6]들의 개혁열에 불타는 정치가 대단히 불유쾌한 꽃들을 피어나게 했다는 사실에 눈

---

5 1920~1930년대 베를린의 전설적인 오락용 극장. 2000년대에 들어와 다시 문을 열었다.
6 프로이센-프랑스 전쟁이 끝나고 비스마르크의 주도하에 소공국으로 분할된 독일을 하나의 제국으로 건설한 사람들.

을 감아 버릴 수는 없었다. 폰 파제노 영주는 해마다 하는 말을 했다. 「파리에서도 형편이 이보다 더 엉망일 수는 없을 게다.」 눈부신 가스등이 일렬로 늘어서서 예거 카지노의 입구로 행인들의 주의를 끄는 것도 그의 불쾌감을 돋우었다. 이제 그들은 그 앞에 마차를 세웠다.

좁은 나무 계단이 2층으로 나 있었고 그곳엔 여러 개의 홀이 있었다. 폰 파제노 영주는 그 특유의 부산하면서도 똑바른 걸음으로 층계를 올라갔다. 검은 머리의 아가씨가 그들을 맞으며 방문객들이 지나갈 수 있도록 층계 모서리에 바짝 비켜 섰다. 분명 그녀는 노신사의 부산한 태도를 우습게 생각했을 것이므로 요아힘은 좀 당황하여 사과 비슷한 몸짓을 했다. 다시금 베르트란트가 이 여자와 정부(情夫)로서이든 포주로서이든 아무튼 그런 식으로 상상할 수 있는 어떤 관계가 있으리라는 생각을 하지 않을 수 없었으므로, 그는 홀에 들어서자마자 두리번거렸다. 그러나 물론 베르트란트는 없었고 그 대신 같은 연대의 장교 두 사람이 있었다. 그제야 요아힘은 자기 혼자서 아버지와 있게 되지 않는 것은 물론 심지어 베르트란트와 만나게 되지 않도록 그들더러 카지노에 오라고 부추겼던 것이 생각났다.

폰 파제노 영주는 나이와 지위에 어울리게, 마치 상관처럼, 가볍게 고개를 까딱하며 뒤꿈치를 탁 모으며 인사를 받았다. 그리고 마치 사령관처럼 신사분들이 즐기고 있는가를 물었다. 여러분이 이제 나와 함께 샴페인 한잔을 드시겠다면 영광이올시다,라는 말에 신사들은 다시 발뒤꿈치를 살짝 부딪침으로써 동의를 표시했다. 신선한 샴페인이 운반되었다.

신사들은 묵묵히 부동자세로 의자에 앉아 말 없이 건배하며 홀과 백금 장식들, 담배 연기로 둘러싸인 샹들리에의 커다란 원 위에서 쉭쉭거리는 가스 불빛을 바라보고 홀 중앙에서 춤추며 돌아가는 사람들을 바라보았다. 마침내 폰 파제노 영주가 말했다. 「자, 신사분들, 나 때문에 여러분이 멋진 여자들을 포기하는 걸 바라지 않소이다!」 절과 미소. 「여기엔 아리따운 아가씨들이 있겠지요. 내가 이리 올라올 때 아주 마음을 끌어당기는 아이를 만났소이다. 검은 머리에 그대 젊은 신사들이 무심히 지나칠 수 없는 눈을 지닌 아이를 말이오.」 요아힘 폰 파제노는 부끄러운 나머지 그런 야비한 연설이 들어가도록 노인의 목을 눌러 버리고 싶었지만, 이미 동료들 중 하나가 분명히 루제나일 것이라고 대답해 버린 후였다. 정말 특별히 어여쁜 아가씨입니다. 그녀에게는 어떤 부인할 수 없는 기품이 있지요. 마찬가지로 여기 있는 대부분의 아가씨들도 사람들이 생각하는 그런 여자들이 아닙니다. 이곳 경영자들은 여자들을 선별하는 데 엄격하고 또한 세련된 맛을 유지하도록 유의한답니다. 그사이 루제나가 다시 홀에 나타났다. 그녀는 금발 소녀의 팔을 끼고 있었다. 사실상 높이 올린 머리 모양에 꼭 끼는 레이스 옷을 입은 그들이 탁자와 칸막이 옆을 스치듯 걸어오는 자태는 고상한 인상을 주었다. 그들이 파제노의 탁자 옆을 지날 때 루제나 양의 귀가 근질거리지나 않았는지라는 농담이 던져졌다. 폰 파제노 영주는 덧붙여, 이름으로 미루어 보건대 아름다운 폴란드 여인, 그렇다면 동향인(同鄕人)이나 마찬가지인 여인이 내 눈앞에 있는 것이 아닌가 물었다. 아녜요, 저는 폴란드인이 아네요, 루제나가 말했다. 보헤미아 사람입니다, 여기서는 곧잘 체코인이라고들 하지만 보헤미아인이라고 하는 것이 더 옳지요, 나라 이름이 정확히 보헤미아니까요. 「그렇다면 더 좋고말고.」 폰 파제노 영주가 말했다. 「폴란드인들은 쓸모가 없거든…… 믿을 수가 없어…… 아무렴 상관있나.」

그러는 사이 두 소녀는 자리에 앉았다. 루제나가 깊은 목소리로 아직 독일어에 능숙하지 못한 자신을 비웃었다. 노인이 폴란드 여자들에 대한 기억을 불러일으켰으므로 요아힘은 화가 났지만, 스스로도 자기가 소년이었을 때 자신을 곡식 다발이 쌓인 수레 위로 들어 올렸던 수확기의 한 여자 일꾼을 생각해 내지 않을 수 없었다. 루제나가 비록 거센 스타카토의 어조로 모든 음절을 뒤섞어 지배인이나 도시에 대해 말할지라도, 그녀는 뻣뻣한 코르셋을 입고 세련되게 샴페인 잔을 입에 가져다 대는 젊은 숙녀임이 분명했고 폴란드의 수확기 여자 일꾼과는 좀 다른 것 같았다. 아버지와 하녀들에 대한 소문이 사실이건 아니건 요아힘은 그런 소문과는 아무 상관도 없지만, 노인은 감히 이 연약한 소녀를 늘 해왔던 방식으로 다루어서는 안 될 것이다. 그렇지만 보헤미아 소녀의 생활이 폴란드 여자들의 생활과 다르리라곤 생각되지 않았으며 — 이미 독일 문명인들은 조종되는 꼭두각시, 마리오네트 뒤에 어떤 살아 있는 존재가 있으리라고는 상상할 수 없을 것이다 — 루제나에게 훌륭한 거처라든가 귀부인 같은 훌륭한 어머니, 장갑을 낀 멋진 구혼자가 있으리라는 상상을 해보려 해도 그것은 그녀와 어울리지 않았고, 요아힘은 그곳의 모든 것이 거칠고 굴종적이며 타타르인처럼 야만스러우리라는 느낌에서 헤어 나오지 못했다. 루제나가 어떤 작은 맹수처럼, 목 깊숙한 곳에 어두운, 보헤미아 숲처럼 어두운 부르짖음을 간직한 맹수처럼 느껴진다 해도 그는 그녀를 동정한다. 또한 그는 숙녀에게 하듯이 그녀에게 말을 걸 수 있는지를 알고 싶다. 왜냐하면 그 모든 것이 두려움을 주면서도 유혹적이어서 아버지와 자신의 더러운 의도가 정당한 듯이 여겨지기 때문이다. 그는 루제나도 자기 생각을 꿰뚫어 볼 수 있을까 봐 두렵다. 그는 그녀의 얼굴에서 대답을 찾는다. 그녀는 그것을 알아차리고 그에게 미소를 짓는다. 그렇지만 그녀는 부드럽게 탁자 모서리에 늘어뜨린 손을 노인이 쓰다듬도록 내버려 두고 노인은 아주 공공연히 그렇게 하며 동시에 자신과 그녀의 둘레에 언어의 울타리를 치려고 폴란드말의 부스러기들을 끄집어내려는 시도를 한다. 물론 그녀는 노인이 하는 대로 내버려 두어서는 안 될 것이다. 폴란드 하녀들은 믿을 수 없다는 슈툴핀에서의 주장이 옳을 수도 있다. 하지만 그녀가 너무 약하기 때문에 그렇게 놓아 두는 것일 수도 있으므로 명예를 소중히 하는 사람이라면 노인으로부터 그녀를 보호해야 한다고 주장할 것이다. 이런 일은 물론 그녀의 애인이 할 일이리라. 베르트란트에게 기사도의 흔적이라도 남아 있다면, 이 모든 것을 바로잡기 위해 모습을 나타내는 것이 그의 의무일 것이다. 갑자기 요아힘은 동료들에게 베르트란트에 대한 이야기를 하기 시작한다. 베르트란트가 무엇을 하고 있는지 최근에 소식을 듣지 못했습니까, 하긴 에두아르트 폰 베르트란트는 기이할 정도로 폐쇄적인 사람이지만요. 하지만 이미 샴페인을 너무 마신 동료들은 동문서답을 할 뿐 도무지 어떤 것도, 요아힘이 베르트란트라는 화제에 끈덕지게 머무르는 것도 의아해하지 않는다. 게다가 그가 교활하게 그 이름을 자꾸 반복하고, 특히 커다랗고 분명하게 발음해도 두 소녀들 역시 눈썹 하나 까딱하지 않는다. 그러자 베르트란트가 벌써 그토록 깊이 잠적해 버렸는가, 여기서는 가명으로 통하는 게 아닐까라는 의심이 마음속에서 싹터 오른다. 심지어 그는 루제나에게 직접 폰 베르트란트를 정말 모르느냐고 묻기까지 한다……. 그러자 잔뜩 샴페인에 취했는데도 귀 밝고 참견하기 좋아하는 노인이 요아힘, 네가 지금 도대체 폰 베르트란트와 무슨 상관이 있느냐고 묻는다. 「마치 그가 틀림없이 여기에 숨어 있을 것처럼 그를 찾는구나.」 요아힘은 얼굴을 붉히며 부인하지만 노인은 계속 지껄인다. 그래 나는 그의 아버지, 늙은 폰 베르트란트 대령을 잘 안다. 대령은 이 세상과 하직했지. 그를 무덤에 처넣은 건 에두아르트 녀석일 가능성이 충분해. 말하자면 그 건달 아들놈이 군대에서 달아나 버린 것이 너무 마음에 사무쳤을 게야. 그 이유라든가 그 뒤에 어떤 더러운 것이 처박혀 있는지는 아무도 모르는 일이지만 말이다. 요아힘은 반대했다. 「죄송하지만 그것은 근거 없는 모함입니다. 적어도 베르트란트는 건달이라고 할 수 없습니다.」 ─ 「좀 조용히 해라.」 노인은 말하고 다시 루제나의 손에 몸을 굽혀 길게 입술을 누른다. 루제나는 무관심하게 하는 대로 내버려 두고 요아힘을 바라본다. 그의 밝은 머리카락에서 그녀는 고향의 학교 아이들을 떠올린다. 「아첨 아니지만,」 그녀는 스타카토의 어조로 노인에게 말한다. 「정말 아드님은 사랑스러운 머리틀을 가졌어요.」 그녀는 친구의 머리를 요아힘의 머리 옆에 대어 보고 머리색이 일치하는 것에 기뻐한다. 「아 — 름다운 한 쌍이에요.」 그녀는 둘의 머리에 대해 설명하고 그들의 머리카락 속을 쓰다듬는다. 올려 빗은 머리가 흐트러질까 봐 소녀는 비명을 지른다. 요아힘은 목덜미에 부드러운 손길을 느낀다. 작은 현기증이 인다. 그는 머리와 목 사이로 그녀의 손을 잡으려는 듯, 거기 머무르기를 강요하려는 듯, 고개를 뒤로 젖힌다. 그렇지만 손이 저절로 목덜미 아래로 내려가 재빠르고 주의 깊게 그 위를 어루만진다. 「가만, 가만!」 그는 다시 아버지의 메마른 음성을 듣는다. 그때 그는 아버지가 지갑에서 커다란 지폐 두 장을 꺼내 두 소녀에게 찔러 주는 것을 알아차린다. 그렇다. 노인은 기분이 좋으면 수확기 여자 일꾼들에게 마르크를 찔러주지. 요아힘은 그 사이를 막아서고 싶지만 루제나가 50마르크를 손에 지그시 받아 드는 것을 막을 수 없다. 그녀는 심지어 기쁜 듯이 집어넣는다. 「고마워요, 아빠.」 그녀가 말한다. 「시아버님.」 그녀가 정정하며 요아힘에게 눈짓을 보낸다. 요아힘은 분노로 창백하다. 노인은 소녀 하나를 50마르크에 사주겠다는 것인가? 귀 밝은 노인은 루제나의 반칙을 알아차리고 강조한다. 「아하, 내 아들 녀석이 네 마음에 들었나 본데…… 내 축복이 빠져서는 안 되겠지…….」 개자식, 요아힘은 생각한다. 하지만 노인이 윗물을 차지하고 있는 것이다. 「루제나, 예쁜 아가, 내일은 내가 구혼자로 올까, 마땅히 그래야지, 최고의 구혼자지. 아침 예물[7]로 무얼 가져다줄까…… 하지만 그대의 궁전이 어디 있는지 먼저 말해 주어야 할 게야…….」 요아힘은 단두대의 칼날이 떨어지는 것을 보지 않으려는 사람처럼 외면한다. 그때 갑자기 루제나의 몸이 굳어지며 눈이 보이지 않게 되고 입술이 어찌할 바를 모르게 된다. 그녀는 도움을 청하는 듯, 혹은 상냥하게 잡아 달라는 듯 불쑥 손을 내밀고는 그곳을 달려 나가 버린다. 화장실 청소부 옆에서 울어 버리려고.

「아무럼 어떠냐.」 폰 파제노 영주가 말한다. 「그렇지만 또 늦어 버렸구나. 신사분들 이제 난 가볼까 하오.」 마차 속에서 아버지와 아들은 나란히 앉았다. 꼿꼿하게, 지팡이를 무릎 사이에 끼고 적대적으로. 마침내 노인이 말했다. 「자, 그 계집애가 오십을 받았겠다. 그러면 도망가기가 쉽지.」 가련한 늙은이, 요아힘은 생각한다.

◆

베르트란트는 제복이라는 주제로 다음과 같이 말할 수 있었으리라. 일찍이 인간 위에 심판자로서 군림했던 것은 오직 교회뿐이었고 누구나 자신이 죄인임을 알고 있었네. 지금은 모든 가치가 무정부 상황에 빠지지 않도록 하기 위해서 죄인이 죄인을 심판해야 하지. 그리고 형제는 형제와 더불어 우는 대신에 형제에게 〈너의 행동은 부당했어〉라고 말해야 하네. 한때 비인간적이라는 뜻에서 다른 사람들의 의상과 구별되었던 것은 오직 성직자의 의상이었네. 당시는 군복과 관복을 입었어도 당연히 일반 시민적인 냄새가 새어 나왔고 또 그럴 수밖에 없었지. 그러나 신앙이 엄격성을 상실하자 지상

---

7 옛날 결혼식 다음 날 아침에 신랑이 신부에게 주는 선물로, 토지·귀중품 따위를 말함.

의 관복이 천상의 관복과 대치되었고 사회는 세속적인 것으로 고양되어야 했지. 세속적인 것이 절대적인 것으로 고양되면 언제나 낭만주의가 되므로 이 시대의 엄격하고 독자적인 낭만주의는 제복의 낭만주의가 되네. 말하자면 초현세적이며 초시대적인 제복의 이념이 존재하는 듯이 보이는 거야. 그 이념은 존재하지 않으면서도 속세의 어떤 다른 직업들보다 더 인간을 사로잡고 있을 정도로 강렬하지. 그리하여 존재하지 않으면서도 그렇게 강렬한 이념이 제복을 걸친 자를 제복을 소유한 자로 만들어 버리지. 그러나 결코 일반 시민적인 의미의 직업인이 되게 하는 건 아니네. 왜냐하면 제복을 걸친 인간은 자기 시대의 진정한 생활 형식을 실현시킨다는 의식, 따라서 그 자신의 생의 확실성을 충족시킨다는 의식으로 꽉 차 있기 때문일 거야.

　베르트란트는 이렇게 말했을 것이다. 그러나 제복을 걸친 사람 모두가 반드시 그런 점을 의식하게 되는 것은 아닐지라도 어쨌든 수년 동안 제복을 입고 있는 사람은 누구나 오직 밤의 평복을 낮의 평복과 바꿔 입는 사람보다는 제복 속에서 보다 나은 사물의 질서를 발견한다는 점을 단언해도 좋을 것이다. 확실히 그는 이런 사물들에 대해 특별히 심사숙고할 필요가 없다. 진짜 제복은 그것을 걸친 사람에게 주위 세계에 대해서 명확한 경계선을 부여하기 때문이다. 제복은 딱딱한 덮개와 같고 그 덮개 양쪽에서 세상과 개인이 예리하고 분명하게 서로 인접해 있으면서 동시에 서로 구분되고 있다. 제복의 참된 사명이 세계에 질서를 제시하고 확립하여 생의 불명료성과 애매성을 제거하는 것이라면 마찬가지로 그것은 인간 육체의 가장 보드랍고 모호한 부분, 예컨대 그의 속옷과 피부를 덮어 숨겨 주는 것이기도 하다. 근무 중의 보초는 손에도 흰 장갑을 껴야 한다. 그리하여 아침마다 제복의 단추를 하나도 남김없이 채운 사내에게는 사실상 빈틈없는 제2의 피부가 주어지게 되는데, 이것은 마치 진정하고 보다 확실한 생으로 돌아가는 듯하다. 보다 딱딱한 덮개로 덮이고 벨트와 버클로 폐쇄된 채 자신의 속옷을 망각하기 시작하고 생의 불확실성, 즉 생 자체는 먼 곳으로 밀려난다. 그다음 그가 제복을 매끄럽고 구김살 없이 가슴과 등 위에 펼쳐져 있게 하려고 상의의 아래 솔기를 잡아당길 때면 사내가 정말 사랑하고 있는 자식은 물론, 입맞춤 속에서 그가 그 아이를 태어나게 한 아내마저도 아주 머나먼 일반 시민의 영역인 곳으로 밀려나 버리기 때문에 그는 그녀가 작별 인사로 내민 입술을 거의 깨닫지 못할 뿐만 아니라, 자기 집조차도 제복을 입고 방문해서는 안 될 어떤 낯선 곳이 되어 버린다. 그러고 나서 그가 제복을 입고 병영이나 관청에 갈 때 다른 옷을 입은 사람들을 무시한다 해도 그것은 그가 거만하기 때문이 아니다. 그는 다른 야만적인 옷 아래에 그가 자신에게서 체험하는 것과 같은 어떤 진정한 인간성이라든가 아무리 미미할망정 공유할 수 있는 어떤 것이 존재함을 도무지 이해할 수 없을 뿐이다. 그렇지만 그렇다고 흔히 말하듯이 제복을 입은 남자가 눈이 멀어 버렸다거나 맹목적인 편견에 사로잡혀 있는 것은 아니다. 그는 여전히 너와 나 같은 인간이며 식사와 동침을 생각하고 아침 식사를 할 때 조간신문을 읽기도 한다. 그러나 그는 사물들과 전혀 관계가 없을뿐더러 그것들도 그에게 접근하는 법이 거의 없으므로 이제 그는 사물들의 선악을 구분할 수 없다. 왜냐하면 생의 확실성의 기초는 엄격성과 몰이해이기 때문이다.

  요아힘 폰 파제노는 평복을 입지 않으면 안 될 때마다 에두아르트 폰 베르트란트가 떠올랐다. 그때마다 그는 평복이 그 사람에게 어울리듯이 자신에게는 당연히 어울리지 않는다는 사실이 기뻤다. 그는 정말 언제나 베르트란트가 제복의 문제를 어떻게 생각하는지 간절히 알고 싶었다. 에두아르트 폰 베르트란트는 영원히 제복을 거부하고 평복을 입기로 결정한 사람이었으니만큼 그 문제를 갖가지로 심사숙고해 보지 않을 수 없는 동기들이 있었을 것이다. 그 결정은 너무 놀라웠다. 그는 쿨름의 유년 사관 학교를 파제노보다 두 해 앞서 졸업했고 그곳에서 다른 사람들과 구별되는 점은 없었다. 다른 사람들처럼 여름엔 넓은 흰 바지를 입었고 다른 사람들과 함께 한 식탁에서 식사했으며 다른 사람들처럼 시험을 치렀다. 그러나 소위가 되었을 때 이해할 수 없는 일이 일어났다. 뚜렷한 동기 없이 그는 군 복무를 그만두고 낯선 생활 속으로, 대도시의 어둠 속으로 사라져 버린 것이다. 말하자면 비밀 속으로 사라져 버렸고 이따금씩 거기서 모습을 드러낼 뿐이었다. 그를 노상에서 만나면 그에게 인사를 해도 될 것인지가 늘 모호했다. 왜냐하면 그들 모두의 공동 소유였던 어떤 것을 저버리고 생의 다른 쪽으로 날아가 버린 배신자를 만났다는 느낌이 들었기 때문이다. 반면 베르트란트는 자신의 동기나 생, 어느 것도 포기하지 않았고 언제나 한결같이 친절하지만 사람을 가까이 하지 않는 태도를 취했다.

그러나 사람들을 불안하게 하는 것은 다만 베르트란트의 평복이었을지도 모른다. 그의 조끼 사이로 가슴의 하얗고 빳빳한 셔츠가 내다보이는 것을 요아힘은 정말 부끄럽게 느끼지 않을 수 없었다. 언젠가 쿨름에 있을 때 베르트란트 자신도 올바른 군인이라면 셔츠의 소맷부리를 상의의 팔목에서 내보여서는 안 된다고 말한 적이 있었다. 이유인즉 모든 출생, 수면, 사랑, 죽음, 요컨대 모든 일반 시민적인 것은 바로 속옷과 관련되는 일이기 때문이라고 했다. 물론 그런 역설은 언제나 베르트란트의 버릇이었고, 자기가 말한 것을 다시 취소하곤 하던 나태하고 내던지는 듯한 가벼운 손짓도 마찬가지로 그의 습관이긴 했지만 그 당시 그는 분명 제복의 문제에 골몰했을 것이다. 속옷이나 소맷부리에 대해선 부분적으로 그의 말이 옳을 수도 있었다. 생각을 좀 해본다면 — 베르트란트는 늘 그런 불쾌한 생각을 일깨웠다 — 모든 남자들, 일반 시민이나 아버지나 모두 예외 없이 셔츠를 바지 속에 넣어서 입었다. 따라서 요아힘도 장교실에서 상의를 열어젖힌 사람들을 만나는 걸 좋아하지 않았다. 그것은 약간 예의 바르지 못한 일이었다. 또한 술집이라든가 어떤 다른 에로틱한 장소를 방문하려면 평복을 걸쳐야 한다는 규정은 그 까닭을 전적으로 알 수는 없지만 어쨌든 이해할 수 있었다. 나아가 결혼한 장교나 하사관이 있다는 것도 바로 규정에 어긋나는 일로 생각되었다. 기혼의 상사가 아침 근무를 보고하러 와서 상의의 단추 두 개를 열고 체크무늬 셔츠가 내다보이는 틈새에서 커다란 붉은 가죽 수첩을 꺼낼 때면, 요아힘도 대개 자신의 상의 단추에 손을 뻗어 단추가 전부 채워져 있음을 확인하고서야 안심했다. 그는 제복이 피부에서 직접 유출된 것이기를 바라는 심정이었으며 때때로 그것이 제복의 진정한 사명이라고, 혹은 적어도 속옷까지 표지를 단다든가 구분을 함으로써 제복의 일부가 되어야 할 것이라고 생각했다. 누구나 공통적으로 상의 아래에 무정부 상태와 같은 것을 받쳐 입고 다닌다는 것이 두려웠기 때문이다. 아마도 세계가 변주곡에서 완전히 빠져나오려면, 우선 하얀 널빤지로 변하여 내의라고 깨달을 수 없을 만큼 빳빳한 속옷이 일반 시민용으로 고안되어야 할 것이다. 요아힘은 어렸을 적 할아버지의 초상화를 보고 놀랐던 일이 생각났다. 그때 그는 할아버지가 빳빳한 셔츠가 아니라 가슴 주름 장식을 달고 있음을 알아차렸던 것이다. 물론 그 당시의 사람들은 보다 내면적이며 심원한 그리스도교 신앙을 가지고 있었으므로 무정부 상황에 대한 피난처를 어떤 다른 곳에서 찾을 필요가 없었다. 어쨌든 이런 숙고는 무의미한 것이었고, 분명 베르트란트 같은 사람의 불합리한 의견에서 비롯한 것이었을 뿐이다. 상사 앞에서 그런 생각을 품었다는 데 파제노는 부끄러울 지경이었고 그런 생각이 휘몰아칠 때면 그는 생각을 제쳐 놓고 갑자기 긴장된 정자세를 취했다.

하지만 비록 그가 이런 생각들을 무의미하다고 제쳐 놓고 제복을 자연스러운 것으로 받아들인다 하더라도 그 뒤에는 단순한 의복 문제 이상의 것, 그의 삶의 내용은 아니지만 태도를 부여하는 것 이상의 것이 숨어 있었다. 종종 그는 이 문제 전체와 또한 베르트란트를 〈왕의 제복을 입은 동료들〉이라는 말로써 무시할 수 있다고 믿었다. 그렇다고 그가 왕의 제복에 대해 비상한 경의를 표하려 한다든가 어떤 특별한 허영의 노예가 되었다는 뜻은 결코 아니었으며, 심지어 그는 자신의 우아함이 아주 엄격한 범위 내에서 허락되는 규정적인 단정함을 능가하거나 피해 가는 게 아닐까 하고 곰곰이 생각해 보기도 했다. 그리고 언젠가 숙녀들에게서 그의 용모엔 제복의 투박하고 긴 재단과 알록달록하고 요란한 색깔이 어울리지 않는 것 같고, 그렇지, 갈색 비로드로 만든 예술가풍의 의상과 느슨한 넥타이가 훨씬 잘 어울릴 것 같다는 견해가 표명되었을 때 그는 그 말이 그리 기쁘 나쁘게 들리지 않았다. 그럼에도 불구하고 그에게 제복이 훨씬 중요했던 것은 부분적으로는 어머니에게서 물려받은 고집, 한번 익숙해진 것은 요지부동으로 고수하곤 하던 고집 때문으로 설명이 가능하다. 때때로 당시에 숙부 베른하르트의 결정에 이의 없이 복종했던 어머니에 대한 원망이 아직도 솟아오를 때가 있었지만, 그 자신에게도 어머니가 어떤 다른 태도를 취해서는 안 되었으리라는 생각이 들기도 했다. 그러나 그것은 이미 지나간 일이었고 어떤 사람이 열 살부터 제복을 입는 것에 익숙해져 이미 그 옷이 네수스의 옷[8]처럼 달라붙어 있다면 어느 누구도 결국은 요아힘처럼 그의 자아와 제복의 경계가 어디에 있는지를 말할 수 없을 것이다. 그렇지만 그것은 습관 이상의 것이었다. 왜냐하면 군인이라는 직업이 다정하게 그에게 다가갔든지 아니면 그가 다가갔든지 간에 제복은 그

---

[8] 죽어 가는 네수스가 자기의 피는 약효가 있다고 한 말을 믿고 디아네이라가 남편 헤라클레스의 옷을 적시었기 때문에 헤라클레스는 횡사하고 말았다. 따라서 유독한 옷이라는 의미도 있다.

에게 여러 가지에 대한 상징이 되어 버렸기 때문이다. 해가 지날수록 제복에 많은 관념들로 솔을 달고 속을 채워 넣었기 때문에 제복 속에 보호되고 갇힌 그는 이제 제복 없이 지낼 수는 없을 것이다. 또한 세상과 아버지로부터 격리되고, 그로 인한 안전과 보호를 받는 것에 그는 만족했고, 제복이 허락하는 개인적이고 인간적인 자유는 좁은 띠에 불과하며 장교복의 풀 먹인 좁은 소맷부리보다 넓지 않다는 것을 알아차리지 못했을 것이다. 그는 평복을 걸치는 것을 결코 좋아하지 않았고 제복을 통해 좀 단정치 못한 여인을 동반한 베르트란트가 있으리라고 기대했던 추잡한 술집의 방문객들과 그 자신이 구별되어야 마땅하다고 여겼다. 왜냐하면 종종 그 자신 역시 베르트란트의 불가해한 운명에 빠져들 수 있으리라는 섬뜩한 불안이 엄습했기 때문이다. 그래서 그는 의무적으로 베를린의 밤거리를 돌아다니는 오락에 — 그런 오락으로 제국 수도의 방문을 끝내는 것이 전통이었다 — 아버지를 동반해야 했고, 그것도 평복을 입고 그렇게 하지 않을 수 없었기에 아버지를 좋게 생각할 수 없었던 것이다.

◆

요아힘이 다음 날 아버지를 역으로 모시고 갔을 때 아버지가 말했다. 「자, 이제 네가 기병 대위가 되면 아마도 결혼을 생각해 봐야 할 게다. 엘리자베트하고는 어떠냐? 레스토의 바덴젠 가(家)는 수백 모르겐[9]의 토지를 소유하고 있고

---

[9] Morgen. 옛 토지 면적의 단위로 두 필의 소가 오전 중에 경작할 수 있는 넓이.

결국 언젠간 그 처녀가 전부 상속받을 테니 말이다.」 요아힘은 침묵했다. 어제는 50마르크로 소녀 하나를 사줄 뻔하더니 오늘은 합법적인 결합을 시도하시는군. 어쩌면 이 노인네는 그 소녀에게처럼 엘리자베트에게도 마음이 있는 게 아닐까, 난 지금도 그 소녀의 손길을 목덜미에 느끼고 있는데! 하지만 감히 엘리자베트를 욕망의 대상으로 삼을 수 있는 사람이 있으리라곤 상상할 수도 없었고, 게다가 자기가 직접 나설 수 없다고 해서 그 성스러운 여인을 아들을 통해 정복하려는 사람이 있으리라는 상상은 더더욱 할 수 없었다. 그는 아버지에게 무서운 의심을 품은 데 대해 사죄하고 싶을 지경이었다. 그러나 노인은 무슨 일이나 할 수 있는 사람이었다. 그렇다, 사람들은 이 늙은이로부터 세상의 모든 여자를 보호해야 할 것이다,라고 요아힘은 생각한다. 그들이 플랫폼을 따라 걸어가는 동안에도, 그리고 차렷 자세로 서서 기차를 눈으로 전송할 때에도 그는 그런 생각을 한다. 하지만 기차가 사라져 버렸을 때 그는 루제나를 생각한다.

저녁에도 여전히 그는 루제나를 생각하고 있다. 황혼이 천문학적으로 규정된 것보다 훨씬 길게 느껴지는 봄날 저녁이 있다. 그럴 때면 엷은 안개가 자욱히 도시 위로 내려앉아 축제 전날의 자유로운 저녁처럼 약간 긴장이 풀어진 분위기를 감돌게 한다. 또한 불빛은 그 아스라이 초록으로 반짝이는 안개 속에 사로잡혀 있는 듯이 보인다. 안개가 이미 검은 비단처럼 되었다 하더라도 여전히 밝은 빛살이 그 속에 있는 것이다. 이런 황혼은 아주 길다. 가게 주인들이 상점 문을 닫는 걸 잊을 정도로 길다. 그들은 경관이 지나가며 문 닫을 시간이 지났음을 미소로 깨우쳐 줄 때까지 문 앞에서 여자 고객들과 잡담을 나눈다. 그런 후에도 여전히 많은 상점에서 불빛이 반짝거리며 새어 나온다. 가게 뒤쪽께에서 가족이 저녁 식탁에 앉아 있기 때문이다. 그들은 여느 때처럼 덧문을 입구 앞에 내놓는 것이 아니라 의자 하나를 그 앞에 세워 둠으로써 고객들에게 봉사가 끝났음을 보여 준다. 식사가 끝나면 그들은 밖으로 의자들을 가지고 나와서 가게 문 앞에 앉아 휴식을 취할 것이다. 거처가 점포 뒤에 있는 저 소상인들과 장인(匠人)들은 부러워할 만하다. 겨울이면 부러워할 만하다. 그들은 무거운 덧문을 앞에 쳐놓음으로써 이중으로 보호된 따뜻하고 밝은 방을 소유하게 되고, 크리스마스 때가 되면 그곳 유리문을 통해 장식된 나무가 가게를 향해 미소 짓는 것이다. 온화한 봄날 저녁과 가을 저녁엔 부러워할 만하다. 그들은 고양이를 무릎에 올려놓거나 강아지의 부드러운 목덜미를 어루만지며 문 앞에 앉아 있다. 마치 정원의 테라스에 앉아 있는 양.

병영에서 나온 요아힘은 변두리 거리를 지나간다. 이런 짓은 신분에 어울리지 않으므로 장교들은 보통 연대(聯隊)의 마차로 집에 간다. 아무도 여기서 산책하지 않는다. 베르트란트조차도 그러지 않으리라. 그리고 요아힘 스스로도 지금 이곳을 걸어간다는 것은 어떤 나락에 빠져드는 것처럼 두렵게 느껴진다. 그러나 이렇게 함으로써 루제나를 위해 자신을 격하시키려는 것은 아닌지? 혹은 루제나를 격하시키는 것이라고 해야 할지? 지금 그의 행동은 그녀가 분명 변두리의 거처에서, 심지어 어두컴컴한 입구 앞에 채소와 야채를 팔려고 내놓은, 저 지하실 같은 곳에서 살고 있다고 확신하는 것과 같기 때문이다. 루제나의 어머니는 그 앞에 웅크리고 앉아 뜨개질을 하며 알지 못할 외국어를 중얼거릴 거라는 확신. 그는 석유 등잔의 그을음 냄새를 맡는다. 둥근 지하실의 아치에서 불빛이 반짝인다. 자신이 목덜미를 쓰다듬는 루제나와 함께 저 아치 앞에 앉아 있을 수도 있으리라. 그러나 이런 장면을 상상하고 있음을 깨닫자 그는 소스라치며 그 생각을 떨쳐 버리려고 레스토에서도 초록으로 빛나는 황혼이 얼마나 평화로운가를 생각해 보려 한다. 이미 촉촉한 물 내음이 깃든, 안개가 조용히 내린 정원에서 그는 엘리자베트를 본다. 그녀가 천천히 집으로 가고 있다. 그곳의 창에서 온화한 석유 등잔 불빛이 짙어 가는 어스름 빛 사이로 반짝인다. 또한 이미 지쳐 버린 듯 보이는 그녀의 강아지가 그녀의 곁에 있다. 그렇지만 생각을 점점 가까이, 그리고 날카롭게 집중시키자 그는 자신과 루제나가 집 앞의 테라스 위에 있는 것을 본다. 목덜미 위에 놓인 루제나의 손이 헤엄치는 듯하다.

◆

이렇게 아름다운 봄날이면 사람들의 기분도 좋고 사업도 잘 풀리는 건 당연한 일이다. 베르트란트도 그렇게 생각했다. 그는 며칠 전부터 베를린에 머무르고 있었다. 그러나 근본적으로 그는 자신의 좋은 기분이 오직 지나간 몇 년 동안의 온갖 활약으로 이룬 성공에서 연유한다는 것, 그리고 다른 한편으로 볼 때 그러한 성공을 위해서 그런 좋은 기분이 필요했다는 것을 알고 있었다. 그것은 친절한 활주였다. 마치 그가 사물들을 향해 움직여 나가야 했던 것이 아니라 그것들이 둥실 마주 다가왔던 것 같았다. 어쩌면 그것이 그가 연대를 떠났던 이유들 중 하나였을 것이다. 그 당시 주위에선 제공되고 있었으나 군대에서는 금지되었던 것이 많이 있었다. 은행, 변호사, 운송업자의 상호 간판들은 당시 그에게 무얼 말해 주었던가? 그것은 무시당하거나 사람들을 혼란시키는 죽은 말들이었다. 이제 그는 은행에 대해 여러 가지를 알게 되었다. 창구 뒤에서 무슨 일이 벌어지는가를 알게 되었다. 그렇다, 그는 창구에서 행하는 기입 방법, 어음 할인, 환시세, 대체 거래, 어음 계정 따위만을 이해하고 있는 것이 아니었다. 그는 또한 행장실에서 벌어지는 일을 알았고, 은행이 불입금과 적립금으로 평가된다는 것을 알았다. 그리고 시세표가 그에게 생생한 정보를 주었다. 그는 운송업에서 통관이니 면세품이니 하는 표현들을 이해하게 되었다. 이 모든 것이 너무도 자연스럽게 그의 본질 속으로 유입되었고, 그리하여 그에게는 함부르크의 포석 도로 옆의 〈에두아르트 폰 베르트란트, 면화 수입 상사〉라고 쓰인 황동 간판만큼 모든 것이 아주 당연하게 여겨졌다. 또한 이제 브레멘의 롤란트 가(街)와 영국 리버풀의 면화 교역 상사에도 똑같은 간판이 걸려 있다는 것이 그는 아주 자랑스러웠다.

그가 파제노를 운터 덴 린덴[10]에서 만났을 때 파제노는 견장 달린 긴 군복 상의를 어깨에 각을 지워 반듯하게 입고 있는 반면, 자신은 영국제 천 속에서 편안하게 움직이고 있다는 것이 그를 특히 기쁘게 했다. 그래서 그는 옛날 동료를 만

10 베를린 중심가의 이름.

나면 언제나 그러듯이 너무도 친밀하고 경쾌하게 인사했고 곧이어 그가 점심을 이미 들었는지 아니면 드레셀 식당에서 함께 아침을 들겠는지를 물어보았다.

파제노는 이 갑작스러운 해후와 신속한 호의와 맞닥뜨리며 자기가 최근에 얼마나 베르트란트를 생각하고 있었는지를 잊어버렸다. 다시 그는 멋지게 군복을 차려입은 자신이 말하자면 벌거숭이처럼 평복을 입고 서 있어야 하는 사람과 이야기를 하고 있는 게 부끄러웠다. 그는 같이 식사하자는 제안을 피하고 싶었다. 하지만 그는 베르트란트를 정말 이상할 정도로 오랫동안 만나지 못했음을 인정하는 말 이외에는 다른 말을 찾지 못했다. 그렇지, 자네 파제노가 영위하는, 언제나 동일한 형식의 한 곳에 정주하는 생활에서는 놀라운 일이 아니지,라고 베르트란트가 말했다. 하지만 나같이 쉴 틈 없이 쫓기는 듯한 생활에서는 우리 처음 포르테페[11]를 달고 린덴 너머로 누비고 다니다가 드레셀 식당에서 처음으로 저녁을 먹던 것이 어제 일 같네그려 — 그사이 그들은 그곳에 들어가 있었다 — 정말 많은 세월이 흘렀지. 말이 너무 많군, 파제노는 생각했다. 그러나 베르트란트에게 꼴불견의 성질이 있는 것이 유쾌했으므로 또는 옛 친구가 이제까지 침묵을 지키는 데 그의 기분이 상했음을 느꼈으므로, 파제노는 배신에 대한 온갖 반감에도 불구하고 베르트란트더러 대체 어디에 있었는가 하고 물었다. 베르트란트는 어떤 하찮은 것을 밀어내는 듯한, 가볍게 내던지는 듯한 손짓을 했다. 「글쎄, 여러 곳이야. 제일 마지막이 아메리카였지.」 그래, 아메리

11 군도에 매단 금은 실로 된 리본.

카라고 — 아메리카는 요아힘이 보기에 언제나 잘못되고 쫓겨나고 타락한 아들들의 나라였다. 폰 베르트란트 노인은 필경 근심 때문에 죽었을 거다! 하지만 그런 일은 경쾌하고 아주 풍채 좋은 모습으로 마주 앉아 있는 이 점잖은 사내와 잘 연결되지 않았다. 물론 파제노는 아메리카에서 농부로 성공한 다음 독일의 신부를 구하려고 돌아오는 불효자들에 대한 이야기를 들어 본 바 있었다. 이제 이 작자 역시 루제나를 데리러 왔을지도 모를 일이다. 그럴 리는 없다. 그녀는 독일 여자가 아니라 체코 여자, 혹은 정확히 말해야 한다면 보헤미아 여자이다. 그렇지만 그는 그런 생각을 떨쳐 버리지 못하고 계속 물었다. 「그럼 이제 다시 돌아가실 겁니까?」 「아니, 당장은 아니야. 우선 인도로 가봐야 하네.」 과연 모험가이시로군! 그러자 파제노는 모험가와 함께 식사를 하며 앉아 있다는 사실에 당황하여 식당 안을 둘러보았다. 어쨌든 마지막까지 버텨 보는 것이 중요하다. 「그렇다면 늘 여행을 다니시는군요.」 「아, 사업이 요구하는 한에서지. 하지만 여행은 즐겨 하네. 사람은 알다시피 악마가 모는 대로 할 수밖에 없으니 말이네.」 이제 그는 깨달았다. 베르트란트가 복무를 그만둔 것은 사업을 위해서, 이욕(利慾)에서, 소유욕에서였음을. 그렇지만 살가죽 두꺼운 이익 사냥꾼이 되어 버린 베르트란트는 경멸을 느끼지 못하고 사심 없이 말을 이어 나간다. 「보게나, 파제노, 자네가 이곳에 머무르는 이유를 나는 점점 더 이해할 수 없네. 적어도 식민지 근무를 신청해 보지 않는 이유가 뭔가, 제국이 자네에게 재밋거리를 베풀어 주었기 때문인가?」 파제노와 그의 동료들은 식민지 문제로 골치를 썩어 본 일이 절대 없었다. 그것은 해군에게 미뤄 둔 사항이었다. 그러나 그는 격분했다. 「재밋거리라니요?」 그때 베르트란트는 다시 아이로니컬한 입 모양을 지었다. 「글쎄, 여기서 볼 것이 무엇인가? 직접 전쟁에 참가하는 사람들에게는 약간의 사적인 재미와 명성이 있겠지. 물론 페터스[12] 박사에겐 아낌없이 존경을 표하는 바이네. 만약 그가 좀 더 일찍 나타났더라면 나도 전쟁에 참가했을지도 모르지. 어쨌거나 그건 낭만주의에 불과하네 — 물론 가톨릭과 프로테스탄트의 선교 활동은 예외이네만. 그들은 건실하고 유용한 일을 하지. 그러나 다른 모든 것들은 — 재미, 바로 재미이네.」 그가 너무도 내던지듯이 말했으므로 파제노는 꽤 분격했음에도 그의 말소리는 오히려 괴로운 듯이 울렸다. 「왜 우리 독일인들이 다른 국민들 앞에서 움츠러들어야 한단 말입니까?」 「파제노, 말하고 싶은 것이 있네. 첫째, 영국은 영국이며 둘째, 영국으로서도 안심하기에는 아직 이르네. 셋째, 아직도 잉여 자본이 있다면 나는 독일의 식민지 주식보다는 영국의 식민지 주식에 투자하고 싶네. 그러니까 경제적 식민 낭만주의라고나 말할 수 있을까. 넷째로 이미 말했네만, 식민지의 팽창 문제에 진정 객관적인 관심을 가진 것은 언제나 교회뿐이네.」 괴로운 감탄이 요아힘 폰 파제노에게서 일어나며 혹시 베르트란트가 꿰뚫어 볼 수 없는, 공작 꼬리처럼 현란한

---

[12] Peters(1856~1919). 독일 탐험가. 일찍이 영국에 유학하여 영국 식민 정책을 연구하고, 귀국 후 독일 식민 협회를 결성, 1884년 동아프리카 현지 조사를 했다. 귀국 후 독일 동아프리카 회사를 창립(1885), 현지에서 독일 세력 확장에 노력했으나, 1892년 토착민을 혹사시킨 혐의로 고발되어 일체의 공직에서 물러났다.

화술로 자신의 눈을 멀게 하여 어떤 곳으로 유혹하여 끌어내리려는 것이 아닌가 하는 의심이 일었다. 어딘가 그것은 전혀 군대식이 아닌, 곱슬거리는 베르트란트의 머리카락과 관련이 있었다. 뭐랄까, 연극배우 같았다. 요아힘은 갑자기 수렁과 지옥이라는 낱말이 생각났다. 왜 저 사람은 언제나 신앙과 교회를 언급하는가? 하지만 그가 대답을 찾기 전에 베르트란트는 벌써 그의 경악을 알아차린 것 같았다. 「보게나, 교회에게 유럽은 이미 회복할 수 없는 지경에 이르렀네. 아프리카는 그 반대이지! 수억의 영혼이 신앙을 위한 원료라네. 자네는 세례받은 흑인 한 사람이 스무 명의 유럽인보다 더 나은 그리스도교인임을 확인할 수 있을 걸세. 가톨릭과 프로테스탄트가 이들 광신자들에게서 우열을 겨루려 함은 충분히 이해할 수 있는 일이지. 그곳엔 신앙의 미래가 있네. 그곳엔 신을 상실하고 타락하여 수렁에 빠진 유럽을 향하여 그리스도의 이름으로 불의 심판을 내리려고 진격하게 될 저 미래의 신앙의 투사들이 있네. 그리하여 마침내 연기가 모락거리는 로마의 폐허 한가운데서 베드로의 의자에 검은 교황이 앉게 될 것이네.」 요한의 묵시록이군, 파제노는 생각했다. 그는 신을 모독하고 있어. 그런데 그는 흑인의 영혼과 무슨 상관이 있다는 걸까? 노예 매매는 이제 존재하지 않는데. 이욕(利慾)에 사로잡힌 작자야 그런 제도가 있다고 믿고 싶겠지만, 그는 방금 악마에 대해 말했으렷다. 하지만 농담을 하고 있는지도 모르지. 학교 다닐 때 이미 사람들은 베르트란트가 무슨 말을 하는지 통 알 수 없었잖은가. 「농담이시겠지요! 터키의 기병과 알제리의 경장 보병에 관해서라면 우린 언젠가 이미 결론을 내리지 않았습니까.」 베르트란트는 미소 짓지 않을 수 없었고 그 미소가 하도 친밀하고 득의만만했으므로 요아힘도 웃지 않을 수 없었다. 그렇게 그들은 서로 절친한 미소를 교환했다. 마치 어느 한순간 한 번도 서로 인사를 나누지 않던 두 이웃이 우연히 동시에 창밖으로 몸을 비스듬히 내밀어 예기치 않게 인사를 나누게 된 것에 기뻐하면서도 부끄러워하듯이, 그들의 영혼은 눈이라는 창을 통해 서로 고개를 끄덕이며 인사했다. 그들은 부끄러워서 관습으로 도망쳤다. 베르트란트가 잔을 들며 말했다. 「건배, 파제노.」 그리고 파제노가 말했다. 「건배, 베르트란트.」 여기서 다시 한 번 그들은 서로에게 미소 짓지 않을 수 없었다.

그들이 식당을 떠나 운터 덴 린덴에서 오후 태양의 뜨거운 열기로 좀 이운 듯한 요지부동의 나무들 앞에 서게 되었을 때, 아침 식사 동안 말하기가 망설여졌던 말이 생각났다. 「당신이 왜 우리 유럽인들의 믿음에 이론을 제기하는지 저는 정말 이해할 수 없었습니다. 당신이 대도시인이기 때문에 올바른 통찰을 하지 못하는 게 아닐까 하는데요. 저같이 시골에서 자란 사람은 그 점에서 약간 다르게 생각합니다. 저 바깥의 우리 백성들 역시 당신이 생각하는 것보다 그리스도교 신앙과 훨씬 밀접합니다.」 베르트란트의 면전에서 이런 말을 하다니 나도 참 대담하군. 사령 참모 장교에게 전략을 비판하려는 고참 사병 같잖아. 그러자 베르트란트가 화를 낼 수도 있지 않을까 약간 두려웠다. 그러나 베르트란트는 그저 쾌활하게 말했다. 「글쎄, 그렇다면 모든 게 참으로 멋진 질서가 잡히게 될 걸세.」 그러고 나서 그들은 서로 주소를 교환하며 또 연락하기로 약속했다.

파제노는 서부 지구의 경마장으로 가기 위해 마차를 잡았다. 라인의 포도주, 오후의 열기, 아울러 이러한 만남의 기이함이 그의 이마 뒤쪽과 관자놀이 아래에 — 그는 딱딱한 군모를 벗고 싶었다 — 어둡고도 끈끈한 느낌을 남겼다. 그 느낌은 그가 장갑을 통해 손가락 끝으로 느끼고 있는 좌석의 가죽과 별반 다르지 않은, 타는 듯이 내리쬐는 태양에 약간 진득거리기조차 한 느낌이었다. 베르트란트더러 동승을 청하지 않은 것은 미안했지만 적어도 아버지가 베를린에 없는 것은 기쁜 일이었다. 아버지라면 틀림없이 그의 옆에 앉아 있었을 테니까. 다른 한편으로 그가 정말 기뻤던 것은 평복의 베르트란트와 동승하지 않은 것이었다. 그렇지만 베르트란트가 그를 불시에 기습하려고 루제나를 데리고 나옴으로써 그곳 경마장에서 만나게 될 수도 있으리라. 마치 한 가족처럼. 정말 어리석은 생각이었다. 베르트란트는 결코 그런 아가씨와 경마장에 나타나지 않을 것이다.

◆

그로부터 며칠 후 동료 라인도르프가 그의 노친의 방문을 받았을 때, 이미 똑바르고 분주한 걸음으로 좁은 계단을 올라가고 있는 것이 눈에 보이는 라인도르프 노인을 앞질러 예거 카지노에 가 있어 달라는 그의 부탁은 파제노에게 하늘의 명령 같았다. 그는 연대 마차로 집으로 가서 프록코트를 걸치고 집을 나섰다. 모퉁이에서 그는 두 명의 병사를 만났다. 그는 그들의 경례에 답하기 위해 귀찮은 듯이 군모 가장자리를 잡으려 했다. 그때 그는 그들이 인사도 하지 않을뿐더러 자기도 군모가 아니라 실크해트를 쓰고 있음을 깨달았다. 이 모든 일이 좀 우스꽝스러웠고, 반쯤 절룩거리는 늙은 라인도르프 백작, 의료 상담 이외에는 생각하는 게 없는 그 노인이 오늘 예거 카지노에 가리라는 사실이 하도 어처구니가 없어 그는 웃지 않을 수 없었다. 그 자리에서 돌아서 버리는 것이 가장 현명할 것이다. 그러나 그건 어느 순간에고 할 수 있는 일이었으므로 그는 가벼운 해방감을 느끼며 계속 걸어갔다. 물론 그을음 나는 석유 등잔이 벽에 걸린 지하실 같은 채소 가게를 다시 보기 위해 변두리로 나가고 싶었지만 프록코트와 실크해트를 걸친 그가 저 북쪽 지구에서 어슬렁거릴 수는 없었다. 그곳에선 오늘 저녁도 그때처럼 그렇게 마력적인 황혼이 내려 있을 것이다. 하지만 이곳, 도시의 진정한 중심부에선 모든 것이 자연과 적대적인 것처럼 보였다. 난삽한 불빛과 많은 쇼윈도, 거리의 분주한 생활 위에선 하늘과 공기조차도 너무 도시적이며 낯설었으므로, 작은 유리장 속에 레이스, 뤼세,[13] 푸른색 자수본이 들어 있는 수예 재료 등이 진열된 조그마한 수예점을 발견했을 때는 행복스럽고도 안도감을 주는, 그러면서도 어딘가 불안하게 하는 고향을 재발견한 것 같았다. 그는 점포 뒤의 거처로 들어가는 것이 분명한 유리문들을 바라보았다. 판매대 뒤에 거의 숙녀다운 백발 부인이, 그 옆에는 어린 소녀가 앉아 있었다. 소녀는 등을 돌리고 앉아 있었으므로 얼굴이 보이지 않았다. 그들은 둘 다 수를 놓고 있었다. 그는 전시된 물건들을 바라보며 저런

13 벌집처럼 만들어진 주름.

레이스 손수건으로 루제나를 기쁘게 할 수 있을까 하고 생각했다. 그러나 그런 것도 다시 어리석게 여겨졌기 때문에 그는 계속 걸어 나갔다. 그런데 바로 다음 건널목에서 불현듯 등을 돌리고 있던 소녀의 얼굴이 보고 싶어졌고, 그는 다시 상점으로 돌아왔다. 그는 꼭 루이체나에게 줄 것이라 정하진 않고 부드러운 손수건 세 장을 치켜들었다. 늙은 부인이 물건을 팔아 기뻐하는 양이 그를 행복하게 했다. 그러나 소녀는 무관심한 표정이었고 거의 화가 난 눈초리로 쳐다보기까지 했다. 그다음 그는 집으로 갔다.

◆

궁정의 축제가 벌어지는 겨울과 — 축제는 남작 부인의 은밀한 기대였다 — 경마가 있고 여름철 물건을 구입하는 계절인 봄이면 바덴젠 가(家)는 서부 지구의 아름다운 저택에서 묵었다. 그리고 어느 일요일 아침 요아힘 폰 파제노는 귀족 부인들을 방문하게 되었다. 그가 이 외딴 별장 지대에 오는 것은 드문 일이었다. 이곳은 영국식 교외 주택의 모델에 따라 급속히 번진 별장 지대로, 시내에서 멀리 떨어져 있다는 불편을 그리 많이 느끼지 않고 살 수 있는 사람들은 오직 으리으리한 마차를 소유한 부유층들뿐이었다. 하지만 공간적인 불편함을 그런 식으로 완화시킬 수 있는 저 선택받은 사람들에게는 그곳이 조그마한 전원의 낙원이었다. 파제노는 잘 가꾸어진 거리를 통과하면서 이 주거 지역의 훌륭함을 유쾌하게 그리고 진정으로 확신하고 있었다. 최근 며칠 사이에 많은 것이 불안해졌는데, 그것은 설명할 수 없지만 하여

튼 베르트란트와 관계가 있었다. 생의 기둥의 어딘가가 금이 가버렸던 것이다. 아직까진 이 부분들이 서로 지탱하고 있었으므로 모든 것이 여전히 제자리에 있다 하더라도, 그러한 균형의 아치는 깨질 수 있으며 몰락과 하강을 은폐하고 있을지도 모른다는 막연한 예감과 함께, 그 예감이 현실이 될 수 있으리라는 불안이 싹터 오르고 확실성, 안전, 평온에 대한 동경이 자라났다. 그러나 이제 르네상스 양식, 바로크 양식 혹은 스위스 양식으로 지어진 성곽과 같은 건물로 이루어진 이 유복한 별장 지대, 정원사의 갈퀴 자국, 파이프에서 내뿜는 물줄기, 분수들이 솟구치는 소리가 들려오는, 잘 가꾸어진 정원으로 둘러싸인 이 별장 지대는 거대한 섬과 같은 안정감을 뿜어 내고 있기 때문에, 영국이 안심하기에는 아직 이르다는 베르트란트의 예언이 거의 믿기지 않았다. 열린 창에선 슈테펜 헬러와 클레멘티[14]의 에튀드가 울려 나왔다. 이런 가정의 딸들은 잘 보호받으며 공부에 전념할 수 있다. 그들의 삶은 안전하고 부드러우며 우정으로 충만되어 있고 그 우정은 애정에 자리를 내주다가 다시 우정으로 퇴화한다. 멀리서, 아주 멀리서는 아니지만, 수탉 한 마리가 이처럼 잘 가꾸어진 거주지의 목가적인 평화로움을 암시하려는 듯 목청을 뽑는다. 그렇다, 베르트란트가 이런 토지 위에서 성장했더라면 불안을 퍼뜨리지는 않았을 것이며, 파제노 자신이 고향에 남아 있었더라면 이토록 불안에 민감하게 되지는 않았을 것이다. 얼마나 멋질 것인가, 엘리자베트와 들판을 거닐

---

14 Stephen Heller(1814~1888), Clementi(1752~1832). 피아니스트이자 작곡가들이다.

며 익어 가는 곡식을 시험 삼아 손가락 사이로 훑어 보고, 외양간의 눅눅한 내음이 바람에 실려 오는 저녁, 젖 짜는 것을 보기 위하여 말끔히 청소된 농장을 가로지르는 일은. 그러자 엘리자베트가 저기 커다란 전원의 짐승들 사이에, 이 주위 세계의 묵중함에 비해 너무도 작은 모습으로, 서 있는 듯하다. 오직 어머니 곁에서만 자연스럽고 고향처럼 포근하게 느껴지던 것이 그녀 곁에서도 감동적이며 아늑해 보인다. 그렇지만 그에겐, 이방인이 되어 버린 그에겐 모든 것이 너무 늦었다. 그는 ― 이제 문득 그런 생각이 그의 뇌리를 스쳤다 ― 베르트란트처럼 고향을 상실한 사람인 것이다.

그때 울타리가 덤불로 덮인 정원의 아늑함이 그를 감쌌다. 자연의 이러한 아늑함을 한층 드높인 것은 남작 부인이 정원에 가져다 놓도록 시킨 플러시[15] 천의 안락의자였다. 이 의자는 이국(異國)에 온 것처럼, 온기를 갈망하는 것처럼, 정교한 다리와 바퀴 달린 발굽으로 정원의 자갈밭 위에 서서, 이렇게 머무를 수 있도록 허락해 준 기후와 교양 있고 친절한 자연에 찬사를 보내고 있었다. 그러나 의자의 색은 시들어 버린 검붉은 장밋빛이었다. 엘리자베트와 요아힘은 좌석 위에 브뤼셀산 레이스처럼 별 모양이 뚫려 있는 철제 정원 의자에 앉아 있었다.

이러한 거주 지역은 전원 생활에 익숙하고 또 그것을 사랑하는 사람들에게 특히 유익하며, 그 장점은 무엇인지에 대해 충분히 의견을 주고받은 다음 요아힘에게 도시의 생활이 어떠냐는 질문이 던져졌으므로 요아힘은 전원에 대한 동경을

15 보풀이 있는 비로드의 일종.

표명하고 그 이유를 제시하지 않을 수 없었다. 그는 귀부인들이 전적으로 동의하는 것을 보았다. 특히 남작 부인은 그가 놀라지 않겠지만 자기는 종종 며칠, 아니 몇 주 동안 시내 중심가에 가지 않았다고, 혼잡의 무리, 소음, 그 굉장한 교통이라니, 끔찍하지 뭔가, 정말 끔찍해,라고 거듭 단언했다. 글쎄요, 파제노가 말했다. 이곳이 부인께는 진정한 피난처일 것입니다. 그러자 대화의 주제는 얼마 동안 이 탁월한 거주 지역이라는 운하를 따라 움직였다. 그 대화는 남작 부인이 마치 놀라운 선물이라도 준비한 양 거의 비밀스러운 어조로 자신들이 그렇게 얻고 싶었던 작은 집을 살 계획이라고 말하고 나서야 비로소 끝이 났다. 소유주가 된다는 기쁨에 부인은 그에게 작은 집을 좀 돌아보자고 했다. 집주인의 시찰을 해보세그려, 부인은 약간 수줍어하며 프랑스말로 아이로니컬하게 덧붙였다.

보통 그러듯이 아래층에는 사교실이, 위층에는 침실들이 있었다. 그렇다네, 식당 옆에 — 옛날 독일식으로 조각된 가구가 있는 식당은 답답한 안락함을 내뿜고 있었다 — 분수가 있는 온실을 증축하고 또 살롱도 개조할 예정이네. 그다음 그들은 위아래로 아름답게 잡아맨 비단 커튼이 늘어뜨려진 계단을 올라갔다. 남작 부인은 조금 삼가야 할 곳은 제외하고 방문을 하나씩 열어젖혔다. 부인은 주저하며, 약간 상기되어 엘리자베트의 방을 남자의 눈앞에 보여 주었다. 그곳은 마치 하얀 레이스의 구름 같았다. 침대, 창문, 세면대, 거울 등이 온통 레이스로 뒤덮여 있었다. 부부 침실 구경이 요아힘에겐 더 부끄럽고 어색한 체험이었다. 그런 식으로 자신에게 저택을 알려 주며 부끄러움의 공감자가 되도록 강요하는 남작 부인이 의심스러울 지경이었다. 왜냐하면 지금 그의 눈앞에, 여기 있는 모두의 눈앞에, 물론 그의 생각을 알게 된다면 부담과 능욕을 느낄 엘리자베트의 앞에도, 노골적으로 침대 두 개가 나란히, 벌거벗고 있는 것은 아니지만 숙녀답지 않게, 그리고 뻔뻔스럽게, 그의 앞에 서 있는 남작 부인이 성적(性的) 봉사를 위하여 준비한 것을 보여 주고 있었기 때문이다. 그때 아주 갑작스럽게 이 침실이야말로 이 집의 중심이라는, 다른 모든 것에 에워싸인 은밀한 곳에 있지만 결국은 공공연히 드러나 있는 제단이라는 생각이 들었다. 마찬가지로 갑자기 아까 그가 통과해 왔던 이 긴 별장 지대의 건물들 모두의 중심은 이러한 침실이며, 봄바람이 흰 레이스 커튼을 부드럽게 나부끼게 하는 열린 창 밖으로 흘려보낸 소나타와 에튀드는 진실들을 은폐하는 것에 불과함을 깨달았다. 그리하여 저녁이면 도처에서 영주들을 위하여 세탁실에서 위선적일 정도로 매끄럽게 개켜 놓았던 침대보가 침대 위에 펴지는 것이다. 그리고 하인들과 아이들은 무엇을 위해 이런 일이 행해지는지를 잘 알고 있는 것이다. 도처에서 하인 일동과 아이들이 한 쌍의 중심을 빙 둘러서 순결하게 따로 떨어져 잠을 잔다. 그들은 순결하고 경건하다. 그러나 그들은 순결하지 못하고 뻔뻔스러운 사람들의 명령을 받는 것이다. 어떻게 남작 부인은 이 지역의 탁월함을 칭찬하면서 그 칭찬 속에 교회가 가깝다는 사실을 감히 끌어들일 수 있었을까, 그녀야말로 결코 맨발로 교회에 발을 들여놓아서는 안 될 사람이 아닌가? 베르트란트가 비그리스도교적 태도에 대해 말했던 것은 이런 의미가 아니었을까. 그러자 요아힘은 참된 순결과 그리스도교 정신을 재수립하기 위하여 검은 신의 투사들이 불과 칼로써 타락자들의 머리를 내려치리라던 말이 설명되는 것 같았다. 그는 엘리자베트의 얼굴을 건너다 보았을 때 그녀의 시선에서 자신의 분노에 대한 동의를 읽은 듯이 느껴졌다. 또한 그녀 역시 동일한 신성 모독을 당하도록 예정된 사람이며, 그런 모독을 가할 사람이 자신일지도 모른다는 생각에 그는 너무도 감동한 나머지, 그녀가 영원히 하이얀 레이스의 꿈에서 깨어나지 않도록, 방해받지 않고 더럽혀지지 않도록 그녀의 방문을 지키기 위해 그녀를 강탈해 가고 싶었다.

귀부인들은 친절하게도 1층까지 바래다주었고 그는 곧 다시 들르겠다는 약속을 하며 그들과 헤어졌다. 거리로 나온 그는 이 방문의 공허함을 깨달았다. 귀부인들이 베르트란트의 말을 듣게 된다면 얼마나 놀랄까라고 생각했고 심지어 그들에게 그럴 수 있는 기회가 있기를 바라는 마음조차 들었다.

◆

만약 자기 생활의 상자 같은 폐쇄성에 의해, 또한 자기 감정의 어떤 타성에 따라서 주위 사람들을 무시하는 습관을 가지게 된 사람이 가까이서 대화하고 있는 낯선 두 젊은이들로부터 두 눈을 뗄 수 없게 되었다면 그것은 분명 그 자신에게조차 충격적이며 기이하게 여겨질 것이다. 그런 일을 요아힘은 어느 날 저녁 오페라하우스의 로비에서 체험했다. 두 신사는 분명 외국인이었으며 나이가 스무 살을 많이 넘어 보이진 않았다. 처음에는 그들을 이탈리아인이라고 생각하고 싶었는데, 그들 옷의 재단이 좀 이상하게 보였을 뿐만 아니라, 머리와 수염이 검은 쪽 사람이 이탈리아식 입수염을 기르고 있었기 때문이다. 요아힘은 다른 사람들의 대화를 엿듣기 좋아하는 사람은 아니었지만, 그들이 쓰고 있는 말이 이탈리아어가 아닌 낯선 방언임을 깨닫게 되자 좀 더 가까이 귀를 기울이지 않을 수 없었고, 두 젊은이가 약간 놀랍게도 체코어, 더 정확히 말해 보헤미아어를 쓰는 것 같다고 생각될 때까지 귀를 기울였다. 그런 놀라움은 까닭을 들 수 없는 것이었으며 그 순간 자신이 엘리자베트를 배반하고 있다는 느낌이 떠오른 것은 더더욱 설명할 수 없었다. 루제나가 이 극장에 와 있다는 것, 그 자신이 때때로 엘리자베트를 방문하듯이 그 두 젊은이가 관람석에 있는 루제나를 찾아가리라는 것은 있음 직하진 않지만 물론 가능한 일이었다. 또한 검은 수염에 아주 곱슬거리는 검은 머리의 젊은이가 정말 루제나와 닮아 보였던 것은 머리 색깔 때문만이 아니었다. 아마도 누르스름한 피부와 또렷한 윤곽을 지닌 약간 작은 입술 때문이 아니었을까, 너무 짧고도 너무 부드럽게 빠진 저 코와 좀 도발적인 — 그렇다, 도발적이라는 단어가 정확했다 — 그러나 용서를 구하는 듯한 미소 때문이 아니었을까. 그렇지만 그런 생각은 어리석은 것이며 그런 유사성은 그의 상상에 불과하다고 말할 수도 있을 것이다. 왜냐하면 그가 지금 루제나를 생각한다 해도 그녀의 모습은 너무도 흐릿해져서 설사 그녀가 여기 있다 하더라도 그녀를 알아보지 못할 것이 분명하며, 그녀에 대한 상상은 오직 저 젊은 남자의 용모라는 매개를 통해서만 가능함을 인정하지 않을 수 없기 때문이다. 그 점이 그를 안심시켰고 별 위험이 없는 일로 느껴지게 했지만 그렇다고 그가 유쾌해진 것은 아니었다. 왜냐하면 동시에 그의 내부의 다른 구석에서 어떤 남자의 얼굴 뒤에 한 소녀가 숨어 있었다는 사실이 무언가 말할 수 없이 두렵게 느껴졌기 때문이다. 그리고 그런 생각은 휴식 시간이 지난 후에도 사라지지 않았다. 「파우스트」가 상연되고 있었다. 그 달콤한 화음들도 오페라의 이야기보다 덜 어리석은 건 아니었다. 거기선 누구도, 파우스트 자신마저도 마르가레테의 사랑스러운 용모 뒤에 오빠 발렌틴의 얼굴이 숨어 있다는 사실을 알아차리지 못했기 때문이다. 또한 마르가레테가 속죄해야 하는 것이 다름 아닌 바로 그 사실에 대해서였음을 알아차리지 못했다. 어쩌면 메피스토[16]는 알고 있었을지도 몰랐다. 요아힘은 엘리자베트에게 오빠나 남동생이 없는 것이 기뻤다. 그가 상상 속에서 루제나의 오빠를 다시 만나 보면서 또한 그는 자신에게 누이가 없다는 사실이 감사하게 느껴졌다. 그리하여 군복을 입고 있었음에도 불구하고 예거 가(街)로 방향을 잡을 만큼 자신감을 느꼈다. 그러자 배반감도 증발해 버렸다.

그러나 프리드리히 가로 접어들었을 때 군복을 입고 그런 술집에 들어갈 수 없다는 생각이 들었다. 그는 실망했지만 예거 가로 향하여 걸어갔다. 어떻게 해야 할까? 그는 다음 구획에서 모퉁이를 돌아 다시 예거 가로 돌아갔고 지나가는 소녀들의 모자 아래를 쳐다보며 가끔 이탈리아말을 들을 수

[16] 「파우스트」에 나오는 악마 이름.

있지 않을까 하고 기대하기 시작했다. 그러나 그가 다시 술집 가까이에 왔을 때 이탈리아어가 아니라 거세게 노래하는 듯한 스타카토의 소리가 들려왔다. 「한데 당신, 저 아주 모른 척하시기예요?」 파제노는 의지와는 달리 〈아니, 루제나〉 하고 말했고 동시에 얼마나 창피한가를 생각했다. 이런 여자하고 군복을 입은 채 노상에 공공연히 서 있다니. 며칠 전만 해도 평복을 한 베르트란트와 서 있는 걸 부끄럽게 여겼던 자신이 멀리 도망쳐 버리기는커녕 온갖 딱딱한 형식적 자세조차 망각하고 이토록 행복하게, 이 소녀와 다시 이야기를 나눌 수 있는 상황이 마련된 것에 이토록 행복스러워하며 여기 서 있다니. 「오늘 아빠 어디 있어요? 오늘 오지 않아요?」 그녀가 그를 보고 아버지를 기억해서는 안 될 일이었다. 「아니, 오늘은 안 되오, 어여쁜 루제나. 또한……」 그녀가 그를 어떻게 부르더라? 「노친께서도 오늘은 술집에 가지 않을 것이오……」 그렇소, 나는 바쁘오. 루제나는 낭패한 듯이 그를 바라보았다. 「그렇게 오래 저 기다리게 하시더니 지금은 안 된다고……」 하지만, 그러곤 그녀의 얼굴이 밝아졌다. 당신은 절 방문하셔야 해요. 그는 마지막으로 마음에 새기려는 듯이, 그러나 저 굽실거리는 수염을 기른 남쪽 나라 오빠의 얼굴이 그 속에 숨어 있는지를 탐색하며, 그 불안스럽게 묻고 있는 얼굴을 응시했다. 조금 닮은 점이 있었다. 하지만 제 오빠의 용모를 간직하고 있는 소녀가 그에게 어떤 해를 입힐 수 있을지를 생각하는 동안 갑자기 짧은 수염을 온 얼굴에 기른 금발의 사내다운 자신의 형이 떠올랐으므로, 그는 현실로 돌아왔다. 물론 경우가 좀 달랐다. 헬무트는 전원에 속한 사람이었고 사냥꾼이었으며 이 연약한 남쪽 도시인들과는 공통점이 없었으니까. 그럼에도 불구하고 그것이 다행스럽게 느껴졌다. 그의 시선은 여전히 탐색적이었지만 그의 반감은 사라져 버렸고, 그녀에게 어떤 애정이 담긴 말, 듣기 좋은 말을 해주어 그녀가 자신에 대해 좋은 기억을 갖도록 하고 싶은 욕구가 일었다. 여전히 그는 망설였다. 아니오, 어여쁜 루제나, 나는 방문하지 않을 것이오, 하지만……「하지만?」불안스럽고 기대에 찬 음성…… 그 〈하지만〉 다음에 무슨 말을 이어야 할지 요아힘은 처음에는 알지 못했지만 또한 그때에 이미 그 말을 알고 있었다. 「우리는 저 밖에서 만날 수도 있소, 같이 아침 식사를 할 수도.」네, 그래요, 네, 그래요, 제가 작은 식당을 알고 있어요. 내일이에요! 아니, 내일도 곤란한데. 하지만 수요일은 비번이오. 그리고 그들은 수요일에 만나기로 결정했다. 그러자 그녀는 발돋움을 하여 그의 귀에 속삭였다. 「당신, 참 사랑스럽고 착한 분이에요.」 그리고 그녀는 문으로 달려가 사라졌다. 그 문 뒤에 가스 불이 타고 있었다. 파제노는 아버지가 목적지에 돌진하는 빠른 걸음으로 계단을 올라가는 것을 보았고, 그의 심장은 또렷이 그리고 아주 고통스럽게 조여 왔다.

◆

루제나는 요아힘이 레스토랑에서 자신에게 보여 준 정중한 예절에 매혹되어 그가 평복을 입은 데 대한 실망을 잊어버릴 정도였다. 그날은 비가 내리며 서늘했다. 그래도 그녀는 일정을 포기하려 하지 않았다. 그들은 점심 식사 후에 샤

를로텐부르크를 향하여 하벨 강가를 달렸다. 마차 속에서 이미 루제나는 요아힘의 장갑을 벗겼고, 강변길을 걷는 지금은 그의 팔을 잡아 자기 팔에 끼고 있었다. 그들은 천천히 걸었다. 기대에 차 있는, 그렇지만 비와 저녁밖에는 기대할 수 없는 정적의 풍경 속을 거닐었다. 부드럽게 드리워진 하늘이 빗살을 통해 종종 대지와 더욱 가깝게 하나로 연결되었다. 정적 속을 거니는 그들에겐 기대 외에는 남아 있는 것이 없는 듯했고, 그들 내부에서 생동하는 모든 것이 채 열리지 않은 꽃봉오리의 꽃잎처럼 서로 포개어 접힌 손가락 사이를 흐르는 것 같았다. 어깨에 어깨를 기대고 — 멀리서 보면 마치 삼각형 같았다 — 그들은 강변을 걸어갔다. 무엇이 그들 서로를 이끌었는지 두 사람 다 알지 못했으므로 침묵하며. 하지만 그들이 걷는 동안 뜻하지 않게 루제나가 자기 손에 잡혀 있는 그의 손 위로 몸을 구부려 입을 맞추었다. 그가 손을 빼낼 겨를도 없었다. 그는 눈물이 가득 고인 그녀의 눈을, 울먹이며 경련하는 입술을 바라보았다. 가까스로 그는 이렇게 말했다. 「당신이 계단 위에서 나를 만났던 것은 루제나, 말하자면, 말하자면, 당신에게 좋은 일이 아니었소, 절대로 아니었소. 그런데 지금 당신은 여기서……」 그러나 그녀는 그가 기대하는 입맞춤을 위해 입술을 주는 대신 거의 탐욕적으로 다시 한 번 얼굴을 그의 손 위로 떨어뜨렸다. 그가 허락하지 않으려 하자 그녀는 장난치는 작은 강아지처럼 악의 없이 조심스럽고 부드럽게 꽉 깨물었다. 그녀는 잇자국을 만족스럽게 바라보며 말했다. 「산책, 더 계속해요. 비, 해롭지 않아요.」 빗방울이 부드럽게 강으로 내려앉았고 물방울이 수양버들의 잎사귀 속으로 나지막이 떨어지고 있었다. 나룻배 하나가 강변에서 반쯤 물에 잠겨 있었다. 작은 나무다리 아래의 개울이 더욱 세차고 평온하게 흐르는 강물 속으로 떨어졌고 요아힘도 그 물줄기에 빨려 드는 것 같았다. 가슴이 부드럽고 잔잔한 강물인 양, 사랑하는 입술의 숨결 속에서 떠올랐다간 헤아릴 수 없는 정적의 바다로 사라지길 갈망하는 숨 쉬는 물줄기인 양, 그를 가득 채우는 그리움. 여름이 녹아 떨어지는 듯이 물방울이 가볍게 나뭇잎에서 흘러내리며, 맑은 구슬로 풀잎 위에 매달려 있었다. 멀리 부드러운 안개의 장막이 있었다. 그들이 몸을 돌리면 장막은 그들 뒤에서도 닫히며 그들의 걸음은 멈추어 선 것처럼 되리라. 빗줄기가 더 세차졌으므로 그들은 나무 사이에서 피난처를 찾았다. 그 아래 땅바닥은 아직 건조했고, 채 없어지지 않은 보송보송한 여름 먼지의 반점 하나가 거의 가련하게 보였다. 루제나가 모자의 핀을 뽑았다. 도시적인 요소의 강제가 거추장스러웠기 때문만이 아니라 요아힘이 날카로운 핀 끝에 찔리지 않도록 하기 위해서였다. 그녀는 모자를 벗고 요아힘이 보호목이라도 되는 듯이 그에게 등을 기댔다. 그가 뒤로 젖힌 그녀의 머리 위로 얼굴을 숙였다. 그러자 그의 입술이 그녀의 이마와, 그 이마를 검게 테 두르고 있는 고수머리에 닿았다. 그녀의 이마에 있는 가늘고 약간은 우둔하게 보이는 가로 주름을 그는 보지 않았다. 그것을 구별하기에는 그가 너무 가까이 있었을까, 시각(視覺)이 전부 감각으로 녹아 버렸기 때문일까. 그러나 그녀는 자신을 감아 오는 팔을, 자기 손안에 있는 그의 손을 느꼈다. 그녀는 나뭇가지 속에 있는 것 같았다. 이마에 와 닿는 그의 숨결이 나뭇잎 새로 듣는 물방울 같았다. 그렇게 그들은 꼼짝 않고 서 있었다. 잿빛 하늘이 물 표면과 하나가 되어 작은 섬 위의 수양버들이 위에 매달린 건지 혹은 아래에 고정되어 있는 건지 모를 지경으로 잿빛 호수 속에서 일렁이고 있었다. 그러나 그녀는 자기 윗도리의 젖은 소매를 보고 나지막하게 돌아가야 할 것 같다고 말했다. 습기가 지금 아무리 세차게 그들의 얼굴에 들이치더라도 마법을 깨뜨리지 않으려면 서둘러서는 안 되었다. 그들은 작은 식당에서 커피를 마실 때 다시 한 번 마법을 확인했다. 목가적인 유리 베란다의 창 위에 빗살이 점점 거세게 달려들었고 지붕의 홈통에선 여리게 찰싹이는 소리가 들렸다. 여주인이 방에서 나가자 루제나는 잔을 내려놓고 그의 잔을 손으로 빼앗더니 그의 머리를 감싸 안아 자기 눈 가까이로 바짝 당겨 올렸다. 너무 가까워 — 아직 입맞춤을 하진 않았다 — 둘의 시선이 녹아 버리며 긴장은 얼마나 감미로운지 참을 수 없을 지경이었다. 그러나 어두운 동굴에서처럼 물방울이 나지막이 부드럽게 떨어지는 팽팽한 가죽의 가리개가 쳐진 마차 속에 앉아 있는 지금 세상에서 그들 두 사람에게 보이는 것은 마부의 망토 자락과 좌우로 나뉜, 차도의 잿빛으로 젖은 두 줄기 선뿐이었다. 그러나 그것도 곧 보이지 않게 되었다. 그들의 얼굴이 서로 다가가며 합쳐지다간 서로 지나치고, 강물처럼 평온히 흐르다간 잃어버리며 찾지 못하고, 다시 찾아서 시간을 잊은 채 가라앉았다. 그것은 한 시간하고도 14분간 계속된 입맞춤이었다. 마차가 루제나의 집 앞에서 멎었다. 그가 함께 들어가려 하자 그녀가 고개를 저었다. 그는 돌아섰지만 작별의 아픔이 너무도 컸으므로 몇 걸음도 채 가기 전에 다시 돌아섰고 아직도 움직이지 않고 갈망하며 내민 손을 부여잡았다. 두려움에 이끌려 마치 꿈 속에서처럼 몽유하며 두 사람은 발아래서 삐걱이는 어두운 계단을 올라 컴컴한 응접실을 가로질러 비 때문에 조금 일찍 찾아온 황혼의 그림자가 드리운 방 안에서 침대 위를 검게 뒤덮고 있는 거친 담요 위로 쓰러졌고, 중단되었던 입맞춤을 다시 시도했다. 얼굴이 축축한 것은 빗물 때문인지 혹은 눈물 때문인지 그들은 알지 못했다. 루제나가 몸을 빼고 등 뒤의 허리에 채워진 후크로 그의 손을 잡아끌었을 때 그녀의 노래하는 듯한 목소리가 몽롱했다. 「그걸 열어요.」 루제나가 속삭이며 그의 넥타이를 풀고 조끼 단추를 열었다. 그러자 그녀는 갑작스레 신에게 기도하듯 그의 앞에 와락 겸손하게 무릎을 꿇고 침대 모서리에 머리를 대고 그의 신발 단추를 풀었다. 오, 그 단추가 꽂혀 있는 가죽 덮개를 생각지 못하고 같이 꿇어앉지 않았다니 얼마나 끔찍한가. 그렇지만 그녀가 손으로 매만져 그것을 가볍게 해주다니 얼마나 고마운가. 그녀가 미소를 머금고 — 오, 그녀의 미소는 구원이었다 — 침대 위를 펼치자 그 위로 그들은 무너졌다. 그러나 아직 턱이 끼어 있는, 날카롭게 각이 진 풀 먹인 셔츠의 가슴받이가 방해가 되었다. 그녀는 그것을 열어 날카로운 모서리 사이로 얼굴을 누르며 명령했다. 「벗어 버려요.」 그러자 용해되는 듯한 홀가분함, 육체의 부드러움, 숨결, 질식할 정도로 휘몰아치는 감정, 공포로부터 솟구치는 황홀. 오, 관절이 층층이 겹쳐 있는 살아 있는 육체로부터 밀려오는 생의 공포, 그 위로 팽팽하게 펼쳐진 살갗의 부드러움, 골격의, 네가 포옹할 수 있고 너의 심장 옆에서 함께 고동치는 심장과 더불어 숨 쉬며 네게 달려드는 늑골들의 두려운 경고. 오, 달콤한 살내음, 촉촉한 입김, 가슴 아래 흐르는 부드러운 여울, 겨드랑이의 어두움, 하지만 요아힘은 아직도 너무 당황스러웠다. 두 사람은 황홀감을 깨닫기에는 너무도 당황하고 있었다. 아는 것은 오로지 자신들이 함께 있고 서로를 찾아야 한다는 것. 어둠 속에서 그는 루제나의 얼굴을 보았다. 그러나 그것은 미끄러져 가버린 듯했다. 그는 어슴푸레한 고수머리의 수풀 사이로 사라진 얼굴을 손으로 더듬어 그것이 거기 있음을 확인해야 했다. 그는 이마를, 딱딱한 눈동자를 덮은 눈꺼풀을, 행복스럽게 부푼 뺨을, 입맞춤을 위해 열려 있는 입술의 선을 찾았다. 그리움의 파문이 연이어 흐르고 그 흐름에 이끌려 그의 입맞춤은 그녀의 입맞춤을 찾았다. 강물의 수양버들이 솟아오르며 강변에서 강변으로 펼쳐져, 영원한 호수의 정적이 그 평화로운 고요함 속에 깃든 축복받은 동굴처럼 그들을 에워싸는 동안, 더 이상 숨 쉬지 않고 질식해 버린 듯 오직 그녀의 숨결만을 찾으며 너무도 나지막이 — 그러나 그녀는 마치 울부짖음을 들은 것 같았다 — 〈사랑해〉라고 그가 말했을 때 그녀는 열렸다, 바다의 조가비처럼. 그 속에서 그는 익사하듯 가라앉았다.

◆

형이 죽었다는 뜻밖의 소식이 왔다. 그는 포젠에 사는 폴란드 지주와의 결투에서 죽었다고 했다. 이 사건이 몇 주 전에 일어났더라면 요아힘은 아마 동요하지 않았으리라. 20년을 집에서 멀리 떨어져 지내는 동안 형의 모습은 점점 흐릿해져 그를 생각할 때에도 소년복을 입은 — 그가 사관 학교에 집어넣어지기 전에 그들은 항상 똑같은 옷을 입고 있었다 — 금발 소년이 떠오를 뿐이었다. 그리고 지금도 그가 제일 먼저 생각하지 않을 수 없었던 것은 어린아이의 관이었다. 그렇지만 곧바로 그 옆에 금빛 수염을 기른 사내다운 헬무트의 모습이, 그가 예거 가에서 보낸 어느 밤에 어떤 소녀의 얼굴을 있는 그대로 알아보지 못할까 봐 두려워했을 때 나타났던 인물과 동일한 모습으로 떠올랐다. 아, 당시 그 사냥꾼의 맑은 눈동자가 어떤 다른 사람이 그를 끌어당기며 옭아매려 하는 환영에서 그를 구출해 주었다. 그때 그 눈을 그에게 빌려 주었던 헬무트는 이제 그 눈을 영원히 그에게 선물하기 위하여 감아 버렸단 말인가? 그가 그렇게 하라고 헬무트에게 요구했던가? 하지만 그는 자기에게 전혀 죄가 없다고 느꼈으면서도 그 죽음은 자신을 위해 꼭 있어야 할 것처럼 생각되었다. 헬무트가 숙부 베른하르트와 같은 수염, 입술은 보이지만 얼굴 전체에 수염을 길렀던 것은 기이한 일이었다. 그러자 사관 학교와 군인으로서의 경력을 요아힘에게 떠넘긴 사람은 숙부 베른하르트가 아니라 줄곧 헬무트였던 것 같다는 생각이 들었다. 물론 진짜 책임은 숙부에게 있었다. 그렇다면 헬무트는 자기가 집에 남을 수 있도록 속임수를 썼던 것이다. 그것이 이유일 수도 있다. 하지만 모든 것이 너무도 기이하게 뒤죽박죽이 되었고, 형의 생이 부러워할 가치가 없는 것이었다고 깨닫게 되자마자 한층 더 뒤죽박죽이 되었다. 그의 눈앞에 다시 어린아이의 관이 떠오르며 아버지에 대한 분노가 일었다. 그렇다, 노인은 이 아들 역시 집에서 쫓아내는 데 성공한 것이다. 아버지에게 죽음의 책임을 돌려도 된다는 사실이 그에게 증오 어린 해방감을 안겨 주었다.

그는 장례식에 갔다. 그가 슈톨핀에 도착했을 때 헬무트의 편지가 기다리고 있었다. 〈내가 약간은 쓸모없는 듯이 보이는 이 사건에서 살아 돌아올지는 잘 모르겠다. 물론 나는 그렇게 되기를 희망한다마는, 어찌 되었건 내게 별 상관이 없는 일이라고 생각한다. 이렇게 하찮은 삶에 사람들이 굴복할 수 있는, 더욱 지고한 이념의 흔적을 지닌 어떤 명예 법전 같은 것이 존재한다는 사실이 나는 대단히 기쁘다. 내가 나의 생에서 발견했던 것보다 더 많은 가치를 너는 너의 생에서 발견하기를 바라 마지않는다. 때때로 나는 너의 군대 경력을 시기했었다. 그건 적어도 인간 자신보다 위대한 어떤 것에 대한 봉사가 아니겠니. 너는 어떻게 생각하고 있는지 난 잘 모르겠다만 장원을 넘겨받으려고(내가 죽게 될 때 말이다) 군인으로서의 경력을 포기할까 봐 경고로서 이런 말을 적고 있는 거다. 조만간 그렇게 해야 되겠지. 하지만 아버지가 살아 계시는 한 너는 집에서 떨어져 사는 게 나을 성싶다. 어머니가 너를 필요로 하지 않는 한에선 말이다. 너에게 많은 희망을 건다.〉 요아힘에게 주의시켜야 할 듯싶은 여러 규정들이 상세하게 나열된 다음 마지막으로 약간 갑작스럽게, 요아힘이 자기보다 덜 고독해지기를 바란다는 희망으로 편지가 끝났다.

양친은 기이할 정도로 태연했다. 어머니 역시 그러했다. 아버지가 그를 악수로 맞아들이며 말했다. 「그 애는 명예를 위해 죽었다. 이름의 명예를 위해서 말이다.」 그리고 입을 다문 채 딱딱한 일직선의 걸음으로 방 안을 왔다 갔다 했다. 곧이어 그가 반복했다. 「그 애는 명예를 위해 죽었다.」 그리고 문 밖으로 나가 버렸다.

헬무트는 커다란 살롱에 안치되어 있었다. 응접실에서 요아힘은 꽃과 화환에서 풍기는 짙은 냄새를 맡았다. 어린아이에게는 향기가 너무 짙은데,라는 고집스럽고 어리석은 생각이 들었지만 그럼에도 불구하고 요아힘은 주저주저하며 휘장이 무겁게 드리워진 문에 선 채 감히 쳐다볼 엄두를 내지 못하고 바닥에 시선을 두었다. 그는 이곳의 쪽매 널마루를, 문지방에 인접한 삼각형의 널빤지들로 짜인 마루를 알고 있었고 연이어진 장식 무늬도 알고 있었다. 어린 시절 그 장식 무늬 위로 기하학적인 모양을 그려 보려 애썼듯이 무늬를 눈으로 따라가는데, 그때 관대 아래 펼쳐진 검은 양탄자의 모서리에 시선이 이른다. 화환에서 떨어진 잎사귀 몇 개가 그 위에 있다. 그는 장식 무늬의 길을 따라가 볼 기분이 생긴 듯 몇 걸음 옮겨 관을 바라본다. 그것은 어린아이의 관이 아니었다. 그건 좋았다. 하지만 아직 바라볼 능력이 있는 눈으로 죽은 남자의 눈을 들여다보려니 움츠려졌다. 푹 꺼진 그 눈 속에 소년의 얼굴이 익사해 있는 것이다. 그는 자기의 두 눈을 선사한 동생을 끌어당길지도 모른다. 그 자신이 그곳에 누워 있다는 느낌이 하도 강렬했기 때문에 더 가까이 다가가 관이 닫혀 있음을 깨닫자 구원같이도 호운(好運)같이도 느껴졌다. 누군가 말했다, 죽은 사람의 얼굴은 총알이 관통하여 일그러졌다고. 그는 그 말을 흘려들으며 관 옆에 서서 손을 관 뚜껑 위에 얹었다. 그러자 시신과 죽음의 침묵 앞에 있는 모든 사람들에게 엄습하는 저 망연함 속에서 거기 있는 모든 것이 넓어지고 붕괴되며, 오랫동안 익숙했던 것들이 파괴되고 무너져 마비되는 듯하고 공기는 희박해지며 참을 수 없게 된다. 그는 관대 옆자리를 결코 떠날 수 없을 것 같았다. 아주 애를 쓰고서야 비로소 그는 이곳이 커다란 살롱이었고 전에 피아노가 놓여 있던 자리에 관이 놓여 있다는 것, 양탄자 뒤쪽 끝에 사람들이 한 번도 밟은 일이 없는 쪽매 마루 한 조각이 있다는 것을 기억할 수 있었다. 그가 천천히 걸어가 검은 휘장이 드리워진 벽을 쓰다듬었을 때 검은 천 아래에 그림 액자와 철십자 훈장의 액자가 느껴졌다. 그러자 다시 현실의 단편이 얻어지며 죽음은 새롭게, 전율이 일 정도로, 일종의 표구사의 일로 화했으므로, 헬무트를 관과 온갖 꽃으로 단장하여 새로운 가구처럼 이 방에 들여놓았다는 생각이 들며 거의 유쾌했다. 이해할 수 없던 것이 다시 이해할 수 있는 것으로, 확실한 것으로 축소되었고, 그리하여 이 몇 분 동안의 — 혹은 몇 초에 불과했던가? — 체험은 조용하고 평온한 자신감에 도달했다. 아버지가 몇몇 신사와 함께 들어왔다. 요아힘은 다시 여러 번 반복하는 그의 목소리를 들었다. 「그 애는 명예를 위해 죽었다네.」 그런데 신사들이 가버리고 요아힘이 다시 혼자가 되었다고 생각하는데 갑자기, 〈그 애는 명예를 위해 죽었어〉 하는 소리가 들려왔다. 그는 왜소하고 고독하게 관대 옆에 서 있는 아버지를 보았다. 그는 아버지에게 다가가야 할 책임을 느꼈다. 「아버님, 이리

오십시오.」그가 말하며 아버지를 밖으로 이끌었다. 문에서 아버지는 그를 그윽히 응시하며 말했다.「그 애는 명예를 위해 죽은 거다.」그는 암기하려는 듯, 요아힘도 그렇게 해주기를 바라는 듯했다.

이제 많은 사람들이 도착했다. 마당에 지방의 소방대가 서 있었다. 근방의 재향 군인회 회원들이 실크해트와 검은 프록코트 차림으로 정연한 대열을 이루어 나타났다. 그들 사이에는 철십자 훈장이 드물지 않게 눈에 띄었다. 이웃의 마차들이 달려왔다. 마부가 적당히 그늘진 곳에 가 있으라는 당부를 받는 동안 요아힘은 영주들의 인사를 받아야 했고 형의 관 앞에서 경의를 표해야 했다. 폰 바덴젠 남작은 아내와 딸이 아직 베를린에 있었으므로 혼자서 왔다. 그가 인사를 할 때 요아힘은 이 신사가 목하 슈톨펜의 유일한 상속자인 자신을 바람직한 사윗감으로 간주할 수 있으리라는 생각이 들었지만, 그는 분노로써 그 생각을 거부했고 엘리자베트를 위하여 부끄럽게 여겼다. 합각머리 지붕 위로 검은 기(旗)가 테라스에 닿을 정도로 길게 드리워져 있었다.

어머니가 아버지의 팔을 잡고 계단을 내려왔다. 사람들은 그녀의 의연한 태도에 놀랐다. 정말 그녀는 감탄스러웠다. 그렇지만 어쩌면 그것은 그녀의 특성인 감정의 타성에 불과할 수도 있었다. 장례 행렬이 이루어져 마차들은 마을 거리로 접어들었다. 목사관이 눈앞에 보이자 상복과 제복의 검은 천 속으로 날카롭고 숨 막히게 타들어 오는 오후의 뜨거운 태양으로부터 서늘한 하얀 교회 속으로 들어갈 수 있는 것에 모두들 내심 진심으로 기뻐했다. 목사가 추모 연설을 했다. 그는 명예에 대해 많이 언급하면서 그것을 교묘하게 지고한 자의 명예로 전환시켰다. 풍금에 맞추어 합창이 울렸다. 사람은 누구나 가장 사랑하는 이와 이별해야 하노니⋯⋯ 아프고 괴롭더라도. 요아힘은 운율이 맞는지 듣기 위해 가사의 진행을 계속 기다렸다. 그다음 그들은 걸어서 묘지에 이르렀다. 묘지 입구 위에서 〈편히 쉴지어다〉라는 황금빛 금속 글자가 반짝거렸다. 마차들이 길게 뻗치는 먼지구름을 남기며 느릿느릿 따라왔다. 메마르고 부석부석한 땅 위에 햇빛을 쏟아 내는 하늘이 청자 빛을 띠고 둥그렇게 펼쳐져 있었다. 그들은 헬무트의 시신을 받아 갈 땅 위에서 기다렸다. 물론 그것은 진정한 의미의 땅이 아니라 가족 묘지, 들어올 자를 무료하게 기다리며 하품을 하고 있는 조금 열린 지하실이었다. 요아힘은 삽을 세 번 비우고 아래를 내려다보았다. 조부모의 관과 숙부들의 관 끄트머리께가 보였고 아버지의 자리를 비워 두기 위해 숙부 베른하르트가 여기 같이 묻히지 않았음이 생각났다. 그러나 헬무트의 관 뚜껑과 묘지의 포석 위로 흙이 흩뿌려지자 장난감 삽을 들고 강 모래 속에서 놀던 어린 시절이 생각나지 않을 수 없었다. 형이 다시 소년의 모습으로 눈앞에 떠올랐고 자신이 관대에 누워 있는 것으로 보였다. 이 여름날의 메마름이 헬무트의 나이뿐만 아니라 죽음마저도 기만하고 있는 것 같았다. 그때 요아힘은 자기가 죽을 때는 부드럽게 비가 내리는 날이기를 바랐다. 그런 날이면 하늘 스스로가 영혼을 받아 가기 위해 내려올 것이며 영혼은 루제나의 품속에서처럼 하늘 속에서 용해될 것이다. 그런 생각은 이런 자리에 어울리지 않는 무례한 것이었지만,

그는 책임을 자신에게가 아니라 그가 지금 묘지 입구 자리를 양보해 준 다른 사람들에게 전가했다. 아버지 역시 책임이 있었다. 왜냐하면 그들의 신앙은 전부 위선적이며 부석거리는 먼지 같은 것이며 해와 비에 좌우되는 것이었기 때문이다. 이 모든 것을 일소하고 성스러운 나라를 새로운 영광으로 기리며 사람들을 그 나라로 이끌어 가도록, 흑인 군대가 들어오길 희망해야 하는 건 아닐까? 그리스도가 묘지 위 대리석에 매달려 천 조각으로 국부를 가리고 황동의 핏방울이 떨어지는 면류관을 쓰고 있었다. 요아힘도 뺨에 물방울을 느꼈다. 그것은 자신이 알아차리지 못한 눈물이었을지도, 다만 내리누르는 열기 때문에 나온 물기였을지도 모른다. 그는 그것을 알지 못한 채 자신에게 내밀어 오는 손들을 잡았다.

재향 군인회 회원들과 소방대원들이 열병 행진을 하며 반듯이 왼쪽으로 고개를 돌려 죽은 자에게 마지막 경의를 표했다. 묘지 자갈 위에 장화를 세차게 부딪치며 그들 4열 종대는 엄숙하게 지휘관의 잘라 내는 듯한 구령에 맞추어 묘지 입구로 행진해 갔다. 묘지의 교회 계단 위에서 폰 파제노 영주는 모자를 손에 들고, 요아힘은 군모 옆에 손을 대고, 폰 파제노 부인은 그 두 사람 사이에 서서 열병을 받았다. 동석한 다른 군인들도 부동자세로 서서 군모 가장자리에 손을 가져다 대었다. 그다음 마차들이 앞서 달려갔다. 요아힘은 양친과 함께 마차에 올랐다. 마차의 손잡이와 그 밖의 금속 부분들은 마구의 금속과 똑같이 세심하게 마부에 의해 꽃들로 묻혀 있었다. 요아힘은 채찍 옆에도 작은 화환이 달려 있음을 알아차렸다. 그때 어머니가 울었다. 그녀를 진정시킬 한마디 말도 찾아낼 수 없었던 요아힘은 다시 어째서 자신이 아니라 헬무트가 죽음의 탄환을 맞아야 했는지 알 수 없었다. 아버지는 검은 가죽의 쿠션 위에 꼿꼿이 앉아 있었다. 그 가죽은 베를린의 마차 좌석처럼 딱딱하지도 부서질 듯도 하지 않았으며 유연하게 가죽 단추로 잘 꿰어져 있었다. 몇 번인가 아버지는 무슨 말인가를, 분명 그를 몰두하게 하고 완전히 사로잡고 있는 일련의 생각을 마무르는 어떤 말을 하려는 듯이 보였다. 그는 말을 꺼내려다가 곧 다시 굳어졌다. 다만 소리 없이 입술이 달싹거렸다. 마침내 그가 날카롭게 말했다. 「그들이 그 애에게 마지막 경의를 표했구나.」 그는 아직도 무엇인가를 기다리는 듯, 혹은 어떤 말을 덧붙이려는 듯 손가락 하나를 올렸지만 결국 그 손을 다시 허벅지에 펴서 올려놓았다. 검은 장갑과 큼직한 단추가 달린 커프스 가장자리 사이로 불그레한 털투성이 피부가 조금 보였다.

◆

그다음 나날들은 침묵 속에서 흘러갔다. 어머니는 자기 일과를 계속했다. 그녀는 외양간에서 젖 짜는 데 있었고 닭장에서 달걀을 꺼내는 데 있었고 세탁실에 있었다. 요아힘은 몇 번인가 말을 타고 들로 나갔다. 그 말은 그가 헬무트에게 선물했던 말이었고 그렇게 하는 것이 죽은 자에 대한 사랑의 봉사 같았다. 저녁땐 마당이 청소되고, 하인들 집 앞의 의자 위엔 사람들이 앉아 서늘하고 부드러운 바람을 즐겼다. 어느 날 밤 뇌우가 쳤다. 요아힘은 루제나를 거의 잊고 있었음을 깨닫고 깜짝 놀랐다. 그는 아버지와 얼굴을 거의 마주친 일이 없었다. 아버지는 대개 서재의 책상에 앉아 조의문을 읽거나 그것을 종이에 기록하고 있었다. 죽은 사람에 대해 이야기하는 사람은 이제 거의 매일 방문하다시피 하며 자주 저녁 식사를 함께 하는 목사뿐이었지만, 그것은 일종의 그의 전용어가 되었기 때문에 거의 주목을 받지 못했고 유일한 청중은 폰 파제노 영주인 듯이 보였다. 그는 바로 자기 가슴에 놓여 있는 말을 하려는 것처럼 자주 고개를 끄덕였지만, 그가 힘 있게 고개를 끄덕이며 하는 말은 목사의 마지막 말의 반복이었다. 예를 들면 〈그렇소, 그렇소, 목사님, 힘든 시험을 받은 부모들이오〉 같은 말이었다.

그 후 요아힘은 떠났다. 그가 아버지와 작별 인사를 나눌 때 노인은 다시 방 가운데를 서성였다. 요아힘은 이 방에서 나눴던 똑같은 무수한 작별이 생각났다. 벽에 걸린 사냥 트로피들, 난로 옆 모서리의 타구(唾具), 이미 할아버지 때부터 놓여 있던 문방구들, 대개 자르지도 않은 채 책상 위에 놓인 사냥 신문들, 그런 것들에 그가 아무리 익숙해 있었더라도 그는 그 방이 마음에 들지 않았다. 그는 아버지가 늘 그러듯이 외알 안경을 눈에 끼고 짤막하게 〈그럼 요아힘, 좋은 여행이 되기 바란다〉라고 말하며 놓아주리라고 예상했다. 하지만 이번엔 아버지가 아무 말 없이 뒷짐을 지고 계속 이리저리 거닐기만 했으므로 요아힘은 두 번째로 말을 꺼냈다. 「아버님, 지금 떠나야 합니다. 역에 갈 시간이에요.」 「자, 그럼 좋은 여행이 되기를 빈다, 요아힘.」 마침내 익숙한 대답이 있었다. 「그렇지만 할 말이 있다. 넌 이제 곧 집에 돌아와야 한다고 생각한다. 공허해졌다. 그래, 공허해졌어……」 그는 주위를 둘러보았다.「……그러나 누구나 이해하는 건 아니지…… 물론 사람들은 명예를 소중히 여겨야 하지…….」그는 다시 자신의 말투로 돌아와 비밀스럽게 말했다.「그런데 엘리자베트하고는 어떠냐? 우리가 이 이야기를 한 적이 있었지……?」―「아버님, 더 지체할 수 없습니다.」요아힘은 말했다.「그렇지 않으면 기차를 놓칠 겁니다.」― 노인이 손을 내밀었고 요아힘은 마지못해 그것을 잡았다.

마을을 통과할 때 그는 교회의 시계를 보았다. 기차 시간까지는 아직 충분했다. 물론 그는 그것을 알고 있었다. 우연히 교회 문이 열려 있었으므로 요아힘은 마차를 세웠다. 그것은 일종의 속죄였다. 오직 상쾌함과 시원함만을 느꼈던 교회에 대한 죄, 좋은 이야기를 해주는데도 귀담아 듣지 않았던 목사에 대한 죄, 장례식 때 무례한 생각으로 불경을 저질렀던 헬무트에 대한 죄, 한마디로 신에게 저지른 죄를 속죄하는 것이었다. 그는 교회로 들어가 어린 시절에 교회를 방문하던 때의 분위기를 찾아보았다. 당시 요아힘 폰 파제노, 자신은 일요일마다 항상 새롭게 압도되어 이곳, 신의 얼굴 앞에 서 있었다. 당시 그는 많은 찬송가를 부를 수 있었고 또한 열정적으로 노래했었다. 하지만 이제 그가 교회에서 노래를 시작한다는 건 중요한 일이 아니었다. 그는 생각을 신에게 집중시키고, 신 앞에서의 그의 죄에 집중시키고, 신 앞에서의 그의 왜소함과 긍휼함에 집중시키는 데 만족해야 했다. 그러나 그의 생각은 신을 찾고자 하지 않았다. 다만 언젠가 이 자리에서 들었던 이사야의 말이 떠올랐다.〈소도 제 임자를 알고 나귀도 주인이 만들어 준 구유를 아는데 이스라엘은 아무것도 알지 못하고 내 백성은 철없이 구는구나.〉[17] 그렇다, 베르트란트가 옳았다. 그들은 그리스도교적 믿음을 상실했다. 그는 주기도문을 외어 보려 했다. 공허한 단어를 암송하는 것이 아니라 눈을 감고 주의를 기울여 단어마다의 의미를 파악해 보려 했다. 그리고 〈우리에게 죄지은 자를 사하여 주는 것같이〉의 대목에 이르자 불안했지만 신실(信實)에 충만했던 어린 시절의 부드러운 감정이 되살아났다. 그는 항상 이 구절을 아버지와 관련시킴으로써 아버지를 용서할 수 있으리라고, 어린 자식인 자신의 의무라고 느꼈던 아버지에의 사랑을 행할 수 있으리라고 믿었던 것이 생각났다. 그러나 노인이 불안해하고 분명 벗어 버리고자 애쓰는 고독에 대해 했던 말이 귀에 들렸다. 요아힘은 교회를 떠나며 〈숭고하고 강해져〉라는 말을 생각해 냈다. 또한 그 단어는 공허한 것이 아니라 어린아이다운 착한 의미를 지닌 듯이 느껴졌다. 그는 엘리자베트를 찾아보기로 결심했다.

마차 속에서 그 생각이 다시 떠오르며 〈숭고하고 강해져〉란 말이 들렸다. 그러나 그 생각은 풀을 먹여 빳빳한 셔츠의 가슴 부분을 연상시키며 루제나에 대한 행복스러운 그리움과 연결되었다.

---

17 「이사야」 1장 3절.

2

쾨니히 가(街)로부터 걸어오는 사람이 있었다. 땅딸막하게 작은 사람으로 그가 걸친 모든 것은 부드러움 그 자체였다. 따라서 저 사람은 마치 아침에 옷이라는 자루 속에 채워 넣어진 것 같군, 하고 말할 수 있을 정도였다. 그는 검은 바지에 회색 뤼스터[18] 상의를 걸친 근엄한 행인으로, 그의 가슴은 갈색 수염으로 덮여 있었다. 그는 바쁜 것이 분명했지만 결코 일직선의 재빠른 걸음이 아니라, 비록 바쁜 일이 있다 하더라도 그처럼 부드럽고 근엄한 남자에게 어울리는 일종의 장중한 갈지자 걸음을 옮기고 있었다. 그렇지만 그 남자의 얼굴은 수염 뒤뿐만 아니라 코안경 뒤에도 숨어서 그 안경을 통해 다른 행인들에게 엄한 눈초리를 던지고 있었다. 그러므로 매우 긴급한 사업을 그런 속도의 갈지자 걸음으로 뒤쫓고, 그 부드러움에도 불구하고 그토록 엄격하고 딱딱한 시선을 보내는 사람이 다른 위치에서 친절하리라고는 정말 상상할 수 없었고, 그가 사랑의 마음을 품었던 여인이, 수염

18 윤나는 모직물의 일종.

을 열어젖히고 다정한 미소를 보여 준 여자들이나 아이들이 있으리라고도, 키스하기 위해 수염 속의 장밋빛 살과 어두운 동굴을 찾았을 여인들이 있으리라고도 상상할 수 없었다.

요아힘의 눈에 이 남자의 모습이 들어왔을 때 그는 자동적으로 그의 뒤를 쫓았다. 그가 어디로 가든 상관없었다. 베르트란트 상사의 베를린 지사장이 있다는 것, 그의 사무실이 알렉산더 광장과 증권 거래소 사이의 어느 거리엔가 있다는 것을 알고부터, 때때로 그는 충동적으로 이 지역에 오게 되었다. 마치 이전에 변두리에 있는 빈민 지역에 갔던 것과 같은 충동이었다. 루제나를 이제 그곳에서 찾을 필요가 없어진 것은 그녀에겐 승진과 같을 것이다. 그러나 그가 이곳에 오는 것은 베르트란트를 만나기 위해서는 아니었다. 그 반대로 베르트란트가 베를린에 있음을 알았을 때 그는 이 지역을 피했으며, 또한 베르트란트의 대리인에게 관심이 있는 것도 아니었다. 다만 베르트란트의 실제 생활이 이런 지역에서 이어진다는 것이 기이했을 뿐이다. 요아힘은 이 거리를 통과하여 걸어갈 때 어떤 사무실들이 저 뒤에 숨어 있을지를 연구하듯 건물들의 정면을 뜯어보았고, 마치 여자들을 흘낏거리듯 모자 밑으로 일반 시민들을 쳐다보았다. 그는 때때로 그런 짓을 하는 자기 자신이 놀라웠다. 왜냐하면 그가 그들의 얼굴 속에서, 이 사람들이 자기와 아주 다른 종족인지, 또한 베르트란트가 이미 그들로부터 넘겨받았으면서도 여전히 감추고 있는 특성들을 그들이 내보여 주는지 탐색하고 있다는 사실을 거의 깨닫지 못했기 때문이다. 그렇다, 이 인간들의 은거(隱居)는 너무도 완벽하여 숨기 위한 수염 같은 건 결코 필요하지 않았다. 그들이 수염을 기르는 것은 위선적이라기보다는 친밀하게 느끼게 해주었다. 아마 이것이 바삐 서두르는 뚱뚱한 남자를 따라가는 이유 중의 하나일 것이다. 갑자기 저 앞에 가는 남자가 자신이 항시 베르트란트의 대리인이라 상상했던 모습과 기이하게도 일치하는 것처럼 생각되었다. 그것은 좀 불합리한 생각이긴 했지만 어쨌든 몇몇 사람이 그 남자에게 인사하는 걸 볼 때 베르트란트의 대리인이 저 정도의 명망을 누리고 있구나 싶어 그는 기뻤다. 설사 베르트란트 자신이 배우처럼 분장을 하여, 작고 땅딸막하게 온 얼굴에 수염을 달고, 갈지자 걸음으로 마주 왔다 하더라도 그는 결코 놀라지 않았을 것이다. 이미 다른 세계로 가버린 그가 어떻게 자기 모습을 유지할 수 있겠는가. 자신의 생각이 무의미하고 무질서함을 요아힘도 알았지만 그럼에도 불구하고 일견 혼란스러운 그물망 속에는 좋은 질서가 숨어 있는 듯했다. 루제나를 이 사람들과 연결시키고 있는 실마리, 이 깊고 아주 은밀한 연관성을 재빨리 낚아챘다면 그 실마리의 끝이 그의 수중에 놓였을 것이다. 베르트란트가 바로 루제나의 애인일 거라고 추측했을 당시에 말이다. 그러나 지금은 그의 손이 텅 비어 버렸다. 다만 베르트란트가 언젠가 사업 친구들과 저녁을 보내야 한다고 용서를 구했던 일이 생각났고 저 남자가 사업 친구였으리라는 생각을 떨쳐 버릴 수가 없었다. 아마도 그들 두 사람이 함께 예거 카지노에 갔는지도, 저 남자가 루제나에게 50마르크를 찔러주었는지도 모른다.

만약 거리에서 한 사람이 다른 한 사람을 따라간다면 그것이 자동적이든 외견상 무관심하게 보이든 간에, 곧 그가 따라가는 저 존재에 원하든 원하지 않든 온갖 희망을 거는 결과가 된다. 적어도 그는 그의 얼굴을 보기를 원한다. 비록 형이 죽은 후부터는 그 두려워진 용모에서 루제나의 얼굴을 찾아보아야 할 것 같은 유혹에 저항할 수 있다고 생각하면서도 그는 그 얼굴이 돌려지기를 바라는 것이다. 여기 이 거리 사람 모두의 곧바른 자세가, 그들의 더 나은 지식과 일치하지 않는 것이든, 또는 어떤 슬픈 무지에서 연유하는 것이든 간에 — 이러한 육신은 모두 죽어서 눕게 될 테니까 — 전적으로 부당한 자세라는 생각이 요아힘에게 날아들었어도, 물론 그 생각이 관련성을 맺을 만한 것은 하나도 없었다. 게다가 앞서가는 저 남자의 걸음걸이는 전혀 딱딱하지도, 휘청거리지도, 똑바르지도 않을뿐더러 넘어져 다리가 부러질 위험도 전혀 없었다. 그러기에 그는 너무도 부드러웠다.

이제 그 남자는 무엇인가 기다리는 듯이 로흐 가(街) 모퉁이에서 걸음을 멈추었다. 그는 지금 요아힘이 50마르크를 돌려주기를 기다리고 있는지도 모른다. 그럴 의무가 요아힘에겐 있었으므로 격렬하고 뜨거운 부끄러움이 솟구쳤다. 사람들은 그가 여자 하나를 돈을 주고 샀다고, 혹은 돈을 주고 샀다는 이유로 루제나의 사랑을 의심하기 시작하여 그녀를 추잡한 여급 생활에 그대로 두었다고 생각할지도 모른다는 불안이 일었기 때문이다. 그러자 헛간 같은 집이 그의 눈앞에 떠올랐다. 프로이센 장교인 그가 다른 남자들이 돈을 치르는 여자의 비밀스러운 정부(情夫)라니, 불명예는 피스톨 한 방이면 일소할 수 있다. 그렇지만 그 뒤에 이을 온갖 무시무시한 결과를 미처 생각해 보기도 전에 그 생각은 마치 베르트란트의 모습처럼 가물거리며 사라졌다. 왜냐하면 그 남자가 로흐 가를 건너갔고 요아힘은 그를 놓쳐서는 안 되었기 때문이다. 놓치기 전에…… 놓치기 전에, 그 생각은 그대로 두자. 베르트란트, 그는 쉽게 할 수 있을 것이다. 그는 저 세계와 이 세계에 동시에 속하는 사람이니까. 그리고 루제나 역시 이 양쪽 세계에 발을 걸치고 있다. 이것이 그 두 사람을 동족으로 만드는 합법적인 이유였던가? 그러나 이제 그의 생각은 그를 둘러싼 인간들의 소용돌이 속에서 뒤죽박죽이 되었고, 비록 그가 따라잡으려던 목적물을 눈앞에서 보고 있다 하더라도, 그것 역시 흔들리며 파도치며, 마치 앞에 가는 저 부드러운 남자의 등처럼, 자꾸 가려졌다. 만약 그가 루제나를 합법적인 소유주에게서 가로챈 셈이라면, 그녀를 노획물처럼 숨겨 둔 것은 옳은 일인지도 모른다. 그는 꼿꼿하게 곧바른 자세를 유지하고 일반 시민들을 더 이상 쳐다보지 않으려 했다. 그를 둘러싼 인간들의 소용돌이, 남작 부인이 말했듯이 혼잡의 무리, 온통 얼굴과 등으로 가득 찬 분주한 톱니바퀴는 붙잡을 겨를도 없이 흘러 사라지고 미끄러져 가는 부드러운 덩어리 같았다. 대체 어디로들 가고 있는가! 돌연 그는 정자세를 취하며, 사람은 낯선 세계의 인간만을 사랑할 수 있다는 생각을 떠올리고 해방감을 느꼈다. 그렇기 때문에 그는 결코 엘리자베트를 사랑해선 안 되며, 그렇기 때문에 루제나는 보헤미아 여인이어야 했으리라. 사랑이란 자신의 세계에서 다른 사람의 세계로 도피하는 것이며, 따라서 그가 루제나를 그녀의 세계에 그대로 둔 것은 아무리 부끄럽고 질투가 이는 일이라 하더라도, 그것은 그녀가 그에게 언제나 다시 달콤하게 도피해 올 수 있도록 하기 위해서였다. 수비대 건물이 눈앞에 보이자 그는 자세를 더욱 꼿꼿이, 마치 일요일에 예배 보러 가는 군인들처럼 추스렸다. 슈판다우어 가(街)의 모퉁이에서 그 남자가 걸음을 늦추며 찻길 가장자리에서 머뭇거렸다. 그 같은 상인이라면 거리를 오가는 말들이 두려울 수도 있었다. 그가 이 남자에게 돈을 되돌려 주어야 한다는 생각은 물론 불합리한 것이었다. 하지만 루제나를 카지노에서 빼내야 한다는 것은 확실했다. 어쨌든 그녀는 여전히 보헤미아 여인이며 낯선 세계의 사람으로 남으리라. 그렇지만 그 자신은 어디에 속하는 사람인가? 그는 어디로 가고 있는가? 베르트란트에게? 다시 그의 눈앞에 베르트란트가 보였다. 기이하도록 부드럽고 작은, 코안경 사이로 엄격한 시선을 던지는, 그에게도 낯설고 보헤미아 여인 루제나에게도 낯설며 고요한 공원을 거니는 엘리자베트에게도 낯선, 요컨대 그들 모두에게 낯선 베르트란트가. 하지만 그가 몸을 돌려 수염을 열고 친절한 미소를 보이며 여인들에게 수염 속의 동굴에 키스하라고 재촉할 때면, 그는 그럼에도 불구하고 친밀한 인간인 것이다. 군도(軍刀) 손잡이를 잡은 채 요아힘은 서 있었다. 마치 수비대 건물 가까이에 있는 것이 악으로부터 자신을 지켜 줄 힘이 되고 피난처가 되는 듯이. 베르트란트의 모습이 영롱하면서도 섬뜩했다. 그는 떠올랐다가 다시 사라졌다. 〈대도시의 어둠 속으로 사라졌어.〉 요아힘은 생각했다. 어둠이라는 단어가 지옥의 죽음 같은 울림을 지니고 있었다. 베르트란트는 누구에게나 숨어 있었고, 모두를 배반했다. 그를, 동료들을, 여인들을, 그들 모두를. 그때 그는 베르트란트의 대리인이 별 탈 없이 슈판다우어 가를 빠른 걸음으로 가로지르는 것을 알아차렸다. 앞으로 루제나를 그 두 사람으로부터 빼올 걸 생각하고 요아힘은 행복했다. 아니, 훔친다고 말할 수는 없지. 반대로, 그는 저들과 엘리자베트 사이를 막아 줄 의무가 있었다. 오, 악인은 위선적임을 그는 알았다. 군인이라면 결코 도망가서는 안 되었다. 그가 도망친다면 엘리자베트를 무방비 상태로 저들에게 넘겨주는 게 되리라. 그 자신이 대도시의 어둠 속에 숨어 살며 말을 무서워하는 인간들 중 하나가 되는 것이리라. 그리고 그것은 도둑질의 죄를 고백하는 것뿐만 아니라 배신의 비밀을 알아내길 영원히 포기하는 것과 같으리라. 그는 저 남자를 계속 쫓아가야 했다. 그러나 스파이처럼 숨어서가 아니라 떳떳하게 추격해야 한다. 그래야 마땅하다. 그리고 루제나도 숨겨 두어서는 안 될 것이다. 그러자 요아힘 주위의 증권 거래소 지역의 한가운데가, 수비대 건물 근처에 있는데도, 단숨에 평온해졌다. 거리의 틈 사이로 들여다보고 있는 저 청명한 하늘처럼 평온하고 투명했다.

그는 남자를 붙들고서 자신이 루제나를 카지노에서 빼내어 더 이상 숨겨 두지 않겠노라고 말하고 싶은, 그리 분명하진 않지만 절박한 욕구를 느꼈다. 그렇지만 남자는 그가 몇 발짝도 채 걸어 나가기 전에 바삐 증권 거래소 건물 속으로 지척지척 들어가 버렸다. 요아힘은 잠시 문 앞을 바라보았다. 이곳이 변신의 장소인가? 이제 만약 베르트란트가 직접 나온다면? 그는 그 즉시 루제나와 함께 그를 만나야 할 것인지 생각해 보았고 아니라고 부정했다. 베르트란트는 밤새 영업하는 술집의 세계에 속하는 사람이며, 이제 자신이 루제나를 빼내어야 하는 곳이 바로 그 세계였기 때문이다. 그러나 잘되겠지. 모든 것을 잊고 루제나와 함께 고요한 공원을 거닐며 고요한 연못 옆을 산책한다면 얼마나 좋을까. 그는 증권 거래소 앞에 서 있었다. 그는 시골이 그리웠다. 주위에서 마차들이 미친 듯이 질주했다. 위에선 전차가 천둥소리를 내며 지나갔다. 그는 이제 지나가는 사람들을 쳐다보지 않았고, 또한 그들이 낯선 종족임을 알았다. 앞으로 그는 이 지역을 피할 것이다. 요아힘 폰 파제노는 증권 거래소 앞의 인파 속에서 바르고 꼿꼿한 자세를 취했다. 그는 루제나를 극진히 사랑할 것이다.

◆

 베르트란트가 조의를 표하기 위하여 그를 방문했고, 요아힘은 이것을 순수하게 평가해야 할지 주제넘은 짓으로 평가해야 할지 다시 한 번 불확실하게 여겨졌다. 이렇게도 저렇게도 생각할 수 있으리라. 베르트란트는 때때로, 그러나 충분할 정도로 드물게, 쿨름을 방문했었던 헬무트를 회상해 냈다. 그건 어쨌든 놀라운 기억이었다. 「그래, 금발의 조용한 젊은이였지, 아주 과묵한…… 그가 우리를 부러워했다는 생각이 드네…… 뒤에도 별반 달라지진 않았을 거야…… 게다가 그는 자네와 닮았지.」 다시 그가 너무 친밀한 태도를 취했으므로 베르트란트가 헬무트의 죽음을 제 나름으로 이용하려는 듯이 보이기조차 했다. 그 밖에 베르트란트가 이전에 군대에 있을 때 일어났던 사건 모두를 놀라울 정도로 세세히 회상해 낸다는 건 결코 놀라운 일이 아니었다. 사람이란 더 찬란했던, 잃어버린 시절을 즐겨 회상하는 법이니까. 그렇지만 베르트란트가 결코 감상적으로가 아니라 침착하고 평온하게 말을 함으로써 형의 죽음은 보다 인간적이며 보다 경쾌한 양상을 띠게 되었고, 베르트란트의 손 아래서 어딘가 객관적이고 초월적이며 온건한 사건이 되었다. 사실 요아힘은 형의 결투 사건을 거의 생각하지 않았다. 그 사건 이후 그가 들었던 모든 말, 조의를 표할 때마다 무수히 반복되었던 말은 모두 같은 방향의 것, 헬무트는 명예심이라는 결코 피할 수 없는 운명에 비극적으로 사로잡힌 것이라는 말뿐이었다. 그러나 베르트란트는 다른 식으로 말했다. 「가장 기이한 건 우리가 기계와 철도의 세상에 살고 있다는 것, 철도가 달려가고 공장이 작동하는 바로 그 시대에 두 사람이 마주 서서 권총을 발사한다는 것이네.」

그는 이제 명예심이 없군, 하고 요아힘은 혼잣말을 했다. 그런데도 베르트란트의 의견이 당연하고 설득력 있게 들렸다. 베르트란트는 말을 계속했다. 「그건 감정을 중요시하는 데서 연유하는 듯싶네……」

「명예심이지요.」 요아힘이 말했다.

「그렇지, 명예심이야, 또는 그 비슷한 것이지.」

요아힘은 쳐다보았다. 베르트란트가 또다시 농담을 하고 있는 건가? 대도시인의 입장에서만 말해서는 안 될 겁니다, 라고 말하고 싶었다. 시골에선 감정이 왜곡되지 않았으며 그 이상의 의미를 지니고 있습니다. 말하자면 베르트란트 당신이 그런 것을 전혀 이해하지 못하는 겁니다. 그러나 이런 말을 손님에게 해서는 안 되었으므로 요아힘은 말 없이 시가를 내밀었다. 하지만 베르트란트는 자기의 영국제 파이프와 가죽 담배 케이스를 주머니에서 꺼냈다. 「가장 가볍고 무상한 것이 진실로 지속적이라는 건 정말 기이한 일이지. 육체적으로 인간은 믿을 수 없을 정도로 재빨리 새로운 생활 조건에 적응할 수 있어. 정말이지 뼈대보다 훨씬 오래 견디어 내는 건 바로 피부와 머리 색깔이야.」

요아힘은 베르트란트의 밝은 피부와 몹시 곱슬거리는 머리를 바라보며 그가 무슨 말을 하려는가 하고 기다렸다. 베르트란트는 자신이 그를 충분히 납득시키지 못했음을 금방 알아차렸다. 「보게나, 우리에게서 가장 끈질긴 것은 소위 감정이라고 하는 걸세. 우리는 보수주의라는 파괴될 수 없는 지반을 함께 운반하고 있네. 그것이 감정이야, 혹은 더 정확히 말해 감정의 보수주의라고 할까. 왜냐하면 그것은 실제로 살아 있는 것이 아니라 격세유전되는 것이기 때문일세.」

「아니, 당신은 보수주의적 원칙들을 격세유전이라고 생각하십니까?」

「오, 때때로 그랬었지, 언제나 그런 건 아니야. 물론 여기서 중요한 건 그게 아니네. 내 생각은 이렇네, 사람들이 지니고 있는 삶의 감정은 늘 실제 생활보다 반세기 혹은 한 세기가 뒤져 따라간다고. 사실상 감정은 언제나 사람들의 실제 생활보다 인간적이지 못하네. 생각해 보게, 레싱이나 볼테르[19] 같은

---

19 Lessing(1729~1781). 독일의 극작가, 비평가. 독일 고전 시민극의 창시자. 18세기 독일 계몽주의의 지도자. Voltaire(1694~1778). 프랑스 계몽주의의 대표적 철학자.

사람들이 당시 환형(轘形)으로 사람을 찢어 죽이는 행위를 아무 논란 없이 받아들였다는 사실을. 우리 감정으로는 상상할 수 없는 일이지. 지금 우리 사정은 다르다고 생각하나?」

아니, 그런 생각을 요아힘은 한 번도 해본 일이 없었다. 베르트란트가 옳을지도 모른다. 하지만 왜 그는 이런 말을 그에게 하는 걸까? 그는 마치 신문 기자처럼 말한다. 베르트란트가 말했다. 「정말 명망 있는 두 사람이 — 다른 사람하고라면 자네 형은 결투를 하지 않았을 테니까 — 어느 날 아침 서로 마주 서서 총을 쏜다는 사실을 우리는 침착하게 받아들이고 있지 않나. 그들 둘 다 분명 어떤 감정의 인습에 사로잡혀 있는 거지. 우리 자신 또한 그만큼 그 일을 견디어 내고 있지 않은가! 감정은 타성적이며 이해할 수 없을 정도로 잔혹하네. 세상은 감정의 타성이 지배하고 있는 거야.」 감정의 타성이라고! 요아힘은 당혹했다. 자신이 감정의 타성에 가득 차 있었던 것이 아닐까, 루제나가 거역한다 해도 그녀에게 돈을 마련해 주어 카지노에서 빼내는 상상을 충분히 키우지 못한 것도 벌 받을 타성이 아니었을까? 그는 당황하여 말했다. 「당신은 진정 명예를 감정의 타성이라고 부르시는 겁니까?」

「아, 파제노, 자네는 너무 단선적인 질문을 하네그려.」 다시 베르트란트는 의견의 차이를 연결시키곤 했던 의기양양한 미소를 지었다. 「내 말은 명예가 아주 생동적인 감정이란 뜻이야. 그렇지만 잔존하는 형식들은 항상 타성에 젖어 있으며, 많은 권태는 사멸해 버린 낭만주의적 감정의 인습에 몰두하는 것 가운데 하나라고 확신하는 바이네. 많은 절망적인 무력감도 그렇지…….」

그렇다, 헬무트는 지쳤던 것이다. 그러나 베르트란트의 주장은 무엇인가? 어떻게 이 인습이 근절될 수 있단 말인가? 사람들이 인습에서 빠져나오려 할 때 베르트란트처럼 미끄러져 하락해 버릴 위험도 있음을 느끼면서 요아힘은 전율했다. 물론 그는 루제나와 관계를 맺고 있음으로써 이미 가장 엄격한 의미의 인습에서 미끄러져 나온 것이다. 하지만 이제 더 나아가서는 안 되는데도 생기 있는 명예는 그가 루제나에게 머무를 것을 요구하고 있었다! 헬무트가 장원에 돌아오지 말라고 경고한 것은 이런 일을 예감했기 때문이 아닐까. 그렇게 되면 루제나를 잃어버릴 테니까. 그는 느닷없이 물었다. 「당신은 독일의 농업을 어떻게 생각하십니까?」 언제나 실제적인 근거들을 수중에 준비하고 있는 베르트란트 역시 슈톨핀을 인수하지 말라고 하기를 기대하면서 그는 물었다. 「대답하기가 곤란하군, 파제노, 특히 농업에 거의 무지한 나 같은 사람으로선 말이네, ……아직 우리 모두는 신의 대지 위에서 이 대지에 종사하는 것이 가장 견실한 실존 방법이라는 봉건주의적 선입관을 갖고 있지.」 베르트란트가 가볍게 내던지는 듯한 손짓을 했으므로 요아힘은 실망하면서도, 베르트란트의 불안한 상업적 실존 방식은 소위 견실한 생활 형식의 이전 단계로밖에 간주될 수 없으나, 자신은 그렇게 살 수 있는 특권 계층의 일원임을 물론 만족스럽게 생각했다. 하지만 연대를 떠나야 하는 건 정말 유감이었다. 근위 장교인 그가 어떻게 쉽사리 장원과 결혼할 수 있단 말인가! 그렇지만 그것은 그의 아버지에게나 어울릴 확신이었으므로 요아힘은 그 생각을 지워 버리고 다만 베르트란트가 나중에라도 토지를 소유할 의향이 있는지를 물어보았다. 아니, 베르트란트가 말했다. 나는 아마 그렇게 할 수 없을 걸세, 난 오랫동안 한 곳에서 견딜 수 있는 그런 사람이 못 되네. 그리고 그들은 슈톨핀에 대해, 그곳의 수렵 상황에 대해서 갖가지 이야기를 했고, 요아힘은 베르트란트더러 가을 사냥에 같이 가자고 초대했다. 갑자기 현관의 종이 울렸다. 루제나다! 라는 생각이 요아힘을 꿰뚫고 지나갔고, 거의 적대적이라 할 눈으로 베르트란트를 바라보았다. 벌써 두 시간이나 그는 여기 앉아서 차를 마시고 담배를 피우고 있다. 이건 조의를 표하는 방법으로는 지나치다. 그러나 베르트란트를 안락의자에 머무르게 하고 그에게 시가를 권한 사람이 바로 자신임을 요아힘은 또한 시인해야 했다. 하지만 루제나가 오리라는 생각은 정말 못 했었다. 이제 일이 이렇게 된 것을 되돌릴 수는 물론 없었다. 미리 루제나에게 물어보았더라면 물론 더 좋았으리라. 그녀는 아마도 방해받는 듯이 느낄 것이며, 그가 지금 막 파헤쳐 버린 비밀을 지키고자 원했을 것이고, 그녀의 선량한 마음씨는 자신으로 인한 그의 부끄러움을 면하게 해주려 했을 것이다. 그녀는 사교 모임에 어울리는 사람이 아닐 테니까. 그는 더 이상 판단할 수가 없었다. 왜냐하면 그녀의 모습을 상상하자 자기 옆의 베개에 놓인 그녀의 얼굴과 풀어뜨린 머리밖에 보이지 않았으며 그녀에게서 풍기는 향내밖에 느껴지지 않았기 때문이다. 그녀가 옷을 입은 모습이 어떤지 그는 거의 알지 못했다. 하긴, 베르트란트 역시 일반 시민이며 그의 머리도 너무 길었다. 어쨌든 이 모든 것은 별 대수로운 일이 아니다. 그리하여 그는 말했다. 「저, 베르트란트, 한 어여쁜 숙녀가 지금 저를 방문했습니다. 함께 저녁 식사를 하자고 청해도 괜찮겠습니까?」— 「아, 정말 낭만적이네.」 베르트란트가 대답했다. 방해가 되지 않는다면 물론 기꺼이 그렇게 하겠네.

요아힘은 루제나를 맞으며 손님이 있다고 알려 주기 위해 밖으로 나갔다. 그녀는 낯선 사람이 먼저 와 있는 데 분명 당황한 것 같았다. 하지만 그녀는 베르트란트에게 상냥하게 대했고 베르트란트도 상냥하게 그녀를 대했다. 요아힘은 두 사람이 서로에게 보인 노련한 친절에 마음이 편치 않음을 느꼈다. 식사는 집에서 하기로 결정되었다. 머슴아이에게 햄과 포도주를 가져오라고 시켰고 루제나가 그를 뒤따라갔다. 요아힘이 거품 크림을 얹은 사과 파이도 가져오기를 원했기 때문이다. 그녀는 부엌을 감독하며 감자튀김을 만들 수 있어서 기뻤다. 잠시 후 그녀가 요아힘을 부엌으로 불러냈다. 처음 그는 그녀가 커다란 흰 앞치마를 두르고 손에 국자를 든 자신의 모습을 보이고 싶은 거라고 생각했기 때문에 그와 같은 가정주부다운 사랑스러운 모습에 대단한 감동을 표시할 준비가 되어 있었다. 하지만 그녀는 부엌문에 기대어 울고 있었다. 그가 작은 소년이었을 때 어머니를 보러 커다란 부엌으로 들어가 보니 거기서 하녀 하나가 — 아마 방금 어머니에게 꾸중을 들었나 보았다 — 몹시 슬프게 훌쩍이고 있었으므로 그는 부끄럽지만 않다면 같이 울고 싶었던 적이 있었다. 거의 그때와 같은 기분이었다. 「이젠 절 사랑하지 않는군요.」 루제나가 그의 목에 대고 울먹였고 그가 어느 때보다 더 열렬하게 그녀에게 입을 맞추었음에도 불구하고 그녀는 진정되지 않았다. 「……끝난 거죠, 알아요, 끝난 거예요…….」 그녀는 반복했다. 「하지만 이제 들어가서 요리를 해야죠.」 그녀가 눈물을 닦고 미소 지었다. 그는 마지못해 방으로 돌아왔고 베르트란트가 아직 거기에 있는 것이 불쾌했다. 물론 그녀의 행동은 어린애 같았다. 그렇지만 그것은 정확한 여자의 본능이었다. 그래, 정확한 여자의 본능. 그렇게밖에 생각할 수 없었으므로 요아힘은 옥죄이는 듯한 느낌이 들었다. 베르트란트가 다분히 냉소적이긴 해도 〈그 여자 매력적인데〉라는 말로 그를 맞아들임으로써 칸다울레스[20] 황제처럼 기분 좋은 자랑스러운 마음이 일었다 해도, 그를 위협하는 것은 요지부동으로 남아 있었다. 만약 그가 슈톨핀으로 돌아간다면 루제나를 잃어버릴 것이며 그러면 모든 게 끝이리라. 적어도 베르트란트가 장원으로 돌아가지 말라고 충고해 주었더라면! 아니 그는 ── 자신의 신념하고는 반대될지라도 ── 요아힘을 시골로 쫓아내어 베를린을 떠나게 함으로써 어떤 일이 있어도 자기의 합법적인 소유물로 간주하고 있는 루제나를 가지려는 것이 아닐까? 그러나 그건 정말 믿을 수 없는 일이다!

머슴아이를 뒤에 데리고 루제나가 커다란 쟁반을 들고 들어왔다. 그녀는 앞치마를 벗고 작은 둥근 탁자 곁의 두 남자 사이에 앉아 귀부인의 역할을 수행했고, 자신에게 여행 이야

---

20 Kandaules. 기원전 7세기경 리디아의 왕. 헤로도투스에 의하면 칸다울레스의 부인은 남편이 자기를 나체로 기게스 앞에 나서게 한 데 감정이 상하여 기게스로 하여금 칸다울레스를 죽이고 왕권을 차지하게 했다고 한다.

기를 해주는 베르트란트와 노래하는 듯한 스타카토의 어조로 대화를 나누었다. 방에 있는 창이 둘 다 열려 있었고, 바깥은 어두운 여름밤임에도 불구하고 탁자 위에 걸린 온화한 석유등이 겨울의 성탄절과 상점들 뒤에 있던 작은 거실들을 연상시켜 주었다. 그날 저녁 막연한 그리움에서 루제나를 위해 산 레이스 손수건을 잊고 있을 수 있었다니 얼마나 이상한가. 그것은 아직도 장롱 속에 있었으므로 만약 베르트란트가 이곳에 없고 루제나가 목화 재배라든가 아버지가 아직 노예로 있는 불쌍한 흑인들, 사고 팔 수 있는 진짜 노예들에 대한 이야기를 그토록 흥미 있게 경청하지 않았다면, 그는 그녀에게 레이스 손수건을 기꺼이 갖다주었을 것이다. 어쩌면, 소녀를 판다고요? 루제나는 몸을 떨었고 베르트란트는 웃었다. 경쾌하고 유쾌하게 웃었다. 「오, 당신은 작은 여자 노예를 불안하게 생각할 필요가 없습니다. 당신에겐 아무 일도 없을 테니까요!」 어째서 베르트란트는 이런 말을 하는가? 그는 루제나를 사거나 선물로 얻으려는 심사인가? 요아힘은 노예라는 뜻의 〈스클라베〉와 슬라브인이라는 뜻의 〈슬라베〉가 같은 울림을 지니고 있음을, 그리고 흑인은 전부 구별할 수 없을 정도로 서로 비슷하게 생겼음을 생각하지 않을 수 없었다. 그건 마치 베르트란트가 다시 그를 환영(幻影) 속으로 몰아대는 듯, 루제나와 그녀의 오빠인지 남동생인지 어쨌든 저 이탈리아계 슬라브인과 구별할 수 없음을 상기시키려는 듯했다! 그 때문에 저 작자는 검은 군대를 끌어대었던 것일까? 그러나 베르트란트는 그에게 친밀한 미소를 보내고 있을 따름이었다. 비록 온 얼굴에 수염은 없었지만 그의 금발은 헬무트만큼 아름다웠고 빳빳이 빗질할 수 있기엔 너무 굽실거렸다. 그러자 순간 다시 모든 것이 혼란스러워지면서 루제나의 합법적인 소유자가 누구인지 불확실하게 여겨졌다. 총알이 자신을 맞혔더라면 헬무트가 대신 이곳에 있을 것이며, 헬무트라면 엘리자베트를 보호할 힘이 있을 것이다. 루제나는 헬무트에게 너무 보잘것없는 여자일 수도 있다. 그런데도 그 자신은 형의 대리인에 불과했다. 요아힘은 그것을 깨닫고 두려웠다. 그는 두려웠다. 사람이 다른 사람의 대리가 될 수 있다는 것, 베르트란트가 작고 부드럽고 수염을 기른 대리인을 가졌다는 것, 이렇게 본다면 아버지의 견해조차 용서될 수 있었기 때문이다. 왜 꼭 루제나인가, 왜 꼭 그인가? 왜 엘리자베트가 아닌가? 그 모든 게 별로 중요하지 않은 일이 되며 헬무트를 죽음으로 몰아갔던 권태가 이해되었다. 루제나가 옳을 수 있다. 그들의 사랑은 종말이 가까웠을 수도 있다. 갑작스럽게 모든 것이 아득히 멀리, 루제나의 얼굴과 베르트란트의 얼굴이 거의 구별되지 않을 정도로 아득히 가버린 것 같았다. 감정의 인습이라고 베르트란트가 말했었다.

그와는 반대로 루제나는 자신의 암울한 예언을 잊은 듯이 보였다. 그녀는 식탁 밑으로 요아힘의 손을 잡았고, 그녀의 버릇없음에 당황하여 베르트란트를 곁눈질하며 손을 밝은 빛이 비치는 탁자보 위로 구출했음에도 불구하고 루제나는 손을 뻗어 그의 손을 쓰다듬었다. 다시 소유의 감동으로 유쾌해진 요아힘은 잠시 머뭇거리다가 부끄러움을 극복하고 제 스스로 그녀의 손을 잡았다. 그리하여 그들이 얼마나 합법적으로 서로를 소유하고 있는지를 아주 공공연하게 노출시킨 것이다. 그들은 결코 부당한 짓을 한 것이 아니었다. 성경에서 이르되, 형제가 자녀 없이 다른 형제보다 앞서 죽었다면 그의 부인은 남을 취해서는 안 되고 그의 형제를 취해야 하느니라, 했다. 그렇다, 그와 비슷한 말이 있었고 그가 어떤 여자와 함께 헬무트를 기만할 수 있으리라는 건 어리석은 생각이었다. 그러자 베르트란가 건배를 하며 작은 토스트 조각을 집었다. 그런데 그의 말은 진담인지 농담인지, 혹은 얼마 안 되는 샴페인이 너무 과했는지 모를 정도로 이해하기 어려웠다. 그는 독일의 주부들에 대해 말했다. 독일 주부들이야말로 모방품으로는 가장 매력적이지. 왜냐하면 이런 생활에서 유일하게 현실적인 것은 연극이니 말이네. 왜 예술이 언제나 전원보다 더 아름답겠나, 가장 무도복이 진짜 의상보다 왜 더욱 근사하겠나. 독일 군인의 가정은 평범한 명백성에서 벗어나 전통을 상실한 상인을 통해 더럽혀지고 가장 사랑스러운 보헤미아 여인을 통해 신성하게 되고서야 비로소 완성되는 거라네. 그러면서 그는 자기와 함께 가장 아름다운 가정주부의 안녕을 축배하자고 청했다. 그렇다, 모든 것이 좀 모호하고 음흉스러웠다. 모방과 모사에 대한 갖가지 풍자로 그가 대리인에 대한 생각을 말한 것은 아닌지 잘 알 수 없었고, 또 베르트란가 어떤 아이로니컬한 표정을 입가에 담고 있었지만 그렇다고 루제나의 대단히 친절한 시선이 중단된 것은 아니었으므로, 그의 말은 그녀에 대한 호의에서 나온 말이며 이해할 수 없는 모든 모호함을 무시해도 되겠다고 생각했다. 그리고 모두 유쾌하고 즐겁고 편안한 분위기에서 식사를 끝냈다.

나중에 그들이 베르트란트를 그의 숙소까지 바래다주겠다는 주장을 굽히지 않은 이유는 루제나가 요아힘과 머무를 것임을 공공연히 드러내고 싶지 않아서였을 것이다. 그들은 루제나를 사이에 두고 조용한 거리를 걸어갔다. 요아힘이 감히 루제나의 팔을 잡으려 하지 않았으므로 따로따로 걸었다. 베르트란트가 현관으로 사라지고 두 사람이 서로 마주 보게 되었을 때 루제나는 아주 진지하고 공손하게 물었다. 「저를 카지노에 데려다 주시겠어요?」 그는 그 말이 그녀의 입에서 얼마나 힘들고 진지하게 나오는지를 느꼈다. 그러나 그는 다만 권태로운 무관심만을 느끼고 있었으므로 하마터면 똑같이 진지하게 찬성할 뻔했다. 심지어 영원히 이별을 한다 해도 참을 수 있었고, 루제나를 데려가기 위해 다시 베르트란트가 나온다 하더라도 요아힘은 참을 수 있었을 것이다. 그렇지만 카지노에 대한 생각만은 참을 수 없었다. 그런 자극물을 필요로 한다는 건 부끄러운 일이었지만, 그럼에도 불구하고 거의 기쁜 마음으로 말 없이 그녀의 팔을 잡았다. 그날 밤 그들은 여느 때보다 더 서로를 사랑했다. 그렇지만 이번에도 요아힘은 루제나에게 레이스 손수건을 주는 것을 잊어버렸다.

◆

매일 말 한 필이 끄는 작은 우편 마차가 아침 기차에서 돌아와 마을의 우체국을 지나갈 때면, 벌써부터 장원에서 보낸 배달부가 창구에 기대어 기다리고 있었다. 그는 사적인 심부름꾼에 불과했지만 우체국 비품 중의 하나, 말하자면 직원이 되어 버렸으며, 심지어 그곳에서 일하는 실제 직원 두 사람보다 높은 지위일 수도 있었다. 이것은 개인적인 업적에서라기보다는 — 비록 그가 머리가 셀 때까지 근무해 왔다 하더라도 — 오히려 그가 장원에서 온 사람이기 때문이며, 그의 존엄은 이미 수십 년 동안 존속된 제도, 분명 제국의 우편 제도가 아직 존재하지 않았던, 우편 마차가 마을을 통과하여 식당에 편지를 내주는 일이 드물었던 시대로 거슬러 올라가는 제도에서 규정된 것이기 때문이다. 가방의 가죽 끈이 그의 옷의 어깨에 대각선 모양의 낙인을 찍어 버렸다. 그 크고 검은 가방은 그 많은 배달부보다 오래 살아남게 되었으며, 필경 이미 지나가 버린, 더 좋은 시대로부터 유래한 것이리라. 마을에 사는 어느 누구도 자기가 아주 옛날 어렸을 적에 이 가방이 못에 걸려 있는 걸 보지 못하고 배달부가 우체국 창구에 기대 서 있던 것을 보지 못했을 정도로 나이 든 사람이 없기 때문이다. 노인들 누구나 그 가방을 기억했을 뿐만 아니라 재킷 위에 대각선 띠를 두르고 용감하게 길을 갔던, 그러나 이제는 모두 함께 묘지 위에서 쉬고 있는 장원의 배달부들의 이름을 열거할 수 있었다. 따라서 그 가방은 폭풍의 해인 1848년[21] 이후에 세워진 신식 우체국보다 더 오래된 것이었고 더 존경받을 가치가 있었다. 그리고 가방에 존경을 표하는 표지로서, 또는 이를테면 우체국을 설립할 때 영주들에 대한 관청의 마지막 호의로서, 혹은 어쩌면 폭풍우처럼 발전이 몰아닥친다 해도 오래된 전통을 잊어서는 안 된다는

21 독일에서 시민 혁명이 발발한 해임.

경고로서, 그곳에 박았던 고리못보다 더 오래된 것이었다. 그러므로 새 우체국에서도 오래된 습관, 영주의 우편물을 특별히 취급하는 관습이 존속되었고, 아마 이것이 오늘날에도 여전히 지켜지는 이유일 것이다. 마부가 회갈색 우편 배낭을 가지고 들어와 평범한 마부의 눈에는 우편 배낭을 다루는 데 적합해 보이는 저 경멸 어린 동작으로 닳아 빠진 우체국 탁자 위에 배낭을 던진다 해도, 인간의 제도와 관청의 제도의 존엄성에 대해 훨씬 겸손할 줄 아는 우체국장은 감출 수 없을 정도로 정중하게 봉인과 끈을 풀고 뒤섞인 우편물을 크기에 따라 작은 꾸러미로 만들어 보다 알아보기 쉽고 분리하기 편하게 만들었다. 이 일은 아름답고 질서정연하게 행해졌다. 언제나 우체국장은 맨 먼저 장원의 우편물을 꺼냈고, 어떤 다른 일을 하기 전에 서랍에서 열쇠를 꺼내 고리에 걸려 있는 가방을 향해 걸어갔다. 그동안 누르스름한 놋쇠 손잡이가 달린 가방은 말 없이 절차를 기다리고 있었다. 우체국장이 손잡이 한가운데로 가방을 열면, 가방은 부끄러움 없이 입을 벌려 회색 범포천을 드러낸다. 그리고 신속하게, 마치 벌어진 삼베의 아가리를 더 이상 참고 볼 수 없다는 듯이 우체국장은 편지와 신문, 비교적 작은 꾸러미들을 집어넣고 아귀의 아래턱을 가볍게 탁 쳐서 입을 다물게 하여 놋쇠 손잡이를 채우고는 열쇠를 서랍에 보관한다. 그러면 그때까지 보고만 있던 배달부가 무거운 우편 가방을 받아, 딱딱하고 찢어질 듯한 가죽끈을 어깨에 둘러메고, 비교적 큰 꾸러미는 손에 든다. 그런 식으로 그는 온 마을을 돌아야 하는 관청의 배달부보다 한두 시간 먼저 장원에 우편물을 가져가는 것이다. 이렇게 아주 신속한 배달로써 영주의 배달부와 그의 가방이라는 장치는 어떤 아름답고 오래된 전통을 존속시킬 뿐만 아니라, 영주와 장원에 사는 사람들의 실제적 필요를 아직도 만족시킬 수 있음을 보여 주는 것이다.

◆

요아힘은 어느 때보다 더 자주 집에서 소식을 받았다. 대개는 반쯤 누운 흘림글씨로 된 아버지의 짤막한 전언뿐이었다. 그의 글씨체는 너무도 그의 걸음걸이를 생각나게 하는 것이어서, 사람들은 그 글씨가 바로 세발 다리체 같다고 말할 수 있을 정도였다. 요아힘은 양친이 받았던 방문, 수렵 상황, 가을의 전망, 수확에 대한 이야기 등을 읽었다. 그리고 대개 농사 보고에 이어, 〈네가 이사할 준비가 되었다는 소식을 가능한 한 빨리 들을 수 있었으면 좋겠다. 익숙해지려면 빠를수록 좋으며 모든 것엔 때가 있는 법이기 때문이다. 아버지로부터〉라고 쐬어 있었다. 언제나처럼 요아힘은 이 글씨에 강한 반감을 느꼈다. 그리고 복무를 그만두고 고향에 돌아와 살라는 권고가 모두 그를 일반 시민적이며 불안한 상태로 끌어내리는 듯했기 때문에 아마도 어느 때보다 더 화가 나서 대충 편지를 읽었을 것이다. 그건 마치 그를 보호하고 있는 옷을 빼앗아 발가벗긴 채 알렉산더 광장으로 내몰아 버림으로써 낯선 종족의 바쁜 신사들이 오가며 그의 몸뚱이를 문질러 닳게 하려는 것과 같았다. 이것이 감정의 타성이라 해도 좋다. 아니, 그는 결코 겁쟁이가 아니다. 상대편의 피스톨 앞에서도 의연하게 서 있을 수 있으며, 또는 프랑스라는 불구대천지 원수와 맞서 싸우기 위해 전장으로 나갈 수도 있다. 하지만 일반 시민적인 생활의 위험이란 그에게 낯설고, 어둡고, 모호한 종류의 것이다. 거기 모든 것은 무질서하며 위계 질서도, 규율도 없고 시간 엄수조차 없었다. 집과 병영 사이에 보르지히 기계 공장이 있었다. 그가 출근 시간이나 퇴근 시간에 그곳을 지나노라면 노동자들이 공장 앞에 서 있었다. 그들은 보헤미아인들과 별반 다르지 않은, 외국에서 온 녹슨 사람들처럼 보였다. 그곳을 지나칠 때 그는 그들의 무시무시한 눈초리가 느껴졌고, 이 사람 저 사람이 검은 가죽 모자를 손에 쥐며 인사를 해도 그 친절한 사람들을 자신과 한패가 되려는 변절자로 낙인찍기가 꺼려졌으므로, 그는 감히 답례를 할 수가 없었다. 그가 그들의 증오를 어딘가 정당하다고 느꼈던 이유는 아마도 평복을 입었다고 해서 베르트란트를 자신보다 덜 증오하지는 않으리라는 예감이 있었기 때문이다. 예컨대 베르트란트에 대한 루제나의 거부에도 그와 비슷한 것이 있었다. 이 모든 것이 옥조이며 무질서했다. 요아힘은 자신의 선박에 구멍이 뚫린 것 같았고 사람들이 그에게 그 구멍을 넓히도록 강요하는 것 같았다. 하지만 엘리자베트를 위하여 복무를 그만두라는 아버지의 요구는 전적으로 불합리하게 여겨졌다. 그녀에게 어울릴 구혼자가 될 가능성이 만약 존재한다면, 그것은 적어도 복장으로라도 온갖 불순함과 무질서로부터 구별되는 것이리라. 그렇기 때문에 그는 일반 시민의 생활에 대한 생각과 아버지의 집으로 돌아가는 생각을 성가시고 위험한 요구로 간주하고 옆으로 제쳐 두었다. 그러나 아버지에게 전적으로 불복하는 것은 피하기 위해, 엘리자베트와 그녀의 어머니가 여름을 보내려고 레스토로 떠나기로 했을 때, 그는 기차역에 꽃을 들고 나타났다.

차장이 대기해 있는 기차 앞에 부동자세로 서 있었다. 그가 요아힘을 쳐다보았을 때, 두 남자 사이에는 암묵의 동의가, 상관 부인들의 호위를 맡은 용감한 하급 장교의 눈초리에서 보이는 것과 같은 동의가 있었다. 남작 부인을 몸종과 짐과 함께 차실[22]에 혼자 남겨 둔다는 건 약간 관습에 위배되는 일이긴 했어도 신호종이 울릴 때까지 기차를 따라 산책했으면 좋겠다는 엘리자베트의 희망은 요아힘에게 영예로운 친절로 느껴졌다. 그들은 레일 사이의 잘 다져진 땅 위를 이리저리 거닐었다. 그들이 열린 차실 문 옆을 지나갈 때 요아힘이 잊지 않고 가볍게 위쪽으로 인사를 보내자 남작 부인은 미소를 내려 보냈다. 그러나 엘리자베트는 고향에 돌아가는 것이 얼마나 기쁜 일인지, 요아힘이 휴가 때 — 그는 이 슬픈 해에도 여느 때처럼 양친에게서 휴가를 보낼 것이 더욱 확실했다 — 종종 레스토를 방문해 주길 기대하겠노라고 말했다. 그녀는 가벼운 회색 천으로 만든 꼭 끼는 영국식 여행복을 입고 있었고, 작은 모자를 덮고 있는 푸른 여행용 베일이 천 색깔에 잘 어울렸다. 특히 옷의 회색과 베일의 청색은 분명 진지한 잿빛과 밝은 푸른빛 사이에서 반짝이고 있는 그녀의 눈 색깔을 위해 선택된 것이라고 추측해 본다면, 그렇게 진중한 표정을 하고 있는 사람이 자신에게 유리한 의상을 선택하는 데 그토록 관심과 유희적인 취미를 쏟을 수 있다는

22 독일 기차는 칸막이가 되어 있음.

것이 놀랍기만 했다. 그렇지만 그런 생각을 적절하게 표현하는 것이 어렵게 여겨졌으므로 신호종이 울려 차장이 승차를 요청하자 요아힘은 기뻤다. 엘리자베트는 발판 위로 올라섰고, 반쯤 돌아선 몸으로 대화를 계속함으로써 구부리고 객실로 올라가는 숙녀의 보기 싫은 모습을 능숙하게 감출 줄 알았다. 제일 윗계단에서야 그런 일을 더 피할 수 없었으므로 마침내 그녀는 과감하게 몸을 구부려 낮은 문을 통과했다. 요아힘은 고개를 치켜들고 객차 앞에 서 있었다. 아주 오래전은 아니지만 여기 같은 자리에서 이야기를 주고받았던 아버지에 대한 생각이 엘리자베트의 스커트 자락에 대한 생각과 그때 아버지가 추악한 방식으로 시사했던 결혼 계획에 대한 생각과 기이하게 혼합되며, 비록 그가 저 위 객실 문에 있는 육체를 지닌 그녀를 보고 있다 할지라도, 잿푸른 눈에 회색 옷을 입은 이 소녀의 이름이 갑자기 아무런 상관이 없는 것인 양 잊혀졌고, 비열하게도 감히 한 처녀를 어떤 남자의 일생의 반려로 정해 줌으로써 그녀를 격하시키고 모독하려는 자기 아버지 같은 사람이 존재한다는 데 대한 분노 속으로 이상하고 추하게 가라앉아 버렸다. 그러나 그녀가 과감하게 탑승하는 순간 그는 그녀를 여자로서 인식하는 동시에, 루제나와 보내는 밤 같은 달콤함을 기대해서도, 달아오르는 정열이나 어스름한 몽롱함을 기대해서도 안 된다는 것을 깨닫고 고통스러웠다. 그녀에게선 진지하고 조금은 종교적인 허락을 기대할 수 있을 것이지만 그것은 상상할 수 없는 일이었다. 왜냐하면 그런 일은 여행복과 제복을 입지 않고서야 할 수 있으며, 또 그가 남자들의 접촉과 모독에서 구출한 루제나와 그녀를 비교한다는 건 바로 그녀의 신성을 모독하는 것으로 생각되었기 때문이다. 벌써 세 번째 신호가 울렸고, 그가 가볍게 경례를 보내며 플랫폼에 서 있었을 때, 여자들은 레이스 손수건을 흔들었다. 마침내 두 개의 하얀 점밖에 보이지 않게 될 때까지 그는 그렇게 서 있었다. 부드러운 그리움의 선 하나가 요아힘의 가슴으로부터 솟아나며, 그가 그 자리를 떠나기 직전까지 하얗고 작은 점들을 향해 뻗어 나갔다.

수위와 직원들에게 군대식 인사를 받으며 그는 역을 떠나 퀴스트린 광장으로 나왔다. 광장은 지루하게, 그리고 약간은 버림받은 듯이, 황금빛 들판을 비추는 진짜 태양에서 빌려 온 것이긴 했지만 밝은 햇살이 곳곳에 스며들어 있음에도 불구하고, 어둡게 놓여 있었다. 그리고 이것이 루제나를 연상시켰다. 이 연상은 극히 설명하기 곤란했지만 어쨌든 루제나가 햇볕이 내리쪼이고 있음에도 어둡고 약간 버림받은 듯이 보이는 베를린과 밀접히 연결되어 있는 반면, 그만큼 명백히 엘리자베트는 그녀가 지금 달려가고 있는 들판과 공원 같은 정원 속의 영주 저택과 연결되어 있었다. 그것은 만족스럽고 깨끗한, 일종의 질서였다. 그럼에도 불구하고 그는 루제나를 어두운 여급이라는 직업과 그 거짓된 밝음으로부터 구출해 낸 것이 기뻤으며, 이 도시 전체를 휘감고 있는 엉클어진 실마리로부터, 그가 알렉산더 광장에서, 녹슨 기계 공장에서, 지하실 같은 채소 가게가 있는 변두리 지역에서, 요컨대 도처에서 느꼈던 그물로부터 그녀를 해방시키려 한 것이 기뻤다. 꿰뚫을 수 없고 이해할 수 없는 시민적인 것들의 그물, 그것은 보이진 않으나 모든 것을 어둡게 했다. 그런 혼란 속에서 루제나를 해방시키는 것이 중요한 이유는 엘리자베트의 존엄을 증명하는 것이기도 했기 때문이다. 하지만 그건 너무도 불명확한 희망에 불과했으며, 더욱이 그는 그 희망을 알고 싶지도 않았다. 필시 그런 희망은 자신에게조차 불합리하게 여겨졌을 것이기에.

◆

바야흐로 저 보헤미아 산업 지대까지 사업을 확장하려는 에두아르트 폰 베르트란트는 갑자기 프라하에서 루제나가 생각났다. 말하자면 그녀 대신에 향수에 잠겼고 그녀에게 친절한 말로 위로해 주고 싶었다. 그러나 그는 루제나의 주소를 몰랐으므로 파제노에게 편지를 썼다. 그는 그들의 마지막 저녁을 아주 감사하게 생각하며 함부르크로 돌아가는 길에 베를린에 들러 그를 만나 보고 싶다고 썼고, 루제나의 고향이 참으로 아름답다는 칭찬과 더불어 그녀에게 충심의 안부를 전한다고 덧붙였다. 그다음에 그는 시내를 거닐었다.

베르트란트와 루제나와 함께 보낸 저녁 이후 파제노는 설사 무서운 것일지라도 어떤 특별하고 장엄한 사건이 일어나리라고 기대했다. 예를 들어 베르트란트가 루제나를 유혹하는 일이 일어날 수도 있음을 아주 배제하진 않았지만 — 상인들은 양심이 없으니까 — 어쨌든 그가 그날 저녁 베풀어 준 영예와 친밀을 같은 값으로 되돌려 주기를 기대했다. 그러나 이런 일도 저런 일도 일어나지 않았을뿐더러 베르트란트가 소리도 없이 계획대로 여행을 떠나 버렸고, 또 아무 소식도 더 전해 오지 않았으므로 요아힘은 정말 모욕을 느꼈다. 그때 예기치 않았던 소식이 프라하로부터 온 것이었다. 그는 그것을 루제나에게 보여 주었다. 〈당신이 베르트란트에게 인상적이었나 봐〉라고 그가 주저하며 말했다. 루제나는 얼굴을 찡그렸다. 「그렇다고 해도 당신 친구, 마음에 들지 않아요, 보기 싫은 사람이에요.」 요아힘은 베르트란트를 두둔했다. 그는 보기 싫지 않아. 「모르겠어요, 마음에 안 들어요, 이렇게 해요.」 루제나가 결정했다. 「다시 와서는 안 된다고.」 요아힘은 비록 지금, 특히 루제나가 〈내일 전 연극 학교에 가요〉라고 덧붙여 말한 지금, 참으로 베르트란트가 절실하게 필요했음에도 불구하고 그녀의 말에 동의했다. 물론 그가 안내해 주지 않는다면 그녀가 그곳에 가지 않을 것임을 알고 있었다. 그런데 어떻게 그는 그녀를 그곳으로 안내할 수 있었을까? 어떻게 그렇게 되었을까? 루제나는 철두철미하게 어떤 〈일〉을 원했다. 그녀의 새로운 종류의 활동에 대한 계획이 아주 진지한 매력을 지닌 주제로 등장했다. 요아힘은 질문마다 무기력하게 대처했음에도 불구하고, 아마도 시민적인 평범한 직업이 두 세계 사이를 부유(浮游)하며 지니고 있던 그녀의 이국적인 품위를 빼앗아 야만성 속으로 되던져 버릴 것 같았다. 바로 그 때문에 그의 상상은 배우라는 직업에 멈추었고, 루제나는 그의 생각에 열광적으로 동의했던 것이다. 「내가 얼마나 유명해질지 두고 봐요, 나를 사랑하게 될 거예요!」 그러나 거기까진 먼 길이었고 아무 일도 없었다. 베르트란트는 언젠가 대부분의 사람들이 지니고 사는 식물적인 무감각에 대해 말한 적이 있었다. 그것은 저 감정의 타성과 비슷한 말이었다. 그렇다, 베르트란트가 여기 있다면, 필경 그는 처세 경력과 실제적인 체험을 가지고 도와줄 수 있으리라. 그리하여 베를린에 도착한 베르트란트는 파제노의 절박한 초대가 그의 친절한 안부 편지에 대한 회답으로서 기다리고 있음을 발견했다.

잘될 거야,라고 베르트란트가 말했으므로 두 사람은 깜짝 놀랐다. 잘될 거야, 믿지 않을지 모르지만 배우는 쉬우면서도 특히 전도가 유망한 직업이네. 물론 나는 함부르크에 더 좋은 연줄이 있지만 여기서도 기꺼이 알아보겠네. 그러자 기대했던 것보다 훨씬 신속하게 일이 진행되었다. 며칠 후에 벌써 루제나는 음성 테스트를 받았고 결과가 나쁘지 않았으므로 즉시 합창단원으로 계약되었다. 급속히 진전된 베르트란트의 호의를 루제나에 대한 어떤 의도와 연결지어 보려는 요아힘의 악감은 친절하고도 무관심한, 마치 의사 같다고 할 수 있는 베르트란트의 태도 앞에서 굴복하지 않을 수 없었다. 루제나를 위한 수고를, 베르트란트가 자신의 사랑을 그녀에게 털어놓기 위한 계기로 삼았더라면 의심할 여지 없이 이해할 수 있었을 것이다. 근본적으로 요아힘은 베르트란트에게 몹시 화가 났다. 그는 세 번이나 그와 루제나와 함께 저녁을 보내면서 온갖 말을 뒤섞어 지껄였다. 그런데도 그는 물릴 정도로 잘 알고 있는 친절한 폐쇄성 이외에는 내보여준 것이 없었고, 여전히 이방인으로 남아 있었다. 어쨌든 그는 루제나를 위하여 낭만적 환상의 타성에 빠져 있는 요아힘 자신보다 사실 더 많은 것을 해주었다. 이 모든 것이 아주 고통스러웠다. 베르트란트, 이 작자는 뭘 원하는 걸까? 작별을 하는 지금, 적당한 방식으로 그는 루제나의 감사와 루제나에 대한 감사를 물리치며, 곧 다시 한 번 요아힘 폰 파제노를 보기를 바란다고 되풀이했다. 그가 나를 다시 만나려는 이유는 무엇일까? 이건 위선이 아닌가? 그러나 자신도 이해할 수 없이 요아힘은 말했다. 「그러지요, 베르트란트. 당신이 다음 번에 베를린에 돌아올 때면 저를 만날 수가 없을 겁니다. 기동 훈련이 끝나면 몇 주일 동안 슈톨핀에 갈 예정이니까요. 하지만 그곳으로 저를 방문해 주신다면 기쁘기 그지없을 것입니다.」 베르트란트는 그렇게 하겠다고 약속했다.

◆

우편물을 자기 방에서 기다리는 것은 폰 파제노 영주의 변함없는 습관이었다. 책상 위의, 아주 오래전부터 쌓여 있는 사냥 신문들 옆 빈자리에 날마다 배달부는 가방을 올려놓아야 했다. 비록 노획품이 대개 별 가치가 없고 종종 한두 개의 신문에 불과했을지라도 폰 파제노 영주는 항상 한결같은 열망을 품고, 그가 열쇠를 걸어 놓곤 하던 사슴뿔에서 우편 열쇠를 집어 검은 가방의 누르스름한 놋쇠 손잡이를 열었다. 배달부가 손에 모자를 벗어 들고 말 없이 바닥을 내려다보며 기다리는 동안 폰 파제노 영주는 편지를 꺼내 들고 책상에 앉아 우선 그의 편지와 가족들의 편지를 추려 놓고 다른 편지의 주소를 주의 깊게 살펴본 후에 배달부가 그것을 하인들 중의 수신자에게 가져가도록 넘겨주었다. 때때로 그는 하녀들에게 온 이 편지 혹은 저 편지를 열어 보지 않도록 자제하지 않으면 안 되었다. 그러나 그것은 주인이 누리는 자명한 특권 *jus primae noctis*으로 생각하고 있었기 때문에, 편지의 비밀이 하인들에게도 적용되어야 한다는 신식 제도가 그에게는 마땅치 않았다. 어쨌든 하인들 중 몇몇은 편지의 겉봉을 훑어보는 것조차 투덜거렸으며, 주인이 뻔뻔스럽게도 나중에 편지의 내용을 물어보거나 하녀들을 희롱할 때 특히 그러했다. 그런 불평이 격렬한 장면으로 발전되어 해고 통보에까지 이른 일이 있었으므로 반항자들은 이제 더 이상 터놓고 반항하지 않고 자기들이 직접 편지를 우체국에서 가져오든가 우체국장에게 관청의 우체부를 통해 배달해 달라고 비밀리에 부탁했다. 그렇다, 심지어 고인이 된 도련님까지도 한동안 자기 우편물을 손수 가져가려고 날마다 우체국 앞에 말을 세우던 것을 사람들은 본 일이 있었다. 당시 그는 노인의 눈에서 보호되어야 하는 여인의 편지를 기다렸을 수도, 혹은 비밀이 지켜져야 하는 일들을 벌였을 수도 있다. 그러나 보통 자신이 관찰한 것을 비밀에 부치지 않던 우체국장도 헬무트 폰 파제노가 받았던 별로 많지 않은 편지로는 단서를 잡을 수 없었기 때문에 이러쿵저러쿵할 수 없었다. 그런데도 노인이 우체국장과 결탁하여 어떤 음모를 꾸밈으로써 아들의 결혼과 행복을 방해한다는 소문이 끈질기게 나돌았다. 특히 장원과 마을의 여자들이 그렇게 고집했다. 그들 말이 전적으로 부당한 것은 아니었을 것이다. 왜냐하면 헬무트는 점점 무관심해지고 지쳐 버렸고, 곧 그의 승마를 마을 안에서 끝내게 되어 버렸기 때문이다. 그의 우편물은 다시 커다란 우편 가방에 넣어져, 장원으로, 그의 아버지 책상 위로 보내지게 되었다.

우편물에 대한 폰 파제노 영주의 정열은 여전했다. 따라서 그 정열이 좀 더 예리해졌다고 해서 눈에 띄는 건 아니었다. 그가 이제 종종 아침 승마나 산책을 시작한 이유는 어쩌면 배달부를 만나기 위한 것인지도 몰랐다. 왜냐하면 이제 그는 가방을 여는 작은 열쇠를 사슴뿔에 걸어 두지 않고 자신이 지니고 다님으로써 탁 트인 들판 위에서 가방을 열 수 있도록 하는 것이 보였기 때문이다. 거기서도 그는 편지들을 성급하게 훑어보긴 했지만, 습관으로 이어지는 집에서의 의식을 방해하지 않으려고, 다시 가방에 집어넣었다. 어느 날 아침엔가 그는 배달부가 아직 창구에 기대어 서 있는 우체국까지 돌진하여 우편 배낭이 닳아 빠진 우체국 탁자 위에 비워질 때를 기다려 우체국장과 함께 편지를 정리하고 분류한 일이 있었다. 배달부가 이 놀랄 만한 사건을 장원에서 이야기하자 도처에서 날카로운 혀로 유명한 하녀 아그네스는 이렇게 말했다. 「이제 그는 자신마저도 믿을 수 없나 보지.」 그 말에는 물론 합당한 근거가 있던 것은 아니었으며, 그녀가 영주 아들의 죽음이 영주의 책임이라고 누구보다도 확고하게 주장했던 것은 그녀가 아직 젊고 볼 만했을 시절 노인에게서 서신 왕래에 대한 조롱을 받았을 때부터 이미 그녀의 가슴속에 자리 잡고 있던 분노의 지속으로 해석될 수 있었다.

그렇다, 우편물에 대한 폰 파제노 영주의 태도가 항상 그러했으므로 지금 그의 행동도 전혀 눈에 띄는 것이 아니었다. 또한 목사가 이제 더 자주 저녁 식사에 초대된다는 것, 산책길에 폰 파제노 영주가 때때로 심지어 자진해서 목사관에 들르는 것도 눈에 띄는 일이 아니었다. 그렇다, 그것은 이상한 일로 보이지 않았고, 목사는 그것을 성직자가 베푼 위안에서 얻어진 열매라고 평가했다. 폰 파제노 영주만은 목사가 참을 수 없는 사람임에도 불구하고 목사에게 가도록 충동하는, 설명할 수 없고 이해할 수 없는 이유를 알고 있었다. 그것은 교회에서 설교하는 그의 입술을 통해 결코 실현되지 않으리라는 불안에도 불구하고 그가 기대하고 있는 어떤 말, 그러나 무엇이라고 이름 부를 수 없는 어떤 말이 전달될지도 모른다는 막연한 희망이었다. 목사가 헬무트에 대해 말을 꺼낼 때면 때때로 폰 파제노 영주는 말했다. 「아무려면 어떻소……」 그리고 자신도 놀랄 정도로 두려워진 듯 도망치는 것처럼 대화를 중단시켰다. 그러나 그 미지의 것이 곁에 오는 것을 견뎌 낼 때가 가끔 있었다. 그것은 그가 어릴 때 하던 놀이 같은 것이었다. 사람들은 고리 하나를 보이는 곳에 숨겨 두고, 예를 들어 그것을 샹들리에나 열쇠에 걸어 두고, 술래들이 거기서 멀어지면 사람들은 〈추워〉라고 말했고, 그들이 숨겨진 장소에 접근하면 사람들은 〈따뜻해〉 혹은 심지어 〈더워〉라고 말했다. 따라서 목사가 다시 한 번 헬무트를 언급했을 때 폰 파제노 영주가 갑자기 날카롭고 분명하게 〈더운데, 더워……〉라고 말하며 손뼉을 치다시피 한 것은 상당히 자연스러운 일이었다. 목사가 공손하게 정말 더운 날씨라고 뒷받침하자 폰 파제노 영주는 현실로 돌아왔다. 그렇지만 사물들이 서로 얼마나 가까이 있는가 하는 점은 기이했다. 사람들은 아직 아이들의 놀이를 하는 중이라고 생각하지만, 그러나 죽음 역시 이미 그 놀이의 한가운데 있는 것이다. 「그렇군, 오늘은 날씨가 더워.」 폰 파제노 영주의 말은 그러했지만 그의 표정은 추워 얼어붙은 것 같았다.「그래, 이렇게 더운 밤엔 곡간에 불이 나기 쉽지.」

더위에 대한 생각이 저녁 식사 때도 그를 놓아주지 않았다.「베를린에서도 요즈음 찌는 듯이 더울 거요. 요아힘은 그런 말을 한마디도 써 보내진 않았지만…… 그렇소, 그 녀석은 편지를 거의 보내지 않는구려.」목사는 복무가 주는 긴장에 대해 말했다.「어떤 복무 말이오?」폰 파제노 영주가 날카롭게 물었으므로 목사는 당황하여 대답할 수 없었다. 그때, 폰 파제노 부인이 설명했다. 목사님이 지금 한 말은 군 복무 때문에 요아힘이 편지 쓸 엄두를 못 낸다는 거예요, 특히 지금같이 기동 훈련 기간에는 말이지요. 〈그렇다면 그 녀석은 당장 군 복무를 그만두어야 해〉하고 폰 파제노 영주는 으르렁거렸다. 그리고 빠른 속도로 연거푸 포도주를 마시고 나서 이제 기분이 좀 좋아졌다고 말했다. 그는 목사에게 한잔 따라 주었다.「쭉 들이켜시구려, 목사님, 마시면 따뜻해지는 법이니. 그리고 하나가 둘로 보일 때 사람은 덜 고독하오.」──「하느님과 함께하는 사람은 결코 고독하지 않습니다, 폰 파제노 영주님.」목사가 대꾸했고, 폰 파제노 영주는 그 대답이 주책없는 훈계로 느껴졌다. 내가 항상 신의 것을 신에게 주었던 것은 아니라 해도 황제, 아니 더 정확히 말해 왕에게 돌아가야 할 것은 왕에게 주었소. 그런데 아들 하나는 왕의 군대에서 복무 중이라 편지를 쓰지 않고 다른 아들은 신이 데리고 가버렸소. 그래서 주위는 공허하고 춥기만 하오. 그렇습니다, 목사는 약간 거만하게 말했다. 그분이 집을 충만케 하셨습니다, 집의 처지에 비해서 너무 충만케 하셨었지요. 그래서 이제 다시 또 하나의 집이 생기리라 기대할 수 있습니다. 하느님과 함께하는 일은 어려운 일이 아니기 때문이지요. 그는 목사에게 하고 싶은 말이 있었으나 그와 적이 되어서는 안 되었다. 대체 누가 내 곁에 있는 것이오, 나에게 오려는 사람은 아무도 없소, 게다가…… 그때 금방 보일 듯했던 생각이 찢기며 숨어 버렸다. 그리고 폰 파제노 영주는 부드럽고 꿈꾸듯이 말했다. 「외양간은 따뜻하지요.」 폰 파제노 부인은 깜짝 놀라 남편을 쳐다보았다. 정말 저이는 포도주를 너무 급하게 마셔 버렸나 봐? 그러나 폰 파제노 영주는 자리에서 일어나 창밖에 귀를 기울였다. 등잔이 식탁 위만 밝히고 있지 않았다면 폰 파제노 부인은 그의 얼굴에서 깜짝 놀란 듯한, 기다리는 듯한 표정을 보았으리라. 그 표정은 물론 야경꾼의 발소리가 자갈 속에서 달그락거리며 울려 왔을 때 사라졌다. 폰 파제노 영주가 창으로 걸어가 몸을 구부려 내놓고 〈위르겐〉 하고 불렀다. 위르겐이 무거운 걸음으로 창밖에 멈추어 서자 폰 파제노 영주가 곡간을 주의하라고 명령했다. 「바로 12년 전 이렇게 더운 밤에 우리 농장의 커다란 곡간이 타버렸지.」 위르겐은 명령에 따라 그것을 기억해 내고 〈염려 마십시오〉라고 말했다. 그때 폰 파제노 부인에게도 이 작은 사건이 다시 익숙하고 평범한 일 속으로 들어와 버렸으므로, 폰 파제노 영주가 아침 우편 마차로 보내야 하는 편지를 또 쓰기 위해 작별 인사를 했을 때, 그녀 또한 작별 인사 이상의 것을 찾지 못했다. 문에서 그는 다시 한 번 뒤로 돌아섰다. 「말해 주시오, 목사님, 왜 우리는 아이들을 갖는 겁니까? 당신은 물론 아시겠지요, 실습을 해봤을 테니 말이오.」 그러고는 재빨리 사라졌다. 낄낄 웃으며, 세 발로 달리는 개같이.

목사와 단둘이 남게 된 폰 파제노 부인이 말했다. 「저이가 다시 기분이 좋아져 정말 기쁘군요. 우리 불쌍한 헬무트가 세상을 떠나 버린 후부터 저이는 정말이지 언제나 아주 침울한 분위기였거든요.」

◆

팔월이 끝나 가면서 극장의 문이 다시 열렸다. 루제나는 이제 여배우로 표시된 명함을 가지고 있었고 요아힘은 기동 훈련 때문에 오버프랑켄으로 가야 했다. 그는 베르트란트에게 화가 났다. 왜냐하면 그가 루제나에게 알선해 준 직업이 예거 카지노의 여급 생활보다 덜 추잡한 것이 아니었기 때문이다. 그녀가 결국 그런 직업에 빠져들었다는 것은 그녀 자신에게도 책임이 있었고, 그녀의 어머니가 자식을 좀 더 보호하지 못했다는 데 책임이 있을 수도 있었다. 하지만 그가 개선해 보고자 했던 모든 것이 이제 베르트란트 때문에 다시 망쳐진 듯했다. 어쩌면 지금이 이전보다 더 나쁠 수도 있었다. 왜냐하면 카지노에선 모든 것이 명백해서 〈그래〉면 〈그래〉, 〈아니〉면 〈아니〉였던 반면 무대는 독특한 분위기를 가지고 있었기 때문이다. 여기선 숭배의 표시와 꽃다발들이 있었고, 여기보다 젊은 여자가 방정하게 남아 있기 어려운 곳은 없을 것이었다. 그건 아주 일반적으로 알려진 사실이었다. 아, 이것은 더욱 깊은 추락이었다. 그러나 루제나는 그 사실을 납득하려 하지 않았고 심지어 새 직업과 명함을 자랑스럽게 생각했다. 그녀는 그가 듣고 싶어 하지 않는 무대의 체험과 극장의 온갖 가십들을 아주 열심히 이야기했다. 그들의 공동 생활의 어둠을 뚫고 이제 무대 조명의 가느다란 빛줄기가 끊임없이 새어 들 것이었다. 그가 그녀에게로 가는 길을 찾으리라는 것, 처음부터 잃어버린 여인인 그녀, 그녀가 그의 것이었다는 것을 이제 어떻게 믿을 수 있단 말인가. 아직 그가 그녀를 찾고 있다 하더라도, 무대가 위협적으로 우뚝 서 있었다. 그녀가 여자 동료들의 연애 사건을 열중하여 설명할 때면 그녀가 눈을 뜨게 된 명예욕의 위험과 그들과 경쟁하고 싶은 확고한 의지를 보았고, 이런 생활과 그리 다르지 않았을 이전의 생활로 루제나가 돌아가는 것이 보였다. 왜냐하면 인간은 늘 자신의 출발점으로 돌아가게 마련이기 때문이다. 몽롱하고 나른한 행복의 파괴, 그의 가슴을 채우고 눈물을 쏟게 하는, 그러나 영원한 이별의 어스름 빛을 간직한 달콤한 비애의 상실. 이제 다시 그가 대항할 수 있다고 생각했던 환영이 떠올랐다. 설사 지금 그가 루제나의 얼굴에서 이탈리아 오빠의 용모를 찾을 필요가 없다 해도 그 용모는 그곳에 묻혀 있었으며, 그가 그녀를 빼내어 올 수 없던 생활의 지워지지 않는 용모보다 더 나쁜 방식으로 묻혀 있었다. 그러자 다시 악감이 깨어났다. 베르트란트, 그자가 이런 환영을 야기시켰어, 그자가 이 모든 것을 꾀했던 거야, 그자가 메피스토처럼 모든 것을 파멸시키려 했어, 루제나조차 거기서 제외시키려 하지 않았어. 게다가 기동 훈련이 닥쳤다. 그가 돌아와도 어떻게 루제나를 다시 찾아낼 수 있을까? 그는 그녀를 과연 찾아낼 수 있을까? 그들은 자주, 매일,

편지를 쓰겠다고 서로 약속했다. 하지만 루제나는 독일어로 글을 쓰는 데 여러 가지로 어려움이 있었다. 어쨌든 그녀가 자신의 명함을 자랑스럽게 생각하고 있었기 때문에 그는 감히 그녀의 천진난만한 기쁨을 깨뜨리려고 하지 않았다. 종종 그가 받은 우편물은 오직 겉봉에 증오스러운 〈여배우〉란 직명이 씌어 있는 엽서뿐이었고, 엽서에 씌어 있는 〈많은 뽀뽀를 보내요〉라는 말은 그녀의 입맞춤의 부드러움을 더럽히는 듯이 보였다. 그럼에도 불구하고 며칠간 그녀에게서 아무런 소식이 없자 그는 극도로 불안해졌고, 야영 생활의 이동이 편지가 늦는 데 대한 설명이 되리라고 애써 생각하지 않을 수 없었다. 그리고 불쾌한 작은 카드 하나가 도착했을 때 그는 기뻤다. 갑작스레 그리고 느닷없이, 마치 회상처럼, 베르트란트 역시 일종의 배우라는 생각이 떠올랐다.

　루제나는 정말 요아힘이 그리웠다. 그의 편지엔 훈련 생활과 작은 마을에서 보내는 밤들이 쓰여 있었다. 그 밤들이 진정 기쁘려면, 〈사랑스럽고 어여쁘고 달콤한 루제나여, 당신이 나의 곁에 있어야 했소〉. 그러면서 밤 아홉 시 정각에, 그와 함께 같은 시각에, 달을 쳐다보며 그들의 시선이 달 속에서 만날 수 있도록 하자는 요청이 있었으므로, 그녀는 휴식 시간 동안 — 비록 휴식은 아홉 시 반에야 떨어졌지만 — 무대에서 달려 나와 의무적으로 위를 쳐다보았다. 그녀에겐 마치 비 내리던 그 봄날 오후가 여전히 자신을 붙들고 있어 자기 내부의 어떤 것을 마비시키는 것 같았다. 당시 그녀 위로 밀어닥친 해일은 다만 서서히 물러나고 있었으므로, 비록 소녀의 의지가 충분히 강하지 못하고 물이 빠지지 않도록 둑을 쌓을 수 있는 가능성도 없다고 하더라도 그녀가 호흡하는 대기는 여전히 온화한 습기로 포화되어 있었다. 설사 그녀가 의상실에서 꽃다발을 받는 여자 동료들이 부러웠다고 하더라도 그녀의 부러움은 단지 칭송받는 프리마돈나를 연인으로 가져야 할 요아힘을 위해서였다. 사랑에 빠져 있는 여인이 지닌 에로틱한 숨결은 종종 많은 사람에게 너무나 섬세한 매력이 됨에도 불구하고, 여배우들에게 숭배를 표하는 남자들은 다른 종류의 인간들이어서 그런 섬세한 음조를 알아차리지 못한 것 같았다. 그리하여 루제나는 여느 때보다도 더 순결하게 훈련을 마치고 베를린에 돌아온 요아힘을 맞아들일 수 있었다. 그들은 그것을 승리처럼 느꼈지만, 그 승리에 패배가 따르리라는 것을 알고 있었다. 그러나 그들은 그런 것을 알고 싶지 않았기 때문에 포옹 속에서 인식에의 눈을 감아 버렸다.

◆

기차가 역을 출발하고 레이스 손수건을 나부끼며 작별을 했을 때부터 엘리자베트는 자신이 요아힘을 사랑하는지 어떤지 분명히 알고 싶었다. 그녀가 사랑이라고 부르고 싶었던 감정이 그토록 신중하고 교양 있는 형태로 등장한 것은 대체로 즐거운 안도감을 주었다. 그러나 그 감정은 은빛의 권태를 배경으로 하고서야 비로소 눈에 보이는 아주 가볍고 엷은 모습이었으므로, 그것을 깨닫기 위해서는 숙고가 필요했다. 그렇지만 그들이 점점 고향에 가까이 감에 따라 그 모습의 부드러운 윤곽이 흐려지며 지루함이 점차 초조함으로 바뀌었다. 정거장에서 남작이 새로운 말들과 함께 그들을 기다리고 있었을 때, 그리고 즉각 레스토에 도착하여 공원의 초록빛 우듬지로 평화롭게 에워싸인 자연이 출현했을 때, 보다 평온하고 육중하게 대문이 앞에 놓여 있었다. 공원 입구 좌우로 두 채의 문지기 집이 새로 세워져 있는 것이 첫 번째 뜻밖의 일이었으므로 여자들은 자신들의 놀라움을 생생하게 부르짖었다. 그것은 다음 날 더 보고 알아야 할 많은 것들의 서곡에 불과했으므로 엘리자베트가 사랑에 대해 그 이상 생각지 않게 된 것은 너무도 이해가 가는 일이었다. 남작은 두 숙녀, 또는 그가 때때로 엘리자베트를 사랑하여 부르듯이, 자신의 두 부인이 없는 틈을 타서 저택을 여러모로 개축하고 미화하는 시도를 했고, 그 결과에 대해 여자들은 황홀해하며 남작에게 칭찬과 정이 넘치는 감사의 말을 아끼지 않았다. 정말 그들은 예술을 이해하는 아빠를 자랑스럽게 여길 근거가 충분히 있었다. 그는 기존의 것을 과도하게 존중하지 않고 낡은 영주관의 미화를 조목조목 감행했으며, 그 미화 작업은 결코 건축 구조적인 것에 한정되지 않았다. 그는 잊지 않고 언제나 새로운 그림이 어울리는 자리를 벽에 남겨 두도록, 무게 있는 도자기로 치장할 수 있는 구석이 있도록, 금빛으로 수놓은 비단 덮개를 덮은 사이드 바가 있도록 고려했다. 그는 그런 것을 중요하게 여기는 남자였다. 그들이 결혼한 이래 남작과 남작 부인은 수집가가 되어 끊임없이 저택을 만들어 감으로써 자신들의 약혼 관계를 영원히 지속시켰으며, 딸이 거기에 가담하게 되자 한층 더 그러했다. 해마다 여러 가지 선물 축제를 베풀고 생일을 축하하고 끊임없이 새로운 놀랄 거리를 생각해 내는 양친의 정열은 보다 깊은 의미를 지닌다는 것, 언제나 새로운 것으로 둘러싸이고자 하는 정열은 병적인 욕구라고까지 말할 수 있는 기쁨과 보다 깊은 — 꿰뚫어 보기 어렵긴 해도 — 관련이 있다는 것을 엘리자베트는 모르지 않았다. 물론 엘리자베트는 모든 수집가가 결코 도달할 수 없는 수집의 절대성을 굴하지 않고 추구해 나감으로써 수집된 것들을 넘어 무한성까지 뻗어 들어간다는 것을 알지 못했다. 또한 그가 수집에 전념함으로써 자신의 절대성을 획득하고 죽음을 회피하고 싶어 한다는 것을 알지 못했다. 그러나 자기 주위에 집적된 온갖 많은 아름다우면서도 죽어 버린 사물들, 자기를 둘러싸고 있는 많은 아름다운 그림들에서 엘리자베트는 예감하고 있었다. 그림이 벽에 걸려 있음은 벽을 강하게 하려는 것과 흡사하며, 모든 죽어 버린 사물은 어떤 살아 있는 것을 덮으려는 것, 아마도 숨겨서 보호하려는 것과 흡사하다고. 그 어떤 것이 그녀 자신과 매우 밀접한 관계를 지니고 있으리라고. 그리하여 새로운 그림이 도착하면 때때로 그녀는 그것이 어린 동생과 같은 것이라는, 마치 그들 모두의 공존이 그것에 의존하는 듯이 그것을 보호해야 하고 또 양친이 보호하고 있는 어떤 것이라는 생각을 하지 않을 수 없었다. 그녀는 그 뒤에 숨어 있는 불안을 예감하고 있었다. 노쇠한 일상을 축제로 이겨 보려는 불안, 그들이 살아 있고 태어나서 결정적으로 함께 있다는 것, 그들의 원은 영원히 닫혀 있으리라는 것을 거듭 확인해 가는 — 항상 놀라운 체험인 — 불안. 그러므로 남작이 늘 새로워지는 땅의 구획을 공원에 편입시킨다는 것은 — 이제 공원의 조밀하고 검은 수풀 주위는 거의 사면으로 부드럽게 반짝이는 어린 나무들로 된 넓은 표면이 에워싸고 있었다 — 그가 거의 여성다운 배려로써 그들 모두의 생에 쾌적한 휴식처로 가득 찬 공원을 만들어 주고 또 확장하려는 듯이 엘리자베트에게는 여겨졌다. 공원이 전 대지 위로 펼쳐지게 될 때 그는 바로 목적에 다다른 것이 되며 모든 불안에서 해방될 것이다. 공원을 이루려는 목적, 그것은 엘리자베트가 영원히 그곳을 거닐 수 있게끔 하는 것이리라. 비록 때때로 그녀의 내부에서 그런 부드럽고도 불가피한 의무에 저항을 했다 하더라도, 그 저항은 거의 한 번도 분명하게 노출되지 않으며 저 멀리 공원 울타리 뒤에 있는 해맑은 언덕의 윤곽과 함께 뒤섞여 버렸다.

「어머나!」 장미 화원 속에 세워진 새 정자에 감탄하면서 남작 부인이 말했다. 「어쩌면, 이렇게 예쁠 수가! 마치 신랑 신부를 위해 만들어진 것 같군요.」 그녀는 엘리자베트에게 미소 지었고 아버지 역시 미소했다. 그러나 그들 두 사람의 눈에는 위협하고 있는 어떤 불가피한 것에 대한 불안이, 무력이, 불신과 배반 — 그러나 그들 역시 같은 죄를 범하고 있기에 미리 용서를 해버린 — 에 대한 예감이 서려 있었다. 얼마나 슬픈 일이었던가, 양친이 미래에 있을 결혼을 생각하는 것만으로도 벌써 옥죄이는 듯이 느꼈던 것은. 그래서 엘리자베트는 결혼에 대한 모든 생각을 자신으로부터 아득히 멀리 밀어 버렸다. 너무도 멀리 밀어 버렸으므로, 딸이 사랑에 빠져도 된다는 허락처럼, 말하자면 딸이 어른이 되었음을 인정하는 것처럼, 그녀를 어머니의 여동생으로 인정하는 식으로 양친이 결혼의 가능성에 대해 이야기할 때, 그녀는 기꺼이 경청할 수 있었다. 그랬기 때문에 아마 엘리자베트는 이모 브리기테의 결혼식 날을 상기하지 않을 수 없었을 것이다. 어머니가 그녀의 뺨에 애정 어린 키스를 하자 그녀는 이별의 키스처럼 느끼지 않을 수 없었다. 당시 어머니가 눈물 속에서 이모에게 키스를 했기 때문이다. 어머니는 젊은 새 제랑(弟郞)이 생긴 것이 너무 기쁘다고 주장하면서도 눈물로 뒤범벅이 되어 있었다. 그러나 그것은 물론 이미 오래전의 일이었다. 그것을 생각한다는 것은 어린애 같은 일이었다. 엘리자베트는 양친 사이에서 그들의 어깨에 팔을 얹고 정자로 걸어가 앉았다. 좁은 길이 대칭으로 휘감고 있는 장미 화단은 온갖 색으로 찬란하게 빛났고 향내가 가득했지만 그 위의 그늘은 아직 사라지지 않았다. 남작이 한 군데를 가리키며 말했다. 「저곳에 마네티 장미를 몇 그루 심어 보았지. 한데 우리의 기후가 그것에는 너무 거친 것 같구나.」 그리고 그는 딸을 불러 앉히려는 듯이 약속을 덧붙였다. 「하지만 만약 성공하여 번식한다면 물론 그건 엘리자베트 것이지.」 엘리자베트는 그의 손이 꼬옥 쥐어 오는 것을 느꼈다. 그건 마치 그녀를 충분히 확고하게 붙잡아 놓을 수 없는 어떤 것이 존재한다는 암시 같았다. 어쩌면 그것은 시간이라고 말할 수 있으리라 — 시계 태엽처럼 감기고 죄어진, 그러나 이제 막 똬리를 풀며 손가락 사이에서 빠져나와 점점 길어지는, 불안스럽게 긴, 마치 사악한 뱀처럼 기어 나와 그들을 휘감는 가느다란 하얀 띠 같은 시간, 그리하여 사람들은 뚱뚱해지고, 늙어 버리며, 보기 싫어지는 것이다. 아마 이런 것을 어머니도 느낀 것 같았다. 왜냐하면 그때 그녀가 이렇게 말했기 때문이다. 「만약 이 아이가 언젠가 우리를 떠난다면 우리는 외롭게 여기에 앉아 있게 되겠지요.」 그러자 엘리자베트는 죄를 의식하고 말했다. 「저는 언제나 부모님과 함께 있을 거예요.」 그녀가 그렇게 죄스럽고 부끄러운 듯 말했던 것은 자신도 그 말을 믿지 않았기 때문이지만, 그 말은 오래된 서약을 새로이 하려는 듯이 들렸다. 「그것은 그렇다 치고 이 아이가 남편과 함께 우리와 같이 살아서는 안 되는 이유를 난 잘 모르겠어요.」 이렇게 남작 부인이 제안하자 아버지는 온건하게 물리쳤다. 「그때까진 아직 오랜 시간이 남았소.」 그러자 엘리자베트는 다시 이모 브리기테를 상기하지 않을 수 없었다. 뷔르벤도르프에 사는 그녀는 뚱뚱해졌고 아이들과 실랑이를 벌이며 살았다. 그녀의 모습은 옛날의 아름다움과 너무도 공통점이 없게 되어 옛날 모습을 거의 상상할 수 없었으며, 옛날 그녀의 곁에서 느끼던 행복이 부끄러워질 지경이었다. 그러나 뷔르벤도르프의 분위기는 슈톨펜보다 더 명랑하고 친절했고 모두들 알베르트 이모부 댁에 새로운 어린 친척이 생긴 것을 기뻐했다. 이렇게 말할 수도 있다. 그들이 그렇게 사랑했던 사람은 결코 브리기테 이모가 아니며, 그들이 그렇게 흥분되고 아름다운 사건으로 받아들인 것은 새로운 친척이 생기는 것이었다고. 만약 사람들이 모든 사람들과 친척이 된다면 세계는 마치 잘 가꾸어진 공원처럼 될 것이며, 새로운 친척을 데려온다는 것은 정원에 새로운 종류의 장미나무를 심는 것과 같은 것이다. 그렇다면 배반과 배신은 비교적 가벼운 범죄라고 할 수 있으리라. 그녀가 알베르트 이

모부에 대해 아주 기뻐했을 당시에 이미 그런 느낌을 받았을지도 모르겠다. 그리고 양친이 딸의 결혼 가능성에 대해 운이 좋은 양 말한 것을 보면 이제 그들을 둘러싸고 있는 부당성의 바다 속에서 양친은 조그마한 용서의 섬을 발견하고 그 위로 피난한 것 같았다. 남작 부인 역시 그 생각을 포기하지 않았다. 그러나 생이란 순전히 타협에서 이루어지는 법이기에 그녀는 말했다. 「어쨌든 서부 지구에 있는 작은 우리 집은 항상 이 아이를 위해 준비되어 있으니까요.」 그러나 엘리자베트의 손은 아직 아버지의 손 속에 있었고 그 손의 압력을 느끼고 있었으므로 엘리자베트는 타협에 대해 아무것도 알려고 하지 않았다. 「아녜요, 저는 두 분과 함께 있을 거예요.」 다시 그녀는 거의 완강하달 정도로 되풀이해서 말했다. 그러면서 어렸을 적 양친의 침실에 들어가지 못하게 되어 그들의 숨결을 감시할 수 없었을 때 얼마나 쓰라린 느낌이 들었던가를 생각해 냈다. 남작 부인은 잠잘 때 곧잘 사람들을 덮치는 죽음에 대한 말을 즐겨 그리고 자주 말함으로써 남편과 엘리자베트를 놀라게 했지만, 아침이 되어 밤이 그들을 영원히 갈라놓지 않았음을 확인할 때면 그것은 축복스러운 놀라움과 같았다. 그리고 그들이 결코 갈라지지 않도록 서로 손을 잡고 꼭 붙들고 있었으면 하는 소망이 나날이 새로워지고 질풍처럼 거세졌다. 그렇게 그들은 지금도 여기, 장미 향기로 가득한 정자에 앉아 있었다. 엘리자베트의 작은 강아지가 뛰어 올라와 마치 그녀를 영원히 찾아낸 듯이 반가워하며 앞발을 그녀의 무릎에 올려놓았다. 장미 줄기들이 정원의 초록빛 벽 앞에서 맑고 푸른 하늘을 향해 꼿꼿하고 딱딱하게 서 있었다. 결코 그녀는 한 낯선 남자에게, 설사 그와 아무리 가까운 관계에 있다 하더라도, 아침에 그와 같은 기쁨으로 인사할 수는 없으리라. 결코 그녀는 그의 생일을 아버지의 생일처럼 그렇게 열정적으로, 거의 경건하다 싶을 정도로 생각할 수는 없으리라. 결코 그녀는 그를 사랑이라는, 이해할 수 없으나 숭고한 불안으로 감싸지 않으리라. 그녀는 그것을 인식하며 양친에게 애정 어린 미소를 보냈고, 불안에 찬 사랑스러운 눈초리로 경건하게 올려다보고 있는 강아지 벨로의 머리를 쓰다듬었다.

얼마 후 그녀는 지루해지기 시작했으므로 다시 가벼운 저항감이 일었다. 그러자 요아힘을 생각하는 것이 불쾌한 일은 아니었으므로, 그녀는 그의 늘씬한 모습을, 기다란 사각의 군복 상의를 입고 가볍게 절을 하며 역에 서 있던 그의 모습을 떠올렸다. 그러나 그의 모습은 이상스럽게 젊은 브리기테의 모습과 뗄 수 없이 얽혀 버렸으므로, 요아힘이 화사한 브리기테와 결혼해야 하는 것인지 혹은 그녀 자신이 그녀가 어렸을 적 보았던 젊은 이모부와 결혼해야 하는 것인지를 알 수 없게 되었다. 물론 사랑이란 오페라나 소설에서처럼 진행되는 것은 아님을 그녀도 알고 있었지만, 그러나 그녀가 불안 없이 요아힘을 생각할 수 있다는 것은 확실했다. 그렇다, 당시 굴러가는 기차가 그의 군도를 붙잡아 요아힘을 바퀴 밑으로 나동그라지게 하는 상상이 그녀를 경악하게 했다 할지라도, 그녀를 양친의 삶과 함께 묶어 놓은 저 달콤한 슬픔과 공포, 전율스러운 불안을 느끼게 하진 않았다. 그녀가 이 사실을 깨달았을 때, 그것은 어떤 체념과도 같았고 작고 슬픈 안도와도 같았다. 그렇지만 그녀는 요아힘에게 언젠가 그의 생일을 물어보겠다고 결심했다.

◆

 요아힘은 슈톨핀의 집으로 돌아왔다. 역에서 오는 도중에 이미, 마을을 통과하여 첫 번째 장원의 경작지에 이른 직후, 갑자기 그의 내부에서 새로운 느낌이 싹터 올랐다. 그는 그 느낌에 대한 적절한 말을 찾으려 했고, 그 말을 발견했다. 그것은 나의 소유라는 말이었다. 영주관에서 내렸을 때 그는 고향이 새롭다는 느낌을 지니고 있었다.

 이제 그는 아버지, 어머니와 함께 앉아 있었다. 그것이 아침 식사에 한정되었더라면 상당히 견딜 만했으리라. 커다란 보리수 아래에 앉아 있을 수 있다는 것, 신선하고 밝게 빛나는 정원이 그의 앞에 있다는 것은 기쁜 일이었다. 맛 좋은 노란 버터, 벌꿀, 과일이 담긴 접시, 이 모든 아늑함은 근무 전의 바쁜 아침 식사와 유쾌하게 구별되었다. 그러나 점심 식사나 저녁 식사 시간, 커피 마시는 시간은 이미 고통이었다. 시간이 흐를수록 같이 있는 것이 더욱 거북스러웠고, 익숙지 않은 아들의 출현에 대하여 아침마다 양친이 표하는 기쁨과 아들로부터 날마다 어떤 아름답고 생을 충만케 하는 일이 시작되리라는 식의 기대는 시간이 흐름에 따라 — 식사 시간으로 마침표가 찍히며 — 단계적으로 실망으로 바뀌었고, 오후가 되면 요아힘의 존재가 거의 두 배로 견딜 수 없는 일로 첨예화되었다. 일상의 유일한 낙이었던 우편물에 대한 희망 자체가 아들의 존재로 인해 감소되었음에도 불구하고 노인이 여전히 날마다 우편배달부를 마중 나간다는 사실은 거의 절망의 행동과 같았고, 결국 요아힘더러 어서 여행을 떠나 편지를 보내라는 조용한 요구와 같았다. 그러나 폰 파제노 영주 자신은 자신이 기다리는 것이 요아힘의 편지가 아니며 자신이 기다리는 사자(使者)는 우편 배낭을 짊어진 배달부가 아님을 알고 있는 것 같았다.

요아힘은 미미하게나마 양친에게 접근하려는 시도를 했다. 그는 사슴뿔이 장식된 방으로 아버지를 찾아가 수확에 대해, 사냥에 대해 물어보았다. 노인이 기뻐하기를 바라며 〈일에 익숙해지라〉는 요구를 적어도 암시적으로나마 따른 것이다. 그러나 아버지는 그 명령을 잊어버렸거나 그 자신조차 장원의 상황에 대해 알지 못하거나 둘 중의 하나였다. 왜냐하면 그는 겨우 마지못해, 회피하듯이 대답해 주었기 때문이다. 한번은 이렇게까지 말했다. 「그런 것을 미리부터 염려할 필요는 없다.」 그래서 요아힘은 비록 짐스러운 의무에서 해방되긴 했지만, 사람들이 그를 유년 사관 학교에 데려감으로써 그에게서 고향을 빼앗아 가던 때를 생각하지 않을 수 없었다. 그러나 지금 그는 돌아왔고 자기 자신의 손님을 기다리고 있었다. 그것은 유쾌한 느낌이 드는 일이었다. 그것이 아버지에 대한 온갖 적대감을 내포하고 있었다고 할지라도 요아힘 자신은 그것을 모르고 있었다. 그렇다, 심지어 그는 양친 역시 점차 커지는 지루함이 중단되는 걸 만족해하고, 자신과 똑같이 초조하게 베르트란트의 도착을 고대하리라고 희망했다. 그는 아버지가 자신의 편지를 샅샅이 뒤적거리는 것을 못 본 체했고, 〈아직도 네 친구에게선 소식이 없는 것 같구나. 그가 대체 오는 건지 마는 건지〉 하는 말로 우편물을 넘겨줄 때면, 비록 그것이 그에겐 고소해하는 소리로 들렸을지라도, 요아힘은 거기서 유감의 뜻만을 골라 들으려 했다. 그의 불만은 루제나의 편지 한 통이 아버지의 수중에 있음을 알고 나서야 비로소 폭발했다. 그러나 노인은 아무 소리가 없었고 기껏해야 외알 안경을 눈에 끼우고 주의를 주었다. 「이제 정말로 바덴젠 가(家)에 좀 가봐야 하지 않겠느냐, 지금이야말로 그럴 때인 듯싶다.」 좀 비꼬는 말일 수도 있었고 아닐 수도 있었다. 그러나 어쨌든 그 말은 엘리자베트와 재회하는 기쁨을 망치기에 충분했으므로 그는 자꾸 방문을 뒤로 미뤘다. 비록 그녀의 모습과 나부끼는 레이스 손수건이 아직까지 충실하게 그와 함께 있다 해도, 그는 레스토의 정문에 마차를 댈 때 마차 좌석에 에두아르트 폰 베르트란트와 나란히 앉아 있는 모습을 그려 보며, 그렇게 되기를 점점 더 절실히 바라고 있었던 것이다.

그러나 그렇게 되지 않았다. 적어도 당장은 그렇다. 어느 날 엘리자베트와 그녀의 어머니가 폰 파제노 부부의 집으로 때늦은 문상을 왔기 때문이다. 엘리자베트는 요아힘이 집에 없어 실망했지만 조금 홀가분한 느낌이 들었고, 그러면서도 약간 마음이 상했다. 그들은 작은 살롱에 들어가 앉았고, 숙녀들은 폰 파제노 영주로부터 헬무트가 명예 때문에 쓰러졌다는 이야기를 들었다. 엘리자베트는 아주 머지않은 시기에, 언젠가 어떤 사람이 목숨을 바쳐 지키려 했던 이름을 자기도 지니게 될 것을 생각하지 않을 수 없었으므로, 가벼운 자부심과 친절한 놀라움을 느끼면서 그렇다면 폰 파제노 부부도 새로운 친척이 되는 것임을 확신했다. 사람들은 아직도 그 슬픈 사건을 이야기했고 폰 파제노 영주는 말했다. 「아들을 갖는다는 것은 그런 것이지요. 명예를 위해 죽거나 왕을 위해 죽습니다…… 아들을 갖는다는 것은 우스꽝스러운 일입니다.」 그가 날카롭고 공격적인 어조로 덧붙였다. 「아, 그에 반해 딸들은 결혼하여 우리의 손에서 도망치는걸요.」 남작 부인이 함축적인 미소를 지으며 응수했다. 「그래서 우리 노인들은 어쨌든 홀로 남게 되는 겁니다.」 그러나 폰 파제노 영주는, 마땅히 남작 부인은 노인으로 간주되어서는 안 된다는 듯이, 그 말에 대답하지 않고 시선과 자세를 굳히며 잠시 침묵한 후에 말했다. 「그렇습니다, 홀로 남습니다, 홀로 남습니다.」 그리고 약간 눈에 띄게 긴장하며 숙고하더니 거듭 말했다. 「홀로 죽습니다.」 ─「하지만, 폰 파제노 영주님, 죽음을 생각하진 맙시다.」 남작 부인이 의무적으로 기쁜 목소리를 지어 말을 받았다. 「오, 우리는 아직 오랫동안 그것을 생각하고 싶지 않아요. 비 온 후에 볕이 나는 법이지요, 친애하는 폰 파제노 영주님, 그 점을 사람들은 항상 염두에 두어야 할 거예요.」 폰 파제노 영주는 현실로 돌아왔고 다시 기사다운 태도를 취했다. 「햇볕이 당신의 모습으로 저희 집에 온다는 것을 전제로 하면 그렇지요, 남작 부인.」 그리고 남작 부인의 기분 좋아진 대답을 기다리지 않고 계속 말했다. 「하지만 얼마나 이상한 일입니까…… 집은 비어 있고 편지조차 없어요. 요아힘에게 편지를 보내 보았습니다만 회신이 없습니다. 그 애는 기동 훈련 중이지요.」 폰 파제노 부인이 놀라서 남편에게 몸을 돌렸다. 「하지만…… 하지만, 요아힘은 이곳에 있잖아요.」 그렇게 말을 정정한 데 대한 벌로 독기 어린 시선이 던져졌다. 「그래, 그 애가 뭐 편지를 써 보낸 일이 있단 말이오? 그러면 그 애는 지금 어디 있다는 말이오?」 만약 그때 하르츠산(産) 카나리아가 새장에서 가늘고 노란 볏단 같은 울음소리를 뽑지 않았더라면 틀림없이 작은 언쟁이 일었을 것이다. 그러나 그때 그들은 분수 주위를 둘러싸듯이 새를 중심으로 앉아 있었기에 일순간 다른 모든 것을 잊어버렸다. 마치 이 가느다랗고 노란 소리의 끝이 위아래로 미끄러지듯 그들 주위를 휘감아 그들의 안락한 삶과 죽음을 기반으로 하는 통일성 속에서 그들을 합일시키는 것 같았다. 이 끈은 펄쩍 뛰어올라 그들을 충만하게 하고 다시 근원을 향해 움츠러들며 둥글게 말리면서 그들로부터 대화를 앗아 가는 것 같았다. 그것이 공간을 장식한 가느다랗고 노란 끈이었기 때문일까, 순간 그들이 서로 속하는 존재임을 상기시키며 무시무시한 정적으로부터, 그들을 들어 올렸기 때문일까. 인간의 목소리가 넘어갈 수도 넘어올 수도 없는 벽처럼 꿰뚫을 수 없는 반향처럼 인간과 인간 사이에 서서 진동하지 않을 수 없는 꽝꽝한 침묵을 지닌 정적으로부터 그들을 들어 올렸기 때문일까. 그러나 카나리아가 노래하는 지금은 폰 파제노 영주조차 그 무시무시한 정적을 들을 수 없었고, 폰 파제노 부인이 〈자, 이제 커피를 마시러 갈까요〉라고 말했을 때 모두들 따뜻한 기분이 들었다. 그리고 오후의 태양 때문에 커튼을 쳐놓은 커다란 홀을 통과해 갈 때, 헬무트가 이곳에서 관 속에 누워 있었음을 생각하는 사람은 아무도 없었다.

그러자 요아힘이 도착했고 엘리자베트는 다시 실망했다. 그녀가 기억하고 있는 그는 군복을 입은 모습이었는데, 지금은 사냥복을 입고 있었기 때문이다. 그들은 서먹서먹하고 당황했다. 심지어 그들이 다른 사람과 함께 살롱으로 돌아가 엘리자베트가 카나리아 새장 앞에 서서 새가 화를 내며 톡톡 쪼는 것을 보려고 손가락을 새장 사이로 집어넣고 장난할 때에도 그렇다. 그녀 자신의 살롱에도 — 결혼해야 한다면 — 늘 이런 작고 노란 새를 두겠다고 결심했을 때조차 그녀는 요아힘을 결혼 문제와 결부시킬 수 없었다. 그러나 작별하면서 그가 곧 그녀를 승마 산책에 데려가겠노라 약속한 것은 그녀에게 유쾌하고 기쁘고 홀가분한 느낌을 주었다. 그전에 그는 물론 그들을 방문해야 할 것이다.

◆

드디어 파제노의 초대에 응할 수 있게 된 베르트란트는 이틀간의 체류를 위하여 야간 열차를 타고 베를린에 도착했다. 그가 루제나의 일을 염려해 주고 싶은 것은 당연했다. 그는 곧바로 극장으로 가서 몇 송이의 꽃과 함께 의상실로 전갈을 보냈다. 루제나는 그의 카드에 기뻤고, 꽃다발에 기뻤고, 베르트란트가 무대 입구에서 기다리고 있다는 데 기분이 좋아졌다. 「자, 귀여운 루제나, 어떻게 지내십니까?」 즉시 루제나는 말을 쏟아 내었다. 너무 좋아요, 너무 좋아요, 오, 사실은 그리 좋은 것도 아니에요, 요아힘이 너무너무 그리운걸요. 하지만 지금은 물론 좋다고, 요아힘의 정말 좋은 친구인 베르트란트가 자신을 데리러 왔기에 끔찍이도 기쁘다고 말했다. 그들이 식사를 하며 마주 앉아 요아힘에 대해 여러 가지 이야기를 했을 때, 루제나는, 종종 그랬듯이, 갑자기 슬퍼졌다. 「지금 당신은 요아힘에게 가고 저는 여기 그대로 있어요. 세상 불공평해요.」 ─「물론 세상은 불공평합니다. 그리고 귀여운 루제나, 당신이 생각하는 것보다 훨씬 나쁘지!」 ─ 그가 친밀한 호칭[23]을 사용한 것이 그들 두 사람에게는 자연스럽게 느껴졌다 ─「당신에 대한 염려가 나를 이리로 오게 했어요.」 ─「무슨 뜻이에요?」 ─「글쎄, 당신이 이 극장이란 곳에 있는 것이 내겐 좋아 보이지 않아요.」「왜요? 정말 멋있는 곳인데요.」 ─「당신들의 말에 동의한 것이 너무 성급했었나 봐…… 당신들은 낭만주의자인 데다 연극에다 무슨 상상을 만들어 붙였는지는 신만이 아실 일이기 때문이지.」 ─「무슨 말씀인지 이해 못 하겠어요.」 ─「아무것도 아니오, 귀여운 루제나. 하지만 당신은 그곳에 머물러선 안 될 거야. 결국 어디로 가게 될까? 이봐요, 당신은 결국 무엇이 될까? 누군가 당신을 보살펴 주어야 하지만 낭만적인 생각을 가진 사람이 그럴 순 없을 거야.」 루제나는 꼿꼿하고 오만하게 말했다. 난 나 자신을 돌볼 수 있어요, 나는 아무도 필요치 않아요, 그가 가야 한다면, 요아힘, 그가 나를 떠나려 한다면, 가면 되는 거예요. 「그리고 당신 나쁜 사람이에요, 친구를 나쁘게 말하려고, 당신 이리로 온 거지요.」 그녀는 울었고 눈물 속에서 베르트란트에게 적대적인 시선을 보냈다. 그녀를 진정시키기는 쉽지 않았다. 그녀는 여전히 그가 나쁜

---

23 독일어의 *du*를 말함. 보통 가족, 친구 등의 친밀한 사이 또는 하느님 및 아주 어린 아이에게만 사용함.

사람이며 나쁜 친구라고, 이 아름다운 저녁을 망치는 사람이라고 고집하고 있었기 때문이다. 그러자 갑자기 그녀의 얼굴이 창백해지더니 놀란 눈으로 그를 노려보았다. 「당신을 보냈나요? 끝났다고 말하라고?」 —「아니 루제나!」—「아니, 아니라고 열 번이고 말할 수 있지요. 난 알아요. 그렇군요. 오, 당신 둘 다 나빠요. 창피를 주려고 날 이리로 데려온 거예요.」 베르트란트는 조리 있는 설명이 아무 소용없음을 알았다. 그러나 그녀의 터무니없는 의심 속에는 참된 사실에 대한 예감과 그 절망의 예감이 있는 듯하기도 했다. 그녀는 어찌할 바를 모르는, 하나 이상은 셀 줄 모르는 작은 짐승처럼 보였다. 그렇지만 그녀가 보다 냉정하게 미래를 보는 편이 아마 좋을 것이다. 그래서 그는 단지 부정하는 듯이 고개를 저었을 뿐이다. 「말해 보십시오,[24] 어린 루제나, 요아힘이 나가 있는 동안만이라도 당신 고향에 돌아가 있을 수는 없습니까?」 그녀는 떠나야 된다는 말에만 귀를 기울였다. 「아니, 루제나, 대체 누가 당신을 떠나보내려 한단 말입니까! 당신이 여기 베를린에서 혼자 이 무의미한 극장에 있는 대신 당신네 사람들하고 같이 있는 것이 훨씬 좋으리라는……」 그녀는 그가 말을 끝내도록 두지 않았다. 「아무도 없어요. 모두들 내게 나빠요, 아무도 없어요, 그런데도 당신은 날 보내려 해요.」—「루제나, 이성을 좀 찾으십시오. 만약 파제노가 다시 베를린에 오면 당신도 되돌아오면 되지 않습니까.」 그녀는 그의 말을 듣지 않았다. 나가겠어요, 더 알고 싶지 않아요. 그러나 그는 그녀를 그렇게 보내고 싶지 않았으므로 어

[24] 여기서 그는 다시 경칭으로 돌아간다.

떻게 하면 그녀가 다른 생각을 할 수 있을까 곰곰 생각했다. 마침내 그는 요아힘에게 공동으로 편지를 쓰자는 착상에 이르렀다. 루제나는 즉시 동의했다. 그래서 그는 종이를 가져오게 했고 그 위에 이렇게 썼다. 「자네와의 즐거웠던 저녁을 생각하며 진심으로 안부를 전하네, 베르트란트.」 그리고 그녀가 덧붙였다. 「또한 루제나의 여러 번의 뽀뽀를.」 그녀는 종이 위에 입술을 눌렀으나 눈물을 멈추려 하진 않았다. 「끝났어요.」 그녀는 반복해 말했고 집에 데려다 달라고 요구했다. 베르트란트는 순순히 따랐다. 하지만 그녀를 너무 빨리 의지할 데 없다는 기분 속에 남겨 두고 떠나지 않기 위해, 걸어가자고 제안했다. 그녀를 진정시키기 위해 — 아무튼 말이 제대로 나오지 않았으니 — 그는 선량하고 용감한 의사처럼 그녀의 손을 잡았다. 그녀는 약간 감사한 듯 기댈 곳을 찾으며 몸을 바싹 붙였고 가볍게 손이 잡히도록 두었다. 작고 귀여운 짐승 같군, 베르트란트는 생각했고 상황을 바로잡기 위하여 말했다. 「루제나, 난 정말 나쁜 사람이고 당신의 적이야.」 그러나 그녀는 아무 대답도 하지 않았다. 혼란스러운 그녀의 생각에 대해 가볍지만 애정 어린 분노가 그의 내부에서 일어나며 요아힘에게까지 뻗어 갔다. 그는 루제나와 그녀의 운명에 대한 책임이 요아힘에게 있다고 생각했지만 요아힘 역시 이 소녀보다 덜 착잡하진 않으리라는 생각이 들었다. 그가 느끼고 있는 것이 그녀의 육체의 따뜻함뿐이어서일까, 그는 일순간 루제나와 함께 요아힘을 배반한다면 그건 그의 자업자득이리라는 악의 어린 생각을 했다. 그러나 그것은 진심이 아니었으므로 금방 그가 항시 요아힘에 대해 품고 있는 친절한 호의로 되돌아갔다. 그에게 요아힘과 루제나는 그들 본질의 작은 조각만을 지니고, 그들이 살고 있는 시대에, 지금의 나이에 도달한 존재로 여겨졌다. 커다란 조각이 있는 곳은 어딘가 다른 곳, 어떤 다른 별이나 다른 시대, 혹은 단순히 어린 시절일지도 몰랐다. 베르트란트는 이상한 느낌이 들었다. 여러 시대의 그렇게 많은 사람들이 더불어 살고, 또 심지어 동년배이기도 하다니. 아마 그렇기 때문에 모두들 서로를 이성적으로 납득시키는 근거를 상실하고 어려움에 봉착하는 것이 아닐까. 그럼에도 불구하고 어떤 인간적인 공통성과 초시대적인 이해가 존재한다는 것이 기이하기만 하다. 아마 요아힘의 손도 어루만져 줄 필요가 있으리라. 그러나 그와 무슨 이야기를 해야 하며, 또 할 수 있을까? 슈톨핀으로의 방문이 대체 무슨 목적이 있단 말인가? 베르트란트는 화가 났지만 요아힘과 루제나의 운명에 대해 이야기를 해 봐야 하리라고 생각했다. 이것이 여행과 낭비될 시간에 대해 진정한 의미를 부여할 것이다. 그러자 다시 기분이 좋아졌으므로 그는 루제나의 손을 꼭 쥐었다.

그녀의 집 앞에서 그들은 작별하며, 몇 순간 말 없이 마주서 있었다. 루제나가 아직도 무엇인가 기대하고 있는 듯이 보였다. 베르트란트는 미소를 지으며 그녀가 그에게 입술을 줄 수 있기 전에 그녀의 뺨에 아저씨 같은 태도로 입을 맞추었다. 그녀는 가볍게 그의 손을 어루만지고는 재빨리 집으로 미끄러져 들어가려고 했다. 그는 그녀를 문에서 붙들었다. 「귀여운 루제나, 나는 내일 일찍 여행을 떠납니다. 요아힘에게 전할 말이 있는지?」──「조금도,」 그녀가 재빨리 뾰로통하게 말했다. 그러나 그녀는 생각해 보았다. 「당신 나빠요, 하지만 역에 배웅 가겠어요.」──「그럼 잘 자요, 루제나.」베르트란트는 말했고 다시 작은 분노가 일었다. 그러나 그는 솜털 같은 그녀 뺨의 살결을 여전히 입술 위에 느끼고 있었으므로 어두운 거리를 이리저리 거닐며 루제나의 방이 있는 건물을 건너다보면서 어느 창문에서 불이 켜지는지를 지켜보았다. 그러나 그녀는 이미 불을 켜놓고 있었던 것일까, 방이 마당 쪽으로 나 있는 것일까 ── 요아힘은 더 나은 거처를 마련해 줄 수도 있었을 텐데! ── 어쨌거나 베르트란트의 기다림은 허사였다. 그래서 그는 잠시 집을 바라본 다음 그것으로 낭만주의를 위해서는 충분한 행동을 한 셈이라고 깨달았으므로 시가에 불을 붙여 물고 집으로 갔다.

◆

사교실에는 쪽매 널마루가 깔려 있는 반면, 3층의 손님 방들엔 왁스로 닦은 바닥이 있었다. 바닥엔 거무스레한 테로 분리되어 있는 부드럽고 하얀 나무 널빤지들이 깔려 있었다. 분명 거대한 나무등걸에서 언젠가 이 널빤지들을 잘라 냈을 것이다. 비록 부드러운 나무에 지나지 않았지만 그 한결같이 고른 커다란 크기로 미루어 볼 때 언젠가 이 집을 지은 주인이 얼마나 부유했었는지를 증명해 주었다. 테와 널빤지 사이의 이음새는 예리하게 접합되었고, 나중에 나무가 마르면서 벌어진 틈은 거의 알아차릴 수 없을 정도로 말끔히 쐐기 나뭇조각으로 채워져 있었다. 마을의 목수가 만들었을 가구들은 나폴레옹의 군대가 이 지역을 통과했던 시대에 유래한 것일 수도 있었다. 적어도 그 시대를 생각하지 않을 수 없는 것은 보통 사람들이 제국[25]이라 부르는 시대의 양식을 연상시켰기 때문이다. 그렇지만 그보다 약간 오래전의 것일 수도, 더 나중의 것일 수도 있었다. 갖가지 종류의 불룩한 형식들은 그 시대의 일직선형과 차이가 있었기 때문이다. 가령 여기 거울 달린 옷장을 보면, 그것의 유리 면은 수직의 나무 막대기로 아주 급작스럽게 나뉘어 있었으며, 저기 장롱을 보면, 서랍이 너무 많거나 너무 적게 달려 순수 건축 구조술에 위배되었다. 그러나 비록 가구들이 거의 무계획적으로 벽에 배치되어 있고 침대 역시 되는대로 두 개의 문 사이에 세워져 있으며 두 개의 장롱 사이의 구석에 비스듬히 크고 흰 타일제 난로가 처박혀 있다 하더라도, 그 넓은 방은 쾌적하고 의젓한 인상을 풍겼으며, 태양이 하얀 커튼 사이로 빛나고 십자형 창살이 달린 창문이 가구들의 번쩍이는 광택 속에 비칠 때면 아주 아늑해 보였다. 그러면 심지어 침대 위쪽의 공간을 장식한 커다란 십자가상조차도 이제 장식품이나 습관적으로 비치하는 가구로 평가되는 것이 아니라, 사람들이 그것을 처음으로 설치했던 목적, 손님을 위한 파수꾼이며 기념물로서 그가 그리스도교 가정에 묶고 있음을 환기시키는 목적을 다시 찾은 듯이 보이는 일이 일어날 수도 있었다. 사실 이 집은 여러 가지로 손님의 육체적 안락을 마련해 주었고, 사람들은 이 집에서 나와 유쾌한 패거리와 함께 사냥을 나갔다가, 사냥의 만찬에서 포도주에 거나하게 취하려고 다시 돌아왔다. 또 이 집에선 사냥꾼들이 진한 농담을 마음껏 늘어

[25] 나폴레옹 1세의 제국.

놓을 수 있었으며, 방의 가구들이 완성된 시대엔 어떤 하녀가 마음에 든다고 주장하면 사람들은 눈을 감아 주기도 했었다. 그러나 그 손님이 아무리 포도주에 지쳐 버렸다고 할지라도, 밤에 이 집으로부터 자기의 영혼을 생각하며 지은 죄를 후회하라는 요구를 받을 것 역시 자명한 일이었다. 그리고 초록빛 립스 천[26]으로 덮인 소파 위에 엄숙하고 정신이 번쩍 들게 하는 강판화를 걸어 둔 것도 근본적으로 그러한 사고방식과 일치하는 것이었다. 그 판화가 여러 방문객들에게 루이제 왕후를 연상시킨 것은 그 위에 고전 의상을 입은 귀부인이 그려져 있었기 때문이다. 〈그라크 가의 어머니 *La mère des Gracques*〉가 그림의 제목이었다. 이러한 의상이 왕후의 의상을 연상시켜 주었을 뿐만 아니라 그녀가 나부끼듯 향하고 있는 제단은 조국의 제단을 암시하고 있었다. 틀림없이 이 방에서 묵었던 사냥꾼들 대부분은 세속적인 생활을 영위했을 것이다. 그들은 이익과 향락이 제공되는 곳에 손을 뻗치는 것은 물론이고 수확물과 돼지들을 큰 이문을 남기며 상인들에게 팔아넘기는 것도 부끄럽게 여기지 않았을 것이며, 신의 피조물을 무더기로 사살하는 야만적인 사냥에 몰두했을 것이다. 또한 그들 중 많은 사람이 여인의 육체를 탐했을 것이다. 그러나 아무리 그들이 영위했던 당당하면서도 죄악적인 생을 신이 부여한 좋은 권리와 특권으로 간주했다 할지라도, 그들은 어느 시대에건 조국의 명예를 위하여, 또는 신의 영광을 위하여 그 생활을 희생할 각오가 되어 있었으며, 그런 기회가 결코 오지 않았다 하더라도, 그들은 그 죄

26 홈줄 진 광목.

악성에 비중을 두기에는 생을 어떤 부차적이며 거의 언급할 가치가 없는 것으로 간주할 각오가 너무도 단단히 되어 있었다. 그들이 아침 안개 속에서 나지막이 바스락거리는 덤불 숲을 걸어갈 때, 혹은 저녁때 좁고 가파른 사다리 위에 있는 전망대에 올라가 여전히 모기 떼가 춤을 추는 덤불과 빈터 너머로 숲 가장자리를 바라볼 때, 그들은 아무런 죄의식도 느끼지 않았다. 그리고 촉촉한 풀 내음이 올라오고 전망대의 바싹 마른 난간 위로 개미 한 마리가 달려가다가 나무껍질 속에서 길을 잃을 때면, 비록 그들이 굳건하고 확고하게 두 다리로 서 있을 수 있는 사람들이라고 하더라도, 자신들의 영혼 속에서 음악처럼 울리는 어떤 것이 깨어나며 자신들이 살았고 또 살아야 하는 생을 한순간으로 응축시켜 주었으므로, 그들은 어린 시절 자신들의 머리를 쓰다듬던 어머니의 손길을 영원토록 느낄 수 있었다. 그러나 그들이 이미 직면하고 있는, 일각의 시간만큼도 한 뼘의 공간만큼도 그들과 분리되어 있지 않은, 그러나 그들은 결코 두려워하지 않는 것, 그것은 죽음이었다. 그러면 도처의 모든 나무가 십자가상을 만드는 나무가 될 수 있었다. 사냥꾼의 가슴속보다 더 마법적인 것과 현세적인 것이 그렇게 밀접하게 공생할 수 있는 곳은 없기 때문이었다. 그리고 수사슴이 빈터 가장자리에 출현할 때면 깨달음이 형체를 띠고 나타나고, 생은 시간을 초월한 듯이, 순간이면서 영원한 듯이, 자신의 손안에 둥글게 뭉쳐져 있듯이 여겨진다. 그리하여 낯선 생명을 앗아 가는 총성은 자신의 생명을 은총으로 구원하는 상징과 같고 필연성과 같다. 사냥꾼이 집을 나서는 것은 언제나 수사슴의 관 속에서 십자가를 보기 위해서이다. 깨달음을 위해서라면 죽음의 대가란 그리 큰 것으로 생각되지 않는 것이다. 그렇기에 풍요로운 사냥의 성찬을 끝내고 자신의 방으로 돌아온 그는 다시 한 번 십자가상을 우러러볼 수 있는 것이며, 비록 아주 멀리 있긴 하지만, 자신의 생명이 묻혀 들어가고 있는 영원을 생각할 수 있는 것이다. 그리고 이러한 영원을 고려해 본다면 육체의 청결도 그들의 현세적 삶의 죄악성보다 더 중요한 일이 아닐 것이다. 따라서 세면대 위에 놓인 대야의 왜소한 크기는 사냥꾼의 모습이라든가 여타 그의 생의 차원과는 기묘한 모순을 이루며, 물항아리 역시 사냥꾼이 마실 수 있는 포도주보다 훨씬 적은 양의 물밖에 담을 수 없다. 숨겨진 서랍의 모습으로 밤참 그릇에 공간을 제공하는 침대 옆의 작은 찬장 또한 이 사람에겐 변변찮은 용적만을 차지하고 있을 뿐이다. 사냥꾼은 그것을 사용한 다음 털썩 침대 위로 몸을 던진다.

베르트란트가 슈톨핀에 도착했을 때 그는 사냥꾼에게 필요한 것들이 몇 세대 동안 잘 마련된 이 방에서 묵게 되었다.

◆

베르트란트가 슈톨핀의 체류에서 가지고 돌아온 기이한 기억 중의 하나는 특히 늙은 폰 파제노 영주의 모습이었다. 첫날 아침 식사 직후에 벌써 그는 산책에 동행하여 장원을 시찰하자는 노인의 요구를 받았다. 음울하고 소나기가 올 듯한 아침이었다. 대기는 조금도 움직이지 않았고, 한층 둔중하게 양쪽 타작 마당으로부터 진동하며 건너오는 리드미컬한 도리깨질 소리가 정적을 깨뜨리고 있었다. 그 리듬이 폰 파제노 영주를 즐겁게 하는 듯했다. 그가 여러 번 멈춰 서서 지팡이로 박자를 맞추었기 때문이다. 그다음 그는 물었다. 「외양간으로 가보지 않겠나?」 그러면서 길게 뻗어 있는 낮은 건물로 방향을 잡았다. 그러나 농장 한가운데서 멈추어 서며 고개를 흔들었다. 「가지 말도록 하지, 가축은 목장에 있으니.」 베르트란트는 어떤 종류의 소를 기르고 있느냐고 정중히 물어보았다. 처음 폰 파제노 영주는 질문의 뜻을 이해하지 못하겠다는 듯이 그를 쳐다보다가 어깨를 움찔하며 대답했다. 「아무려면 어떤가.」 그리고 손님을 농장으로 안내해 나갔다. 농장이 있는 작은 분지 둘레의 언덕이 들과 들에 이어져 펼쳐져 있었고 도처에서 수확 작업이 진행되는 중이었다. 「전부가 장원에 속한다네.」 폰 파제노 영주가 지팡이로 원을 그려 보이며 자랑스럽게 말했다. 그런 후 지팡이를 치켜든 그의 팔이 어느 한 방향으로 고정되어 머물렀다. 베르트란트의 눈이 그것을 쫓아가자 언덕 위에 마을의 교회 탑이 솟아 있는 것이 보였다. 「저기에 우체국이 있다네.」 그렇게 설명하고 폰 파제노 영주는 마을로 가는 길을 잡아 나아갔다. 무더위가 짓누르는 듯했다. 도리깨질 소리는 서서히 그들 뒤에서 사라져 갔으나, 곡식을 베는 사각사각 소리, 커다란 낫을 가는 스윽스윽 소리, 곡식 단을 내던지는 털썩털썩 소리만은 아직도 고요한 대기 속에 걸려 있었다. 폰 파제노 영주가 멈추어 섰다. 「자네도 때때로 불안을 느끼는가?」 베르트란트는 당황했지만 이러한 인간적인 물음에 동정 어린 감동을 느꼈다. 「저요? 오, 자주 있습니다.」 폰 파제노 영주가 흥미 있다는 듯 다가섰다. 「언제 자네는 불안을 느끼나? 너무 고요할 때인가?」 베르트란트는 뭔가 이상하다는 것을 알아차렸다. 「글쎄요, 고요함은 때때로 장엄하지요. 저는 들판 위의 이 정적이 기쁩니다.」 폰 파제노 영주는 불만스러웠고 화가 났다. 「이해하지 못하는군……」 잠시 후, 「자네는 자식이 있나?」 ―「제가 아는 한은 없습니다, 폰 파제노 영주 어른.」 ―「이제 금방.」 폰 파제노 영주는 시계를 보고 길을 바라보았다. 그가 고개를 흔들었다. 「이해할 수 없군.」 그리고 다시 베르트란트에게, 「그렇다면 대체 자네는 언제 불안을 느끼는가?」 ― 그렇지만 그는 대답을 기다리지 않고 다시 시계를 보았다. 「그 사람이 벌써 지나갔음에 틀림없군……」 그런 후 그는 베르트란트를 그윽히 응시했다. 「여행을 떠나면 가끔 내게 편지를 주겠나?」 베르트란트는 기꺼이 그렇게 하겠다고 동의했다. 그러자 폰 파제노 영주는 아주 만족한 듯이 보였다. 「그렇지, 내게 편지를 주게, 난 그것이 재미있네, 아주 재미있어…… 자네가 불안할 때에도 편지를 주게…… 하지만 그는 여전히 오지 않는군. 보게, 아무도 내게 편지하지 않는다네, 심지어 아들 녀석들도……」 그때 멀리서 검은 가방을 멘 남자가 눈에 띈다. 「저기 그가 오는군!」 폰 파제노 영주가 똑바르게 단장과 다리를 함께 서둘러 움직였다. 그 남자가 소리를 들을 만한 거리에 오자 영주가 소리쳤다. 「또 어디서 그렇게 오래 꿈지럭거렸나? 오늘이 자네가 우체국에 가는 마지막 날이야…… 자네는 해고야, 듣고 있나, 자네는 해고야!」 그는 머리가 시뻘게져서 단장을 그 남자의 얼굴 앞에 휘둘렀다. 그러나 그 사람은 그렇게 영주를 만나는 데 이미 익숙한 듯, 침착하게 어깨에서 가방을 내려 그에게 넘겨주었다. 영주는 거의 공손하게 열쇠를 조끼에서 꺼내어 떨리는 손으로 그것을 열었다. 몸을 떨며 우편 가방을 잡았지만, 꺼낸 것은 신문 몇 뭉치에 불과했다. 그가 노획물을 배달부의 코밑에 말 없이 들이미는 것으로 미루어 보아 발작이 반복될 것 같았다. 그러나 손님이 옆에 있다는 것을 상기했음에 틀림없었다. 그가 신문을 베르트란트에게 내밀었기 때문이다. 「자, 자네가 직접 보게나······.」 그는 한탄하며 그것을 도로 가방에 넣은 다음 자물쇠를 잠그고 계속 걸어가며 설명했다. 「올해 나는 도시로 가야 할 것 같네. 여긴 내게 너무 조용해.」

소나기의 첫 빗방울이 떨어졌을 때 그들은 막 마을에 도착했다. 날이 개기를 목사관에서 기다리자고 폰 파제노 영주가 제안했다. 「어쨌든 자네가 그를 만나 보아야 할 테니까.」 그가 덧붙였다. 목사가 집에 없자 그는 격분했다. 목사 부인이 남편은 학교에 있다고 말했을 때에도 그는 흥분했다. 「부인은 자기 멋대로 노인을 타일러도 된다고 생각하시는 모양이오만, 지금이 방학인지도 모를 만큼 난 아직 늙지 않았소.」 아니, 목사님이 학교 수업을 하러 갔다고 주장한 사람은 없어요. 게다가 그이는 금방 돌아올 거고요. 「변명이로군.」 폰 파제노 영주가 으르렁댔다. 그러나 목사 부인은 당황하지 않고 신사들에게 앉으라고 청하며 그사이에 포도주 한잔을 준비하겠다고 말했다. 그녀가 방을 나가자 폰 파제노 영주가 베르트란트에게 몸을 굽혔다. 「그는 내 앞에서 숨고 싶을 것이네, 왜냐하면 내가 알고 있다는 걸 그가 알기 때문이지.」 ─

「무엇을 말씀입니까? 폰 파제노 어른?」— 「그야 그가 아주 무지하며 무능한 목사라는 거지, 당연하지 않나. 하지만 그렇다 해도 난 유감스럽지만 그와 좋은 관계를 유지하지 않을 수 없다네. 여기 시골에선 서로가 의지하고 있으니, 그리고……」 그는 망설이다가 나지막이 덧붙였다. 「무덤 역시 그의 보호하에 있고.」 목사가 들어오자 베르트란트가 요아힘의 친구로 소개되었다. 「그래, 한 사람이 오면 다른 사람은 가는 거지.」 폰 파제노 영주가 의미 있게 말했다. 그 자리에 모인 사람들은 저 불쌍한 헬무트에 대한 이러한 풍자가 베르트란트에 대한 칭찬인지 모욕인지 알 수 없었다. 「그래, 그리고 이분이 우리의 신학자라네.」 그가 소개를 하는 동안 신학자는 어색하게 미소를 지었다. 목사 부인이 약간의 햄과 포도주를 날라 오자 폰 파제노 영주는 황급히 한 잔을 들이켰다. 다른 사람들이 탁자에 앉아 있는 동안 그는 창가에 서서 도리깨질의 박자에 맞춰 유리창을 두드리며 다시 나가기는 어렵겠다는 듯 구름을 바라보았다. 창가에 서 있던 그가 상투적으로 흐르는 대화를 향해 소리쳤다. 「말해 보게, 폰 베르트란트 군, 피안에 대해 아무것도 모르는 박식한 신학자를 본 적이 있는가?」— 「폰 파제노 어른은 또 농담을 하고 싶으신 모양입니다.」 목사가 위축되어 말했다. 「자네가 말해 보게. 어떻게 신의 사제가 나머지 사람과 다르다고 생각하는지를. 만약 그가 피안과 아무 관계가 없는 사람이라고 할 때 말이네.」 폰 파제노 영주가 몸을 돌려 심술궂고 날카롭게 외알 안경을 통해 목사를 쳐다보았다. 「그리고 실례지만 내가 의문을 품고 있는 것을 그가 알고 있다면, 무슨 권리로 그는 그것을 우리에게 숨기는 거지?…… 나에게, 나에게 숨긴단 말인가?」 그는 좀 부드러워졌다. 「나에게, 나에게…… 그 자신도 인정하듯이 혹독한 시험을 받은 이 아버지에게 말일세.」 목사가 나지막이 말했다. 「하느님만이 알려 주실 수 있습니다. 폰 파제노 영주님, 제발 제 말을 믿으십시오.」 폰 파제노 영주는 어깨를 움찔했다. 「믿고말고…… 그럼, 믿소이다. 그건 알아주시오…….」 잠시 후 창문을 향해 돌아서더니 다시 어깨를 움찔했다. 「아무려면 어때.」 그리고 창유리를 계속 두드리며 거리를 내다보았다. 비가 점차 잦아들었으므로 폰 파제노 영주는 호령했다. 「이제 갈 수 있겠네.」 작별할 때 그는 목사의 손을 잡고 흔들었다. 「다시 만날 수 있겠지요…… 저녁 식사 때 어때요? 우리 젊은 친구가 함께 있을 거요.」 그리고 그들은 걸어갔다. 마을 거리는 웅덩이가 패어 있었지만 바깥의 들은 다시 거의 말라 있었다. 비는 대지의 틈을 씻어내기엔 불충분했다. 하늘은 아직 가볍고 하얀 구름으로 덮여 있었으나 곧 출현할, 찌르는 듯한 태양을 이미 느끼게 해주었다. 폰 파제노 영주는 말이 없었고 베르트란트의 대화로 이끌려 돌아오지도 않았다. 단지 한 번 멈추어 서서 지팡이를 쳐들며 강의하듯이 말했다. 「저런 신학자는 아주 조심해야 하네. 이 말을 명심하게.」

아침 산보가 계속 반복되었고 때때로 요아힘이 거기에 가담했다. 그러면 노인은 투덜거리며 침묵했고 심지어 베르트란트의 불안에 대해 알아보려는 시도도 포기했다. 보통 그는 아주 은밀하고 더듬어 찾는 듯이 질문을 끄집어내곤 했으나 이제 그는 완전히 침묵했다. 그러나 요아힘 역시 말이 없었다. 그가 베르트란트에게 듣고 싶었던 말을 물어볼 수 없었기 때문이다. 그리고 베르트란트 역시 끈질기게 알려 줄 소식의 빚을 갚지 않았다. 그런 식으로 그들 셋은 들을 거닐었고, 아버지도 아들도 자신들이 알고자 열망하고 있는 바를 실망시켰다는 점에서 베르트란트를 고깝게 생각했다. 하지만 베르트란트는 온갖 노력을 다해 대화를 계속하려 했다.

◆

이제까지 요아힘이 레스토의 방문을 미루었던 이유가 베르트란트와 함께 가는 상상에 사로잡혀 있었기 때문이라면, 이제 그 여행을 다시 지연시키고 있는 것은 그가 베르트란트에 대해 소리 없이 불만을 품고 있었기 때문일 것이다. 만약 베르트란트가 말만 꺼내면 모든 것은 간단하게 잘 이루어질 것이고 그는 자신과 함께 즉각 레스토로 떠날 수 있으리라는 막연한 희망을 품고 있었다. 그러나 베르트란트는 이러한 유혹에도 불구하고 — 물론 그는 그것을 모르고 있었다 — 침묵을 고수함으로써 그를 실망시키고 있었기 때문에, 마침내 요아힘은 혼자 떠나기로 결단을 내리지 않을 수 없었다. 어느 날 오후 그는 레스토를 향해 마차를 부렸다. 바퀴가 높은 마차 위에서, 다리를 덮개 속에 매끄럽고 단정하게 밀어 넣고 채찍을 비스듬히 앞으로 유지했다. 고삐가 갈색 장갑 위로 매끄럽게 움직였다. 아버지는 그가 떠날 때 〈그래 마침내〉라고 말했고 요아힘은 환상적인 결혼 계획에 대한 반감으로 가득 차 있었다. 저 위에서 이웃 마을 교회의 첨탑이 떠올랐다. 가톨릭 교회였다. 그것을 보자 루제나의 로마 정교식 신앙 고백이 생각났다. 베르트란트로부터 루제나에 대한 이야기를 들었다. 이 어리석은 체류를 파기하고 그녀에게 곧장 달려가는 것이 가장 옳은 일이 아닐까? 이곳의 모든 것이 그를 역겹게 하기 시작했다. 거리의 먼지, 가을을 예고하는 가로수의 먼지 끼고 지친 나뭇잎들, 모든 것이 역겨웠다. 베르트란트가 도착하고부터 그는 다시 제복을 동경하기 시작했다. 같은 제복을 입은 두 사람, 그것은 몰개성적이었지만 왕의 제복이었다. 비슷한 평복을 입은 두 사람, 그것은 뻔뻔스러웠고 두 형제 같았다. 그는 다리가 보이고 바지 잠그는 곳이 보이는 짧은 평복 상의가 좀 뻔뻔스럽게 느껴졌다. 짧은 상의와 노출된 바지를 입은 사람들을 보아야 하는 엘리자베트가 불쌍하게 생각되었다. 기이하게도 그런 생각은 루제나에게선 한 번도 떠오르지 않았다. 하지만 적어도 이런 방문을 하려면 제복을 걸치고 와야 했을 것이다. 말굽쇠 핀이 꽂힌 넓고 흰 넥타이가 조끼 앞자락을 전부 덮고 있었다. 그것은 좋았다. 그는 손을 올려 그것이 단정하게 있는지를 확인했다. 사람들이 관에 누워 있는 죽은 사람의 하체를 천으로 덮는 것은 쓸데없는 일이 아니었다. 헬무트도 레스토로 향하는 이 거리를 달려가 엘리자베트와 그녀의 어머니를 방문했었다. 그리고 이런 거리의 먼지가 그의 무덤 속에 퍼부어져 있었다. 형이 그에게 엘리자베트를 유산으로 남겨 주었을까? 혹은 루제나를? 혹은 베르트란트까지? 사람들은 베르트란트를 외로운 손님 방에서 묵게 하는 대신 헬무트의 방에서 묵으라고 정해 주었어야 옳았다. 그러나 그것도 잘한 일이 아니었을 것이다. 이 모든 것은 마치 불가피한 톱니

바퀴의 장치 같았다. 그것은 어떤 식으로든 그 자신의 의지와 관계되었으며, 바로 그렇기 때문에 불가피하며 자명한 것으로, 군 복무의 톱니바퀴 장치보다 더 불가피한 것으로 보였다. 그러나 어떤 두려운 것이 엿보이는 그 생각을 그는 더 좇아갈 수 없었다. 이제 마을로 접어들었기에 길에서 놀고 있는 아이들을 조심해야 했기 때문이다. 마을 바로 뒤에서 그는 대문 좌우에 있는 정원사의 집 사이를 지나 정원으로 마차를 몰아 들어갔다.

「드디어 자네를 우리 집에서 다시 만나게 되어 기쁘이, 폰 파제노군.」 남작이 회랑(回廊)에서 그를 맞으며 말했다. 요아힘이 손님이 오는 바람에 방문이 지체되었다고 말하자 그는 베르트란트와 함께 오지 않은 것을 나무랐다. 요아힘은 자신도 왜 그렇게 하지 않았는지 이해할 수 없었다. 같이 왔어도 정말 예의에 벗어나는 일이 아니었으리라. 그러나 엘리자베트가 들어오자 혼자 온 것이 더 좋았다고 느꼈다. 그는 그녀가 매우 아름답다고 생각했다. 오, 정말이지 베르트란트 역시 이런 아름다움의 마법에서 빠져나갈 수 없을 것이며, 그녀 옆에선 감히 여느 때의 버릇처럼 저 극도로 허물없는 어조를 유지하지 못하리라. 그럼에도 불구하고 요아힘은 그런 그의 모습을 보고 싶었다. 말하자면 사람들이 교회에서 추잡한 말을 듣기를 원하듯이, 혹은 심지어 사형 집행 때 입회하기를 원하듯이.

이제 테라스 위에서 차를 들며 엘리자베트 옆에 앉아 있는 요아힘은 이러한 상황을 아주 오래전은 아니지만 이미 체험한 적이 있다는 느낌을 받았다. 언제였던가? 그가 레스토를 마지막으로 방문한 뒤 벌써 3년 가까이 흘렀고 당시는 늦가을이었으므로 테라스에 앉아 있을 수는 없었을 텐데. 그러나 그에 대해 골똘히 생각해 보노라니, 마치 그 당시 저택에 등불을 밝히기 시작했던 기억이 나는 듯했다. 그때 그것과의 어떤 기이한 연관이 그를 불합리한 생각으로 이끌어 갔고 거의 빠져나올 수 없게 했다. 그의 공범자 — 공범자라는 단어가 떠오르자 그는 혐오를 느꼈다 — 베르트란트가, 루제나와의 관계에 있어 공범자이자 증인인 그가, 여기 엘리자베트 앞에 같이 앉아 있기를 희망하다니! 어떻게 그를 양친의 집에 데려올 수 있었을까? 베르트란트 때문에 나락으로 빠져들었다는 숙명적인 느낌이 다시 자리를 잡았다. 문득 평복을 입고 있는 자신이 차를 마신 후 자리에서 일어서야 한다는 것이 고통스러웠다. 그는 냅킨을 무릎 위에 놓은 채 앉아 있고 싶었지만 벌써 사람들은 공원으로 나갔다. 농사(農舍)들이 보이게 되자 남작은 파제노가 이제 곧 농사를 지으러 돌아오는 게 아니냐고 물었다. 적어도 노친께선 그렇게 암시하시던데. 자신의 생을 규정하려는 아버지에 대한 반감이 새삼 일깨워진 요아힘은 아버지의 집으로 돌아오는 건 생각하고 있지 않다고 대답하고 싶었다. 물론 그렇게 말할 수는 없었다. 그건 전적으로 사실과 부합하지 않았고, 재발견한 고향과 재산에 대한 자신의 애착과도 상응하지 않았기 때문이다. 그래서 그는 단지 군 복무를 그만두기가 용이하지 않다고, 게다가 이제 곧 기병 대위가 될 것이니만큼 더욱 쉬운 일이 아니라고 말했다. 그리고 사람은 애착을 느끼게 된 직업, 그것이 설령 감정의 인습에서 나온 것이라 할지라도, 그것을 그렇게 쉽게 그리고 즉각적으로 그만둘 수는 없을 것입니다. 저는 이 점을 친구 베르트란트에게서 가장 잘 보고 있는 것 같습니다. 그는 어쩌면 그 많은 의미 있는 성공에도 불구하고 여전히 남모르게 연대에 복귀하기를 희망하고 있는지도 모릅니다. 그러면서 그는 의지와는 달리 베르트란트의 세계적인 사업에 대하여 이야기하기 시작했고, 마치 소년처럼, 그의 모습을 모험가의 후광으로 감싸 이야기했으므로, 숙녀들은 그렇게 흥미 있는 사람을 알게 된다면 기쁘겠다고 선언하지 않을 수 없었다. 그럼에도 불구하고 파제노는 그들 모두가 두렵게 느끼고 있다는, 베르트란트를 두렵게 느낀다기보다는 그 사람이 영위했던 생을 두렵게 느끼고 있다는 인상을 받았다. 왜냐하면 엘리자베트가 거의 소곤거리듯이 자기는 단연코 상상할 수 없다고, 어떤 형제, 말하자면 여타 가까운 친척 중의 누구도, 자신이 있었던 곳에 대해 확실히 알려 줄 수 없을 정도로 먼 바깥 세상에 나가 본 사람은 알고 있지 않다고 말했기 때문이다. 그러자 남작이 동의하면서 가족이 없는 사람만이 그런 생활을 할 수 있다고 말했다. 그건 선원의 삶이야,라고 그가 덧붙였다. 하지만 친구의 뒤에서 멀찌감치 서 있고 싶지 않은, 어쩌면 여기서 자기가 바로 그의 대변인이라고 느꼈던 요아힘은 이제 베르트란트가 고무시켜 준 바 있던 식민지 근무 신청에 대해 이야기하기 시작했다. 그러자 남작 부인이 엄격하게 대답했다. 「자네는 부모님께 그렇게 해서는 안 되네.」——「안 되고말고.」 남작이 말했다. 「자네는 땅에 속하는 사람일세.」 그러나 요아힘은 그 말이 못마땅하게 들리지 않았다. 그다음 그들은 방향을 돌려, 엘리자베트의 강아지와 함께, 다시 집 앞의 커다란 빈터에 이르렀다. 풀에선 벌써 촉촉한 이슬 내음이 풍겼고 집 안의 불은 이미 켜져 있었다. 날이 저물기 시작했기 때문이다.

요아힘이 돌아왔을 때 날은 완전히 저물었다. 그가 엘리자베트에게서 마지막으로 보았던 것은 테라스 위의 그녀의 그림자였다. 정원용 모자를 벗은 그녀는 스러져 가는 낮의 여명 속에서 불그레한 선으로 가득 채워진 발그스름한 하늘을 향해 서 있었다. 목덜미에 무겁게 드리워진 그녀의 머리 매듭이 똑똑히 보였고, 요아힘은 왜 자신이 이 소녀를 그토록 아름답게 느끼는가 자문해 보았다. 그녀가 너무 아름다워서 루제나의 달콤함이 그의 기억에서 사라질 지경이었다. 그렇지만 그가 그리워한 것은 루제나이지 엘리자베트의 청순함이 아니었다. 왜 엘리자베트는 아름다웠던가? 거리 옆의 나무들이 검게 우뚝 서 있었고 먼지들에선 서늘한 기운이 돌았다. 마치 동굴 속이나 지하실 속에서처럼. 그러나 물결치는 풍경 위의 어두워 가는 서쪽 하늘엔 아직도 불그레한 띠가 놓여 있었다.

◆

요아힘이 레스토를 방문하러 간 그날 오후, 그가 떠난 직후에 폰 파제노 영주는 계단을 올라가 3층에 있는 베르트란트의 방문을 두드렸다. 「또 한 번 자네를 찾아오지 않을 수 없었네그려……」 그리고 교활하게 동의를 구하며, 「그 녀석을 보내 버렸지…… 그건 쉽지 않았다네!」 베르트란트가 싹싹하게 몇 마디 말을 했다. 기꺼이 곧 내려가지요. 「아니네.」

폰 파제노 영주가 말했다. 「예의 없이 굴어서야 되겠나. 하지만 차를 든 후 바깥에 나가 보지 않겠나? 자네와 상의할 게 좀 있어서.」 그는 방문의 예의상 잠시 앉았지만 특유의 안절부절못하는 태도를 취하며 금방 도로 방을 나갔다. 그러나 문이 뒤에서 닫히기도 전에 되돌아왔다. 「자네가 필요한 것이 전부 있나 보고 싶었을 뿐이네. 이 집에선 아무도 믿을 수 없으니 말일세.」 그는 방 안을 둘러보고, 〈그라크 가의 어머니〉를 쳐다보고 방바닥도 살펴보았다. 그리고 친근하게 말했다. 「그럼 이제 차를 들어 볼까.」

그들은 시가에 불을 붙이고 공원을 통과했고, 정원 채소밭을 — 과일나무들엔 벌써 익은 열매들이 달려 있었다 — 가로질러 들판에 이르렀다. 폰 파제노 영주는 기분이 좋다는 것을 겉으로 드러냈다. 수확 일을 하는 일군(一群)의 여자들이 그들과 마주쳤다. 신사들을 피하려고 그들은 밭 가장자리에서 거위가 행진을 하듯이 일렬로 지나가면서 한 명씩 인사를 했다. 폰 파제노 영주는 각자의 머릿수건 아래를 쳐다보았다. 그들의 거위 행렬이 지나가자 그가 말했다. 「튼튼한 여자들이야.」 — 「폴란드 여자들입니까?」 베르트란트가 물었다. — 「물론, 이를테면 대부분이 그렇지…… 그래, 믿을 수 없는 우민(愚民)들이네.」 여긴 아름답군요, 베르트란트가 말했다. 정말 장원 전부가 부러운데요. 폰 파제노 영주가 그의 어깨를 토닥거렸다. 「자네도 가질 수 있지.」 베르트란트는 고개를 저었다. 글쎄요, 그리 간단한 일이 아닙니다. 그렇게 교육을 받았어야지요. 「내가 벌써 생각하고 있네만.」 친밀한 미소를 동반한 대답이었다. 그러나 그는 입을 다물었고 베르트란트는 기다렸다. 하지만 폰 파제노 영주는 하려던 말을 잊은 듯이 보였다. 한참 후 그는 생각의 결실을 표명했다. 「물론 자네는 내게 편지해 주겠지…… 자주 말일세.」 잠시 후, 「자네가 언젠가 여기서 살게 되면 우린 불안하지 않게 될 거야. 둘 다 불안하지 않을 걸세…… 안 그런가?」 그는 손을 베르트란트의 팔에 올려놓고 그를 불안스럽게 쳐다보았다. 「하지만 어르신, 왜 불안해야 하지요?」 폰 파제노 영주는 놀랐다. 「자네가 그렇게 말했지 않나…….」 그는 정면을 응시했다. 「아무렴 어때…….」 그는 멈추어 서서 몸을 돌렸다. 집에 가려는 모양이었다. 그러나 조금 생각해 보고는 베르트란트를 계속 안내했다. 잠시 후 그가 물었다. 「자네 그 애에게 벌써 가봤던가?」 —「?」 —「저, 묘지 말이네.」 베르트란트는 좀 부끄러웠다. 그러나 이 집의 분위기에서는 묘지를 방문하고 싶다는 희망을 표명할 기회가 정말 없었다. 그가 막 아니라고 대답하려는데 폰 파제노 영주가 기쁜 듯이 웃었다. 「이제 그렇다면 찾아가 봐야 할 곳이 있는 셈이군.」 그는 그곳에 손님을 기쁘게 할 놀라운 것이라도 있는 양, 지팡이로 앞에 있는 묘지의 벽을 가리켰다. 「들어가 보게나. 난 여기서 기다릴 테니.」 그가 명령했다. 그러나 베르트란트가 약간 주저하는 것을 보고 언짢은 듯 몸을 일으켰다. 「아니, 나는 같이 들어가지 않으려네.」 그리고 베르트란트를 문까지 이끌어 갔다. 문 위에 〈편히 쉴지어다〉라는 글씨가 금빛으로 빛났다. 베르트란트는 들어갔고 묘지에서 상당한 시간 동안 머무른 다음 돌아왔다. 폰 파제노 영주는 벽을 따라 천천히 걷고 있었고 초조해하는 것이 눈에 보였다. 「그 애에게 갔었나? ……그리고 —?」 베르트란트는 그의 손을 쥐었다. 하지만 폰 파제노 영주가 바라는 것은 동정이 아닌 어떤 다른 것 같았으며 심지어 그 말을 해보라고 격려하는 몸짓을 하기도 했다. 그러나 아무 소용이 없자 그는 한숨을 내쉬며 말했다. 「그 애는 이름의 명예를 위해 죽었다네…… 그렇지, 요아힘은 지금 방문을 갔지.」 다시 그는 지팡이로 방향을 가리켰다. 이번에는 레스토 방향이었다. 나중에 그는 생각을 보충하고 낄낄 웃었다. 「나는 그 애를 맞선 보라고 보낸 거라네.」 그리고 이 말이 베르트란트와 상의하고자 했던 것을 연상시킨 듯했다. 「옳지, 자네는 사업에 정통하다고 들었는데.」 글쎄요, 그렇습니다만 제 전문 분야에서만 그렇지요, 베르트란트가 대답했다. 「괜찮네, 우리 일에는 그것으로 충분할 터이니. 여보게나, 자네도 알다시피 그 애가 죽었기 때문에 난 당연히 충고가 필요하네.」 그는 잠시 틈을 두어 강조하면서 말했다. 「상속 문제 말이네.」 베르트란트는 폰 파제노 영주가 분명 그 문제를 도와줄 정말 믿을 만한 공증인을 찾을 수 있으리라고 말했다. 그렇지만 폰 파제노 영주는 귀를 기울이지 않았다. 「요아힘은 결혼으로 이미 보장된 셈이네. 그 애를 상속자로 삼지 않아도 될 걸세.」 그는 다시 웃었다. 베르트란트는 화제를 돌리려고 토끼 한 마리를 가리켰다. 「곧 사냥꾼의 행복이 시작되겠습니다. 폰 파제노 어른.」 —「여부가 있겠나, 그 애가 사냥을 하러 올 게야, 사냥에는 쓸 만한 아이지…… 그때 우리는 그 애를 초대하기로 하세, 어떤가? 물론 그 애가 우리한테 편지를 써 보내야 하네. 그것을 우리가 가르쳐 주어 볼까, 어때?」 그때 폰 파제노 영주가 웃었으므로 베르트란트 역시 따라 웃었지만, 그다지 마음이 편치 않다. 요아힘이 이런 사람의 손에 자신을 맡겨 둔 것에 약간 화가 났던 것이다. 어린애 같은 노인이 이런 상태에 빠지도록 내버려 두다니 그의 처신은 부당하기 짝이 없군! 이 불행한 사람이 나를 이곳에 불러낸 것도 역시 그의 일을 바로잡아 주길 바라서란 말인가? 그래서 그는 말했다. 「그렇고말고요, 폰 파제노 어른. 우리가 그에게 가르쳐 주도록 하지요.」 그리하여 그는 노인이 듣고자 원했던 장단을 맞춘 셈이었다. 그는 베르트란트의 팔을 꼈고, 그들의 걸음이 화음을 이루도록 세심하게 주의했으며, 집에 돌아온 후에도 베르트란트의 팔을 놓아주지 않았다. 어둠이 시작되었지만 요아힘이 마차를 댈 때까지 그들은 마당을 거닐었다. 요아힘이 마차에서 뛰어내리자 폰 파제노 영주는 말했다. 「너에게 나의 친구 폰 베르트란트 군을 소개한다.」 그리고 좀 무심한 손짓을 하며 말했다. 「여긴 내 아들이네…… 맞선을 보고 돌아왔다네.」 그는 유쾌하게 덧붙였다. 외양간의 냄새가 건너왔고 폰 파제노 영주는 행복감을 느꼈다.

◆

아름다운 여자는 아니군, 베르트란트는 피아노 옆에 있는 엘리자베트를 관찰하며 생각했다. 입이 너무 커. 입술은 기이하도록 부드럽고 거의 사악한 감각성을 지니고 있고. 하지만 미소 지을 땐 아름답군.

요아힘과 베르트란트가 초대받은 것은 음악이 있는 다과회였다. 이웃의 늙은 영주와 궁색해 보이는 교사가 엘리자베트의 반주자로서 슈포어[27]의 트리오를 연주했다. 은빛의 유리알처럼 맑은 피아노의 물방울들이 두 현악기의 갈색 강물 속에 떨어질 때 요아힘은 전부가 엘리자베트의 공로처럼 느껴졌다. 그는 잘 이해하지는 못했지만 음악을 사랑했고 이제 음악의 의미를 깨달았다고 생각했다. 음악은 은빛 구름처럼 다른 모든 것 위에서 순수하고 맑은 모습으로 둥실 떠돌며 신성하고 높은 곳으로부터 차갑고 맑은 물방울을 지상으로 떨어뜨리는 그런 것이었다. 그것은 엘리자베트를 위해서만 존재했다. 설사 사관 학교에 있을 때 알게 되었듯이 베르트란트가 바이올린을 연주할 줄 안다고 하더라도. 아니다, 베르트란트는 음악을 수단으로 엘리자베트를 점령하고 싶은 듯 보이지는 않는다. 바이올린을 연주해 주겠느냐는 요청에 그는 단지 내던지는 듯한 손짓으로 회피하는 대답을 했었으니. 그리고 집에 돌아오는 길에 〈그녀가 저 끔찍하게 지루한 슈포어의 곡을 연주하지만 않았더라도!〉라는 말 외에 더 나은 말을 찾지 못한 것은 순전히 위선일지도 몰랐다. 너무 냉소적으로 들리는 평이었으니 말이다.

사람들은 말을 타고 야외에 나가기로 의견의 일치를 보았다. 요아힘과 베르트란트가 엘리자베트를 데리고 갔다. 요아힘은 이제 다시 자신의 소유가 된 헬무트의 말을 탔다. 아직도 곡식 단이 서 있는, 추수가 끝난 들판 위로 말을 달린 다음, 그들은 말을 속보로 몰며 좁은 숲길로 접어들었다. 요아힘은 손님을 엘리자베트와 함께 앞서 달리게 했다. 그들을 따라가면서 그는 검은색의 긴 승마복을 입은 그녀가 여느 때

27 Spohr(1784~1859). 독일의 작곡가, 지휘자, 바이올리니스트.

보다 더 크고 날씬해 보인다고 생각했다. 그는 다른 곳을 보고 싶었지만, 전혀 나무랄 데가 없다고 말할 수 없는 그녀의 자세가 마음에 걸렸다. 그녀는 너무 앞으로 몸을 구부리고 있었다. 속보와 함께 그녀가 올라갔다 내려가고, 안장에 스치듯이 앉았다가 다시 덜컹 튀어 오르고, 그렇게 위아래로 흔들리고 있을 때, 그는 역에서 작별하던 때를 기억해 내지 않을 수 없었으며, 그녀를 아내로 삼을 수 있기를 바라는 경멸스러운 욕망이 다시 몰려들었다. 두 배로 경멸스러웠던 것은 아버지가, 게다가 베르트란트 앞에서까지, 맞선 이야기를 한 이후이기 때문이었다. 하지만 엘리자베트의 양친 역시 심지어 그녀의 어머니까지 그를 딸이 사랑의 욕망을 품을 대상으로 생각하고 싶어 하고, 그를 딸에게 제공하면서 모두들 이 사랑의 욕망을 자기들 마음대로 처리해도 되고, 그렇게 해도 거부당하지 않으리라고 믿는다는 것이 더욱 두려웠다. 거기에는 보다 진정하고 보다 깊은 무엇, 불분명한 표상이 숨어 있었다. 요아힘은 설령 입술이 바싹 타들어 오고 얼굴이 뜨거워짐을 느꼈다 하더라도 그 표상을 알고 싶지 않았다. 불분명하지만, 그럼에도 불구하고 노여운 것, 그것은 사람들이 엘리자베트에게 그런 일을 감히 요구한다는 것이었다. 그는 엘리자베트 앞에서 부끄러웠고, 그녀를 위해서 부끄러웠다. 그녀를 베르트란트에게 넘겨줄 수도 있다,라고 그는 생각했다. 그러나 그런 짓이 바로 자기가 격분하며 거부하려고 했던 것과 똑같은 죄를 범하는 것임을 그는 잊고 있었다. 그러나 문득 그건 아무 문제가 아닐 것 같았다. 갑자기, 베르트란트는 하등 문제가 되지 않을 것 같았다. 그는 왜

이브진 머리를 한, 너무도 여성스러운, 어딘가 누이 같은 구석이 있는 사내였다. 누이 같은 배려를 해줄 수 있는 사내라면 엘리자베트를 맡겨 두어도 될 것이다. 물론 그것은 사실이 아니었지만 일순간 그는 안도감을 느꼈다. 게다가 왜 그녀는 저토록 아름다울까? 그는 그녀의 이리저리 흔들리는 육체를, 자꾸만 다시 안장 위에서 무게중심을 찾는 엉덩이를 주시했다. 그는 그때 깨달았다. 그것은 아름다움이 아니다. 오히려 욕망을 야기시키는 추한 것이다. 하지만 그는 그런 생각을 밀어 버리고, 역에서 탑승하던 장면을 다시 눈앞에 떠올렸다. 그러는 동안 그의 생각은 그 많은 불완전성으로 말미암아 너무도 매력이 있는 루제나에게 날아갔다. 그는 말의 걸음을 늦추었고 앞의 두 사람과의 거리가 벌어지자 가슴의 주머니에서 루제나의 마지막 편지를 꺼냈다. 종이에서 향수 냄새가 풍겼다. 그가 그녀에게 선물했던 향수였다. 요아힘은 그녀와 같이 있던 무질서한 친밀함의 내음을 들이마셨다. 그렇다, 그곳이 자기가 있을 곳이며 자기가 있기를 원하는 곳이었다. 그는 자신의 뜻으로 사회에서 추방되고 또 제명된 것처럼 느껴졌고, 자신이 엘리자베트에게 마땅하지 못한 사람으로 느껴졌다. 베르트란트는 자신의 공범자이긴 했지만 자신보다 깨끗한 손을 가진 사람이었다. 그러자 왜 베르트란트가 항상 위에서 내려다보는 듯한, 숙부 같기도 하고 의사 같기도 한 태도로 자신과 루제나를 다루었는지, 왜 그에게 자신의 비밀을 숨겼는지를 요아힘은 깨달았고 또 이해했다. 누구도 아버지의 비밀을 들춰서는 안 되는 것이다. 그대로 두는 것이 옳은 일이다. 따라서 앞에 가고 있는 저 사내가 엘리자베트의 곁에서 말을 달리도록 허락되었고, 또 그렇게 하고 있는 것이리라. 그럴 만한 가치는 없는 사내이지만 나보다는 훨씬 낫다. 헬무트가 눈앞에 떠올랐다. 그리고 적어도 헬무트의 말을 그녀 가까이에 가져가고 싶다는 듯이 그는 속보로 말을 몰았다. 말발굽 소리가 숲의 땅 위에서 부드럽게 다각다각 울렸고, 작은 나뭇가지가 말발굽에 부딪칠 때면 나무가 부러지는 날카로운 딱 소리가 들렸다. 안장의 가죽이 유쾌하게 삐걱대었고, 어둡고 깊은 나무 그늘 속의 길로부터 바람이 시원하게 불어왔다.

그는 부드럽게 부풀어 있는 길게 뻗은 빈터 가장자리에서 그들을 따라잡았다. 숲의 서늘함은 여기서 절단된 것 같았고 풀 위에서는 태양의 내음이 풍겼다. 엘리자베트가 자기 말에 들러붙어 있는 말파리를 향해 승마용 채찍을 휘둘렀다. 길을 잘 아는 말은 빈터 위로 질주하기를 초조하게 기다리고 있었다. 요아힘은 베르트란트를 이겼다고 느꼈다. 그자의 사업이 그렇게 크게 확장되어 있다 하더라도 계산대에서 장애물을 뛰어넘는 연습을 할 수는 없는 것이다. 엘리자베트는 장애물들 — 그녀가 즐겨 택하던 산울타리, 쓰러진 나무 그루터기, 웅덩이를 가리켰다. 그것들은 어렵지 않았다. 그들은 마부더러 빈터 가장자리에서 기다리라고 했다. 엘리자베트가 선두를, 요아힘이 다시 마지막을 맡았다. 예의에서만이 아니라 베르트란트가 넘는 것을 보고 싶었기 때문이었다. 목장의 풀은 아직 베어져 있지 않았으므로 말들의 다리 옆에서 나지막이 그리고 날카롭게 사삭거렸다. 엘리자베트가 제일 먼저 웅덩이로 나아갔다. 그것은 시시한 장애물이었으므로 베르트란트가 그 위를 넘었다 해도 놀라울 건 없었다. 하지만 산울타리 역시 베르트란트가 멋진 자세로 받아넘기자 요아힘은 화가 발끈 치밀었다. 나무 그루터기는 너무 쉬웠으므로 거기에 희망을 걸 수는 없었다. 다른 말들을 쫓아가려던 요아힘의 말이 사납게 고삐를 당기고 있었으므로, 그는 거리를 유지하기 위해 말을 정지시켜야 했다. 그때 그루터기가 다가왔다. 엘리자베트와 베르트란트는 그것을 쉽게, 우아하다고 할 수 있을 정도로, 처리했다. 요아힘은 스타트를 하기 위해 말 고삐를 풀어 주었다. 그러나 막 도약을 하려는 찰나 갑자기 그가 말을 저지하였으므로 — 왜 그랬는지 그는 끝내 설명할 수 없었다 — 말은 그루터기에 걸려 옆으로 나동그라지며 풀 위로 굴러 버렸다. 사건은 물론 너무 빠르게 진행되어, 다른 두 사람이 몸을 돌렸을 때는 말고삐를 아직도 놓치지 않은 채 그와 말이 평화롭게 나란히 그루터기 앞에 서 있었다. 「무슨 일이에요?」 그렇다, 그 자신도 알지 못했다. 그는 짐승의 다리를 조사했다. 말이 앞발을 절었으므로 집으로 데려가야 했다. 신의 지시로군, 요아힘은 생각했다. 넘어진 사람은 베르트란트가 아니라 그였다. 따라서 마땅히 그리고 지당하게 이제 그는 떠나고 엘리자베트를 저 사람에게 넘겨주어야 할 것이다. 엘리자베트가 마부의 말을 그가 타고 마부는 절룩거리는 말과 함께 집으로 보내는 것이 어떠냐고 제안했을 때, 신의 판결이라는 인상 속에서 기분이 상한 그는 그것을 거절했다. 또한 그것은 헬무트의 말이었으므로 아무에게나 맡길 수는 없었다. 그는 걸어서 집으로 향한 길로 들어섰고 될 수 있는 대로 빨리 베를린에 돌아가기로 결심했다.

◆

 그들은 숲길을 따라 나란히 말을 몰았다. 마부가 짧은 거리를 두고 따라오고 있었지만 엘리자베트는 자신들이 요아힘에게 버림받은 듯한 느낌이 들었고, 그 느낌이 아주 가슴을 답답하게 했다. 아마 그녀는 자신의 얼굴을 스치는 베르트란트의 시선을 느끼고 있었을 것이다. 그녀의 입은 기묘하군, 베르트란트는 생각했다. 그리고 그녀의 눈은 어떤 투명함이 있었다. 그것을 나는 사랑한다. 그녀는 상처받기 쉽고, 자극적인, 정말 까다로운 애인일 것이다. 그녀의 손은 가냘프고 날씬한 여자의 손 치고는 너무 크다. 감각적인 소년 같아. 하지만 정말 매력적이군. 바로 얼마 전 이미 똑같은 말을 했었음에도 불구하고, 엘리자베트는 답답한 마음에서 대화를 시작했다. 「폰 파제노 씨는 저에게 당신과 당신의 굉장한 여행에 대해 많은 이야기를 해주었답니다.」

 「그래요? 제게는 당신의 굉장한 아름다움에 대해 이야기를 많이 하던데요.」

 엘리자베트는 대답하지 않았다.

 「기쁘지 않으십니까?」

 「사람들이 저를 아름답다고 말하는 건, 정말 싫어요.」

 「당신은 매우 아름답습니다.」

 엘리자베트는 좀 의심스러운 듯 말했다. 「저는 당신을 여자의 비위나 맞추는 그런 사람으로 생각지 않았는데요.」

 이 여자는 내가 생각한 것보다 영리한데,라고 생각하며 베르트란트는 대답했다. 「모욕하려고 생각했다면 전 그런 끔찍한 말을 입에 담지 않았을 것입니다. 절대로. 하지만 저는 당신의 비위를 맞추려 하는 것이 아닙니다. 자신이 얼마나 아름다운지 당신도 아주 잘 아시지 않습니까.」

「그러면 왜 그런 말을 제게 하시지요?」

「당신을 이제 다시 보지 못하게 될 것이기 때문입니다.」

엘리자베트는 당황하여 그를 쳐다보았다.

「물론, 사람들이 당신의 아름다움에 대해 말하는 것을 당신은 좋아하지 않으시겠지요. 그런 아첨의 말 뒤엔 바로 구애가 숨어 있음을 느끼시니까요. 하지만 제가 여행을 떠나 당신을 더 이상 만나지 않는다면, 당신에게 구애하는 것은 논리상 불가능합니다. 그러므로 당신에게 가장 아리따운 분이라고 말해도 저는 떳떳하지요.」

엘리자베트는 웃지 않을 수 없었다. 「끔찍하군요, 전혀 모르는 사람에게서만 아름답다는 소리를 들어도 된다는 것은.」

「적어도 전혀 모르는 사람의 말은 그대로 믿을 수 있습니다. 친밀함 속에는 원래부터 솔직하지 못한 거짓의 싹이 있는 겁니다.」

「그것이 진실이라면 정말 무서운 일이에요.」

「그건 물론 진실입니다. 하지만 무섭다고 말할 수는 없습니다. 친밀이란 가장 교활하며 정말 가장 비열한 구애의 일종이지요. 당신이 아름답기에 당신을 갈망합니다,라고 단도직입적으로 말하는 대신에, 먼저 뒤에서 당신의 신뢰 속으로 슬금슬금 기어 들어옵니다. 말하자면 알아차리지 못하는 사이에 당신을 점령하려는 거지요.」

엘리자베트는 잠시 생각한 다음 말했다. 「당신의 말 뒤에 어떤 독선이 숨어 있지 않을까요?」

「아닙니다, 저는 떠나 버릴 사람입니다…… 낯선 이방인은 진실을 말해도 됩니다.」

「저는 모든 낯선 것이 두려워요.」

「당신이 그것에 끌리기 때문입니다. 당신은 아름답습니다, 엘리자베트. 지금은 그렇게 말해도 되겠지요?」

그들은 말 없이 나란히 말을 몰았다. 그다음 그녀가 한 말은 정곡을 찔렀다. 「그렇다면 당신은 무엇을 원하시는 거지요?」

「아무것도.」

「그렇다면 정말 무의미해요.」

「저는 당신에게 구애하며 아름답다고 말하는 사람 모두와 똑같은 말을 하고 싶습니다. 그러나 저는 보다 솔직합니다.」

「전 누가 구애하는 것을 좋아하지 않아요.」

「아마 단지 솔직하지 못한 형식을 싫어하기 때문일 겁니다.」

「당신이 다른 사람보다 솔직하지 못한 게 아닐까요?」

「저는 여행을 떠나 버릴 사람입니다.」

「그것이 무엇을 증명하지요?」

「무엇보다도 저의 부끄러움을 증명하지요.」

「?」

「한 여인을 구한다는 것은 호흡하며 두 다리를 갖고 있는 인간으로서 청혼하는 것입니다. 그리고 그것은 부끄러움을 모르는 일입니다. 당신이 모든 구애를 증오하는 것이 그것 때문일 수는 없다고 하더라도, 그건 가능한 일입니다.」

「모르겠는데요.」

「사랑은 어떤 절대적인 것입니다. 엘리자베트, 만약 절대적인 것이 속세적인 형태로 표현되어야 한다면, 그건 언제나 격정으로 화하고 말지요. 그것은 증명될 수 없는 것이니까요. 그리고 아주 끔찍이 속세적인 것으로 되어 버리기 때문에, 격정은 늘 아주 우스꽝스럽게도 자기의 여러 욕망에 대해서 당신의 동의를 구하려고 무릎을 꿇는 신사의 모습으로 나타납니다. 당신을 사랑하는 사람이라면 그런 행동은 피해야 합니다.」

그는 그녀를 사랑한다고 말하려는 것일까? 그가 입을 다물자 그녀는 물어보듯이 그를 쳐다보았다. 그는 그것을 이해한 것 같았다.

「참된 격정은 존재합니다. 그걸 영원이라고 하지요. 그러나 인간에게는 어떤 긍정적인 영원도 존재하지 않기 때문에 부정적인 것, 즉 〈결코 다시 만나지 못함〉이 되어 버리고 맙니다. 제가 떠나 버리면 영원히 거기 있는 것입니다. 그러면 당신은 영원히 멀리 있게 되고 저는 당신을 사랑합니다라고 말해도 되는 거지요.」

「그런 의미심장한 말씀은 마세요.」

「당신에게 이런 말을 하지 않을 수 없는 이유는 제 감정의 명료성 때문일 것입니다. 그러나 동시에 약간의 증오와 격노가 있기도 하겠지요. 그래서 이런 독백을 들어줄 당신이 필요하고요. 어쩌면 질투일지도 모릅니다. 당신은 여기 남아서 계속 살아갈 테니까요…….」

「정말 질투일까요?」

「네, 질투와 약간의 오만이기도 합니다. 당신 영혼의 샘물 속에 돌 하나를 떨어뜨려 그곳에서 없어지지 않은 채 놓여 있도록 하고 싶은 욕망이기도 하니까요.」

「당신도 그런 식으로 저의 친밀함 속에 쳐들어오려고 하시는군요.」

「그럴지도 모르지요. 하지만 그 돌이 당신에게 부적이 되었으면 하는 바람이 더욱 큽니다.」

「언제요?」

「그 사람이 당신 앞에 무릎을 꿇게 될 때, 지금 벌써 저는 그 사람을 질투하고 있습니다만, 그 사람이 그런 상투적인 몸짓으로 당신에게 자기 육체를 접근시키려 할 때 말입니다, 그러면 말하자면 균 없는 사랑의 형식을 기억시킴으로써, 사랑을 위한 온갖 미화된 몸짓 뒤에는 보다 큰 야비함이 숨어 있음을 당신에게 상기시킬 수 있겠지요.」

「당신은 모든 여인에게 그렇게 말하면서 그들을 떠나 버리나요?」

「모든 여인에게 그런 말을 해주어야 하겠지요. 하지만 그렇게 되기 전에 저는 벌써 떠나 버립니다.」

엘리자베트는 곰곰이 생각하며 자기 말의 갈기를 바라보았다. 그다음 그녀는 말했다. 「모르겠군요. 그러나 모두 기묘하게 부자연스럽고 궤도를 이탈한 듯이 생각돼요.」

「인류의 번식에 대해 생각해 보십시오. 그것은 정말 부자연스러운 일이지요. 하지만 이것을 더 자연스럽다고 느끼시나요? 당신이 지금 어디선가 살고 있는, 어디선가 먹고 마시며 업무에 전심하는 한 남자를, 어리석은 우연 때문에 언젠가 알게 되어, 그 남자가 당신에게 적절한 기회를 타서 당신이 얼마나 아름다운가를 말하며 무릎을 꿇게 되고, 그리하여 그 남자와 당신이 몇몇 형식치레를 끝낸 후 아이들을 얻게 된다면, 말하자면 이런 것이 자연스럽습니까?」

「그만하세요, 너무 끔찍해요…… 무서워요.」

「그렇습니다, 끔찍합니다. 하지만 제가 이런 말을 해서 무서운 건 아니지요. 더 끔찍한 것은 그것을 체험하게 되리라는 것, 그것도 곧 그렇게 되리라는 것입니다. 하지만 단지 들으려고 하지 않을 뿐이지요.」

엘리자베트는 눈물과 싸웠다. 그리고 억지로 말을 짜냈다. 「제발, 제발, 제가 그런 말을 들어야 할 이유가 무엇인가요…… 부탁이에요, 그만하세요.」

「무엇을 두려워하는 건가요, 엘리자베트?」

그녀가 나지막이 말했다. 「전 벌써 두려워하고 있었어요.」

「무엇을 말인가요?」

「낯선 것, 다른 것, 미래에 닥칠 것…… 표현할 수 없군요. 언젠가 닥쳐올 것이라면 지금 제게 친밀한 모든 것처럼 친밀한 것이기를 바라는 암울한 기대를 하고 있어요. 저의 부모님은 그들 서로의 것이에요. 하지만 당신이 제게서 그런 희망을 앗아 가려 하는군요.」

「그리고 당신은 위험에 대한 불안 때문에 그것을 보지 않으려 하고요. 당신이 권태, 인습, 무지로 인해 운명을 흘러가는 대로, 혹은 흩날리는 대로 흩뿌려지는 대로, 혹은 그와 비슷하게 되도록 내버려 두기 위해서라면, 왜 제가 당신을 흔들어 놓겠습니까…… 엘리자베트, 저는 당신에 대한 호의에서 그런 말을 한 겁니다.」

다시 엘리자베트는 정곡을 찌르는 말을 찾아, 나지막이,

소심하게, 그리고 억지로 말했다. 「그러면 왜 당신은 머무르지 않는 건가요?」

「제가 당신과 만나는 것도 우연에 불과한 일입니다. 제가 만약 머무른다면 당신에게 경고해 주고자 했던 것과 다를 바 없는, 당신의 감정에 대한 기습을 행하는 것이 되겠지요. 균이 없는 기습이긴 하지만, 역시 기습은 기습입니다.」

「전 어떻게 해야 하나요?」

「그건 단지 부정으로서만 대답이 가능합니다. 당신 체험의 마지막 한 오라기까지 긍정될 수는 없다고요. 자유롭고 구속 없이 자기 감정과 본질의 명령에 복종하는 사람만이 완성에 이를 수 있습니다. 격정을 용서하십시오.」

「아무도 절 도와주지 않는군요.」

「아무도. 당신은 혼자입니다. 죽을 때처럼 혼자입니다.」

「그건 진실이 아녜요. 당신이 말씀하시는 건 진실이 아녜요. 저는 결코 혼자가 아녜요, 저의 양친도 그렇지 않아요. 당신이 그렇게 말씀하시는 건 당신이 혼자이기를 원하기 때문이에요…… 혹은 저를 고통스럽게 하는 것이 당신을 기쁘게 하기 때문인가요……?」

「엘리자베트, 당신은 너무 아름다워요. 당신의 충만과 완성은 이미 당신의 그 아름다움 속에 있는 것인지도 모릅니다. 어떻게 제가 당신을 고통스럽게 하겠습니까! 하지만 모든 게 진실이며 더 나쁠 수도 있습니다.」

「저를 괴롭히지 말아 주세요.」

「누구나 어딘가 광기 어린 희망을 가지고 있지요. 우리에게 주어진 약간의 에로틱한 사랑이 교량이 될 수 있으리라는. 그러나 에로틱한 사랑의 격정을 경계하십시오.」

「무슨 경계를 하라는 말씀이지요?」

「모든 격정은 신비를 약속하고는 기계적으로 그 약속을 이행하려 합니다. 저는 당신이 이런 종류의 사랑을 조심할 수 있기를 바랍니다.」

「당신은 불쌍한 사람이군요.」

「저의 텅 빈 주머니를 보여 드려서인가요? 그러나 그런 것을 보여 주지 않는 모든 사람을 경계하십시오.」

「그렇지 않아요, 아녜요, 당신이야말로 다른 누구보다 더 동정을 받아 마땅한 사람으로 보여요. 당신이 말씀하신 다른 사람들보다 더……」

「다시 경고해야겠군요. 이런 경우에 결코 연민을 갖지 마십시오. 동정이나 연민에서 나온 사랑은 돈으로 좌우되는 사랑보다 더 나을 것이 없습니다.」

「오!」

「그렇습니다, 듣고 싶지 않으시겠지요, 엘리자베트. 자, 달리 말해 볼까요. 연민 때문에 죄를 범한 사람은 나중에 가장 혹독한 계산서를 제시하는 법입니다.」

엘리자베트는 그를 거의 적대적으로 응시했다.

「당신을 조금도 동정하지 않아요.」

「하지만 그렇게 화를 내며 저를 보지 마십시오, 화를 내는 게 더 정당할지라도.」

「왜 정당하지요?」

베르트란트는 침묵했다. 잠시 후, 「들어보십시오, 엘리자베트, 사람은 또한 솔직함을 끝까지 밀고 가야 하는 법입니다. 저는 이런 말을 하고 싶진 않아요. 하지만 전 당신을 사랑합니다. 아주 진지하고 아주 솔직한 단언입니다. 감정의 문제에서 진지하고 솔직할 수 있지요. 당신이 저를 사랑할 수도 있음을 압니다……」

「제발, 그만……」

「왜요? 저는 그런 모호한 감정 상태를 결코 과대평가하지 않아요. 또한 격정적이 되지도 않을 것이고요. 하지만 누구도 저 광기 어린 희망, 언젠가 신비스러운 사랑의 다리를 발견하리라는 희망을 깨뜨릴 수는 없습니다. 그러나 그렇기 때문에도 저는 떠나야 합니다. 참된 유일한 격정은 존재합니다. 이별의 격정, 고통의 격정이…… 이 다리가 무게를 감당할 수 있게 하려면 극도로 팽팽하게 잡아당겨야 합니다. 그러면 거기에 어떤 비중도 둘 수 없게 되지요. 그런 다음에야……」

「오, 그만하세요.」

「그다음에야 사람들이 멋대로 대립시키던 모든 것보다 훨씬 필연성이 강해질 것이며, 형언할 수 없는 동경의 긴장이 세계를 절단시킬 만큼 예리해질 것이며, 그다음에야 희망이, 인간의 가련한 운명 하나 하나가 우연성의 혼란으로부터, 천박하고 감상적인 멜랑콜리로부터, 기계적이고 우발적인 친밀함으로부터 구분되리라는 희망이 있게 되는 겁니다.」

그리고 이제 엘리자베트에게가 아니라 자신에게 말하듯이 계속 말했다. 「나는 믿습니다. 낯섦이 무서울 정도로 극단화됨으로써만, 소위 무한의 부지(不知)가 되어야만 비로소 반대의 것으로, 절대적인 인식으로 변할 수 있으며, 그 앞에 아른거리고 있는 도달할 수 없는 목적이면서 또 사랑을 이루고 있는 것, 즉 합일의 신비를 꽃필 수 있다는 것, 그것을 나는 깊이 믿습니다. 서서히 친숙해지고 친밀해지는 데선 어떤 신비도 발생하지 않습니다.」

엘리자베트는 울었다.

그가 나지막이 말했다. 「당신이[28] 이처럼 궁극적이며 도달할 수 없는 형식과는 다른 형식의 사랑을 체험하거나 감수하지 않기를 바라오. 그것이 나하고가 아닐지라도 난 질투하지 않을 거야. 하지만 당신이 어떤 얄팍한 인간의 소유가 되리라는 걸 생각하면 고통스럽고 질투가 복받치며 기절할 것 같아. 우는 것이오, 완성이란 도달될 수 없는 것이어서? 그렇다면 우는 것이 당연하오. 오, 사랑해, 낯선 그대 속에 잠기고 싶어, 그대가 운명이 나에게 정해 준 마지막 사람이었으면······.」

이제 다시 말 없이 그들은 나란히 말을 몰았다. 그들은 숲에서 나왔다. 들길이 국도를 향해 내려가고 있었다. 집에 가려면 국도로 접어들어야 했다. 태양과 창백한 하늘 아래 하얗게 놓여 있는 먼지 낀 길을 바라보며 아직 나무 그늘 속에서 말할 수 있도록 하기 위해서였을까, 그는 말을 정지시키고 작별 인사처럼 다시 나지막하게 말했다. 「사랑해, ······사랑해, 믿을 수 없을 만큼.」 그러나 다시 한 번 그 메마르고 햇볕 내리쬐이는 거리 위에 함께 있게 된다는 것이 두 사람에겐 불가능하게 여겨졌다. 그녀가 감사한 마음이 들게도 그가 정지하여 말했다. 「이제 나는 우리의 불행한 기수를 따라가 보겠습니다······.」 이어 나지막이 말했다. 「잘 있어요.」 그녀가 손을 내밀자 그는 그 위에 몸을 굽혔고, 그녀는 다시 한

---

28 여기서 *du*의 호칭으로 바뀐다.

번 〈잘 있어요〉라는 말을 들었다. 그녀는 침묵했다. 그러나 그가 몸을 돌리자 그녀는 소리쳤다.「폰 베르트란트 씨.」그가 돌아왔다. 그녀는 좀 망설이다가, 말했다.「또 만나요.」[29] 그녀는 잘 가세요라고 말하고 싶었다. 하지만 왠지 그것은 부적절하고 연극적인 듯이 여겨졌다. 얼마 후 그가 돌아다보았을 때 그는 두 사람 중 누가 엘리자베트이고 누가 마부인지를 거의 구별할 수 없었다. 그들은 이미 너무 멀리 있었다. 그리고 태양이 눈부셨다.

◆

하인 페터가 레스토 영주관의 테라스 위에 서서 징을 치고 있었다. 이러한 음향으로 식사 시간을 알리도록 선처하여 습관이 되게 한 것은 남작 부인이 남편과 영국에 있을 때부터였다. 그리고 하인 페터는 벌써 2~3년 동안이나 그 기구를 사용했음에도 불구하고 그런 유치한 소음을 일으켜야 한다는 데 약간 부끄러움을 느끼고 있었다. 무엇보다 그 음향이 마을까지 밀려가 그에게 어느 사이엔가 징치기란 별명을 얻게 했기 때문이다. 따라서 그는 징을 신중하게 두드림으로써, 교묘하게 둔탁한 음향만을 끌어내어 정원의 정적 속에서 둥글게 굴러가게 했다. 그리고 얕고 비음악적인, 속이 텅 빈 듯한 여운은 가늘게 너울거리며 사라져 갔다.

천천히 말을 몰아 점심녘의 마을 거리를 통과하면서, 엘리자베트는 옷을 갈아입으라고 재촉하는, 테라스 위에서 하인

---

29 〈또 만나요 *Auf Wiedersehen*〉는 〈잘 가세요 *Lebwohl*〉와 달리 일상적으로 헤어질 때 하는 인사임.

페터가 치는 징 소리를 들었다. 그렇지만 그녀는 말의 걸음을 재촉하지 않았다. 그녀가 그렇게 생각에 골몰하지 않았더라면, 오늘 아마 그녀의 생에서 처음으로, 같이 점심 식사를 한다는 것에 일종의 반감을 느꼈을 것이며, 양쪽 문지기 집 사이로 해서 그 아름답고 평화로운 정원으로 들어간다는 것을 정말로 답답하게 여겼을 것이다. 불안스러운, 저 먼 곳을 향한 동경이 그녀의 내부에서 싹터 올랐고, 그 동경과 더불어 불합리한, 이런 정오의 열기로 해서 두 배로 불합리해진 생각이 싹터 올랐다. 베르트란트의 생은 이렇게 극도로 거친 기후에서는 번성하지 못할 것이다, 그렇기 때문에 그는 도망가듯이 언제나 새로이 작별을 하고 떠나야 하는 것일 거다. 징소리가 사라졌다. 그녀는 마당에 내려섰고 마부가 등자를 잡아 주었다. 그녀는 서둘러 집으로 들어갔다. 긴 옷자락을 팔에 걸치고 계단을 올라갔다. 익숙한 길이었다. 그러나 약간 꿈속 같았다. 가고 싶은 곳을 간다면? 운명을 내 손에 쥐고 스스로 결정한다면? 그러자 어떤 슬픈 기쁨을 맞으려는 용기가 여리게 다가왔다. 하지만 그녀의 생각은 그리 멀리 나아가지 않고, 자기가 승마복을 입은 채 식탁에 나타나면 부모님이 뭐라고 할 것인가라는 생각에 멈추어 있었다. 요아힘 폰 파제노 역시 이런 무례에 충격을 받을 수 있는 사람이리라. 강아지 벨로가 킹킹거리며 날뛰듯 층계를 달려 내려오자 그녀는 기계적으로 승마 채찍을 강아지에게 주었다. 하지만 그녀는 강아지가 채찍을 부인 방으로 나르며 보이는 우쭐함에 미소 지어 주지 않았다. 그리고 벨로가 아주 귀엽게 그녀의 발 앞에 채찍을 내려놓고 그녀의 아름다움 속에서 충만과 완성을 발견한 듯이 경건하게 올려다보았을 때도, 엘리자베트는 강아지를 쓰다듬어 주지 않고 거울 앞으로 걸어가 버렸다. 그녀는 오랫동안 자신을 알아보지 못하고 오직 검고 가녀린 실루엣만을 보고 있었다. 마치 거울 속의 영상이, 아니 그녀 자신이 자기로부터 도망쳐 부동의 형상을 이루는 것 같았다. 그때 몸종이 늘 하던 대로 승마복을 벗는 것을 도와주기 위해 들어왔으므로 그 부동의 형상은 서서히 용해되었다. 그러나 계집아이가 무릎을 꿇고 그녀의 승마화를 벗기는 동안, 내밀었던 발이 가볍고 시원한 느낌을 받으며 광택나는 구두에서 미끄러져 나와 계집아이의 무릎 위에 놓인 검은 비단 양말 속으로 날씬하게 들어서는 동안, 그녀는 다시 거울 속에서 사라져 가는 영상, 어디선가 살고 있으며 언젠가 그녀 앞에 무릎을 꿇을 어떤 사람에게 흡사 날아가듯 사라져 가는 영상을 찾아보았다. 승마 채찍이 여전히 양탄자 위에 있었다. 엘리자베트는 반듯하고 긴 군복 상의를 입고 옆구리에 군도를 찬 베르트란트가 역에 있는 모습을 상상해 보려 했다. 그리고 급히 떠나가는 기차가 그를 붙잡아 가는 모습을. 이러한 상상 속에는 어떤 심술궂은 기쁨이, 그러나 동시에 목을 조르는 듯한, 여태 결코 느껴 보지 못한 불안이 있었다. 그녀는 고개를 숙이고 손을 관자놀이에 얹은 채 앉아 있었다, 마치 그런 자세를 취함으로써 익숙지 않은 강요의 명령에서 해방되고 빠져나올 수 있다는 듯이. 「아무 일도 없었어.」 그녀 내부의 무엇인가가 말했다. 그녀는 막연한 긴장을 이해하진 못했지만, 그럼에도 불구하고 그것은 세계의 절단이라는 말로 표현할 수 있을 정도로 분명하게 보였다. 물론 전적으로 분명하진 않았지만, 경계선이 그어져 있었다. 그리하여 한때는 통일적이었던 그 완결된 세계가 분열되었고, 그 경계선 저편에 양친이 서 있었다. 두려워하던 것, 숨어 있던 불안, 그들 모두의 공존이 거기에 달려 있는 듯이 양친이 그녀를 지켜 주려 했던 불안, 그것이 이제 침입했던 것이다. 기묘하게 전율시키고 긴장시키는, 그러나 이제는 두렵지 않은 것이었다. 사람은 어떤 낯선 이에게 *du*(당신)라고 부를 수 있었다. 그것이 전부다. 그리고 그것이 정말 아무것도 아니었기에 엘리자베트는 거의 서글플 지경이었다. 의연하게 그녀는 일어섰다. 아냐, 나는 천박하고 감상적인 멜랑콜리에 빠지진 않겠어. 그녀는 거울로 가서 머리 모양을 가다듬었다.

커다란 층계 발치의 흑단 시렁 속에 납작한 중국식 장식이 달린, 누르스름한 놋쇠로 만든 징이 걸려 있었다. 남작이 영국에서 구입한 진품이었다. 부드러운 초록빛 가죽 공이 달린 징채를 하인 페터가 손에 쥐고 시계를 바라보며 기다리고 있었다. 첫 번째 신호가 울린 지 14분이 지나 있었다. 시계 바늘이 15분째에 이르면 하인 페터는 다시 한 번 황동판에 세 번의 분별 있는 타격을 가할 것이다.

3

 그다음 날 베르트란트는 아침 식사 모임에 불참하는 것을 용서해 달라고 전한 후 요아힘을 찾아가 정말 유감스럽지만 사업이 자기를 부른다고, 내일 꼭 떠나야 한다고 알렸다. 처음 순간 요아힘은 마음이 가벼워짐을 느꼈다. 「같이 가겠습니다.」 그렇게 말하며 엘리자베트를 포기한 것이 분명한 베르트란트를 감사한 눈으로 바라보았다. 그리고 자기 편에서도 포기했음을 보여 주기 위하여 위로하듯 덧붙였다. 「내가 이곳에 남아 있어야 할 이유를 잘 모르겠어요.」

 요아힘은 결정한 바를 알리려고 아버지에게 갔다. 그러자 놀란 폰 파제노 영주는 늘상 하듯 경망스러운 어조로 믿지 못하겠다는 듯이 물었다. 「어떻게 그럴 수가? 그는 그저께부터 편지를 받은 일이 없는데.」 그때 그도 놀랐다. 그래, 어떻게 그럴 수가 있을까? 왜 베르트란트는 떠나고 싶어진 걸까? 그런 의문을 제기함으로써 아버지의 경망스러움에 가담한다는 쓸쓸함과 더불어 반가운 승리에의 전망이 솟아올랐다. 엘리자베트가 사랑하는 사람은 바로 자신, 요아힘 폰 파제노이기 때문에, 베르트란트는 퇴짜를 맞은 것이리라. 누가 감히 그렇게 빨리, 거의 눈 깜박할 사이나 마찬가지인데, 숙녀에게 청혼을 하겠는가. 정말 생각할 수 없는 일이었다. 물론 부유한 상속녀를 얻게 되리라고 믿은 상인이라면 무슨 일인들 못 하랴. 그러나 그는 생각을 계속할 수 없었다. 노인이 갑자기 기이한 모습을 했기 때문이다. 그는 책상 옆 안락의자 위에서 서서히 무너지더니, 자기 앞을 뚫어지게 응시하며 중얼거렸다. 「개자식, 개자식…… 약속을 어기다니.」 그러다가 요아힘을 보고 버럭 소리를 질렀다. 「나갓, 네가 그 말쑥한 친구와…… 그 녀석과 음모를 꾀했지.」—「아니, 아버님!」—「다들 나가, 꺼져 버리라고.」 그는 벌떡 일어서서 문 쪽으로 물러서는 아들을 곧바로 쫓았고, 그가 멈추어 설 때마다 머리를 앞으로 빼고 식식거렸다. 「다 꺼져 버려.」 요아힘이 복도에 있게 되자 노인은 문을 닫았다. 그러나 금방 다시 문을 열고 머리를 내밀었다. 「나에게 편지 쓸 생각 말라고 그에게 전해라. 내가 이제 그것을 중요하게 여기지 않는다고 그에게 전해.」 문에 자물쇠가 채워졌고 요아힘은 걸쇠가 돌아가는 소리를 들었다.

그는 어머니가 정원에 있음을 알았다. 그녀는 아주 당황하지는 않았다. 「아버진 언제나 무뚝뚝한 편이시지. 게다가 최근에 네게 화가 나 있으셨고. 네가 군 복무를 아직 그만두지 않아서 당신 마음이 상하셨다는 생각이 드는구나. 어쨌든 이상하구나.」 함께 집으로 가면서 그녀는 덧붙였다. 「아마 네가 손님을 금방 데려가려는 것에 화가 나기도 하셨을 게다. 내가 먼저 아버지를 찾아가 보는 게 좋을 것 같다.」 그는 어머니와 함께 위로 올라갔다. 복도 쪽의 문이 잠겨 있었고 그녀의 노크 소리에도 대답이 없었다. 그것은 좀 심상한 일이 아니었으므로 그들은 커다란 살롱으로 갔다. 아버지가 그쪽 문으로 서재를 나왔을 수도 있었기 때문이다. 연속된 빈 방들을 통과하여 그들은 서재로 갔다. 문이 잠겨 있지 않았다. 폰 파제노 부인이 문을 열자 요아힘은 아버지가 손에 펜을 들고 꼼짝도 않고 앉아 있는 것을 보았다. 폰 파제노 부인이 다가가 그의 위로 몸을 굽혀도 그는 움직이지 않았다. 펜을 종이 위에 너무 세게 누른 나머지 펜이 부러져 있었다. 종이 위엔, 나는 상속권을 박탈한다. 불명예를 나의…… 그리고 부러진 펜에서 흩뿌려진 잉크 자국이 번져 있었다.「맙소사, 무슨 일이에요?」그러나 그는 대답하지 않았다. 어쩔 줄 모르고 그녀가 그를 바라보았다. 그때 그녀는 잉크병도 나동그라져 있음을 알아차리고 황망히 흡기를 잡아 흘러내리고 있는 잉크를 빨아들이려고 했다. 그는 그녀를 팔꿈치로 밀쳐내고 문에 서 있는 요아힘을 보곤 약간 상을 찡그렸다. 그리고 부러진 펜으로 계속 글씨를 쓰려고 했다. 펜이 다시 종이에 걸려 구멍이 뚫리자 그는 신음 소리를 냈고, 집게손가락으로 아들을 가리키며 소리쳤다.「저 녀석과 함께 나가시오.」그러면서 그는 일어서려 했지만 그럴 수 없는 듯이 보였다. 왜냐하면 다시 곧 힘없이 무너졌기 때문이다. 흘러내린 잉크에도 아랑곳하지 않고 그는 책상 위로 엎어지며 우는 아이처럼 머리를 팔 사이에 묻었다. 요아힘이 어머니에게 소곤거렸다.「의사를 부르겠어요.」그리고 마을로 심부름꾼을 보내기 위해 서둘러 아래로 내려갔다.

의사가 와서 폰 파제노 영주를 침대로 데려갔다. 그는 그에게 진정제를 주고 냉수 요법에 대해 이야기했다. 아드님의 죽음이 지금 신경 쇠약을 야기시킨 게 분명합니다. 그렇다, 그것은 의사의 뻔한 설명이었다. 게다가 그건 설명이 아니었다. 그 이상의 것이 그 뒤에 있었으며 우연일 수도 없었다. 헬무트의 말이 쓰러진 것이 첫 번째 경고와 같은 것이었다. 그런데도 지금 베르트란트에 대한 승리가 시작되려고 했기 때문에, 지금 엘리자베트가 그를 위하여 베르트란트를 퇴짜 놓음으로써 그가 베르트란트와 루제나를 배신하여 아버지의 뜻을 충족시키려는 듯 보이기 때문에, 그렇기 때문에 지금 불행한 사건이 터지지 않을 수 없는 것이었다. 공범자를 배반한 공범자, 베르트란트와 함께 음모를 꾀했다고 질책당해 마땅했던 공범자! 이제 조직 전체가 다시 와해되고 배신은 배신을 낳아야 하는 게 아닐까? 이제 베르트란트는 루제나를 다시 자기 것으로 함으로써 아버지에겐 자기가 공범자가 아니라는 것을 증명하고 또 엘리자베트를 모욕한 데 대한 복수를 감행할 것임에 틀림없다! 베르트란트가 베를린에 가는 이유에 대해 온갖 더럽고 추악한 의심을 퍼부으며, 요아힘은 오직 판독할 수 없게 되어 버린 자신의 걱정만을 보았고, 그것이 병든 아버지의 걱정보다 더 그를 괴롭혔다. 혼란은 새로운 혼란을 야기시켰다. 그것은 아버지의 뜻이었을까, 그가 레스토를 방문하도록 닥달했던 일이 있으니? 아버지와 베르트란트 사이에 무슨 일이 일어났는지 조금도 상상할 수 없었다. 그가 베르트란트에게 아버지의 혼란스러운 암시에 대해 이야기를 해보았더라면 해명되었을 수도 있겠지만 그는 갑작스러운 발병 소식을 전하는 것으로 제한해야 했다. 그는 루제나에게 상황을 설명해 줄 것을 부탁했다. 그렇지만 아무튼 휴가 연기원을 내든지, 그런 비슷한 이유로 며칠 동안 베를린에 가게 될 것입니다. 그러지, 요아힘이 그를 역까지 배웅할 때 베르트란트가 말했다. 그런데, 이제 루제나는 어떻게 되는 건가? 물론 자네 어르신께서 곧 치유되기를 바라네. 하지만 요아힘 자네가 슈톨핀에 있어야 한다는 사실은 점점 더 필연적이 되니 말일세. 「그녀에게」 그가 의견을 말했다. 「어떤 괜찮은 일거리를 마련해 주어야 할 것이네. 그녀가 기뻐할 일거리를 말이네. 그것이 그녀에게 닥쳐오는 어려움을 극복하게 해줄 거야.」 그것은 결국 자신의 일이었으므로 요아힘은 감정이 상했다. 그는 망설이며 말했다. 「당신이 보내 준 연극 학교가 벌써 그녀를 기쁘게 해주고 있습니다.」 베르트란트가 내던지는 듯한 손짓을 했으므로 요아힘은 의아해서 그를 응시했다. 「그러나 파제노, 걱정 말게, 곧 뭔가 찾아내게 되겠지.」 그리고 이제서야 자신의 걱정이 구체적으로 형체를 갖게 되었음에도 불구하고, 사실상, 요아힘은 기뻤다. 베르트란트의 가벼운 손짓으로 걱정이 경감되었기 때문이다.

◆

아버지가 병이 난 뒤 대부분의 시간을 계속 침대에서 보내게 된 다음부터 생활은 기이할 정도로 단순해졌다. 이제 많은 것이 보다 조용하게 숙고될 수 있었고, 많은 문제가 보다 투명하게, 혹은 적어도 그 문제들에 접근할 수 있는 것처럼 보였다. 하지만 아직 거의 풀 수 없는 문제가 남아 있었고, 엘리자베트의 얼굴에서 그 해답을 찾는 것은 아무 소용이 없었다. 얼굴 자체가 수수께끼였다. 그녀는 의자에 기대어 가을의 풍경을 응시하고 있었다. 팽팽한 목덜미와 거의 직각으로 젖힌 얼굴은 목을 덮은 울퉁불퉁한 지붕 같았다. 그것은 나뭇잎처럼 긴 목 받침 위에서 물결치고 있다고, 혹은 평평한 뚜껑처럼 덮고 있다고 말할 수 있을 것이다. 왜냐하면 그것은 도무지 진정한 얼굴이 아니라 목의 일부에 불과했기 때문이다. 목에서 아주 멀리 떨어져 내다보는 모양이 뱀의 낯을 연상시켰다. 요아힘은 목의 선을 따라가 보았다. 턱이 언덕처럼 솟아 있었고 그뒤에 얼굴의 형태가 있었다. 입의 분화구 가장자리가 부드러웠고 검은 콧구멍이 하얀 기둥으로 나뉘어 있었다. 작은 수염 같은 눈썹의 숲이 울창했다. 얇은 고랑으로 나뉜 이마의 빈터 뒤에 숲 가장자리가 있었다. 요아힘은 다시 한 여인이 왜 욕망할 가치가 있는지 생각해야 했지만 대답을 찾을 수 없었다. 그것은 여전히 불가해하고 혼란스러웠다. 요아힘은 눈을 조금 감고 그 틈새로 펼쳐진 얼굴의 풍경을 바라보았다. 그때 진짜 풍경의 모습과 뒤섞이며 머리털의 숲 가장자리가 노랗게 변하는 산림의 잎사귀들과 이어졌고, 앞뜰 정원의 장미 화단을 장식하고 있는 유리 구슬들은 뺨 그늘 속에서 — 아, 그것은 여전히 뺨이런가 — 귀고리가 되어 반짝이는 보석처럼 빛나고 있었다. 그것은 놀라우면서도 안도감을 주었다. 분리된 것들을 그렇게 기이하게 합일된 것, 거의 구별할 수 없는 것으로 용해시켜 보면, 이상하게 어떤 기억이 되살아나는 것 같고, 인습을 넘어선 아득히 먼 어린 시절로 되돌아간 것 같고, 풀리지 않은 문제는 추억으로부터 떠오르는 하나의 기억 같았다.

그들은 작은 식당 앞의 그늘진 정원에 앉아 있었다. 마부는 말과 함께 뒷마당에 있었다. 그들 위의 사랑이는 나뭇잎들 속에서 9월의 소리가 들려왔다. 그것은 봄철 나뭇잎들의 맑고 부드럽게 졸졸 흐르는 소리도 아니며 여름의 음향도 아니었다. 여름엔 나무들이 단순히, 소위 뉘앙스도 없이 쏴아거리지만, 초가을이면 이미 은빛 금속성의 날카로움이 마치 나뭇잎 맥상 속의 넓고 단일한 음조가 녹아 없어져야 한다는 듯이 파고드는 것이다. 가을이 시작되면 정오의 시간은 아주 고요하다. 태양은 여전히 여름처럼 타오르고 어디선가 나뭇가지 사이로 불어오는 보다 가볍고 서늘한 바람은 마치 대기 속의 좁다란 봄의 끈과 같다. 나무 꼭대기로부터 거친 나무 탁자로 떨어진 나뭇잎들은 아직 노랗게 변색되진 않았지만, 그 초록색에도 불구하고 바삭바삭 건조되어 있다. 그리고 여름의 태양볕이 두 배로 소중한 듯 보인다. 낚시꾼의 배가 물이 흐르는 쪽으로 머리를 두고 시내에 놓여 있다. 수면은 커다란 널빤지로 밀어낸 듯 파문 하나 없이 매끄럽다. 그런 가을날은 여름날의 졸음이 조금도 없다. 도처에 부드럽고 깨어 있는 평온함이 있다.

엘리자베트가 말했다. 「왜 사람들은 여기서 살까요? 남쪽 나라에서는 1년 내내 이런 날일 텐데요.」 요아힘은 검은 수염을 기른 이탈리아인의 남국인다운 모습을 눈앞에 떠올렸다. 그러나 엘리자베트의 얼굴에선 이탈리아인 혹은 그런 형제의 얼굴을 결코 찾아볼 수 없을 정도로, 그녀의 생김새는 사람과는 거리가 멀었고 마치 풍경 같았다. 그는 낯익은 형태들을 다시 찾아보려 했다. 그리고 코가 다시 코로, 입이 다시 입으로, 눈이 다시 눈으로 점차 얼굴에 나타났을 때, 이러한 변화는 새로이 놀라움을 주었으며, 그녀의 매끄럽게 빗질된, 별로 구불거리지 않는 머리만이 그를 안심시켰다. 「왜요? 겨울을 좋아하지 않습니까?」〈당신 친구가 옳아요. 사람은 여행을 해야 해요〉라는 대답이었다. 「그는 인도에 가겠답니다.」 요아힘이 말하고 올리브색 종족과 루제나를 생각했다. 루제나와 함께 여행을 떠나는 생각을 왜 진작 해보지 않았을까? 그는 엘리자베트의 시선이 얼굴 위에 닿는 것을 의식하고 당황하여 외면했다. 그렇지만 여행하고 싶은 기분을 일으킨 책임은 베르트란트에게 있었다. 그는 질서 있는 삶을 상실한 데 대한 보상과 위로로 사업과 외국의 여행을 찾아야 했기 때문에, 그는 전염적인 인간이었다. 엘리자베트가 남쪽에 대한 말을 하는 것은 그와 함께 여행을 떠나지 못한 것을 — 비록 베르트란트를 거절했다 하더라도 — 유감스럽게 생각했기 때문이리라. 그는 엘리자베트의 목소리를 들었다. 「우리가 알고 지낸 것은 얼마나 되지요?」 그는 셈해 보았다. 그것은 정확히 말할 수 없었다. 그가 열두 살 때 방학이 되어 집에 있을 때면 양친과 함께 때때로 레스토에 오곤 했다. 당시 엘리자베트는 아직 태어나지도 않았었다. 「전 언제나 당신을 알고 있었지요, 저의 전 생애 동안.」 엘리자베트가 단언했다. 「하지만 당신을 진정으로 안 적은 한 번도 없었어요. 당신은 언제나 제게 어른으로 생각되었어요.」 요아힘은 말이 없었다. 「당신도 저를 진정으로 알고 있진 않을 거예요.」 그녀가 계속 말했다. 오 그렇지만, 그가 말했다. 그렇지만 당신이 젊은 숙녀가 되었을 땐 갑작스럽고 놀라웠습니다. 엘리자베트가 말했다. 「지금 우리는 거의 동년배가 되었어요. ……당신 생일은 언제인가요?」 그리고 대답을 기다리지 않고 덧붙였다. 「제가 어릴 때 어떤 모습이었는지 알고 계세요?」 요아힘은 생각해 보아야 했다. 남작 부인의 살롱에 어린 엘리자베트의 초상화가 걸려 있었고 그것이 고집스럽게 살아 있는 기억 앞으로 밀려왔다. 「이상합니다.」 그가 말했다. 「당신이 어떤 모습이었는지 아주 잘 알고 있어요, 그러나…….」 그녀의 얼굴에서 어린 시절의 모습을, 물론 틀림없이 거기 들어 있을 터인데도, 발견할 수 없다고 말하려 했다. 그러나 지금 그녀를 건너다보자 그녀 얼굴 전체가 다시 몽롱해지며 사람들이 피부라고 부르는 어떤 것으로 덮인 언덕과 골짜기들뿐이었다. 그의 생각을 받아들이려는 듯이 그녀가 말했다. 「노력해 보면, 저는 당신에게서 구레나룻에도 불구하고 소년의 모습을 찾아볼 수 있어요.」 그녀가 웃었다. 「정말 재미있네요. 언제 한번 아버지한테도 시험해 봐야겠어요.」── 「저에게서 노인의 모습도 볼 수 있습니까?」 엘리자베트가 찬찬히 탐색을 했다. 「이상하군요, 그렇게 할 수 없어요…… 잠깐만, 할 수 있어요. 당신은 어머니와 더 닮은 것 같아요, 선량하고 둥근 얼굴이 될 거에요. 그리고 구레나룻은 무성하고 하얗게 될 거고요…… 할머니로서의 저는요? 품위 있는 인상을 갖게 될까요?」 요아힘은 자기로선 그런 상상을 할 수 없다고 말했다. 「예의 차리지 마시고 말해 주세요.」── 「용서하십시오, 정말 싫습니다. 갑자기 저의 양친 혹은 형 혹은 어떤 다른 사람으로 보인다는 것은 불쾌한 일입니다…… 그러면 많은 것이 무의미해질 것입니다.」―「당신 친구 베르트란트도 그렇게 말하나요?」―「아뇨, 제가 아는 한에선 아닙니다. 왜 그렇게 생각하지요?」―「아, 그럴 수도 있으리라는 생각이 들었을 뿐이에요.」―「잘 모르겠습니다만 베르트란트는 그의 격동하는 생활의 외적인 측면에 너무도 몰두하고 있기 때문에 그런 데에는 별로 신경 쓰지 않을 것입니다. 그는 한 번도 자기 자신인 적이 없습니다.」 엘리자베트는 미소 지었다. 「그는 모든 것을 아주 멀리서 본다는 말씀인가요? 이방인의 눈으로 말이죠?」 그녀는 무슨 말을 하려는 걸까? 무엇을 암시하려는 거지? 그는 이런 궁금함이 경멸스러웠고 기사답지 못하다고 느꼈다. 그러자 또한 갑자기 한 여인을 다른 모든 사람으로부터 보호하는 대신에 다른 사람에게 맡겨 버리는 것이 기사답지 못한 태도라는 판단이 들었다. 엘리자베트와 결혼하는 것은 그 사람의 의무이리라. 그러나 엘리자베트는 조금도 불행하다는 인상을 내보이지 않고 말했다. 「좋은 시간이었어요, 하지만 이제 부모님이 기다리는 식탁에 가야겠군요.」

그들이 집으로 말을 달려 레스토의 저택 탑이 그들 앞에 우뚝 서게 되자, 그동안 그녀는 자신의 대화를 숙고해 본 것 같았다. 그때 그녀가 이렇게 말했기 때문이다. 「친밀함과 낯섦이 구별될 수 없다는 건 정말 기이하지요. 당신이 노년에 대해 알려고 하지 않는 것은 당연해 보여요.」 루제나 생각을 하던 요아힘은 그 말을 이해하지 못했지만 이번에는 곰곰 생각해 보지도 않았다.

◆

 폰 파제노 영주가 건강을 되찾는 데 기여하는 것이 있다면 그것은 우편물이었다. 어느 날 아침 여전히 침대에 누워 있던 그는 갑자기 의문이 일었다. 「누가 우편물을 받지? 요아힘인가?」 아니요, 요아힘은 그런 일을 돌보지 않아요. 요아힘은 어떤 것도 돌보지 않는다고 그는 으르렁댔지만 만족스러운 듯 보였다. 그는 몸을 일으켜 달라고 요구하고 천천히 자기 방으로 갔다. 배달부가 나타났을 때 관례적인 의식이 행해졌고 이제 날마다 연출되었다. 그리고 폰 파제노 부인은 같이 있으면서 아무도 편지를 보내지 않는다는 한탄을 들어야 했다. 그는 비교적 자주 요아힘이 장원에 있느냐고 물어보았지만 그를 만나려고 하지는 않았다. 그리고 요아힘이 잠시 베를린에 가야 한다는 말을 들었을 때 그는 말했다. 「내가 가지 말란다고 전하시오.」 때때로 그는 그것을 잊어버리고 제 자식이 한 번도 편지를 보내지 않는다고 한탄했으므로 폰 파제노 부인은 요아힘이 화해를 위하여 아버지에게 편지 한 장을 써도 좋으리라는 생각을 해냈다. 요아힘은 양친의 생일 파티에 그와 형이 장미꽃으로 가장자리가 장식된 종이 위에 그림을 그려야 했던 일이 생각났다. 그것은 끔찍한 고역이었다. 그는 그 일을 반복하기를 거절했고 떠나겠다고 말했다. 아버지에겐 비밀로 하셔도 좋습니다.

 출발이라고 해도 그리움은 없었다. 한때 그가 결혼하라는 명령에 저항했다면, 이제 그와 똑같이 사흘간의 베를린 체류 동안 사흘 밤을 루제나와 사랑을 해야 한다는 의무에 저항을 하고 있었다. 그는 그것도 루제나에 대한 모독임을 알고 있었다. 재회를 연기시키고 싶었고, 따라서 적어도 그녀가 역에 나오지 않게 하려고 그는 도착 시간을 알리지 않았다. 기차 속에서 그녀에게 선물을 가져가야 하리라는 생각이 떠올랐다. 그러나 자고새나 사냥한 짐승의 고기는 적합한 선물이 아닐 것이므로 베를린에서 마련할 수밖에 다른 방도는 없는 듯했다. 어쨌든 루제나가 역에 나오는 편이 좋았다. 그는 적당한 선물을 생각해 내려고 애썼지만 그의 상상은 막혀버려 아무것도 생각해 낼 수 없었고, 고작해야 향수와 장갑 사이에서 왔다 갔다 했다. 글쎄, 베를린에 가면 적당한 걸 발견할 수 있겠지.

거처에 도착하자 그는 우선 베르트란트에게 쪽지를 썼다. 그는 최근 슈톨펜에서 일어난 끔찍한 사건에 대해 요아힘과 이야기할 수 있게 된 것을 분명 기쁘게 생각할 것이다. 그는 루제나에게도 편지를 썼고 답장을 기다리겠다고 적은 다음 두 쪽지를 하인 한 사람에게 맡겼다. 그의 방은 고향 생각이 나게 했다. 닫힌 창 뒤에 갇힌 여름이 찌는 듯이 더웠다. 요아힘은 여닫이문 하나를 열었다. 조용한 거리가 유쾌했다. 늦은 오후였다. 서쪽에 잿빛의 구름벽이 드리워져 있는 것으로 보아 밤에는 비가 내릴지도 몰랐다. 앞뜰 울타리의 포도가 붉었으며 보도 위엔 노란 밤나무 잎이 떨어져 있었고, 네 대의 전세 마차 앞의 말들이 저쪽 구석에서 애처롭고 평화롭게 앞발을 구부리고 있었다. 요아힘은 창 밖으로 몸을 구부려 한 사람이 다른 창문을 여는 것을 바라보았다. 그때 그 사람이 동시에 몸을 밖으로 내밀었다면 요아힘은 건물 벽을 따라 그에게 미소를 보내고 고개를 끄덕였으리라. 그 사람이 창문을 여는 동안 요아힘은 창에 선 채 어두워지는 고요한 거리를 바라보았다. 그다음 그는 돌아섰다. 방은 서늘해졌고, 다만 대기 속에 여기저기 아직 매달려 있는 여름의 작은 조각들이 요아힘을 달콤한 우수로 가득 채웠다. 몸 위에 다시 제복을 느낀다는 것은 즐거운 일이었다. 그는 자기 소유의 좁은 공간 속을 이리저리 거닐며 물건들과 책들을 바라보았다. 그렇다, 그는 이번 겨울에 더 많은 책을 읽으려 했다. 그러나 사흘이 지나면 이 모든 것에서 떠나야 하리라는 생각에 소스라쳤다. 그는 앉았다. 그렇게 함으로써 그대로 머무를 것임을 증명할 수 있기라도 한 것처럼. 그리고 창을 닫고 차를 끓였다. 그가 잊고 있던 하인이 얼마 후 돌아왔다. 폰 베르트란트 씨는 베를린에 없지만 다음 날 돌아올 것이며, 부인은 답장을 주지 않고 곧 오겠다는 말만 했습니다. 요아힘은 이제 조그마한 희망조차 산산조각이 나는 듯했다. 전에 그랬던 것처럼 정반대였으면, 즉시 오는 사람이 베르트란트였으면 하는 바람조차 들었다. 그 밖에 선물을 마련하고도 싶었다. 그러나 몇 분 지나지 않아 초인종이 울렸다. 루제나였다.

사관 학교의 수영 시간에 그는 스타트를 무서워했던 적이 있었다. 그런데 어느 날 수영 교사가 재빨리 그를 물 속으로 밀어 넣었다. 물 속은 유쾌하기만 했으므로 그는 웃었다. 루제나가 돌진하여 들어오더니 그의 목으로 날아왔다. 그러자 물 속에서처럼 유쾌했다. 그들은 손을 잡고 앉아서 입맞춤을 교환했고, 루제나는 쉬지 않고 이야기를 터뜨렸지만 앞뒤 맥락이 이해되지는 않았다. 불안은 자취를 감추었다. 갑자기 새로이 날카롭게, 선물을 잊어버린 데 대한 안타까움이 치밀지 않았더라면 거의 아무 그늘 없는 행복이었으리라. 그러나 하느님은 모든 것을 최상의, 혹은 적어도 좋은 형편이 되도록 돌보아 주었으므로, 요아힘을 수개월 동안 무심하게 레이스 손수건을 지니고 있던 장롱으로 이끌었다. 그리고 습관대로 루제나가 저녁 식사를 차리는 동안 요아힘은 연푸른 빛 리본과 비단 종이를 찾았고, 그 꾸러미를 루제나의 접시 아래에 놓았다. 그러나 그들은 그전에 잠자리를 들 것을 예측하지 못했다.

다음 날이 되어서야 그는 자신이 얼마나 빨리 떠나야 하는가라는 생각이 떠올랐다. 그가 주저하며 그 사실을 루제나에게 알리자 예상했던 대로의 불행이나 분노의 폭발 대신에, 오히려 루제나는 간단하게 이렇게 말했을 따름이다. 「그만. 여기 계세요.」 요아힘은 놀랐다. 그녀가 옳다. 왜 그가 이곳에 머물러서는 안 된다는 말인가? 무엇에 홀려 목적 없이 장원을 돌아다니거나 아버지 앞에서 숨었던가? 더욱이 베를린에서 베르트란트를 무조건 기다려야 할 것 같았다. 그가 이렇게 부정확하도록, 일종의 일반 시민처럼 시간을 지키지 않도록 이끈 사람은 루제나였다. 그러나 그로 인해 그는 작은 해방감을 얻었다. 그는 밤새 생각을 해보기로 결정했고, 또 루제나와 그렇게 했으므로, 낮이 되자 그는 복무 상황 때문에 좀 더 오래 베를린에 체류할 필요가 있게 되었다는 내용의 편지를 어머니에게 썼다, 또 비슷한 내용의 편지를 동봉하여, 어머니가 적당하다고 생각하면, 아버지에게 보여 드리라고 적었다. 나중에 생각하니 아버지가 우편물을 손에 넣을 것이므로 이 말은 별로 의미가 없어 보였다. 하지만 이제 너무 늦었다. 편지는 이미 부쳐 버렸다.

◆

그는 연대 복귀 보고를 하고 기병 학교에 갔다. 각각 기다란 말 채찍을 손에 든 상사와 하사 두 사람이 가르치고 있었고, 벽을 따라 훈련복을 입은 신병들을 태운 말들이 열을 지어 움직였다. 지하실 창고 같은 냄새가 났고, 발이 빠져들어 가는 부드러운 모래가 작은 향수를 일으키며 헬무트와 그를 파묻은 모래를 생각나게 했다. 상사는 채찍을 탁 치며 속보를 명령했다. 벽 쪽에서 훈련복을 입은 사람들이 리드미컬하게 위아래로 흔들리기 시작했다. 이제 엘리자베트는 가을의 공연 시즌에 맞추어 베를린으로 올 것이다. 그러나 짐작은 맞지 않았다. 그들은 10월 전에는 오지 않았으며 집도 그전에 완성되기가 불가능했다. 진짜 그가 기다린 사람은 엘리자베트가 아니라 베르트란트였다. 당연히 바로 그 사람이었다. 그는 그가 엘리자베트와 함께 속보로 말을 달리며 안장 위에서 올라갔다가 내려앉던 모습을 떠올렸다. 당시 엘리자베트의 얼굴이 경치 속으로 미끄러져 들어가 그것을 포착하기에 애를 먹었던 경험은 기이했다. 베르트란트, 그의 얼굴에서도 그와 같은 일을 경험할 수 있는지 시도했고, 안장 위에서 그가 위아래로 흔들리며 벽을 따라 말을 타고 있는 상상을 해보다가 그만두었다. 그것은 어딘가 신성을 모독하는 일 같았고, 헬무트의 얼굴을 더 이상 보지 않았다는 데 기뻤다. 그때 상사가 걸으라고 명령을 내렸고 사람들은 뜀틀 나무와 허들을 마장(馬場)에 가져다 놓았다. 그는 어릿광대들을 연상하지 않을 수 없었고, 갑자기 언젠가 베르트란트가 한 말, 조국은 서커스가 지킨다던 말이 이해되었다. 아직도 이해할 수 없는 건 당시 그가 나무 그루터기에 걸려 넘어진 일이었다.

그는 다시 보르지히의 기계 공장 옆을 지나갔다. 노동자들이 또 그곳에 서 있었다. 정말 그는 이 모든 것을 이제 더 이상 보고 싶지 않았다. 그는 그곳의 일원이 아니었으며, 알록달록한 제복으로 구별된다는 것도 쓸모없는 일이었다. 그렇다, 베르트란트는 그곳에 속한 사람이며, 어쩌면 반대의 노력을 했을지도 모르지만, 그곳에서 익숙해질 정도로 살아온 사람이었다. 어쨌든 그는 베르트란트에 대해서도 더 알고 싶지 않았다. 슈톨핀으로 돌아가는 것이 가장 좋으리라. 그런데도 그는 마차를 베르트란트의 집 앞에 정지시켰고 폰 베르트란트 씨가 저녁에 도착하리라는 말을 듣고 기뻤다. 좋습니다. 저녁에 어떤 일이 있어도 들르지요. 그는 그런 의도를 알리는 쪽지를 남겼다.

그들은 극장으로 갔다. 루제나가 무대 위에서 여자 합창단원의 몸짓을 실행하는 곳이었다. 막간에 베르트란트가 말했다. 「이건 정말 그녀를 위한 일이 아니야. 다른 일을 찾아봐야 해.」 그러자 요아힘은 다시 보호받는 느낌이 들었다. 그들이 저녁 식탁에 앉았을 때 베르트란트는 루제나를 향해 말했다. 「말해 보십시오, 루제나, 지금 당신은 유명하고 굉장한 여배우가 되었습니까?」 물론 저는 그렇게 될 거예요. 그렇게 되는 날에는! 「글쎄요, 하지만 당신이 그런 생각에 우리에게서 뛰쳐나간다면 무슨 일이 생기겠습니까? 지금 우리는 그렇게까지 해서 당신이 유명해지고 굉장해질까 봐 걱정입니다. 그리고 갑자기 당신이 우리를 버린다면 우리는 웃음거리가 됩니다. 그러면 우리는 어떻게 해야 하지요?」 루제나는 생각해 보고 말했다. 「예거 카지노가 있어요.」 ─ 「아니, 그건 안 됩니다, 루제나. 보다 높은 곳에 있게 된 사람은 다시 전에 있던 자리로 돌아가서는 안 됩니다. 극장보다 더 높은 곳을 생각해 보십시오.」 루제나는 울기 시작했다. 「우리 같은 사람에겐 아무것도 없어요. 요아힘, 저 사람 나쁜 친구예요.」 요아힘이 말했다. 「베르트란트는 농담을 하는 거요, 루제나.」 그러나 그 자신도 불쾌한 느낌이었고 베르트란트가 예의의 한계를 넘었다고 생각했다. 그렇지만 베르트란트는 웃었다. 「우리가 루제나를 유명하고 부유하게 하는 방법을 생각해 보는데 울 필요까지는 없습니다. 우리 모두를 참아 주셔야지요.」 요아힘은 충격을 받았다. 사업이라는 생활이 한 인간의 심성을 얼마나 천박하게 만들 수 있는지를 알았다.

나중에 그는 베르트란트에게 말했다. 「왜 그녀를 고통스럽게 하십니까?」 베르트란트는 대답했다. 「사람은 사전에 준비를 해야 할 뿐만 아니라, 수술이 가능한 때는 건강할 때뿐이기 때문이지. 지금이 그럴 때라네.」 의사 같은 말이었다.

◆

반쯤 두려워하던 일이 일어났다. 편지가 아버지의 수중으로 떨어져 아버지가 미쳐 날뛰기 시작한 것이 분명했다. 왜냐하면 어머니가 새로운 발작이 일어났다고 써 보냈기 때문이다. 요아힘은 자기의 무관심에 놀랐다. 그는 집에 돌아갈 의무를 느끼지 않았으며 여전히 시간이 충분하리라고 생각했다. 헬무트는 어머니의 편에 설 것을 부탁했었다. 아, 하지만 누구도 어머니를 도와줄 수 없을 것이다. 어머니는 당신이 뽑은 제비를 감수해야 할 것이다. 그것도 혼자서. 그는 가능한 한 빨리 돌아가겠다고 답장을 썼다. 그러나 모든 것을 그대로 내버려 둔 채 근무를 계속했고 변화를 위한 조처를 조금도 하지 않았을뿐더러 그것과 관계되는 모든 생각을 설명할 수 없는 두려움을 가지고 제쳐 놓았다. 사물을 그 익숙한 외견대로 고수하기 위해선 때때로 어떤 노력이 필요했기 때문이다. 그러한 노력은 모든 것이 제대로 질서 잡혀 있는 양 계속 사물들을 처리해 나가는 사람들이 종종 편협하고 맹목적이고 거의 바보스럽게 여겨질 정도로 심한 것일 수도 있었다. 처음엔 그렇게 생각하지 않았다. 그렇지만 복무가 서커스 같은 성질을 띠고 있다는 의식이 다시 들기 시작하자 그는 베르트란트에게 책임을 돌렸다. 그렇다. 심지어 제복마저도 이전처럼 착용하고 싶지 않았다. 갑자기 어깨 위의 견장과 셔츠의 소매 주름 장식이 거추장스러웠다. 그리고 어느 날 아침 그는 거울 앞에 서서 왜 군도를 왼쪽에 차고 다녀야 하는지 자문해 보았다. 그는 루제나에게 생각을 날아가게 하여, 그녀에 대한 자신의 사랑, 자신에 대한 그녀의 사랑은 어딘가 모든 회의적인 인습에서 벗어난 것이리라고 혼잣말을 했다. 그러나 그가 그녀의 눈을 오랫동안 응시하며 부드러운 손길로 그녀의 눈까풀을 쓰다듬을 때, 그리고 그녀가 그것을 애무로 받아들일 때면, 그는 자주 어떤 불안한 유희로 빠져들었다. 그는 그 얼굴을 어떤 불확실한 것이 될 때까지 내버려 두었고, 그리하여 그 얼굴은 비인간적인 것으로 전복되려는 찰나에 이르고 얼굴 없는 얼굴이 되는 경계로까지 몽롱해졌다. 많은 것이 어떤 멜로디처럼, 사람들이 잊을 수 없다고 말하는 멜로디처럼 되어 버렸다. 그것을 언제나 새로이 고통스럽게 찾기 위해서 사람들은 그 곡조로부터 빠져나오는 것이다. 그것은 끔찍하고도 절망적인 유희였다. 그는 이런 이상한 정신 상태의 책임을 베르트란트에게 돌릴 수 있기를 바라며 격분했고 노여워했다. 그자는 자기의 악령에 대해 말하지 않았던가? 루제나는 요아힘의 격분을 감지했고, 답답하고 긴 침묵을 지킨 후 자신이 그날 저녁부터 품었던 의심을 격렬하고 서투르게 터뜨렸다. 「당신 이제 저를 사랑하지 않아요······ 아니면 친구에게 허락을 구해야 되나요······ 아니면 벌써 베르트란트가 하지 말라고 했나요?」 이것은 악의 있고 물어뜯는 듯한 말이었지만, 요아힘은 모든 불행의 악마적인 근원이 베르트란트에게 있다는 자신의 의심을 안심시키는 확증과 같았으므로 그 말을 기꺼운 마음으로 들었다. 그리고 그런 공통적인 거부감에도 불구하고 루제나가 자기에게 가까워졌다기보다는 그녀의 거칠고 무절제한 폭발로 인하여 오히려 베르트란트에게, 그의 적지않이 공격적인 농담으로 향하는 결과가 되었다면, 그것은 그런 파멸적이고 메피스토펠레스적이며 위선적인 영향의 최종 결과처럼 생각되기조차 했다. 친구와 연인 사이에서, 믿을 수 없는 두 일반 시민들 사이에서, 그는 무례한 두 개의 맷돌 사이에 낀 듯한 난처함을 느꼈다. 거기선 좋지 못한 패거리들의 냄새가 풍겼다. 때때로 그는 베르트란트가 자신에게 루제나를 오게 했는지, 그가 루제나를 통해 베르트란트에게 가게 되었는지를 알 수 없었다. 그리하여 그는 더 이상 삶의 모호하고 애매한 덩어리에 밀착되어 있을 수 없다는 것, 자신이 점점 더 빨리 그리고 깊숙이 망상으로 빠져 든다는 것을 알아차리고 놀랐다. 모든 것이 불안해졌다. 그리고 종교에서 그런 혼란으로부터의 탈출구를 찾을 수 있으리라는 생각에 이르자, 그를 일반 시민과 분리시키는 심연이 새로이 부상해 왔다. 그 심연의 저쪽에 일반 시민인 베르트란트라는 자유 사상가가 있었으며 가톨릭교도인 루제나가 있었다. 두 사람 다 그가 도달할 수 있는 존재가 아니었다. 그는 그들이 자신의 고독을 즐기려는 듯이 여겨졌다.

일요일에 예배가 있는 것이 그는 기뻤다. 그러나 일반 시민적인 속성은 군대의 예배 행위에까지 그를 따라왔다. 왜냐하면 명령에 따라 2열 종대로 나란히 교회 속으로 행진해 들어오는 남자들의 얼굴이 훈련과 기마 수업을 받을 때 짓는 표정들과 달라 보이지 않았기 때문이다. 어떤 표정도 경건하지 않았으며 감동한 것처럼 보이지 않았다. 어쩌면 보르지히의 기계 공장에서 온 노동자들과도 같았다. 고향의 진짜 농부의 아들들은 그렇게 무감동하게 서 있지 않으리라. 복무상 경건하게 응시하고 있는 하사관들을 제외하면 누구도 설교를 경청하지 않았고, 이를 일종의 서커스라고 부르고 싶은 유혹이 끔찍할 정도로 가까이 있었다. 요아힘은 눈을 감고 기도를 해보려 했다. 마을의 교회에서 기도해 보려고 했듯이. 그 역시 기도하지 않았을지도 모른다. 하지만 군인들이 찬송가를 합창할 때 그의 목소리도 드높아지며 같이 노래했다. 그러나 그는 그것을 깨닫지 못했다. 왜냐하면 그가 어렸을 때 불렀던 노래와 더불어 한 그림에 대한 기억이, 색깔이 다채로운 작은 성화에 대한 기억이 떠올랐기 때문이다. 이제 기억이 뚜렷해지며, 그것을 가져다준 사람이 검은 머리의 폴란드인 찬모였음이 또한 생각났다. 그녀의 어둡게 노래하는 목소리가 들렸고, 손끝 피부가 갈라진 주름 잡힌 그녀의 손가락이 온갖 다채로운 색깔들을 쓰다듬으며 이것이 인간이 사는 대지라고, 그 위에, 나무 위는 아니지만, 은빛 구름 위에 아주 평화롭게 앉아 있는 사람들이 성가족이라고 가리키는 것을 보았다. 그들은 아주 화려한 옷을 입은 것으로 묘사되어 있었으며 의상에 장식된 황금이 황금빛 후광과 겨루고 있었다. 오늘날도 그는 자기가 그 가톨릭 성가족의 일원임을 그려 보며, 저 은빛 구름 위의 성처녀 마리아의 팔 속에, 혹은 검은 머리의 폴란드 여인의 품속에 머무르는 것을 그려 보며 얼마나 행복했는지 감히 생각해 보려고 하지 않았다……. 그것은 지금 결정될 수 있는 일이 아니었다. 하지만 희열은 전율로 대치되었다. 프로테스탄트로 태어난 사람이 그런 희망과 행복을 구함으로써 범한 과실은 신성을 모독하는 불손은 아닐까, 이단이 아닐까 하는 전율로, 또한 그는 감히 그 그림 위에 분노하는 아버지의 자리를 비워 두려고 하지 않았다. 정말 그를 그 위에 두고 싶은 마음은 조금도 없었다. 그가 주의를 집중시키고 의지를 기울여 그림을 보다 생생하게 그려 보려고 하는 동안 은빛 구름이 조금 더 높아진 것 같았고 구름과 함께 그 위에서 안위하고 있는 인물들이 위를 향해 홀러가기 시작한 것 같았으며, 가볍게 용해되어 합창의 멜로디 위에서 사라지는 것 같았다. 그것은 부드러운 용해였다. 그러나 그것은 결코 기억의 그림이 소멸하는 것이 아니라, 오히려 어떤 조명이 가해지고 강화되는 것 같았으므로, 심지어 그는 그 순간 가톨릭의 성화가 필연적으로 신교적인 용해에 도달했다는 생각을 할 수 있을 정도였다. 성모의 머리칼 역시 전혀 검게 보이지 않았으며, 그녀는 이제 폴란드 여인도 루제나도 아니었고, 고수머리가 점점 밝아지며 금빛으로 화하는 것을 보면, 또한 그것은 엘리자베트의 처녀다운 금발일 수도 있었다. 이 모든 것은 약간 기이하지만 해방감을 주었고, 혼란의 와중에서 다가오는 은총에 대한 빛줄기이며 예감이었다. 가톨릭의 성화가 신교식으로 용해되는 것을 은총이라 부를 수 없는 이유가 대체 무엇인가? 그리고 형태가 용해될 때, 졸졸 흐르는 물소리처럼, 비가 흩뿌리는 봄날 저녁의 안개처럼, 부드럽게 용해될 때, 그는 깨달았다. 인간의 얼굴이 움직이는 언덕과 계곡을 지닌 무(無)로 붕괴할 것을 아무리 두려워하더라도, 그 붕괴는 은혜롭고, 구름처럼 연결된, 새롭고 찬란한 합일을 위한 전(前) 단계일 것이며, 속세적인 얼굴의 천박한 모사가 아니라 신과 꼭 닮은 형상, 인간의 약속이 될 것이며, 노래하며 구름으로부터 떨어지는 수정 같은 물방울일 것이라고. 그리고 설사 이 지고한 용모가 속세적인 아름다움이나 친밀감을 보여 주지 않게 될지라도, 오히려 처음엔 낯설고 두려울지라도, 어쩌면 얼굴이 풍경 속에서 소멸해 버리는 것보다 더 두려움을 주는 것이 될지라도, 바로 그것은 제일보였으며, 신의 공포에 대한 예감이었고, 그럼에도 불구하고 그것은 신이 살아 계신다는 확신이었다. 신의 생속에서 루제나의 얼굴과 같은, 엘리자베트의 얼굴과 같은, 아니 어쩌면 베르트란트의 형태와 같은 속세적인 것이 소멸하고 침몰하는 것이다. 따라서 다시 등장하는 형상은 옛날, 아버지, 어머니와 함께 있던, 언젠가의 유치한 모습이 아니었다. 그것은 아직도 같은 장소에서, 같은 은빛 구름 속에 떠 있을지 모르며, 또한 여전히 같은 식으로, 옛날 자신이 어머니의 발치에 앉아 있듯이, 아기 예수가 그 형상의 발치에 앉아 있는지도 모른다. 하지만 그 형상은 더욱 성숙해져, 이제 소년이 품었던 희망이 아니라 목적에의 신뢰가 되었다. 그리고 그는 자기가 목적을 향해 고통스러운 제일보를 내디뎠음을, 시험을 — 비록 그것이 치러야 할 일련의 시험 가운데 최초의 것에 불과할지라도 — 치르도록 허락받았음을 알았다. 그것은 거의 자랑스러운 느낌이었다. 그렇지만 그때 그 행복을 느끼게 해주는 그림이 희미해졌다. 마치 그쳐 가는 비처럼 사라져 갔다. 엘리자베트가 거기 관여했었다는 사실이 마치 안개의 장막에서 떨어지는 마지막 물방울 같았다. 이것이 신의 지시일지도 몰랐다. 그는 눈을 떴다. 합창이 끝나 가고 있었다. 그는 많은 젊은이들이 자기처럼 신뢰와 결정적인 열정을 지니고 하늘을 우러러보는 것 같았다.

오후에 그는 루제나를 만났다. 그가 말했다. 「베르트란트가 옳아. 극장은 당신에게 전혀 적합치가 않아. 가게를 갖고, 예쁜 물건, 이를테면 레이스나 아름다운 자수품 같은 것을 파는 것이 즐겁지 않을까?」 그러자 유리문 뒤에서 기분 좋게 램프가 타오르는 광경이 그의 눈에 보였다. 그러나 루제나는 조용히 응시했다. 그리고 이제 자주 그러듯이 눈물이 검은 눈에까지 올라왔다. 「당신들 나쁜 사람이에요.」 그녀는 말하며 그의 손을 잡았다.

◆

 아버지의 병이 새로 재발하자 의사가 전문의의 진찰을 받아 볼 것을 주장했으므로 신경 전문의를 슈톨펜에 데려오는 일이 요아힘의 당연한 의무가 되었다. 그는 그것을 감수해야 하는 속죄의 일부로 생각했고, 이런 상념은 달리는 차 속에서 의사가 친절한 국외자의 입장에서 병 종류에 대하여, 전에 일어났던 사건과 가정 환경에 대하여 물음을 던지는 동안 더욱 강해졌다. 이런 질문은 비록 부드럽긴 하지만, 그렇기 때문에 적지 않게 신랄하고 날카로운 심문처럼 요아힘에게 생각되었으므로, 갑자기 심문관이 안경을 통해 날카로운 눈초리를 던지며 손가락을 뻗쳐 자신을 가리키리라고 예상했다. 그는 벌써 탄핵하고 저주하는 무시무시한 단어, 살인자라는 소리를 들었다. 그러나 안경 쓴 친절한 노인은 그런 두렵지만 해방감을 주는 단어를 발음하는 데까지 이르지는 않았고, 단지 아들의 죽음으로 인한 충격에서, 근원은 더 깊은 곳에 있을지 모르지만, 폰 파제노 영주가 지금 고통받고 있는 저 비탄할 만한 현상이 야기되었을 것이라고 말했다. 요아힘은 그런 견해를 표명하는 사람이 환자에게 도움이 될 리 없으리라고 확신하면서 신경 전문의를 불신감과 만족감을 가지고 관찰하기 시작했다.
 그다음 그들의 대화가 막혀 버렸고 요아힘은 오래전부터

알고 있는 들과 숲이 지나가는 것을 바라보았다. 신경 전문의는 기차의 리듬에 맞추어 꾸벅거리고 있었다. 그의 턱이 빳빳한 칼라의 모서리 사이에 있었고, 하얀 수염이 조끼 앞자락을 뒤덮고 있었다. 자신도 저렇게 나이를 먹을 수 있을지 요아힘은 상상할 수 없었고, 저 사람도 한때 젊은이였으리라는 것도, 저 수염 속에서 어느 여인이 입맞춤을 찾고 싶어 했을 수도 있으리라는 것도 상상할 수 없었다. 어떤 흔적이 남아 있어야 할 것이다. 적어도 수염 속에 깃털이나 짚 같은 것이 걸려 있어야 할 것이다. 그는 자기 얼굴을 더듬었다. 루제나가 그와 이별할 때 한 입맞춤이 조금도 남아 있지 않다는 것은 엘리자베트에 대한 기만과 같았다. 신은 미래를 가림으로써 인간을 축복하고, 과거를 볼 수 없게 함으로써 저주한다. 만약 그가 모든 행위에 대하여 인간에게 낙인을 찍는다면 그것이 은총이 아닐까? 그러나 신은 오직 양심에만 낙인을 찍을 뿐이어서 신경 전문의조차도 그것을 알아낼 수 없다. 헬무트는 낙인을 얻었다. 그래서 사람들은 관에 넣어진 그를 보아서는 안 되는 것이다. 하지만 아버지도 낙인 찍힌 사람이다. 아버지처럼 걷는 사람은 사팔뜨기여야 할 것이다.

폰 파제노 영주는 침대 밖으로 나와 있었지만 완전히 무감각한 상태였다. 그러나 사람들은 새로운 분노의 발작이 두려웠기 때문에 요아힘이 온 것을 비밀로 했다. 그는 낯선 의사를 처음엔 무관심하게 맞았으나, 곧 그를 공증인이라고 부르며 유언장을 새로 작성해 달라고 요구했다. 그렇소, 요아힘은 명예를 상실했으므로 상속자에게서 손주를 보았으면 하고 바랄 뿐이오. 그 아이를 집에 데려오면 전부 상속해 주리다. 잠시 숙고한 후 그는 덧붙였다. 요아힘은 그 아이를 보아서는 안 되오. 그러면 그 아이에게도 상속해 주지 않을 것이오. 어머니가 이 말을 나중에 요아힘에게 주저하며 설명했고 평소와는 달리 비탄에 빠졌다. 대체 어찌 되겠느냐! 요아힘은 어깨를 움찔했다. 그는 다시 어떤 사람이 감히 그가 엘리자베트에게서 아이를 낳을 것이라고 말할 수 있다는 데 치욕을 느낄 뿐이었다. 신경 전문의도 어깨를 움찔했다. 희망을 아주 포기할 수는 없지요. 폰 파제노 영주는 아직 이상할 정도로 쾌활하지만, 그러나 당장은 기다려 보는 수밖에 없습니다. 환자를 너무 침대에만 있게 하지 말아야 합니다. 그것은 환자의 나이를 고려할 때 정말 해가 될 수도 있을 것입니다. 폰 파제노 부인이 대답했다. 하지만 남편이 자꾸 다시 침대에 눕혀 달라고 요구해요. 춥다고 말하는데 마치 남모르는 공포에 괴로워하는 듯이 보여요. 침실에서야 그 공포가 좀 진정되는 것 같아요. 그렇지요, 사람은 그때그때의 감정 상황에 따르기도 해야지요, 신경 전문의가 말했다. 제가 말할 수 있는 것은 폰 파제노 영주가 여기 동료 의사 선생의 보살핌에서 최선의 손길을 발견할 수 있으리라는 겁니다. 그 말에 의사가 감사하며 절을 했다.

시간이 늦어졌다. 목사가 나타나자 저녁 식사가 날라져 왔다. 갑자기 폰 파제노 영주가 문에 서 있었다. 「나에게 알리지도 않고 여기 모여 있군. 새 주인이 나타나서인가.」 요아힘이 방을 떠나려 했다. 「그대로 앉아 있어라.」 폰 파제노 영주가 명령하고 주인의 의자에 앉았다. 자신이 없어도 의자를 비워 둔 것이 그의 마음을 좀 달래 준 듯이 보였다. 그는 자기 식사를 가져오라고 명령했다. 「여기서 다시 질서를 잡아야겠다. 공증인 선생, 선생을 잘 보살펴 주더이까? 선생이 붉은 포도주를 마시는지 백포도주를 마시는지 물어보더이까? 내 눈에는 붉은 포도주밖에 보이지 않는군. 왜 샴페인이 없는 거지? 유언장엔 샴페인이 뿌려져야 하는데.」 그는 혼자 웃었다. 「그래, 샴페인에 무슨 일이라도 생겼느냐?」 그는 하녀 아이에게 호통을 쳤다. 「내가 몸소 뒤져 보아야 하겠느냐?」 이 상황을 구할 길을 찾은 첫 번째 사람은 신경 전문의였다. 그는 샴페인을 한잔 마시면 좋겠다고 말했다. 의기양양하게 폰 파제노 영주가 주위를 돌아보았다. 「그렇지, 다시 질서를 바로잡아야지. 아무도 명예를 알지 못하는군······.」 그러더니 더 나지막한 소리로 의사에게 말했다. 「헬무트는 바로 명예를 위해 죽었다오. 그런데 그 애는 내게 편지를 보내지 않소. 아마 내게 원한을 품고 있나 보오······.」 그는 곰곰 생각했다. 「아니면 이 목사님이 내 편지를 가로챘든가. 비밀을 혼자 간직하려는데 우리 같은 사람이 거울 뒷면을 보는 걸 원하지 않겠지요. 하지만 교회 묘지에서 맨처음 무질서가 있게 되자, 저 사람, 목사 양반이 도망쳐 버렸지. 내가 그걸 보증하오.」— 「아닙니다. 폰 파제노 영주님. 그곳은 정말 모든 것이 질서 정연합니다.」— 「겉으로는 그렇소, 공증인 선생, 겉으로는 말이오. 순전한 현혹이오. 우리가 그들의 언어를 이해할 수 없으므로 그것을 발견하기가 쉽지 않을 뿐이오. 그들은 숨어 있는 것이 분명하오. 우리 타인들은 그들의 깊은 침묵만을 듣지만, 그들은 끊임없이 우리에게 하소연하고 있소. 그 때문에 모두들 그렇게 두려워하는 것이오. 그래서 내가 손님을 맞게 되면, 이 늙은이가 직접 그를 안내해야 한다오.」 적대적인 시선이 요아힘을 스쳤다. 「명예를 상실한 자는 그렇게 할 용기가 없는 것이 당연하지요. 외양간에 숨어서 슬금슬금 다니는 편을 더 좋아하지요.」——「자, 폰 파제노 영주님, 영주님께서 더 자주 모든 것이 잘되어 가나를 직접 살펴보셔야 합니다. 밭일도 감독하시고요. 요컨대 나다니셔야 합니다.」——「나도 그러고 싶소, 공증인 양반, 그렇게 하지요. 하지만 문밖에 나서면 그들이 자주 길을 속입디다. 공기는 그들로 가득하오, 너무 가득하여 어떤 소리도 그것을 꿰뚫고 나가지 못할 정도요.」 그는 몸을 떨었고 의사의 잔을 잡아 다른 사람들이 채 말릴 겨를도 없이 단숨에 마셔 버렸다. 「공증인 양반, 내게 자주 와주셔야겠소, 유언장을 작성해야지요. 어쨌든 내게 편지를 주겠지요?」 그는 간청했다. 「아니면 당신도 나를 실망시키려오?」 그는 의심하는 눈으로 그를 응시했다. 「당신도 저놈과 함께 음모를 꾸미시겠소······ 저놈은 벌써 어떤 자와 결탁하여 나를 속인 일이 있다오. 저기 저놈이······.」 그는 벌떡 일어서며 손가락으로 요아힘을 가리켰다. 그리고 접시 하나를 움켜쥐더니 겨냥하려는 듯이 한쪽 눈을 감고 소리쳤다. 「나는 그놈이 결혼할 것을 명령했다······.」 그러자 의사가 그의 옆에서 일어나 팔 위에 손을 얹었다. 「폰 파제노 영주님, 이리 오십시오. 방에 가서 이야기나 좀 할까요?」 폰 파제노 영주가 그를 이해할 수 없다는 듯이 바라보았다. 의사는 그의 시선을 피하지 않았다. 「이리 오십시오, 우리끼리만 이야기해 보십시다그려.」——「정말 우리끼리만 말이오? 그러면 이제 무섭지 않을 거요…….」 그는 난처하게 웃으며 의사의 뺨을 토닥거렸다. 「그럽시다, 그들에게 보여 주지요…….」 그는 탁자를 향해 경멸하는 몸짓을 하고는 나가 버렸다.

요아힘은 두 손에 얼굴을 묻었다. 그렇다, 아버지가 그에게 낙인을 찍은 것이었다. 예상한 일이었지만 그는 반항했다. 목사가 그에게 다가왔고, 그는 멀리서 상투적인 위로의 말을 들었다. 그래, 아버지도 이 점에선 옳은 것 같다. 이 교회의 종복은 직책을 잘 수행하지 못한다. 그는 자식들에게 씌워진 아버지의 저주를 풀 수 없다는 것을 알아야 할 것이다. 또한 신의 목소리가 바로 아버지의 입을 통해 나온 말이며 시험을 예고하는 목소리임을 알아야 할 것이다. 그 때문에 아버지는 지금 정신에 병이 든 것이다. 어느 누구도 고통받지 않고 신의 대변인이 될 수는 없기 때문이다. 물론 목사는 평범한 인간에 불과할 수도 있다. 그러나 그가 잘못 말할 수밖에 없었다 해도 진실로 그는 지상에서의 신의 도구일 것이다. 하지만 신은 목사를 통하지 않고 은총에의 길을 지시했다. 그것에 반항할 수 없다. 사람은 혼자서 그리고 자신의 고뇌 속에서 은총을 쟁취해야 한다. 요아힘은 말했다. 「좋은 말씀 감사합니다, 목사님. 우리는 이제 정말로 당신의 위로가 자주 필요할 것입니다.」 그러자 의사들이 왔다. 주사를 맞은 폰 파제노 영주는 이제 졸고 있었다.

신경 전문의는 이틀을 더 장원에 머물렀다. 그리고 그 뒤에 곧 베를린으로부터 사람을 아주 불안스럽게 만드는 전보가 도착했고, 또 환자의 상태가 정체되는 것이 분명했으므로, 요아힘도 역시 떠날 수 있었다.

◆

베르트란트는 베를린에 돌아왔다. 오후에 그는 요아힘을 방문하려 했다. 그러나 집엔 루제나밖에 없었다. 그녀는 침실을 청소하고 있었고, 베르트란트가 들어오자 말했다. 「당신하고 말 안 해요.」─「안녕하십니까, 루제나, 정말 친절하십니다.」─「당신하고 말 안 해요, 당신 무슨 말 할지 난 알아요.」─「내가 다시 나쁜 친구가 되어 버렸나요, 사랑스러운 루제나?」─「나, 당신의 사랑스러운 루제나 아녜요.」─「좋습니다, 그래, 무슨 일입니까?」─「무슨 일? 그를 보내 버린 것 다 알아요. 당신의 레이스 장사 같은 건 코웃음만 나와요.」─「좋습니다, 내가 레이스 장사를 하든 말든 상관없는 일입니다. 어쨌든 나와 이야기를 할 수야 있는 일이지요. 그런데 나의 레이스 장사가 무슨 관계가 있습니까?」 루제나는 말 없이 옷들을 장롱 서랍에 넣었다. 베르트란트는 의자 하나를 끌어다 놓고 기꺼이 이야기를 계속했다. 「제 집이라면 던져 버리지, 앉게 하진 않을 거예요.」─「하지만, 루제나, 지금 진지하게 묻습니다, 대체 무슨 일이지요? 노인이 다시 악화되어 파제노가 그곳에 가야 했습니까?」─「모르는 척하지 말아요. 저 그렇게 바보 아녜요.」─「물론 그렇지요, 귀여운 루제나.」─ 그녀는 돌아보지 않고 청소를 계속했다. 「저를 놀리지 말아요······ 아무도 저 놀리지 못해요.」 베르트란트는 그녀에게 다가가서 얼굴을 쳐다보려고 그녀의 머리를 두 손으로 잡았다. 그녀가 몸을 뿌리쳤다. 「손대지 말아요. 나에게서 그를 뺏어 가고 나서 이제 조롱까지 하다니.」 베르트란트는 레이스 문제만 빼고 이해했다. 「자, 루제나, 폰 파제노 노인이 아프다는 걸 믿지 않습니까?」 — 「아무것도 안 믿어요. 모든 것이 제게 반대해요.」 베르트란트는 약간 화가 났다. 「아마 그 노인도 돌아가실 모양이지요, 귀여운 루제나에게 반대하다니 말입니다.」 — 「당신이 목을 조르면 죽을 거예요.」 베르트란트는 기꺼이 그녀를 도와주고 싶었지만, 어려운 일이었다. 그는 이런 정신 상태에는 어쩔 도리가 없음을 알았고, 그래서 가려고 했다. 「당신을 목졸라 죽일 거예요.」 루제나가 단호하게 말했다. 베르트란트는 재미있었다. 「좋아요.」 그가 말했다. 「그렇게 해도 반대하지 않습니다. 하지만 그렇게 한다고 좋아질까요?」 — 「그래요, 당신 반대 않지요. 않지요.」 루제나는 흥분하여 장롱 서랍을 뒤적거렸다. 「……하지만 아직도 절 비웃어요, 그렇지요……?」 그녀는 계속 뒤적거렸다. 「……반대 않지요…….」 그리고 그녀가 찾던 것을 발견했다. 적의를 품고, 요아힘이 군대에서 사용하는 권총을 손에 들고 베르트란트와 마주 섰다. 지각이 없는 여자로군, 베르트란트가 생각했다. 「루제나, 그 물건 즉시 치워요.」 — 「당신 정말 반대 않지요.」 작은 분노와 어떤 치욕감이 베르트란트로 하여금 그 방을 그냥 떠나 버리지 못하게 했다. 그는 루제나의 무기를 빼앗으려고 그녀에게 다가가려 했다. 그때 이미 총소리가 울렸다. 루제나가 떨어뜨린 권총이 바닥에 부딪치며 두 번째 총성이 이어졌다. 「정말 너무 어리석군.」 베르트란트가 말하며 몸을 구부려 그것을 집었다. 하인이 달려왔다. 그러나 베르트란트는 그것이 땅에 떨어지며 오발이 된 거라고 설명했다. 「무기를 장전한 채 두어선 안 되리라고 중위에게 전하게.」 하인은 다시 나갔다. 「자, 루제나, 당신은 어리석소, 그렇지 않소?」 루제나는 하얗게 질린 채 서 있었고, 베르트란트를 가리키며 〈거기〉라고 말했다. 베르트란트의 소매에서 피가 떨어졌다. 「저를 잡아가세요.」 그녀가 더듬거렸다. 베르트란트는 상의와 셔츠를 찢었다. 아무 감각이 없었다. 팔에 찰과상이 있었다. 그래도 의사에게 가봐야 하리라. 그는 하인을 불러 마차를 대령하라고 시켰다. 요아힘의 속옷 하나로 그는 응급 붕대를 하고 루제나에게 핏자국을 닦아 버리라고 명령했다. 그러나 그녀가 너무 흥분하고 혼란에 빠져 있는 바람에, 그가 그녀를 도와주어야 했다. 「그럼, 루제나, 같이 갑시다. 지금 당신을 혼자 두고 갈 수가 없겠소. 당신은 잡혀가지 않아요, 당신이 얼마나 바보 아가씨인가를 잘 알게 되면 말이오.」 그녀는 기계적으로 그를 따랐다. 병원의 문 앞에서 그는 그녀에게 마차 속에서 기다리라고 일렀다.

그는 미숙한 사고로 인해 총알이 스치고 지나갔다고 의사에게 말했다. 「그렇군요, 당신은 운이 좋았다고 말할 수 있겠습니다. 하지만 너무 가볍게 생각하진 말고 며칠 동안 병원에 누워 있는 것이 좋을 겁니다.」 베르트란트는 의사의 충고가 과도한 우려라고 생각했지만, 계단을 내려올 때 받아들일 필요가 있는 의견임을 느꼈다. 놀랍게도 루제나는 마차에 없었다. 이래선 안 되는데, 그는 생각했다.

그는 우선 집으로 와서, 실제적이며 지위를 의식하는 신사가 병원에서 필요하다고 생각되는 전부를 챙겨 병원에 입원한 다음, 루제나가 그를 방문해 주었으면 좋겠다는 쪽지를 보냈다. 그러나 심부름꾼은 아가씨가 아직 집에 돌아오지 않았다는 소식을 가지고 돌아왔다. 이상하고 불안하기까지 한 일이었다. 그러나 그날은 어떻게 더 해볼 처지가 못 되었다. 다음 날 아침 그는 다시 전갈을 보냈지만 그녀는 여전히 집에 없었다. 요아힘의 집에도 그녀는 보이지 않았다. 그래서 그는 슈톨핀으로 전보를 치기로 했고, 이틀 후 요아힘이 도착했다.

◆

베르트란트는 요아힘에게 사건의 장면을 사실에 충실하게 설명할 책임을 느끼지 않았다. 루제나의 서툰 짓으로 말미암아 사고가 일어났다는 이야기로는 그럴듯하게 들리기에 충분했다. 그는 결론적으로 말했다. 「그 이후 그녀에게선 소식이 없네. 그 이상의 의미가 있어서는 안 되겠지만, 그렇게 흥분한 아가씨는 어리석은 일을 저지르기가 쉬워서 말이네.」 요아힘은 생각했다. 그가 그녀에게 무슨 짓을 했을까? 그러자 놀랍게도 갑자기 루제나가 이미 자주, 때로는 농담이었을 뿐이겠지만, 때때로 진지한 태도로도, 물에 빠져 죽겠다고 위협한 적이 있었음이 생각했다. 그는 하벨 강가의 수양버들, 당시 그들이 피난처를 찾았던 나무를 보았다. 그렇다, 그곳 강 속에 그녀가 있을 것이다, 순간 그런 낭만적인 상상이 일어나는 것을 느꼈다. 그러나 다시 경악이 엄습했다. 불가피한 운명, 불가피한 시험! 그가 떠나오기 전 희망에 가득 찬 교회에서 아버지의 병이 아들인 자기에게 가해진 벌이 아니라 단순한 우연이기를 기도했다면, 이제 신은 그런 기도가 이미 죄악이었음을 가리키고 있다. 우연이란 존재하지 않으므로 신의 시험을 의심해서는 안 되었던 것이다. 외견상의 불화 속에서 아버지와 헤어진 베르트란트는 이제 불행한 권총 사고를 어리석은 우연으로 격하시키고 있지만, 그것은 단지 자신이 악의 사자임을 은폐시키려는 데 불과하다. 속죄하는 사람에게 속죄할 기회를 주기 위해 유혹하면서 앞으로 달려가며 그를 함정에 몰아넣도록 신과 아버지가 뽑은 사자. 그리하여 유혹받은 자는 거기서 자신이 유혹자만큼 사악하다는, 그 사람처럼 자기 이웃에게 파멸을 가져다주는 운명이며 운명이었다는, 유혹자의 손아귀에서 노획물을 결코 빼앗지 못할 것이라는 인식을 하고 어쩔 줄 모르고 있다. 그런 것을 인식한 사람은 자기 자신을 없애 버리는 편이 더 낫지 않을까? 만약 더 낫지 않다면, 총알이 헬무트가 아니라 자신을 적중했어야 했다! 그러나 이제 너무 늦었다. 이제 루제나는 하벨 강 바닥에 누워 잿빛 물 속에서 위를 지나쳐 가는 물고기들을 투명한 눈으로 쳐다보고 있다. 그녀의 모습이 돌연 오페라에서 보았던 이탈리아인과 뒤섞였다. 그러나 요아힘이 물 속에 누워 있는 남자가 자신이라는 생각이 들자 그 모습은 사라졌다. 그렇다, 그 자신의 푸른 눈 속에, 이탈리아인들이 믿듯이, 불행을 가져오는 사악한 시선이 들어 있었다. 이 눈 위로 물고기가 헤엄치게 된다 해도, 그것은 지당한 일이리라. 베르트란트가 말했다. 「자네, 추측할 만한 곳이 있나? 그녀가 잠시 고향에 다니러 갔다고 희망해 보세나. 그녀는 돈이 충분히 있겠지?」 요아힘은 이 질문에 모욕감을 느꼈다. 거기엔 어떤 심문자와 같은 의사의 냉담함이 있었다. 이 베르트란트는 날 뭘로 생각하는 거야. 물론 그녀는 돈을 지니고 있었다. 베르트란트는 그의 격분에 주목하지 않았다. 「그렇지만 우린 경찰에 알려야 하네. 그 소녀가 어딘가에서 헤매고 있다는 점도 배제할 수 없으니.」 물론 경찰에 알려야 한다. 베르트란트가 옳다. 그러나 요아힘은 두려움을 느꼈다. 사람들은 그에게 루제나와의 관계를 물어볼 것이다. 설령 그건 중요한 일이 아니라고 생각한다 해도 상상할 수 없는 앞일이 남모르게 두려웠다. 너무 오랫동안 죄악적으로 숨겨져 있던 루제나와의 관계를 신은 경찰이라는 수단을 통해 세상에 알리려는 것일까. 아마 이것도 일련의 시험 중의 하나일 것이다. 그것은 경찰서 건물이 여느 때보다도 더 들어서기 역겨운 알렉산더 광장에 있음으로 해서 더욱 혹독한 시험이었다. 그렇지만 그는 일어섰다. 「경찰에 가보겠습니다.」 ─ 「아니네, 파제노, 자네 대신에 내가 가겠네. 자네는 너무 흥분해 있고, 게다가 그곳 양반들은 모든 있을 법한 드라마를 냄새 맡으려 할 거야.」 요아힘은 그가 아주 감사하게 여겨졌다. 「그렇지요, 하지만 당신 팔이……」 ─ 「아, 신경 쓰지 말게, 사람들이 날 벌써 퇴원시키려 하는걸.」 ─ 「그렇지만 제가 같이 가겠습니다.」 ─ 「좋아, 적어도 자네는 내가 내려갈 때 마차에 앉아 있어 주기를 바라네.」 베르트란트는 다시 명랑해졌고 요아힘은 보호받는 느낌이 들었다. 마차에서 그는 베르트란트에게 경찰더러 하벨 강가를 수색해 주기를 부탁해 달라고 청했다. 「글쎄, 파제노, 나는 루제나가 보헤미아에 숨어 버렸으리라고 생각하는데. 자네가 그곳 주소를 모르는 것이 유감이네만, 곧 알아낼 수 있겠지.」 요아힘은 자기가 루제나의 고향은 물론 그녀의 성도 알지 못한다는 데 스스로도 놀랐다. 그녀는 종종 장난삼아 그에게 이름을 발음시켜 보려 했지만 그는 거의 따라해 보지도 않았고 외국말을 욀 수도 없었다. 이제 그는 자기가 사실은 그 단어들을 전혀 알고 싶어 하지도 기억하려고 하지도 않았다는 생각이 들었다. 그렇다, 마치 그 아무런 해도 없는 이름들이 두려웠던 것처럼.

그는 베르트란트와 함께 경찰서 건물의 복도를 통과했다. 어느 사무실 문 앞에서 그는 기다려야 했다. 베르트란트가 금방 돌아왔다. 「벌써 알아내었네.」 그리고 그는 체코 지명이 적힌 종이쪽지를 보여 주었다. 「하벨 강변을 알려 주었습니까?」 물론 베르트란트는 그렇게 했다. 「그러나 친애하는 파제노, 유감스럽지만 팔 때문에 내가 오늘 저녁 대신해 줄 수 없는 유쾌하지 못한 사명이 자네에게 있네. 평복을 입고 밤 술집들을 좀 둘러보게. 나는 경찰의 주의를 그곳으로 향하게 하고 싶지 않거든. 그러기엔 아직 시간 여유가 있지. 그렇지 않으면 그 착한 루제나가 결국 어떤 술집 한가운데서 붙잡히게 될 거야.」 그렇게 야비하고 소름끼치는 가능성을 요아힘은 생각해 본 일이 없었다. 이 베르트란트라는 자는 메스꺼운 냉소가로군. 그는 베르트란트를 쳐다보았다. 저 작자는 그 이상을 알고 있는가? 마르가레테가 무엇 때문에 벌을 받아야 했는지를 메피스토만은 알았지. 그러나 베르트란트는 아무 낌새도 보이지 않았다. 베르트란트에게 굴복하여 그의 명령을 신의 시험으로서 받아들이는 것 이외에는 다른 방도가 없었다.

◆

 그는 웨이터와 술집 여급에게 물어보며 자신을 격하시키는 순례를 시작했다. 루제나가 보이지 않는다고 예거 카지노의 사람들이 말하자 그의 마음이 가벼워졌다. 그러나 계단에서 뚱뚱한 여급 하나를 만났다. 「당신 신부를 찾나 보죠, 서방님. 도망갔나요? 자, 따라오세요. 다른 여자를 얻으면 되잖아요.」 저 여자가 루제나와 자신의 관계에 대해 무언가를 알고 있을까? 그녀가 루제나를 만났을 수도 있었겠지만 그녀에게 물어보기는 싫었다. 그래서 그는 그녀를 지나쳐 바로 다음의 술집으로 갔다. 그래요, 있었어요. 카운터 옆에 있는 여자가 말했다. 어저껜가 그저껜가, 그 이상은 잘 모르겠지만 어쩌면 화장실 청소부가 정보를 줄 수 있을지도 모르겠군요. 그는 고통스러운 길을 계속 가야 했다. 자꾸 다시금 깊은 치욕을 느끼며 카운터에서 물어보고, 화장실 청소부에게 물어보았고, 그녀를 보았다고도 못 보았다고도 말하는 소리를 들었다. 그녀는 목욕을 했었어요, 어쩌면 어떤 신사와 도망을 쳤을 거예요. 그녀는 정말 시들어 버린 듯이 보였어요. 「저흰 모두 그 애에게 집에 돌아가야 한다고 설득했어요. 그런 상황의 아가씨는 술집에서도 명예스럽지 못하거든요. 하지만 그 애는 자리에 앉더니 한마디도 안 했어요.」 그곳의 많은 사람들이 요아힘을 즉시 〈중위님〉이라고 불렀으므로, 루제나가 이런 여자 모두에게 자신들의 사랑을 알린 것이 아닐까 하는 의심이 싹터 올랐다. 특히 그가 가보라는 소리를 들었던, 화장실 청소부들에게.

역시 그곳에서 그는 그녀를 발견했다. 목욕탕 한구석의 가스 등잔 아래에 앉아 그녀가 자고 있었다. 그에게서 얻은 반지를 낀 손이 세면대의 젖은 대리석판 위에 부드럽게 놓여 있었다. 그녀는 장화의 단추를 풀어 놓고 단정하지 못하게 발을 걸치고 있었다. 발이 옷 아래서 내다보였고, 단추를 푼 신발이 아래쪽으로 젖혀져 회색의 리넨 안감이 보였다. 모자는 약간 뒤쪽으로 미끄러져 있었고, 모자 핀과 함께 머리가 끌어당겨져 있었다. 요아힘은 가버리고 싶었다. 그녀는 술 취한 인상을 주었다. 그는 그녀의 손을 어루만졌다. 루제나가 피곤하게 눈을 떴다가 그를 알아보고는 다시 눈을 감았다. 「루제나, 가야지.」 그녀는 눈을 감은 채 고개를 저었다. 그는 어찌할 바를 모르고 그녀 앞에 서 있었다. 「그녀에게 열렬한 입맞춤을 해보세요.」 화장실 청소부가 그의 용기를 북돋우었다. 「안 돼요.」 루제나가 불안스럽게 부르짖으며 벌떡 일어나 문 쪽으로 나가려 했다. 그녀가 벌어져 있는 신발에 걸려 비틀거렸으므로 요아힘이 그녀를 잡았다. 「아가씨, 그런 신발과 머리 모양을 하고 거리에 나갈 순 없어요.」 화장실 청소부가 말했다. 「중위님께서 당신을 해치려는 건 아니잖우.」 ─ 「가요, 나가요, 제가 말……」 루제나가 요아힘의 얼굴에 대고 식식거렸다. 「끝났어요, 아시잖아요, 끝났어요.」 그녀의 숨결에서 밤을 지새운 듯한 단내가 풍겼다. 그렇지만 요아힘은 그녀를 놓아주지 않았다. 그때 루제나가 돌아서더니, 화장실 문을 잡아채듯 열고 빗장을 지르고 들어앉았다. 「끝났어요.」 그녀가 안에서 으르렁거렸다. 「그이에게 말하세요, 가라고, 끝났다고.」 요아힘은 세면대 옆 의자 위에 털썩 주저앉았다.

생각을 붙잡아 볼 수 없었지만, 오직 하나, 이것도 신이 뜻한 시험의 하나라는 것을 알 수 있었다. 그는 세면대의 반쯤 열린 갈색 서랍을 바라보았다. 그 속엔 화장실 청소부의 자질구레한 물건, 손수건, 코르크 따개, 옷솔 등이 뒤죽박죽으로 먼지투성이가 되어 있었다. 「그이 갔어요?」 루제나의 목소리가 들렸다. 「루제나, 이리 나와요.」 그가 간청했다. 「아가씨, 나와 보세요.」 화장실 청소부가 간청했다. 「여긴 부인용 화장실이니 중위님이 여기 머물러 계실 수는 없잖우.」 ─ 「가셔야 해요.」 루제나의 대답이었다. 「루제나, 제발 좀 나오구려.」 요아힘이 다시 사정했지만 빗장을 건 문 뒤의 루제나는 말이 없었다. 화장실 청소부가 그의 소매를 끌어 복도로 데려갔고, 그에게 소곤거렸다. 「중위님의 소리가 들리지 않으면 나올 겁니다. 중위님은 아래서 기다리실 수 있고요.」 요아힘은 화장실 청소부의 말에 따랐고, 옆집의 그늘 속에서 한 시간은 족히 기다렸다. 그러자 루제나가 보였다. 그녀 곁에서 뚱뚱하고, 수염을 기른, 살집 좋은 남자가 뒤뚱뒤뚱 걷고 있었다. 그녀는 이상하고 굳어진, 심술궂은 미소를 띠고 조심스럽게 주위를 둘러보았다. 그 남자가 마차를 불렀고, 그들은 가버렸다. 요아힘은 구토증과 싸워야 했다. 그는 질질 끌듯 걸어 집으로 왔지만, 어떻게 왔는지 거의 알지 못했다. 아마도 가장 괴로웠던 건 정말 동정받을 사람이 그 뚱뚱한 남자라는 생각에서 빠져나오지 못했기 때문일지도 몰랐다. 루제나는 몸을 씻지도 않고 밤을 지샌 듯한 냄새를 풍기고 있었기 때문이다. 권총은 아직도 장롱 위에 있었다. 그는 그것을 조사했다. 두 발이 없었다. 그는 무기를 손으로 감싸고

기도하기 시작했다. 「하느님, 형과 같이 저를 받아 주옵소서, 그에게 자비를 베푸셨듯이 제게도 자비를 베풀어 주옵소서.」 그러나 그는 아직 유언장을 작성해야 하는 일이 남아 있음을 생각했다. 루제나를 아무 조처 없이 내버려 두어서는 안 될 것이다. 그렇지 않으면 그녀가 그에게 저지른 모든 행동 역시 이해할 순 없지만 정당한 것이 되리라. 그는 잉크와 종이를 찾았다. 아침이 되었을 때 그는 거의 쓰지 않은 종이 위에서 잠들어 있었다.

◆

그는 루제나와의 일을 숨겼다. 베르트란트에게 부끄러웠으며, 그에게 승리를 안겨 주고 싶지 않았다. 그는 거짓말을 혐오함에도 불구하고 그녀의 거처에서 그녀를 만났다고 이야기했다. 「아, 그런가.」 베르트란트가 말했다. 「경찰에 알렸나? 그렇지 않으면 그들이 그녀를 곤란하게 할 수도 있네.」 물론 요아힘은 그런 생각을 못 했었으므로 베르트란트는 심부름꾼을 경찰에 보내 알리라고 시켰다. 「대체 그녀는 사흘 동안 어디에 숨어 있었다던가?」 ─ 「말하지 않더군요.」 ─ 「그런가.」 이러한 무관심과 사물을 그대로 받아들이는 즉물주의(卽物主義)는 매력적이었다. 내가 권총 자살을 할 뻔했는데도 저 작자는 단지 그런가라고 말하는군. 그러나 그가 권총 자살을 하지 않은 것은 루제나를 위한 배려를 해야 했고, 또 그에 대해 베르트란트의 충고가 필요했기 때문이다. 「들어 보십시오, 베르트란트, 이제 저는 장원을 맡아야 할 겁니다. 우선 일과 벌이가 필요한 루제나에게 가게라든가 그런 비슷한 것을 마련해 줄 생각을 해보았습니다…….」— 「아하,」 베르트란트가 말했다 —「……한데 잘되지 않습니다. 아울러 얼마간을 돈으로 주고 싶습니다. 그건 어떻게 하는 것이지요?」— 「그녀에게 돈을 주겠다고. 하지만 일정 기간 동안 연금을 주는 편이 낫지 않을까. 그렇지 않으면 돈을 금방 탕진할 테니.」— 「네, 그렇지만 그건 어떻게 하는 건가요?」—「자네도 아다시피, 물론 기꺼이 설명해 줄 수 있지만, 하지만 내 변호사에게 위임하는 편이 더 좋을 걸세. 내일이나 글피 함께 만나 보기로 하세. 한데 자네 아주 비참한 몰골이군그래, 사랑하는 친구.」 상관없습니다, 요아힘이 말했다. 「글쎄, 대체 뭘 그리 야단스럽게 구나? 정말 그렇게까지 마음에 둘 필요는 없는 일이야.」 베르트란트가 가볍고 유쾌하게 말했다. 저 작자의 아이로니컬한 경망스러움과 저 입가의 아이로니컬한 표정은 정말 불쾌하군, 요아힘은 생각했다. 그리고 루제나의 납득할 수 없는 태도와 불신 뒤에는 베르트란트의 음모와 두 사람 사이의 어떤 관계가 있을 것이며, 그것이 루제나를 제정신이 아니게 만들었으리라는 의구심이 멀리서 솟아올랐다. 그녀가 그 뚱뚱한 남자와 함께, 말하자면 베르트란트까지 속였다는 것이 약간 만족스러웠다. 그때 어제 저녁 그를 엄습한 구역질이 다시 일었다. 대체 난 어떤 수렁에 빠져 든 것일까. 밖에선 가을 빗방울이 유리창으로 비켜 흐르고 있었다. 이제 보르지히의 건물들은 흘러내리는 검댕으로 까맣게 되었을 것이다. 까맣게 된 포석과 공장 마당이 문을 통해 들여다보였다. 그것은 검은, 빛나는 진창의 바다였다. 비 때문에 검게 변한 길고 붉은 굴뚝의 끝에서 아래로 가라앉은 연기의 냄새가 났다. 부패하고 불쾌한 유황 냄새였다. 그것은 수렁이었다. 그곳이 그 뚱뚱한 남자와 루제나와 베르트란트에게 적합한 곳이다. 그 모든 것이 가스등과 화장실이 있는 밤 술집과 같다. 낮이 밤으로 되었다. 밤이 낮으로 되듯이. 그는 갑자기 밤의 요마(妖魔)라는 단어가 생각났다. 물론 그것이 어떤 것인지 그는 거의 상상할 수 없었다. 낮의 요마도 있는가? 그는 〈처녀 천사〉라는 말을 들은 적이 있었다. 그렇다, 그것이 밤의 요마와 반대말이다. 그러자 엘리자베트가 보였다. 그녀는 다른 누구와도 달리 수렁 위 은빛 구름 위에서 드높이 둥실 떠 있었다. 그가 엘리자베트의 방에서 하얀 레이스의 구름을 보고 그녀의 잠을 지켜 주려 했을 때 아마 그는 이미 그것을 예감했었는지도 모른다. 이제 그녀는 어머니와 함께 새 집으로 이사해 오겠지. 그곳에도 화장실이 있다는 것은 기이한 일이다. 그것을 생각한다는 것은 신성을 모독하는 것과 같았다. 그러나 여기 금발 고수머리의 베르트란트가 어린 소녀처럼 하얀 방에 누워 있다는 것도 적지않이 신성 모독적이었다. 이렇게 암흑은 그것의 참된 본질을 가리고 그것의 비밀을 온전하게 지키는 것이다. 베르트란트가 염려스러운 어조로 친절하게 말을 계속했다. 「자네 너무 비참하게 보이네, 파제노, 휴가를 보내 주어야 할 정도로 말이야. 여행을 해보는 것도 자네에게 좋을 걸세. 자네에겐 다른 생각이 떠오를지도 모르겠네만.」 그는 나를 멀리 보내려 한다, 요아힘은 생각했다. 루제나에게서 성공을 거두고 이제 엘리자베트까지 파멸시키려 하는군. 「아닙니다.」 그가 말했다. 「지금 떠나서는 안 될 것입니다……」

베르트란트는 잠시 침묵했다. 그다음 요아힘의 의심을 눈치챈 것처럼, 이제 스스로 엘리자베트에 대한 나쁜 의도를 폭로할 수밖에 없는 것처럼 보였다. 왜냐하면 그가 이렇게 물었기 때문이다. 「바덴젠의 여자분들은 벌써 베를린에 계신가?」 베르트란트는 여전히 흥미를 지니고 있다는 듯, 거의 환하게 미소 지었다. 그러나 요아힘은 전에 없던 거친 태도로 짧게 대꾸했다. 「그들은 레스토에 얼마 동안 더 있을 겁니다.」 그러면서 그는 한 운명이 자신의 죄로 인해 파멸하고 베르트란트의 손아귀에 빠지지 않도록 하기 위하여 자신이 살아 있어야 함을, 그것이 기사적인 의무임을 깨달았다. 그러나 베르트란트는 그냥 명랑하게 작별 인사를 했다. 「그럼 난 변호사에게 가보겠네⋯⋯ 루제나의 일이 끝나면 휴가를 얻어 보게. 자네에겐 정말 휴식이 필요해.」 요아힘은 아무 대답도 하지 않았다. 그의 결단은 내려졌고 무거운 생각에서 완전히 멀어졌다. 그런 생각을 일깨우는 것은 언제나 베르트란트였다. 생각을 떨어 버리기 위해 요아힘 폰 파제노가 가볍게 정자세를 취했을 때, 갑자기 헬무트가 다시 길을 지시해 주려는 듯, 그를 인습과 정확한 시간 엄수의 세계로 돌아가게 하려는 듯, 그의 손을 잡아 주는 것처럼 여겨졌다. 몸이 별로 좋지 않으면서 어제 멀리 경찰서까지 가게 되었던 베르트란트가 그날 다시 열이 오르게 된 것을 요아힘 폰 파제노는 물론 알아차리지 못했다.

◆

병상에 있는 아버지의 소식은 변함없이 암울한 것이었다.

이제 그는 아무도 알아보지 못했다. 식물인간이 되어 버린 것이다. 요아힘은 이제 사람들이 슈톨핀으로 어떤 편지를 보낸다 해도 위험하지 않으리라는 악의 있고 유쾌한 생각을 하기 시작했다. 배달부가 가방을 가지고 방으로 들어오는 모습, 노인이 편지를 이해하지 못하고, 설사 약혼 통지가 그 안에 적혀 있더라도 이해하지 못하고, 하나씩 떨어뜨려 버리는 모습을 그려 보았다. 그것은 일종의 안심이었으며 미래에 대한 흐릿한 희망이었다.

그가 복무에서 돌아올 때마다 그녀를 그의 집에서 만날 수 없는 것이 때때로 이해되지 않았음에도 불구하고 루제나를 다시 만날지도 모른다는 것이 그를 아주 불안스럽게 했다. 물론 지금도 날마다 그녀에게서 소식이 오기를 기다렸다. 왜냐하면 그는 베르트란트의 변호사와 연금 문제를 정리한 바 있었고, 또한 루제나가 이야기를 들었으리라고 생각하지 않을 수 없었기 때문이다. 그러나 그 대신에 루제나가 선물을 받아들이지 않는다는 변호사의 편지가 왔다. 일이 그렇게 되어서는 안 될 것이다. 그는 루제나에게 갔다. 건물, 계단, 거처가 그를 커다란 답답함, 아니 거의 불안스러운 그리움으로 가득 차게 했다. 그는 다시 빗장 걸린 문 앞에 서 있어야 할까 봐, 심지어 어떤 청소부에게 내쫓길까 봐 두려웠다. 또한 한 여자의 방에 쳐들어가야 하는 일이 너무도 역겹게 여겨졌으므로 그는 단지 그녀가 있느냐고 묻고 노크를 하고 들어갔다. 방과 루제나는 무질서하고 지저분한 상태였고 야만스럽고 황폐하게 보였다. 그녀는 소파 위에 누워 있었다. 마치 그가 들어올 것을 미리 알고 있었던 것처럼 그녀는 피하는 듯이 피곤한 몸짓을 했다. 질질 끌듯이 그녀가 말했다. 「당신에게서 아무 선물도 받지 않겠어요. 반지는 갖겠어요. 추억으로.」 요아힘은 조금도 동정을 느낄 수 없었다. 계단을 올라올 때는 그녀가 무엇을 비난하는 것인지 정말 잘 이해할 수 없다고 말할 작정이었으나, 이제 그는 다만 화가 날 뿐이었다. 어쨌든 그는 냉랭함 이상을 볼 수가 없었다. 그렇지만 그는 말했다. 「루제나, 정말 난 무슨 일이 있었는지 모르겠소······.」 그녀는 비웃음을 지었다. 그러자 그를 화나게 했던, 그에게는 부당했던, 그녀의 냉혹함과 불신에 대한 격노가 다시 자리를 잡았다. 그래, 그녀를 믿으려던 것은 어리석은 일이다. 그래서 그는 단지 이렇게 말했다. 그녀의 운명이 절반도 채 보장되어 있지 않다고 생각하면 참을 수 없다고, 그녀가 같이 있어 주건 그렇지 않건 상관없이 오래전부터 그렇게 하려 했었다고. 왜냐하면 — 그는 의도적으로 덧붙였다 — 이제 그가 장원을 맡게 되어 돈을 더 마음대로 쓸 수 있게 되었기 때문이라고. 그래서 그렇게 하기가 더 쉬워진 것이라고. 「좋은 분이에요, 당신.」 루제나가 말했다. 「다만 나쁜 친구를 가졌어요.」 결국 그 생각은 요아힘에게서도 깊숙이 숨어 있는 것이기도 했다. 그러나 그는 그것을 고백하고 싶지 않았으므로 단지 이렇게 말했다. 「대체 왜 베르트란트가 나쁜 친구라는 말이오?」 —「섭섭한 말씀.」 루제나가 대꾸했다. 루제나와 함께 베르트란트에게 대항하는 공동전선을 펴는 것이 유혹적으로 보였다. 그러나 이것도 악마의 유혹이며 베르트란트의 간계가 아닐까? 루제나가 그것을 느낀 것이 분명했다. 그녀는 이렇게 말했다. 「당신, 그 사람

조심해야 해요.」요아힘은 말했다.「난 그의 잘못을 알고 있소.」그녀가 소파 위에서 몸을 일으켰으므로 그들은 이제 거기에 나란히 앉았다.「불쌍하고 착한 양반, 사람이 얼마나 나쁠 수 있는지 모르시는 분.」요아힘은 자기가 그것을 아주 잘 알고 있으며 그렇게 어수룩한 사람이 아니라고 단언했다. 그리고 그들은 베르트란트의 이름을 언급하지 않고 잠시 그에 대해 이야기했다. 그들은 대화를 중단하고 싶지 않았으므로 그들의 말 뒤에 흐르는 싱거운 슬픔이 점점 더 높아질 때까지 그 주제를 떠나지 않았다. 비애에 젖은 대화는 루제나의 눈물과 합해지며 점점 더 넓고 천천히 흐르는 강물로 되었다. 요아힘도 눈물이 괴었다. 어쩔 줄 모르며 그들 두 사람은 존재의 무의미성 속에 빠져들었고, 서로에게서 도움을 찾을 수 없음을 알았다. 그들은 서로를 감히 쳐다볼 수 없었다. 마침내 요아힘의 그렁그렁한 목소리가 나지막이 울렸다.「제발, 루제나, 적어도 돈은 받아 주구려.」그녀는 대답하지 않고 그의 손을 부둥켜 쥐었다. 그가 그녀에게 입맞추기 위해 그녀 위로 몸을 굽히려 했을 때 그녀가 고개를 숙였으므로 그의 입술은 그녀의 머리핀 사이에 닿았다.「이제 가세요.」그녀가 말했다.「빨리 가요.」그리고 요아힘은 조용히 이미 어두워진 방을 떠났다. ─

선물의 문서를 다시 전달하라고 그는 변호사에게 일렀다. 루제나가 이번에는 받을지도 모르겠습니다. 루제나와 그가 서로 작별할 때 받았던 부드러움이, 전에 그녀의 이해할 수 없는 태도로 인한 무기력한 노여움보다 더 세차게 그를 압박했다. 이제 그는 그것이 더욱 이해되지 않았고 또 무서웠다.

루제나에 대한 그의 생각은 막연한 그리움에, 그가 처음 사관 학교 시절에 아버지의 집과 어머니를 생각할 때 일었던 저 탐탁지 않던 향수에 가득 차 있었다. 그 뚱뚱한 남자가 지금 그녀 곁에 있을까? 그는 아버지가 루제나에게 했던 농담을 생각하지 않을 수 없었다. 그러자 이제 그에게 대리인을 보냈던, 병들고 무기력한 아버지의 저주가 여기에도 있음을 보았다. 그렇다, 신은 아버지의 저주를 실행했다. 그리고 그것에 굴복할 수밖에 없었다.

때때로 그는 루제나를 다시 찾으려는 희미한 시도를 했다. 그러나 그녀의 집에서 얼마 떨어지지 않은 거리에 이르자마자, 그는 언제나 다시 돌아서거나 어떤 다른 곳, 빈민 지역이나 알렉산더 광장의 소요 속으로 빠져들었고, 심지어 한 번은 퀴스트린 역까지 가버렸다. 다시 그물은 풀 수 없게 되었고 실 가닥이 그에게서 빠져나가 버렸다. 적어도 연금 일을 정리한다는 것이 유일한 발판이었으므로, 요아힘은 일의 성질상 필요한 것보다 많은 시간을 베르트란트의 변호사 사무실에서 보냈다. 그러나 그가 낭비한 시간은 일종의 위안이었다. 변호사가 이러한 오랜 시간의 실속 없는 방문을 그리 달가워하지 않았더라도, 그리고 요아힘도 베르트란트의 대리인에게서 알고 싶은 것을 조금도 알 수 없었다 하더라도, 변호사는 일과 반 정도밖에 관계가 없는, 고상한 고객의 거의 사적인 문제에 개입하는 것을 싫어하는 내색을 하지 않았다. 그는 어딘가 의사를 연상시키는, 그럼에도 불구하고 요아힘을 기쁘게 해주는 직업적인 배려를 베풀어 주었다. 변호사는 글자 그대로 신사였다. 그는 베르트란트의 대리인이었음에도 불구하고 수염이 없었고, 영국인과 비슷하게 보였다. 마침내 상당히 늦게야 루제나가 선물을 받아들였다는 소식이 도착하자 변호사가 말했다. 「자, 이제 된 것 같군요. 하지만 제 의견을 따라 주신다면, 폰 파제노 씨, 수령권이 있는 부인에게 일임하여 연금 대신에 그와 상응한 자금을 받도록 할 것을 추천하고 싶습니다.」 ─「그래요.」 요아힘이 반대했다. 「하지만 폰 베르트란트 씨와 상의한 것은 바로 연금이었습니다. 왜냐하면……」 「당신의 동기를 압니다, 폰 파제노 씨 ─ 제 표현을 용서하십시오 ─ 황소처럼 돌격하여 뿔로 받아 끝장을 내버리는 식을 당신이 전혀 좋아하지 않으신다는 것도 아닙니다. 그러나 제가 제안하는 것은 두 분의 이해에 관계되는 일입니다. 부인의 입장에서 보면 경우에 따라 연금보다 더 나은 생활 기반을 잡을 수 있는 상당한 액수를 얻게 되며, 당신의 입장에서 보면 철저한 끝막음이 되는 것이지요.」 요아힘은 좀 당황했다. 그렇다면 난 신속한 결말을 바라는가? 변호사는 그가 당황한 것을 알아차렸다. 「제가 사적인 문제에 관여해도 된다면 제 체험을 말씀드리겠습니다. 일이란 아무 관계도 없게끔 되어야 해결되었다고 간주할 수 있습니다.」 요아힘은 그를 쳐다보았다. 「그렇습니다, 없던 일이 되어야 합니다. 폰 파제노 씨, 인습은 지금도 최상의 입문서랍니다.」 〈없던〉이라는 단어가 그의 뇌리에서 떠나지 않았다. 다만 기이한 일은 베르트란트가 대리인의 입을 통하여 자신의 의견을 바꾼다는 것, 이제 심지어 감정의 인습을 인정한다는 것이었다. 왜 그는 이런 짓을 할까? 변호사가 또 말했다. 「그럼 일을 그런 방향으로 생각해 보십시오, 폰 파제노 씨. 하여간 당신의 지위에선 그 정도의 자금을 상실하는 거야 아무것도 아니지요.」 그렇다, 그의 지위에서는. 요아힘의 고향에 대한 감정이 다시 따뜻하게 안도감을 주며 떠올랐다. 이번에는, 숭고하고 강해져,라고 말할 수 있을 정도로, 특히 좋은 느낌을 가지고 그는 변호사의 사무실을 떠났다. 그러나 아직도 그는 길을 완전히 분명하게 알지 못했다. 왜냐하면 여전히 이 도시 위로 던져져 있는 듯이 여겨지는, 보이지 않는 그물이 그를 혼란시키고 있었기 때문이다. 그 전혀 보이지 않는 것은 포착될 수도 없었고, 루제나에 대한 없어지지 않는 몽롱한 그리움에서 내용을 앗아 갔다. 그럼에도 불구하고 그것은 새로운 불안스러운 내용으로 충만했으며, 그 자신을 새로이, 또 비현실적인 방식으로, 루제나와 도시의 세계와 연결시켜 주었으므로, 거짓된 밝음의 그물은 불안의 그물이 되어 버릴 정도였다. 그를 에워싸고 있는 그 불안의 그물의 커다란 혼란 속에는 위협이 도사리고 있었으며, 또한 이제 그녀의 세계가 아닌 도시의 세계로 돌아오는 엘리자베트 역시 그 그물에 사로잡히게 될 것이다. 그 죄 없고 순결한 여인이 악마적이며 파악할 수 없는 것 속에 사로잡히고 얽매이게 될 것이다. 그의 죄로 인해, 볼 수 없이 조여 오는 악에서 빠져나오지 못하는 그로 인해, 그녀가 얽매이게 될 것이다. 여전히 빛과 어둠이 혼합되려 했다. 비록 보이지 않는 먼 거리에서이긴 했지만, 비록 느슨하고 불확실하긴 했지만, 그것은 아버지가 어머니의 집에서 하녀들과 저지르던 짓처럼 불결했다. 이 모든 것에도 불구하고 요아힘은 변호사 사무실을 떠남으로 해서 하나의 전환이 시작되었다는 느낌이 들었다. 마치 베르트란트의 거짓말이 그 대리인의 입을 통하여 비난받는 것과 같았기 때문이다. 그건 베르트란트였다고, 그를 볼 수 없고 파악할 수 없는 그물 속으로 끌어가려던 자가 베르트란트였다고. 그때 그의 대리인은 파제노의 위치가 어떤 다른 곳, 이 도시와 그 와중의 외부에 있음을 인정해야 했을 것이다. 만약 모든 허깨비를 부재하는 것으로 간주하려면 말이다. 그렇다, 이것이 베르트란트가 그의 대리인의 입을 통해 말한 것이다. 결국 악은 스스로 구별되며, 악은 아직도 신의 의지에 속해 있다. 신은 아버지의 입을 통해 아버지가 저주했던 것의 부정과 부재를 요구한다. 악한은 두들겨맞는 법이다. 설사 그 악한이 엘리자베트를 분명하게 포기하지 않는다 할지라도 그 자신이 아버지의 명령에 복종할 것을 지시하고 있다. 요아힘은 의도적으로 베르트란트의 충고를 구하지 않고, 변호사에게 자금의 지불을 전적으로 위임하기로 결정했다.

마찬가지로 베르트란트에게 물어보지 않고, 남작 가족의 도착 소식이 들려오자, 요아힘은 사열식 때의 복장을 하고 새 장갑을 끼고 남작과 남작 부인을 만나게 되리라고 예상한 시간에 바덴젠 가(家)로 갔다. 사람들은 즉시 그에게 새 집을 보여 주고 싶어 했지만, 그는 남작에게 우선 사적인 면담을 요청했다. 남작이 그와 함께 다른 방으로 갔을 때 요아힘은 잠시 자제하며 정자세를 취했고 마치 상관 앞에서처럼 긴장하며 엘리자베트와의 결혼을 허락해 달라고 청했다. 남작이 말했다. 「너무 기쁘군, 대단한 영예일세, 나의 친애하고 친애하는 파제노.」 그리고 남작 부인을 방으로 불렀다. 남작 부인이 말했다. 「오, 얼마나 바랐던 일인지 모르네. 어머니란 너무 걱정이 많은 법이라니까.」 그리고 눈을 가볍게 두드려 닦았다. 그래, 자네를 우리의 사랑스러운 아들로 환영하고말고, 우린 더 좋은 아들을 생각할 수 없을 걸세, 우리 아이를 행복하게 하는 데 자네가 모든 것을 걸리라고 믿고 있네. 네, 그렇게 하겠습니다, 그가 남자답게 대답했다. 남작은 그의 손을 붙잡았다. 하지만 먼저 아이와 상의해야겠지. 이해하겠나. 이해한다고 그는 대답했다. 여기서 그들은 15분 동안, 반은 형식적이고 반은 친밀한 대화를 계속했다. 그러는 동안 요아힘은 베르트란트의 부상을 언급하지 않을 수 없었다. 그리고 나서 그는 새 집이나 엘리자베트를 보지 않고 짧게 작별을 했다. 그것은 그가 앞으로 사는 동안 그렇게 할 충분한 시간이 있을 것이므로 별 대수로운 일이 아니었다.

◆

자신이 그녀의 승낙을 그리 열렬하게 바라지도 않고, 기다리는 시간을 단축하도록 충동질하는 것도 없다는 생각이 들었다. 그리고 때때로 미래의 생에 대하여 상상할 수 없다는 점이 자신도 의아했다. 그는 자신이 하얀 상아 손잡이가 달린 지팡이에 의지하여 장원 한가운데에 엘리자베트와 함께 있는 것을 상상할 수 있었지만, 좀 더 자세히 생각해 볼 때면, 베르트란트의 모습이 끼어들었다. 그에게 약혼을 알리기는 쉽지 않으리라. 결국 일이 어긋나 버린 사람은 바로 베르트란트이며, 그로부터 엘리자베트가 지켜져야 했다. 그리고 엄격히 받아들여 보면, 자신이 그에게 엘리자베트를 넘겨준 일이 있었으니, 배반처럼 보이기도 했다. 그리고 베르트란트를 배반하는 것이 마땅하다 할지라도 그를 고통스럽게 하는 것은 유쾌하지 않았다. 물론 약혼이 연기될 이유는 없었다. 그러나 갑자기, 만약 베르트란트가 이 일을 미리 알지 않으면, 이 약혼이 이루어질 수 없을 것 같았다. 아직 그는 베르트란트를 지켜보아야 할 책임이 있었다. 이미 모든 의무에서 해방된 것처럼 벌써 며칠 동안이나 베르트란트를 완전히 잊고 있었음을 요아힘은 이해할 수 없었다. 게다가 아직 베르트란트는 병상에 있을 것이었다. 그는 병원으로 갔다. 실제로 베르트란트는 아직 병원에 있었다. 수술을 받아야 했던 것이다. 요아힘은 자기가 환자를 그토록 등한시할 수 있었다는 데 너무 놀랐다. 그가 앞에 닥친 커다란 사건을 즉시 이야기하기 시작한 것은 관심이 부족했던 데 대한 일종의 사과였다. 「하지만 경애하는 베르트란트, 언제까지고 제 개인적인 일로 당신을 괴롭힐 수는 없습니다.」 베르트란트는 미소 지었다. 그 미소에는 어떤 의사다운 혹은 여성적인 배려가 있었다. 「자 어서 계속해 보게, 파제노, 그렇게 나쁘진 않네. 자네 말을 듣는 건 내게 기쁨이 된다네.」 그러자 요아힘은 엘리자베트에게 구혼한 이야기를 했다. 「그녀의 승낙을 얻을지는 잘 모르겠습니다. 그러나 저는 그것을 아주 바라고 있으며, 점점 더 거절당할까 봐 두렵습니다. 그렇게 되면 저는 당신도 대부분 같이 체험하신 최근 몇 달 동안의, 저 두려운 혼돈 속으로 여지없이 다시 빠져들어갈 것 같습니다. 하지만 그녀 곁에서 자유로이 길을 다시 발견하길 희망합니다.」 베르트란트는 다시 미소 지었다. 「알다시피 파제노, 그건 아주 멋진 일일세. 다만 내가 바라는 것은 그런 기대로 결혼하지는 말았으면 하는 거네. 하지만 불안해할 필요는 없네. 자네에게 사람들이 곧 축하를 해줄 수 있게 되리라고 난 확신하니까.」 얼마나 혐오스러운 냉소주의람. 이 작자는 실로 나쁜 친구이다. 아니 결코 친구가 아니다, 설령 그의 질투와 실망을 정상 참작해야 할지라도 말이다. 그러나 요아힘은 냉소적인 말에 주목하지 않고 자신의 생각으로 돌아와 충고를 구했다. 「그녀가 거절하면 어떻게 해야 할까요?」 그러자 베르트란트는 그가 듣고 싶었던 대답을 해주었다. 「그녀는 거절하지 않을 걸세.」 너무도 단정적이며 확실한 대답이었으므로 다시 요아힘은 종종 베르트란트에게서 얻은 바 있었던 보호감을 느꼈다. 엘리자베트가 불안한 인간인 나를 좋아한다는 이유로 저렇게 확실하고 믿을 만한 지도자를 포기할 수 있다니 부당하군 하는 생각이 들 정도였다. 마치 그것을 확증하려는 듯 그의 내부에서 〈왕의 제복을 입은 동료들〉이라는 말이 들려왔다. 마치 갑자기 베르트란트가 소령의 모습으로 눈앞에 떠올랐다. 대체 그의 확신은 어디서 연유하는가? 어떻게 저 사람은 엘리자베트가 거절하지 않으리라는 것을 알 수 있는가? 한데 왜 저렇게 아이로니컬하게 웃고 있을까? 그러자 그를 이 일에 끌어들인 것이 유감스럽게 생각되었다.

베르트란트가 아이로니컬하게, 혹은 더 정확히 말해, 일을 더 잘 알고 있는 사람처럼 웃고 있는 데는 어쨌든 많은 이유가 있을 것이다. 하지만 그것은 그저 호의의 미소였다.

그 전날 엘리자베트가 그를 찾아왔었다. 그녀는 병원으로 왔고, 응접실에서 그를 청했다. 그는 아팠지만 곧 내려갔다. 그것은 이상한 방문이며 관습에 어긋나는 일이었다. 그러나 엘리자베트는 사교 예법상의 위반을 은폐하려는 노력을 조금도 하지 않았다. 그녀는 아주 흥분하여 단도직입적으로 말했다. 「요아힘이 제게 청혼했어요.」

「그를 사랑하신다면 문제가 없지요.」

「사랑하지 않아요.」

「그렇다 해도 역시 문제가 없습니다. 퇴짜 놓으면 될 터이니까요.」

「그럼 저를 도와주시려 않는군요?」

「엘리자베트, 누구도 그럴 수 없을 것입니다.」

「당신은 그럴 수 있으리라고 생각했는데요.」

「당신을 다시 만나지 않으려 했던 사람입니다.」

「제게 조금의 우정도 없으신가요?」

「잘 모르겠습니다, 엘리자베트.」

「요아힘은 저를 사랑해요.」

「사랑엔 유감스럽지만 어떤 영리함이, 지혜라고 말할 수 있는 것이 들어 있습니다. 제가 요아힘의 사랑을 좀 의심한다 해도 용서해 주시겠지요. 당신에게 언젠가 경고했듯이 말이지요.」

「당신은 나쁜 친구군요.」

「아닙니다, 하지만 사람이 절대적으로 정직해야 하는 순간이 있는 법입니다.」

「그렇다면 사람이 너무 어리석으면 사랑을 할 수 없다는 뜻인가요?」

「바로 그 말입니다.」

「그렇다면 나도 너무 어리석은가 봐요······.」

「들어 보십시오, 엘리자베트, 그런 말에 사로잡히지 맙시다. 그건 사람들이 자신의 생에 대해 결정을 하는 동기가 될 수 없습니다.」

「어쩌면 그를 사랑하고 있는지도 몰라요······ 저에겐 이 결혼이 탐탁하게 여겨지지 않을 때가 있었어요.」 엘리자베트는 넓은 환자용 안락의자에 앉아 있었다. 사람들이 이 작은 응접실로 가져다 둔 것이었다. 그녀는 바닥을 내려다보았다.

「왜 오셨습니까, 엘리자베트? 누구도 당신에게 해줄 수 없는 충고가 필요해선 아니겠지요.」

「저를 도와주시려 하지 않는군요.」

「누군가가 당신을 피하는 것을 참을 수 없기 때문에 당신은 오신 겁니다.」

「전 아주 진지한 기분이에요······ 그것을 하찮은 것으로 만들려고 해선 안 돼요. 너무 진지하기 때문에 당신이 저를 화나게 하려 해도 참을 수 있을 정도인걸요. 제 말은 당신에게서 어떤 배려의 마음을 찾아보려 했다는 뜻이에요.」

「하지만 당신에게 진실을 말씀드려야 합니다. 바로 그 때문에 저는 말해야 합니다. 당신이 오신 이유는, 내가, 말하자면, 당신의 세계 바깥에 서 있는 사람이라고 느끼기 때문이며, 그곳에선 그를 사랑한다, 사랑하지 않는다라는 진부한 양자택일이 아닌, 어떤 제3의 판결이 존재할 수도 있으리라고 생각하기 때문이지요.」

「그럴지도 몰라요. 전 모르겠어요.」

「그리고 당신이 온 것은 제가 당신을 사랑한다는 것을 충분히 알고 있기 때문이지요. 내 사랑을 충분히 분명하게 말씀드렸으니까요. 또한 어딘가 불합리한 내 사랑의 개념이 나를 어디로 귀착시키는가를 내게 보여 주고 싶었기 때문이지요.」 그는 그녀를 옆눈으로 보았다. 「얼마나 빠르게 낯섦이 친밀함으로 변할 수 있는지 시험해 보고 싶어서 말입니다……..」

「아녜요!」

「솔직하십시오, 엘리자베트, 여기 당신과 나에겐 당신이 나와 결혼할 것인지가 문제입니다. 혹은 정확히 말해 나를 사랑하는지가.」

「폰 베르트란트 씨, 어쩌면 그런 식으로 상황을 이용하세요!」

「아, 당신은 그렇게 말해선 안 됩니다, 이것이 그런 경우가 아님을 당신은 너무도 잘 알고 있으니까요. 당신은 생의 결단에 직면하고 있습니다. 그렇다면 관습주의에 빠져선 안 됩니다. 물론 중요한 것은 다만 한 여인이 남편을 애인으로서 원하느냐 아니냐이지, 그들이 함께 한 가정을 이루느냐 마느냐는 문제가 아닙니다. 제가 요아힘을 의심하는 바는, 유일하게 본질적인 것을 당신에게 털어놓음으로써 순수한 것으로 변화시키지 않고, 소위 양친에게 구혼함으로써 당신을 모독한다는 바로 그 점입니다. 주의하십시오, 다음번에는 그가 무릎을 꿇을 것입니다.」

「다시 절 괴롭히시려는군요. 전 오지 말아야 했어요.」

「그래요, 오지 말아야 했습니다. 내가 당신을 다시 만나고 싶어 하지 않았으니까요. 하지만 오지 않을 수 없었겠지, 당신은 나를……」

그녀는 귀를 기울였다.

「아니 정확히 말해, 당신은 나를 사랑할 수 있으리라고 믿어 보려 했던 것이지요.」

「저를 괴롭히지 마세요. 아직도 제가 충분히 괴로워하지 않는단 말씀인가요?」 그녀는 손을 관자놀이에 대고 고개를 뒤로 젖히며 눈을 감고 안락의자에 앉아 있었다. 그녀는 레스토에서도 곧잘 그렇게 앉아 있곤 했고, 이러한 습관으로의 후퇴가 그를 미소 짓게 하고 또한 상냥하게 만들었다. 그는 그녀의 뒤로 가서 섰다. 붕대 속 팔의 아픔이 그를 거북하게 했다. 그러나 고개를 숙여 그녀의 입술이 그의 입술에 닿게 할 수는 있었다. 그녀가 벌떡 일어섰다. 「미쳤군요.」

「아뇨, 이별의 인사일 뿐입니다.」

그녀는 안색만큼이나 창백한 목소리로 말했다. 「그래선 안 돼요, 그래선 안……」

「그럼 당신에게 입맞추어도 되는 사람은 누구입니까, 엘리자베트?」

「당신은 절 사랑하지 않아요.」

베르트란느는 방을 이리저리 거닐었다. 팔이 아팠고 열이 오르는 느낌이었다. 그래 미쳤어, 그녀의 말이 옳아. 갑자기 그는 몸을 돌려 그녀 앞으로 바싹 다가섰다. 그의 의도와는 달리 그의 말은 위협적으로 울렸다.

「당신을 사랑하지 않는다고?」

그녀는 움직이지 않고 팔을 늘어뜨리고 서서 그가 자신의 머리를 뒤로 젖히도록 두었다. 그녀 얼굴에다 다시 그는 위협적으로 반복했다. 「내가 당신을 사랑하지 않는다고?」 그녀는 그가 자신의 입술을 깨물리라는 느낌을 받았다. 하지만 그건 입맞춤이 되었다. 그리고 그녀의 경직되었던 입술이 이해할 수 없이 미소로 용해되고 감정이 이완되는 동시에 손의 마비가 풀리며 들어 올려지더니 결코 다시 놓아주지 않으려고 어깨를 붙들었다. 그때 그가 말했다. 「조심하십시오, 엘리자베트, 그곳이 다친 곳이오.」

엘리자베트는 놓아주었다. 「용서하세요.」 그러자 그녀는 힘을 잃고 안락의자로 무너지듯 주저앉았다. 그는 등받이 위에 걸터앉아, 그녀의 모자에서 핀을 뽑고 금발을 쓰다듬었다. 「당신은 너무 아름다워, 내가 얼마나 당신을 사랑하고 있는지.」 그녀는 말 없이 그가 자기 손을 잡도록 내버려 두었다. 그의 손에서 열이 느껴졌다. 그가 다시 한 번 그녀에게 다가왔을 때 그의 얼굴에서 열이 느껴졌다. 그가 목이 멘 소리로 반복했다. 「사랑하오.」 그녀는 고개를 저었지만 입술을 그에게 맡겼다. 마침내 그녀는 눈물을 흘릴 수 있었다.

베르트란트는 의자의 등받이에 걸터앉아 가볍게 그녀의 머리를 쓰다듬었다. 그가 말했다.

「당신을 연모하오.」 그녀가 부드럽게 대답했다. 「정말이 아니지요.」

「당신을 연모하오.」

그녀는 대답하지 않고 허공을 바라보았다. 그는 이제 그녀를 쓰다듬지 않았다. 그는 일어섰고 다시 한 번 말했다. 「말할 수 없이 당신을 연모하오.」

이제 그녀는 미소 지었다. 「그리고 떠나 버리지요?」

「그렇소.」

그녀는 믿을 수 없다는 듯 묻는 얼굴로 쳐다보았다. 그는 반복했다. 「그래요, 우리는 이제 더 만나지 않을 거요.」

그녀는 여전히 이해할 수 없었다. 베르트랑이 미소 지었다.

「내가 당신 아버지에게 청혼할 것을 상상할 수 있겠소? 이제 내가 말한 모든 것을 부정하는 것을? 그건 기껏해야 더러운 희극일 것이오. 가장 졸렬한 협잡일 것이오.」

그녀는 사태를 파악했지만 이해는 할 수 없었다.

「왜죠? 왜……?」

「나의 연인이 되어 달라고, 나와 함께 가달라고 청할 수는 없어…… 물론 그렇게 할 수도 있어. 그러면 당신도 결국 따르게 되겠지…… 아마 낭만적인 감정에서, 아마, 지금은 나를 정말 좋아하니까…… 지금은 물론…… 오, 당신…….」 그들은 입맞춤 속에 잠겼다. 「……하지만 결국 난 당신을 잘못된 상황으로 데려갈 수가 없어, 설령 그것이 당신에게는 더 가치 있는 상황일 수 있다고 하더라도…… 바로 말해 볼까, 요아힘과의 결혼보다 더 말이오.」

그녀는 놀라서 그를 쳐다보았다.

「그와의 결혼을 아직도 생각할 수 있어요, 당신?」

「물론. 지금,」── 참을 수 없는 긴장으로부터 농담으로 도피하기 위해 그는 시계를 보았다 ──「20분이 되었군. 우리 둘이서 그것에 대해 생각해 본 시간이 말입니다. 20분 전에 벌써 그 생각을 견딜 수 없게 되었거나 아니면 지금도 견딜 수 있거나, 둘 중의 하나입니다.」

「지금 농담할 때가 아녜요…….」 불안에 가득 차서 그녀는 말했다. 「아니면 그것이 진심인가요?」

「잘 모르겠소…… 아무도 자신에 대해선 잘 모르는 법이지요.」

「당신 피하시는 거예요, 아니면 저를 괴롭히는 게 기쁜 건가요. 당신, 냉소적이에요.」

베르트란트는 엄숙하게 말했다. 「내가 당신을 속여야 한다면?」

「아마 당신 자신을 속이는 것이겠지요…… 아마 이유는 당신이…… 이유는 잘 모르지만…… 하지만 좀 순수하지 않아요…… 그래요, 당신 절 사랑하지 않아요.」

「난 이기적이오.」

「절 사랑하지 않는군요.」

「사랑해요.」

그녀는 그를 가득히 그리고 진지하게 응시했다. 「그럼 전 요아힘과 결혼해야 하나요?」

「그럼에도 불구하고 난 아니라고 말해선 안 될 겁니다.」

그녀는 손을 그의 손에서 빼고, 오랫동안 말 없이 앉아 있었다. 그리고 그녀는 일어서서 모자를 찾아 핀을 꽂았다. 「잘 있어요, 전 결혼하겠어요…… 좀 냉소적일지도 모르지만, 그 일이 당신을 놀라게 해선 안 되겠지요…… 어쩌면 우리는 서로에게 가장 무서운 죄를 범했는지도 몰라요…… 안녕히.」

「안녕히, 엘리자베트, 이 시간을 잊지 말아요. 이건 요아힘에 대한 나의 유일한 복수라오…… 난 당신을 영원히 잊을 수 없을 거야.」

그녀는 그의 뺨을 손으로 어루만졌다. 「당신 열이 있군요.」 그녀는 말하고 재빨리 방에서 나갔다.

그런 일이 있었던 것이고 그 대가로 베르트란트는 심한 열에 시달렸다. 그러나 그것은 정당하고 옳은 것으로 생각되었고, 어제와 오늘 사이의 거리는 길었다. 그래서 이제 여기 같은 집에서 — 같은 집인가? — 앞에 앉아 있는 요아힘을 다시 언제나처럼 호의를 지니고 대할 수 있었던 것이다. 아니, 그건 그로테스크했으리라. 그래서 그는 말했다. 「염려 말게, 파제노, 자네들은 틀림없이 결혼의 항구에 입항할 걸세. 그럼 많은 행운을.」 기사답지 못하고 냉소적인 인간, 요아힘은 다시 생각하지 않을 수 없었지만, 고마운 느낌이 들었고 안심이 되었다. 어쩌면 그것은 아버지에 대한 기억이었을지도 모른다. 혹은 아직 베르트란트의 모습이었을지도. 하지만 결혼에 대한 생각은 하얀 옷을 입은 수녀들이 스치고 지나가는 조용한 병실의 모습과 기이하게 뒤섞였다. 은빛 구름 속의 엘리자베트는 상냥하고 수녀다웠다. 그리고 그는 마돈나의 모습, 드레스덴에서 보았다고 생각되는 승천도를 기억해 냈다. 그는 옷걸이에서 군모를 집었다. 요아힘은 베르트란트가 자신을 이 결혼으로 몰아간다고 느꼈고, 베르트란트가 자신을 일반 시민적인 데로 끌어내리려 한다는, 자신에게서 제복과 연대에서의 위치를 앗아 자기 대신에 소령으로 승진하려 한다는 기괴한 생각이 들었다. 그리고 그는 베르트란트가 작별로 손을 내밀었을 때 그 손의 열이 얼마나 뜨거운지 깨닫지 못했다. 그렇지만 그는 베르트란트의 덕담에 감사하며 긴 제복의 외투를 네모 반듯하게 입고 그곳을 떠났다. 베르트란트는 계단 위에서 자그맣게 박차가 부딪치는 소리를 들었으므로 요아힘이 이제 아래층 응접실 옆을 지나가리라고 생각하지 않을 수 없었다.

•

 그의 구혼은 받아들여졌다. 물론 엘리자베트가 아직 공식적으로 약혼 축하를 하고 싶어 하지 않는다는 남작의 편지가 있었다. 그 애는 마지막 걸음을 내딛기가 약간 부끄러운가 보이. 그러나 요아힘, 자네를 다음 저녁 만찬에서 기다리고 있겠네.
 아직 정식 약혼도 아니었고, 요아힘이 엘리자베트에게서나 미래의 장인, 장모에게서도 친밀한 호칭으로 불리는 것도 아니었기에, 식탁의 대화는 딱딱하다고조차 말할 수 있었을지라도, 명백히 축제 분위기 같은 것이 감돌고 있었다. 특히 남작이 잔을 부딪치며 가족은 완전한 전체이므로 새로운 구성원을 그 원 속에 끌어들이기가 쉽지 않은 법이라는 생각을 많은 미사여구와 함께 피력했을 때 그러했다. 그러나 이것이 신의 뜻에 따라 일어나는 일이라면 온 마음에서 우러나오는 일이어야 하며, 그렇게 되어야 가족을 뭉치게 하는 사랑이 신참자를 얼싸안을 수 있을 걸세. 그가 사랑에 대한 말을 했을 때 남작 부인은 눈에 눈물을 담고 감동된 듯 남편의 손을 잡았다. 그리고 요아힘도 여기서 행복하리라는 따뜻한 감정을 느꼈다. 가족의 품에서,라고 혼잣말을 하는데, 갑자기 성가족이 떠올랐다. 그래, 베르트란트는 웃을지도 모르지, 그리고 남작의 연설을 조롱할지도 모르지. 하지만 그런 조롱은 얼마나 값싼 것인가. 당시 베르트란트가 식탁에서 연설했던 이해할 수 없는 농지거리는 — 얼마나 먼 옛날 일인가 — 남작의 말에서 느낄 수 있는 깊은 감정보다 분명 더 공격할 수 있는 성질의 것이다. 그다음 그들 모두 서로의 잔을 부딪쳤다. 잔들이 밝게 울리는 소리 속에서 남작이 외쳤다. 「미래를 위하여!」

만찬 후 사람들은 젊은 사람이 말을 주고받을 수 있도록 그들만 남겨 두었다. 그들은 새로 설치된 음악실에 앉아 있었다. 그곳의 검은 비단 가구엔 남작 부인과 엘리자베트가 만든 레이스 커버가 씌워져 있었다. 요아힘이 적당한 말을 찾고 있는 사이에 엘리자베트의 기쁜 듯한 목소리가 들렸다. 「요아힘, 정말 당신은 저와 결혼하고 싶은가요, 그걸 잘 생각해 보셨나요?」 얼마나 숙녀답지 못한 질문이람, 그는 생각했다. 베르트란트가 말하는 식과 거의 같은데. 하지만 어떻게 해야 하지? 지금 무릎을 꿇고 그녀에게 청혼을 해야 하나? 행운의 여신은 그에게 상냥했다. 그가 앉아 있는 걸상이 하도 낮아서 엘리자베트에게 향하려 하자 무릎을 꿇지 않고도 거의 바닥에 닿을 정도였으므로, 그 자세를 무릎을 꿇었다는 암시로 받아들이려면 받아들일 수 있는 일이었다. 그렇게 약간 부자연스러운 위치를 유지하며 그는 말했다. 「그렇게 희망해도 되겠습니까?」 엘리자베트는 대답하지 않았다. 그는 그녀를 건너다보았다. 그녀는 고개를 젖히고 눈을 반쯤 감고 있었다. 그가 지금 그녀의 얼굴을 쳐다보았을 때 풍경의 한 조각이 집 안으로 들어와 있을 수 있다는 것이 불편하게 느껴졌다. 아, 그건 그가 두려워했던 기억이었다. 가을 숲 속의 정오, 뒤섞이는 영상, 그것 때문에 그는 남작이 동의를 미루기를 바랄 뻔하지 않았던가. 형의 모습보다 더 끔찍한 것은 한 여인의 얼굴을 무성하게 뒤덮고 있는 풍경이, 얼굴을 점령하여 인간의 용모를 앗아 간 풍경이 되어, 헬무트조차도 그 너무도 몽롱하고 모호한 것을 붙잡도록 도와줄 수 없을 지경이 되었기 때문이다. 그녀가 말했다. 「결혼 계획을 친구 베르트란트와 상의했나요?」 그가 부정한다 해도 진실을 위반하는 것이 아니리라. 「하지만 그는 알고 있겠지요?」 그렇습니다, 요아힘이 대답했다. 그 계획을 암시했거든요. 「그가 뭐라던가요?」 그는 단지 행복하기를 빈다고 했습니다. 「요아힘, 그 사람에게 많이 의존하고 있나요?」 요아힘은 그녀의 말과 목소리가 호의적이라고 느꼈다. 그는 자기가 풍경이 아닌 인간과 마주 앉아 있음을 의식했다. 그렇지만 불안했다. 그녀가 베르트란트에게서 바라는 것이 무엇일까? 그래서 어쩌겠다는 걸까? 설령 대화의 주제를 찾아낸 데서 위로를 삼는다 하더라도, 이런 자리에서 베르트란트의 이야기를 한다는 것은 어딘가 어울리지 않았다. 그러나 그는 그 주제를 뿌리칠 수 없었고, 또 미래의 아내에게 아주 솔직해야 할 책임을 느꼈으므로 주저하며 말했다. 「잘 모르겠습니다. 나는 언제나 그가 우리의 우정에 있어 적극적인 쪽이라고 느끼고 있습니다. 하지만 그를 찾아가는 쪽은 대부분 저였습니다. 이것을 의존이라고 부를 수 있는진 잘 모르겠군요.」──「당신을 그가 불안하게 하나요?」──「그렇습니다, 그것이 정확한 말입니다…… 그는 언제나 저를 불안하게 합니다.」──「그는 불안한 사람이기 때문에 남을 불안하게 만들 거예요.」 엘리자베트가 말했다. 네, 그런 사람입니다, 요아힘이 대답했고, 엘리자베트의 시선이 와 닿는 것을 느꼈다. 코의 양쪽에 있는 저 투명하고 둥근 별에서 시선 같은 것이 나올 수 있다는 것이 새삼 의아했다. 시선이란 무엇인가? 그는 자신의 눈 위에 손을 대었다. 루제나가, 그녀의 눈까풀을 통해 황홀하게 만져 볼 수 있었던 루제나의 눈이, 거기 있었다. 그가 엘리자베트의 눈을 쓰다듬을 수 있을지는 상상할 수 없는 일이었다. 아마 학교에서 배웠던 것이 옳을지도 모른다. 화상을 입힐 정도로 혹독한 추위는 존재했다. 삼라만상의 차가움이 생각났다. 별의 차가움이. 저기 은빛 구름 위에 엘리자베트가 둥실 떠 있다. 그녀의 용해되고 몽롱한 얼굴을 쓰다듬을 수가 없다. 식사가 끝났을 때 아버지와 어머니가 그녀에게 입맞추었던 일이 끔찍한 방해처럼 느껴졌다. 그녀가 노예와 희생물이 될 뻔한 그 남자는 어디에서 왔을까? 신이 그녀와 그에게 베르트란트라는 유혹자를 보냈다면 엘리자베트를 그와 같은 현세의 시련에서 구원하는 것이 그에게 부과된 시험의 일부가 된 셈이다! 신은 절대적인 추위 속에서 왕좌에 군림하며, 가차 없는 그의 명령들은 보르지히 공장의 기계 톱니바퀴처럼 서로 맞물고 있다. 그리고 이 모든 것은 너무도 피할 수 없는 일들이어서, 요아힘은 유일한 구원의 길, 의무의 곧바른 길이 있음을 알고 거의 안도감을 느꼈다. 비록 그 길을 감으로써 자신이 재가 된다 하더라도. 「그는 곧 인도로 간다더군요.」 그가 말했다. 「그렇군요, 인도로 말이죠.」 그녀가 대답했다. 「전 오랫동안 망설였습니다.」 그가 말했다. 「왜냐하면 제가 당신에게 제공할 수 있는 생은 시골에서의 소박한 생활에 불과하니까요.」 ― 「우리는 그 사람과 달라요.」 그녀가 대꾸했다. 그녀가 〈우리〉란 말을 한 것에 요아힘은 감동했다. 「그는 뿌리를 상실한 사람 같아요.」 그는 말했다. 「그는 돌아오길 열망하고 있을지도 모릅니다.」 엘리자베트가 말했다. 「각자 자기 자신 속에 갇혀 있는 법이지요.」 ─ 「하지만 우린 더 나은 부분을 가지고 있지 않습니까?」 요아힘이 물었다. 「잘 모르지요.」 엘리자베트가 말했다. 「아닙니다, 가지고 있고말고요.」 요아힘은 격분했다. 「왜냐하면 그는 사업을 위해 사는 사람이기 때문입니다. 그는 차갑고 감정이 없을 것입니다. 당신의 양친을, 당신 아버님의 말씀을 좀 생각해 보십시오. 한데 그는 그것을 인습이라 부릅니다. 그에겐 참된 성실성과 그리스도교 신앙이 없습니다.」 그는 침묵했다. 아, 그가 말한 것, 그것은 진정이 아니었다. 그가 신과 엘리자베트에게서 기대한 것은 그리스도교 가정이면 어떠해야 한다고 배웠던 것과 동일한 의미가 아니었기 때문이다. 그러나 그는 엘리자베트에게서 그 이상을 기대하고 있다는 바로 그 이유에서, 자기의 말을 억지로 엘리자베트가 가장 부드러운 은빛을 발하며 둥실 떠 있는 마돈나의 모습으로 게시되는 저 천상의 영역으로 접근시키고 싶었다. 그녀가 죽은 다음에야 그에게 그런 말을 해줄 수 있으리라. 왜냐하면 그녀가 저기 기대어 앉아 있는 모습은 유리관 속의 백설 공주처럼 보였기 때문이다. 그녀는 너무도 지고하고 경탄스러울 정도의 아름다움과 너무도 천상적인 생동성을 지니고 있었기에, 지금 그녀의 얼굴은 놀랍고도 풀 수 없을 정도로 풍경과 뒤얽히기 전에 그가 알고 있던 얼굴과 거의 닮은 점이 없을 정도였다. 엘리자베트가 죽음으로써 그녀의 목소리가 천사의 목소리 같이 저세상의 전언(傳言)이 되었으면 하는 바람이 점점 커졌다. 그리고 이런 희망으로 야기된, 또는 그 희망을 야기시킨 장본이기조차 한, 비상한 긴장이 너무도 강해지며 엘리자베트 역시 불안한 냉기의 파도에 사로잡힐 것을 요구하는 듯했다. 그녀가 말했다. 「그 사람은 우리처럼 함께 있음으로 해서 느끼는 보호의 따뜻함이 필요하지 않아요.」 그녀의 그런 세속적인 말이 요아힘을 실망시켰다. 그 말에서 울리는 보호 욕구가 그의 마음을 움직이게 했을지라도, 또 승천하기 전 지상을 거니는 마리아의 모습이 그의 내부에서 일깨워졌다고 하더라도, 자신이 보호해 주기에는 역부족임을 깨달았고, 그는 두 배의 환멸 속에서 두 배로 진지하게 그들 두 사람을 위한 온화하고 부드러운 죽음이 있기를 희망했다. 그리고 죽음에 직면함으로써 가면이 영원의 숨결에 굴복하며 그의 얼굴에서 떨어졌으므로 요아힘은 말했다. 「그는 당신에게 언제나 이방인일 것입니다.」 그들이 주제로 삼고 있는 사람이 베르트란트임을 거의 의식하지 못하면서도, 그 말은 두 사람에게 대단히 의미심장한 진실처럼 여겨졌다. 노란 나비처럼, 노랗게 팔락이는 날개 위의 검은 줄처럼, 고리 모양의 가스등이 샹들리에의 화환 속에서 타오르고 있었고, 그 아래 검은 비단의 관대 위에서 여전히 요아힘이 부자연스럽게 상체를 돌리고 무릎을 꿇은 채 꼼짝도 않고 앉아 있었다. 검은 비단 위의 하얀 레이스 커버가 죽은 자의 창백한 얼굴 같았다. 움직이지 않는 냉기 속으로 엘리자베트의 말이 미끄러져 들어왔다. 「그는 다른 누구보다도 고독한 사람이에요.」 그러자 요아힘이 응수했다. 「그의 악령이 그를 몰아갑니다.」 그러나 엘리자베트는 거의 보이지 않게 고개를 저었다. 「그는 충만하기를 원해요…….」 그리고 마비된 기억을 끌어내듯이 말했다. 「고독 속에서, 그리고 낯섦 속에서, 충만과 인식을 원해요.」 요아힘은 침묵했다. 그는 다만 차갑고 이해할 수 없이 그들 사이에 그려져 있는 이런 생각들이 불쾌했다. 「그는 이방인입니다…… 그는 우리 모두를 밀어내었지요, 신은 우리가 고독하기를 원하니까요.」— 「그래요, 그는 그것을 원해요.」 엘리자베트가 말했다. 그러나 그녀가 신을 의미했는지 혹은 베르트란트를 의미했는지 단정할 수 없었다. 그건 이제 중요한 일이 아니었다. 그녀와 요아힘에게 숙명으로 주어진 고독이 터지면서, 방 안은 그 쾌적한 고상함에도 불구하고 점점 더 불안스럽게 꼼짝도 않은 채로 마비되어 가고 있었기 때문이다. 그들은 꼼짝도 하지 않았다. 방이 점점 더 넓어지는 것 같았고, 벽들이 뒤로 물러나는 것 같았다. 그와 함께 공기가 점점 희박해지며 냉랭해지는 것 같았다. 목소리를 전달할 수 없을 정도로 희박해진 것 같았다. 그리고 모든 것이 응고되어 정지한다 해도, 가구들은, 아직도 가스등의 원을 반사하는, 검게 래커 칠한 표면을 지닌 피아노는, 전에 있던 자리에 그대로 있을 수 없어 멀리 밖으로 가버린 듯이 보였다. 또한 구석에 있는 검은 중국제 휘장 위의 황금 용과 나비들도 후퇴하는 벽과 함께 날아가 버려, 이제 검은 천만이 드리워져 있는 것 같았다. 등불은 심술궂고 희미하게 휘파람 소리를 내었고, 버릇없이 벌어진 좁은 틈 사이로 비웃는 듯 쏟아져 내리는 기계의 작은 생동성 외에 살아 있는 것은 아무것도 없었다. 이제 우리는 곧 죽을 것이다, 요아힘은 생각했다. 그러나 허공에서 들리는 그녀의 목소리가 그것을 증명하는 것 같았다. 「그의 죽음은 고독할 거예요.」 그것은 죽음을 선고하며 약속처럼 들렸다. 그는 그 약속을 강화했다. 「그는 병들어 있습니다. 곧 그렇게 될지도 모르고요. 아마 이 순간 그럴지도 모릅니다.」 ─「네.」 엘리자베트가 세상의 저쪽에서 말했다. 마치 떨어지며 얼음으로 화하는 물방울 같은 소리였다. 「네, 이 순간이에요.」 죽음이 그들 옆에 서 있는 이 일각의 마비된 미결정 상태 속에서, 요아힘은 죽음이 어루만질 사람이 그들 두 사람인지, 혹은 베르트란트인지, 혹은 아버지인지를 알지 못했고, 어머니가 아버지의 죽음을 지키려고 여기에 앉아 있는 것인지, 또 외양간에서의 젖짜기를 지키듯이 정확하고 의연하게 아버지의 죽음을 지키고 있는 것인지를 알지 못했다. 이제 왜 아버지가 한기를 느끼며 어두운 외양간의 온기를 그리워하는지 이해되었고 또 기이할 정도로 분명해졌다. 지금 엘리자베트와 함께 죽어, 그녀의 인도를 받아 어둠 위를 감도는 저 유리 같은 밝음 속으로 나아가는 편이 더 낫지 않을까! 그는 말했다. 「공포스러운 어둠이 그를 둘러쌀 것이며, 그를 도우러 갈 사람은 아무도 없을 겁니다.」 엘리자베트가 거센 어조로 말했다. 「누구도 가서는 안 되지요.」 그리고 똑같이 억양 없는 잿빛의 거센 목소리로 허공에다 대고 단숨에 ─ 그건 숨이 아니었다 ─ 덧붙였다. 「당신의 아내가 되겠어요, 요아힘.」 그러나 요아힘이 변함없이 움직이지 않고 상체를 비튼 채 아무 대답도 없이 앉아 있었으므로 그녀도 자신이 그 말을 했는지 잘 알 수 없었다. 아무 일도 일어나지 않았다. 그것이 눈 깜박하는 순간 어두워지는 시간의 길이보다 더 길지 않았다 해도, 그 긴장이 너무도 공허하고 불확실했기에 엘리자베트는 다시 한 번 말했다. 「그래요, 당신의 아내가 되겠어요.」 하지만 요아힘은 들으려 하지 않았다. 그녀의 목소리가 그를 다시 돌이킬 수 없는 길로 몰고 있었기 때문이다. 그는 그녀에게 몸을 돌리고자 아주 애를 썼다. 거의 그렇게 할 수 없었다. 다만 반쯤 구부린 무릎이 이제 정말로 바닥에 닿았다. 그는 차가운 땀이 밴 이마를 숙여 양피지같이 메마르고 싸늘한 입술로 그녀의 손을 쓸었다. 그녀의 손은 감히 그가 잡을 수 없을 만큼 얼음처럼 차가웠다. 방이 서서히 다시 오므라들며 가구가 옛자리를 찾아들었을 때에도 그는 감히 손을 잡으려 하지 않았다.

남작의 목소리가 옆방으로 들려올 때까지 그들은 그렇게 앉아 있었다. 「들어가 봐야겠어요.」 엘리자베트가 말했다. 그들이 밝게 빛나는 살롱으로 들어갔을 때 엘리자베트는 말했다. 「저흰 약혼했어요.」 「애야.」 남작 부인이 부르짖으며 눈물 속에서 엘리자베트를 팔에 안았다. 남작의 눈도 적지않이 촉촉이 젖었다. 그가 외쳤다. 「이제 정말 기쁘구나. 하느님께 이 행복한 날을 감사드려야겠다.」 요아힘은 그의 진심 어린 말에 그가 너무도 좋았고 그의 보호 아래에 있음을 느꼈다.

◆

집에 돌아오는 도중 덜커덩거리는 마차 위에서 피곤한 나머지 무감각하게 선잠을 자던 요아힘에게 아버지와 베르트란트가 오늘 죽었을지도 모른다는 생각이 보다 더 뚜렷하게

다가왔다. 그래서 그의 방에서 아무런 슬픈 소식도 기다리지 않음을 알자 거의 놀랍기까지 했다. 그래야 다시 얻어진 생활의 정확성에 마땅할 텐데. 어쨌든 죽은 친구일지라도 친구에게 약혼을 비밀로 해서는 안 될 것이다. 그런 생각이 그를 떠나지 않았고, 다음 날 아침이 되자 심지어 확신으로까지 드높아졌다. 그것이 꼭 죽음의 확신으로까지 드높아진 것은 아니었을지라도 부재에의 확신이기는 했다. 아버지와 베르트란트는 이러한 생에서 분리되어 있다는 확신. 설령 그가 그런 죽음에 대해 공동의 책임이 있다 하더라도, 아무래도 상관없는 일이었으므로, 그가 그자에게서 엘리자베트를 빼앗은 것인지 루제나를 빼앗은 것인지 곰곰이 생각해 볼 필요가 전혀 없었다. 그의 소임은 그자를 속이고 그자를 감시하는 일이었다. 이제 그가 따라야 했던 길은 끝나 버렸고, 비밀은 소멸했다. 그건 죽은 친구와의 작별로 간주될 수 있었다. 「좋은 소식이면서 나쁜 소식.」 그는 혼잣말을 했다. 그에겐 시간이 있었다. 그는 신부와 남작 부인을 위한 꽃다발을 주문하기 위해 마차를 세운 다음, 서두르지 않고 병원으로 갔다. 그러나 병원에 들어갔을 때 그에게 재앙이 일어났다고 말해 주는 사람은 없었다. 마치 아무 일도 일어나지 않은 것 같았다. 언제나처럼 베르트란트의 병실로 안내되었다. 복도에서 만난 간호사에게서 비로소 베르트란트가 밤엔 상태가 나빴지만 지금은 나아진 것 같다는 소리를 들었다. 요아힘은 기계적으로 반복했다. 「더 나아진 것 같다고요...... 네, 정말 기쁜 일이군요, 아주 기쁜 일입니다.」 마치 베르트란트가 다시 그를 속이고 기만한 것 같았다. 이런 생각은, 그가 〈오늘 축하해도 되리라고 난 생각했다네〉라는 명랑한 말로 인사를 받았을 때, 확신이 되어 버렸다. 어디서 그는 알았을까, 요아힘은 자문했다. 그러나 화가 났음에도 불구하고, 그런 의심이 신랑이라는 새로운 위치로 인해 어느 정도 정당화되었기 때문에, 그는 거의 자랑스러울 정도였다. 네, 당신에게 약혼 소식을 알려 드릴 수 있어 참 행복합니다. 베르트란트의 동의가 부드럽게 느껴졌다. 「내가 자네를 좋아하는 건 자네도 알지, 파제노.」 그가 말했다. 요아힘은 그것이 넉살 좋은 말로 느껴졌다. 「그래서 난 자네와 자네의 신부에게 온 마음으로 행복을 기원하네.」 다시금 진정 어린, 솔직한 말이 울렸지만, 조롱처럼 들렸다. 저 작자는 모든 것을 미리 알고 있었다, 설사 그가 어떤 더 지고한 의지의 도구에 불과했다고 하더라도, 그것을 의도했고 유도했었다. 그런데 이제 작품이 완성된 것을 보고는 매끄럽고 진정 어린 축하를 하며 달아나고 있다니. 요아힘은 좀 지쳐 있었다. 그는 방 가운데 있는 탁자에 걸터앉아 거의 여자처럼 침대에 누워 있는 금발의 베르트란트를 보며 말했다. 「이젠 모든 것이 잘되기를 바랄 뿐입니다.」 베르트란트가 얼버무리듯, 언제나 새로이 요아힘을 진정시키는 동시에 불안하게 만드는 저 가볍게 확신하는 태도로 말했다. 「확신하게, 친애하는 파제노, 최상으로 되고말고…… 적어도 자네에겐.」 요아힘이 반복했다. 「최상으로.」 그러자 이해할 수 없었다. 「왜 제게만입니까?」 베르트란트는 미소 지었다. 그리고 약간 경멸이 어린 듯한 손짓을 하며 말을 뱉었다. 「글쎄 우린…… 우린 잃어버린 세대라네.」 그러나 그 이상의 설명은 하지 않고 느닷없이 물었다. 「그래, 언제 결혼할 건가?」 그래서 요아힘은 그 이상의 질문을 잊어버리고 즉시 대답했다. 네, 아직 일이 남아 있는 것 같습니다. 무엇보다도 아버지의 병환을 고려해야지요. 베르트란트는 요아힘을 바라보았다. 그는 탁자 옆에서 꼿꼿하고 단정하게 그를 향해 앉아 있었다. 「결혼을 하려고 즉시 장원으로 돌아갈 필요는 없겠지.」 베르트란트가 말했다. 요아힘은 놀랐다. 모든 걸 허사로 만들라고! 베르트란트는 언제나 장원을 인수할 필연성에 대해 말해 왔다. 그리고 루제나를 불행에 빠뜨렸다. 그런데 이제 마치 그에게서 소유의 기쁨을 앗아 가고 또한 고향도 빼앗으려는 것처럼 장원에 돌아갈 필요가 없다고 말하고 있다! 어떤 책략을 썼는지 모르지만 베르트란트는 그를 이 모든 상황에 처하게 했다. 그런데 지금 그는 자신의 책임을 밀어 버리고 있다. 심지어 그를 자신과 같은 일반 시민의 수준으로 격하시킨 승리를 부끄러워하며, 여기서도 그를 배격하고 있다! 저 작자가 충동하는 것은 악을 위한 악이다. 요아힘은 격분하고 놀라서 그를 응시했다. 그렇지만 베르트란트는 그의 시선이 질문이라고만 생각했다. 「자,」 그가 말했다. 「얼마 전 자네가 말했지. 기병 대위의 계급이 코앞에 있으며 자네는 그 승진을 기다리고 싶다고. 그리고 퇴역 중위보다는 퇴역 기병 대위가 훨씬 나아 보이고.」— 이제 저 소위님께서는 자신을 부끄러워하시는군, 요아힘은 생각하며 가볍게 정자세를 취했다 —「또 몇 개월이 지나는 사이에 자네 부친의 병세도 명백해질 걸세.」 요아힘은 결혼한 장교란 이상하게 생각되며 또한 자기 경작지가 그립다고 말하고 싶었다. 하지만 그런 말을 해서는 안 되었으므로 단지 베르트란트가 제기한 해결안은 서부 지구의 새 집에서 엘리자베트가 사는 것을 보고 싶어 하는 미래의 장인, 장모의 간절한 희망과 일치하는 것이라고 말했다. 「그렇다면, 친애하는 파제노, 만사가 잘되었군그래.」 베르트란트가 말했다. 까닭 없이 상당히 불쾌한 또 한 번의 주제넘은 말이었다. 「그 밖에 만약 자네가 사령관에게 승진 후 복무를 그만두겠다고 이야기한다면 틀림없이 승진이 빨라질 수 있을 걸세.」 옳은 말이었다. 하지만 베르트란트가 군대의 일까지 개입하는 데 화가 났다. 곰곰 생각을 해보며 베르트란트의 지팡이를 탁자에서 집어 들어 손잡이를 관찰하고는 끝에 달린 검은 고무의 탄력적인 둥그스러운 덮개 위를 손가락으로 쓸어 보았다. 베르트란트가 저렇게 결혼으로 몰아가는 것이 다시 그를 의심으로 가득 차게 했다. 이 뒤에 숨어 있는 것이 무엇일까? 어제 저녁 그와 엘리자베트는 여러 장애물을 열거하며 결혼을 그리 서두르고 싶지 않다고 양친에게 이야기했었다. 그런데 베르트란트는 그 장애물들을 간단하게 일소에 부치고 있다. 「그렇지만 우리는 결혼식을 서두를 수가 없습니다.」 요아힘이 완강하게 말했다. 「어쨌거나,」 베르트란트가 말했다. 「유감스럽지만 난 자네들에게 먼 곳에서 행복을 기원하는 전보를 보낼 수밖에 없을 것이네. 인도나 그 밖의 어딘가에서. 반쯤 원기가 되살아나게 되면 떠날 생각이니까…… 일이 나를 좀 피로하게 했나 보이.」 무슨 일이? 총알의 찰과상이? 베르트란트가 고통스럽게 보이는 것은 당연하다. 환자들은 언제나 목발을 짚고 다니는 법이다. 하지만 그전에 무슨 일이 있었단 말인가? 베르트란트가 어젯밤의 일을 알고 있는 걸까?

이 모든 것에 대한 해명이 있기 전에 베르트란트가 떠나 버려서는 안 되리라. 요아힘은 상대방에게 얼굴을 드러내고 서 있던 헬무트가 자신보다 훨씬 명예스럽지 않을까 하고 생각했다. 여기서도 해명이냐 죽음이냐의 문제가 아닐까? 그 양쪽을 원하면서도 동시에 양쪽을 원하지 않았다. 아버지가 옳았다. 그는 명예를 상실했다. 친구라고 부를 수 없는 친구인 이 베르트란트처럼. 그런데도 그는 기뻤다. 왜냐하면 아버지의 의중에는 베르트란트를 결혼식에 초대할 필요가 없다는 생각이 들어 있었을 것임이 분명했기 때문이다. 그럼에도 불구하고 그는 베르트란트의 말을 조용히 경청했다. 「또 하나 있네, 파제노. 장원은 자네 모친께서 돌보지 않거나 저절로 잘되어 가지 않는 한, 주인이 없는 것과 다름없다는 인상을 받았네. 고통스러운 상황에 있는 자네 어르신이 경우에 따라서는 특기할 만한 손해를 끼칠 수도 있을 거야. 실례이네만, 금치산의 가능성을 고려해 보라고 말해 줄 책임을 느끼네. 성실한 관리인을 들이게. 어쨌든 그에게 사례를 해야 하네. 이 문제를 장인과 상의해 보아야 하리라고 생각하네. 그는 영주이기도 하니까.」 그래, 그는 비열한 앞잡이 선동가 같은 말을 하고 있군. 하지만 요아힘은 그 충고가 호의에서이며, 또한 정당하다는 것을 잘 알고 있었으므로, 감사하다고 말하지 않을 수 없었으며, 심지어 그가 나을 때까지 종종 보러 오겠다는 희망을 표명했다. 「좋고말고,」 베르트란트가 말했다. 「그리고 자네 신부에게도 안부를 전해 주게.」 그다음 그는 지친 듯 베개 위에 다시 누웠다.

이틀 후 요아힘은 베르트란트에게서 상태가 아주 좋아졌

고 사업과 가까운 곳에 있기 위해 함부르크의 병원으로 옮겼다는 편지를 받았다. 하지만 내가 동방으로 떠나기 전에 다시 만날 수 있겠지. 다시 만나는 것이 당연하다는 듯한 베르트란트의 주제넘은 태도에, 요아힘은 어떤 일이 있더라도 그것을 피하리라고 결심했다. 그러나 그가 앞으로 친구의 보호와 경쾌함, 또 노련한 일 처리 없이 지내야 한다는 것이 고통스러웠다.

◆

라이프치히 광장 뒤에 점포 하나가 있다. 그것은 자세히 살펴보지 않는 한 외견상으로는 옆집과 거의 구별되지 않는다. 가까이 가보면 창에는 상품이 진열되어 있는 것이 아니라, 폼페이와 르네상스풍의 모티브들이 아름답게 식각되어 있는 그 젖빛 유리창으로 말미암아 내부를 들여다볼 수가 없다. 그러나 이러한 장식은 많은 은행 및 중개업 사무소들이 고루 나눠 갖고 있는 것이며, 또한 유리창에 부착되어 있음으로 해서 그 장식들을 그리 보기 좋지 않게 단절시키는 포스터들도 그리 두드러진 것이 아니었다. 이런 포스터들 위에서 〈인도〉라는 단어를 읽을 수 있었고, 문 위의 상호 간판에 시선이 닿는 순간 상점에 〈황제의 파노라마〉가 있음을 알게 된다.

들어가 보면 우선 밝고 친절하게 난방이 되어 있는 방에 이르게 된다. 그곳에서 좀 나이 들고 착한 것이 분명한 부인 한 사람이 작은 탁자 뒤에서 일종의 창구 업무를 맡아보며 시설물의 구경을 허락하는 입장권을 팔고 있다. 그러나 대부분의 방문객이 이 창구를 이용하는 목적은 다만 예약권에 도장을 받고 늙은 부인과 몇 마디 친밀한 말을 주고받기 위해서이다. 방 뒤쪽을 차단하고 있는 검은 휘장으로부터 나이 많은 종업원이 나타나 약간 유감스러운 몸짓을 하며 좀 참아 달라고 청할 때면, 방문객은 나지막이 한숨을 내쉬고는 등나무 의자 위에 자리를 잡고 앉아 잡담을 계속하며 거리로 나가는 유리문을 의심스러운 듯 감시하고, 새로운 손님이 들어오는 경우엔 그를 질투나는 듯한, 모욕을 당하는 듯한 적의를 품고 관찰한다. 그다음 휘장 뒤에서 의자가 밀리는 희미한 소리가 들리고 나면 안에 있던 사람이 나오는데, 그는 잠시 눈을 깜박거리며 빛을 쳐다보다가 노부인에게 짤막하게 인사하고 부끄러운 것처럼 기다리고 있는 사람을 쳐다보지 않고 황급히 사라져 간다. 그러나 기다리던 사람은 다른 사람이 그를 앞지르게 하지 않으려고 즉시 대화를 중지하고 서둘러 일어나 드리워진 휘장 뒤로 사라진다. 해가 지남에 따라 많은 사람들이 안면이 있을 텐데도 이야기를 주고받는 일은 드물다. 몇몇 염치없는 노인들만이 창구의 부인뿐만 아니라 기다리는 사람들에게도 감히 말을 걸어 프로그램을 칭찬하는 시도를 한다. 그렇지만 그들은 대개 단음절의 대답만을 얻는다.

그러나 휘장 안은 어둠뿐이다. 벌써 여러 해 동안 축적된 오래되고 육중한 어둠이라고 말할 수 있다. 종업원이 부드럽게 당신의 손을 잡고 당신을 기다리고 있는 등받이 없는 둥근 좌석으로 조심스럽게 안내한다. 당신은 검은 벽에서 당신을 쳐다보는 두 개의 밝은 눈을 보고 좀 섬뜩하다. 그 눈 밑에는 입술이, 그 속의 흐릿한 빛으로 부드러워진 딱딱한 사각형의 입술이 있다. 이제 당신은 당신이 안내받아 들어온 벽의 일부인, 신전 같은 다각형의 형체 앞에 있음을 점차 깨닫게 된다. 또한 당신은 좌우에서 벽의 눈에 자기 눈을 대고 있는 참배자가 있음을 본다. 당신도 밝게 빛나는 사각의 유리창에 시선을 던져 〈캘커타[30]의 정부 청사〉라는 제목을 되새기고 나서, 그 사람들과 마찬가지의 행동을 한다. 이제 당신이 마주 처다보고 있는 눈을 들여다보자마자 정부 청사는 은은한 종소리 속에서 기계의 윙윙 소리와 더불어 사라진다. 아직도 당신은 미끄러지듯 지나가 버린 것을 보고 있는데도, 앞에 있는 것은 벌써 다른 경치로 변했기 때문에 당신은 기만당했다고까지 느끼기도 한다. 그러나 그때 새로운 종소리의 신호가 울리며 풍경은 당신이 관찰하기에 편리하도록 해주려는 듯 가볍게 떨리며 정지한다. 당신은 잘 닦인 종려나무 길을 본다. 그늘진 배경에 밝은 옷을 입은 남자 하나가 벤치에 앉아 있다. 분수가 빳빳하고 채찍 같은 빛살을 공기 속으로 내뿜고 있다. 그렇지만 당신은 흐릿하게 빛나는 유리창에 시선을 던져 〈캘커타 왕립 공원의 풍경〉임을 알고 나서야 비로소 만족한다. 그때 다시 종소리가 이어진다. 종려나무, 벤치, 건물, 돛대가 미끄러지듯 사라지며, 장면의 진동이, 종소리가 있다. 그리고 태양이 작열한다. 〈봄베이 항구의 풍경.〉 그러자 왕립 공원의 벤치에 앉아 있던 바로 그 남자가 이제 헬멧을 쓰고 전경(前景)의 부두에서 사각형 돌담 위에 앉아 있다. 산책 지팡이에 기대어 그는 꼼짝도 않고 선박들

[30] 콜카타의 옛 명칭.

의 팽팽한 삭구(索具)들, 선박의 연통과 크레인, 항구에 쌓여 있는 목화 뭉치들에 마음을 뺏긴 채 응시하고 있다. 그러나 얼굴에 그림자가 드리워져 있으므로 그의 얼굴을 알아볼 수는 없다. 그렇지만 그는 당신과 그림 사이에 놓인 매끄러운 갈색 마법의 공간으로 — 그 공간은 추상적인 작은 상자에 불과하지만 긴 여행이 필요하다 — 나올 것이다. 그는 자유롭고 불가사의하게 그곳의 마룻바닥 위를 걸어올 것이다. 그러면 당신은 그가 베르트란트임을 알아차릴 것이며 그가 아무리 먼 곳에 있다 하더라도 그는 이제 당신의 생에서 지워질 수 없는 사람이라는 가볍고도 두려운 경고를 받을 것이다. 그러나 그건 당신의 상상일 수도 있다. 그리고 신이 그에게 신호 종을 울리자 그는 인사도 없이, 뻣뻣하게 꼼짝도 않고, 한 걸음도 내딛지 않은 채 다시 사라져 버린다. 당신은 왼쪽에 있는 이웃을 엿보며 그곳에서 그가 다시 나타나는지 살펴본다. 하지만 그 빛나는 유리판 위에서 읽을 수 있는 것은 〈캘커타의 정부 청사〉란 글씨이다. 거의 당신은 베르트란트가 오직 당신에게만 인사하기 위해, 오직 당신만을 위해 이곳에 나타나기를 희망한다. 그러나 당신은 그 생각에 매달려 있을 시간이 없다. 이제 당신이 재빨리 다시 두 개의 유리알을 바라보게 되면 기쁜 놀라움이 당신을 기다리고 있기 때문이다. 〈실론 원주민의 어머니〉가 부드러운 황금빛 햇살을 온몸에 받으며 자연의 색깔을 드러내고 있는 것이다. 붉은 입술 사이로 하얀 이를 드러내며 미소 짓는 그녀는 유럽 여인들을 경멸했기에 서쪽 나라를 떠난 유럽의 백인 나리를 기다리고 있는지도 모른다. 또한 〈델리의 신전〉도 갈색 상자의 먼 가장자리에서 동방의 빛을 내뿜고 있다. 그곳에서 그 비그리스도교인은 예속된 종족들 스스로도 신을 섬길 수 있음을 배울 것이다. 그리스도의 지배를 재수립할 의무가 있는 것은 흑인이리라고 그 자신도 말하지 않았던가? 당신은 갈색 식민지인들의 무리를 보고 소스라쳐 놀라서 〈코끼리 사냥 원정〉과 교대하기 위해 그들이 신호와 함께 퇴각해도 그리 불쾌하게 느끼지 않는다. 그러자 거대한 네발짐승들이 서 있다. 그중 한 마리가 부드럽게 앞발을 들어 올리고 있다. 광장은 깨끗하고 하얀 모래로 가득하다. 눈이 부셔 당신이 잠깐 시선을 옮기면 젖빛 유리알 위쪽에 시험 삼아 돌려 볼 수 있는 작은 단추를 발견한다. 즉시 대단히 기쁘게도 그림은 부드러운 달빛의 경치로 변한다. 사냥꾼들을 낮에 출동시킬지 밤에 출동시킬지는 당신의 마음이다. 자, 이제 눈부신 태양이 당신을 괴롭히지 않으니, 당신은 말 타고 나아가는 사람들의 얼굴을 볼 수 있는 기회가 왔음을 알아차리겠지. 당신이 잘못 보지 않았다면 검은 코끼리 몰이꾼 뒤의 가마에 앉아 오른손으로 죽음을 약속하는 사격 준비를 하고 있는 사람이 바로 베르트란트이다. 당신이 빛을 바꾸어 보면 지금 당신에게 미소 짓는 사람은 다시 생면부지의 남자가 된다. 코끼리 몰이꾼이 출발 명령을 환기시키려고 짐승의 귀 뒤를 막대기로 자극한다. 그들은 그곳에서 총림 속으로 미끄러지듯 사라진다. 당신은 무리의 쿵쿵 발자국 소리나 황소의 나팔 소리를 듣지는 못하지만, 그러나 희미한 종소리 신호와 약간 기계적인 윙윙 소리와 더불어 풍경이 차례차례 이상하게도 저절로 나타났다 사라진다. 지나가는 행인이 당신이 영원히 찾아야 하고, 영원히 그리워하고 있는 바로 그 사람으로, 당신이 그의 손을 붙잡고 있는데도 사라져 버리는 사람으로 보일 때면, 신호가 울리고, 당신이 채 이해하기도 전에 당신이 벌써 불안스럽게 건너다보았던 오른쪽 이웃의 표제판에서 〈캘커타의 정부 청사〉라는 제목을 발견하게 되고, 그리하여 이제 곧 당신의 시간 역시 끝났음을 알게 된다. 그러면 당신은 왕립 공원의 종려나무가 이어지리라는 것을 확신하며 잠시 눈길을 준다. 그리고 그것들이 엄격하게 그대로 이어지자 당신은 의자를 밀쳐 낸다. 종업원이 바삐 들어오고, 한 번도 깨닫지 못했던 쾌락에 빠져 본 불쌍한 포로인 당신은 약간 눈을 껌벅이며 칼라를 높이 세우고 가볍게 인사하며, 다른 사람들이 대기하고 있는, 노부인이 입장권을 팔고 있는 방을 떠난다.

이러한 오락장에 요아힘과 엘리자베트가 우연히 들른 것은 엘리자베트의 사교 모임 부인들의 호위하에 시내로 집과 혼수를 위한 쇼핑을 나갔을 때였다. 그들이 베르트란트가 아직 함부르크에 있음을 알고 있었고 또한 그에 대해 언급하지 않았다고 하더라도 인도라는 단어는 그들에게 마력적인 울림을 품고 있었다.

◆

레스토에서 조용한 결혼식이 있었다. 아버지의 상태는 정체 상태였다. 그는 정신이 몽롱해졌으므로, 이제 외부 세계를 인식하지 못했고, 사람들은 이 상태가 1년도 갈 수 있음을 이해해야 했다. 남작 부인은 자신과 남편에게는 가까운 사람끼리의 조용한 축하가 소란스러운 축제보다 훨씬 의미 깊은 것이라고 말했지만, 요아힘은 장인, 장모가 가정의 축제에 얼마만큼의 가치를 두고 있는지를 이미 잘 알고 있었으므로 그런 장려한 축연을 방해한 아버지에 대한 책임을 느꼈다. 물론 그 자신도 서로 반해서 이루어진 것과는 거리가 먼 이 결혼의 사회적 성격을 강조하기 위하여 성대하고 화려한 사회적인 형식을 원했을지도 모른다. 그러나 다른 한편으로는 엘리자베트와 자기가 모든 세상사를 등지고 제단으로 걸어가는 것이 더욱 그런 결합의 엄숙함과 그리스도교적인 태도에 부합하는 듯이 생각되었다. 그리하여 레스토에서는 극복하기가 쉽지 않은 많은 외적인 어려움들이 있었음에도 불구하고 베를린에서의 결혼식을 포기한 것은 특히 베르트란트의 충고를 얻을 수 없었기 때문이다. 요아힘은 신부를 결혼식날 밤에 집으로 데려오는 데 반대했다. 병자가 있는 집에서 첫날밤을 보낸다는 것이 불쾌하기 짝이 없는 일이었기 때문이다. 그러나 그보다 더욱 불가능하게 생각된 것은 그를 너무도 잘 아는 하인들의 눈앞에서 엘리자베트를 쉬게 해야 한다는 점이었다. 그래서 그는 엘리자베트가 레스토에서 첫날밤을 보내고, 그가 다음 날 데리러 오겠다는 제안을 했다. 기이하게도 이 제안은 그런 해결을 부당하게 생각하는 남작 부인의 반대에 부딪혔다. 「우리가 관대하게 보아 넘긴다 해도 저 무식한 하인배들은 어찌 생각하겠나!」 마침내 축하연을 신랑, 신부가 정오 기차를 탈 수 있을 시간에 맞추자고 결론을 내렸다. 「그러면 자네들은 곧 베를린의 즐거운 집으로 가게 되는 거지.」 남작 부인이 말했지만 요아힘은 이 의견도 역시 들으려고 하지 않았다. 안 됩니다, 너무 먼 거리입니다. 저희는 아침 일찍 다시 베를린을 떠날 생각이니까요. 아마도 곧장 뮌헨으로 가는 밤 열차를 이용할 수 있을지도 모릅니다. 그렇다, 밤의 여행은 가장 간단한 해결이었다. 그것은 그가 엘리자베트와 자러 가야 한다는 것을 알고 있는 사람들을 미소 짓게 할 수 있는 공포로부터의 구원이었다. 하지만 그들이 정말 곧바로 뮌헨까지 여행을 계속할 수 있을지 의심스러웠다. 엘리자베트를 낮에 그토록 긴장시킨 후에 다시 밤 여행을 요구해도 될 것인지? 어떻게 다가올 일을 기대하며 뮌헨의 낮 시간을 보내야 하는지? 당연히 이런 문제는 베르트란트와 상의할 성질의 것이 아니었고 스스로 해결해야 할 일이었다. 아무튼 베르트란트의 손을 빌린다면 많은 것이 정말 쉬워지리라. 그는 베르트란트가 이런 경우에 어떻게 할까를 곰곰이 생각해 보고는 베를린의 〈호텔 로열〉에 방을 예약하는 것이 별 대수로운 일이 아니라는 결론에 이르렀다. 엘리자베트가 원한다면 여행을 계속할 수도 있으리라. 그리고 그런 재치 있는 해답을 스스로 찾았다는 것이 정말 자랑스러웠다.

이제 완전히 한겨울이 되었으므로 폐쇄된 마차는 눈 속에서 기어가듯이 교회로 나아갔다. 요아힘은 어머니와 같은 마차에 탔다. 편안하게 넓은 자리를 차지하고 앉은 어머니가 〈아버지가 진심으로 기뻐하셨을 텐데. 정말 유감이구나〉라고 반복하여 말할 때면 요아힘은 화가 났다. 그래, 그것이 빠져 있다. 요아힘은 격분했다. 아무도 그가 침착하게 생각을 모아 볼 여유를 주지 않았다. 이 장엄한 순간, 그에게는 다른 어떤 그리스도교 가정의 결혼보다 더 의미 있는 결혼, 그에게는 수렁과 진창으로부터의 구원인 동시에 신을 향해 가는 신앙의 약속이기에 두 배로 냉정하게 생각해 보아야 하는데도 시간을 주지 않았다. 신부 예복을 입은 엘리자베트는 여느 때보다 더 마돈나처럼, 백설 공주처럼 보였다. 그래서 그는 신랑이라는 인물 속에 악마가 숨어 있음을 깨닫고 제단 앞에서 죽어 넘어졌던 동화 속의 신부를 떠올리지 않을 수 없었다. 그 생각이 그를 놓아주려 하지 않았고, 합창대의 합창도 목사의 설교도 들리지 않을 정도로 그를 지배했다. 그렇다, 심지어 그는 들으려고도 하지 않았다. 자기가 설교를 중단시키며, 그럴 가치가 없는 자, 범법자가 제단 앞에 서 있다고, 성스러운 자리를 모독하는 자가 서 있다고 할지도 모른다는 불안에서였다. 그리하여 그가 〈네〉라고 발음하지 않을 수 없었을 때 그는 깜짝 놀랐다. 또한 그에게는 새로운 생의 계시여야 하는 의식이 그렇게 빨리, 거의 알아차리지 못하는 사이에 지나갔다는 것이 놀라웠다. 다만 그는 엘리자베트가 ─ 아직은 진정 그렇지는 않지만 ─ 이제 자기 아내로 불리는 것이 기쁘게 느껴졌다. 그러나 이 상태가 지속되지 않으리라는 것이 끔찍하게 여겨졌다. 교회에서 돌아오는 길에 그가 그녀의 손을 잡고 〈나의 아내〉라고 말하자 엘리자베트도 그의 손을 마주 잡았다. 그러나 모든 것이 행복의 기원, 옷 갈아입기, 출발 등의 소용돌이에 휩쓸려 버렸으므로 그들은 역에 당도해서야 비로소 무슨 일이 일어났는지를 깨달았다.

엘리자베트가 기차 칸막이에 오를 때 그는 다시 불순한

생각의 포로가 되지 않으려고 고개를 돌렸다. 이제 그들뿐이었다. 엘리자베트는 피곤한 모습으로 모퉁이에 몸을 기댄 채 그에게 희미한 미소를 지어 보였다. 「피곤하지, 엘리자베트.」 그는 그녀를 보호하는 것이 자신의 의무이며 특권인 것이 기뻐 희망에 찬 목소리로 말했다. 「네, 피곤하군요, 요아힘.」 그러나 그는 그녀가 자기를 음흉하다고 생각할 수도 있을 것이 두려웠으므로 감히 베를린에서 머무르자는 제안을 할 수가 없었다. 그녀의 얼굴 윤곽이 잿빛의 겨울 오후를 담고 있는 창과 예리하게 대조를 이루고 있었다. 요아힘은 그녀의 얼굴이 풍경으로 변해 버리는, 저 가슴을 옥조이게 하는 두려운 환상이 일어나지 않는 것이 행복했다. 그러나 그가 그녀를 바라보고 있는 동안, 좌석 위에 마주 세워져 있는 트렁크가 적지않이 예리하게 잿빛 지평과 구분되는 것을 알았다. 그러자 그녀가 풍경이 아닌 사물, 죽은 사물일지도 모른다는 불합리한 불안이 엄습하며 첨예해졌다. 그는 트렁크를 어떻게 해보려는 듯이 재빨리 일어났다. 하지만 단지 그것을 열어 음식 바구니를 꺼냈을 따름이다. 그것은 결혼 선물로서, 여행에서뿐만 아니라 사냥에서도 사용할 수 있는 자그마한 우아함의 기적이라 할 물건이었다. 나이프와 포크의 상아 손잡이엔 사냥 장면이 새겨져 있었고, 그것은 금속 부분까지 상감법으로 이어졌으며 술병도 예외는 아니었다. 그러나 물건 각각의 장식들 한가운데 엘리자베트와 요아힘의 문장(紋章)이 얽혀 있는 것을 알아볼 수는 없었다. 바구니의 가운데 공간은 식료품을 넣어 놓는 데 이용되는 것으로 남작 부인이 배려 깊게 채워 놓았다. 요아힘이 엘리자베트에게 먹고 기운을 내보라고 권하자, 아침 식사를 조금도 들 수 없었던 그녀는 기꺼이 그의 말을 따랐다. 「우리 부부의 최초의 식사이구려.」 요아힘이 말하며 서로 포갤 수 있는 은잔에 포도주를 부었다. 엘리자베트가 그의 잔에 건배했다. 그들은 그렇게 여행을 했고 요아힘은 다시 기차가 결혼 생활의 최고 형식이라는 생각이 들었다. 그렇다, 그는 대부분의 시간을 철도 위에서 소비하는 베르트란트를 이해하기 시작했다. 「밤에 곧장 뮌헨까지 가보면 어떨까 하는데.」 그가 말했다. 그러나 엘리자베트는 너무 피곤하므로 그만 차를 탔으면 한다고 대답했다. 그리하여 그는 그녀가 그렇게 바랄지도 모른다는 점을 배려하여 미리 방을 예약해 두었노라고 털어놓지 않을 수 없었다.

그는 엘리자베트가 침착한 태도를 잃지 않는 것이 감사했다. 어쩌면 외견상으로만 그런 것에 지나지 않았을지도 모른다. 그녀가 밤의 휴식을 주저하며 저녁 식사를 요청했으므로, 그들은 오랫동안 식당에 앉아 있었다. 식사 중의 연주를 맡은 악사들은 벌써 악기를 치워 버렸고 약간의 손님들만이 아직 홀에 남아 있었다. 요아힘은 지체하면 지체할수록 좋았지만 엷어진 냉기가 다시 공간에 퍼지는 것을 느꼈다. 약혼했던 날 저녁 섬뜩하게 죽음을 예감시켰던 냉기가. 엘리자베트도 그것을 느꼈는지도 모른다. 그녀가 이제 휴식 시간이 된 것 같다고 말한 것으로 보면.

그리고 그 순간이 오고야 말았다. 엘리자베트가 친절하게 〈잘 자요, 요아힘〉 하는 인사를 하며 그와 작별했다. 이제 그는 방에서 이리저리 서성였다. 침대로 가야 하는가? 그는 열린 침실을 바라보았다. 그는 그녀가 은빛 구름 속에서 영원히 꿈꾸도록 그녀의 방 문 앞을 지키고 천상의 꿈을 호위하자고 맹세했었다. 그런데 이제 그것은 갑자기 의미와 목적을 상실해 버렸다. 모든 것이 오직 그 자신이 여기서 편안해져야 한다는 결론을 향해서 달음박질치는 것 같았기 때문이다. 그가 자신을 내려다보자 긴 제복 코트가 보호물로 느껴졌다. 사람들이 결혼식에 프록코트를 입고 나타나는 것은 뻔뻔스러운 일이었다. 하지만 세수를 해야 한다고 생각하지 않을 수 없었으므로 신성을 모독하는 것처럼 소리 없이 코트를 벗고 갈색 윤이 나는 세면대 위의 대야에 세숫물을 부었다. 이것이 부과된 시험들의 고리 가운데 하나가 아니라면 모든 것은 얼마나 고통스러우며 얼마나 무의미한가. 엘리자베트가 등 뒤의 문을 잠근다면 일이 더 쉬워지리라. 하지만 그녀는 상냥하기 때문에 그런 짓을 하지 못할 것이 분명하다. 요아힘은 그런 상황을 이미 체험한 일이 있음을 기억했다. 그러자 벌을 가하는 듯한 중압감과 더불어 가스등 아래의 갈색 세면대가 생각났고, 빗장 걸린 문이 생각났다. 루제나에 대한 기억으로 두려웠고, 어떻게 천사와 함께 살면서 화장실에 대한 은밀한 생각을 자제할 수 있을지로 적지않이 두려웠다. 이 두 경우는 모두 엘리자베트를 격하시키는 것이었고 새로운 시험이었다. 그는 대리석 위의 자기들이 부딪치는 소리를 피하려고 조심스레 움직이며 얼굴과 손을 씻었다. 그다음 이제 상상할 수 없는 일이 닥쳤다. 누가 감히 엘리자베트의 가까이에서 목을 가시는 소리를 낼 수 있을까? 그렇지만 그는 정화용 크리스털 액체 속에 훨씬 깊이 잠겨야 할 것이다. 요르단의 세례에서처럼 깊이 정화되어 나오려면 그곳에서 익사해야 할 것이다. 그러나 목욕이 무슨 소용이 있는가? 루제나는 그가 누구인지 알아차리고 결말을 지어 버렸었다. 그는 재빨리 코트 속으로 다시 미끄러져 들어가 규정에 맞게 단추를 채우고 방 안을 이리저리 거닐었다. 옆방에선 아무 소리도 들리지 않았다. 자기가 있는 것이 그녀에겐 모욕이리라는 느낌이 들었다. 어째서 그녀는 루제나처럼 나가 버리라고 잠긴 문 뒤에서 소리치지 않는 것일까! 당시엔 적어도 화장실 청소부가 그의 곁에 있었지만 지금은 혼자이며 힘을 빌려 주는 사람이 없다. 베르트란트와 그의 경쾌한 보호를 너무 일찍 저버린 것이 아닐까. 엘리자베트를 그 자로부터 보호해야 한다고 생각할 수 있었던 것이 지금은 위선 같았다. 끔찍한 후회가 일었다. 그가 보호하고 구출하려 했던 이는 그녀가 아니었다. 그녀의 희생으로 그 자신의 영혼을 구원받으려 했던 것이다. 지금 그녀는 안에서 무릎을 꿇고 동정과 연민 때문에 받아들인 질곡으로부터 신이 다시 해방시켜 주기를 기도하고 있을까? 그가 그녀에게 자유를 주겠다고, 바로 오늘밤 당장에라도 그녀가 서부 지구의 저택, 그녀를 기다리고 있는 그녀의 아름다운 새 집으로 데려다 줄 것을 명령한다면 그렇게 하겠노라고 말해야 하지 않을까. 그는 흥분한 가운데 연결 문을 두드렸지만, 그 순간 그렇게 하지 않았더라면 하는 생각이 들었다. 그녀가 나지막이 〈요아힘〉 하고 말했다. 그는 문의 손잡이를 돌려 열었다. 그녀는 침대에 누워 있었다. 촛불이 침실의 문갑 위에서 타오르고 있었다. 그는 문에 선 채 가볍게 정자세를 취하면서 목

쉰 소리로 말했다. 「엘리자베트, 난 당신이 자유의 몸임을 말하고 싶었을 뿐이오. 나를 위해 당신이 희생하는 건 옳지 않아요.」 엘리자베트는 놀랐지만, 그가 사랑받아야 할 남편의 자격으로 가까이 온 것이 아니라는 데 안도 같은 것을 느꼈다. 「요아힘, 당신은 내가 희생했다고 생각해요?」 그녀가 약간 미소를 지었다. 「정말 뒤늦게야 그런 생각이 드셨군요.」 ─ 「아직 너무 늦은 건 아니오, 너무 늦지 않았다는 데 하느님께 감사하오…… 이제야 깨달은 것이오…… 서부 지구로 당신을 데려다 줄까?」 이제 엘리자베트는 웃지 않을 수 없었다. 지금 이 한밤중에! 밖에 있는 사람들이 눈을 크게 뜰 거예요. 「그냥 잠자리에 드는 것이 어때요, 요아힘. 이 모든 걸 내일 조용하고 편안하게 상의할 수 있잖아요. 당신도 피곤한 것 같고요.」 요아힘은 고집 부리는 아이처럼 말했다. 「난 피곤하지 않아요.」 촛불이 깜박이며 그녀의 핼쑥한 얼굴을 비추었다. 눈처럼 하얀 베개 위 흐트러진 머리카락 사이에 얼굴이 있었다. 베개의 모서리가 벽에 그리고 있는, 코처럼 허공에 솟아 있는 그림자가 엘리자베트의 코 그림자와 다르지 않았다. 「제발, 엘리자베트, 베개 모서리를 아래로 눌러요, 당신 왼쪽 옆 위께를 말이오.」 그가 문에서 말했다. 「왜요?」 엘리자베트가 의아해하며 묻고 손을 올려 잡았다. 「그림자가 너무 보기 싫구려.」 요아힘이 말했다. 그러는 동안 다른 쪽 베개 모서리가 올라와 벽에 다른 코 모양의 그림자를 드리웠다. 요아힘은 화가 났다. 그는 자기가 손수 바로잡고 싶어서 방 안으로 몇 걸음 들어갔다. 「아이, 요아힘, 그림자가 무슨 방해가 되나요? ─ 이제 됐어요?」 요아힘이 대꾸했다. 「당신 얼굴 그림자가 벽에서 산맥같이 보이는군.」— 「아무 상관없는 일이잖아요.」— 「난 좋지 않아요.」 엘리자베트는 이것이 촛불을 끄기 위한 중간 과정일지 약간 두려웠다. 그러나 기쁘고도 놀랍게 요아힘이 말했다. 「당신 옆에 두 개의 촛불을 세워야 할까 봐. 그러면 그림자가 없을 거고 당신은 백설 공주처럼 보일 거야.」 그러면서 실제 그는 그의 방으로 가서 두 번째 타오르는 촛불을 들고 돌아왔다. 「오, 당신 장난꾸러기군요, 요아힘.」 이제 엘리자베트는 그렇게 말하지 않을 수 없었다. 「대체 어디다 그 두 번째 촛불을 놓지요? 벽에다 놓을 수는 없잖아요. 게다가 두 개의 촛불 사이에서 난 죽은 사람처럼 보일 거예요.」 요아힘은 주위를 둘러보았다. 엘리자베트가 옳았다. 그는 말했다. 「침대 문갑 위에 세워도 될까?」— 「물론 되지요……」 그녀는 잠시 사이를 두고 망설이며, 그러나 좀 만족스럽게 말했다. 「이제 당신은 내 남편인걸요.」 그는 손으로 촛불을 감싸고 침대 문갑 위로 날라다 놓고 그 두 개의 촛불을 의미심장하게 바라보았다. 그때 그는 조용한, 거의 빛 없는 결혼식이 생각났으므로 말했다. 「세 개가 더 장엄할 거야.」 마치 그는 그렇게 함으로써 엘리자베트와 그녀의 양친에게 축제가 검소했던 데 대한 보상을 할 수 있다고 생각한 것 같았다. 그녀도 두 개의 촛불을 바라보았다. 그녀는 어깨 위로 담요를 끌어올렸다. 손목에 레이스 화환을 두른 손만이 부드럽게 침대가에 늘어뜨려져 있었다. 요아힘은 아직도 성대하지 않았던 결혼식을 생각하고 있었다. 그러나 저 손을 마차 속에서 내 손안에 붙들고 있었지. 그는 편안해졌고 왜 자기가 들어왔는지를 거의 잊고 있었다.

그는 이제 그것을 기억해 내고 자기 제안을 반복할 책임을 느꼈다. 「그렇다면 서부 지구로 가고 싶지 않아요, 엘리자베트?」 — 「정말 바보 같군요, 요아힘. 지금 일어나야 하다니요! 난 여기가 아주 편안하게 느껴지는데 당신은 날 쫓아내고 싶으세요?」 요아힘은 결단을 못 내리고 침대 문갑 옆에 서 있었다. 문득 그는 사물들이 어떻게 그 본래의 성질과 기능을 바꿀 수 있는지 이해할 수 없었다. 침대는 잠자기에 쾌적한 가구였다. 루제나에게선 그리움의 장소, 형언할 수 없는 달콤한 장소였다. 그런데 이제 그것은 말하자면 접근할 수 없는 것, 모서리조차 감히 스칠 수 없는 어떤 것이 되었다. 나무는 나무라도 사람들은 관의 나무를 만지고 싶어 하지 않는다. 「너무 어렵구려, 엘리자베트.」 그가 갑자기 말했다. 「용서하시오.」 그가 그녀에게 구한 용서는 — 그녀가 믿고 생각할 수 있듯이 — 이 밤 늦은 시각에 그녀를 일어나게 하려던 일에 그치는 것이 아니었다. 그는 그녀를 다시 루제나와 비교한 것에 — 그는 그것을 깨닫고 놀랐다 — 그리고 그녀가 아닌 루제나가 여기 있었으면 하고 바란 것에 용서를 구한 것이었다. 그러자 그는 아직도 자기가 그 수렁에 얼마나 깊이 사로잡혀 있는지를 알아차렸다. 「용서하시오.」 그는 다시 한 번 말하고 침대 모서리의 하얗고 푸른 혈관이 비치는 손에 작별의 키스를 하기 위해 무릎을 꿇었다. 그녀는 이것이 자기가 두려워하던 접근을 의미하는지 아닌지 알지 못하고 잠자코 있었다. 그의 입술이 그녀의 손 위에 놓였고 그는 입술의 안쪽을 누르는 자신의 이빨을 느꼈다. 그것은 그의 머릿속에 숨어 있고 척추와 연결되는 딱딱한 두개골의 가장자리였다. 그는 또한 자기 입의 동굴에서 나오는 뜨거운 숨결을 느꼈으며 아래턱 사이와 함지에 놓인 혀를 느꼈다. 그는 이제 엘리자베트가 그것을 알아차리지 못하도록 재빨리 그 전부를 치워 버려야 한다는 걸 알았다. 그렇지만 그는 루제나에게 이런 재빠른 승리를 인정해 주고 싶지 않았으므로, 엘리자베트가 그에게 작별을 환기시키려는 듯 가만히 손을 쥐었을 때까지 기다리며 말 없이 침대 앞에 무릎을 꿇고 있었다. 아마 그는 그 신호를 의도적으로 오해했을지도 모른다. 그것이 멀리서부터 어루만져 오는 루제나의 손처럼 느껴지도록 했기 때문이다. 그는 그녀의 손을 놓아주지 않았다. 그런데도 그는 방을 떠나고 싶어 정말 초조했다. 그는 기적을, 신이 그에게 베풀어 줄 은총의 신호를 기다렸다. 마치 불안이 은총의 대문을 가로막고 서 있는 것 같았다. 그는 간청했다. 「엘리자베트, 말 좀 해봐요.」 그러자 엘리자베트가 느리게 대답했다. 마치 그녀 자신의 말이 아닌 것처럼. 「우리는 서로 그다지 모르지도, 그다지 친밀하지도 않지요.」 요아힘이 말했다. 「엘리자베트, 내게서 떠나려 하는 거요?」 엘리자베트가 부드럽게 대답했다. 「아뇨, 요아힘, 우린 이제 함께 걸어가리라는 걸 믿고 있어요. 슬퍼하지 말아요, 요아힘, 모든 것이 잘될 거예요.」 그렇고말고, 요아힘은 대답하려고 했다. 베르트란트도 그렇게 말하더군. 그러나 그는 말하지 않았다. 그런 말이 부적절하게 여겨졌기 때문만은 아니다. 그녀의 입으로부터 베르트란트의 말이 발설되었다는 것이 그에게는 자신이 기대하고 기원하고 간청했던 신의 신호 대신에 악마와 악당의 메피스토펠레스적인 신호 같았기 때문이다. 순간 베르트란트의 모습이 갈색 문갑의 바닥께에서 보이는 것 같았다. 그럼에도 불구하고 그것은 숨어 있었다. 그것은 악마의 화신으로 그의 얼굴과 형태가 벽에 산맥 같은 그림자를 던지고 있었다. 움직이지 않고 응고되어 있다가, 재빠르게, 종소리가 들렸을 때처럼, 다시 사라졌다. 그것은 마치 악이 아직 제압되지 않았고 엘리자베트 자신이 아직 악의 부하라고 경고하는 것 같았다. 그녀 자신의 말이 악을 부르는 말이었으며 허깨비와 환영을 쫓아낼 수 있는 신의 말이 아니었기 때문이다. 이것이 아무리 실망스러운 일이라고 하더라도 동시에 그만큼 좋았다. 그는 인간적인 피조물과 그의 약함에 대한 감동으로 가득했다. 엘리자베트는 천상에 있는 그의 목표이다. 그리고 자신의 힘은 너무도 약하지만, 그들 두 사람을 위해서 그리로 이르는 길을 지상에서 발견하고 개척해야 하는 것이다. 그렇지만 고독 속에서 그런 인식을 지시해 주는 자는 어디 있는가? 어디에 도움이 있는가? 언제나 존재하는 것은 진실의 예감과 감지뿐이며, 그에 따라 행위가 이루어진다던 클라우제비츠[31]의 말이 생각났다. 그 말은 그리스도교 가정을 이룬 그들이 깨우치지 못하고 어쩔 줄 모르며 어리석게도 지상에서 방황하며 무로 빠져들지 않도록 자신들을 보호해 주는 은총이 도와주고 구원해 줄 것임을 예감하고 깨닫게 해주었다. 그렇다, 그것을 감정의 인습이라고 불러서는 안 된다. 그는 몸을 바로 하고 손으로 부드럽게 비단 이불을 — 그녀의 육체가 그 아래 있었다 — 쓰다듬었

---

31 Clausewitz(1780~1831). 독일의 군인, 군사 평론가. 프로이센 육군을 건설한 공로자.

다. 그는 자신이 약간 간호원 같다는 느낌이 들었다. 마치 멀리서나마 병든 아버지나 혹은 그 대리인을 쓰다듬으려고 하는 것 같았다. 「불쌍하고 귀여운 엘리자베트.」 그가 말했다. 그것이 그가 감히 발설할 수 있었던 최초의 애정의 말이었다. 그녀가 손을 빼내어 그의 머리를 쓰다듬었다. 루제나도 그렇게 했지, 그는 생각했다. 그렇지만 그녀는 나지막이 말했다. 「요아힘, 우린 아직 충분히 친하진 않아요.」 그는 자신의 몸을 약간 높이 밀어 올렸고, 이제 침대 모서리에 앉아 그녀의 머리를 쓰다듬었다. 그다음 그는 팔꿈치를 괴고 아직도 창백하고 낯선 그녀의 얼굴을 들여다보았다. 그건 아내의 얼굴이 아니었다. 베개에 놓여 있는 것은 아내의 얼굴이 아니었다. 그리고 천천히 그가 알지 못하는 사이에 그녀 옆자리로 기어 들어가는 일이 일어났다. 그녀가 약간 옆으로 비켜났고, 오직 레이스로 덮인 손목을 지닌 손만이 이불에서 내다보이며 그의 손 위에 놓여 있었다. 그의 제복 상의가 그런 위치 때문에 약간 흐트러져 있었고, 그 흐트러진 옷자락에서 검은 바지가 내보였다. 요아힘은 그것을 알아차리고 황급히 다시 옷을 여미고 그 자리를 덮었다. 그는 이제 그의 광택 나는 구두가 리넨 천에 닿지 않도록, 발을 약간 긴장시켜 침대 옆에 있는 의자 위에 올려놓았다. 촛불이 깜박거렸다. 처음 하나가 꺼지자 다른 것도 꺼졌다. 여기저기서 복도의 양탄자 위를 걷는 희미한 발소리들이 들렸다. 한번은 문이 닫히는 소리가 났다. 멀리서 대도시의 소음이 들렸다. 대도시의 거대한 교통은 밤에도 침묵하지 않았다. 그들은 움직이지 않고 방 천장을 바라보았다. 그곳엔 창의 블라인드 틈새로 새어 들어오는 노란 불빛의 선이 그려져 있었다. 해골의 갈빗대 같았다. 그다음 요아힘은 졸음이 왔다. 엘리자베트는 그것을 알아차리고 웃지 않을 수 없었다. 그다음 그녀 자신도 잠이 들었다.

4

 그런데도 불구하고 그들은 약 18개월 후 첫아이를 얻었다. 바로 그러했다. 어떻게 이런 일이 일어났는지는 더 이야기할 필요가 없다. 독자들은 인물 성격에 대한 제공된 자료들에 따라 혼자서도 생각해 볼 수 있을 터이니.

두 번째 소설
1903·에슈 혹은 무정부주의

1

　1903년 3월 2일은 서른 살의 점원 아우구스트 에슈에게는 고약한 날이었다. 그는 사장과 다투었는데, 자진해서 사표를 쓸 기회가 생기기도 전에 해고당했다. 해고당했다는 사실보다 더 화가 난 것은 그가 보다 빈틈없이 굴지 못해서였다. 어떻게 그 남자의 면전에서 모든 말을 다 할 수 있단 말인가, 자기 사업이 정말 어찌 되어 가는지도 모르는 사람, 넨트비히란 녀석의 알랑방귀나 믿는 사람, 넨트비히란 작자가 어디서 수수료를 착복해 먹는지 짐작도 못 하는 그런 사람에게 말이다. 아니 어쩌면 넨트비히가 자기의 어떤 개 같은 짓을 알고 있기에 의도적으로 눈감아 주었는지도 모른다. 그들에게 빈틈을 보이다니 얼마나 어리석은가. 그들은 더러운 방법으로 회계에 잘못이 있다고 질책했다. 한데 지금 곰곰 생각해 보니 그건 전혀 잘못이 아니었다. 하지만 그들이 미친 듯이 질러 대는 고함 소리가 야비한 욕지거리로 바뀌어 가는 동안 갑자기 그는 해고당했음을 알았던 것이다. 지금은 물론 온갖 적당한 말이 생각나지만 그땐 얼간이 같은 말

밖에 떠오르지 않았다. 「사장님」 그래, 「사장님」 그는 말을 했어야 했고 그의 발끝을 주시해야 했다. 에슈는 이제 신랄한 어조로 〈사장님〉 하고 혼잣말을 했다. 「사장님께선 사업이 어떤 형편인지 짐작이나 하시는지요……」 그래, 그렇게 말했어야 했다. 하지만 지금은 너무 늦었다. 나중에 그는 만취가 되어 여자 하나와 잠을 잤지만 아무 소용이 없었고 분노는 여전했다. 그래서 에슈는 라인 강변을 따라 시내로 가는 동안 혼자 욕설을 퍼부었다.

뒤에서 발소리가 들렸다. 몸을 돌리자 마르틴 가이링이 보였다. 그는 짧은 쪽 다리 발끝을 나무에 꼭 누르고 온몸을 목발 사이에서 흔들며 서둘러 오고 있었다. 저 뒤의 녀석을 만나면 끝장이었다. 에슈는 목발로 — 사람을 때려죽일 때 저 녀석은 저것을 사용하리라 — 해골을 얻어맞을 위험을 무릅쓰고라도 가버리고 싶었다. 하지만 불구자가 뒤쫓아 달려오게 하는 건 비열한 짓이라고 느꼈기 때문에 그는 멈추어 섰다. 게다가 그는 일자리를 찾아봐야 할 몸이었고, 세상일에 밝은 마르틴이 뭘 좀 알려 줄지도 모르는 일이었다. 불구자가 쫓아와 비틀린 다리가 흔들리게 내버려 둔 채 단순하게 말했다. 「목 잘렸지?」 그럼 벌써 알고 있군. 에슈는 사납게 대답했다. 「잘렸어.」 — 「돈 있어?」 에슈는 어깨를 움찔했다. 며칠 동안은 아직 충분해. 마르틴이 곰곰 생각했다. 「자리 하날 아는데.」 — 「그래? 하지만 조합엔 순순히 따라가지 않을걸.」 — 「알아, 알아, 그러기엔 넌 너무 착하지…… 어쨌든 넌 꼭 들어오고 말걸. 어디로 갈 거야?」 에슈는 목적지가 없었으므로 그들은 헨트옌 어머니의 식당 쪽으로 올라갔다.

카스텔가세[1]에서 마르틴이 멈추어 섰다. 「쓸 만한 추천서를 받았어?」— 「이제 가지러 가야 해.」— 「만하임의 미텔라인 선박 회사 사람들이 서기나 뭐 그런 게 필요하대…… 쾰른을 떠나는 게 상관없으면…….」 그들은 식당으로 들어갔다. 상당히 크고 침침한 홀이었다. 아마 수백 년 동안 라인 강 뱃사공들이 찾던 술집 가운데 하나일 것이다. 어쨌든 오랜 과거를 보여 주는 것이라고는 그을린 통 모양의 아치밖에 없었다. 탁자들 뒤에 있는 벽은 중간 높이까지 갈색 널빤지가 대어져 있었고 벤치 하나가 벽을 따라 덧붙어 놓여 있었다. 천장 위쪽에 맥주잔들이 있었고 청동 에펠탑도 보였다. 그 에펠탑은 흑, 백, 홍의 삼색기로 장식되어 있었으며 좀 더 가까이서 보면 그 위에서 〈단골손님의 식탁〉이라는 빛 바랜 황금색 글씨를 읽을 수 있었다. 두 개의 창문 사이에 있는 오케스트리온 악기는 문짝이 열려 있어 내부가 어떻게 작동되는지가 다 보였다. 원래는 문짝이 닫혀 있어서 음악을 즐기고 싶은 사람이 백동전을 던져 넣어야 할 것이었다. 그렇지만 헨트엔 어머니는 인색하지 않았으므로 손님들은 기계 장치를 잡고 자루를 잡아당기기만 하면 되었다. 헨트엔 어머니의 손님 누구나 그 기계의 사용법을 알고 있었다. 오케스트리온 맞은편, 술집 아주 뒤쪽의 좁다란 면엔 카운터가 있었으며, 카운터 뒤에는 가지각색의 술병이 진열된 두 개의 유리장 사이에 커다란 거울이 있었다. 헨트엔 어머니가 저녁에 카운터에 앉아 있을 때면 때때로 거울 앞에서 몸을 돌려 둥글고 무거운 두개골 위에 작고 딱딱한 막대 사탕처럼 땋아 올린 금

1 Kastellgasse. 거리 이름.

발을 매만지곤 했다. 카운터 위에는 포도주와 화주가 담긴 커다란 병이 몇 개 있었다. 유리장 속에 있는 가지각색의 술이 요구되는 경우란 드물었기 때문이다. 마지막으로 카운터와 유리장 사이에 함석 대야가 수통과 함께 신중하게 배치되어 있었다.

  식당은 난방이 되지 않아서 냉기가 코를 찔렀다. 두 남자는 손을 비볐다. 에슈가 벤치에 털썩 주저앉는 사이 마르틴은 오케스트리온을 건드렸다. 악기가 으르렁거리며 글라디아토르 행진곡을 방 안의 찬 공기 속으로 풀어 놓았다. 소음에도 불구하고 당장 삐걱이는 나무 계단 위에서 발걸음 소리가 즉시 들렸고 카운터 옆의 자물쇠 없는 여닫이문이 헨트옌 부인에 의해 불쑥 밀쳐졌다. 그녀는 아직 아침나절의 작업복을 입고 커다란 푸른 목면 앞치마를 두르고 있었다. 저녁용 코르셋을 입지 않아서 커다란 체크무늬의 능직 무명 블라우스 속의 젖가슴이 두 개의 자루 같았다. 막대 사탕 같은 머리 모양만이 언제나처럼 꼿꼿하고 정확하게, 창백하고 표정 없는, 나이를 짐작할 수 없는 얼굴 위에 얹혀 있었다. 그러나 누구나 게르트루트 헨트옌 부인이 서른여섯 살이며 아주 오랫동안 — 잠깐 계산해 보면 14년이 틀림없을 것이다 — 헨트옌 씨의 미망인으로 지내 왔음을 알고 있었다. 노랗게 변색한 남편의 사진이 영업 허가증과 달빛 풍경의 그림 사이에 있었는데 세 개 모두 금으로 장식된 아름답고 검은 액자 속에 넣어져 에펠탑 위쪽에서 찬란히 빛났다. 그리고 헨트옌 씨가 염소 수염 때문에 옹색한 재단사 선생같이 보일지라도 그의 미망인은 남편에게 충실했다. 적어도 그녀의 뒷소문을 들을 순 없었다. 설사 누가 그녀에게 예의 바른 청혼과 더불어 접근한다 해도 그녀는 경멸하며 말했다. 「아무렴, 이 장사가 그자의 성질에 꼭 맞긴 하겠지. 하지만 안 되지. 난 혼자 꾸려 가는 것이 좋거든.」

「안녕하세요, 가이링 씨, 안녕하세요, 에슈 씨.」 그녀가 말했다. 「오늘은 일찍감치 오셨네요.」 ─ 「헨트옌 어머니, 우린 충분히 오래 서 있었습니다.」 마르틴이 대답했다. 「일하려면 먹어야지요.」 그는 치즈와 포도주를 주문했다. 어제의 포도주로 아직도 입과 위가 마비된 에슈는 화주를 받았다. 헨트옌 부인은 남자들과 함께 앉아 새로운 소식을 들었다. 에슈는 잠자코 있었다. 그가 자신의 해고 사실을 결코 부끄럽게 여긴 것은 아니지만 가이링이 그렇게 소문을 퍼뜨리는 것에 화가 났다. 「그렇지요, 또 자본주의의 희생입니다.」 노동조합원이 이야기를 끝냈다. 「하지만 난 다시 일을 시작해야 합니다. 물론 여기 계신 나리는 빈둥거려도 됩니다만.」 그는 막무가내로 에슈의 화주 값을 지불하겠다고 고집하며 셈을 치렀다. 「……실업자에겐 보조를 해주어야 하는 거야.」 그는 옆에 기대어 두었던 목발을 집어 왼쪽 발끝을 나무에 누르고 지팡이 사이에서 흔들며 다각다각 소리도 요란스럽게 나갔다.

그가 간 다음 남은 두 사람은 잠시 말이 없었다. 그러자 에슈가 턱으로 문을 가리켰다. 「무정부주의자랍니다.」 그가 말했다. 헨트옌 부인은 살집 좋은 어깨를 움찔했다. 「어쨌든 정말 상당한 사람이에요…….」 ─ 「상당하고말고요.」 에슈가 강하게 맞장구를 치자 헨트옌 부인이 말을 이었다. 「……하지만 그들이 곧 다시 그를 붙잡겠지요. 6개월 동안 그를 가

두어 놓은 적이 있잖아요…….」 그러고 나서 말했다. 「어쨌든 그 사람 일이지만.」 그들은 다시 입을 다물었다. 에슈는 마르틴이 어렸을 적부터 다리를 절었는지 생각해 보았다. 병신, 하고 생각하며 그가 큰 소리로 말했다. 「그 사람은 나를 사회주의자 패거리에 데려가고 싶어 한답니다. 하지만 난 안 갑니다.」 ─ 「왜 안 가지요?」 헨트옌 부인이 시큰둥하게 응수했다. 「내게 맞지 않아요. 난 꼭대기에 올라가고 싶습니다. 올라가려면 질서가 있어야지요.」 헨트옌 부인은 의무적으로 동의하지 않을 수 없었다. 「네, 옳아요, 질서는 있어야 해요. 하지만 이제 부엌에 가봐야겠어요. 에슈 씨, 오늘 우리 집에서 식사하시겠어요?」 에슈는 여기서 먹으나 다른 곳에서 먹으나 마찬가지였고, 결론적으로 말해 차가운 바람 속을 어슬렁거릴 이유가 없었다. 「금년엔 눈이 없어서.」 그가 의아해했다. 「먼지가 눈을 멀게 하는군요.」 ─ 「정말 바깥은 끔찍해요.」 헨트옌 부인이 말했다. 「그럼 여기에 그냥 앉아 계세요.」 그녀는 부엌으로 사라졌다. 여닫이문이 조금 오랫동안 흔들렸다. 에슈는 진동이 정지할 때까지 멍청하게 바라보았다. 그다음 그는 잠을 청해 보았다. 그러나 방 안의 한기가 느껴졌다. 그는 좀 무겁고 뻣뻣한 걸음으로 이리저리 걷다가 카운터 위에 있는 신문을 집어 들었다. 그렇지만 손가락이 곱아 지면을 넘길 수가 없었다. 그리고 눈도 아팠다. 그래서 따뜻한 부엌을 찾아가기로 결심하고 신문을 손에 들고 안으로 들어갔다. 「아마 음식 냄새를 맡고 싶은가 보죠.」 헨트옌 부인이 말했다. 어쨌거나 그녀는 홀이 너무 춥다는 것을 알고 있었고, 그곳은 규칙상 오후에야 불을 지필 것이므로 그가 같이 있을 것을 허락했다. 에슈는 그녀가 화덕에서 바삐 일하는 모습을 바라보았다. 그는 그녀의 가슴 아래께로 손을 뻗고 싶었지만, 접근할 수 없는 여자라는 평판 때문에 욕망이 싹트자마자 죽어 버렸다. 일을 도와주는 식모가 부엌을 나가자 그는 말했다. 「혼자 살기가 좋으신가 봅니다.」 ─ 「오호.」 그녀가 대답했다. 「이제 곡조도 뽑아 보시지요.」 ─ 「아닙니다.」 에슈가 말했다. 「그런 생각이 들었을 뿐입니다.」 헨트옌 부인은 이상하게 굳은 분위기였다. 그녀가 몸을 떠는 것으로 보아 역겨운 것 같았다. 가슴이 흔들렸다. 그다음 그녀는 다시 낯익은 권태롭고 공허한 표정으로 일을 시작했다. 창가에 있던 에슈는 신문을 읽고 마당을 내다보았다. 바람이 먼지의 작은 회오리를 일으키고 있었다.

나중에 밤에 여급으로 일하는 여자 두 명이 왔다. 그들은 지저분하고 졸린 듯이 보였다. 헨트옌 부인, 여자들 두 사람, 어린 식모, 그리고 에슈가 부엌 탁자 주위에 앉았고 전부 팔꿈치를 쭉 빼고 접시 위에 고개를 처박은 채 음식을 먹었다.

◆

에슈는 만하임의 일을 위하여 지원서를 작성했다. 추천서만 첨부하면 되었다. 일이 이렇게 되어서 그는 정말 기뻤다. 언제나 한자리에 머무르는 것은 좋지 않았다. 사람은 앞으로 나아가야 한다. 멀리 갈수록 더 좋다. 사람은 찾아보아야 한다. 사실 그는 언제나 그랬었다.

오후에 그는 포도주 도매업 및 저장업소인 슈템베르크 상회에 추천서를 가지러 갔다. 넨트비히는 그를 카운터에서 기다리게 해놓고 펑퍼짐하게 책상에 웅크리고 앉아 계산을 했다. 에슈가 초조하게 딱딱한 손톱으로 카운터 위를 두들겼다. 넨트비히가 일어섰다. 「좀 참으시오, 에슈 선생.」 그는 카운터로 걸어와 위에서 내려다보며 말했다. 「그래 추천서 때문이라고 — 그리 급한 일은 아닐 텐데. 그럼, 생년월일은? 입사일은?」 에슈가 외면한 채 대답하고 넨트비히가 기록했다. 넨트비히가 추천서를 건네주었다. 에슈는 죽 훑어보았다. 「이건 추천서가 아니잖소.」 그는 말하고 종이를 되돌려주었다. 「아니, 그렇다면 뭐란 말이오?」 — 「당신은 경리계원으로서의 나의 활동을 증명해 주어야 합니다.」 — 「당신을, 경리계원으로! 당신은 당신 능력을 벌써 보여 주었잖소.」 지금이 결단을 내릴 때였다. 「당신의 상품 목록을 위해 필요한 특별 장부의 이야깁니다, 내 이야긴!」 넨트비히가 당황했다. 「무슨 말이오?」 — 「말 그대로요.」 넨트비히는 돌변하여 친절해졌다. 「그렇게 억지를 부린다면 손해를 입는 사람은 언제나 당신 자신이오. 당신은 좋은 자리에 있으면서도 상사와 티격태격했었소.」 에슈는 승리를 느꼈으므로 그를 가지고 놀기 시작했다. 「사장과 더 이야기해 보지요.」 — 「부디 사장과 이야기해 보시지요.」 넨트비히가 되받아쳤다. 「그래, 어떤 추천서가 되어야겠소?」 〈책임감 있고 믿을 만하며 모든 장부 정리와 여타 계산상의 업무에 대단히 능통한 사람임〉 하고 에슈가 주문했다. 넨트비히는 그에게서 벗어나고 싶었다. 「그건 사실이 아니지만 어쨌든.」 그는 다시 새로운 명령을 받아쓰기 위하여 돌아앉았다. 에슈는 얼굴이 벌게졌다. 「그래, 사실이 아니라고요? 그래요?…… 그렇다면 〈누구에게나 가장 추천할 만함〉이라고 덧붙이시오, 아시겠소?」 에슈는 새 원고를 훑어보고 만족했다. 「사장의 서명을.」 그는 명령했다. 그러나 그건 넨트비히에게 너무 지나친 요구였다. 그는 소리쳤다. 「내 서명은 당신에게 아무것도 아니라는 말이오?」— 「당신이 독점 상사 지배권[2]을 갖고 있어도 내겐 중요한 일이 아니오.」 에슈가 대범하고도 당당하게 대답했고 넨트비히는 서명했다.

에슈는 거리로 나가 가장 가까운 우체통으로 향했다. 휘파람을 불었다. 명예가 회복된 느낌이었다. 추천서가 있다. 이제 되었다. 그는 미텔라인 사에 보낼 지원서와 함께 그것을 봉투에 넣었다. 넨트비히의 항복으로 그자의 응큼한 속셈이 증명된 것이다. 따라서 그 상품 목록은 거짓이다. 그렇다면 그자를 경찰에 넘겨주어야 하리라. 그렇다, 신속한 고발은 간단히 말해 시민의 의무이다. 편지가 우체통에 부드럽고 둔탁하게 떨어졌다. 여전히 우체통 투입구에서 손가락을 떼지 않은 에슈는 바로 경찰서에 가야 하는지 숙고했다. 그는 결정을 내리지 못하고 계속 이리저리 돌아다녔다. 추천서를 보내 버린 것은 잘못이었다. 넨트비히에게 그것을 돌려주어야 했을 것이다. 강제로 추천서를 받아 내고 고발한다는 것은 점잖은 행동이 아니다. 그러나 이제 엎질러진 물이었고 추천서 없이 미텔라인 선박 회사에서 자리를 얻기는 어려울 것이었다. 다시 슈템베르크에 들어가는 것 말고는 다른 방도가 없을 것이다. 사장이 사기를 폭로한 그를 넨트비히의 자리에 앉히고 넨트비히는 감옥에서 괴로워하는 모습을 그려

[2] 독일 상법상의 특수한 대리권.

보았다. 하지만 만약 사장 자신도 그 개 같은 짓에 가담했다면? 그렇다면 물론 경찰의 조사는 일 전체를 망치는 결과가 될 것이다. 그렇게 되면 파산이 있을 뿐 경리계원의 일자리는 없다. 그리고 신문엔 〈해고된 직원의 보복〉이라는 기사가 실릴 것이다. 또한 결국은 그도 관여 여부를 의심받을 것이다. 에슈는 온갖 가능성을 조목조목 따질 수 있는 자신의 예리함이 만족스러웠다. 그러나 화는 났다. 「망할 놈의 돼지우리.」 그는 저주했다. 그는 오페라 하우스 앞의 광장에서 차가운 먼지를 눈 속에 몰아넣는 바람에다 저주를 퍼부으며 결단을 내리지 못하고 서 있었다. 그러나 결국 일을 미루기로 결정했다. 미텔라인에서 일자리를 얻지 못하게 된다면 그때 가서 복수의 여신들에게 맡겨도 늦지 않을 것이다. 어두워지는 저녁 속을 그는 추레한 외투의 호주머니에 손을 찌르고 거닐었다. 그가 경찰서까지 계속 걸어간 것은 형식상의 일이었다. 거기서 그는 보초 경관을 보았다. 그때 죄수들을 실은 호송마차가 지나갔다. 그는 전부 내릴 때까지 기다렸다. 하지만 넨트비히의 모습은 보이지 않았고 마침내 경찰관이 마차 문짝을 꽝 닫아 버리자 실망했다. 그는 잠시 더 서 있다가 단호하게 돌아서서 알트 광장으로 가는 길로 접어들었다. 그의 뺨에 나타난 두 개의 긴 주름살이 더욱 길어졌다. 「포도주에 물을 타는 놈.」 「식초를 팔아 먹는 놈.」 그는 혼자 욕을 했다. 그리고 씁쓸한 승리에 실망하여 투덜거리면서 다시 잔뜩 취해 여자와 잠을 자야 했다.

◆

보통 밤에만 입던 갈색 비단옷을 입은 헨트옌 부인은 오후를 친구 집에서 보냈다. 집에 돌아오면서 그 집, 그렇게 오랫동안 세월을 보내야 했던 그 식당이 다시 눈앞에 보이자 여느 때처럼 분노가 일었다. 물론 이 사업에서 약간의 저축을 할 수 있었다. 그리고 여자 친구들에게서 자신의 능력을 칭찬받아 기분이 좋아지면 다시 많은 것을 잘해 나갈 것 같은 기분이 들었다. 그러나 매일 밤 술주정꾼들과 부대끼는 대신 하얀 레이스 가게나 양품점 또는 미장원을 차리지 않는 이유는 무엇이란 말인가! 만약 코르셋이 아니었더라면 자기 집이 눈에 보였을 때 구토로 전율했을 것이다. 그만큼 그녀는 그곳에 왕래하는, 자기가 봉사해야 하는 남자들을 증오했다. 그렇지만 그녀가 더 증오하는 것은 언제나 남자들을 쫓아가는 어리석은 여자들일지도 모른다. 그녀의 여자 친구들 중에는 남자들에게 매달려서 그 인간들과 뒤섞이고 암캐처럼 그들을 받아들이는 이는 절대로 없었다. 어제는 마당에서 사내와 함께 있는 식모아이를 붙잡아 따귀를 올려붙였다. 손이 유쾌하게 알알했었다. 그녀는 다시 한 번 더 하녀의 따귀를 때리고 싶은 마음이 간절했다. 그렇다, 여자들이 남자들보다 더 역겨웠다. 그녀가 아직 여급들과 하녀들 전부를 제일 좋아하는 이유는 그들이 같이 잠을 자야 할 때에도 남자들을 경멸하기 때문이었다. 이런 여자들하고 그녀는 오랫동안 그리고 즐겨 이야기를 했으며, 자기 이야기를 상세히 해주기도 하고 위로하고 응석을 받아주며 그들의 고민을 덜어 주려 했다. 따라서 헨트옌 어머니네 식당에서의 일자리는 사랑을 받았으며 소녀들은 가능한 한 그 자리를 유지하고자 노력할 가치가 있는 것으로 생각했다. 그리고 헨트옌 어머니는 그런 의존과 사랑을 정말 기쁘게 생각했다.

2층에는 좋은 방이 있었다. 뒷골목 쪽으로 창문이 세 개가 나 있는 그 방은 아래층 식당의 홀과 복도에 해당하는 넓이를 차지할 만큼 컸다. 아래층의 카운터가 있는 곳에 해당되는 뒤켠에는 비치는 커튼으로 막은 일종의 골방이 있었다. 커튼을 쳐들고 눈이 어둠에 익숙해지고 나면 그 안에 부부용 침대가 있음을 알 수 있었다. 그러나 헨트옌 부인은 그 방을 사용하지 않았고 그 방이 사용된 적이 있었는지는 아무도 모를 일이었다. 그처럼 커다란 방은 난방이 힘들고 또한 상당한 비용이 들었으므로, 헨트옌 부인이 부엌 위쪽의 좀 작은 방을 거실 겸 침실로, 그에 반해 침침하고 오싹 냉기가 도는 큰 방을 상하기 쉬운 물건들의 저장소로 선택한 것을 나쁘게 생각할 필요는 없었다. 그곳에는 헨트옌 부인이 가을에 구입해 두곤 했던 호두가 저장되어 있었는데, 두 개의 넓은 초록색 리놀륨 판이 십자가 모양으로 질러진 방바닥 위에 엉성하게 쌓여 있었다.

아직도 화가 잔뜩 난 헨트옌 부인은 저녁을 만들 소시지를 식당에 가져가기 위해 방으로 올라왔다. 화가 난 사람은 부주의한 법이므로 그녀는 호두를 잘못 건드렸고, 호두는 분을 돋우듯 격렬한 소음을 발하며 발 앞으로 굴러왔다. 그녀는 그중 하나를 밟아 으깨었을 때 더욱 화가 났지만 손실이 더 커지게 하고 싶지는 않았으므로 호두를 조사한 다음 신중하게 알맹이를 부서진 껍질에서 꺼내어 씁쓸한 연갈색 껍질이 붙은 하얀 조각을 입에다 넣었다. 그렇게 하는 사이사이에 그녀는 식모아이를 날카로운 목소리로 불렀다. 마침내 뻔뻔스러운 계집아이가 그 소리를 듣고 계단을 주춤거리며 올라와 어지럽게 쏟아져 내리는 욕설을 들었다. 물론 거기엔 사내에게 빠진 것과 호두를 훔친 것이 혼합되어 있었다. 저 위 창 옆에 두었던 호두가 여기 문 옆에 떨어져 사람을 넘어뜨리는데, 호두가 제 발로 창문에서 걸어 나오진 않아. 그녀는 한 대 때리려고 손을 올렸다. 소녀가 팔 뒤로 머리를 감추었지만, 그러나 그땐 헨트옌 부인이 호두 껍질 하나를 입에 넣었을 때여서 다만 경멸스럽게 껍질을 내뱉었을 따름이다. 그리고 아래 식당으로 내려갔고 소녀가 울면서 뒤따랐다.

그녀가 식당으로 내려갔을 때 그곳엔 이미 담배 연기가 자욱했다. 그러자 매일 밤 그렇듯이 거의 이해할 수 없고 억제하기 어려운 저 경직 상태가 그녀를 엄습했다. 그녀는 거울 앞으로 가서 기계적으로 머리 위의 금발 막대 사탕을 매만지고 옷을 바로 여밈으로써 겉모습이 만족스럽다고 확인하고 나서야 평온한 심정이 되었다. 이제 손님들 사이에서 낯익은 얼굴이 보였다. 그녀는 음식보다 주류에서 돈을 더 잘 벌 수 있었음에도 불구하고 술꾼들보다는 식사하는 손님이 더 좋았다. 그녀는 카운터에서 나와 식탁으로 다가가 음식이 맛있느냐고 물어보았다. 손님이 일인분을 더 주문하면 만족해하며 여급들을 불렀다. 그렇다, 헨트옌 어머니의 요리는 내놓을 만했다.

가이링이 벌써 와 있었다. 목발이 옆에 기대어져 있었다.

그는 접시 위의 고기를 잘게 썰어 기계적으로 먹으면서 왼쪽 손으로는 사회주의 계열의 신문 한 장을 붙들고 있었다. 전체 뭉치는 언제나 그 주머니에 꽂혀 있었다. 헨트옌 부인은 그를 좋아했다. 첫째, 그는 절름발이니까 진짜 사내라고는 할 수 없었고, 둘째, 그가 오는 것은 야단스럽게 술을 마시기 위해서나 여자 때문이 아니라 단지 일 때문에 봄에는 선원이나 부두 노동자들과 머물러 있어야 했기 때문이다. 그리고 특히 그를 좋아하는 것은 그가 저녁마다 식당에서 식사를 했고, 또한 그녀의 음식을 칭찬했기 때문이다. 그녀는 그의 식탁에 앉았다. 「에슈가 아직 여기 있습니까?」 가이링이 물었다. 「그는 미텔라인에서 자리를 얻었지요. 월요일에 일을 시작할 겁니다.」 ─ 「그 자리를 가이링 씨가 마련해 주셨겠지요.」 헨트옌 부인이 말했다. 「웬걸요, 헨트옌 어머니, 우리 조합이 자리를 마련해 줄 수 있는 정도는 아직 아니랍니다…… 아니지요, 아직은…… 하지만 곧 그렇게 될 겁니다. 그렇지만 에슈를 떠나게 하는 사람은 나지요. 그런 착한 사람을 도와주어서 안 될 이유가 있겠습니까, 설사 그가 우리의 동지가 아니라도 말입니다.」 헨트옌 어머니는 거의 동조하지 않았다. 「맛있게 드세요, 가이링 씨. 특별 서비스를 조금 해드릴까요.」 그녀는 카운터로 가서 파슬리 한 줄기가 장식된, 그리 크지는 않은 소시지 조각을 접시 위에 날라 왔다. 가이링의 주름살 많은, 마흔 살 먹은 어린애 같은 얼굴이 상한 이를 드러내며 감사의 미소를 지었다. 그가 그녀의 하얗고 통통한 손을 가볍게 다독이자 그녀는 약간 굳어지며 즉시 손을 끌어당겼다.

나중에 에슈가 왔다. 가이링이 신문에서 눈을 떼고 말했다. 「축하해, 아우구스트.」—「고마워.」 에슈가 말했다. 「벌써 알고 있겠지만 일이 매끄럽게 잘되었어. 당장 채용하겠다는 회답이 왔더군. 날 소개해 준 것 정말 다시 고맙게 생각하네.」 그러나 짧고 검은 머리털 아래의 그의 표정은 나무처럼 공허하고 화가 난 듯 보였다. 「거 잘됐군.」 마르틴은 말하고 카운터에다 소리쳤다. 「여기 이제 우리의 새로운 회계 주임님이 오셨습니다.」—「많은 행운이 있기를 바라요, 에슈 씨.」 헨트옌 부인의 메마른 대답이었다. 어쨌든 그녀는 나와서 손을 내밀었다. 공로가 전부 마르틴에게 있는 것은 아님을 시위하고 싶었던 에슈는 가슴의 주머니에서 추천서를 꺼냈다. 「슈템베르크에서 이런 훌륭한 추천서를 주지 않았더라면 일이 그렇게 멋지게 되진 않았을 거야.」 그는 〈않았더라면〉에 강세를 두었고 〈그 돼지 새끼들이〉라고 덧붙였다. 헨트옌 부인이 추천서를 산만한 눈초리로 훑어보고 말했다. 「멋진 추천서네요.」 가이링도 추천서를 읽어 보고 고개를 끄덕였다. 「정말 미텔라인도 이런 일류의 유능한 인재를 고용하게 되었으니 만족할 만하겠군…… 이젠 내가 베르트란트 사장에게서 꼭 소개비를 받아 내야겠는걸.」

「완벽한 경리계원, 완벽한, 어때?」 에슈가 뻐겼다. 「자기 자신에 대해 그런 식의 말을 듣는다는 건 근사한 일이지요.」 헨트옌 부인이 인정했다. 「정말 자랑스럽겠어요, 에슈 씨, 그럴 이유가 충분하고말고요. 식사하시겠어요?」 물론 그는 식사를 원했다. 그가 맛있게 먹는 것을 헨트옌 부인이 기분 좋게 바라보는 동안 그는 자기가 이제 곧 라인 강 위쪽으로 떠나야 하며 바라건대 외근을 맡았으면 좋겠다고 이야기했다. 켈이나 바젤[3]까지 여행할지도 모릅니다. 그러는 사이 다른 아는 사람들이 여럿 나타나기도 했고 새 회계 주임이 그들 모두에게 포도주를 날라 주도록 시켰으므로 헨트옌 부인은 물러났다. 그녀는 에슈가 여급 헤데를 식탁 옆을 지나갈 때마다 건드리는 것을, 드디어 같이 마시자며 그녀를 억지로 옆에 앉히려는 것을 확인하고 구역질을 느꼈다. 그러나 음식값은 굉장했다. 헨트옌 부인은 남자들이 자정이 넘을 때까지 머무르다가 헤데를 데리고 나갈 때 그녀에게 1마르크를 찔러주었다.

◆

그런데도 에슈는 새 일자리에 기뻐할 수가 없었다. 그는 그 자리를 자기 영혼의 행복 혹은 적어도 고상한 성품을 대가로 지불하고 산 것 같았다. 그것은 아득히 지난 일이며 이제 미텔라인의 쾰른 지사에서 벌써 여행비를 지불받았지만 여전히 고발을 하지 말아야 할 것인지에 대한 회의가 다시금 그에게 엄습했다. 물론 그렇게 되면 그가 조사에 임석해야 하므로 떠날 수 없을 것이고, 그건 일자리를 잃는다는 뜻이 될 수도 있었다. 순간 익명의 편지를 경찰에 보냄으로써 상황을 해결할까 하는 생각이 떠올랐지만 그 계획을 철회했다. 나쁜 짓을 또 다른 나쁜 짓으로 제거할 수는 없었다. 그러나 궁극적으로는 양심의 가책이 그를 분노케 했다. 그는 어린아이가 아니었고 목사나 도덕 따위에 개의하는 마음은 조금도

3 Kehl, Basel. 스위스의 도시 및 주 이름.

없었다. 그는 벌써 온갖 것을 읽어 본 사람이며 언젠가 가이링이 사회민주당에 가입하라고 거듭 청했을 때 이런 대답까지 한 일이 있었다. 「아냐, 너희 무정부주의자에겐 가담하지 않겠어. 하지만 네가 조금이라도 네 뜻을 고집한다면 자유 사상가[4]와 관계를 맺을지도 모를 일이야.」 그 감사할 줄 모르는 녀석은 아무 상관 없다고 대답했다. 사람이란 그런 거다. 자, 에슈에게도 그것이 아무려면 어떻겠는가.

마침내 그는 가장 합리적인 행동을 취했다. 그는 약속된 시기에 만하임으로 떠났다. 하지만 찢긴 느낌이었으며 평상시 느끼던 여행의 기쁨은 일어나지 않았다. 어쨌든 그는 소유물의 일부를 쾰른에 남겨 두었다. 자전거도 남겨 두었다. 하여간 여행비를 선불받았으므로 그는 기부자가 된 듯한 기분이 들었다. 마인츠의 플랫폼에서 맥주잔을 손에 들고 모자에 차표를 꽂고 서 있었을 때 그는 남아 있는 사람들이 생각났고 그들에게 어떤 호의의 표시를 하고 싶었다. 그때 바로 신문 파는 남자가 수레를 밀고 들어왔으므로 그는 두 장의 그림엽서를 샀다. 우선 마르틴에게 안부를 전하려 했다. 그러나 남자에게 그림엽서 같은 건 보내지 않으리라고 생각했으므로 우선 혜데에게 썼다. 두 번째 것은 헨트옌 어머니에게 보내기로 했다. 그러자 자부심이 강한 헨트옌 부인에게는 종업원과 함께 엽서를 받는 것이 모욕이 되리라고 생각했다. 오늘은 그것이 그리 중요한 일이 아니었으므로 그는 첫 번째

---

4 세계 여러 곳에 퍼진 무신론자들의 집단으로, 종교와 종교 현상 및 생활 형식을 거부한다. 1880년 브뤼셀에서 〈국제 자유 사상가 연맹〉이 창건된 바 있다.

것을 찢어 버리고 헨트옌 어머니에게만 보냈다. 그녀와 모든 친애하는 친구들, 지기(知己)들, 헤데 양과 투스넬다 양에게 아름다운 마인츠에서 진심으로 안부를 전한다고 했다. 그다음 그는 다시 약간 고독한 마음이 되어 두 번째 잔의 맥주를 마시고 만하임을 향해 계속 갔다.

그는 본사에 신고를 해야 했다. 미텔라인 선박 주식회사는 뮐라우 부두에서 그리 멀지 않은 곳에 빌딩을 가지고 있었다. 돌로 된 육중한 건물로 문 옆에 기둥이 있었다. 그 앞의 거리는 아스팔트로 되어 차가 다니기에 좋았다. 새로 생긴 거리였다. 분명 가볍고 소리 없이 움직일, 반쯤 열려 있는 육중한 단철 유리문으로 에슈는 들어갔다. 현관의 대리석이 마음에 들었다. 계단 위에 유리 간판이 걸려 있었다. 투명한 평면 위에서 금빛 글씨로 된 〈중역실〉을 읽을 수 있었다. 그는 곧바로 그곳을 향하여 갔다. 그가 첫 번째 계단에 발을 올려 놓았을 때 뒤에서 소리가 들렸다. 「실례지만 어디 가십니까?」 그가 몸을 돌리자 회색 제복을 입은 수위가 보였다. 옷 위에서 은빛 단추가 번쩍거렸고 모자에는 은빛 테가 둘러져 있었다. 모든 것이 매우 말쑥했다. 그러나 에슈는 화가 났다. 저 작자가 무슨 상관이 있단 말인가? 그는 짤막하게 말했다. 「난 여기에 신고해야 합니다.」 그리고 계속 가려 했다. 그 사람은 양보하지 않았다. 「중역실에 말입니까?」 — 「그럼 어디겠소?」 에슈가 거칠게 대꾸했다. 2층의 계단은 크고 어두운 대기실로 나 있었다. 중앙에는 커다란 떡갈나무 탁자가 서 있었고 그 뒤에 쿠션 달린 안락의자가 몇 개 놓여 있었다. 명백히 대단히 고상했다. 다시 은빛 단추를 단 사람이 있었고 원하는 바를 물었다. 「중역실에.」 에슈가 대답했다. 「지금 회의 중이십니다.」 수위가 대답했다. 「중요한 일이십니까?」 에슈는 어쩔 수 없이 진실을 고백했다. 그는 서류를 꺼냈다. 임명서, 여행비 영수증. 「추천서도 가져왔소.」 그는 말하며 넨트비히의 추천서를 꺼내려 했다. 남자가 그것을 쳐다보려고도 않는 것이 약간 실망스러웠다. 「그것 때문이라면 여기에 오실 필요가 없습니다…… 1층 입구를 통과하여 두 번째 계단으로 가십시오…… 아래에서 문의하시기 바랍니다.」 에슈는 순간 멈추어 섰지만 수위에게 승리를 안겨 주고 싶지 않았다. 그는 다시 한 번 물었다. 「그래요, 이곳이 아닙니까?」 수위는 벌써 무관심하게 돌아서 있었다. 「아닙니다. 이곳은 사장님의 응접실입니다.」 에슈에게서 분노가 치밀어 올랐다. 저들은 사장이니, 쿠션 달린 가구니, 은빛 수위들이니 하는 것들을 되게 중히 여기는군. 넨트비히란 작자도 저런 역을 하고 싶었으리라. 그래, 사장이란 그런 족속이며 넨트비히 같은 자와 별로 다를 바 없어. 그러나 기분이 좋든 나쁘든 에슈는 뒤로 물러나야 했다. 아래층에 수위가 서 있었다. 에슈는 그가 화난 표정을 짓는가 하고 그를 살폈다. 그러나 그 남자가 단지 무관심하게 쳐다보았으므로 에슈는 말했다. 「나는 인사부에 가야 합니다.」 그리고 길을 안내받았다. 두 걸음을 간 후 그는 돌아서서 엄지손가락으로 층계 위를 가리켰다. 「저 위에 있는 당신네 사장 이름은 무엇입니까?」— 「폰 베르트란트 사장님입니다.」 수위의 말소리에는 존경하는 듯한 울림이 있었다. 에슈도 마찬가지로 약간 존경하는 듯이 반복했다. 「폰 베르트란트 사장이라.」 그 이름을 그는 분명히 언젠가 들은 적이 있었다.

인사부에서 그는 근무지가 부두 창고임을 알았다. 다시 거리에 나섰을 때 건물 앞에 마차 한 대가 서 있었다. 추웠다. 인도 가장자리의 돌 옆에 그리고 담장 모서리에 바람과 함께 날려온 눈가루가 있었다. 말 한 마리가 매끄러운 아스팔트 위를 말굽으로 두드리고 있었다. 분명 초조한 듯이 보였는데, 그것은 당연했다. 사장이란 사람은 마차 없이는 움직이지 못하는군, 에슈가 말했다. 우리 같은 사람은 다리로 뛸 수 있는데. 그렇지만 그것은 마음에 드는 일이었고 자신도 그곳의 일원임이 만족스러웠다. 어쨌든 넨트비히에 대한 승리였다.

미텔라인 선박 회사의 창고 가운데 그의 사무실은 창고의 대열 끝에 있는 유리 칸막이 속에 있었다. 그의 책상 옆에 세관원의 책상이 있었고 그 뒤에 작은 철제 난로가 타오르고 있었다. 어떤 사람이 일에 지루함을 느끼거나 다시 고독하고 버림받은 듯한 느낌이 들 때 그는 차량에서, 차량 적재 일에서 언제나 무엇인가를 찾을 수 있었다. 항해는 며칠 후에 시작될 것이지만 보트들에선 벌써 움직임이 활발했다. 어떤 물건들을 신중하게 선체에서 집어 내려는 듯이 회전하고 내려앉은 크레인이 있었다. 시작되었으나 완성되지는 않은 다리처럼 물위로 우뚝 솟아 있는 것들도 있었다. 물론 그것은 에슈에게 전혀 새로운 것이 아니었다. 쾰른에서도 다를 바 없었다. 그러나 그곳의 길게 늘어선 창고들은 좀 익숙한 것, 알고자 애쓸 필요가 없는 것이었다. 그리고 설사 생각해 보아야 하는 일이 있었다 하더라도 건물들, 크레인, 부두 등은 설명할 수 없는 인간의 욕구에 봉사하는 어떤 무의미한 것으로 보였었다. 지금은 물론 그 자신이 속한 이곳의 모든 것이, 흡족하게도, 자연스럽고 의미심장한 성질을 띤 것이 되었다. 이전에는 그렇게 많은 운송 회사가 있다는 것, 해안 지대에 같은 모양의 창고가 그렇게 많은 회사 간판들로 점령되어 있는 것이 기껏해야 놀랍게 느껴졌고, 때로는 화가 치밀어 오르기까지 했는데, 지금은 각 창고가 개인과 개성에 따라 운영되고 있었다. 창고 관리인이 뚱뚱한가 여위었는가, 거친가 유쾌한가로 알아차릴 수 있는 개성에 따라서 말이다. 또한 폐쇄된 부두 지역으로 들어가는 입구의 황립 독일 관세청이라는 주소도 기뻐할 만한 것이었다. 그것은 낯선 땅 위에서 돌아다닌다는 의식이 들게 해주었다. 관세를 물지 않고 적재될 수 있는 물품들의 성역(聖域) 위에서 영위하는 생은 구속적이면서도 자유로운 것이었다. 관세 구역의 철창살 뒤에서 호흡하는 공기는 국경 지대의 것이었다. 그리고 설령 그가 제복을 입지 않은, 소위 사적 고용원에 불과한 인물이더라도 어쨌든 그의 주머니엔 증명서가 있었다. 그것으로 그는 제한된 영역에서 저지받지 않고 돌아다닐 수 있으며 정문의 보초는 그에게 이미 친절한 경례로 맞아 주었다. 그렇다, 그러면 그는 보초에게 경례를 되돌려 주고는, 도처에 걸려 있는 금연 표지에 주의하기 위하여 피우던 시가를 큰 반원을 그리면서 앞으로 내던짐으로써 자신도 완벽한 비흡연가가 되어, 마주 오는 일반인이 규정을 위반한다면 힐책할 태세를 갖추고 육중한 걸음걸이로 성큼성큼 관리인이 이미 책상 위에 리스트를 올려놓은 사무실로 들어간다. 그다음 손가락 끝이 잘린 회색 장갑을 끼고 — 그렇지 않으면 창고의 잿빛 먼지 자욱한 추위에 얼어 버릴 테니까 — 손에 리스트를 들고 쌓아 올려진 궤짝과 짐들을 조사한다. 만약 어떤 궤짝이 빠져 있으면 관할 구역에 그것을 집산시킨 창고 관리인을 책하거나 초조한 눈초리로 응시하게 된다. 그러면 관리인은 부두 노동자에게 그와 똑같은 방식으로 욕설을 퍼붓는다. 그다음 나중에 순회 중인 세관원이 유리 칸막이 속으로 들어와 타오르는 난로의 따뜻함을 칭찬하며 제복 상의의 칼라 후크를 풀고 기분 좋은 한숨을 내쉬며 팔을 들어 올려 하품을 하면서 의자에 기대노라면 리스트는 통관되어 장부에 옮겨 적힌다. 이제 엄격한 조사는 없다. 오히려 두 남자는 나란히 책상 앞에 앉아 한가하게 도착 서류에 대해 상의한다. 그러고 나서 관리가 청색 연필과 익숙한 곡선으로 리스트를 확인하고 복사본을 넘겨주면 그것을 책상에 넣는다. 그리고 서로 의견이 일치하면 함께 매점으로 간다.

그렇다, 비록 정의를 대가로 지불했지만 에슈는 멋진 교환을 한 셈이다. 종종 그는 — 그것이 그의 만족감에서 결여되어 있는 유일한 것이었다 — 자신의 의무인 고발할 수 있는 길이 정말 없는지 생각해 보았다. 그런 다음에야 모든 것이 제대로 될 것이다.

◆

세관원 발타자르 코른은 독일의 어느 아주 무미건조한 지방 출신이었다. 그는 바이에른과 작센 문화의 경계 지대에서 태어났고, 소년 시절의 기억은 바이에른의 언덕이 많은 도시

호프에 있었다. 그의 감각은 무미건조한 조야함과 무미건조한 이욕(利慾) 사이에 있었으며, 적극적인 군 복무 중에 상사까지 오른 다음 그는 배려 깊은 국가가 충실한 군인에게 허락하는 기회를 포착하여 세관 근무로 넘어갔다. 그는 부인이 없었고 마찬가지로 미혼인 누이 에르나와 함께 만하임에서 살고 있었다. 그에게는 비어 있는 궁정 같은 별실이 눈엣가시였으므로, 그는 에슈를 부추겨 값비싼 여관을 포기하고 자기 집에서 값싼 하숙을 구하도록 했다. 에슈는 군대 생활에 대해 언급할 수 없는 룩셈부르크 사람이기에 그를 대단한 사람으로 여겨 줄 수는 없었지만, 만약 에슈로 인해 별실뿐만 아니라 누이까지도 처리할 수 있다면, 나쁠 것 없었다. 그가 그것에 해당하는 암시를 아끼지 않았을 때 노처녀는 수줍어하며 낄낄거리는 방어의 몸짓을 취했다. 그렇다, 그는 누이의 좋은 평판을 위태롭게 할 정도까지 이르렀다. 그는 서슴없이 매점에서 공공연하게 에슈를 〈처남〉으로 불렀고, 그리하여 누구나 호칭받는 이가 이미 여주인의 침대를 나누어 썼으리라고 믿지 않을 수 없었다. 그러나 코른이 그렇게 하는 목적은 기발한 농담을 하고 싶어서가 아니라, 한편으로는 계속되는 습관을 통하여, 또 한편으로는 여론의 압박을 통하여, 에슈에게 그런 식으로 설정한 허구의 생을 실질적인 현실로 변화시키도록 강요하기 위해서였다.

에슈가 마지못해 코른에게 끌려간 것은 아니었다. 이미 너무 많이 세상을 떠돌아다닌 에슈는 고독을 느끼고 있었다. 어쩌면 번호 매겨진 만하임의 거리 때문일지도, 어쩌면 구역질 나는 작자 넨트비히와의 사건이 아직 뇌리에서 사라지지 않았기 때문일지도 몰랐다. 한마디로 그는 고독했기 때문에 남매의 집에 머물렀다. 코른네 집에서 무슨 일이 일어나려 하는지 이미 간파했음에도 불구하고 그는 거기 머물렀다. 그 나이 많은 여자와 관계할 생각은 추호도 없었지만 그곳에 머물렀던 것이다. 그는 에르나가 세월이 흐르는 가운데 모아 놓고 자랑스럽게 보여 준 숱하게 많은 혼수용 의상들과는 아무 상관이 없었고, 언젠가 보여 준 2천 마르크가 넘는 예금통장도 아무 자극이 되지 않았다. 그러나 그런 함정으로 자신을 유혹하는 코른의 노력은 위험을 무릅쓸 수 있을 만큼 재미있었다. 물론 사람은 조심해야 하며 속아 넘어가서는 안 된다. 몇몇 예를 들어 보자. 그들이 함께 집에 가기 전에 매점에서 만날 때면 코른은 그의 맥주 값을 지불하겠노라는 주장을 거의 바꾸지 않았다. 그들이 만하임의 술의 열등성에 대해 실컷 욕을 하고 난 다음에도 코른은 거기에 말려들지 않고 슈파텐브로이[5] 집으로 들어가는 것이었다. 그리고 에슈 선생이 서두르며 지갑을 잡을라치면 코른은 다시 저항했다. 「처남, 자네가 원수를 갚을 때가 올 걸세.」 그러고 나서 라인 가(街)를 어슬렁거리며 지날 때면 세관원 나리는 번쩍이는 쇼윈도 앞에 정확히 멈추어 서서 앞발을 에슈의 어깨에 얹었다. 「저런 우산을 내 누이가 오랫동안 갖고 싶어 했지. 나는 그녀의 명명일에 저걸 사주려 하네.」 혹은 「저런 증기 다리미는 어느 집에나 마련해야지.」 혹은 「만약 내 누이가 세탁기를 갖게 된다면 기뻐할 걸세.」 그리고 에슈가 이런 말에 조금도 대꾸하지 않았으므로 코른은 언젠가 총기 분해법을

[5] 스페이드인 맥주.

도무지 이해 못 하는 신병에게 그랬듯이 아주 격분했다. 뚱뚱한 코른이 에슈가 짓고 있는 무례한 낯바닥에 화를 낼수록 에슈는 더욱 말 없이 그 옆에서 따라갔다.

하지만 그런 경우에 에슈가 침묵한 것은 인색해서가 아니었다. 그가 매사 알뜰하며 조그마한 이익을 기꺼이 밝히는 사람임에도 불구하고 그의 건실하고 올바른 회계를 원하는 정신은 물건을 공짜로 얻는 것을 허락하지 않았기 때문이다. 물론 그는 성급한 구매를 쓸모없는 것으로 생각했다. 그렇다, 그는 코른의 확고한 주장에 현실적으로 응한다는 건 졸렬하고 어여쁘지 않은 짓으로 여겼으리라. 그래서 그는 우선 코른의 빚을 갚는 동시에 결혼을 서두르지 않는다는 걸 보여주는 이상한 답례 방식을 고안해 냈다. 그는 저녁 식사 후 가볍게 구경 다니는 데 코른을 초대하곤 했는데 그것은 여자가 시중드는 술집으로 계속되어 어쩔 수 없이 두 사람 다 소위 소문 나쁜 거리에서 끝을 맺었다. 공동의 술값은 상당했다. 비록 코른 스스로도 어쩔 수 없이 자기 여자에게 돈을 지불했다 하더라도. 그렇지만 나중에 집에 돌아오는 길에 코른이 뚱한 표정으로 덤불 같은 구레나룻을 흩날리며 따라오면서 에슈가 유혹해 간 이러한 방탕한 생활을 이제 그만두어야 한다고 씹어뱉듯이 자꾸 투덜거리는 것을 보는 일은 그만한 돈을 지불한 가치가 있었다. 게다가 코른은 언제나 다음 날이 되면 심기 사납게 누이에게 그녀가 결코 한 남자를 곁에 붙잡아 두지 못할 위인이라고 욕을 퍼부음으로써 즉각 그녀의 아주 감상적인 기분을 상하게 했다. 그리고 그녀가 얼마나 자주 숭배자를 가졌던가를 종알대며 열거하면, 경멸하는 어조로 그녀의 독신 상태를 꼬집는 것이었다.

◆

어느 날 에슈는 그의 빚을 거의 대부분 청산하는 데 성공했다. 운송 창고를 통과하는 동안 방금 부리고 있는, 눈에 띄는 모양으로 생긴 극단(劇團)의 궤짝과 뭉치들에 그의 호기심이 강하게 쏠렸다. 깨끗이 면도한 신사 하나가 그 옆에 서서 흥분한 몸짓과 함께 측량할 수 없이 값비싼 자신의 귀중한 소유물을 마치 불쏘시개처럼 취급한다고 고래고래 소리를 지르고 있었다. 진지한 전문가의 표정으로 바라보던 에슈가 창고 노동자들에게 필요 이상의 충고를 베풀어 줌으로써 자기가 오해할 여지 없이 전문가의 입장에 있는 사람임을 신사에게 과시하자 외국어가 적지않게 굴러 나오는 그 신사가 에슈에게 몸을 돌렸다. 그리고 그들은 금방 우정 어린 대화를 주고받게 되었다. 대화를 하는 동안 높은 모자를 쓰고 깨끗이 면도한 신사는 자신을 게르네르트 — t가 아닌 th로 쓰는 — 라고, 이탈리아 극장의 새로운 임대인인 감독 게르네르트라고 소개하면서 — 그사이 적재가 끝났다 — 만약 운송 검열관 선생께서 존경하는 가족과 함께 화려한 개막 공연에 동석하여 주신다면 특별한 기쁨이 되겠다고, 게다가 이 자리에서 할인 가격으로 입장권을 마련해 드리겠다고 말했다. 에슈가 기뻐하며 승낙하자 감독은 즉시 호주머니에 손을 넣더니 석 장의 무료 입장권의 지시를 써주었다.

이제 에슈는 코른 남매와 함께 버라이어티 극장에서 흰 천이 덮인 탁자 앞에 앉아 있었다. 프로그램은 새로운 어트랙

션[6]으로, 움직이는 사진, 소위 활동사진으로 시작되었다. 그 사진들은 그들에게서나 다른 관중들에게서나 거의 갈채를 얻지 못했다. 왜냐하면 사람들은 그런 것을 진지하지 않은 것으로, 좀 더 실감 나는 오락으로의 도입 과정으로 느낄 뿐이었기 때문이다. 그렇지만 북이 빠르게 연타되며 위기의 순간이 강조되면서 설사약의 희극적인 영향을 보여 주는 코미디가 상연되자 사람들은 현대적인 예술 형식에 매료되었다. 코른은 손바닥을 펴서 탁자를 쾅쾅 두드렸고 에르나 양은 손으로 입을 가리고 웃으며 교태 어린 눈으로 손가락을 통해 에슈를 살짝 쳐다보았다. 에슈는 마치 자신이 이 절묘한 상연물의 고안자요 작가인 양 우쭐했다. 시가 연기가 위로 올라가다가 금방 홀의 천장 아래 낮게 드리워진 담배 연기와 합해졌고, 그것은 맨 위층 관람석에서 무대를 비추는 조명 기구의 빛줄기와 은빛으로 교차되었다. 피리 연주가 있은 다음의 휴식 시간에 에슈는 맥주 석 잔을 주문했다. 그런 비싼 극장 식당에선 맥주가 정말 어떤 곳에서보다 비쌌으나 김빠지고 맛없는 것으로 증명되었으므로 만족스럽게도 더 주문하는 걸 그만두고 공연이 끝난 후 슈파텐브로이에서 한잔 마시기로 결정했다. 그는 다시 기부자가 된 듯한 기분에 빠졌고 프리마 돈나가 최선을 다하여 열정과 고뇌를 연기하는 동안 그는 의미심장하게 말했다. 「그렇지요, 사랑입니다, 에르나 양.」 사방에서 아낌없이 여가수에게 보낸 박수 소리 다음에 다시 막이 올라가자 그 위에는 은처럼 반짝이는 니켈로 된 작은 탁자와 니켈로 만든 곡예사의 다른 도구들이 있었

---

[6] 극장에서 손님을 끌기 위하여 짧은 시간 동안에 선보이는 공연물.

다. 일부는 받침대에 매달려 있고 일부는 바닥에 깔린 붉은 비로드 위에 공, 병, 작은 부채, 곤봉, 하얀 접시 등의 커다란 무더기가 놓여 있었다. 마찬가지로 빛을 반사하는 니켈로 가공된, 뾰족하게 올라가는 사다리엔 약 두 다스의 비수가 걸려 있었는데, 그것의 기다란 칼날은 주위의 모든 번쩍이는 금속 못지않게 번쩍거렸다. 검은 프록코트를 입은 곡예사를 여자 하나가 도와주고 있었다. 그녀를 데리고 나온 목적은 오로지 그녀의 굉장한 아름다움을 관중에게 보여 주기 위해서일 것이다. 그녀가 입고 있는 번쩍이는 트리코트 역시 그 목적을 위한 것이었으리라. 왜냐하면 그녀는 공연 도중 곡예사에게 접시와 부채를 집어 주거나 던져 주는 것 이외에는 아무 일도 하지 않았기 때문이다. 종종 그는 두 손을 두드려서 그렇게 해주기를 요구했다. 그녀는 우아한 미소를 머금고 그 과제를 실천했고 그에게 곤봉을 던질 때는 자그마한 소리로 외국어로 된 부르짖음을 발했다. 그것은 명령자의 주의를 자기에게 환기하기 위해서인 듯, 그렇게 함으로써 그의 엄격함이 허락지 않던 약간의 사랑을 구걸하기 위해서인 듯 보였다. 그리고 남자는 자신의 냉혹함 때문에 대중의 동정을 얻지 못할 위험이 있다는 것을 알아야 했음에도 불구하고, 아름다운 여인에게 조금도 시선을 돌리지 않았고, 절을 함으로써 갈채를 중지시켜야 할 때에만 여자 조수에게 손을 향하게 함으로써 그녀에게 환호의 몇 퍼센트를 남겨 주라는 암시를 했다. 그러나 그다음 그는 무대 뒤로 가더니 자기가 그녀에게 모욕을 준 일은 결코 없었다는 듯이 다정한 태도로 함께 커다란 널빤지를 가져온다. 누구의 주목도 끌지 못하고 그곳에서 기다리고 있던 널빤지를 그는 기다리고 있는 니켈의 뼈대에 가져다 세우고 받침대 옆에 고정시킨다. 그러고 나서 자그맣게 소리를 지르며 서로에게 미소로 격려를 보내며 이제 수직으로 세워진 널빤지를 무대 제일 앞쪽 가장자리까지 밀고 나와, 문득 그곳에 있는 것을 알아차리게 되는 철사로 바닥과 소도구에 고정시킨다. 그들이 이것을 아주 신중하게 살펴본 다음 아름다운 여자 조수가 새로이 작은 외침 소리를 발하며, 팔을 뻗어도 제일 위 가장자리에 거의 닿지 않을 정도로 높은 널빤지로 뛰어오른다. 그때 사람들은 널빤지 위에 두 개의 손잡이가 있음을 알아차린다. 이제 등을 널빤지에 기댄 여자 조수는 손잡이를 잡는다. 그 손잡이는 그녀에게 좀 무리하고 인위적인 자세를 취하도록 강요한다. 번쩍이는 금박 의상을 입은 그녀가 널빤지의 흑색과 예리한 대조를 이룬다. 십자가 모양이다. 여전히 그녀는 우아한 미소를 띠고 있지만, 그러나 날카로운 눈초리로 바라보고 있던 남자가 다가와 관중으로서는 알아차릴 수 없을 정도로 조금 그녀의 자세를 변화시키고 나면 이제 누구나 이 일에선 1밀리미터도 중요함을 알게 된다. 이 모든 과정에 곁들여지던 나지막한 왈츠의 곡조가 곡예사의 작은 지시에 따라 멎어 버린다. 홀은 아주 조용하다. 음악조차 중지된 무대 위에 기이한 고독감이 일어난다. 급사들도 음식이나 맥주를 탁자에 날라서는 안 된다. 그들도 긴장에 차서 뒤쪽의 노란색으로 빛나는 문 옆에 서 있다. 막 음식을 먹으려던 사람도 한 조각의 음식을 꽂고 있는 포크를 접시 위에 도로 놓는다. 오직 십자가 모양의 여자에게 가득 빛살을 퍼붓는 조명만이 계속 윙윙 소리를 발한다. 이미 곡예사는 긴 비수 가운데 하나를 살인의 의도를 품은 손에 잡고 시험해 보고 있다. 그가 상체를 뒤로 젖힌다. 그가 거친 이국적인 외침 소리를 발하자 칼이 휘파람 소리를 내며 남자의 손을 떠나 무대를 가로지르더니 십자가로 매달린 소녀의 몸 옆 검은 나무에 둔탁한 소리와 함께 꽂힌다. 사람들이 알아차리기도 전에 두 손 가득히 빛을 반사하는 비수를 쥔 그의 외침이 점점 빨라지고 짐승 같은 소리로 화하며 점점 더 격정적으로 차례차례 이어지면서, 칼이 잇달아 진동하는 무대의 공간을 점점 빠르게 휙휙 날아가 더욱 빠른 소리를 내며 나무에 꽂히고, 날씬한 몸뚱어리를, 부드럽고 노출된 팔을 테두르고, 여전히 웃고 있는, 그러나 굳어지고 부자연스러운, 애원하는 듯, 요구하는 듯, 용감하기도 하고 불안하기도 한 얼굴에 테를 두른다. 에슈는 마치 자신의 팔이 저절로 하늘을 향해 들리며 자신이 십자가 모양을 하고 있는 듯이 느껴진다. 그는 그 연약한 여자 앞을 막아서서 자신의 몸으로 위험한 칼을 받고 싶은 심정이었다. 만약 곡예사들이 흔히 그러듯이 관중에게 무대 위로 올라와 검은 널빤지 앞에 서고 싶은 신사분이 있느냐고 물었더라면, 정말이지 에슈는 자기가 나섰을 것이다. 그렇다, 그런 생각은 거의 유쾌하기까지 했다. 그가 홀로 외로이 그곳에 서 있다면, 길다란 칼이 그를 널빤지에 붙박아 놓는다면, 그러나 그다음 그는 생각을 고쳐 얼굴을 널빤지 쪽에 두어야 하리라고 생각했다. 풍뎅이를 핀으로 고정시킬 땐 배를 위에다 두고 올려놓지는 않으니까. 언제 살인적인 칼이 뒤에서 날아와 심장을 뚫고 널빤지 위에 붙박을 것인지 알지 못하지만 그가 널빤지의 암흑을 향해 있을 생각은 너무도 기이하고 신비스러운 매혹이었으므로, 그 욕망은 새로운 강도를 지니고 무르익었다. 그때 요란스러운 북소리와 팀파니 소리, 팡파르와 더불어 오케스트라가 곡예사를 환영했다. 그는 의기양양하게 마지막 칼을 던졌고, 그동안 소녀는 이제 완결된 칼의 테두리에서 뛰어내렸다. 그 두 사람은 대칭을 이루어 선회를 하면서 손을 잡아 서로 의지하고 자유로운 팔로는 둥근 원을 그리며 긴장이 풀린 관중 앞에 답례했다. 그건 심판의 팡파르였다. 죄지은 자는 벌레처럼 짓밟힐 것이다. 어찌하여 그는 풍뎅이처럼 잡혀 붙박이지 않았단 말인가? 어찌하여 죽음은 커다란 낫 대신에 기다란 못침을, 아니 적어도 창을 들고 다니지 못하는가?[7] 설사 언젠가 그가 자유 사상가 연맹에 발을 들여놓을 뻔했다 해도 양심은 있는 인간이기에 그는 언제나 심판대에 불려지기를 기다리고 있다. 그는 코른이 말하는 소리를 들었다. 「굉장한데.」 그것은 신성 모독 같았다. 그러자 에르나 양조차 마치 누가 묻기라도 한 듯이 저렇게 벌거숭이로 온몸을 드러내고 서서 칼이 던져지는 건 싫다고 말했을 때 더욱 그런 느낌이 들었다. 그건 에슈에게 너무도 참을 수 없는 일이었으므로 그는 그의 무릎에 기댄 에르나의 무릎을 아주 부드럽지 못하게 밀어 버렸다. 이런 인간들에겐 더 좋은 걸 보여 주어서는 안 된다. 그들은 양심도 없이 우왕좌왕하는 인간들이다. 그에겐 에르나 양이 늘 고해를 하러 달려 나가는 것이 전혀 감탄스럽지 않았으며, 오히려 쾰른 친구들의 생활이 정말로 보다 안정되고 고상하게 생각될 지

7 독일의 시어에 〈죽다〉의 의미로 〈죽음의 낫에 깎이다〉라는 표현이 있음.

경이었다.

슈파텐브로이에서 에슈는 잠자코 흑맥주를 마셨다. 그는 진실로 동경이라 할 수 있는 감정을 이곳에 같이 지니고 왔다. 그 이유는 특히 그 감정이 헨트엔 어머니에게 보내는 그림엽서로 바뀌었기 때문이다. 에르나도 가담하여 〈진심으로 안부를, 에르나 코른〉이라고 쓴 것은 당연한 일이었다. 그러나 발타자르까지 지원하여 〈세관원 코른이 안부를 전합니다〉라고 쓴 끝에 단단한 손으로 굵은 마침표를 찍은 것은 헨트엔 어머니에 대한 일종의 아첨이었으므로, 에슈의 감정은 불안스러울 만큼 부드러워졌다. 정말 그는 정중하게 답례해야 할 책임을 완전히 수행한 것일까? 축연을 완전하게 하기 위해서라면 그가 에르나의 문 속으로 기어 들어가야 할 것이며, 만약 그가 조금 전에 에르나를 그렇게 거칠게 밀어 버리지 않았더라면 틀림없이 문이 잠겨 있지 않음을 발견할 것이다. 그렇다, 그렇게 귀결되어야 올바르고 마땅하리라. 그러나 그는 그렇게 되도록 해보려는 시도를 하지 않았다. 일종의 마비가 그를 엄습했다. 그는 이제 더 이상 에르나로 인해 마음이 걸리지 않았으며 그녀의 무릎을 찾지도 않았다. 집에 가는 도중에도, 그 뒤에도, 아무 일이 없었다. 어디선가 양심의 가책이 그를 압박했다. 그렇지만 아우구스트 에슈는 자기가 할 만큼은 했다는 것, 만약 에르나에게 너무 많은 관심을 쏟는다면 구역질 나는 결과가 야기될 수 있다는 것을 확인했다. 그는 머리 위에, 창을 번쩍 쳐들고 위협하며, 만약 그가 돼지 같은 행동을 한다면 금방이라도 찌를 태세를 취하는 운명이 있음을 느꼈다. 또한 누구인지는 모르지만 그가 충실해야 할 어떤 사람이 있다는 것도.

◆

 에슈는 양심이 등을 찌르는 듯한 느낌이 들었다. 그것은 그가 매서운 샛바람을 맞았다고 이야기할 정도로 분명하게 콕콕 찔러 댔다. 그래서 그는 저녁마다 손에 넣을 수 있는 한 매운 액체로 등을 문질렀다. 에슈가 그러고 있는 동안 헨트옌 어머니는 그가 보낸 두 장의 그림엽서에 기뻐했고, 그것들을 앨범에 결정적으로 보존하기에 앞서 카운터 뒤의 거울 틀에 끼워 놓았다. 그녀는 저녁에 그것을 꺼내어 단골손님들에게 보여 주었다. 그녀의 이러한 행동은 아마도 자신이 어떤 남자와 비밀 서신 교환을 한다는 뒷공론을 아무도 못 하게 하기 위함이었을 것이다. 그녀가 엽서를 돌림으로써 이제 그 엽서는 그녀에게가 아니라 단지 그녀의 모습으로 구체화된 술집에 보내진 것으로 되었다. 따라서 그녀는 가이링이 회답을 맡은 것을 합당하다고 생각했지만, 그가 비용을 부담하도록 허락하지는 않았고, 오히려 그녀 자신이 그다음 날 특별히 아름다운 엽서, 즉 보통 우편엽서보다 세 배로 긴 길이의, 검푸른 라인 강변을 따라 펼쳐진 쾰른 전부를 보여 주며 서명할 자리를 대단히 많이 확보하고 있는 소위 파노라마 엽서를 구입했다. 〈아름다운 카드에 감사하며 헨트옌 어머니 보냄.〉 그다음 가이링이 명령했다. 「숙녀분들부터.」 그리고 헤데와 투스넬다가 서명했다. 이어서 빌헬름 라스만, 브루노 마이, 횔스트, 브로베크, 휠젠슈미트, 존 들의 이름이, 또한 영국인 기계 조립 기사 앤드류, 키잡이 빈가스트의 이름이, 아울러 다 열거할 수는 없는 다른 몇 사람의 이름이 적혔다. 거기에 마지막으로 마르틴 가이링의 이름이 덧붙여졌다. 그다음 가이링이 〈만하임 미텔라인 선박 상사 내 운송 창고, 현 회계 감독, 아우구스트 에슈 귀하〉라고 주소를 썼고, 그는 그 완제품을 헨트옌 부인에게 넘겨주었다. 그녀는 그것을 주의 깊게 훑어본 후 금고 서랍을 열어 철사로 엮은 바구니 — 조금 넓은 칸에는 은행권이 간직되어 있었다 — 에서 우표를 꺼냈다. 그녀에겐 이 많은 서명이 든 커다란 카드가 술집의 훌륭한 손님 축에 결코 꼽히지 않았던 에슈를 위해선 심심한 존경의 표시가 되는 듯이 생각되기까지 했다. 그렇지만 그녀는 자기가 하는 모든 행동에 있어 완전성을 추구하는 사람이기에, 또한 많은 이름이 적혔음에도 불구하고 카드 위에 남아 있는 넓은 여백이 그녀의 아름다운 감정을 손상시킬 뿐만 아니라 그 자리에 비교적 낮은 신분의 이름이 채워짐으로써 에슈에게 자기 분수를 깨닫게 할 수 있는 바람직한 기회가 생겼으므로, 헨트옌 어머니는 하녀가 서명할 수 있도록 카드를 부엌으로 가지고 갔다. 그리고 그렇게 함으로써 하녀에게도 값싼 기쁨을 마련해 줄 수 있었기 때문에 두 배로 만족했다.

그녀가 식당으로 돌아왔을 때 마르틴은 그의 지정석이 되다시피 한 카운터 옆의 구석자리에 앉아 사회주의 계열의 신문에 몰두하고 있었다. 헨트옌 부인은 그의 옆에 앉으면서 종종 그러듯이 농담조로 말을 걸었다. 「가이링 씨, 여기서 종내 그 선동적인 신문을 읽으신다면 내 식당을 구설수에 오르게 할 거예요.」 —「나도 이들 신문기자 나부랭이에 충분히 화를 내고 있습니다.」 그것이 대답이었다. 「우리 같은 사람은 노동을 할 수 있지만 저들은 말 같지 않은 소리나 끼적거리고 있으니 말입니다.」 헨트옌 부인은 다시 한 번 가이링에게 약간 실망했다. 왜냐하면 그녀는 그가 혁명적이며 증오 어린 표명을 함으로써 거기서 자신이 세상에 대한 반감을 기를 수 있도록 해주기를 언제나 바라고 있었기 때문이다. 때때로 그녀도 사회주의 계열의 신문을 들여다보았다. 물론 그녀가 거기서 발견한 것은 너무 온건하게 여겨지는 내용들이었으므로 인쇄된 연설보다 더 생동적인 말을 들을 수 있기를 희망해 왔다. 한편으로 그만큼 그녀는 내심 가이링 역시 신문기자들에게서 취할 것이 아무것도 없다고 말하는 것이 만족스럽게 생각되었다. 대체로 그녀는 어느 누가 다른 누구에게서 취할 것이 없다는 점을 언제나 타당하다고 생각했다. 그러나 다른 한편으로 그는 그녀가 기대하고 있는 것에 대한 책임을 지고 있는 것이다. 그렇다, 이런 무정부주의자, 노동조합 사무실에나 앉아 있는 사람은 그럴 정도에 이르진 못했으며, 결국 관청에 있는 경찰 상사와 다를 바가 없었다. 그러자 헨트옌 부인은 다시 온 세상의 일이 남자들 사이에서 획책된 유희에 불과하며, 그들은 여자들을 모욕하고 실망시키려고 모인 데 불과하다는 점을 굳게 확신했다. 그녀는 다시 한 번 시도했다. 「가이링 씨, 신문의 어디가 못마땅한가요?」 ― 「그들은 어리석은 소란이나 피우고 있습니다.」 마르틴이 투덜거렸다. 「그들은 혁명적인 재담이나 하며 우리를 미치게 합니다. 하지만 우리는 그것을 밖에다 퍼내 버려야 하는 거지요.」 헨트옌 부인은 제대로 이해하지 못했다. 게다가 그런

데 흥미가 있지도 않았다. 예의상 그녀는 한숨지었다. 「그래요, 쉬운 일은 아니지요.」 가이링은 신문의 낱장을 넘기면서 건성으로 말했다. 「그렇습니다, 쉬운 일은 아닙니다, 헨트옌 어머니.」 ──「그리고 당신 같은 남자는 언제나 두 다리로 서서, 언제나 지치지 않고, 이른 아침부터 밤까지…….」 가이링은 거의 만족하여 말했다. 「우리 같은 사람에게는 하루 여덟 시간 노동이라는 건 아직 요원한 일일 겁니다. 다른 사람 모두의 차례가 되고 나서야 비로소…….」 ──「그리고 그런 사람은 다리에 몽둥이 찜질을 당하고요.」 헨트옌 부인은 분개하며 고개를 젓다가 저 위 거울 속에 비친 자신의 머리 모양을 흘깃 바라보았다. 「저 유대인 양반들이 큰소리를 칠 수 있는 곳은 제국 의회와 기관지지요.」 가이링이 말했다. 「하지만 노동조합의 일 앞에서는 살그머니 피해 버립니다.」 헨트옌 부인은 그 말을 이해했다. 고통스러운 어조로 그녀는 덧붙였다. 「도처에 그들이 앉아 있지요. 돈을 몽땅 갖고는 숫염소처럼 여자들을 향해 돌진하고요.」 구역질 난다는 듯 굳어지는 표정이 얼굴 위로 퍼졌다. 마르틴은 신문에서 눈을 떼고 미소 지었다. 「그렇게 나쁘진 않을 겁니다, 헨트옌 어머니.」 ──「그래요, 이제 당신도 벌써 그자들과 손을 잡았나요?」 그녀의 목소리엔 약간 히스테리컬한 공격성이 깃들어 있었다. 「당신들이야 서로 손을 잡는 것밖엔 할 수 없겠지요, 당신네 남자들은…….」 그리고 아주 느닷없이 이런 말을 덧붙였다. 「다른 도시엔 다른 여자들이 있고요.」 ──「틀림없이 그럴 겁니다, 헨트옌 어머니.」 마르틴이 웃었다. 「하지만 다른 곳에선 헨트옌 어머니네 것처럼 맛있는 음식이 빨리 만들어지진 않을 겁니다.」 헨트엔 부인은 누그러졌다. 「만하임에서도 그렇진 않겠지요.」 그녀가 말했다. 그러면서 그녀는 가이링에게, 에슈에게 보내는 엽서를 부쳐 달라고 맡겼다.

◆

극장 지배인 게르네르트는 이제 에슈의 가까운 친구 가운데 한 사람이 되었다. 왜냐하면 성급한 태도의 에슈가 바로 다음 날 공연 입장권을 또 샀기 때문이다. 그가 그렇게 한 것은 그 용감한 소녀를 다시 보고 싶었기 때문이기도 했고, 공연이 끝난 후 약간 놀라워하는 게르네르트 앞에 손꼽히는 고객으로 출현하기 위해서이기도 했다. 그가 다시 한 번 어제의 멋진 저녁에 감사를 표했으므로 그가 찾아온 것이 또 무료 입장권에 대한 요구가 아닐까 하고 냄새를 맡으며 즉시 주머니의 단추를 채울 태세를 갖추고 있던 지배인 게르네르트는 그렇게 하는 대신 감격했음을 보여 주어야 했다. 그런 친절한 접견을 받으며 그냥 그 자리에 머무름으로써 에슈는 곡예사 텔처 씨와 그의 용감한 여자 친구 일로나를 알게 되는 원대한 목적을 이루었다. 그들은 둘 다 헝가리 태생으로 판명되었다. 그녀는 독일어를 거의 구사하지 못했지만 텔티니라는 예명으로 일하고 무대에서 영어 구절을 읊조리던 텔처 씨는 프레스부르크 출신이었다.

그에 반해 게르네르트 씨는 에거 지방 사람이었다. 그 사실은 그와 처음 만났을 때 코른에게 큰 기쁨을 주었다. 왜냐하면 에거와 호프는 아주 인접한 도시였으므로, 코른으로 하여금 거의 동향인이라 할 수 있는 두 사람이 바로 만하임에서 만난 것을 이상한 우연으로 간주할 수 있도록 해주었기 때문이다. 그렇지만 동향인이라는 사실이 보다 덜 바람직한 경우에는 별 관심 없는 일이었을 것이므로 코른의 기쁨의 폭발과 놀라움은 오히려 수사학적인 것이라 할 수 있었다. 코른이 게르네르트를 그와 누이의 집에 초대한 것은 아마도 그의 가족의 처남이 혼자만 사사로운 친지를 가진다는 걸 참을 수 없었기 때문일 것이다. 마찬가지로 텔처 씨도 곧 차 마시는 시간에 방문해 달라는 요청을 받게 되었다.

이제 그들은 둥근 탁자에 둘러앉아 있었다. 그 위엔 볼록한 커피 주전자가 놓여 있었고 그 옆엔 에슈가 기부한 과자가 예술적인 피라미드 형태로 쌓아 올려져 있었다. 음울한 일요일 오후의 비가 유리창을 적시며 흘러내리고 있었다. 대화를 진행시키기 위하여 게르네르트 씨가 말했다. 「정말 좋은 곳에 사시는군요, 세관원 선생, 넓고 밝고……」 그는 창쪽을 바라보았고 빗물의 웅덩이가 파인 음울한 변두리 거리 위를 내려다보았다. 에르나 양이 설명했다. 우리 형편에 어울리는 대로 검소할 뿐인걸요. 하지만 나의 부엌은 정말 삶을 아름답게 하는 유일한 것이랍니다. 게르네르트 씨는 비탄조로 말했다. 자기 소유인 부엌, 그것은 금과 같은 값어치가 있습니다. 네, 당신은 그렇게 말할 수 있을 겁니다. 예술가에겐 물론 실현될 수 없는 꿈이지요. 아, 제겐 고향이 없습니다. 집이라면 하나 있지요. 뮌헨에 아름답고 깨끗한 집이 하나 있습니다. 거기서 아내와 아이들이 살고 있지요. 하지만 난 이제 가족을 거의 알지 못합니다. 왜 그들을 데려오지 않으시지요? 시즌마다 다른 곳에 있다니, 그건 아이들을 위한 생활이 아니지요. 그렇고말고요. 그렇습니다, 나의 아이들은 예술가가 되지 않을 겁니다, 나의 아이들은 결코. 그는 좋은 아버지임이 분명했다. 에르나 양뿐만 아니라 에슈도 그의 착한 마음에 감동되었다. 고독을 느꼈는지 에슈가 말했다. 「난 고아랍니다. 어머니를 거의 모릅니다.」— 「어머나.」에르나 양이 말했다. 하지만 슬픈 대화가 유쾌하지 않아 보이는 텔처 씨가 커피 잔을 손가락 끝에 놓고 뱅뱅 돌렸으므로 모두들 웃지 않을 수 없었다. 일로나는 빼고. 그녀는 거기 관여하지 않고 의자 위에 앉아 있었다. 그녀는 자기 의무인 미소로부터, 저녁을 부드럽게 해주어야 하는 웃음으로부터 휴식하고 있는 것이 틀림없었다. 지금 가까이에서 보니 그녀는 무대에서처럼 그렇게 아름답지도 연약하지도 않았다. 오히려 약간 살이 찐 편이었다. 그녀의 얼굴은 약간 부석부석했고, 주근깨가 잔뜩 난 누낭이 무거웠다. 그래서 슬퍼진 에슈는 그 아름다운 금발도 진짜가 아니라 가발일지 모른다는 의심이 들었다. 그러나 그녀의 몸 옆을 휙휙 나는 칼을 떠올리지 않을 수 없었을 때 그런 생각은 가라앉았다. 그때 그는 코른의 눈도 그녀의 몸을 더듬고 있음을 알아차렸으므로 일로나의 주의를 자기에게 끌어 오려고 만하임이 마음에 드는지, 라인이나 그와 비슷한 곳의 지리를 이미 알고 있는지 물어보았다. 유감스럽게도 그는 성공하지 못했다. 일로나가 단지 여기 그리고 저기라고 대답하고 부적절한 자리에 〈네, 천만에요〉를 넣었기 때문이다. 그녀는 무겁고 진지하게 커피를 마셨으며, 텔처가 그녀에게 고향말로 불쾌한 말이 틀림없을 어구를 속삭였을 때조차도 거의 귀를 기울이지 않았다. 에르나 양은 그동안 게르네르트를 향해 아름다운 가족의 세상이야말로 세상에서 가장 아름다운 것이라고 말했다. 그러면서 그녀는 팔꿈치로 에슈를 가볍게 툭 쳤다. 그것은 그더러 게르네르트를 본받으라고 부추기려는 것이기도 했고, 헝가리 여인에게서 — 그녀의 아름다움은 어쨌든 칭찬할 만했다 — 그의 주의를 돌리려는 것이기도 했다. 그녀의 주의 깊은 도마뱀 눈초리는 그녀의 오빠가 그 여인을 바라보는 욕정을 놓치지 않았다. 그녀는 그 아름다운 여인이 에슈에게가 아니라 오빠에게 떨어지는 편이 더 낫다고 생각했으므로 일로나의 손을 쓰다듬으며 하얀 빛깔을 칭찬했고 소매를 걷어올려보며 아가씨의 피부는 곱다고, 발타자르도 그렇게 확신할 것이라고 말했다. 발타자르는 그 위에 털투성이의 커다란 손을 올려놓았다. 텔처가 웃으며 헝가리 여인은 전부 피부가 비단결 같다고 말했다. 그 말에 대해 피부 없이 사는 여자는 아닌 에르나가 그것은 단지 피부를 가꾸기에 달렸다고 대꾸했다. 나는 날마다 우유로 얼굴을 씻는답니다. 과연, 게르네르트가 말했다. 당신은 뛰어난, 국제적이라고 할 만한 피부를 지니셨습니다그려. 그러자 에르나의 시든 얼굴이 열리며 누런 이와 왼쪽 윗니의 구멍이 드러나는 동시에 머리에서부터, 가늘고 갈색의, 약간 바랜 듯한 머리카락이 빠져나와 있는 관자놀이 밑까지 새빨개졌다.

날이 어스레해졌다. 코른의 주먹은 점점 더 세게 일로나의 손을 감싸쥐었고 에르나 양은 에슈 또는 적어도 게르네르트가 자신에게도 그렇게 해주기를 기대했다. 그녀는 불을 켜기를 망설였다. 특히 발타자르가 그런 방해를 몹시 반대할 것이었기 때문이다. 그러나 결국 그녀는 자리에서 일어나 장롱 위의 푸른 유리병 속에 전시되어 있는, 자신이 빚은 술을 가져오지 않을 수 없었다. 그녀는 그 양조법이 자기만의 비법이라고 자랑스럽게 선포하며 자신의 양조물을 권했다. 김빠진 맥주 맛이 났다. 그러나 게르네트르는 아주 맛있다고 말했다. 그리고 그녀의 손에다 입을 맞춤으로써 자기 말을 강화했다. 에슈는 헨트엔 어머니가 술꾼들을 좋아하지 않음을 회상하며, 그녀가 잔을 잇달아 부어 대는 코른이 매번 쩝쩝거리며 무성한 검은 구레나룻을 핥는 것을 본다면 어쨌든 코른에 대해 온갖 반대 의견을 제기할 것이 틀림없었으므로 온 몸 가득히 만족감이 일었다. 코른은 일로나를 위해서도 술을 따라 주었는데, 그녀의 변함없는 무관심과 요지부동성에 상응하는 태도였겠지만, 그녀는 그가 자기 잔에 입을 대게 두었고 그가 한 모금 마시면서 수염이 잠기자 그것을 입맞춤이라고 설명해도 아랑곳하지 않았다. 일로나는 그 말을 이해하지 못했다손 치더라도 텔처는 무슨 소리인지 알았을 것이다. 그가 그렇게 가만히 보고만 있는 꼴이 이해되지 않았다. 그는 마음속으로 고통스러워했을지도 모르지만 다만 자리를 시끄럽게 만들기에는 너무 교양 있는 인간이었을지도 모른다. 에슈는 자기가 대신 앙갚음을 하고 싶은 기분이 간절했지만, 그때 텔처가 무대 위에서 얼마나 거친 어조로 저 용감한 소녀에게 조수 일을 명령했던가를 떠올렸다. 그렇다면 그는 그녀를 의도적으로 격하시키려는 걸까? 무슨 일이든지 일어나야 한다. 누군가가 팔을 뻗어 그 앞을 막아서야 한다! 그러나 텔처는 유쾌하게 그의 어깨를 두드리며 그를 동료라고, 형제라고 불렀다. 에슈가 의아한 눈길로 바라보자 그는 두 쌍을 가리키며 말했다. 「우리 젊은 독신자들은 일치단결해야 합니다.」— 「그러니까 난 당신들을 불쌍하게 생각하지 않을 수 없어요.」 에르나 양이 그 말에 대꾸하며 자리를 바꾸어 게르네르트와 에슈 사이에 끼어 앉았다. 그러나 게르네르트 씨는 감정이 상한 어조로 말했다. 「불쌍한 예술가는 언제나 이렇게 부당한 대우를 받습니다…… 그렇지요, 상인들이란.」 텔처는 그 말이 에슈의 마음에 안 들 것이라고 말했다. 그러나 상인 계급에는 아직도 견실성과 넓은 전망이 있습니다. 흥행 사업은 정말 상인의 일이라고 간주할 수 있으며 심지어 가장 어려운 일이기도 합니다. 또한 감독일 뿐만 아니라 이를테면 동지이기도 한 게르네르트 씨는 — 그에게 깊은 존경을 표하는 바입니다 — 비록 언제나 성공할 수 있는 가능성에 맞게 조처하는 사람은 아닙니다만, 나름대로 성실한 상인으로 간주할 수 있음은 분명합니다. 나, 텔처 텔티니는 바로 그렇게 단언할 수 있습니다. 왜냐하면 나 자신이 예술가의 직업에 들어서기 전에 상인이었던 적이 있으니까요. 「하지만 그 결과는 무엇이겠습니까? 나는 여기에 주저앉아 있습니다. 미국에서라면 순전히 일급 계약을 맺을 수 있을 내가 말입니다…… 혹시 난 일류가 아닌 걸까요?」 에슈에게서 희미한 기억이 반란을 일으켰다. 이들은 무에 그리 상인 신분을 칭찬하는 거지. 그들이 찬양하는 견실성은 그리 대수로운 것이 아니던데. 그는 직선적으로 그 말을 하며 결론지었다. 「물론 차이는 있습니다. 예를 들어 넨트비히와 폰 베르트란트 사장, 그 두 사람은 다 상인입니다만 한 사람은 돼지이며 다른 사람은…… 보다 나은 사람입니다.」 코른이 경멸하듯 으르렁거렸다. 베르트란트가 도망친 장교임은 누구나 아는 사실이야. 환상을 가질 건 아무것도 없어. 에슈는 그 말이 못마땅하게 들리지 않았고, 사실 그들의 차이도 전혀 화를 낼 만큼 크지 않았다. 그러나 그렇다고 해서 사실이 달라지는 것은 아니었다. 베르트란트는 보다 나은 사람이었고, 그런 생각을 에슈는 감히 믿고 싶지 않았다. 그사이 텔처는 미국에 대한 이야기를 진전시켰다. 멋있는 곳이지요. 누구나 위로 오를 수 있습니다. 여기서처럼 헛되이 고생할 필요가 없습니다. 그는 인용했다. 「미국이여, 그대는 더 행복하구나.」 게르네르트가 한숨을 쉬었다. 그렇습니다. 상인 정신만 충분했어도 지금은 많은 것이 달라졌을 것입니다. 한때는 굉장한 부자였지요. 하지만 아무리 상인 정신이 있었다 해도 나는 예술가를 천진하게 신뢰하는 지복을 누렸고 그리하여 거의 백만 마르크나 되는 전 자본을 사기로 빼앗겼답니다. 그렇습니다, 에슈 선생께서 나 게르네르트 감독이 얼마나 부자였는지를 아신다면! 기왕지사죠. 자, 나는 다시 해내고야 말 것입니다. 난 극장 트러스트를 생각하고 있습니다. 굉장한 주식회사지요. 거기에 참여하려고 사람들이 너도나도 다툴 겁니다. 시간이 흐르면 자본은 나오게 마련이지요. 그리고 그는 다시 에르나 양의 손에 키스했고 다시 한 번 잔을 가득 부어 들이켠 다음 음미하듯 말했다. 「맛이 좋습니다.」 에슈는 말하고 있는 사람에게 압도되어 곰곰이 숙고하고픈 기분이 들었으므로, 에르나 양의 신발이 자기 신발 위에 놓여 있음을 거의 알아차리지 못했고, 단지 어둠 속에서 코른의 누런 손을 아득히 바라보고 있었다. 즉 그 손은 일로나의 어깨 위에 놓여 있었는데, 발타자르 코른이 억센 팔로 일로나의 어깨를 감고 있음은 쉽게 추측할 수 있는 일이었다.

마침내 불이 켜졌고 이제 그들은 모두가 뒤섞여 이야기를 주고받았다. 오직 일로나만이 침묵하고 있었다. 공연 시간이 다가왔으나 따로따로 가고 싶지는 않았으므로 게르네르트는 자기를 초대한 사람들을 공연에 초대했다. 그리하여 그들은 거기서 끝을 내고 전차로 시내에 갔다. 두 여자는 찻간에 앉아 있었고 남자들은 플랫폼에서 시가를 피웠다. 차가운 비가 방울져 그들의 얼굴 위로 떨어졌다. 상쾌했다.

◆

아우구스트 에슈가 싸구려 시가를 구입하곤 하던 상인의 이름은 프리츠 로베르크였다. 그는 에슈와 나이가 비슷한 젊은 남자였다. 언제나 연상의 사람들과 교제하는 에슈가 그를 바보 취급하는 것은 그 때문일지도 몰랐다. 그럼에도 불구하고 그 바보는 에슈의 삶에 어떤 의미를 얻게 되었다. 물론 그리 특별난 의미는 아닐 터이지만, 에슈도 자기가 이 가게에 그렇게 빨리 익숙해져 로베르크의 단골이 되었다는 사실에 놀라지 않을 수 없었다. 가게가 도중에 있는 것이 좋았다. 그렇다고 그것이 고향처럼 느끼게 해주는 이유는 전혀 될 수 없었다. 그 가게는 확실히 참한 가게였으므로 사람들은 그곳에 들르기를 좋아했다. 밝고 순수한 담배 향기가 공간에 감돌며 코에 경쾌한 느낌을 주었다. 반질반질한 탁자 위를 쓰다듬는 것도 기분이 좋았다. 그 탁자의 모서리엔 언제나 밝은 갈색 시가가 들어 있는 견본 상자가 몇 개 있었고 반짝이는 니켈 자동 금고 옆에 성냥갑이 놓여 있었으므로 시험 삼아 시가를 피워 볼 수 있었다. 시가를 구입할 때 성냥갑 하나를 공짜로 얻을 수 있게 한 것은 빈틈없는 선견지명이었다. 게다가 커다란 시가 절단기가 있었다. 로베르크 씨는 그것을 언제나 손에 지니고 있으면서 누가 시가에 즉시 불붙이고 싶어 할 때면 예리하고 자그마한 톡 소리와 함께 건네받은 시가 끝을 잘라 주는 것이었다. 그곳은 머무르기에 좋은 장소였다. 맑은 쇼윈도 뒤의 볕이 잘 들어 쾌적했다. 이런 차가운 날씨에는 기분 좋은, 말하자면 매끄러운 온기가 하얀 타일 위에 가득 퍼져 있었고, 그 따뜻함은 운송 창고 속의 유리장 안의 과열된 후텁지근함과는 구별되는 것이었다. 그러나 일이 끝난 후에나 점심 시간에 오는 것으로 충분하지 그 이상의 의미는 없었다. 사람들은 가게의 질서를 칭찬했고 자기가 일해야 했던 쓰레기 더미에 욕을 퍼부었다. 그렇지만 그것은 전적으로 진담이 아니었다. 왜냐하면 에슈는 장부와 운송물 목록에서 지켜지는 아름다운 질서가, 설사 현장 주임이 아무리 뒤에 서 있다 하더라도, 상자와 뭉치, 통들에까지 부과될 수는 없음을 잘 알고 있었기 때문이다. 그에 반해 이곳 가게에선 이상하게 안도감을 주는 꼼꼼함과 거의 여성다운 섬세함의 분위기가 지배하고 있었다. 그 분위기는 소녀가 시가를 팔 수도 있다는 점을 거의 상상할 수도 없고, 혹은 상상해 보았댔자 불쾌하게 느껴지는 에슈에게 더욱 이상하게 여겨졌다. 아무리 깔끔한 일이라 해도 그것은 남자들의 일이며 그에게 호감이 가는 동료 의식을 환기시켜 주는 것이었다. 남자들의 우정이란 그런 것이어야 하며 노동조합 서기의 너저분한 도움처럼 임시적이거나 단정치 못해서는 안 되는 것이다. 그러나 그것은 에슈가 골치를 썩이면서까지 생각해 본 일은 아니었다. 그것은 내친김에 나온 생각이었다. 다시금 로베르크가 자신에게 부여된, 행복할 수도 있을 운명에 만족하지 않는 것이 우스웠고 기이했다. 더욱 웃기는 것은 로베르크가 불만의 이유로 드는 것인데, 바로 그 때문에 그가 백치임이 명백해지는 것이다. 그는 자동 금고 옆에 〈흡연은 아무도 해치지 않는다〉라고 쓰인 판지를 걸어 놓았고, 또 상점의 주소와 전문 취급점을 보여 주며 〈언제나 순수한 담배를 피우는 사람은 결코 의사가 필요 없다〉라는 어구가 들어 있는, 예쁜 상점 카드를 시가 상자 옆에 붙여 놓고도, 자신은 그걸 믿지 않았다. 그렇다, 그가 담배를 피우는 것은 순전히 의무감과 죄의식에서였다. 그는 소위 끽연자의 암에 대한 공포를 끊임없이 느끼며 자신의 몸, 위, 심장, 목구멍에 가하는 니코틴의 온갖 불쾌한 영향을 체험하고 있었다. 그는 여위고 작은 사람으로 얼굴엔 검은 구레나룻의 흔적이 있었고, 광택 없는 눈에는 흰자위가 많았으며, 그의 약간 삐딱한 자세와 거동은 그가 경영하고 있고 다른 일과 바꿀 생각은 조금도 없는 장사 못지않게 기타 다른 신념과 기이한 대립을 이루었다. 그는 담배가 국민 복지를 훼손하는 독소라고 생각했을 뿐만 아니라 국민을 해독에서 구제해야 한다고 노상 반복하여 말했다. 또한 그는 위대하고 자연스러운, 진정 독일적인 생과 본질을 옹호했다. 그는 자신이 억센 가슴과 위압적인 금발을 지니고 살아갈 수 없다는 사실이 커다란 고통이었다. 어쨌든 그러한 해악은 반(反)알코올 협회와 채식주의자 협회에 가입함으로써 부분적으로나마 다시 보상되었고, 그리하여 그는 언제나 자동 금전 등록기 옆에 해당 협회들의 잡지를 — 대개는 스위스에서 보내온 것이었다 — 몇 부 놓아 두었다. 그가 바보임은 의심할 여지가 없었다.

에슈, 그는 즐겨 담배를 피우고 또 기회 있을 때마다 커다란 고깃덩어리를 해치우고 포도주를 마셨다. 만약 로베르크 씨의 논거에 그토록 감명을 받지 않았더라면, 그의 말 속에서 아무리 구원이라는 단어가 늘 다시 환기된다 하더라도, 그의 태도와 헨트옌 어머니의 태도 사이에 기이한 유사성이 있음을 생각해 내지 않았을 것이다. 물론 헨트옌 어머니는 이성적인 여인, 특히 이성적인 여인이므로 그런 횡설수설과는 아무런 상관이 없었다. 그러나 스위스에서 보낸 잡지들의 칼뱅교식 견해에 충실한 로베르크가 목사처럼 감각적 향락에 반대하는 동시에 자유 사상가 협회의 사회주의 연설가처럼 자연의 품속에서 영위되는 자유롭고 소박한 생활을 옹호할 때면, 그가 그런 식으로 자신의 빈약한 인품에서 세계는 하나의 단절을 지니고 있음을, 오직 새로운 기입이라는 기적을 통해서만 구제될 수 있는 무시무시한 회계상의 오류를 지니고 있음을 예감케 할 때면, 그런 뒤죽박죽 속에서 특히 헨트옌 어머니의 식당과 로베르크의 시가 장사가 같은 경우임이 분명해졌다. 그녀는 만취된 남자들의 구애를 받아들여야 하면서도 또한 그들의 구애와 단골 행위를 증오하고 경멸했다. 의심할 여지 없이 기이할 정도의 일치였다. 따라서 에슈는 헨트옌 부인에게 이 사실을 써 보냄으로써 그녀가 그러한 일치에 자신과 마찬가지로 놀라게 해줄까 생각했다. 그러나 헨트옌 부인이 얼마나 불쾌할 것인가, 아무리 온갖 미덕을 지니고 있다 하더라도 바보인 사람과 자기를 비교한다는 데 심지어 모욕감을 느낄지도 모르겠다, 하는 생각에 미치자 그는 그 착상을 그대로 두었다. 또한 그것을 연기한 것은 직접 입으로 보고하기 위해서이기도 했다. 어쨌든 그는 직무상 곧 퀼른에 가야 할 일이 있을 터이니.

◆

그럼에도 불구하고 로베르크의 경우는 논의할 만한 가치가 있었다. 어느 날 저녁 에슈는 코른과 에르나 양과 함께 식탁에 앉아 있을 때 그 욕구를 풀었다.

두 남매는 물론 시가 장수를 알고 있었다. 코른은 때때로 그에게서 물건을 산 일이 있지만 그 남자의 특성을 거의 알아차리지 못했다. 「그에겐 주목할 만한 게 없던데.」 그는 잠자코 생각하다가 결론을 내렸다. 그의 생각은 그가 바보라는 에슈의 의견에 동의한 셈이다. 그러나 에르나 양은 그가 헨트옌 부인과 정신적으로 닮은 사람이라는 데 활기차게 반감을 표시했고, 특히 헨트옌 부인이 에슈 씨가 오랫동안 남모르게 간직해 온 애인이냐고 물었다. 정말 매우 후덕한 부인임에 틀림없겠어요. 하지만 제 생각으로는 그 여자와 비견할 수 있는 사람은 저인 듯싶어요. 로베르크 씨의 덕성으로 말할 것 같으면 당연히 좋다고 할 수 없지요. 우리 오빠 같은 사람이 커튼에 온통 담배 냄새가 배게 하는 걸 다른 한편으로 보면 적어도 남자가 집에 있음을 알아차리게 하니까요.

「아무것도 하지 않고 물만 마셔 대는 남자는……」 그녀는 말을 찾았다. 「그런 사람은 저로서는 구역질이 나요.」 그러면서 그녀는 대체 로베르크 씨가 한 여자의 사랑을 누린 적이 있을까 물었다. 「아직 순결할 겁니다, 그 바보는.」 에슈가 말했다. 그리고 코른은 그 사람을 놀림거리로 삼을 수 있을 것을 예견하면서 소리쳤다. 「순결한 요셉[8]이여.」

자기 임대인을 통제하에 두었기 때문이기도 하고 또 일이 그렇게 되기도 했으므로, 코른도 이제 로베르크 가게의 단골이 되었다. 로베르크는 세관원이 그렇게 자주 어슬렁거리며 들어오는 것이 두려웠다. 그 공포는 부당한 것이 아니었다. 그 뒤 얼마 후의 어느 저녁에 일이 벌어졌기 때문이다. 가게 문을 닫기 바로 전에 코른이 에슈와 함께 로베르크에게 오더니 명령을 내렸다. 「준비됐나, 햇병아리 씨, 오늘 순결을 잃게 될걸.」 로베르크는 어쩔 줄 모르고 눈을 굴리며 가게에 머물러 있던 구세군 복장의 남자를 가리켰다. 「아하, 가장 무도회를 가나.」 코른이 말했고 로베르크는 당황하며 소개했다. 「내 친구입니다.」 ─ 「우리도 친구요.」 코른이 단언하며 구세군 남자에게 손을 내밀었다. 그는 주근깨가 가득 난, 핀란드인 같은 구석이 있는 붉은 머리의 사내로서 누구에게나 친절해야 한다는 것을 배운 사람이었다. 그는 코른의 얼굴에 미소를 보냄으로써 로베르크의 난처함을 구해 주었다. 「로베르크 형제는 오늘 우리와 함께 싸우기로 약속이 되어 있습니다. 그래서 제가 데리러 온 것이지요.」 ─ 「그래요, 싸우러 간다고요. 그럼 우리도 같이 갈까.」 코른이 흥분했다. 「우리는

---

8 성모 마리아의 남편.

친구니 말이오……」—「우리는 모든 친구를 환영합니다.」 유쾌한 구세군인이 말했다. 로베르크에게는 질문이 던져지지 않았다. 그는 죄지은 사람처럼 어쩔 줄 모르며 가게 문을 닫았다. 에슈는 사건의 경과를 따라가는 것에 만족했지만, 코른의 거드름에 화가 났으므로 로베르크의 어깨를 호의적으로 두드렸다. 그것은 바로 텔처가 자신에게 곧잘 하던 행동이었다.

그들은 네카 교외 지대로 행진하여 나아갔다. 케퍼탈러 가(街)에서 벌써 북소리며 심벌즈 소리가 들렸고 왕년에 군인이었던 코른의 다리가 박자를 맞추어 걸어갔다. 그들이 거리의 끝에 이르렀을 때, 황혼 속에서 구세군인들이 공원 가장자리에 있는 것이 보였다. 엷고 물 같은 눈이 내리고 있었다. 눈은 사람의 작은 무리가 모여 있는 곳에서 검은 죽이 되어 흘렀고, 장화 속으로 차갑게 먹어 들어왔다. 중위 한 사람이 벤치 위에 서서 시작되는 어둠을 향해 소리치고 있었다. 「우리에게 오라, 구원을 받으라, 구세주가 가까이 오셨으니, 사로잡힌 영혼을 구원받으라!」 하지만 그의 부르짖음을 따르는 사람은 소수에 불과했다. 군인들이 북소리와 심벌즈 소리에 맞추어 구원의 사랑을 노래했다. 그들의 할렐루야가 울려 퍼졌다. 「만인의 주 여호와시여, 구원하소서, 오, 저희를 죽음에서 구원하소서.」 그때 거기 모인 시민들은 거의 한 사람도 따라 부르지 않았다. 그들 대개는 틀림없이 그저 호기심에서 구경하고 있을 것이다. 비록 용감한 군인들이 온몸의 힘으로 노래 부르고 두 소녀가 온 힘을 다해 탬버린을 두들겼음에도 불구하고, 하늘이 점점 어두워짐에 따라, 그들 주위의 사람은 점점 성기어만 갔다. 그리고 곧 중위와 함께 그들만 서 있었고, 이제 구경꾼도 로베르크, 코른, 에슈뿐이었다. 로베르크 역시 같이 노래 부르고 싶었을지도 모른다. 그 역시 전적으로 같은 행동을 하고 싶었을 것이다. 에슈와 코른 앞이라 해도 부끄럽거나 두렵지 않았을 것이다. 만약 코른이 그에게 〈로베르크, 함께 노래하지〉라고 끊임없이 입술 사이로 명령하지 않았더라면 말이다. 그건 로베르크에게 편안한 처지가 아니었다. 그래서 경관이 다가와 가라고 명령했을 때 그는 기뻤다. 그들은 모두 토마스브로이 맥주집으로 향했다. 만약 로베르크가 함께 노래했더라면 좋았으리라. 그렇다, 그랬다면 작은 기적이 일어났을지도 모른다. 그랬다면 에슈도 목소리를 드높여 주님과 구원의 사랑을 찬양했을지도 모를 일이다. 그렇다, 다만 조그마한 계기가 필요했고, 어쩌면 로베르크의 노래가 그 계기가 되었을지도 모른다. 그러나 일이란 뒤늦게 결정될 수가 없다.

아까 밖에서 일어난 일이 무엇인지 에슈 자신도 이해하지 못했다. 두 소녀가 탬버린을 두들겼고, 그동안 지휘관이 벤치 위에 서서 그들에게 합창을 시작하라는 신호를 했었다. 그것은 이상하게도 텔처가 무대 위에서 일로나에게 했던 명령을 연상시켰다. 어쩌면 극장의 음악처럼 이곳 도시의 변두리를 침묵시키는, 저 갑작스레 마비되어 가는 저녁의 정적 때문일지도, 어두워지는 하늘을 향해 굳어지는 검은 나뭇가지의 부동성 때문일지도 몰랐다. 그리고 광장 뒤에선 아크등이 타오르고 있었다. 모든 것이 이해되지 않은 채로 있었다. 신발 속으로 축축한 눈의 냉기가 물어뜯듯이 파고들었다. 그러나 단지 그 때문에 에슈가 물기 없는 벤치 위에 서서 행복과 구원을 예언하고 싶었던 것은 아닐 것이다. 그것은 버림받은 듯 고독하다는 낯선 감정이 다시금 일어나며, 갑자기 끔찍스럽게도 자신이 고독하게 죽으리라는 생각이 들었기 때문이기도 했다. 어딘가 모호하지만, 그러나 놀라움을 주는 희망이 일었다. 그가 저 위 벤치 위에 서 있을 수 있다면 좋으리라는 희망이. 그의 눈앞에 일로나가 보였다. 구세군 군복을 입은 일로나가 그를 올려다보며, 그의 구원의 신호를 기다리며, 탬버린을 두드리고 할렐루야를 부르고 있었다. 그러나 코른이 그의 옆에서 떡 버티고 서서 제복 코트의 칼라를 높이 세우고 비웃고 있었다. 그 모습이 보이자 희망이 기어 들어가 버렸다. 에슈는 입을 일그러뜨렸고, 그건 경멸하는 표정이 되었다. 이제 그에겐 어떤 공동체도 존재하지 않는다는 것이 정당하게 여겨지기까지 했다. 어쨌거나 경관이 그들을 쫓아 버려서 그는 기뻤다.

앞에서 로베르크가 핀란드 구세군인과 두 소녀 가운데 한 소녀와 함께 걸어가고 있었다. 에슈는 뒤에서 터벅터벅 걸었다. 그렇다, 탬버린을 두드리든지 접시를 던지든지 간에 다만 그들에게 명령을 내리면 된다. 그것은 언제나 같은 것이며 옷만 다를 뿐이다. 여기서나 저기서나 그들은 사랑을 노래한다. 〈구원을 주는 완전한 사랑.〉 에슈는 웃지 않을 수 없었다. 그는 이 점에 대해 저 용감한 여자 구세군인을 감정해 보기로 결정했다. 그들이 토마스브로이에 가까이 왔을 때 소녀는 멈추어 서서 발을 벽의 돌출 부분에 올려놓고 몸을 구부려 이상한 모양의 젖은 장화 끈을 고쳐 매기 시작했다.

그녀가 후줄근하게 거기 서서 검은 밀짚모자를 무릎 쪽으로 구부리는 모습은 아주 비인간적인 덩어리, 기형이었다. 그렇지만 어떤, 소위 기계적 즉물성에 따라, 다른 경우에서라면 상체를 철썩 내려침으로써 그런 자세를 그만두게 했을 에슈이건만 놀랍게도 아무런 욕정도 일지 않았다. 그뿐만 아니라 동료들과 자기를 이어 주는 다리가 다시 파괴된 듯한 느낌조차 일어나려고 했으므로, 그는 다시 쾰른이 그리웠다. 그때 그는 그녀의 가슴 아래를 잡아 보려 했었다. 그렇다, 헨트엔 어머니에게라면 구부리고 앉아 신발 끝을 매도록 내버려 두지 않을 것이다. 하지만 남자들은 모두 같은 생각을 하는 까닭에, 온 세상 보고 넉살 좋게 너나들이를 하는 코른이 소녀를 가리켰다. 「저 애, 내버려 둘 건가?」 에슈가 노한 눈초리를 그에게 던졌다. 그러나 코른은 얌전하게 굴지 않았다. 「군인들 말야, 서로서로 그 짓을 할걸.」 그러는 사이 그들은 토마스브로이에 이르렀다. 그들은 밝고 소란스러운 홀로 들어갔다. 고기 튀기는 냄새, 양파 냄새, 맥주 냄새가 유쾌했다.

어쨌거나 여기서 코른은 실망을 경험했다. 구세군인들을 움직여 그들과 마찬가지로 탁자에 자리를 잡게 할 수 없었던 것이다. 그들은 그렇게 하는 대신 작별을 고하고 홀에 집합하여 신문을 팔았다. 에슈도 그들이 자기를 코른과 단둘이 남겨 두지 않는 편이 좋았다. 그가 밖에서 경험했지만 이해할 수 없었던 어떤 것을 다시 그들이 가져다주었으면 하는 희망의 잔재가 아직도 그의 영혼 속에서 헤엄치고 있었다. 다른 한편으로 생각하면 그들이 코른의 조롱을 피하는 편이 좋았다. 그리고 그들이 로베르크를 데려갔더라면 더 좋았을 것이다. 왜냐하면 코른이 이제 손해를 메우려는 듯 로베르크를 희롱하기 시작했기 때문이다. 그는 어찌할 바를 모르고 있는 로베르크에게 일인분의 양파를 곁들인 고기와 맥주 한 조끼를 권함으로써 자신의 원칙을 관철시키려고 했다. 그러자 그 약한 사람은 일어서며 그냥 조용하게 말했다. 「사람은 사람의 생활을 노리개로 삼아선 안 됩니다.」 그가 고기나 맥주에 손을 대지 않았으므로, 다시 실망한 코른은 화를 내며 마지못해 그 몫을 사용하지 않은 채 가져가 버리는 일이 없도록 자신이 해치워야 했다. 에슈는 맥주 조끼 밑바닥의 검은 늪을 바라보았다. 저것을 마시느냐 마시지 않느냐에 구원이 달려 있다는 건 웃기는 일이었다. 그렇지만 그는 부드러우나 완고한 저 바보가 고맙게까지 생각되었다. 로베르크는 조용히 미소를 지으며 앉아 있었는데, 때때로 그의 커다란 하얀 눈에서 금세라도 눈물이 흐르리라는 생각이 들었다. 하지만 탁자 사이를 순회한 구세군인들이 다시 그들에게 가까이 오자 그는 일어섰다. 마치 그들에게 무슨 소리인가 외치려는 듯했다. 그러나 기대와는 달리 그는 그렇게 하지 않고 그냥 서 있기만 했다. 갑자기 그가 지른 외마디 소리는 그 말을 듣는 누구에게나 돌발적이고 무의미하며 이해되지 않았다. 그는 커다랗고 분명한 소리로 〈구원〉이라는 단어를 외치고는 다시 자리에 앉았다. 코른은 에슈를 쳐다보았고 에슈는 코른을 쳐다보았다. 그러나 코른이 손가락을 이마 쪽을 향해 뱅글뱅글 돌리며 로베르크의 머리 상태를 표현했을 때 그 모습이 아주 이상하고 끔찍하게 변하는 것이었다. 마치 구원이라는 단어가 자유롭게 탁자 위에 감도는 것 같았다. 보이지 않게 계속 회전하고 있으나, 그 회전에서 분리되고 또한 그 말을 발설한 입에서도 분리되었다. 그리고 바보를 경멸하는 마음은 조금도 감소되지 않았음에도 불구하고 구원의 나라가 있는 듯이, 있을 수 있는 듯이, 있어야 하는 듯이 여겨졌다. 제발 그러기를. 왜냐하면 토마스브로이에 앉아 있는 코른, 저 널따란 등짝을 지닌 죽은 짐승의 살덩어리는 먼 곳의 구원받은 자유는 말할 것도 없고 바로 다음 거리 모퉁이까지도 생각할 능력이 없기 때문이었다. 그렇기 때문에 에슈가 비록 아직 도덕군자까지는 되지 못하고 병으로 탁자 위를 두드리며 맥주 한 잔을 더 가져오게 한다 할지라도, 그는 로베르크처럼 말이 없었다. 그리고 코른이 잔치를 끝내고 순결한 요셉과 함께 여자에게 가자고 제안했을 때 에슈는 같이 가는 것을 거절했고, 잔뜩 실망한 발타자르 코른을 거리 위에 세워 두고 시가 장수와 함께 집으로 갔다. 그는 코른이 상스러운 말을 뒤에서 퍼부어도 아주 만족스러웠다. 눈은 그쳐 있었고, 올라오는 온화한 바람 속에서 더러운 낱말들이 봄날의 가벼운 꽃잎처럼 나부꼈다.

◆

어린 시절을 넘어 어른으로 성장한 그가 고독하고 버림받은 채 언젠가 죽음에 맞서야 함을 예감할 때, 모든 인간이 받는 저 이상한 압박감, 신에 대한 두려움이라고 일컬을 수 있는 이상한 압박감이 찾아들면 인간은 손에 손을 잡고 어두운 문 안으로 걸어 들어갈 동료를 찾는다. 그가 어떤 다른 존재와 함께 침대에 누워 있는 것이 얼마나 부정할 수 없는 쾌락인지를 이미 체험해 보았다면, 그렇게 밀접한 피부의 결합이 관 속까지 계속될 수 있으리라고 생각하는 것이다. 그것이 기분 나쁘고 더러운 시트 사이에서 벌어지는 일이기에, 혹은 여자에게는 다만 더 나이가 들었을 때 한 남자의 보살핌을 받는 것만이 중요하다고 말할 수 있기에, 많은 것이 혐오스럽게 느껴진다 할지라도, 모든 존재가, 설사 그것이 누르께한 피부색에다 왼쪽 윗니에 구멍이 보인다 해도, 그러한 존재가 그 이빨 구멍에도 불구하고 영원히 죽음 앞에서, 죽음의 공포 앞에서 지켜 줄 사랑을 향해 부르짖고 있음을 잊을 수 없을 것이다. 날마다 새롭게 밤과 더불어 고독하게 잠자는 피조물 위에 내려앉는 공포, 지금 에르나 양이 하고 있듯 그가 옷을 벗을 때 그 주위에 불꽃처럼 활활 타오르며 날름거리고 있는 공포. 그녀는 빛바랜 붉은 비로드의 코르셋을 벗었고, 검은 초록의 모직 상의를 떨어뜨렸고, 하의를 벗어 던졌다. 신발도 벗었다. 그러나 양말은 그냥 두었고 마찬가지로 풀 먹인 하얀 속옷도 그냥 두었다. 그렇다, 그녀는 코르셋을 풀어 버리는 결단을 결코 내릴 수가 없었다. 그녀는 불안했다. 하지만 교활한 미소 뒤에 불안을 감추고 그 이상 옷을 벗지 않은 채 침대 문갑 위에서 활활 타오르는 촛불의 불꽃이 비치는 침대 속으로 미끄러져 들어갔다.

그 후 그녀는 에슈가 마루를 걸어 다니는 소리를 여러 번 들었다. 그는 자기가 치러야 하는 행사가 요구하는 이상의 큰 소리를 내고 있었다. 어쩌면 그 행사 자체가 필요 이상의 것일 수도 있었다. 대체 물을 두 번이나 가지러 다녀야 했던 이유는 무엇인가? 더욱이 물통은 바로 에르나의 방문 앞에 있는 마룻바닥에 소리 내어 내려놓을 만큼 무겁지는 않았다. 에르나 양 역시 그런 것을 감지할 때마다 질 수 없다는 듯 마찬가지로 바스락거렸다. 삐걱이는 침대 속에서 몸을 뒤척였고, 심지어 의도적으로 벽을 발로 차면서 졸립다는 것을 알리기라도 하려는 사람처럼 〈오오〉라고 한숨지었다. 그리고 그런 목적에 또한 기침과 헛기침도 사용했다. 에슈는 성급한 태도의 인간이었으므로 그녀가 그런 식으로 잠시 신호를 보내자 즉시 결단을 내려 그녀 방으로 들어갔다.

그때 에르나 양은 침대 속에 누워 이빨 구멍과 함께 웅큼하고 교활하게, 그리고 약간 친절하게 마주 미소 지었으나, 사실 그녀는 그의 마음에 그다지 들지는 않았다. 그렇지만 어쨌든 〈아니 에슈 씨, 이제 다시 나가셔야지요〉라는 그녀의 요구를 따르지 않고 조용히 방에 머물러 있었다. 그렇게 한 것은 대개의 사람처럼 그가 거친 감각의 소유자였기 때문만은 아니었다. 또한 친밀하게 한 지붕 아래에서 살고 있는 성이 다른 두 사람이 육체의 메커니즘에서 빠져나올 수 없었기 때문만도, 혹은 〈어찌 안 되는가〉라고 숙고하고 그것에 쉽사리 굴복했기 때문만도 아니었다. 그가 그렇게 한 것은 그녀에게서 유사한 것을 추측해 내고 그녀의 요청을 진담으로 받아들이지 않았기 때문만은 아니었다. 또한 설령 여자가 게르네르트 씨와 희희덕거리는 모양을 자주 보아야 했기에, 모든 남자들에게서 일어나는 질투를 그런 충동의 하나로 열거할 수 있다고 해도, 그가 그저 자신의 저열한 충동에 따라서 그렇게 한 것은 물론 아니었다. 에슈라는 사람은 인간이 자기 목적으로 추구하고자 생각하는 쾌락을, 거의 예감하지 못하지만, 그러면서도 그를 지배하고 있는 보다 높은 목적, 그를 엄습하는 저 커다란 불안을 무마시켜 줄 과제와 다름없는 목적에 사용하는 사람이었다. 때때로 출장 때문에 부인과 아이들에게서 멀리 떨어져 외롭게 호텔 침대 위에 누워 있을 때면 남자에게 엄습하는 불안을 무마시켜 줄 과제. 때로는 정사의 비열함에 가슴이 찢어지고, 때로는 양심의 가책을 느끼면서, 보기 싫고 나이 든 객실 담당 하녀와 잠을 자는 여행자의 불안과 쾌락에 불과할지라도 말이다. 물론 에슈가 물통을 바닥에 내려놓았을 때 쾰른을 떠나고부터 엄습해 온 고독을 다시 생각한 것도 아니었고, 텔처가 번쩍번쩍 빛을 반사하는 칼을 휙휙 날리기 전 무대 위에 깔려 있던 고독을 생각한 것도 아니었다. 그러나 에르나 양의 침대 가장자리에 앉아 그녀에게 몸을 굽히고 그녀를 원하고 있는 지금, 그의 욕구는 통례적 의미의 격정적인 남자의 욕구로 상상할 수 있는 이상의 것이었다. 왜냐하면 외견상 잘 파악할 수 있는 것 뒤에는, 그렇다, 보통 있는 행위 뒤에는 언제나 동경이, 사로잡힌 인간의 고독으로부터 구제되기를 바라는 동경이 있었기 때문이다. 그와 그녀에게, 어쩌면 모든 인간에게, 뿐만 아니라 일로나에게도 분명 해당될 수 있을 구원에 대한 동경이. 에르나라는 여자는 그에게 그런 구원을 줄 수 없었다. 그녀도 그도 그의 뜻을 알지 못했기 때문이다. 그녀는 그에게 최후의 것을 유보하며 부드럽게 저항하며 말했다. 「우리가 아내와 남편이 되었을 때.」 그때 그는 분노에 사로잡혔다. 그것은 실망한 사내의 분노만이 아니었다. 단순한 격노가 아니었다. 그가 그녀의 옷이 보내는 야유를 벗기려 했던 것은 그 이상이었으며, 거칠게 그리고 냉정하게 〈그래, 왜 안 되지〉라고 대답했을 때, 그것은 거의 고상하게 보이지는 않았지만, 또한 절망이기도 했다. 그리고 그녀의 저항이 그에게 순결을 지키라는 신의 손짓으로 보였을지라도, 그는 당장 집에서 나와 보다 온순한 여자에게 갔다. 그것이 에르나의 감정을 상하게 했다.

◆

그날 저녁부터 에슈와 에르나 양 사이에 공공연한 전쟁이 벌어졌다. 그녀는 그의 욕구를 자극시킬 기회를 조금도 놓치지 않았고, 그만큼 적지않이 그 역시 온갖 계기를 포착하여 저항하는 여자를 결혼 약속도 없이 자기 침대로 끌어들이려는 시도를 거듭했다. 싸움은 아침에 시작했다. 그녀는 거의 옷을 차려입지 않은 그의 방에 아침 식사를 날라 왔는데, 그런 식의 일종의 음탕한 보살핌이 그를 격분케 했다. 싸움은 그녀가 방문을 잠그든 그를 방에 들어오게 내버려 두든 간에 밤에 끝났다. 두 사람 중 누구도 사랑이란 단어를 입 밖에 내지 않았다. 두 사람 사이에 분명한 증오가 불붙는 대신, 많은 것이 심술궂은 조롱의 형식으로 나타났다면 그것은 오직 그들이 아직 서로를 소유하지 못한 데 있었다.

종종 그가 일로나와라면 보다 다르고 보다 나으리라는 생각을 했음에도 불구하고 그의 생각을 감히 그녀에게 접근시키려 하지 않았던 것은 충분히 이상한 일이었다. 일로나는 어떤 보다 나은 존재였다. 이를테면 베르트란트 사장이 어떤 보다 나은 존재인 것처럼. 그리고 에슈는 그가 일로나와 함께 있는 걸 용납치 않겠다는 에르나의 농담을 결코 싫은 마음으로 받아들이지 않았다. 그렇다, 그런 짓궂은 행동과 그 낄낄거리는 농지거리가 아무리 그를 화나게 했을지라도 그것은 상당히 기쁜 일이었다. 동시에 이제 일로나는 거의 매일 집에 왔으며, 그녀와 에르나 사이에는 일종의 우정이 전개되고 있었다. 그들이 서로에게서 무엇을 찾아내는지 에슈는 물론 이해하지 못했다. 그가 집에 와서 일로나의 강하고 값싼 향수 냄새 — 그것은 언제나 그를 자극했다 — 를 맡게 될 때마다, 그는 두 여인이 이상하게 말 없는 대화를 나누고 있음을 보았다. 일로나는 거의 독일말을 알지 못했으므로 에르나 양은 여자 친구를 쓰다듬거나 거울 앞에 세워 놓고 그녀의 머리 모양과 의상에 감탄을 표하며 여기저기 다독이는 것 이외에는 할 수 없었다. 그러나 대체로 에슈는 자기가 따돌림을 받고 있음을 알았다. 왜냐하면 에르나가 곧바로 자기 여자 친구가 있음을 그에게 비밀로 하기 시작했기 때문이다. 그리하여 어느 날 저녁 현관 벨이 울렸을 때 그가 자기 방에 있었던 것은 글자 그대로 결백한 일이었다. 그는 에르나가 문을 여는 소리를 들었다. 그리고 만약 그의 방 문 자물쇠가 갑자기 돌아가 잠기지 않았더라면 나쁜 생각을 품지 않았을 것이다. 한마디로 에슈는 문으로 갔다. 그는 감금되었다! 그 계집이 그를 가둔 것이었다! 그는 이런 어리석은 농지거리를 무시해 버려야 했음에도 참기에는 너무 심한 일이었으므로 날뛰기 시작했고 마침내 에르나 양이 자물쇠를 열고 키득거리며 살금 들어올 때까지 문을 두들겼다. 「자,」 그녀가 말했다. 「이제야 당신에게 봉사할 수 있게 되었어요⋯⋯ 말하자면 손님이 왔는데 그 사람을 발타자르가 보살펴 주고 있거든요.」에슈는 분격하여 방에서 뛰쳐나갔다.

어느 날 밤늦게 그가 집에 돌아오자 다시 복도에서 그녀의 향수 냄새가 났다. 그렇다면 그녀가 다시 여기 왔다 갔거나, 아니면 고리못에 그녀의 모자가 걸려 있는 것으로 보아 아직 이곳에 있는 것이 틀림없었다. 그렇다면 그녀는 어디에 숨어 있는 걸까? 거실은 캄캄했다. 코른은 옆에 있는 자기 방에서 코를 골고 있었다. 그녀가 모자도 안 쓰고 나가 버리진 않았을 텐데! 에슈는 에르나의 방 문에 귀를 기울였다. 그는 두 여인이 그 안에서 나란히 누워 있는 자극적이며 가슴을 옥죄는 상상을 해보았다. 그는 조심스럽게 손잡이를 돌렸다. 문은 항복하지 않았다. 에르나 양이 정말 잠자고 싶을 때면 언제나 그렇듯이 잠겨 있었다. 에슈는 어깨를 움찔하고 쿵쾅거리며 자기 방으로 갔다. 그러나 침대에 누워도 편하지 않았다. 그는 복도 쪽을 내다보았다. 향수 냄새가 여전히 공기 속에 감돌고 있었고, 모자 또한 여전히 걸려 있었다. 무언가 잘못되어 있다고 여겨졌으므로 에슈는 집 안을 살금살금 걸어 보았다. 그때 그는 코른의 방에서 속삭이는 소리를 듣게 되리라 여겨졌다. 물론 코른은 속삭여 말할 수 있는 인간이 아니었다. 에슈는 더욱 귀를 곤두세웠다. 그때 코른이 끙끙거렸다. 잘못 들을 여지 없이 코른이 끙끙거리는 소리였다. 에슈는 물론 코른 같은 작자를 두려워할 필요가 없는 사내였지만 맨발로 방으로 도망쳐 돌아왔다. 마치 어떤 무서운 것이 그의 뒤에 있는 것처럼. 그는 귀를 막아 버리고 싶었다.

아침에 에르나가 납같이 무거운 잠에 빠져 있는 그를 깨웠다. 그리고 그가 채 질문을 던지기도 전에 그녀가 말했다. 「쉬, 놀랄 일이 있어요. 나와 보세요!」 서둘러서 그가 옷을 주워 입고 에르나가 분주히 일하는 부엌으로 나가자 그녀는 그의 손을 잡고 발끝으로 걸어 자기 방으로 데려가더니 빵긋이 문을 열어 문틈으로 들여다보게 했다. 그는 일로나를 보았다. 그녀는 여전히 칼자국 하나 없는, 토실토실하고 하얀 팔을 침대 모서리 위에 내어 놓고 잠을 자고 있었다. 그녀의 약간 부석부석한 얼굴엔 무거운 눈물 주머니가 있었다.

이제 일로나는 아주 늦은 시각에 집으로 들어왔다. 그녀가 발타자르 코른과 밤을 보낸다는 것, 에르나가 오빠의 정사를, 소위 몸소 감싸 주고 있다는 것을 에슈가 알기까지는 비교적 오랜 시간이 걸렸다.

◆

마르틴이 창고에서 일하는 그를 방문했다. 이상한 일은 명령에 따를 것 같으면 어떤 문지기라도 내쫓아 버릴 수 있는 이 치외법권자가 여전히 다시 그곳에 들어온다는 것, 그것도 아주 공공연하게 그리고 아주 태평스럽게 어느 누구에게도 저지받지 않고, 아니, 많은 사람들로부터 친절한 인사를 받으며 목발을 짚고 흔들흔들 돌아다닌다는 것이다. 분명 불구자에게 손을 대는 것을 누구나 부끄럽게 여겼기 때문이기도 할 것이다. 하여간 에슈는 자기 일터에서 노동조합 서기 따윈 필요하지 않았다. 마르틴 역시 그를 밖에서 기다릴 수 있었을 것이다. 하지만 다른 편에서 볼 때 그는 믿을 만한 사람이었다. 그는 자기가 와도 되는 때를 알았고 가야 하는 때를 알았다. 그는 예의 바른 사내였다. 「잘 있었나, 아우구스트.」 그는 단순하게 말했다. 「네가 하는 일을 보고 싶었어. 이 곳 일은 괜찮군그래. 멋진 교환을 한 셈이야.」 저 불구자는 이 빌어먹을 만하임에 감사해야 함을 상기시키려는 건가? 어쨌거나 일로나와 코른 사이의 사건이 마르틴의 책임일 수는 없었다. 그래서 에슈는 단지 투덜거리듯 대꾸했다. 「그래, 멋진 바꿔치기였어.」 어딘가 맞는 말이기는 했다. 왜냐하면 마르틴이 자신의 옛날 자리와 넨트비히를 생각나게 만든 지금, 이제 쾰른과는 아무 상관이 없다는 사실이 뛸 듯이 기뻤기 때문이다. 그는 방조자처럼 넨트비히의 부정을 숨기고 있었으며, 그 식초 팔아먹는 놈을 쾰른의 어느 거리 모퉁이에서 만날 수도 있다는 사실은 다시 그곳에 돌아가고 싶은 기분을 싹 가시게 했다. 쾰른이든 만하임이든, 그것은 교환이 아니었다. 온통 쓰레기뿐인 곳에서 구원되려면 대체 어디서 살아야 한다는 말인지! 어쨌든 그는 쾰른의 사정이 어떠냐고 물었다. 「나중에,」 마르틴이 말했다. 「지금 난 시간이 없어. 넌 어디서 점심을 먹지?」 그는 대답을 들은 다음 흔들거리며 바삐 가버렸다.

에슈는 그 재회가 기뻤다. 그는 성급한 인간이었기 때문에 점심시간까지 기다릴 수 없을 지경이었다. 밤 사이에 봄이 되어 버렸으므로 에슈는 코트를 창고에 두었다. 창고 사이의 포석이 온화한 정오의 태양 속에서 친절하게 빛났고 건물 구석을 보니 갑자기 어리고 신선한 풀이 돌 사이에 있었다. 적재소 옆을 지날 때 그는 울퉁불퉁한 회색 나무 바닥에 모서리를 댄 철제 시렁에 손을 얹어 보았다. 철이 따뜻하게 느껴졌다. 만약 그가 쾰른으로 옮기지 않는다면 자전거를 빨리 구해 봐야 할 것이다. 그는 깊고도 경쾌하게 숨을 쉬었다. 식당의 창문이 열려서일까, 음식 맛이 아주 달랐다. 마르틴은 스트라이크 일 때문에 오게 되었다고 설명했다. 그렇지 않으면 난 아직도 시간을 낼 수 없었을 거야. 남부 독일과 엘자스의 공장에서 무슨 일이 벌어지고 있는데 그런 일은 퍼지기가 쉽거든. 「아무튼 그들은 하고 싶은 만큼 스트라이크를 할 수도 있지. 하지만 우리에겐 이제 어떤 혼란도 필요하지 않거든. 운송업 노동자의 스트라이크란 오늘날 명백한 미치광이 짓인 듯싶어…… 우리는 가난한 노동조합원들이며 중앙에서 돈을 얻어 낼 수가 없어…… 완전한 실패라고 할 수 있어. 물론 선원들과 이야기해 보았댔자 아무 쓸모 없는 일이야. 황소가 스트라이크를 하면 악마도 그를 저지할 수는 없지만. 조만간 그들이 나를 때려죽일 거야.」 그는 비꼼 없이 친절하게 설명했다. 「이제 그들은 다시 내가 선주에게서 돈을 먹었다고 뒤에서 소리소리 지를 것이 틀림없어.」 —「베르트란트에게서?」 에슈가 흥미를 품고 물었다. 가이링이 고개를 끄덕였다. 「당연히 베르트란트에게서도.」 —「그런 돼지 같은.」 에슈가 불쑥 말했다. 마르틴이 웃었다. 「그 베르트란트가? 그는 아주 예의 바른 사내야.」 —「그래, 그래, 예의 바르겠지…… 그가 도망친 장교라는 건 사실인가?」 —「그래, 그가 군대에서 도망쳤다고들 하더군 — 그건 다만 그 사람에 대한 호의에서 하는 말들이야.」 그렇구나, 그렇구나! 그 사람에 대한 호의의 말이라고? 명료한 일은 하나도 없구나, 에슈는 화가 잔뜩 나서 생각했다. 이렇게 아름다운 봄날에도 명료한 일은 하나도 없어.「난 자네가 그 일을 계속하는 이유를 알고 싶은데?」—「누구나 신이 점지한 곳에 서 있는 거네.」마르틴이 말했다. 그의 늙은 어린애 같은 얼굴이 경건하게 보였다. 그다음 그는 헨트엔 어머니의 안부와 에슈가 빠른 시일에 방문하길 바란다는 모두의 기대를 전했다.

식사가 끝나고 그들은 로베르크의 시가 가게에 갔다. 그들은 시간이 조금 있었고 마르틴은 무거운 참나무 의자 위에서 쉬었다. 그것은 가게의 책상 앞에 있는 것으로 가게의 다른 것들처럼 윤이 나고 견고했다. 마르틴은 손이 미치는 거리에 있는 인쇄물을 집어 드는 습관에 따라 반(反)알코올주의와 채식주의를 제창하는 신문들을 펼쳤다.「도처에,」그가 말했다.「동지라고 할 수 있는 사람들이 있군.」흡족한 로베르크의 기쁨을 에슈가 망쳤다.「그럼, 그도 레몬수의 형제라네.」그리고 그를 완전히 부정하기 위하여 이렇게 덧붙였다.「가이링은 오늘 굉장한 집회가 있어. 하지만 정식 집회지. 구세군이 아니라!」—「유감스럽게도.」마르틴이 말했다. 공공 집회와 연설이라면 사족을 못 쓰는 로베르크는 즉시 그곳을 방문하겠다고 제안했다.「그만두는 것이 좋을 겁니다.」마르틴이 말했다.「적어도 에슈가 와선 안 될걸. 만약 거기 있는 것을 들키면 신상에 해로울 테니. 게다가 일이 매끄럽게 진행될 것 같진 않고.」— 에슈는 자기 자리가 위태로우리라는 점은 불안하지 않았지만 이상하게도 집회에 가는 것이 베르트란트에 대한 배반처럼 생각되었다. 그러나 로베르크는 용감하게 말했다.「전 어쨌든 가겠습니다.」에슈는 레몬수나 마시는 약골에게 부끄러움을 느꼈다. 아니야, 친구를 무방비 상태로 위험 속에 버려두는 건 좋은 일이 아니야. 헨트엔 어머니의 눈앞에 더 이상 모습을 나타내지 않으려면 그렇게 해도 되겠지만. 어쨌든 그는 자신의 결정을 입 밖에 내지 않았다. 마르틴이 설명했다. 「내 생각으론 선주가 선동자 몇을 우리에게 보낼 것 같아. 그런 거센 스트라이크가 일어나는 것이 그들에겐 아주 이로우니 말야.」 넨트비히는 선주가 아니라 포도주를 취급하는 비대한 업무 대리인이었음에도 불구하고, 에슈에게는 그 가증스러운 작자 역시 그 음모에 포동포동한 손을 놀릴 것같이 생각되었다.

집회는 여느 때처럼 작은 식당 홀에서 열렸다. 입구에 경찰관 몇이 들어가는 사람들을 감시하고 서 있었지만, 그들은 감시인들을 알아차리지 못하는 척하고 있었다. 에슈는 늦게 도착했다. 그가 들어가려고 했을 때 누군가가 그의 어깨를 두드렸다. 에슈가 몸을 돌리자 항만 경찰서의 구역 감시관이 있었다. 「에슈 선생, 대체 여기서 뭘 하십니까?」 에슈는 재빨리 태연하게 말했다. 다만 호기심에서지요. 내가 쾰른에서 알고 지낸 노동조합 서기 가이링이 여기서 연설을 한다고 들었거든요. 게다가 저 자신도 아무튼 선박 일에 관계하고 있으니 어떤 일이 벌어질지 흥미가 있고요. 「말리고 싶군요. 에슈 선생.」 감시관이 말했다. 「바로 당신이 선박 일에 관계하고 있기 때문입니다. 수상한 냄새가 나는 데다 당신에게 이롭지는 않을 겁니다.」 ─ 「잠시만 구경하려고 합니다.」 에슈는 결정을 내리고 들어갔다.

황제, 바덴의 공작, 뷔르템베르크 왕들의 초상화들로 장식된 약간 나지막한 홀 안은 사람들로 빽빽했다. 연단 위에 하얀 천이 덮인 탁자가 있었고 그 뒤에 남자 넷이 앉아 있었다. 그중 하나가 마르틴이었다. 처음 에슈는 자기가 그런 특별석에 앉을 수 없었기에 약간 부러운 감이 들었지만, 다음 순간 그는 그 탁자를 알아볼 수 있다는 것이 스스로도 놀라웠다. 그만큼 홀의 혼란이 극심했다. 그렇다, 어떤 사람이 홀 한가운데의 의자 위에 올라서서 알아듣지 못할 말을 혼자 뇌까리고 있음을 알아차리기까진 시간이 좀 걸렸다. 그는 모든 말을 — 특히 〈데마고그〉[9]라는 단어를 좋아했다 — 삿대질로, 그것도 연단 위의 탁자를 향한 삿대질로 강조했다. 그건 공평치 않은 대화 방식이었다. 탁자 쪽에서 나온 대답은 소음의 벽을 뚫지 못하는 여린 종소리였기 때문이다. 그러나 마침내 목발과 의자 등받이에 의지한 마르틴이 일어나 소음을 물리쳤을 때 마지막 말을 알아들을 수 있었다. 마르틴이 숙련된 연설가답게 약간 피로한 듯 그리고 아이로니컬하고 유창하게 행하는 연설을 에슈는 명확하게 이해할 수는 없지만, 그의 말이 그의 주위에서 포효하는 다른 모든 사람들의 말보다 더 가치 있는 것임을 느꼈다. 마르틴은 청중의 주목을 전혀 문제 삼지 않는 것처럼 보이기까지 했다. 그는 가볍게 미소를 머금고 말 없이 〈자본주의자의 용병〉이니 〈돼지 같은 국가〉니 〈황제의 사회주의자〉니 하는 고함 소리를 조용하게 견디어 내고 있었기 때문이다. 갑자기 모든 휘파람 소리보다 더 날카로운 소리가 울려 퍼질 때까지 그는 그렇게 하고 있었다. 쥐 죽은 듯이 고요해진 가운데 경찰 간부 한 사람이 연단 위에 서서 간결하게 말했다. 「법의 이름으로 집회

[9] 선동 정치가라는 뜻.

를 해산한다. 홀을 비우도록.」 에슈는 문에서 쏟아져 나가는 사람들에게 떠밀리면서 경찰 간부가 마르틴에게 향하는 것을 알아차렸다

약속이나 한 듯 대부분이 술집의 마당으로 향하는 출구로 밀려갔다. 물론 그것은 사람들에게 아무 소용이 없었다. 그 사이 건물 전체가 경찰에게 포위되어 있었기 때문에 누구나 자신이 왜 거기 있었는지 합리화시키든가 경찰서로 함께 가야 했다. 중앙 입구로 몰리는 군중은 상황이 덜 나빴다. 에슈는 운이 좋게도 다시 구획 감시관 옆에 가게 되었으므로 재빨리 이렇게 말할 수 있었다. 「당신이 옳았습니다, 한 번으로 족하지 이젠 결코.」 그렇게 그는 조사에서 빠졌다. 그러나 일은 아직 끝나지 않았다. 이제 사람들은 다만 식당 앞에 서서 조용한 태도로 위원회에, 노동조합에, 가이링에게 나지막이 욕을 하고 있었다. 그렇지만 갑자기 위원회와 가이링이 체포되었으며 그들을 이송하기 위하여 군중이 물러날 때까지 기다리고 있을 뿐이라는 소문이 퍼졌다. 그러자 돌연 분위기가 술렁거렸다. 호각 소리가 다시 커졌고 군중들은 경찰에 대항하기 시작했다. 에슈 곁에 남아 있던 친절한 경찰관이 그를 쿡 찔렀다. 「이젠 정말 떠나십시오, 에슈 씨.」 그곳에 있어 봤자 아무 소용 없으리라는 것을 통찰한 에슈는 어디선가 로베르크라도 만났으면 좋겠다고 희망하면서 다음 모퉁이까지 물러났다.

식당 앞에서의 소란은 상당히 오래 계속되었다. 그러자 말을 탄 경관 여섯 사람이 속보로 달려왔다. 온순하긴 해도 약간 미친 듯이 달려오는 말이라는 짐승이 많은 사람들에게 일

종의 마법적인 영향력을 행사했으므로, 이 적은 수의 말 탄원군은 결정적이었다. 에슈는 노동자 몇 사람이 손이 묶여서 다른 사람들이 놀라 침묵하는 가운데 호송되어 가는 것을 보았다. 그러자 거리가 텅 비어 버렸다. 둘이 함께 서 있는 것을 들키게 되면 거칠고 초조해진 경찰들에게 난폭하게 쫓겨났다. 자기도 그만큼 가차 없이 취급되리라는 논리적인 가정을 한 에슈도 싸움터를 떠났다.

그는 로베르크에게 갔다. 그가 아직 집에 돌아와 있지 않았으므로 에슈는 문 앞에 선 채로 온화한 봄날의 밤 속에서 기다렸다. 바라건대 그들이 로베르크도 손을 묶어 데려가지 않았으면. 비록 그렇게 한 것이 더 기쁠 수도 있지만. 만약 그 도덕군자가 포박되어 에르나 앞에 나타난다면 그녀는 어머나라고 말하리라! 에슈가 기다림을 막 포기하고 싶어졌을 때 끔찍이 흥분하여 거의 울 듯한 로베르크가 왔다. 그는 그런 것을 체험하지도 들어 보지도 못했다고 했다. 점차 에슈는 몹시 무질서하게나마, 사람들이 대단히 멋진 연설을 한 가이링에게 온갖 더러운 욕설을 퍼부었을지라도, 집회가 처음에는 아주 평온히 진행되었음을 알았다. 그래요, 그런데 가이링 씨 자신이 오후에 언급한 바 있던, 회사의 앞잡이 선동가가 분명한 어떤 사람이 일어나 가진 사람, 국가, 심지어 황제에 대해서까지 무시무시한 연설을 했습니다. 그러니까 경찰 간부가 그런 어조로 계속하려면 집회를 끝내라고 위협하던데요. 정말 어떤 멋진 작자가 등장한 건지 틀림없이 잘 알고 있을 가이링 씨가 그 작자를 회사의 앞잡이 선동가라고 폭로하는 대신 그를 옹호하고 심지어 그가 연설할 수 있는 자유를 주장한 건 정말 이해할 수 없습니다. 어쨌거나 사태가 점점 더 거칠어졌고 마침내 집회는 해산되었지요. 위원회와 가이링 씨는 정말로 체포되었고요. 나는 그것을 단언할 수 있습니다. 내가 홀을 마지막으로 떠난 사람 중의 하나였으니까요.

에슈는 자제력을 잃었다. 그가 자신에게 허용하는 선 이상으로 자제력을 잃었다. 그가 이제 아는 것은 오직 세상에 질서를 부여하기 위해선 포도주를 마셔야 하리라는 것뿐이었다. 스트라이크에 반대한 마르틴이 체포되었다. 선주들과 도망친 장교와 손잡은 경찰에 의해 체포되었다. 경찰이 무도한 방법으로 죄 없는 사람에게 폭력을 가하다니! 그들이 넨트비히의 머리를 받아 갈 빚이 남아 있기 때문일까! 그렇지만 그때 구획 감시관은 그에게 그토록 친절한 태도를 취했고 그를 보호해 주기까지 했었다. 로베르크에 대한 갑작스러운 분노가 그를 엄습했다. 추측건대 해 없고 고상한 집회를 기대했던, 영원히 레몬수와 더불어 저주받을 저 천치는 정말 가혹하고도 가혹한 일이 있을 수 있음을 이해하지 못했기에, 겨우 그런 일로 놀랐을지도 모른다. 그런 집회들이 에슈는 갑자기 역겨워졌다. 대체 그 많은 협회가 무엇 때문에 존재하는가? 그것들은 무질서를 더욱 크게 할 뿐이며 아마도 바로 이 모든 일을 초래하는지도 모른다. 그는 거칠게 로베르크를 닦아세웠다. 「그 저주받을 레몬수하고 영원히 꺼져 버리게. 아니면 내가 그것을 자네 탁자에서 내동댕이쳐 버릴지도 몰라…… 자네가 존경할 만한 포도주를 마신다면 적어도 이성적인 대답을 할 수 있을 거고.」 그러나 이해하지 못한 로베르크는 커다란 눈으로 그를 말끄러미 쳐다보았다. 눈의 흰자위에 붉은 핏발이 보였다. 그는 결코 에슈의 의혹을 해소할 수 있는 처지가 못 되었다. 에슈의 의혹은 다음 날 적재부 노동자와 선원들이 자신들의 노동조합 서기 가이링의 체포를 고려하여 동맹 파업을 했다는 소식을 들었을 때 가중되었다. 그러나 검찰 측은 가이링을 선동죄로 고소했다.

◆

 공연 도중 에슈는 게르네르트와 함께 이른바 지배인실에 앉아 있었다. 그것은 언제나 창고의 유리장을 연상시켰다. 밖에선 텔처와 일로나가 공연을 하고 있었고, 그는 칼이 검은 널빤지에 휙휙 박히는 소리를 듣고 있었다. 책상 위에 하얗고 자그마한 상자가 있었다. 제네바의 십자가로 장식된 그 상자 속엔 붕대 재료가 들어 있으리라. 물론 이미 그 속엔 아무것도 없었고 10년 동안 그 상자를 연 사람은 아무도 없었다. 그러나 에슈는 어느 순간 일로나의 피 흐르는 상처에 붕대를 감기 위하여 누군가가 그녀를 운반해 오리라고 믿고 있었다. 그러나 그 대신 땀이 흐르는, 약간 우쭐한 텔처가 들어왔다. 그가 손수건으로 손을 닦으며 말했다. 「진짜 일, 정직하고 훌륭한 일은…… 보수가 있어야 합니다.」 게르네르트가 수첩에다 계산을 했다. 대관료 22마르크, 세금 16마르크, 조명비 4마르크, 사례비…… 「그만두십시오.」 텔처가 말했다. 「벌써 다 암기하고 있습니다…… 난 4천 크로네[10]를 이 사업에 꼴아박았습니다만 이제 그것을 다시 보진 못하겠지

10 옛날 독일의 10마르크 금화.

요…… 그러려니 생각할 수밖에요…… 에슈 씨, 이 나라는 사람을 사갈 사람이 있겠습니까! 그 사람은 20퍼센트를 할인 받을 수 있으며, 당신에게는 별도로 10퍼센트의 수수료를 드리지요.」에슈는 이미 그런 감정의 격발과 제안을 잘 알고 있었으므로 그 말에 반응하지 않았다. 그러나 그는 일로나와 함께 도망치기 위하여 텔처까지 몽땅 사버리고 싶었다.

에슈는 기분이 나빴다. 마르틴이 갇히고부터 생이 근본적으로 어두워졌던 것이다. 에르나와의 승강이가 참을 수 없고 성가시게 된 것은 결국 사소한 일이었다. 그러나 베르트란트가 경찰과 관계가 있었다는 것, 경찰이 비열한 태도를 취했다는 것, 그것은 분노를 자아내는 일 이상이었다. 그리고 일로나, 코른 두 사람과 에르나, 그들 누구도 이제 감추지 않는, 일로나와 코른과의 관계는 보기가 불쾌했다. 그것은 구역질 나는 일이었다. 그는 그런 것을 조금도 생각하고 싶지 않았다. 어쨌건 일로나는 어떤 보다 나은 존재였다. 그렇다, 그녀가 자신에 대해 더 이상 알리지 않은 채 안녕을 고하고 사라져 버린다면 가장 좋을 것이다. 아울러 베르트란트 사장도 그의 미텔라인 선박 회사와 함께 사라져 버린다면. 그런 생각이 명확해진 것은 일로나가 옷을 갈아입고 들어와 말 없이 그리고 엄숙하게 자리에 앉았을 때였다. 그런 그녀를 남자들은 아무도 주목하지 않았다. 이제 곧 코른이 그녀를 데리러 나타날 것이다. 그는 요즈음 자주 이곳에 들락거렸다.

일로나에겐 그 살이 피둥피둥한 남자에 대한 성실한 열정이 있었다. 발타자르 코른이 어떤 하사관 신분 남자와의 젊은 시절 사랑을 연상시켰기 때문일까, 혹은 그가 저 기민하고 허약하고 무관심한, 허약하지만 마음은 거친 텔처와는 완전히 다른 사람이기 때문일까. 물론 에슈는 그런 생각을 조금도 해보지 않았다. 그녀가 보다 높은 존재의 여자로 정해졌다고 생각했기에 그 자신은 포기했던 여인이 코른 같은 작자에 의해 격하된 것으로 충분했다. 그렇지만 텔처의 태도는 이해할 수 없었다. 그 작자는 의심할 여지 없이 뚜쟁이였다. 그렇다고 그 사실이 어느 누구의 방해가 될 수는 없었다. 게다가 일 전체가 텔처의 부담일 수도 없었다. 코른은 인색하지 않았고 그가 선물한 새 옷을 입는 일로나는 정말 굉장하게 보였던 것이다. 어느 정도로 굉장하게 보였느냐 하면, 에르나 양이 이제 오빠의 값비싼 사랑의 관계를 처음과 똑같은 호의를 지니고 두둔하지 않게 되었을 정도였다. 그러나 일로나는 이 모든 것에도 불구하고 코른에게서 한 푼도 받지 않았고, 그의 편에서 자기가 받을 선물을 그녀에게 글자 그대로 강요했다. 그만큼 그녀는 그를 사랑했다.

코른이 문으로 들어오자 일로나는 동쪽 나라의 언어로 애정의 말을 퍼부으며 그의 제복의 가슴에 몸을 던졌다. 정말 눈뜨고 볼 수 없었다. 텔처가 웃었다. 「저들의 대화 좀 들어보시오.」 그리고 그 두 사람이 문으로 나갈 때 그는 헝가리어로 짓궂은 소리가 분명한 몇 마디 말을 그녀 뒤에다 던졌다. 그것은 일로나의 증오 어린 눈초리뿐만 아니라 언젠가 저 칼 던지는 유대놈을 때려죽이겠다는, 반은 농담이며 반은 진담인 코른의 약속마저 불러일으켰다. 텔처는 그에 상관하지 않고 그가 좋아하는 사업상의 논의로 돌아왔다. 「비싸게 먹히지 않으면서 관중을 끌어들일 수 있는 걸 준비해야 합니다.」—

「텔처텔티니 선생께서 위대한 발견을 하셨구려.」게르네르트가 말하고는 다시 수첩에다 계산을 했다. 그다음 그가 올려다보았다. 「여자 레슬링은 어떨까?」 텔처가 이빨 사이로 휘익 소리를 냈다. 「생각해 볼 만하겠지요. 물론 돈이 전혀 없이는 안 되겠지만.」 게르네르트가 숫자를 긁적거렸다. 「돈이 좀 필요하지. 그렇게 많진 않아. 여자들은 비용이 그리 많이 들지 않거든. 하여간 타이츠 값은 좀 들겠지…… 이 일에 흥미 있어 하는 사람을 찾아야 할 텐데.」 ─ 「내가 그들을 가르쳐 보지요.」 텔처가 말했다. 「그리고 심판을 맡을 수 있고, 하지만 여기 만하임에서?」 그는 경멸의 표정을 지었다. 「여기서 사업이 어찌 되어 가는지 안 보이는 양 말이지요. 어떻게 생각하십니까, 에슈?」 에슈에겐 이렇다 할 의견이 없었다. 그러나 무대를 옮김으로써 일로나를 코른의 손아귀에서 구할 수 있으리라는 희망이 솟아올랐다. 그에게 가장 가까운 곳은 쾰른이었으므로 그는 레슬링을 하는 데는 쾰른이 훌륭한 토대로 여겨진다고 말했다. 지난해에 그곳 서커스단에서 레슬링이, 물론 진지한 레슬링이 있었는데 사람들이 빽빽이 들어차던데요. 「우리도 진지할 것입니다.」 텔처가 다짐했다. 그들은 오랫동안 이것저것을 논의했고, 그 결과 곧 쾰른을 방문할 에슈는 그동안 게르네르트가 편지를 띄워 둘 중개업자 오펜하이머와 상의해 보라는 위임을 받았다. 그 밖에도 에슈가 사업 자금을 조달할 수 있다면, 그건 우정의 행위가 될 뿐만 아니라 그 자신에게도 소득이 될 수 있으리라는 말을 들었다.

당장은 마땅한 물주가 떠오르지 않았다. 그러나 에슈는

속으로 거의 부자라고 할 수 있는 로베르크를 생각하고 있었다. 순결한 요셉 같은 사람이 여자 레슬링에 흥미를 가질 수 있을까?

◆

 체포 사건으로 선박 및 항만 노동자들은 처음부터 해당 지도자들을 빼앗겼음에도 불구하고 파업은 벌써 열흘을 끌고 있었다. 일하기를 원하는 사람들이 소수 있었으나 철도 하역 일을 하기에는 충분하지 못했다. 어쨌든 항해가 부분적으로 마비되었으므로 그들은 단지 가장 긴급한 일에만 투입되었다. 창고 지대는 일요일의 고요함이 지배하고 있었다. 에슈는 파업이 끝나기 전에 사직할 수는 없어서 화가 났다. 그는 나태하게 창고 속을 돌아다니고 등을 문설주에 비벼대다가 마침내 헨트옌 어머니에게 편지를 썼다. 마르틴이 투옥당할 때의 사건, 로베르크에 대한 이야기는 썼지만 에르나와 코른에 대해선 아무런 이야기도 쓰지 않았다. 역겨웠기 때문이다. 그러고 나서 그는 다시 한 번 그림엽서를 구하고 그가 최근에 잠을 잔 일이 있고 이름을 기억하는 몇몇 여자들에게 보냈다. 작업 감독들과 창고 관리인들이 바깥의 그늘에 서 있었고 빈 짐마차의 반쯤 열린 유리창 뒤에선 카드놀이가 벌어지고 있었다. 에슈는 또 누구에게 편지를 써야 할지 생각하며 자기가 여태까지 소유했던 여인들의 수를 합산해 보려 했다. 그 시도가 성공하지 못했을 때 그것은 마치 형편없는 물품 목록과 같았으므로 그는 정리를 해보기 위하여 이름들을 종이쪽지에 적기 시작했고 거기에 년과 월을 덧붙였다. 그다음 그는 수를 더해 보았고 만족했다. 특히 코른이 들어와 습관대로 일로나가 뛰어난 여자이며 불 같은 헝가리 여인이라는 말을 다시 한 번 전할 때 그러했다. 에슈는 그 목록을 주머니에 넣고 코른이 이야기를 계속하게 두었다. 하여간 그는 더 이상 말을 전할 수 없게 될 것이다. 세관원 나리는 파업이 끝나고 나서야 비로소 일로나를 쾰른까지, 나아가 세상 끝까지 쫓아갈 수 있을걸. 그러자 코른이 코앞에 닥친 일을 알지 못한다는 것이 유감스럽게 여겨졌다. 아무 걱정도 없이 코른은 자신의 노획물을 뻐기고 있었다. 그가 만족스럽게 일로나에 대해 지껄이고 있을 때 그는 카드 뭉치를 꺼냈다. 그리고 그들은 형제처럼 다정하게 세 번째 남자를 찾아 온종일 카드놀이를 했다.

저녁때 에슈는 로베르크에게 갔다. 그는 입술 사이에 궐련을 물고 가게에 앉아서 채식주의 신문에 몰두하고 있었다. 에슈가 들어오자 그는 신문을 던져 버리고 마르틴에 대해 말하기 시작했다. 「세상은 독으로 더럽혀졌습니다.」 그가 말했다. 「니코틴이나 알코올, 짐승 고기 같은 영양물들로만이 아니라 우리가 거의 알지 못하는, 더 메스꺼운 독으로 말입니다…… 그것은 종양이 터지는 것과 마찬가지일 것입니다.」 그는 눈이 촉촉했고 열기가 있는 듯이 보였다. 그는 건강하지 못한 인상을 주었다. 사실 독이 그의 내부에서 작동하고 있는지도 모른다. 에슈는 그의 앞에 서 있었다. 그는 홀쭉하고 억세었지만, 머리는 오랫동안의 카드놀이로 텅 비어 버렸으므로 그 바보의 말뜻을 이해하지 못했을뿐더러, 그 말이 마르틴의 구금에 관련되는 이야기인지도 거의 파악하지 못했다. 모든 것이 바보 같은 안개 속에 있는 것 같았다. 다만 극장 일에 협력함으로써 일을 정리하고 싶다는 욕망만이 분명했다. 그는 책략가가 아니었다. 「게르네르트의 연극을 함께 해보지 않겠나?」 그것은 로베르크에게 뜻밖의 질문이었으므로 그는 눈을 커다랗게 치뜨고 〈뭐라고요?〉라고만 물었다. 「극장 일에 참여해 보지 않겠느냐고.」 ─ 「하지만 난 시가 장사를 하고 있는데.」 ─ 「언제나 자네는 그 일이 싫다고 우는 소리를 했잖아. 그래서 자네가 다른 일을 하면 더 행복해지리라고 생각했어.」 로베르크가 고개를 저었다. 「내 어머니가 살아 계시는 한 난 시가 가게를 계속해야 합니다. 절반이 어머니 것이니까요.」 ─ 「안됐군.」 에슈가 말했다. 「텔처가 그러는데 여자 레슬링에서 백 퍼센트를 벌 수 있다더군.」 로베르크는 레슬링의 사정이 어떠냐고도 묻지 않고 그저 〈유감입니다〉라고 말했다. 에슈는 계속했다. 「나 역시 내 일에 질렸어. 지금 저들은 스트라이크 중이거든. 거기 둘러앉아 있는 건 구토제야.」 ─ 「그럼, 무얼 시작하려는지요? 당신 역시 극장에 다니고 싶은 겁니까?」 에슈는 곰곰 생각했다. 극장에 다닌다는 건 게르네르트, 텔처와 함께 어느 먼지 낀 지배인실에 같이 웅크리고 앉아 있는 것이었다. 그는 무대 장치 뒤를 어슬렁거려 본 다음부터 여자 예인들에게 질려 버렸다. 그들은 헤데나 투스넬다와 다를 바가 없었다. 오늘 그는 정말로 자신이 무엇을 원하는지 알 수 없었다. 너무 허전한 날이었다. 그는 말했다. 「가버리는 거지, 미국으로.」 어느 삽화 있는 신문에서 그는 뉴욕의 사진들을 보았었다. 그것이 이제 생각났던 것이다. 미국 복싱 경기의 사진도 거기서 보앉었다. 그 생각이 다시 그를 레슬링으로 이끌었다.「만약 찻삯을 빨리 벌 수 있다면 가버릴 거야.」그는 자신이 진지하게 말하고 또 진지하게 고려하기 시작한 데 자신도 놀랐다. 그는 약 300마르크를 가지고 있었다. 만약 레슬링 사업에 그것을 투자한다면 사실상 늘려 볼 수 있을 것이다. 그리고 건장하고 회계 업무에 능통한 그가 여기서처럼 미국에서도 회계 업무를 못 할 이유가 있겠는가. 적어도 사람은 세상을 좀 둘러봐야 할 것이다. 어쩌면 텔처와 일로나는 텔처가 늘 이야기하던 대로 뉴욕에서 계약을 하게 될지도 모른다. 로베르크가 그의 생각을 깨뜨렸다.「당신은 내가 유감스럽게도 못하는 언어도 알고 있으니까요.」에슈가 만족하여 고개를 끄덕였다. 그렇다, 그는 프랑스어로 어디든지 헤쳐 갈 수 있을 것이며 영어 또한 대수롭지 않을 것이다. 그러나 레슬링 재정 문제에 관여하는 데 로베르크가 언어를 더 알아야 할 필요는 없잖나.「아뇨, 그게 아녜요, 내 말은 미국에 대해섭니다.」로베르크가 말했다. 로베르크는 어느 누군가가, 혹은 자신까지도 만하임이 아닌 어느 다른 도시에서 산다는 것을 상상할 수 없었는데도, 그들은 이제 거의 여행의 동반자가 되어, 건너가는 비용과 그걸 어떻게 조달할 수 있을지에 대해 상의했다. 그리하여 그들은 자연스럽고 논리적인 과정에서 다시 여자 레슬링 경기의 이익 기회의 문제에 이르렀고, 많은 숙고 끝에 로베르크가 거의 1천 마르크에 상당하는 굉장한 액수를 풀어 게르네르트에게 투자할 수 있으리라는 결론에 이르렀다. 물론 텔처의 몫까지 사기에는 부족한 액수였지만, 특히 에슈는 300마르크도 계산에 넣어 볼 때, 어쨌든 아주 멋진 시작이었다.

  그날의 끝은 시작보다 나았다. 에슈는 집에 돌아오는 길에 어디서 나머지 자금을 조달할 수 있을지에 대해 골똘히 생각한 끝에 에르나 양이 뇌리에 떠올랐다.

◆

  에슈를 재정상의 문제를 빌미로 자신에게 묶어 두자는 생각이 너무도 에르나를 유혹했음에도 불구하고 그녀는 여기서도 요구된 사항을 약혼자에게만 맡기겠다는 원칙을 고수했다. 그녀가 응큼스럽게 그런 뜻을 알렸을 때 에슈는 화를 냈다. 날 무엇으로 생각하는 거요! 내가 나 자신을 위해 돈을 요구한단 말이오? 그러나 그 말을 입 밖에 내면서 에슈는 사태가 옳지 않음을, 문제는 돈이 아님을, 에르나 양은 그녀에게 납득시킬 수 있는 것보다 훨씬 더 잘못 생각하고 있음을 느꼈다. 돈이 사용되어야 하는 목적은 당연히 일로나의 몸값을 치르는 것이어야만 한다. 물론 그가 돈을 원하는 건 자신을 위해서가 아니다. 그렇지만 그것이 전부는 아니다. 왜냐하면 그것을 넘어서서 그가 일로나에게 원하는 것이 전혀 없었기 때문이다. 다른 사람들이 자금을 마련한다면 절대로 그렇지 않겠지. 심지어 그녀를 포기해야 하는 것이 그에게는 합당하게 여겨졌다. 일로나 같은 건 아무것도 아니었다! 그는 보다 높은 것을 생각하고 있었다. 에르나가 그를 사리사욕과 연루시키는 데 그가 격노한 것은 당연했다. 그가 거칠게 굴어도 정당한 일이었다. 그렇다면 그만둡시다. 그대로 돈을 가지고 있으시오. 그녀는 그의 거친 태도를 죄의식으로 간주했고 그의 약점을 잡은 것에 기뻐하며 이미 알고 있는 바라고 키득키득 웃었다. 동시에 그녀는 자기의 호의를 누렸을 뿐만 아니라 자기에게 50마르크나 되는 고통스러운 손해를 입혔던, 호프에서 출장 나온 어떤 점원을 생각했다.

대체로 오늘은 에르나 양에게 좋은 날이었다. 그녀가 거절할 수도 있는 일을 에슈가 요구했을뿐더러, 게다가 새로 신은 신발이 잘 어울려 보여 기뻤다. 그녀는 소파 위에 자리를 잡았다. 그리고 옷 가장자리 아래로 발을 내보이며 발끝을 흔들었다. 그건 오만하고 약간 조롱하는 몸짓이었기 때문이다. 가죽이 가볍게 삐걱대는 것이 기분 좋았고 발등에도 유쾌한 느낌이 들었다. 그녀는 이 즐거운 대화를 끝낼 마음이 눈곱만큼도 없었으므로 에슈가 무례하게 이야기에 종지부를 찍었음에도 불구하고 다시 그녀는 무엇 때문에 그 많은 돈이 필요하느냐고 물었다. 에슈는 다시 대답했다. 돈을 그냥 가지고 있으려면 있어라, 로베르크가 극장 사업에 협력할 수 있어 기뻐하더라고. 「그래요, 로베르크 씨는 가진 것이 많은 사람이죠. 그 사람은 그렇게 할 만한 처지가 되지요.」 그리고 사랑의 국면을 많이 드러내는 고집을 부리며, 또 그것의 힘으로, 에르나 양은 결혼으로써만 자신을 허락해 줄 의향이 있는 에슈 씨에게가 아니라 어떤 상관도 없는 사람에게 자신을 바치고 싶다는 듯이 굴었고, 돈을 그가 아닌 로베르크의 처분에 맡김으로써 그를 격분케 할 태세를 취했다. 그녀는 발끝을 꼼지락거렸다. 「로베르크 씨와의 합자라고요, 그렇담 문제는 좀 다르지요. 그는 건실한 사업가니까요.」 ─ 「그는 바보요.」 에슈가 반은 확신에서 반은 질투에서 말했고, 그녀는 그것을 노리고 있었으므로 그런 질투가 마음에 들었다. 그녀는 아픈 곳을 들쑤시려 했다. 「당신에겐 드리지 않겠어요.」 그러나 이상하게 효력이 없었다. 그게 무슨 상관이람? 그는 일로나를 포기했다. 그녀를 칼에서 구원하는 일은 저 코른의 일인데. 에슈는 에르나의 꼼지락거리는 발끝을 바라보았다. 이 여자는 그녀의 돈이 궁극적으로 발타자르를 위한 것이라는 소리를 듣는다면 눈을 동그랗게 뜨리라. 물론 그것과는 아무 상관 없는 일일 테지만. 어쩌면 지불해야 할 사람은 넨트비히일지도 모른다. 왜냐하면 세상이 구원되기 위해선 로베르크가 말한 대로 독이 있는 장소를 공격해야 할 것이기 때문이다. 독이 있는 장소는 넨트비히였다. 어쩌면 넨트비히의 뒤에 숨겨져 있는 것, 어떤 보다 큰 것 — 그가 다가갈 수 없는 곳에 있는 사장처럼 거대하고 비밀스러운 것 —, 사람들이 알지 못하는 어떤 것일지도 모른다. 이 모든 것은 사람을 격분케 할 수 있는 것이었다. 그래서 에슈는 억세지만 결코 신경질적인 사내가 아니었음에도 에르나 양의 꼼지락거리는 발을 밟아 가만히 있게 하고 싶었다. 그녀가 말했다. 「내 신발이 마음에 드나요?」 — 「아니.」 에슈가 대답했다. 에르나 양은 놀랐다. 「로베르크 씨의 마음엔 꼭 들 거예요…… 대체 당신은 언제 그를 데려올 건가요? 최근엔 그를 직접 숨겨 두시고…… 질투에선가요, 에슈 씨?」 제발, 난 그를 당장이라도 데려올 수 있소, 만약 당신이 그를 그렇게 그리워한다면 말이오, 에슈가 말했다. 그는 그 두 사람이 사업을 넘어 서로 결합하기를 정말 바라고 있었다. 「그가 당장 올 필요는 없어요.」 에르나 양이 말했다. 「하지만 저녁때 커피를 마시러 온다면.」 좋아요, 그렇게 말하지요, 에슈가 말하며 멀어져 갔다.

로베르크가 왔다. 그는 손으로 커피 잔을 잡고 기계적으로 휘저었다. 커피를 마실 때에도 스푼을 잔 속에 그대로 두었으므로 그의 코가 방해를 받았다. 에슈는 거만하게 앉아 발타자르가 일로나와 함께 올것인지를 물었다. 오지 않는다면 너무 무례한데. 에르나 양은 귀를 기울이지 않았다. 그녀는 로베르크의 곱사 같은 고개와 커다랗고 하얀 눈망울을 흥미롭게 관찰했다. 그를 울리려면 정말 그리 많은 노력이 필요없을 것 같았다. 그리고 그녀는 그가 연정에 불타오른다거나 사랑의 격노로 눈물을 흘릴 수 있을지 곰곰이 생각해 보았다. 그녀는 오빠에게 화가 났다. 오빠가 에슈와 함께, 저 거칠고 그녀를 불안하게 하는 남자와 함께, 그녀를 이런 절망적인 일 속으로 몰아넣다니. 그녀가 쳐다볼 때 얼굴이 붉어지는 훌륭한 지위의 사업가가 불과 몇 집 건너 살고 있었는데도. 그는 여자를 벌써 알고 있을까? 이런 의문에서, 또 에슈를 자극하기 위해서 그녀는 능숙하게 화제를 사랑으로 돌렸다. 「로베르크 씨, 당신도 육체가 있는 사람이지요? 만약 당신이 늙고 병이 들었는데 아무도 당신을 돌보아 주지 않는다면 후회하게 될 거예요.」

로베르크는 얼굴이 빨개졌다. 「나는 단지 적당한 여인을 기다리고 있을 뿐입니다, 코른 양.」

「그러면 그 여인이 아직 나타나지 않았군요?」 에르나 양은 용기를 북돋우는 미소를 지으며 발을 옷 가장자리 아래로 내보이게 했다. 로베르크가 잔을 내려놓았다. 그는 당황한 듯이 보였다. 에슈가 신랄하게 말했다. 「그는 아직 아무 시도도 해보지 않았다오.」

로베르크는 다시 자기 신념 속에서 정신을 가다듬었다. 「사람은 한 번만 사랑을 하는 겁니다, 코른 양.」

「오.」 에르나 양이 말했다.

그 말은 명백하고 명확한 말이었다. 에슈는 자신의 순결하지 못한 생활이 부끄러울 정도였다. 그리고 이러한 크고 단 한 번뿐인 사랑이 있으리라는 말이 거짓이 아닐 거라는 생각이 들었다. 그런 사랑이 헨트옌 부인을 남편에게 결합시켰을 것이다. 아마도 그 때문에 그녀는 손님들에게 순결과 절제를 요구했을지도 모른다. 보다 넓은 사랑을 전부 포기한 대가로 짧은 쾌락을 얻어야 하는 것이 물론 헨트옌 부인에게는 두려웠을 것이다. 그는 말했다. 「좋아, 하지만 미망인은 어떨까? 그렇다면 그런 사람은 더 살아남아선 안 되겠지, 특히 어린아이가 없으면 말이야……」 그리고 그가 삽화 있는 신문에서 많이 읽었던 것들을 기억하며 덧붙였다. 「미망인들, 그렇다면 그들을 태워 죽여야 할 거야, 그들을…… 그래, 소위 구원하기 위해서.」

「에슈 씨, 당신은 야만인이군요.」 에르나 양이 말했다. 「그런 추악한 일을 로베르크 씨는 결코 요구하지 않을 거예요.」

「구원은 하느님 곁에 있습니다.」 로베르크가 말했다. 「사랑의 은혜를 선물한 사람은 죽음을 넘어서까지 그것을 소유합니다.」

「당신은 똑똑한 남자군요, 로베르크 씨. 많은 사람이 당신의 아름다운 말씀을 명심한다면 얼마나 좋을까요.」 에르나 양이 말했다.「한 남자의 영상을 위하여 타 죽는 것이 더 아름답다니! 그런 야비한······.」

에슈가 말했다.「세상일이 제대로 되어 간다면 구원을 위해서 당신네 어리석은 협회가 필요친 않을 거요······ 그렇고말고, 당신이 놀랄 수밖에 없지······.」그는 거의 고함을 쳤다.「만약 경찰이 가둘 만한 사람을 가두기만 해도 구세군 따윈 필요하진 않아······ 죄 없는 사람을 가두는 대신에 말야.」

「나는 다만 연금을 받을 수 있는 사람이나 적어도 자기 미망인에게 살아갈 수 있도록 뭔가를 남겨 주는 남자, 말하자면 안정된 남자와만 결혼하겠어요.」에르나 양이 말했다.「그것이 남자에게서 바랄 수 있는 거죠.」

에슈는 그녀를 경멸했다. 헨트옌 어머니라면 결코 그런 식으로 말하지 않으리라. 그러나 로베르크는 말했다.「자기 집을 마련하지 못하는 사람은 나쁜 주인이지요.」

「당신은 부인을 아주 행복하게 해주겠지요.」에르나 양이 말했다. 로베르크가 계속했다.「만약 하느님이 나에게 동반자를 발견할 행운을 주신다면 우리는 진실로 그리스도교적인 결혼 생활을 영위하리라고 확신합니다. 우리는 세속과 단절되어 우리의 행복에 일신을 바칠 것입니다.」

에슈는 비웃었다.「마치 발타자르와 일로나처럼 말이지······ 그리고 저녁이면 칼잡이가 그녀에게 칼을 던져도 되겠지.」

로베르크가 격분했다.「싸구려 화주 따위에 취하는 사람은 수정처럼 투명한 물을 아낄 줄 모르는 법이지요, 코른 양. 정염은 사랑이 아닙니다.」

에르나 양은 수정을 자기와 관련시켜 생각하고는 흡족했

다. 「오빠가 그녀에게 선물한 옷은 38마르크였어요. 내가 가게에서 물어보았지요. 한 남자를 그런 식으로 약탈하다니…… 난 도저히 그렇게 할 수 없을 거예요.」

에슈가 말했다. 「세상이 제대로 되어야 해. 한 사람은 죄 없이 갇혀 있고 다른 작자는 자유로이 돌아다닌다니. 그를 죽여 버리든지 그가 자살을 하든지 해야 할 텐데.」

로베르크가 위로했다. 「사람 목숨을 노리개로 삼아선 안 됩니다.」

「그렇지요.」 에르나 양이 말했다. 「남자에 대해 정이 없는 여자는 죽여야 해요…… 내가 한 남자를 돌보아야 한다면 난 정이 있는 사람이 되겠어요.」

로베르크가 말했다. 「진정 그리스도교적인 사랑은 상호간의 존경을 기초로 합니다.」

「그러면 당신은 여자가 당신처럼 교육을 받지 못했어도 부인을 존경하겠네요…… 여자가 지녀야 하는 것 이상의 정을 가진 사람이군요.」

「정이 있는 사람만이 참된 구원의 은혜를 베풀 수 있고 또 그럴 태세가 되어 있습니다.」

에르나 양이 말했다. 「로베르크 씨, 당신은 정말 착한 사람이군요. 그런 아들을 낳은 어머니에게 감사할 수 있는 아들이에요.」

에슈는 그 말에 화가 났다. 그 자신이 이해할 수 있는 것보다 더 화가 났다. 「착한 아들이 가면 착한 아들이 온다…… 그런 감사를 난 우습게 여기지. 불공정이 일어나는 게 보이는 한 세상에 구원이란 없어…… 어째서 마르틴은 희생되어 갇혀 있는 거지?」

로베르크가 대답했다. 「가이링 씨는 세상을 잠식하는 독의 희생물입니다. 인간은 자연으로 돌아간 후에야 악에 홀리지 않을 겁니다.」

에르나 양이 자신도 자연을 사랑하며 종종 산책을 한다고 말했다. 로베르크는 계속했다. 「우리를 소생시키는 하느님의 자유로운 자연 속에서만 인간의 고귀한 감정은 깨어납니다.」

에슈가 말했다. 「그렇다고 당신이 감옥에서 구출한 사람은 하나도 없지.」

에르나 양이 말했다. 「당신은 그렇게 말하는데…… 내 말은 감정 없는 사람은 사람이 아니라는 거죠. 에슈 씨, 당신처럼 불충실한 사람은 더불어 대화하려 해선 안 돼요…… 모두가 그런 사람이긴 하지만.」

「코른 양, 어떻게 사람들은 세상을 그렇게 나쁘게만 생각할 수 있을까요?」

에르나 양이 한숨을 쉬었다. 「생의 환멸이지요, 로베르크 씨.」

「그렇지만 희망이 우리를 지탱해 줍니다, 코른 양.」

코른 양은 의미심장하게 허공을 바라보았다.

「그렇지요, 만약 희망이 없다……」 그리고 그녀는 머리를 흔들었다. 「남자들이란 정이 없어요, 이해력도 지나치게 부족하고요.」

에슈는 헨트옌 부인과 그의 남편이 약혼할 때에도 이렇게 말을 주고받았을까 생각해 보았다. 그렇지만 로베르크는 말했다. 「하느님과 신성한 자연 속에 모든 희망이 있습니다.」

에르나는 로베르크에게 뒤지려 하지 않았다. 「나는 고맙게도 규칙적으로 교회에 다니고 또 고해를 하러 갑니다……」
그리고 의기양양하게 덧붙였다. 「우리 가톨릭교는 루터교보다 더 감정이 있는 것 같아요. 만약 내가 남자라면, 난 루터교인을 아내로 취하지 않겠어요.」

로베르크는 반대의 의견을 말하기에는 너무 겸손했다. 「하느님을 향한 모두는 똑같이 존경스럽습니다…… 하느님이 같이 이끄는 사람, 그 사람에겐 하느님이 함께할 가능성을 주는 거지요…… 거기엔 다만 선한 의지만이 존재할 겁니다.」

로베르크의 미덕이 에슈에게 다시 구역질을 느끼게 했다. 그렇지만 그는 그것 때문에 종종 그를 헨트엔 어머니와 비교하곤 했었다. 그는 흥분했다. 「바보라도 지껄일 수는 있지.」

에르나 양이 경멸하며 말했다. 「당연히 저 에슈 선생님은 정에 대해서도 성스러운 교회에 대해서도 묻지 않는 여자를 가리지 않고 받아들이지요. 그 여자가 돈만 가지고 있다면 말예요.」

그 말은 전혀 믿을 수 없다고 로베르크 씨가 말했다.

「그냥 믿으셔도 돼요. 나는 그를 알아요. 그는 감정도 없고 아무 생각도 없어요…… 당신, 로베르크 씨 같은 생각을 누구나 하는 건 아니랍니다.」

그렇다면 유감입니다, 로베르크가 말했다. 그렇다면 그에겐 세상의 모든 행복이 닫혀 있을 겁니다. 에슈는 어깨를 움찔했다. 저자가 새로운 세계에 대해 무얼 알 것인가! 그는 비웃으며 말했다. 「당신이 좀 바로잡아 보시지.」

그러나 에르나 양이 해답을 찾아냈다. 「만약 두 사람이 함께 일하면, 예를 들어 당신 부인이 당신을 돕는다면 모든 것이 달라짐을 깨닫게 될 거예요. 설령 그 남자가 루터교도이고 부인이 가톨릭교도라고 할지라도 말예요.」

「그럼요.」로베르크가 말했다.

「아니면 두 사람이 어떤 공동의 것을, 말하자면 공동의 관심사를 가지고 있으면…… 사람은 함께 있다고 할 수 있지요, 그렇지 않아요?」

「그럼요.」로베르크가 말했다.

에르나 양의 도마뱀 눈초리가 에슈를 스쳤다. 그녀는 말했다.「에슈 씨가 말했던 극장 일에 내가 참여하는 것에, 로베르크 씨, 반대할 점이 있으세요? 지금 제 오라버니는 너무 경솔해서요, 적어도 제가 집 안에 돈이 들어오도록 해봐야 한답니다.」

어떻게 로베르크 씨가 그 말에 반대할 수 있겠는가! 그리고 에르나 양이 저축의 절반인 약 1천 마르크를 조달하겠다고 말하자 그는 탄성을 질렀다.「아, 그럼 우린 합자가가 되는군요.」 그 말이 에르나 양은 듣기 좋았다.

그렇지만 에슈는 불만스러웠다. 자신의 의도를 관철시킨 것이 갑자기 무의미해졌다. 그것은 그가 일로나를 어쨌든 포기했기 때문이기도 하고, 보다 중요한 목적이 있었기 때문이기도 했다. 어쩌면 — 이것이 그가 이해하고 있는 유일한 것이었다 — 문득 심각한 염려가 발생했기 때문일 수도 있었다.「우선 게르네르트, 극장 지배인 게르네르트와 상의하시오. 난 단지 이런 일이 있다고 주의시켰을 뿐, 내겐 절대 책임이 없으니.」

그래요, 에르나 양이 말했다. 그가 책임감이 없는 사람이며 누가 그에게 책임을 씌우리라고 불안해할 필요도 없는 사람임을 그녀는 벌써 알고 있다고 말했다. 아무튼 그는 그리스도교적이지 않은 인간이며 로베르크 씨의 새끼손가락 하나로도 에슈의 몸 전체보다 더 낫다고 했다. 그럼, 로베르크 씨, 더 자주 커피를 마시러 오시겠어요, 네? 이미 시간이 늦었으므로 그들은 일어났고 그녀는 로베르크의 팔을 잡았다. 위에 걸린 램프가 그들의 머리 위에 온화한 조명을 퍼부었고 그들 두 사람은 새로운 신랑, 신부처럼 에슈 앞에 서 있었다.

◆

에슈는 윗도리를 벗어 옷걸이에 걸었다. 그다음 그는 옷을 손질하기 시작했다. 두드려 털면서 닳아 빠진 칼라를 보았다. 다시 무엇인가가 그에게 못마땅한 기분을 일으키려 했다. 그는 일로나를 포기했다. 그런데 이제 에르나가 그에게 등을 돌리고 저 바보에게 그녀의 마음을 주는 것을 보아야 했다. 그것은 편지를 보내면 회답을 받는 것으로 알고 있는 회계 법칙에 전부 어긋났다. 물론 — 그는 윗도리를 손으로 살피며 흔들었다 — 원한다면 로베르크 같은 녀석이 그렇게 빨리 그를 밀어제치지는 못할 것이다. 그와 겨루기란 쉬운 일이었다. 아니다, 아직 이 아우구스트 에슈는 그렇게 나쁜 불구자가 아니다. 그는 벌써 문 쪽으로 몇 발짝 걸어갔다. 그러나 문을 열기 전에 멈추어 섰다. 아니 뭐야, 난 그걸 원하지 않아. 저 위의 인간은 그녀의 인색한 1천 마르크에 감사하는 마음에서 기어 들어온다고 생각할 수 있으렷다. 에슈는 침대로 되돌아갔고 거기 앉아서 신발 끈을 풀었다. 거기까지는 모든 것이 제대로였다. 에르나와 잠을 자서는 안 되는 것이 근본적으로 유감스러웠지만, 그것도 괜찮았다. 희생은 희생인 것이다. 그렇지만 해명될 수 없는 회계상의 착오는 남아 있었고, 그것을 당장 어떻게 할 방도가 없었다. 좋다, 그 계집에게 건너가진 않으리라. 재미를 포기하리라. 그러나 그렇게 하는 이유가 무엇인가? 결혼을 회피하려고? 사람은 진정한 희생을 피하기 위하여, 그리고 자신의 인격을 대가로 치르지 않기 위하여, 작은 희생을 감수할 수 있다. 에슈가 말했다. 「나는 돼지다.」 그렇다, 그는 돼지였다. 마찬가지로 책임을 회피한 넨트비히보다 나은 구석이 없다. 무질서였다. 악마나 그 속에서 길을 찾을까!

장부에 질서가 없다면 세계에도 질서는 존재하지 않는다. 또한 질서가 없는 한, 일로나는 계속 칼잡이에게 맡겨져 있을 것이며, 넨트비히는 계속 뻔뻔스럽고 위선적으로 형벌을 피할 것이고 마르틴은 영원히 감옥에서 썩을 것이다. 그는 예리하게 성찰했다. 그 생각은 지금 그가 속바지를 떨어뜨리듯이 그렇게 저절로 일어났다. 다른 사람들은 돈을 레슬링 경기에 투자하지만 돈이 없는 그는 자신의 몸으로 때운다. 결혼을 통해서라기보다는 새로운 사업에 자신을 맡김으로써 말이다. 유감스럽게도 그 일은 만하임의 직위와 합치될 수 없기 때문에 그는 사직을 해야 할 것이다. 이런 식으로 지불을 할 수 있는 것이다. 그리고 그 순간 그는 이런 결론에 대한 검증으로서 마르틴을 감옥에 보낸 사회에 더 이상 체류해서는 안 됨을 깨달았다. 그렇다고 해서 에슈가 불충실하다고 비난할 권리를 지닌 사람은 아무도 없을 것이다. 심지어 사장도 에슈란 인간이 훌륭한 사내임을 통찰해야 할 것이다. 이제 에슈는 에르나를 생각하지 않았고 마음이 진정되어 침대에 누웠다. 그 밖에도 쾰른으로 가서 편안하게 헨트옌 어머니의 술집에 돌아간다는 것은 희생을 줄이는 것이긴 해도 별로 대단한 일이 아니었다. 헨트옌 어머니는 한 번도 답장을 안 했잖은가. 술집이라면 만하임에도 충분히 있다. 아니다. 쾰른으로 돌아간다는 것, 그 돼지 같은 도시로 돌아간다는 것은 희생을 아주 조금밖에 줄이지 않는 일이며 기껏해야 현금 계정으로 지불하는 것이었다. 그리고 그런 현금 계정이 허락될 것임은 틀림없었다.

성공했다는 소식을 알리고 싶은 충동에 못 이겨 그는 이른 아침에 게르네르트에게 갔다. 2천 마르크의 돈이 그렇게 빨리 확보된 것은 과연 성과였다! 게르네르트는 그의 어깨를 두드리며 그를 굉장한 사람이라고 말했다. 유쾌했다. 직장을 포기하고 레슬링 경기에 전념하겠노라는 그의 결단에 게르네르트는 놀랐다. 어쨌든 반대할 수는 없었다. 「우린 해낼 겁니다, 에슈 씨.」 그가 말했다. 그리고 에슈는 미텔라인의 본사 사무실로 향했다.

미텔라인 선박 회사의 사무실 건물 위층엔 리놀륨으로 덮인 길고 조용한 복도가 있었다. 문마다 단정한 패찰이 붙어 있었다. 복도의 한 끝에, 스탠드 불이 비치고 있는 책상 뒤에, 수위 한 사람이 앉아 어디에 가려느냐고 물었고, 방문자의 이름과 용건을 복사 메모철에 적었다. 에슈는 복도를 지나가며, 이번이 마지막이었으므로, 모든 것을 세심히 관찰했다. 그는 문에 걸린 명패를 해독해 가다가 여자 이름이 있는 것에 놀라 멈추어 서서 문 뒤에 있을 인물을 상상해 보려 했다. 그 여자는 보통 관리처럼 검은 필기용 토시를 끼고 비스듬한 사무용 책상에서 계산을 하고 있을까, 그리고 다른 사람들처럼 차갑고 무관심하게 방문객과 면담을 할까? 그는 갑자기 문 뒤에 있을 알지 못하는 여인에게 욕정이 일었다. 그리고 새로운 형식의 사랑, 단순하고, 말하자면 사무적이며 공적인 형식의 사랑이 그의 내부에서 일었다. 그런 사랑이 매끄러운 리놀륨으로 깔린 복도처럼 너무도 매끄럽고 차갑게, 그러나 넓고 끝없이, 방 안에 널려 있을 것 같았다. 그러나 남자 이름이 걸린 여러 문들이 길게 늘어서 있는 것을 보자 저 고독한 여인도 이런 남자들투성이의 환경에서 헨트옌 어머니가 그러듯이 적지않이 자기 일에 역겨움을 느끼리라는 생각을 하지 않을 수 없었다. 다시 사업가라는 존재에 대한 분노가 일어났다. 외견상 아름다운 질서, 매끄러운 복도, 아름답고 매끄러운 장부 밑에 온갖 추잡함을 숨기고 있을 조직에 분노가 솟았다. 이런 걸 견실하다고 한다니. 전권 대리인이라 불리든 사장이라 불리든 간에 상인과 상인 사이엔 하등의 차이가 없는 것이다. 한때 에슈는 자기가 이 아름다운 조직의 일원이 아니라는 점, 이곳을 출입하는 데 수위에게 저지되거나 질문받거나 신고하지 않아도 들낙날락할 수 있는 사람 중의 하나가 아니라는 점을 유감으로 생각했었다. 그러나 이제 그는 아무것도 유감으로 생각하지 않았다. 다만 그의 눈에는 모든 문 뒤에 넨트비히 같은 사람들이 앉아 있는 것이 보였다. 모두 마르틴이 감옥에서 고통받도록 맹세하고 의도하는 그런 순전한 넨트비히들이. 그는 회계과로 내려가고 싶었다. 그리하여 그곳 눈먼 사람들에게 그들이 결국 거짓된 숫자와 항목들의 감옥에서 뛰쳐나와 자기처럼 자신을 해방시켜야 한다고 말하고 싶었다. 그렇다, 그들은 그처럼 그리고 그와 함께 미국으로 이민을 가야 할 위험에 처한다 해도 그렇게 해야 할 것이다.

「정말 짧은 공연이었습니다.」 그가 사무실에서 사직서를 제출하고 추천서를 요구하자 인사부장이 친절하게 말했다. 이제 에슈가 이 빌어먹을 회사를 그만두는 진짜 이유를 폭로할 차례였다. 그러나 친절한 인사부장이 금방 다른 일에 착수했으므로 그는 그것을 포기해야 했다. 하여간 그때 에슈는 그 말을 반복했다. 「짧은 공연이었지요…… 짧은 공연.」 그는 마치 그 말이 특별히 마음에 들기라도 한 양, 그리고 〈공연〉이라는 말로 극장 사업이 별다른 일이 아니며 에슈가 이제 막 떠나려 하는 일보다 더 나을지도 모른다는 것을 암시하려는 양, 유쾌하게 그 말을 반복했다. 저 인사부장이 그 일에 대해 알 수 있는 것이 무엇일까? 마지막에 가서 그는 그의 불충실을 비난하고 그의 뒤를 공격하려는 걸까? 그의 새로운 자리를 망쳐 버리려는 걸까? 에슈는 의심을 품고 넘겨준 서류를 조사했다. 그렇지만 그는 레슬링 경기 같은 데선 추천서를 요구하지 않을 것임을 잘 알고 있었다. 그리고 그는 극장 일에 대한 생각을 떨쳐 버리지 못했기 때문에, 갈색 리놀륨이 깔린 복도를 지나 계단에 이르렀을 때에도 그런 건물의 조용함이나 질서를 조금도 알아차리지 못했고, 그가 지나쳐 온 여자 이름이 걸린 문도 생각하지 않았으며 그에겐 〈회계부〉란 간판도 보이지 않았다. 그렇다, 심지어 중앙 빌딩에 있는 눈앞의 기획부와 사장실도 그에겐 아무런 상관이 없었다. 거리에 나와서야 비로소 그는 시선을 위로 던졌다. 작별의 시선, 그는 혼잣말을 했다. 중앙 현관 앞에 마차가 한 대도 없는 것이 약간 실망스러웠다. 그 베르트란트라는 사람의 얼굴을 한번 보고 싶었던 것이다. 그는 여전히 숨어 있구나, 마치 넨트비히처럼. 물론 그를 보지 않는 것이, 그를 전혀 보지 않는 것이, 그뿐만 아니라 만하임 전체를, 그것과 관계되는 일체를 보지 않는 것이 좋을 것이다. 영원히 안녕, 에슈는 말했다. 그러나 그렇게 빨리 작별할 수는 없는 일이므로 그는 눈을 깜박이며 멈추어 서 있었다. 매끄러운 정오의 햇살이 새로운 거리의 아스팔트 위에 놓여 있었다. 그래서 그는 멈추어 선 채로 유리문의 축이 소리 없이 돌아가며 사장님을 떠나게 하기를 기다렸다. 아른거리는 햇빛 속에서 현관의 날개가 흔들리는 양이 아무리 카운터 뒤에 있는 진자문의 날개처럼 보였을지라도, 그것은 소위 감각의 착각이었을 뿐 날개는 굳건히 대리석 벽에 붙어 있었다. 문은 열리지 않았고 아무도 나오지 않았다. 에슈는 자신이 부당한 기대를 하고 있음을 느꼈다. 그때 그가 그 강한 태양 속에 서 있어야 했던 이유는 어쩌면 미텔라인이 어느 서늘한 움막 같은 거리가 아니라 자랑스럽도록 새로운 아스팔트의 거리 위에 있었기 때문일 것이다. 괴츠의 인용문[11]이 불쑥 떠올랐다. 그는

---

11 브로흐의 편지에 의하면, 이것은 괴테의 「괴츠 폰 베를리힝겐Götz von Berlichingen」의 3막 3장 마지막 부분에서 인용한 것이다. 괴츠: (대답한다) 항복하리라! 무조건 항복하리라!/너희는 누구와 이야기하는가! 내가 도둑일진대!/너희 대장에게 말하라, 황제 폐하의/존엄 앞에 언제나처럼 지당한 존경을/표하옵노라고. 그분에게 말하라, 그는 그러나 나를……. (창을 탁 닫는다.)

돌아서서 좀 딱딱한 걸음걸이로 성큼성큼 거리를 가로질러 다음 모퉁이에서 구부러졌다. 그가 다가온 전차의 발판 위에 흔들거리며 올랐을 때, 그는 다음 날 아침 만하임을 떠나 쾰른으로 가서 흥행 중개업자 오펜하이머와 교섭을 개시하자고 결심했다.

2

 헨트옌 부인이 그의 편지에 한 번의 회답도 하지 않은 건 당연히 에슈의 감정을 상하게 했다. 사업상의 일로 편지를 쓰는 데도 상당한 시간이 소요됨이 보통이거늘 하물며 사사로운 편지는 의심할 여지 없이 어떤 일상적이지 않은 실행을 뜻하는 것이 아니겠는가. 하여튼 헨트옌 어머니의 침묵은 그녀의 성격으로 해명될 수는 있었다. 주지하다시피 누가 그녀의 손을 잡거나 그녀 몸 가운데 둥그스름한 부분을 쓰다듬어 보려고만 해도, 금방 저 굳어지고 불쾌해진 표정이 있었다. 그녀는 그런 표정으로 추근거리는 사람들에게 분수를 가르쳐 주었다. 아마 그녀는 그와 비슷한 감정으로 그의 편지를 받았을지도 모른다. 편지란 결국 쓰는 사람의 손으로 더럽혀진 것, 이를테면 더러운 빨래 같은 것이므로, 헨트옌 어머니는 그런 의도를 함부로 신뢰할 수 없을 것이다. 그녀는 정말 다른 여자들과는 달랐다. 그녀는 아침에 그의 지저분한 방에 들어오거나 그가 세숫대야 앞에 서 있을 때 방해를 할 그런 여자가 결코 아니었다. 그녀는 에르나 같은 여자가 아니었다. 그녀는 결코 그가 자기를 생각해 주기를 바란다거나 자기에게 아름답고 정에 넘치는 편지를 쓰라고 요구하지 않을 것이다. 그리고 비록 그녀가 일로나보다 훨씬 세속적인 여인일지라도 코른 같은 남자와 관계를 가질 그런 여자도 아니었다. 헨트옌 어머니가 훨씬 나은 여자임은 확실했다. 다만 그의 생각으로는 일로나에겐 천부적으로 주어진 것을 그녀는 속세에서 기술적으로 지켜야 하는 듯이 여겨졌다. 그녀가 설령 그의 편지를 역겹게 느낀다 해도 그것은 다만 정당하고 지당한 일일 뿐이다. 그는 그녀에게서 성난 말이라도 듣기를 원했다. 그녀는 그가 다시 저지른 일을 알고 있는 것 같았고, 그가 헤데와 관계를 가졌을 때마다 벌 주듯이 쳐다보던 그녀의 눈초리를 다시 느꼈다. 그런 짓을 그녀는 결코 참으려 하지 않았지만, 그렇다 해도 그 소녀는 그녀의 영업 활동의 일원이었다.

그러나 그가 쾰른으로 돌아가 첫 번째 행선지를 헨트옌 어머니에게로 잡았을 때 에슈는 기대하던 친밀함도 두려워하던 비난도 없는 응접을 받았다. 그녀는 단지 이렇게 말했다. 「과연 에슈 씨, 다시 오셨군요. 바라건대 좀 오래 계셨으면 싶네요.」 그러자 그는 자신이 누구의 염두에도 없던 사람처럼 여겨졌고, 코른의 가정에서 영원히 취생몽사하라는 판결을 받은 듯이 느껴졌다. 나중에 그의 식탁에 온 헨트옌 부인이 마르틴에 대해서만 물어보았으므로 그의 감정은 더욱 깊이 상했다. 「가이링 씨는 자기가 구하던 것을 얻은 셈이지요.」 그에 대해 그녀는 충분히 자주 경고했었다고 했다. 에슈는 짤막하게 대답했다. 내가 이미 편지를 보냈을 텐데요. 「그래요, 당신이 편지를 해준 것에 감사해야지요.」 헨트옌 부인이 말했다. 그것이 전부였다. 그는 실망했지만 꾸러미 하나를 꺼냈다. 「만하임에서 기념품을 가지고 왔습니다.」 그것은 만하임 극장 앞에 있는 실러[12] 기념상의 모사품이었다. 에슈는 흑, 백, 홍의 삼색 국기를 단 에펠탑이 내려다보고 있는 선반을 가리켰다. 저 위가 눈에 잘 띌 것 같습니다. 그리고 그가 그것을 이를테면 단순하게 전달했을 뿐인데도 헨트옌 부인은 놀랍게도 정직한 기쁨을 드러내었다. 그녀가 자기 여자 친구들에게나 보여 줄 수 있는 그런 기쁨이었다. 「오, 아녜요, 여기는 아무도 보지 않아요, 저 위 내 방으로 올려 두기엔 너무 아름답군요…… 하지만 이런 물건을 나를 위해 가져오다니, 에슈 씨, 옳은 일이 아닌데요.」 그녀의 진심 어린 기쁨이 그를 다시 기분 좋게 했으므로 그는 만하임 시절에 대해 이야기를 하기 시작했다. 그때 그는 실제로는 로베르크의 입에서 나온 말이긴 했지만 헨트옌 어머니의 마음에 들리라고 추측한 견해들을 발설하지 않을 수 없었다. 그녀가 카운터로 가야 했기에 때때로 그의 말이 중단되었는데도, 그는 자연의 아름다움을 칭찬하고 특히 라인의 자연을 칭찬했다. 그리고 그렇게 쉽게 갈 수 있는 곳을 그녀가 한 번도 즐기지 않고 언제나 쾰른에 처박혀 있는 이유를 모르겠노라고 의아해했다. 「연인들에겐 좋겠지요.」 헨트옌 부인이 경멸하며 말했다. 에슈는 그녀가 혼자 혹은 여자 친구와 함께 그런 소풍을 시도해 볼 수도 있으리라고 정중하게 말했다. 그 말이 헨트옌 부인에게 설득과 위로같이 들렸으므로 그녀는 한번 시

---

12 Schiller(1759~1805). 독일의 시인, 극작가.

도해 보겠다고 말했다. 「게다가,」 그녀는 내던지듯이 말했다. 「라인 강은 소녀 시절부터 알고 있어요.」 그러나 그녀는 그 말을 하자마자 굳어지며 허공을 응시했다. 에슈는 놀라지 않았다. 그는 헨트옌 어머니의 이런 갑작스러운 언짢음을 알고 있었다. 하지만 이번엔 특별한 이유가 있음을 에슈는 당연히 짐작할 수 없었다. 헨트옌 부인이 자신의 생에 대해 손님에게 이야기한 것은 이번이 처음이었다. 그리고 이제 그녀는 그것에 너무도 놀라서 카운터 뒤로 도망쳤고 거울 앞에서 막대 사탕 같은 머리를 손가락으로 매만졌다. 그녀는 에슈가 자신의 신뢰를 끌어낸 것에 화가 나서, 실러의 기념상이 아직 그의 탁자 위에 있었음에도 불구하고 그에게로 돌아가지 않았다. 그녀는 그에게 그것을 다시 집어넣으라고 명령하고 싶었다. 몇 친구들이 에슈에게 모여들어 남자들의 눈과 손가락이 선물을 더듬고 있으니 더욱 그러했다. 그녀는 부엌으로 도망쳐 나갔고, 에슈는 자기가 어떤 설명할 수 없는 과실을 저질렀음을 알았다. 그러나 마침내 그녀가 다시 홀에 모습을 나타냈을 때 그는 일어나 조상을 카운터에 가지고 갔다. 그녀는 유리창 닦개로 그것을 윤이 나게 문질렀다. 적당한 자리에서 물러날 줄 모르는 에슈는 멈추어 서서 기념상과 마주 세워진 극장에서 작품의 초연 — 이 말은 게르네르트와의 교제를 통하여 그가 사용하게 된 말이었다 —, 실러 작품의 초연이 있었던 것 같다고 설명했다. 이제 그는 극장과 여러 가지로 관계를 맺고 있으며, 만약 잘되면, 그녀에게 곧 입장권을 줄 수 있으리라고 말했다. 그래요? 극장과 관계가 있다고요? 그렇다면 이제 당신은 방탕한 생활을 하시겠군요.

헨트엔 어머니에게 있어 극장과의 관계란 노래하는 여배우들이 끼어드는 것으로밖에 생각되지 않았으므로 그녀는 경멸스럽고 불손하게 대답했다. 나는 연극을 참을 수 없어요, 거기엔 사랑 이외의 것은 없는 것 같으니까요. 지루하기 짝이 없죠. 에슈는 그 말에 감히 이의를 제기할 수 없었다. 그러나 헨트엔 부인이 선물을 보관하기 위하여 그녀의 방으로 운반해 올라가는 동안 그는 헤데와 대화를 이었다. 그녀는 그에게 거의 인사도 하지 않았다. 그가 자기를 카드 하나 써 보낼 수고를 해줄 만한 사람으로 여기지 않았다는 데 분명 마음이 상한 듯 보였다. 헤데는 대체로 기분이 나빠 보였고, 또한 어떤 명랑한 손님이 작동시킨 자동 음악 기계가 이제 신음하듯이 으르렁거리고 있는 술집 전체가 기분이 나빠 보였다. 헤데가 달려가 기계를 꺼버렸다. 이렇게 밤늦은 시각에 음악이 나오는 것을 경찰이 금지했기 때문이다. 남자들은 장난이 성공한 것에 즐거워했다. 반쯤 열린 창문을 통해 한 줄기 밤바람이 불어왔고, 그것을 한숨 떼어 들이켠 에슈는 온화하고 서늘한 곳으로 빠져나왔다. 헤데가 그에게 다시 몸을 돌릴 수 있기 전에 빨리, 그리하여 헨트엔 부인을 다시 만나지 않도록 재빠르게. 헨트엔 어머니는 레슬링 경기 사업이 진지한 일임을 곧이듣지 않을 것이므로. 그녀는 미래의 성공이 확실하다고 믿지 못하리라. 오히려 그 반대로 그녀의 심술궂은 말이 이어지리라. 어쩌면 그 말이 옳을지도 모른다. 하지만 오늘은 그 정도로 족했으므로 그는 그곳을 떠났다.

어둡고 누추한 골목에선 서늘한 냄새가 났다. 그것은 여름에도 늘 나는 냄새였다. 에슈는 설명할 수 없었지만 만족스러웠다. 공기와 검은 담들이 고향에 돌아온 느낌을 주었다. 고독하게 느껴지지 않았다. 심지어 그는 넨트비히를 만났으면 하는 바람이 들기조차 했다. 그를 늘씬하게 때려 주고 싶었다. 그리고 에슈는 생이 때때로 간단한 해결책을 제공한다는 데 기뻤다. 어쨌든 복권에 당첨된다는 것은 어려운 일이며, 따라서 그는 그저 레슬링 경기에 남아 있어야 했다.

◆

흥행 중개업자 오펜하이머는 쿠션 달린 가구가 있는 대기실도, 방문객 장부를 가진 수위도 없었다. 당연한 일이었다. 그러나 사람은 좋은 것을 나쁜 것과 교환하기를 좋아하지 않는 법이므로 어쨌거나 에슈는 미텔라인의 것과 유사한 경영이 흥행 사업에도 옮겨져 있기를 바라는 마음이 어느 한구석엔가 있었다. 그런데 좀 달랐다. 그가 좁고 어두운 계단을 반 층쯤 올라가자 오펜하이머 상사라는 간판이 보였지만 그의 노크에 대답하는 사람은 없었다. 그래서 그는 다짜고짜 들어가야 했다. 그가 들어간 방에는 더러운 물이 담긴, 쇠로 된 세숫대야가 있었다. 선반 위에는 온통 한 무더기의 휴지 조각들이 이리저리 널려 있었다. 한쪽 벽에는 보험 회사의 커다란 광고 달력이, 다른 쪽 벽에는 유리틀 액자 속에 하파크[13]의 선물이 걸려 있었다. 그것은 〈황녀 아우구스타 빅토리아호〉라는 알록달록하게 칠해진 배의 그림이었다. 그것은 더 작은 배들에 둘러싸여 항구를 떠나면서 북해의 일렁이는

13 Hapag. 함부르크 아메리카 항로 주식회사.

푸른 파도를 가르고 있었다.

에슈는 사업상 그곳에 온 것이므로 그런 것을 세세히 관찰하는 일로 지체하지 않았다. 그리고 수줍음이란 그의 습관에 속하는 것이 아니었기에 약간 주저하긴 했지만 두 번째 방으로 밀고 들어갔다. 그곳에 책상이 있었다. 그것은 다른 모든 무질서와는 달리 어떤 필기도구의 흔적도 찾아볼 수 없는 밋밋한 평면이었고, 다만 잉크의 얼룩만 있었다. 갈색 나무는 오래된 초록빛 눈금과 새로운 노란색 눈금이 가득했고, 초록빛 천은 여러 군데 찢어져 있었다. 더 이상 문은 없었다. 그러나 여기에도 많은 괄목할 만한 벽 장식들, 제도용 핀으로 벽지에 붙어 있는 많은 사진들이 있었다. 그리하여 에슈의 흥미는 타이츠나 번쩍거리는 옷을 입은, 유혹적이며 고혹적인 자세를 취하고 있는 여자들의 사진에 점화되었다. 그는 일로나가 거기 있는지 찾아보았다. 그렇지만 그다음 그는 거기서 물러나 오펜하이머 씨가 어디 있는지 알아보는 것이 더 예의 바르리라는 생각이 들었다. 그러나 물어볼 사람이 아무도 없었기 때문에 여러 문의 초인종을 두드린 결과, 그 자신도 경멸받으며 경멸에 찬 정보를 얻었다. 즉 오펜하이머가 사무실에 있는 시간은 대단히 일정치 않다는 것이었다. 「만약 더 나은 약속이 없으시다면 기다리셔도 될 겁니다.」 한 부인이 말했다.

그렇담, 이제 알겠군. 이곳 사람들이 사람을 대접하는 방식은 좋지 않았다. 그리고 만약 그런 경멸이 그의 새로운 직업에 해당된다면, 그건 즐거운 일이 아니었다. 그렇다고 바꿀 수는 없었다. 그는 일로나를 위하여 이런 일을 맡은 것이다(그 점이 그의 심장부에 조그마한 만족감을 주었다). 그게 바로 그의 소명이었다.[14] 그래서 에슈는 기다렸다. 이 오펜하이머란 사람은 정말 사무실을 깨끗이 정돈해 놓는 버릇이 있군. 에슈는 웃지 않을 수 없었다. 여기 일은 추천서를 제시해야 할 필요가 없는 일일 것이다. 그는 집 문 앞에 서서 거리를 내려다보았다. 이윽고 경멸스럽도록 작은, 금발에다 홍안의 남자가 집을 향해 육박해 오더니 층계를 올라왔다. 에슈는 그를 따랐다. 오펜하이머 씨였다. 그가 방문의 목적을 설명하자 오펜하이머 씨가 말했다. 「여자 레슬링이요? 하지요, 하지요. 하지만 게르네르트가 무엇 때문에 당신을 필요로 하는지 알려 주시겠습니까?」 그렇다, 무엇 때문에 게르네르트가 그를 필요로 하는가? 왜 그가 여기 왔을까? 대체 무엇 때문에 이리로 온 것일까? 미텔라인의 자리를 포기한 지금, 그가 하는 여행은 언제나 계획해 왔던 직무상의 여행이 결코 아니었다. 그렇다면 그는 왜 쾰른으로 왔던가? 쾰른이 바다에 더 가까이 있어선 아닐 텐데?

◆

어느 용감한 사내가 미국으로 이민을 떠날 때면 그의 친척과 친구들은 부둣가에 서서 떠나는 사람에게 손수건을 흔든다. 배의 악대가 〈난 이제 떠나네, 떠나야 하네〉[15]를 연주한다. 출항 때마다 한결같은 이런 연주가 악대의 어떤 위선으로 간주될 수 있다 할지라도 많은 사람들의 기분은 뭉클해

14 독일어의 직업과 소명은 같은 단어, 즉 *Beruf*를 쓴다.
15 독일 민요. 「오늘은 즐겁구나, 산너머 길」의 곡.

진다. 작은 견인선을 향해 자일이 펼쳐지고 거대한 여객선이 검게 받쳐 주는 거울 위를 헤엄쳐 나가는 그때, 이별하는 사람들의 기분을 북돋우려는 듯이 친절한 악대의 약간 흥겨운 금관악기의 귀뚜라미 같은 소리가 물 위로 빈약하게 퍼지며 사라진다. 그때 많은 사람들은 깨닫는다. 얼마나 엉성하게 인간들이 땅과 물의 표면 위에 흩어져 있는지를, 그들 하나와 다른 하나를 이어 주는 실 가닥이 얼마나 연약한지를. 거대한 여객선이 항구에서 미끄러져 나가고, 그 아래의 물이 색을 잃고 투명해지며, 강물의 흐름은 인식할 수 없게 되어 마치 조류가 역류하여 바다가 항구로 흘러 들어오는 듯이 보일 때면, 여객선은 종종 보이진 않지만, 그럼에도 불구하고 긴장된 불안의 커다란 구름 속을 헤엄치고 있다. 그리하여 사람들은 그것을 붙잡아 두고 싶어진다. 연기 자옥한 황폐한 해안을 따라 서 있는 배들이 크레인을 덜거덕 돌려 무엇인가를 어떤 목적을 위해 싣고 내린다. 그 배들을 지나고, 강을 따라 먼지 낀 초록으로 덮인 빈약한 풍경이 끝나는 황폐한 해안을 지나, 마침내 등대가 보이는 해안의 모래 언덕을 지나며 거대한 여객선은 부랑자처럼 작은 경비정에게 사슬로 묶여 끌려간다. 배 위에서 그리고 해안에서 감시하는 사람들이 그것을 저지하려는 듯 손을 들어 올리지만, 그 손짓은 약하고 어색한 것이 되고 만다. 배가 밖으로 계속 헤엄쳐 나아가 선체가 수평선 밖으로 사라지고, 이제 세 개의 연통마저 보이지 않게 되면, 해변에서 지켜보던 많은 사람들은 그 배가 항구를 향하여 가는 건지, 아니면 해안의 사람들이 결코 알 수 없는 고독 속으로 들어가는 건지 자문하게 된다.

만약 배가 해변으로 방향을 잡으면 누구나 그 배가 그에게 아주 사랑스러운 것을 가지고 오는 듯한, 혹은 적어도 그가 오랫동안 기다렸지만 받아 볼 수 없던 편지를 가지고 오는 듯한 안도감을 느낀다. 때때로 두 척의 배가 저 바깥 경계선의 빛나는 안개 속에서 서로 만난다. 그리고 그것들이 서로 지나쳐 미끄러져 가는 것이 보인다. 두 개의 부드러운 실루엣이 서로 어우러져 하나가 되는 순간이, 부드러운 숭고함의 순간이 있다. 그들은 다시 부드럽게 서로에게서 멀어진다. 저 머나먼 안개처럼 너무도 조용하고 부드럽게 멀어진다. 그리고 각자 다시 자기 길을 혼자서 계속해 간다. 달콤하지만 결코 충족될 수 없는 희망이여.

그렇지만 배 위에 있는 사람은 우리가 자기를 근심하고 있는지 알지 못한다. 그는 파도치는 해안선을 거의 쳐다보지 않는다. 단지 우연히 등대의 노란 선을 쳐다보게 될 경우에만 이 육지에도 자기를 염려하고 자기의 위험을 생각해 주는 무엇이 있음을 깨닫는다. 그는 자기가 처해 있을지도 모르는 위험을 알지 못하며, 높은 물의 산이, 대지인 바다의 밑바닥과 자기를 분리시키고 있음을 의식하지 않는다. 오직 목적이 있는 사람만이 위험을 두려워한다. 그가 목적을 두려워하기 때문이다. 그러나 그가 경륜장(競輪場)처럼 갑판 주위를 빙 둘러 있는 반들반들한 선판 위를 걸어 보면, 그것은 그가 이제껏 걸어 다녔던 어느 길보다 더 평평함을 안다. 바다에 있는 사람은 목적이 없으며 그것을 실행할 수도 없다. 그는 그 안에 격리된 것이다. 그 속에서 할 수 있는 일이라고는 오직 휴식뿐이다. 그를 사랑하는 사람은 다만 그의 내면에 있는 것 때문에 사랑할 뿐이지 그가 성취할 것이나 성취했던 것 때문에 사랑하는 건 아니다. 그는 그것을 결코 성취할 수 없을지도 모른다. 그렇기에 뭍에 있는 사람은 사랑이 무엇인지 알지 못하고 그의 불안을 사랑이라 여긴다. 그러나 항해하는 사람은 금방 그것을 깨닫게 되므로 그로부터 해변에 있는 사람에게로 뻗어 나가던 실 가닥이 해안이 잠기기도 전에 끊어지는 것이다. 악대가 제 방식으로 그의 원기를 북돋우려 해도 그것은 거의 쓸데없는 일이다. 왜냐하면 항해하는 사람에겐 반들반들한 갈색 윤이 나는 나무와 반짝이는 놋쇠 장식들을 손으로 쓰다듬는 것으로 충분하기 때문이다. 반짝이는 바다가 그의 앞에 펼쳐져 있다. 그는 만족한다. 막강한 기계가 그를 몰아가고 뱃고동 소리가 지향 없는 길을 시사한다. 항해자의 시선은 변화된 시선, 우리가 이제 알지 못하는 고독한 시선이다. 언젠가의 임무를 항해자는 잊고 있다. 그는 세로 덧셈이 정확한지를 생각지 않는다. 그리고 그의 길이 무전실을 지날 때 그는 기계의 톡톡 소리를 듣고 그 메커니즘에 감탄하지만, 그것이 육지로부터 수신되며 육지로 타전되는 것임을 이해할 수 있다. 항해자가 냉철한 사람이 아니라면 그는 그 사람이 우주와 이야기하고 있다고 생각할 것이다. 그는 배를 둘러싸고 놀고 있는 고래와 돌고래들을 사랑한다. 그는 빙산이 두렵지 않다. 그러나 멀리서 육지의 해안이 떠오르면 그는 그것을 보지 않으려고 그것이 다시 사라질 때까지 배 안으로 기어 들어가 버릴 것이다. 그곳에서 자기를 기다리고 있는 건 사랑이나 해방이나 자유가 아니라 팽팽한 불안과 목적의 장벽임을 알기 때문이다. 사랑을 구하는 사람은 바다를 구한다. 그가 바다 저편에 있는 육지에 대한 말을 한다고 해도 그의 말뜻은 그것이 아니다. 왜냐하면 그가 끊임없이 생각하는 것은 바로 항해이기 때문이다. 항해 — 자신을 열어 다른 사람들, 빛나는 안개 속에서 떠오르며 해방된 자인 그에게 흘러 들어오면서 그가 바로 존재자임을, 불생불멸의 존재임을 알게 해주는 사람들, 그들을 받아들이고 싶은 고독한 영혼의 희망을.

분명 에슈가 그런 생각을 했던 것은 아니다. 비록 그가 미국으로 이민을 가자는, 그리고 배 위에서 미텔라인의 회계를 맡아 보자는 생각에 사로잡혀 있었더라도. 그러나 그가 오펜하이머 씨의 사무실에 올 때면 그는 파도를 가르고 있는 〈황녀 아우구스타 빅토리아호〉를 오랫동안 그리고 세심하게 바라보았다.

◆

그는 다시 옛날 생활로 돌아갔다. 옛날 방에 묵으면서 종종 헨트옌 어머니의 점심 손님으로 지냈다. 그는 열심히 자전거를 이용했지만 이제 매일 가는 길은 슈템베르크 상회가 아니라 오펜하이머 씨에게였다. 헨트옌 부인은 한번 척 보고서도 그의 활동의 변화를 알아차렸다. 그 속엔 온갖 무관심에도 불구하고 어떤 경멸과 불안, 어쩌면 약간의 염려가 있었다. 에슈는 그녀의 우려를 인정하지 않을 수 없었기에, 혹은 바로 그 때문에, 새로운 직업의 장점과 전망을 아주 밝은 빛 속에 담아 그녀에게 보이려고 애를 썼다. 그는 부분적으로 성공했다. 그녀는 그가 이제 굉장한 생의 문턱에 서 있으며 그것은 아메리카뿐만 아니라 세계 구석구석까지 확대될 것이라는 담대한 설명에 비록 절반밖에 귀를 기울이지 않았다고 하더라도, 그가 그녀 앞에서 전개하는 찬란한 부와 예술가의 생, 여행의 기쁨이 그녀에게 뒤섞여 오며, 그녀가 아닌 다른 사람이 이루어야 할 목적이, 그것의 위대성이, 15년 동안 더럽고 협소한 운명을 증오하던 여인의 호기심을 일깨웠다. 그녀가 일종의 심술궂은 감탄으로 가득 차 있었다고 말할 수도 있다. 왜냐하면 한편으로 그녀는 그의 목적과 공허성과 불가능성을 그의 눈앞에 들이대기도 하고, 다른 한편으로는 자기의 상상을 그의 것보다 더 많이 주장하여 그에게 오만한 충고를 하기도 하고 그가 일군의 예술가, 연예인, 감독들의 주인, 혹은 그의 말대로 사장으로 도약할 수 있으리라고 용기를 북돋아 주기도 했기 때문이다. 「우선 그들에게 엄격한 질서의 규율을 주입해야 합니다.」 그는 그렇게 대꾸하곤 했다. 「무엇보다도 그것이 부족하니까요.」 그렇다, 그는 그렇게 확신했다. 그리고 모든 예술가적 속성에 대한 이런 깊은 경멸은 게르네르트의 두꺼운 수첩과 오펜하이머의 무질서한 사무실을 볼 때만 밑받침되는 것이 아니라 헨트엔 어머니의 의견으로도 보증을 받았다. 그러던 어느 순간 경탄스럽게도 동의하며 — 종종 범세계적인 이야기가 가정사적인 일로 빠져 버렸지만 — 그녀는 그녀의 회계 기록을 그의 회계사적 검토에 맡겨 보라는 에슈의 제의를 응낙했다. 그녀의 허락은 어쨌든 그녀의 소박한 장부가 특별히 의미 있고 모범적인 방식으로 기록되고 있다는 확신에 찬 겸손한 미소와 더불어 이루어졌다. 그렇지만 에슈가 장부 위로 몸을 구부리자마자 헨트옌 어머니는 그에게 고함을 질렀다. 당신은 그런 잘난 체하는 표정을 조금도 지을 필요가 없다, 그런 조그마한 회계 일이 나를 오래 괴롭힌 일은 없다, 당신은 차라리 극장 일이나 걱정하는 게 좋을 것이다, 그 일이 내 일보다 더 그런 통제를 필요로 할 테니까. 그러면서 그녀는 그에게서 장부를 빼앗았다.

그렇다, 극장 일이나! 이런 일을 하는 데 그리 많은 숙고 없이 우연을 받아들이는 습관이 들어 있던 오펜하이머는 에슈의 고집으로 일종의 무방비 상태에 놓이게 되었다. 그는 거의 조합원과 같은 몸짓을 취하는 남자가 자전거를 타고 오는 것을 비웃었다. 그러나 에슈가 레슬링 경기의 일에 자금을 조달한다는 걸 알고부터 그는 그것을 기꺼이 감수했고 에슈가 늘상 사업의 무질서함을 헐뜯는 무뚝뚝한 태도 역시 참아 내었다. 그들은 함께 알함브라 극장주와 6월과 7월의 임대를 위하여 교섭했다. 그리고 에슈의 의욕에 대한 하나의 장(場)이 마련되어야 했기에 여자 레슬러를 모집하는 책임이 맡겨졌다.

선술집, 창가(娼家)와 아가씨들을 편력하길 좋아했던 에슈에겐 그 일이 안성맞춤이었다. 그는 술집들을 돌아다니며 적당한 여자들을 찾았다. 그는 스포츠의 목적에 공헌할 수 있기를 희망하는 여자들의 이름과 신상을 자기 수첩에 기입하는 동시에 깨끗하게 〈비고〉라고 표기된 여백에 이름마다 희망자의 자격 요건에 대한 그의 의견을 일종의 분류에 따라 잊지 않고 써놓았다. 국제적인 경합이 되어야 할 것이기에 그는 특히 외국식 이름과 외국인 소녀를 좋아했다. 하지만 헝가리 여인들만은 제외했다. 때때로 아가씨들의 근육을 시험하는 일은 아주 유쾌했다. 그리고 때때로 탄탄한 매력이 그를 유혹하기도 했다. 그럼에도 불구하고 그 일은 그를 기쁘게 하진 않았다. 그가 헨트옌 어머니에게 단지 지나가듯이 덧붙이며 그에 대해 말할 때만, 그는 진실을 말했다. 난 그런 일을 도저히 나에게 합당한 일이라고 여길 수 없습니다라고. 그는 오펜하이머의 장식 없는 책상에 앉아 있거나 알함브라의 일에 마음 쓰는 편이 더 좋았다.

종종 그는 발걸음이 마룻바닥 위에서 울리는, 텅 빈 회색의 홀을 통과하여, 오케스트라가 들어앉을 장소 위에 놓인, 흔들거리는 널빤지를 건너 무대 위로 올라갔다. 무대의 밋밋하고 거대한 잿빛의 벽은 곧 숨겨져 버릴 무대 측벽의 가벼운 융단걸이에 비해 너무 육중해 보였다. 그가 무대를 성큼성큼 횡단해 볼 때마다 이제 이곳에선 어떤 칼도 던져져선 안 된다는 점이 마치 승리처럼 여겨졌다. 그는 감독실을 쳐다보며 자기가 이제는 저런 곳에 있게 되지 않을까 하고 생각했다. 또한 헨트옌 부인에게 언젠가 자신의 새로운 영토를 보여 주어야 한다고도 생각했다. 대기가 낯설도록 잿빛이었고 서늘했다. 그러나 바깥의 식당 정원에선 밝고 뜨거운 태양이 작열하고 있었다. 그 자체 내로 차단된, 먼지 자욱한 이 낯선 제국은 낯익은 세계 속에서 격리되어 있는 미지의 섬과 같았고, 커다란 잿빛 바다 뒤에 있는 낯설지만 전도유망한 것들에 대한 약속이자 암시 같았다. 그는 때때로 밤에도 알함브라에 나왔다. 그러면 식당 정원에 불이 밝혀져 있고 악단이 나무 아래 나무 무대 위에서 연주를 하고 있었다. 극장은 불빛 뒤에 있어 어둡고 거의 알아볼 수 없었다. 바로 지붕까지 어둠으로 차 있기 때문에 누구도 그것이 차지한 공간과 시설 상태를 상상하지 못할 듯 여겨졌다. 에슈는 그런 시각에 오기를 좋아했다. 다른 사람이 아닌 바로 자기 자신에게 어두운 건물 속의 생을 재각성시키는 일이 맡겨져 있음을 생각하면 즐거웠기 때문이다.

◆

에슈가 그 후 어느 오전에 다시 알함브라를 방문했을 때 그는 극장주인이 술집 탁자에 앉아 카드하는 패거리에 끼어 있음을 발견했다. 그는 거기에 합류하여 오후 늦게까지 카드를 했다. 저녁이 되자 에슈는 자기 머리가 텅 비고 멍하게 느껴졌고 이런 생활은 스트라이크가 있었을 때 만하임의 창고에서의 생활과 같은 것임을 깨달았다. 코른이 그곳으로 와서 일로나와의 사랑을 자랑하는 일만이 없었다. 그렇다면 미텔라인을 사퇴한 것이 무슨 의미가 있는가? 그는 여기서 사업을 한답시고 권태롭게 앉아 돈을 갉아먹으면서 한 번도 마르틴을 위한 복수를 하지 않았다. 그가 만하임에 남아 있었더라면 적어도 감옥에 있는 그를 방문할 수 있었을 것이다.

저녁을 먹으면서 그는 마르틴을 그렇게 내버려 두어 부끄럽다고 한탄했다. 그러나 헨트옌 부인의 대답인즉, 누구나 자신의 운은 자신이 개척하는 법이며, 또한 그녀가 누차 경고한 바 있는 가이링 씨는 친구가 자신 때문에 만하임에 남아 찬란한 인생을 포기하는 것을 요구할 수 없으리라는 것이었다. 그가 그녀에게 화를 내며 호통을 쳤으므로 그녀는 카운터 뒤로 도망가서 머리를 매만졌다. 그는 즉시 셈을 치르고 그녀가 그런 나태한 생활을 찬란한 인생이라고 칭찬한 데 격노하며 술집을 떠났다. 그렇지만 그는 화를 낸 동기를 고백하지 않았고 단지 그녀가 마르틴에게 냉정하다고 비난했을 뿐이다. 그는 밤새 마르틴에게 소용될 만한 조처를 골똘히 생각했다.

이른 아침 그는 오펜하이머에게 갔다. 그는 필기도구를 마련하여 오전 전부를 신랄한 보고서를 완성하는 데 보냈다. 거기서 공로가 있는 서기 가이링이 간악하고 선동적인 미텔라인 선박 회사와 만하임 경찰의 음모로 희생되었음을 밝혔다. 이 기사를 그는 즉시 사회민주주의 노선의 「폴크스바흐트」[16]지의 편집부에 가지고 갔다.

「폴크스바흐트」가 차지하고 있는 건물은 궁전 같은 건물이 아니었다. 대리석 현관이나 철제문의 흔적도 없었다. 대체로 더 분주하게 일하고 있을 뿐 많은 것이 오펜하이머의 사무실을 연상시켰다. 그러나 신문 작업이 쉬는 일요일엔 오펜하이머의 사무실과 꼭 같아 보일 것이 틀림없었다. 층계의 검은 쇠 난간은 끈적끈적한 느낌이 들었고 칠이 벗겨지고 누추해진 벽은 여러 번 새롭게 덧칠한 흔적이 보였다. 한 창문에서 종이 뭉치를 실은 마차가 서 있는 좁은 마당을 내다볼 수 있었다. 어디선가 숨가쁘게 인쇄 기계가 작동하고 있었다. 이전엔 하얀색이었을 문은 자물쇠가 잠기지 않아 거세게 달그락거렸다. 그 문을 통과하면 편집부였다. 그곳엔 보험 회사의 달력 대신에 시간표가, 무희들의 사진 대신에 카를

16 *Volkswacht*. 민중의 보초라는 뜻.

마르크스의 사진이 걸려 있었다. 다를 것이 없었다. 그가 이리로 왔다는 것이 갑자기 너무도 쓸모없는 일로 여겨졌고 심지어 그렇게 힘차고 위협적으로 보이던 글이 갑자기 맥없고 쓸모없는 것으로 여겨지기까지 했다. 도처에 같은 작자들이 있군, 에슈는 화가 나서 생각했다. 선동가, 그놈이 도처에서 동일한 무질서 속에 살고 있어. 그렇다, 그들이나 저들의 손에 무기를 쥐어 주는 건 아무 소용 없는 일이었다. 누구도 무엇이 이쪽이고 무엇이 저쪽인지 모르기 때문에 무기는 그들의 손에서 축 늘어지게 될 것이다.

그는 두 번째 방으로 가라는 소리를 들었다. 언젠가 책상보가 덮인 일이 있었을 수도 있는 책상 뒤에 갈색 비로드 상의를 입은 남자 하나가 앉아 있었다. 에슈는 그에게 원고를 주었다. 편집장은 그것을 바삐 죽 훑어보더니 접어서 자기 옆에 있는 바구니에 놓았다. 「읽어 보지 않으십니다그려.」 에슈가 날카롭게 말했다. 「읽었습니다. 하지만 나는 사정을 알고 있습니다…… 만하임의 파업 일을. 우리가 그것을 이용할 수 있는지는 두고 봅시다.」 에슈는 남자가 내용에 호기심이 없고 또 그것을 알고 있는 척하는 데 놀랐다. 「제발, 그것은 스트라이크에 대해 아주 새로운 조명을 해줄 수 있는 사실들을 쓴 겁니다.」 그는 고집했다. 편집장은 다시 원고를 집었지만 곧 다시 놓아 버렸다. 「무슨 사실들 말입니까? 아무것도 새로운 것이 없는데요.」 에슈는 그 사람이 모든 걸 알고 있음을 자랑하려는 듯한 느낌을 받았다. 「난 목격자입니다. 내가 집회에 있었습니다.」 ─「그래서요? 우리의 친구들도 그곳에 있었습니다.」 ─「그렇다면 벌써 지상에 발표했습니까?」 ─

「내가 아는 한 그곳에선 별 특별한 일이 없었습니다.」너무도 놀란 에슈는 비록 다른 사람이 청하지 않았음에도 불구하고 대뜸 주저앉았다.「친애하는 신사이며 동지」편집장이 계속 말했다.「당신이 우리에게 소식을 가져오고 싶을 때까지 기다릴 수는 없지 않겠습니까.」——「그건 그렇소만.」에슈는 전혀 이해할 수 없었다.「하지만 어째서 당신네들은 아무 일도 하지 않았습니까, 어째서 마르틴을」그는 고쳐 말했다.「어째서 가이링을 죄도 없이 감옥에 버려 두는 겁니까?」——「아, 네…… 당신의 법의식에 경의를 표해 마지않습니다.」편집장이 원고에서 에슈의 이름을 보았다.「에슈 씨…… 그렇다면 당신은 우리가 가이링을 석방할 수 있다고 생각하십니까?」그가 웃었다. 에슈는 그런 명랑함에 휩쓸려 들지 않았다.「감옥에 가 있을 사람은 다른 사람들입니다…… 그곳에 있었던 사람들 누구에게나 그건 명명백백한 일입니다!」——「그렇다면 당신의 말씀은 가이링 대신에 미텔라인의 지도부를 감금시키도록 해야 한다는 것이군요?」음흉스러운 웃음이군, 에슈는 생각하며 침묵했다. 베르트란트를 처넣어? 그렇다면 넨트비히뿐만 아니라 베르트란트도! 그러나 결국 불빛에서 보면 사장이나 넨트비히의 차이는 그리 큰 것이 아니다. 물론 만하임에 있는 사람이 약간 나았지만, 그런 사람들을 감금하는 것으로 충분치 않았다. 그는 생각에 잠기며 말했다.「베르트란트를 가둔다고요.」편집장이 여전히 웃고 있었다.「우리는 아직 그럴 능력이 없습니다.」——「왜지요?」에슈가 흥분하여 물었다.「그는 상냥하고 친절하고 붙임성 있는 신사입니다.」편집장은 유화적인 말투로 바꾸었다.「어쨌든 같이 지낼 수 있는 탁월한 사업가지요.」―「그래요, 경찰과 손잡은 사람과 같이 살기를 좋아하신다고요?」―「저런, 기업가가 경찰과 협력하는 일은 당연하지 않습니까. 우리가 위에 있다 해도 다르지 않을 겁니다……」―「멋진 정의로군요.」 에슈가 격분했다. 편집장은 명랑하게 체념한다는 듯 손을 들었다. 「어떻게 하겠습니까, 그게 바로 자본주의적인 법질서인걸요. 당장 우리에겐 기업이 가동하도록 보살펴 주는 이사회가 그것을 파멸시키려는 사람보다 더 낫습니다. 당신 말대로 하여 우리에게 반대하는 모든 공장주들을 잡아넣는다면 기껏해야 산업의 위기밖에 더 있겠습니까. 그렇게 되는 것을 감사해야 할까요?」 에슈는 화를 내며 완고하게 반복했다. 「아무튼 그는 체포되어야 합니다.」 편집장의 쾌활함이 점점 드높아졌다. 「자, 이제 서로를 이해해 봅시다. 당신의 말씀은 그가 동성애자이기 때문에……」 ― 에슈는 귀를 기울였고, 편집장은 점점 만족스러워졌다. 「……그래, 그것이 당신의 방해가 됩니까? 자, 이 점에서 난 당신을 안심시킬 수 있습니다. 즉 그는 저 멀리 이탈리아에 떨어져 있답니다. 그리고 그런 신사를 사회민주당원처럼 그렇게 쉽사리 잡아넣을 순 없는 겁니다.」 그랬구나. 쿠션 달린 가구, 은빛의 수위, 마차, 동성애자 그리고 넨트비히는 자유롭게 돌아다닌다! 에슈는 편집장의 쾌활한 얼굴을 응시했다. 「하지만 마르틴은 잡혀 있소!」 편집장은 연필을 놓고 팔을 약간 벌렸다. 「친애하는 친구이며 동지, 그 점에서 우리 둘은 조금도 다르지 않습니다. 만하임의 스트라이크는 근본적으로 어리석은 일이었습니다. 우리는 사건이 진행되는 대로 두고 실패를 접어 두는 것 이외에는 도리가 없습니다. 이렇게 우리는 이제 가이링의 3개월 투옥이 선동 자료가 되는 것을 기뻐할 수는 있습니다. 당신의 제보에 정말 감사합니다, 친애하는 친구이며 동지, 만약 또 무슨 일이 있게 되면 이번보다는 빨리 우리에게 가져다주십시오.」 그는 에슈에게 손을 내밀었다. 에슈는 화가 났으나 뻣뻣하게나마 몸을 굽혔다.

◆

 유월이 가까워지고 있었다. 에슈는 오펜하이머를 위하여 인쇄소와 광고사에 다녔다. 만반의 준비가 되었다. 시내의 기둥과 현관에 효과적인 광고가 나붙었다. 여러 나라에서 가장 힘센 여자들이 힘을 겨루기 위하여 이곳에 모인다. 이를 의심하는 사람은 명단을 보면 그 주장이 진실됨을 알아볼 수 있을 것이다. 거기엔 러시아 챔피언 타타냐 레오노프, 뉴욕 선수권의 우승자 마우드 퍼거슨, 빈 우승배 쟁탈전의 방어 선수 미르츨 오버라이트너, 잊어서는 안 될 독일의 챔피언 이르멘트라우트 크로프가 있었다. 그 이름들은 대부분 오펜하이머의 상상의 소산이었다. 원래 이름들은 대개 너무 허약한 성격을 보여 주는 것 같았다. 에슈는 이런 속임수에 반대했지만 아무 소용이 없었다. 그렇다면 그가 국제적으로 여자들을 징집하려고 정말 고생했던 이유가 다만 유대인처럼 이름들을 이리저리 주무르기 위해서였단 말인가. 그는 그것을 무정부적인 세계 상황의 새로운 징후로 생각했다. 거기선 아무도 자기가 서 있는 곳이 왼쪽인지 오른쪽인지 위쪽인지 아래쪽인지 알지 못한다. 결국 거기선 오펜하이머가 누구에게 어떤 이름을 붙여 주든 상관없는 일이다. 오펜하이머가 아직 헝가리 이름을 생각해 내지 못한 것은 기뻐해야 할 일이었다. 어쨌든 헝가리까지 존재할 필요는 없었고 이탈리아가 오펜하이머에 의해 경기 대열에 삽입된 것도 그에겐 역시 부당하게 보였다. 대체 그 나라에 여자들이 존재한다는 것이 믿겨지겠는가? 그곳을 싸돌아다니는 사람은 순전히 비역질하는 자들뿐인데. 그럼에도 불구하고 그는 국제적인 이름들이 나열된 포스터가 불만스럽지는 않았다. 나라들이 나란히 나열되어 있었다. 그 드넓은 세계가 그 자신의 작품 같았고 미래의 방향에 대한 기대이며 약속이었다. 그는 포스터를 헨트옌 어머니의 식당에 가지고 가서는 물어보지도 않고 에펠탑 밑의 나무벽에 붙였다.

그러나 헨트옌 부인은 그가 가이링의 일로 그녀에게 호통을 친 것에 여전히 꽁해 있었다. 그녀는 카운터에서 소리쳤다. 포스터를 허락받고 걸어 주었으면 고맙겠노라고. 그런 걸 결정할 사람은 자기라고. 그 사건을 이미 머릿속에 두고 있지 않았지만 그녀의 성난 표정으로 말미암아 기억을 되살린 에슈는 그녀의 명령에 복종하려는 것처럼 행동했다. 그리고 그러한 복종의 태도가 헨트옌 어머니의 기세를 꺾었다. 그녀는 여전히 비난하면서도 카운터 뒤에서 나와 포스터를 구경했다. 여자들의 이름을 해독하는 그녀의 얼굴은 동정과 역겨움으로 가득 찼다. 그녀는 이 여자들이 지긋지긋한 사내들의 시선 속에서 서로 격투를 벌이는 그 격하적 행위를 할 만하다고 기꺼이 인정하면서도 동시에 그들을 동정했다. 그녀에겐 이 모든 일을 성사시킨 에슈가 여자들의 무리 가운데 있는 파샤[17]처럼 생각되었다. 그녀는 그런 일이야말로 특별히 나쁘고 타락한 것이라고 생각했다. 그것은 에슈가 경멸스러운 작은 욕망과 나쁜 심보를 지니고 그곳에 둘러앉아 있는 여타의 모든 남자들과 비교하여 다른 수준에, 한층 높다고 할 수준에 있어 보일 정도로 큰 타락이었다. 그의 짧고 뻣뻣한 머리털, 저 검은 머리, 노르스름한 붉은빛의 피부, 퉤. 그것이 그녀를 오싹하게 했다. 아니, 그녀는 이해할 수 없었다. 어떻게 자신이 여기 그의 포스터까지 통틀어 사람들을 참아 낼 수 있는지. 그리고 그녀는 그때 그가 자신의 손목을 쥐고 있음을 알고 놀랐다. 그는 왜 이제 마치 그녀를 범하여 그녀가 저항하지 못하게 만들고, 그녀를 포스터 위 모든 여자들의 이름 사이에 끼워 넣으려는 듯 행동하지 않을까? 그녀는 아무 일도 없이 다만 에슈가 공손하게 손가락을 뻗쳐 이름에서 이름으로 그녀를 안내하는 데 실망이 일 정도였다. 「러시아, 독일, 미합중국, 벨기에, 이탈리아, 오스트리아, 보헤미아.」 그가 읽어 주는 것이 대규모였고 위험이 없어 보였으므로 헨트엔 부인은 진정이 되었다. 그녀가 말했다. 「많은 나라가 아직 빠져 있군요. 이를테면 스위스라든가 룩셈부르크가.」 그런 다음 그녀는 물론 여자들의 이름이 들어 있는 포스터에서 몸을 돌렸다. 마치 악취가 풍겨 온다는 듯이. 「허나 당신은 이런 여자들과 사귀길 좋아하지요!」 에슈가 모든 사람은 신이 정해 준 곳에 서 있다는 마르틴의 말로 대꾸했다. 게다가 여자 레슬러들과의 교제는 자기 임무가 아니라 텔처의 일이 될 거라고 말했다. 자기는 단지 행정적인 일만 염두

17 Pascha. 터키에서 장군, 총독, 사령관 등에게 주는 영예의 칭호.

에 두면 된다고.

텔처가 쾰른으로 왔다. 그는 에슈가 선정한 여자들을 오펜하이머의 사무실에 오라고 시켰다. 그는 오전 내내 일을 했고 그들 중 많은 사람을 즉석에서 탈락시키고 그 밖의 사람들은 첫 교습을 해보고 공연 적성을 시험하기 위하여 알함브라로 보냈다.

그것은 즐거운 일이었다. 텔처는 당장 타이츠를 가져왔다. 메모를 손에 든 에슈가 출석한 여자들을 확인한 다음 텔티니 선생은 여자들더러 의상실로 들어가 타이츠를 입으라고 요구했다. 대부분의 여자들은 그것을 거부하며 우선 다른 여자들이 그 낯선 의상을 입는 것을 보고 싶어 했다. 그러나 그들이 벌거숭이로 몹시 우물쭈물하며 의상실에서 걸어 나오자 모두들 웃지 않을 수 없었다. 식당 정원으로 통하는 문이 활짝 열려 있었다. 나무의 초록빛이 흥미로운 듯 안을 들여다보았다. 바람이 한 줄기 불어오자 홀 안엔 따뜻한 아침의 태양이 느껴졌다. 건물 주인이 서 있던 문 옆에 식당의 여자 요리사들이 서 있었다. 텔처가 무대 위로 올라가 그곳에 펼쳐진 부드러운 갈색의 매트 위에서 그레코로만형의 레슬링 규칙을 시험해 보였다. 그는 그다음 어느 한 쌍에게 시도해 볼 것을 요구했다. 그러나 어떤 여자도 선뜻 나서지 않았다. 그들은 낄낄거리며 서로 쿡쿡 찔렀고 누군가 한 여자를 밀면 그녀는 또 다른 여자를 앞으로 밀어내면서 서로 흩어졌다가 다시 무리로 돌아갔다. 마침내 그들 중 두 사람이 결단을 내렸다. 그러나 텔처가 그들에게 최초의 붙들기를 해보라고 해도 그들은 단지 웃으며 팔을 늘어뜨린 채 감히 상대를 잡으려 하지 않았다. 텔처가 다른 여자들에게도 요구했으나 똑같은 장면이 반복되자 그는 에슈더러 다시 한 번 이름을 부르라고 시키고는, 농담 섞인 주의를 주며 대담하고 저돌적인 분위기를 야기시키고자 했다. 프랑스의 이름이 불려지자 그는 갈리아인의 대담성을 칭찬하며 무대 위로 〈프랑스의 자랑〉을 청했고, 마찬가지 방식으로 〈폴란드의 거포〉를 청했다. 요컨대 그는 어떤 존경스럽고 고무적인 말로써 여자들을 관중에게 소개하려는지 보여 주는 것이었다. 이제 많은 여자들이 무대 위로 올라왔다. 그러나 다른 여자들이 와글거리며, 어찌 되었든 이 일은 자기들을 위한 일이 아니라고, 자기들은 다시 옷을 입고 싶다고 그들을 도로 불러내었다. 그에 대해 텔처는 유감의 뜻을 표하며 희극적인 절망과 함께 도로 내려오지 못하게 했다. 물론 언짢음이 없지는 않았다. 에슈가 루제나 흐루슈카의 이름을 부르자 텔처가 응수했다. 「올라오라, 오, 보헤미아의 암사자여.」 그때 뚱뚱하고 부드러운 여인이 무대로 돌진해 왔다. 아직 옷을 벗지 않은 그녀는 거세게 노래하는 어조로 소리 질렀다. 돈을 한 보따리 준다 해도 자기를 조롱거리로 삼을 순 없다고. 「나, 나는 벌써 많은 돈을 내던져 버린 일이 있어. 부랑자들이 나를 우스갯거리로 삼게 내버려 두지 않으려 했기 때문이야.」 그녀가 텔처에게 소리 질렀다. 그가 상황을 조정해 보려고 재치 있는 말을 찾는 동안 그녀는 마치 그에게 던지려는 듯이 양산을 가져왔다. 그러나 그녀는 조용해졌다. 그녀의 둥글고 부드러운 어깨가 경련을 일으키기 시작했다. 사람들은 그녀가 우는 것을 보았다. 그녀가 몸을 돌려 여자들이 놀라 입을 다물고 있는 통로를 지나갈 때, 그녀의 시선이 목록을 들고 탁자에 앉아 있는 에슈에게 닿았다. 그녀가 그에게 몸을 구부리고 내뱉듯이 말했다. 「당신, 당신은 나쁜 친구야. 나를 모욕하려고 데려왔어.」 그리고 그녀는 울면서 나가 버렸다. 어쨌거나 텔처는 다시 사태를 장악했다. 그 우발적인 사건이 효과가 없진 않았다. 여자들은 이제 이전의 방자한 태도가 부끄러워진 듯 진지하게 일을 할 태세를 취했다. 텔처가 그들을 부추겼으므로 모두 그 거친 체코 여인을 잊어버렸다. 심지어 에슈까지도 그녀의 비난을 더 생각하지 않았다. 그는 자기가 나쁜 친구라는 점을 시인해야 했지만, 마르틴을 자유롭게 해주는 데 성공할 사내가 될 것임에 자위했다. 그런 생각을 하며 그는 집으로 갔다.

◆

기분 좋게 코를 푼 헨트옌 부인은 손수건에 놓인 결과물을 관찰했다. 그는 그녀에게 거친 체코 여인의 사건을 이야기했다. 아마 죄의식에서였을 것이다. 헨트옌 부인은 그를 나무라며 그 동정할 만한 여자가 그의 눈을 후벼 내어도 마땅했다고 말했다. 그런 여자들과 나뒹구는 결과란 그런 것이라고. 대체 자존심이란 게 있느냐고. 사람이란 돈 버는 기회를 주었을 때 기뻐하는 법이에요. 그건 감사할 수 있는 일이지요. 하지만 그 체코 여자는 아주 옳았어요. 남자들이란 그렇게 대접받아야 해요. 그들은 더 나은 대우를 받을 만한 사람들이 아니에요. 한 쌍의 불쌍한 여자들이 타이츠를 입고 무대에서 격투하는 것을 즐거워하다니! 그들의 모든 것을 이용하는 사내들보다 그들이 열 배는 더 낫고말고요」 그녀는 잘라 버리듯 말했다. 「제발 좀 그 시가들을 던져 버려요.」 에슈가 아주 정중하게 참는 이유는 그녀가 그에게 우스꽝스럽게 저렴한 값으로 지나치게 풍요로운 점심을 내주었고, 뿐만 아니라 그가 자신의 죄 많은 생활 방식을 폭로할 권리를 그녀에게 양보했기 때문이다. 그의 품행은 폭로되어야 마땅했다. 그는 처지가 좋지 않았다. 레슬링 경기 사업을 위해 놓아 두었던 300마르크 중에서 남은 것은 겨우 250마르크 남짓이었다. 비록 그가 첫날 수익금으로 곧 배당금을 받을 수 있다 하더라도 기수가 어느 쪽으로 향하게 될지는 미지수였다. 일로나를 위해서 받아들인, 그러나 이제 도무지 알 수 없게 된 희생이 파국으로 악화되지 않으려면 생계를 해결할 수 있는 일이 필요했다. 그는 그것에 대해 이야기를 하고 싶었지만 허영심이 그것을 막았다. 헨트옌 어머니는 아주 찬란한 인생이란 걱정스러운 시작에서 출발하는 법임을 통찰할 수 있는 분위기가 아니었기 때문이다. 그래서 그는 다만 〈칼 던지기보다는 레슬링이 낫습니다〉라고만 말했다. 헨트옌 부인은 에슈의 주먹에 칼이 있는 것을 보았다. 그녀는 그의 말뜻을 이해하지 못했지만 기분이 나빴다. 그래서 짤막하게 대답했다. 「아마 그렇겠지요.」 ──「고기가 좋군요.」 에슈가 접시 위로 몸을 구부리고 말하자 그녀는 전문가의 위엄을 부리며 대꾸했다. 「허릿살이에요.」 ──「그들이 지금 저 불쌍한 마르틴에게 주는 사료는……」 헨트옌 부인이 말했다. 「고기는 일요일뿐이지요……」 그리고 약간 만족스럽게 덧붙였다. 「보통 때는 주로 무를 주지요, 그래요.」 누구를 위해 마르틴은 무를 먹어야 하나? 누구를 위해 희생을 하고 있나? 그것을 마르틴 자신은 알고 있을까? 마르틴은 순교자였고 그는 그런 순교자의 생활을 한편으로는 즐겁고 한편으로는 불쾌한 직업으로 간주했을 뿐이다. 그럼에도 불구하고 그는 대단한 사내였다. 헨트옌 부인이 말했다. 「듣고 싶지 않은 사람은 느껴야지요.」 에슈는 응수하지 않았다. 아마 마르틴은 자기 외에 아무도 모르는 어떤 것을 간직하고 있을 것이다. 순교자란 언제나 어떤 신념을 위하여, 자기 행위를 규정짓는 자기만의 지(知)를 위하여 참아야 하는 것이다. 순교자들은 대단한 사람들이다. 헨트옌 부인이 설명했다. 「아까 그 말이 무정부주의자들의 신문에 나오더군요.」 에슈가 동의했다. 「그렇습니다, 그건 돼지들의 협회입니다. 그들은 이제 그를 버렸습니다.」 물론 마르틴 자신도 사회주의 신문들을 비웃었었다. 비록 저들의 의무가 사회주의 신념을 대표하고 솔선수범하는 것이라고들 하겠지만 말이다. 마르틴은 사회주의적 신념을 가지고 있는가, 가지고 있지 않은가? 에슈는 마르틴이 그에게 무언가 숨기고 있음에 화가 났다. 진리를 알고 있는 사람은 다른 사람을 구원할 수 있는 것이다. 그리스도교의 순교자들도 그렇게 말했다. 그는 자기의 교양에 자랑스러워하며 말했다. 「로마 시대에도 레슬링이 있었답니다. 하지만 사자하고 싸웠지요. 유혈이 낭자했어요. 트리어[18]에선 아직도 그런 서커스가 있습니다.」 헨트옌 부인이 긴장하여 물었다. 「그래서요?」 그러나 대답이 없었으므로 그녀는 계속했다. 「당신도 그걸 끌어들이고 싶을 테죠! 그렇지요?」 에슈는 말

18 Trier. 라인 지방의 도시 이름.

없이 고개를 저었다. 만약 마르틴이 확신도 없고 어떤 더 나은 앎[知]도 없고 누구를 위해서도 아닌 희생을 하며 무를 먹고 있다면 그건 아마 희생 자체를 위한 희생이리라. 아마도 사람들은 희생을 해야 비로소 — 만하임의 그 바보가 어떻게 말했더라? — 비로소 구원의 은혜를 체험할 수 있나 보다. 그렇다면 일로나는 순수한 희생을 위하여 칼이 필요했을지도 모른다. 누가 그것을 알랴. 에슈는 말했다. 「난 아무것도 하고 싶지 않습니다. 어쩌면 이 레슬링이란 경기 전부가 어리석은 일인지도 모릅니다.」 그래요, 헨트옌 어머니가 말했다. 어리석은 일이에요. 그때 그는 헨트옌 어머니에게 공손한 존경심이 우러나왔다.

음식 냄새, 담배 냄새 사이로 달콤한 포도주 냄새가 났다. 헨트옌 어머니가 옳았다. 여자들은 다른 것을 원하지 않는다. 그래서 일로나는 코른을 받아들인 것이다. 저 교활한 절름발이가 정말 더 나은 지식을 지니고 있다 해도, 그는 그에 대해 아무것도 알려 주지 않고 누구와도 나누어 갖지 않는다. 따라서 다리가 셋뿐인 개처럼 즐겁게 달음박질을 쳐서 모퉁이를 쏜살같이 돌아 감옥으로 직행한 것이다. 그리고 개가 채찍을 얻어맞는 것만큼이나 감옥은 그에게 아무런 해가 될 수 없다. 「아마 저들에겐 매를 맞는 것이, 희생을 하는 것이 재미있는 일인지도 모릅니다……」 그가 곰곰 생각하며 말했다. 「누구에게 말예요?」 헨트옌 어머니가 재미있어하며 물었다. 「누구, 저 여자들 말인가요?」 에슈는 곰곰이 생각했다. 「그래요, 그들 모두가…….」 헨트옌 어머니는 만족했다. 「고기를 한 조각 더 가져다 드릴까요?」 그녀는 부엌으로 갔다. 에슈는 그 체코 여자에게 미안했다. 그녀는 너무도 연약한 모습으로 울었다. 하지만 이 점에서도 헨트옌 어머니가 정말 옳았다. 흐루슈카도 다른 걸 원하지 않았으리라. 헨트옌 부인이 접시를 가지고 돌아왔을 때 갑자기 그가 말했다. 「그 여자, 그 체코 여자는 아직도 자기의 칼잡이를 찾고 있겠지요.」—「글쎄요.」 헨트옌 어머니가 말했다. 「가엾은 사람.」 에슈가 말했다. 그것이 마르틴에 대해선지 체코 여자에 대해선지 자신도 알지 못했다. 그렇지만 헨트옌 어머니는 단지 체코 여자만을 생각하고 앙칼지게 변했다. 「그럼, 그렇게 불쌍하다면, 당신이 그 여잘 위로해 줄 수 있잖아요. 당장 그 여자에게 가보시구려.」

그는 대꾸하지 않았다. 그는 잘 먹었으므로 말 없이 신문을 들고 광고란을 샅샅이 들여다보기 시작했다. 바로 그곳에 레슬링 경기의 광고가 실린 이후, 광고 면은 가장 중요한 지면이 되었다. 그러나 그의 성실한 회계 정신은 헨트옌 부인을 위해서도 대차 계좌를 개설하라고 요구했다. 그녀의 자격이 누가 어떤 좋은 일을 해주는 것을 모르쇠하기조차 하는 일로나보다 더 적었던가? 그의 눈은 장크트고아르[19]에서 열릴 포도주 경매 광고에 머물러 있었다. 그는 헨트옌 어머니에게 포도주를 어디서 사오느냐고 물었다. 그녀가 쾰른의 어느 포도주업자의 이름을 말했다. 에슈가 코를 찌푸렸다. 「그렇다면 그들의 아가리에 돈을 내던진 꼴이군요! 어째서 당신은 내게 진작 물어보지 않았습니까? 나는 모두가 청렴결백한 넨트비히 씨의 식초 상회와 같다고 주장하지는 않겠지만,

---

19 St. Goar. 독일의 도시 이름.

당신이 과한 지불을 해왔음을 내기해도 좋습니다.」 그녀는 감정이 상한 표정을 지었다. 혼자 살아가는 연약한 여자는 많은 것을 참아야 하는 법이다. 그는 그녀를 위해 장크트고아르로 가서 포도주를 사오겠다는 제안을 했다. 「운임이 마음에 걸리는데요.」 그녀가 말했다. 에슈는 열심이었다. 운임 정도는 파는 값에서 쉽게 빼낼 수 있을 겁니다. 질이 가격에 좌우된다면 좀 싼 종류를 섞을 수도 있지요. 그런 거라면 내가 모르는 게 없으니까요. 결론적으로 가격 같은 것은 그에게 문제가 아니라고 했다. 라인 강으로 소풍을 간다는 것 — 자연의 기쁨에 대한 바보 로베르크의 허튼 소리가 생각났다 — 그것은 언제나 하나의 즐거움이며, 그녀가 그 일로 정말 이익을 얻게 될 때 비로소 자신에게 비용을 갚아도 좋다고 말했다. 「아마 그 체코 여자와 함께 가겠지요?」 헨트옌 어머니가 의심스러운 듯 말했다. 그 생각이 그에게 유혹적으로 여겨지지 않은 것은 아니었으나, 그는 그 생각을 큰 소리로 화를 내며 물리쳤다. 헨트옌 어머니는 믿어도 좋다, 그리고 부디 그녀가 직접 같이 가주면 좋겠다고. 사실 그녀가 얼마 전 다시 자연을 즐기고 싶다는 의도를 표명하지 않았느냐고 — 일거양득이 아닙니까, 그가 흥분하여 덧붙였다. 그녀는 그의 얼굴을 쳐다보았다. 황갈색 피부가 보였다. 그녀는 굳어지며 외면했다. 「그렇다면 누가 가게를 봐야 하지요……? 안 돼요, 그럴 수 없어요.」

사실 그도 자신이 말한 것처럼 그렇게 그 일에 가치를 두진 않았다. 지금 당장 그의 재정 형편으로는 두 사람의 소풍이 허용되지 않을 것이었다. 그래서 에슈는 그에 대해 더 말하지 않았고 헨트옌 어머니는 다시 믿음을 얻었다. 신문을 보고 경매가 두 주일 후에야 열림을 알고 안심하면서 그녀는 좀 생각해 볼 수 있으리라고 말했다. 네, 생각해 보실 수 있습니다, 에슈가 건조하게 말하고 일어섰다. 그는 텔처의 시험이 진행 중인 알함브라로 가야 했다. 그는 체코 여자가 일하던 술집이 있는 거리로 가는 길을 잡았다. 그러나 자전거의 페달을 밟으며 지나쳐 버렸다.

◆

이제 게르네르트 감독도 쾰른에 도착했다. 에슈는 날마다 항구로 와서 라인 강으로 운송되어 내려올 무대 도구들에 대해 물어보았다. 선적 일에 대한 그의 전문 지식이 그 의무에 적합하기도 했고 또한 일을 하고픈 충동에 이끌리기도 했던 것이다. 그가 그곳에 간 것은, 운송 창고를 보면서 전에 미텔라인을 사직한 데 대한 후회를 있는 대로 맛보고, 포도주 광고들을 보면서 새롭게 넨트비히의 존재를 살 속의 혹독한 가시로 느낄 수 있기 위해서였는지도 모른다. 그러나 그가 보고 체험한 이 모든 것이 불쾌한 것만은 아니었다. 왜냐하면 그의 희생이 마르틴의 희생과 병립될 수 있음을 직접 눈으로 볼 수 있게 해주었기 때문이다. 일로나가 쾰른에 오지 않고 코른과 남아 있는 것도 이런 도식에 속하는 것이었으며 마치 더 높은 숙명처럼 여겨졌다. 그러나 에슈가 고통을 즐기는 사람이라고 상상할 수는 없다. 결코, 절대로! 그는 자신과의 대화 속에서 거리낌 없이 일로나를 창녀라고, 심지어 추잡하기 짝이 없는 창녀라고, 그리고 텔처를 뚜쟁이나 암살자라고 불렀다. 그가 만약 극도로 파렴치한 넨트비히와 쌓아 올린 포도주 통들 사이에서 마주쳤다면 정말이지 그를 늘씬하게 패주었을 것이다. 그러나 그가 길게 뻗어 있는 미텔라인의 창고들 옆을 지나치며 가증스러운 회사 간판을 보게 될 때면 왜소한 살인자들의 더러운 패거리 위로 하나의 모습이 떠오르는 것이었다. 고귀하고 어마어마하게 큰, 지극히 고상한 인물의 모습이. 그것은 사람이라 칭할 수 없을 정도로 거대하여, 황홀할 지경이었다. 그럼에도 불구하고 그것은 초대형 살인자의 모습이었다. 상상할 수 없이 위협적으로 떠오르는 베르트란트의 모습. 그런 패거리들의 돼지 같은 사장, 마르틴을 감옥에 보낸 남색가(男色家). 이 확대된, 정말 상상할 수 없는 인물이 보다 왜소한 백정 두 녀석을 숨겨 주고 있는 듯이 보였다. 때때로 세상의 모든 하찮은 살인자들을 일소하기 위해선 이 적그리스도[20]를 만나 보아야 할 것 같은 생각이 들었다.

물론 이 모든 것을 상관하지 않아도 될 것이다. 더 큰 걱정거리가 있을 경우라면 말이다. 보수도 없이 항구를 어슬렁거리는 건 충분히 비참한 일이었다. 적당한 생계 수단이 없는 사람은 죽어야 마땅하다. 헨트엔 어머니도 그런 말을 하리라. 그리고 그런 위협적인 장면을 상상해 보자 이상하게 유쾌했다. 그렇다, 최선의 해결책은 그런 초대형 살인자가 다가와 사람을 당장에 목 졸라 죽이는 것일지도 모른다. 에슈가 부두를 따라 어슬렁거리다가 미텔라인 선박 주식회사의 간판과 다시 마주치게 되었을 때 그는 크고 분명한 소리로

20 세계 종말일 전에 출현한다고 예기되어 있는 악마.

말했다. 「그자가 죽느냐 내가 죽느냐.」

에슈는 예인선 옆에 서서 무대 장비의 하역 일을 감독했다. 그는 텔처가 장밋빛 살결의 오펜하이머와 함께 오는 것을 보았다. 그 두 사람의 걸음은 소위 단계적으로 전진한다고 할 수 있었다. 그들은 종종 단추나 코트 자락을 붙잡고 자꾸 멈추어 섰기 때문이다. 그래서 에슈는 그들이 긴급히 상의할 일이 있는 걸까 하고 자문했다. 그들이 충분히 가까이 왔을 때 그는 텔처의 목소리를 들었다. 「당신에게 말씀드리고 있지만, 오펜하이머, 그건 내게 맞는 일이 아닙니다. 두고 보십시오, 내가 일로나를 오도록 해보겠습니다. 반년이 지나서도 뉴욕에서 내 차례가 안 온다면 내 목을 부러뜨려도 좋습니다.」 그렇군그래, 텔처는 아직 일로나를 포기하지 않았군. 일이 제대로 질서가 잡혀 있다면 저놈은 다른 말을 할 텐데. 이제 에슈는 죽음을 생각할 기분이 사라졌다. 그는 두 사람에게 투덜거렸다. 뭐 하러 이곳에 왔습니까, 내가 하역 일을 잘 해내지 못하리라고 생각했나요, 내가 뭘 슬쩍 감추리라는 생각이 드셨나요, 당신들이 감독하고 싶었나요? 대체로 내가 유감으로 생각하는 바는 내 돈은 말할 것도 없고 다른 사람들의 돈까지 이 사업에 꼴아박은 것이올시다. 지금 그는 거의 한 달 동안 이 회의적인 사업을 위해 헛되이 일만 했으며 자신의 마지막 한 푼까지 투자를 했다고 말했다. 왜 그랬을까요? 바로 살짝 빠지려는 텔처 씨란 사람이 나를 꼬드겼기 때문이지요. 성이 잔뜩 난 그는 오펜하이머의 유대인 어조를 서투르게 흉내내기 시작했다. 「반유대주의자이시군.」 오펜하이머 씨가 말했다. 텔처는 이 운송 감독님의 기분은 모레 첫 번째 회계 보고를 받을 때 상당히 좋아지리라고 말했다. 그 자신의 기분이 좋기도 했고 에슈를 놀려 주고도 싶었기 때문에 그는 물건이 실린 마차 주위를 맴돌면서 그것을 헤아려 본 다음 말에게 걸어가 주머니에서 설탕을 꺼내 짐승에게 내밀었다. 화가 나기도 하고 감정이 상하기도 한 에슈는 두 유대인에게 등을 돌리고 상자들을 확인했다. 그리고 곁눈으로 텔처를 관찰하며 그의 선량함에 감탄했다. 그는 짐승들이 고개를 저으면서 선물을 거절하리라고는 생각지 않았지만, 그렇게 하기를 기대하고 있었다. 그러나 말들은, 바로 달갑게, 친절하고 부드러운 아가리로 텔처의 펼쳐진 손바닥에서 설탕을 가져갔다. 에슈는 화가 났다. 하여간 그도 그런 생각을, 적어도 빵 한 조각을 말들에게 주는 생각을 떠올릴 수도 있었을 텐데. 당연히, 짐 싣기가 끝나자 말 두 마리의 엉덩이를 정신 나게 찰싹 때리는 것밖에는 할 일이 남아 있지 않았다. 에슈는 그렇게 했다. 그리고 그들 모두 궤짝 위에 앉아 마차를 타고 시내로 돌아왔다. 오펜하이머가 라인교에서 작별을 했다. 텔처와 에슈는 헨트옌 어머니의 집에 가기 위해 계속 타고 갔다.

텔처는 몇 번인가 이 식당에 온 적이 있었다. 그리고 그는 마치 벌써 오랜 단골이나 된 듯한 태도를 취했다. 에슈는 헨트옌 어머니의 집에 그런 건달을 데려가는 데 죄의식을 느꼈다. 더 나은 사람을 데려가지 못하고……. 그는 사내를 마차에서 내던져 버리고 싶었다. 유다처럼 마르틴의 자리에 앉겠지. 더 착하고 훌륭하고 아주 고귀한 인간이 존재한다는 걸 짐작도 못 하면서. 마르틴이 칼잡이에게도 침을 뱉지 못할 사내의 손에 쓰러졌다는 걸 짐작도 못 하면서. 이런 마술사, 이런 뚜쟁이 녀석이 마르틴에게나 합당할 승리자의 역을 해내고 있다니. 요술쟁이의 요술이로군! 죽은 물건이나 빙빙 돌리는, 사기와 기만에 가득 찬 보람 없는 일.

그들은 도착했다. 텔처가 먼저 마차에서 내렸다. 에슈가 그 뒤에다 소리쳤다. 「아니 누가 짐을 내려야 하는 거요? 감독하고 염탐하는 짓이 당신에게 어울리는 일 아니오. 정당한 일에는 뒷전을 보지만.」 ─ 「난 배가 고파요.」 텔처가 간단히 물리치고 식당 문을 밀쳐 열었다. 유대인은 당할 도리가 없군. 에슈는 어깨를 으쓱하고 그를 따랐다. 이런 종류의 손님을 데리고 온 책임을 면하려고 그는 농담을 던졌다. 「여기 세련된 손님을 한 분 모셔 왔습니다, 헨트옌 어머니. 더 좋은 사람을 찾아낼 수 없었거든요.」 갑자기 그는 모든 것을 수긍했다. 텔처는 마르틴의 자리에, 마르틴은 넨트비히의 자리에 앉을 수도 있다. 사람은 그 결정을 알 수 없지만, 그럼에도 불구하고 어디엔가 질서가 존재했다. 그 어디엔가는 사람이 문제가 되진 않았다. 그들은 모두 동등하여 아무개가 다른 아무개와 혼동되어 그가 다른 사람의 자리에 앉는다 해도 대수로운 일이 아니었다. 그렇다, 사람의 선악에 의해서가 아니라 어떤 힘의 선악에 의해 세계의 질서는 세워질 수 있었다. 그는 나이프와 포크로 요술을 부리고 있는 텔처를 성난 눈초리로 응시했다. 그는 헨트옌 부인의 코르셋에서 칼을 꺼내 보이겠다고 말하는 참이었다. 그녀가 비명을 지르며 물러섰지만, 이미 텔처의 엄지손가락과 검지손가락 사이에 칼이 나타났다. 「아니 이런, 헨트옌 어머니, 코르셋 속에다 무얼 넣어 가지고 다니십니까!」 그가 그녀에게 최면을 걸려고 하자 금방 그녀가 굳어 버렸다. 심한 일은 심한 일이다. 에슈는 텔처에게 덤벼들었다. 「선생, 감옥에 가고 싶소?」 —「새로운 기술입니다.」 텔처가 말했다. 에슈가 톡 쏘았다. 「최면은 법으로 금지되어 있소.」 —「재미있는 사람이지요.」 텔처가 말하며 턱으로 에슈를 가리켰다. 그런 식으로 그는 헨트옌 부인더러 같이 저 재미있는 사람을 조롱하자고 요구하는 것이었다. 그러나 그녀는 아직도 사지가 떨리도록 놀라서 빳빳하게 굳어진 손길로 머리 모양을 매만졌다. 에슈는 자기의 구제 행위가 성공한 것에 흡족했다. 그렇다, 그는 넨트비히 같은 작자를 돌아다니도록 내버려 두었지만, 그런 일은 이제 두 번 다시 없으리라. 설령 개인이 문제 되는 건 아니라 해도, 그리고 설령 누가 다른 사람과 혼동되어 서로 식별할 수도 구별할 수도 없다고 해도 말이다. 부당한 행위는 행위자와 분리되어 있지만, 그러나 부당한 것은 속죄되어야 마땅하다.

그가 나중에 텔처와 함께 알함브라로 갔을 때 그의 기분은 가벼웠다. 그는 새로운 깨달음을 얻었던 것이다. 그는 텔처에게 미안하기조차 했다. 베르트란트에게도. 그리고 심지어 넨트비히에게도.

◆

그는 게르네르트를 붙들고 늘어져, 그의 협력을 고려하여 월 백 마르크의 이익 배당을 보장하겠다는 말을 듣고야 말았다. 그렇지 않으면 무엇으로 살아가야 하겠는가? 그러나 개막 첫 저녁에 벌써 그는 7마르크의 배당금이 생겼다. 만약 이대로 계속된다면 1개월 후에 그의 수입은 두 배가 될 것이다. 헨트옌 부인이 개막 공연 관람을 완강히 거부했으므로 에슈는 점심 식사를 하면서 어제의 성공에 대해 흥분하여 이야기했다. 텔처가 타이츠 하나를 찢어 놓고 그것을 단지 느슨하게만 기워 놓게 했으므로, 레슬링 도중에 실제로 그 팽팽한 융기 부분이 터져 버렸다는 대목에 — 이것이 이야기의 정점이라 할 수 있었다 — 이르렀다. 그 사건은 매일 저녁 반복될 것이다. 그 일은 나중에 생각해도 자꾸 웃음이 터져 나왔기 때문에 그는 말하는 대신 손짓을 해야 했다. 그때 헨트옌 부인이 일어서며 이제 실컷 들었다고 말했다. 내가 훌륭하다고 여겼고, 이전에는 훌륭한 직업을 좇던 사람이 이렇게 타락해 버릴 수 있다니, 엄청난 일이군요. 그녀는 부엌으로 돌아가 버렸다.

어안이 벙벙한 채 남아 있던 에슈는 웃음 때문에 아직 눈물이 나는 눈을 닦았다. 그의 가슴 한구석에 헨트옌 어머니가 옳다는 양심의 가책이 있었다. 무대 위에서 뜯어지는 타이츠는 불분명하긴 해도 이제 무대 위에서 던지는 것이 금지된 칼과 유사했다. 그렇지만 그 일을 헨트옌 어머니가 알 리는 만무했으므로 그녀의 분노는 정말 이해할 수 없었다. 그는 그녀에게 존경심을 느꼈고, 바로 로베르크에게처럼 그녀에게 욕설을 퍼붓고 싶지는 않았다. 그러나 그녀의 의견은 로베르크와 더 잘 일치할 것이다. 사실 그는 로베르크처럼 순수한 인간은 아니다. 그는 천장 위에 있는 헨트옌 씨의 초상화를 바라보며 로베르크와 비슷한 구석이 있는가 살펴보았다. 그가 아주 오랫동안 응시하고 있자, 고인이 된 식당 주인과 만하임 담배 장수의 얼굴이 뒤섞였다. 그렇다, 어디서 쳐다보든 한 사람이 다른 한 사람과 융합되어, 죽은 자를 살아 있는 자와 구별할 수 없을 듯했다. 누구도 자기가 생각하는 것과 같은 존재가 아니다. 그는 자기가 확고히 두 다리로 버티고 서 있으며 7마르크의 이익 배당금을 집어넣고 자기가 가고 싶은 곳으로 나아가는 사내라고 생각한다. 그러나 실제로는 한 번은 이 자리에 한 번은 저 자리에 서 있게 되며, 설령 희생을 했다고 하더라도 스스로 그렇게 했던 것은 아니다. 그렇지 않다는, 그렇게 되어서도 안 된다는 증거를 대고 싶은 억제하지 못할 욕구가 그를 엄습했다. 그가 그것을 다른 누구에게 증명할 수 없다고 하더라도, 적어도 저 안에 있는 여인에게 그녀가 그를 로베르크 씨나 헨트옌 씨와 혼동해서는 안 된다는 것을 보여 주어야 했다. 그는 당장 부엌으로 건너가서 말했다. 헨트옌 부인께선 다음 금요일 장크트고아르에서 열리는 포도주 경매를 잊고 있지는 않겠지요,라고. 「같이 갈 사람은 충분히 많을 텐데요.」 헨트옌 부인이 아궁이에서 대꾸했다. 그녀의 반대가 그를 자극했다. 이 여자는 내게서 무얼 원하는 거야? 오로지 그녀가 내게 지시해 준 말, 그녀가 듣기를 원하는 말만 해야 한다는 거야? 그는 누구나 작동시킬 수 있는 자동 음악 기계를 생각하지 않을 수 없었다. 그러나 그녀는 그 기계를 참아 낼 수 없을 것이었다. 식모애가 없었더라면 아궁이 옆에 서 있는 그녀를 간단히 쓰러뜨려 그가 존재함을 믿도록 하고 싶은 욕구가 역겹지 않게 느껴졌으리라. 그래서 그는 단지 이렇게 말했다. 「난 벌써 작정했습니다. 기차로 바하라흐까지 가고, 거기서부터는 배로 장크트고아르에 갑시다. 그곳에 열한 시에 도착하면 바로 경매가 있을 겁니다. 오후엔 로렐라이로 올라가 볼 수 있고요.」 그녀는 그러한 단호한 결정에 약간 굳어졌지만 경멸하는 어조를 목소리에 담으려고 노력했다. 「굉장한 계획이군요, 에슈 씨.」 에슈는 자신을 얻었다. 「시작일 뿐입니다. 다음 주까진 어쨌거나 백 마르크를 벌게 될 것이니까요.」 그는 휘파람을 불며 부엌을 떠났다.

밖에서 그는 가져온 신문을 다시 훑어보며 개막 공연에 대한 보도를 붉은 연필로 표시했다. 「폴크스바흐트」지에선 보도가 없었고, 그것이 그를 화나게 했다. 저들은 자기를 희생한, 당의 동지이며 친구를 감옥에 갇혀 있도록 내버려 두는 작자들이니 그럴 수 있는 일이었다. 결코 레슬링 같은 초라한 보도에까지 손이 미치진 않겠지. 여기에도 질서가 수립되어야 한다. 그는 내면에서 그렇게 할 수 있을 힘을 느꼈고, 모든 것이 고통스럽게 얽혀 있는 카오스, 친구와 적이 못마땅하면서도 싸우지 않고 서로 뒤섞여 있는 카오스를 그가 침투하여 구제할 수 있으리라는 확신을 가졌다.

◆

휴식 시간에 홀을 통과하던 그는 소스라쳐 놀랐다. 그렇다, 그가 넨트비히를 보았을 때 〈심장을 찌르는 아픔〉이라는 말이 떠올랐다. 넨트비히가 다른 네 사람과 함께 어느 테이블에 앉아 있었다. 타이츠 위에 가운을 걸친 레슬러 하나가 그들과 함께 있었다. 가운은 틈이 벌어져 있었는데 넨트비히가 그의 두툼한 손을 교활하게 움직이며 그 틈을 넓히는 일에 몰두하고 있었다. 에슈는 고개를 돌리고 지나갔다. 그러나 여자가 그를 불렀기 때문에 그는 돌아서지 않을 수 없었다. 「안녕하십니까, 에슈 씨, 여기엔 대체 무슨 일이지요.」 그는 넨트비히가 말하는 소리를 들었다. 에슈는 망설였다. 그는 단지 짤막하게 〈안녕하십니까〉라고만 말했다. 그러나 넨트비히는 그가 피하는 것을 알지 못하고 그에게 잔을 권했다. 여자가 말했다. 「에슈 씨, 이 자리에 앉으세요. 아무튼 전 곧 무대로 올라가야 하니까요.」 이미 취해 있는 넨트비히가 에슈의 손을 잡았다. 그리고 그를 위해 한잔 부으면서 상냥하고 얼근한 눈으로 그를 쳐다보았다. 「아니, 이건 정말, 예기치 않은 기쁨입니다.」 에슈는 자기도 무대에 가야 한다고 말했다. 그러나 넨트비히는 손을 놓아주지 않았고 낄낄 웃어 댔다. 「그래요, 무대의 여자들에게라면, 나도 함께 가지요, 나도 함께.」 에슈는 자기가 직업상 이곳에 있음을 그에게 납득시키려고 했다. 이윽고 넨트비히가 이해했다. 「그래, 당신이 여기에 고용되었다고요? 좋은 자리로?」 에슈의 자의식은 그 질문에 긍정하는 걸 허락하지 않았다. 아니, 난 여기 고용된 게 아니라 동업자요. 「아 네, 그래요.」 넨트비히가 놀랐다. 「사업을 한다고요, 좋은 사업입니다, 정말 좋은 사업입니다.」 그는 빽빽이 채워진 홀 안을 둘러보았다. 「옛날의 좋은 친구인 넨트비히가 있음을, 그도 언제나 이런 일을 같이 해보았으면 한다는 걸 잊으셨군요.」 그는 완전히 술이 깨었다. 「포도주 운송업은 어찌 하시나요, 에슈?」 에슈는 자기는 그런 일에 관계할 필요가 없다고 설명했다. 그건 홀의 주인이 할 일이지요. 「그렇지만 다른 모든 것에는,」 넨트비히가 홀과 무대 위를 다 얼싸안는 듯한 몸짓을 했다. 「당신이 관계한다, 이 말이군요? 그렇담, 적어도 한 잔은 마셔야지요.」 에슈는 자신의 잔을 넨트비히의 잔과 부딪치지 않을 수 없었다. 또한 그는 넨트비히의 일행들에게 악수를 청하고 그들과 술을 마시지 않을 수 없었다. 넨트비히가 교활하게도 그로 하여금 뒤쪽에서 큰 소리로 말하지 않을 수 없게 했음에도 불구하고 그는 자신이 느껴야 할 증오감을 일으킬 수 없었다. 그는 그 업무 대리인의 비행을 구체화시키려고 시도해 봤지만 성공하지 못했다. 결과적으로 보아 어떤 개 같은 짓들, 지독히 개 같은 짓들이었다. 그래서 에슈는 홀 안에 경관이 있는가 살펴보려고 몸을 약간 위로 올렸다. 그러나 그 행동은 이내 에슈가 자신의 시도가 어리석음을 의식할 수밖에 없을 정도로 기이하게 파악하기 어렵고 모호한 짓이 되어 버렸다. 그래서 약간 어색하고 부끄러운 듯 그는 포도주 잔을 잡았다. 그러는 동안 넨트비히는 그의 착한 옛날 경리를 몽롱한 시선으로 바라보았다. 그때 에슈는 전체적으로 둥실둥실한 그 인물이 몽롱한 시선을 취함으로써 무관심 속으로 흘러가 버리려는 듯이 생각되었다. 이 식초 제조업자는 음흉스럽게 그의 회계상의 잘못을 비난했고, 그의 밥줄과 존재를 없애 버리려 했다. 그리고 그를 언제라도 다시 죽이려고 할 것이다. 그렇지만 그에게 더 이상 화를 낼 수가 없었다. 엉클어진 사건의 뭉치에서 팔이 솟아나온다. 주먹이 비수를 들고 위협한다. 그때 그 팔이 넨트비히의 것임을 발견한다 하더라도, 그것은 어리석은, 거의 초라하기 짝이 없는 우연일 뿐이다. 넨트비히의 손에 쥐어져 있는 죽음, 그것을 이제 살인이라

부를 순 없으리라. 넨트비히를 재판에 부치는 것은 회계상의 오류 — 그것은 오류가 아니었다 — 에 대한 가장 초라한 복수에 불과하리라. 아니, 이 업무 대리인을 법에 맡긴다는 건 아무 짝에도 쓸모없는 일이다. 설사 그 팔이 비수를 들고 위협했어도, 그 팔을 갈겨 주는 것이 문제는 아니기 때문이다. 문제는 전체를 혹은 적어도 머리를 명중시키는 것이다. 에슈의 내부에서 무엇인가가 말했다. 〈자신을 희생하는 사람은 훌륭한 인간이다.〉 그는 이제 넨트비히를 더 이상 주목하지 않기로 결심했다. 그 비대하고 작은 남자는 다시 몽롱한 취기에 잠겨 들었다. 그때 음악이 글라디아토르 행진곡을 연주하기 시작했고, 그 가락에 맞추어 텔처의 인도 아래 여자 레슬러들이 무대로 행진해 나왔으므로, 넨트비히는 에슈가 테이블에서 사라져 버린 것을 깨닫지 못했다.

에슈가 감독실에 들어갔을 때 게르네르트는 맥주 한 잔을 들고 앉아 탄식했다. 「이것이 인생인가, 이것이 인생인가……」 오펜하이머가 머리와 온몸을 흔들거리며 이리저리 거닐고 있었다. 「당신이 왜 흥분하고 있는지 알고 싶은데……?」 게르네르트 앞에 그의 수첩이 있었다. 「세금이 모든 걸 잡아먹고 있습니다. 우리 같은 사람이 일하고 시달리는 건 무얼 위해서이겠소? 바로 세금을 위해서지요.」 밖에서 여자들이 땀 흐르는 지방질을 철썩 잡아 쥐는 소리가 들렸다. 에슈는 여기서 시달림 운운하고 있는 것에 화가 났다. 왜냐하면 그가 수첩에다 계산을 해보았기 때문이다. 게르네르트는 계속 탄식했다. 「이제 아이들은 방학인데. 돈이 듭니다…… 그것을 어디서 마련해야 할지…….」 여기서 오펜하이머가 이해를 표시했다. 「아이들은 축복이면서 천벌이지요, 감독님. 너무 걱정 마십시오, 잘되겠지요.」 에슈는 착한 사내인 게르네르트를 동정했다. 그렇지만 지금 저 밖에서 타이츠가 뜯어지는 일이 게르네르트의 아이들이 방학을 보낼 수 있기 위해서임을 생각해 볼 때 세상사가 다시 요지경 속 같았다. 헨트옌 어머니가 구역질을 느낀다는 것은 어딘가 합당한 점이 있었다. 비록 그것이 그녀 자신의 생각과는 상당히 다른 점에 있을지라도. 에슈도 그 점이 무엇인지는 알지 못했다. 아마 그것은 그를 구토와 분노로 가득 차게 하는 무질서가 아닐까. 그는 밖으로 나왔다. 여자 레슬러 몇 사람이 무대 측면에 서서 땀 냄새를 풍기고 있었다. 통로를 마련하고자, 에슈가 그들 뒤에서 살진 팔 혹은 가슴을 붙잡고 그들의 몸을 하체에다 눌렀으므로 몇 여자들이 욕정적으로 웃기 시작했다. 그는 무대 위로 올라가 소위 서기로서 심판석 옆에 자리를 잡았다. 입술 사이에 호루라기를 문 텔처가 바닥에 누워 한 여자의 아치 모양의 몸 밑을 날카롭게 주시하고 있었다. 한편 다른 여자가 그녀 위에서 이리저리 뒹굴며 이 아치를 납작하게 만들려고 애를 쓰는 듯이 보였다. 물론 그것은 외견상의 노력이었다. 왜냐하면 밑에 깔린 사람은 독일 여자였고 그녀의 의무는 애국적인 일격으로써 치욕적인 곤궁에서 해방되는 것이었으니까. 에슈는 서로 짠 연극을 알고 있었는데도 거의 질 뻔한 여인이 다시 일어서자 안도감을 느꼈다. 그러나 이르멘트라우트 크로프가 상대 여인의 위로 몸을 던져 홀 안의 애국적인 환호 속에서 적수의 어깨를 매트를 향해 눌러 댈 때 그는 상대 여인에 대한 성난 동정으로 가득 찼다.

◆

 헨트엔 부인이 일어났을 때 막 동이 터오르고 있었다. 그녀는 날씨를 살펴보려고 창문을 열었다. 하늘은 맑고 구름 한 점 없이 아직도 검은 잿빛의 마당 위에 펼쳐져 있었다. 그 요지부동의 침묵 속에서 뜰이 검은 담장 사이의 작은 사각형 모양으로 그녀 앞에 놓여 있었다. 저 아래쪽에 희뿌옇게 빛나는 대야가 세수를 한 날로부터 조용히 기대어져 있었다. 벽 사이에 갇힌 서늘한 바람이 도시 냄새를 풍겼다. 그녀는 슬리퍼를 끌고 식모 방으로 올라가 문을 두드렸다. 그녀는 말하자면 아침도 들지 않고 떠나야 하는 일이 벌어지길 원하지 않았던 것이다. 어찌 그렇게 할 수야 있겠는가. 그다음 주의를 기울여 화장을 시작했고 갈색 비단옷을 입었다. 에슈가 그녀를 데리러 왔을 때 그녀는 식당에서 커피를 놓고 무뚝뚝한 태도로 앉아 있었다. 무뚝뚝하게 그녀가 말했다. 「가지요.」 그렇지만 현관으로 나서는 동안 에슈도 커피를 들고 싶어 하리라는 생각이 들었다. 황급히 커피를 얻은 에슈가 부엌에 선 채로 홀짝거렸다. 거리에 벌써 햇살이 비치고 있었다. 그러나 포도 위에 드리워진 커다란 담 그림자 사이의 밝은 햇살도 그들 두 사람의 기분을 바꿀 수가 없었다. 에슈는 다만 〈차표를 끊어 오겠소〉라든가 〈2번 플랫폼이오〉 하는 식의 짤막하고 무뚝뚝한 지시만을 했다. 그들은 말 없이 차실(車室)에 나란히 앉아 있었다. 그렇긴 해도 본에 이르자 그가 몸을 밖으로 내밀고 신선한 빵이 있는지를 물어 그녀에게 그것을 사주는 일이 있었다. 그녀는 무뚝뚝하게 뿌루퉁한 태도로 그것을 씹어 먹었다. 코플렌츠로 향하면서, 사람들이 보통 그러듯이 라인 강의 경치를 머릿속에 들여놓기 위해 창가로 다가설 때 헨트옌 부인도 그렇게 하고 싶은 생각이 들었다. 그러나 에슈는 자기 자리에서 움직이지 않았다. 그는 이 지방을 싫증이 날 정도로 잘 알고 있었다. 게다가 배를 타고서야 헨트옌 부인에게 자연을 안내할 작정이었다. 이제 그녀가 그런 기쁨을 미리 빼앗아가 버렸기 때문에 그는 화가 났다. 또한 그런 구경을 중단시키는 터널들이 그의 불만스러운 마음에 들었음에도 불구하고 화가 솟구친 나머지 기차가 오버베젤에 이르자 당장 그녀를 창으로 불러내었다. 「오버베젤에선 나도 일한 적이 있답니다······.」 헨트옌 부인이 바깥을 쳐다보았다. 역은 별 볼 만한 게 없었다. 그녀는 공손하게 말했다. 「네, 사람은 많은 곳을 돌아다니는 법이지요.」 에슈는 아직 말을 끝내지 않았다. 「비참한 자리였지요. 그래도 몇 달은 참아 내어야 했습니다. 그곳에 있던 한 여자 때문이었어요······ 그 사람 이름이 홀다였어요.」 그럼 당장 차에서 내려 그 아가씨를 방문해도 좋아요,라는 것이 헨트옌 부인의 흥분된 대답이었다. 자기 때문에 그가 구속받을 필요는 없다고. 그러나 그때 벌써 그들은 바하라흐에 도착했고, 에슈는 난생처음 역에 서서 한 시간을 기다려야 하는, 소일 삼아 여행하는 사람의 당황감을 맛보았다. 그의 계획에 따르면 아침은 기선 위에서 들어야 할 것이었다. 따라서 그가 알고 있는 그곳의 어느 식당으로 들어가 보자고 제안한 것은 순전히 당황했기 때문이다. 그러나 그들이 맑은 오전의 햇살 속에서 조용하고 아늑해 보이는 도시의 골목으로 들어섰을 때 갑자기 어느 목조 건물 앞에서 헨트엔 어머니가 말을 터뜨렸다. 「이런 곳에서 살고 싶어요, 그것이 나의 꿈이지요.」 그녀에게 그런 감명을 준 것은 아마 창문 앞의 꽃 장식이었을 것이다. 어쩌면 종종 미지의 것을 대할 때 사람들 내부에서 일어나는 해방감의 숨결과 같은 것이었을지도 모른다. 혹은 아마도 그녀의 나쁜 기분이 간단히 일소되었기 때문일 수도 있다. 아무튼 요약하여 세상이 더 밝아졌기 때문이다. 그들은 이제 사이좋게 모든 사물들을 바라보게 되었고 심지어 교회의 폐허 위에까지, 거기서 무엇을 해야 할지 알지 못했지만, 올라가 보았으며, 배를 놓치지 않기 위하여 정박지로 서둘러 내려왔다. 아직 반 시간을 더 기다려야 했어도 아무렇지 않았다.

물론 배 위에서 그들은 여러 번 말다툼을 했다. 이유는 헨트엔 부인의 자만심이 계속해서 에슈 혼자 그 지방을 아는 척하기를 용납하지 않았기 때문이었다. 그녀는 기억 속에서 알고 있는 이름을 뒤적거리며 팔을 쳐들고 추측을 말하거나 가르쳐 주기 시작했다. 그녀는 그 말을 받아들이는 그의 정중한 태도에서 전혀 잘못을 찾을 수 없는 것이 유감스러웠다. 그렇다고 해서 그녀의 좋은 기분이 손상된 것은 전혀 아니었다. 장크트고아르에 이르자 그들은 배를 떠나야 하는 게 유감스러울 지경이었다. 그렇다, 처음 순간엔 그들이 왜 이 지방에 왔는지 거의 깨닫지 못했던 것이다. 그들이 여행을 하게 된 사업상의 목표가 어딘가 별 관계 없는 것이 되어 버렸다. 경매장에서 그들이 기대했던 좋은 품질의 판매가 벌써 끝나 버렸음을 알았을 때도 화가 나지 않았고, 오히려 어떤 의무에서 해방된 듯이 느껴졌다. 그들에겐 돛을 넓게 펼치고 햇살이 유혹적으로 찬란하게 비치는 고아르스하우스젠을 향해 떠나는 나룻배를 타는 것이 훨씬 중요한 일이었다. 에슈가 경매를 주관하여 목표 가격을 알리는 단정한 상인의 지휘를 흉내 내어 〈그럼 다음 기회로〉라고 말했을 때 그런 상업적인 태도는 어쨌건 약간 사기꾼의 태도 같았다. 거기서 이상한 양심의 가책이 야기되었다. 그러면서 그는 한편으로 이미 나룻배 위에 올라타서도 압박감을 느끼면서 기억에서 지워 버렸던 가격을 이어맞추며 헨트옌 부인을 불안한 눈초리로 재어 보았다.

헨트옌 부인은 햇볕이 작열하는 나룻배의 나무 위에 걸터앉아 기분 좋게 손가락 하나를 물에 담갔다. 크림색 레이스로 만든 반장갑을 적시지 않을 정도로 아주 조심스럽게. 그녀의 뜻을 따랐더라면 라인 강을 몇 번 더 가로질렀을 것이다. 비스듬히 흐르는 물살을 바라볼 때 느낄 수 있는, 기이하게 가벼운 현기증이 유쾌했기 때문이다. 그러나 시간이 너무 많이 흘렀다. 강변 식당의 정원에 있는 나무 밑 역시 좋았다. 그들은 생선 요리를 먹고 포도주를 마셨다. 에슈는 시가를 피우면서 분위기를 고조시킬 필요가 있는지를 생각했다. 그는 저기 육중하고 호화롭게 앉아 있는 헨트옌 어머니도 그런 분위기의 고조를 기대하고 있을지 심각하게 숙고했다. 확실히 그녀는 다른 여자들과 같지 않았다. 그래서 그는 로베르크의 이야기를 시작했다. 자신에게 이런 아름다운 여행을 하도록 자극을 준 데 대해 그에게 감사했다. 그가 로베르크를 칭찬한 목적은 그런 중간 단계를 거친 후에 채식주의자의 사랑관을 적절한 형식으로 강의하기 위해서였다. 그렇지만 그의 의도를 알아차리고 긴장한 헨트엔 부인은 대화를 중단시키고, 비록 그녀 자신은 피곤함을 느끼고 쉬고 싶었음에도 불구하고, 계획에 따라 로렐라이로 가야 할 것임을 시사했다. 에슈는 화가 났다. 로베르크처럼 말하려고 노력했는데 아무 효과가 없었던 것이다. 아마도 그녀에겐 그가 충분히 착한 남자가 아닌 듯했다.

그는 일어나서 셈을 치렀다. 그들이 여관의 정원을 가로지를 때 그는 피서객들이 있음을 보았다. 그 속에 젊고 어여쁜 여인들과 소녀들이 있었다. 에슈는 갑자기 자기가 이 나이든 여자와 무엇을 하려는 것인지 알 수 없었다. 비록 그녀가 갈색 비단옷을 입어 상당히 당당한 모습이었음에도 불구하고 말이다. 소녀들은 가볍고 화사한 여름 옷 차림이었다. 갈색 비단옷은 거리 위에서 금세 먼지가 끼어 볼품없이 되어 있었다. 그런데도 이 모든 것은 어딘가 합당했다. 사람은 양심이란 게 있는 법이다. 감옥에 갇혀 태양을 그리고 있는 마르틴, 배은망덕을 위하여 자신을 희생했던 그를 생각해 보면 그 자신의 일은 너무 잘되어 갔다! 아름다운 아가씨와 풀밭에 누워 있는 대신 헨트엔 부인과 지방 도로의 먼지 속을 걷고 있는 지금, 심지어 그에게는 그 부인이 자신의 희생에 감사할 줄 모르리라는 것도 합당하게 여겨졌다. 자신을 희생하는 사람은 훌륭하다. 그는 자신의 희생을 어떻게 적절하게 그녀의 눈앞에 보여 줄 수 있을지를 곰곰이 생각했지만, 로베르크가 기억났으므로 그만두었다. 착한 사람은 괴로워도 침묵하는 법이다. 언젠가, 아마 너무 늦어 버릴 수도 있지만, 그녀는 그것을 깨닫게 될 것이다. 고통스러운 감동이 그를 엄습했다. 그는 앞으로 걸어가면서 먼저 윗도리를, 그다음 조끼를 벗었다. 헨트옌 어머니는 그의 셔츠가 어깨 양쪽으로 달라붙어 있는 축축이 젖은 얼룩을 보고 역겨움을 느꼈다. 숲길로 접어들면서 멈추어 서 있는 그를 그녀가 쫓아갔을 때 그녀는 그의 몸에서 뜨거운 열기를 느끼고 놀라서 물러섰다. 에슈가 선량하게 말했다. 「어때요, 헨트옌 어머니?」 ─ 「저 고리를 입어요.」 그녀가 엄격하게 말했다. 그러나 그녀는 어머니처럼 덧붙였다. 「여기는 서늘해요, 아주 기분 좋게 서늘해요. 하지만 당신은 감기가 들지도 몰라요.」 ─ 「걸으면 더워집니다.」 그가 대꾸했다. 「목의 단추를 한두 개 푸는 것이 좋을 겁니다.」 그녀는 구식 장식이 붙은 조그마한 모자를 쓴 머리를 저었다. 아녜요, 그러고 싶지 않아요, 대체 어떤 꼴로 보이겠어요! 「글쎄, 이곳에서 우리를 볼 사람은 아무도 없습니다.」 에슈가 말했다. 그러자 아무도 없지만, 그들은 같이 있다는 것, 아무도 보지 않기에 서로 부끄러워할 필요가 없다는 것이 갑작스럽게 확실해진 이 상황에 그녀는 당황했다. 문득 그녀는 그가 소위 친밀하게 그녀 앞에서 땀 자국을 드러낸 것을 이해할 수 있었다. 그래도 그녀는 아직 역겨움을 느꼈다. 이제 표면에서 역겨움을 느낀 것이 아니었다. 몹시 둔하고 희미하게, 다만 피부 아래가 역겨웠다. 이제 그녀는 그의 말 이빨조차 두렵지 않았다. 오히려 기이하게도 수치로부터의 해방을 허락하는 부분 같았다. 왜냐하면 그가 웃으면서 이를 드러내며 말했기 때문이다. 「그럼 상쾌한 기분으로 계속 걸을까요, 헨트옌 어머니. 피곤하다는 핑계를 대면 안 됩니다.」 그녀는 감정이 상했다. 그것은 그가 분명 그녀가 보조를 맞출 수 있으리라고 믿지 않기 때문이었다. 그녀는 조금 헐떡거리며 부서질 듯한 장밋빛 양산에 의지하여 다시 움직이기 시작했다. 에슈는 이제 그녀 곁에 있었고 가파른 곳에서는 그녀를 도와주려고 했다. 처음 그녀는 이것이 당돌한 접근이 아닐까 하고 못미덥게 그를 바라보았고, 다만 망설이면서 그의 팔을 받아들였다. 물론 어떤 사람, 심지어 어린아이가 마주 오더라도 그녀는 의지하던 팔에서 떨어졌고, 그것을 밀쳐 버렸다.

그들은 천천히 올라갔고, 한숨 돌릴 때면 점차 주위에 있는 것들을 알아차리기 시작했다. 더위로 하얗게 부서져 버린 숲길의 진흙, 메마른 땅 위에 빛바랜 초록색으로 박혀 있는 식물들, 좁은 길 위로 먼지 낀 섬유 가닥이 되어 놓여 있는 뿌리들, 더위 속에서 거의 숨 쉬지 않는 건조하고 이운 숲 냄새, 나뭇잎들 사이로 검게 죽어 있는 넝쿨들로 이미 가을에 시들 태세를 갖추고 있는 관목들. 그들은 형언할 수는 없었지만 그것을 알아차렸다. 그렇지만 첫 번째 조망대에 이르렀을 때 그들 앞에는 계곡이 펼쳐져 있었다. 비록 아직은 로렐라이 암벽에까지 이르지는 못했을지라도 경치를 감상할 수 있는 것 같았다. 벌써 목적지였다. 거기서 그들은 앉았다. 헨트옌 부인이 체중 때문에 갈색 비단옷이 구겨지지 않도록 등 쪽을 신중하게 폈다. 장크트고아르의 부두와 여관에서 나는 소리, 나룻배가 다리 옆을 지날 때 내지르는 둔탁한 음향이 들려올 정도로 고요했다. 두 사람은 익숙지 않은 이런 인상들이 거의 편안하지 않았다. 헨트옌 부인은 벤치 등받이와 옆자리에 새겨진 하트며 이름의 첫 글자들을 바라보았다. 그녀는 쥐어짜 낸 목소리로 그가 여기에도 오버베젤의 훌다와 함께 이름을 새긴 일이 있느냐고 물었다. 그가 재미 삼아 그것을 찾아보려 하자 그녀는 그만두라고 말했다. 보이든 안 보이든 한 남자가 걸어간 곳에선 언제나 더럽혀진 과거를 발견할 거예요. 그러나 농담을 포기하지 않으려던 에슈가 그녀의 이름은 심장에서도 별견될 것이라고 말했으므로 그녀는 정말 화가 났다. 어째서 그는 감히 그런 말을 하는가? 그녀의 과거 역시 신이 칭찬할 만큼 순수했으며 그 점에선 어떤 젊은 여자에게도 지지 않을 것이다. 일생 동안 끊임없이 여자들과 싸돌아다닌 사람은 물론 그것을 이해할 수 없겠지만. 그런 비난이 마음속에 적중된 에슈는 어쩌면 헨트옌 어머니의 발뒤꿈치에도 못 미칠 수 있을, 식당 정원에 있던 많은 젊은 아가씨들보다 그녀를 더 하찮게 평가했던 일이 상스럽고 비열하게 느껴졌다. 또한 그에게는 명백하고 단호하게 자신을 나타내고 자신의 좌우와 선악이 어디 있는지 아는 사람이 있다는 것이 기분 좋았다. 일순간 그는 이곳이 그가 열망하던 지점이라고, 일반적인 무질서와 명료하고 확고부동하게 구별되는, 고수해도 좋은 지점이라고 느껴졌다. 그러나 그때 헨트옌 씨와 식당에 걸린 초상화에 대한 생각이 그를 혼란시켰다. 그는 어디엔가 그녀와 헨트옌 씨의 이니셜이 서로 밀착되어 포옹하고 있는 하트가 새겨져 있으리라는 생각을 떨쳐버릴 수 없었다. 하지만 감히 그 점을 건드려 볼 용기를 내지 못하고 다만 그녀의 양친의 집이 어디 있었는지를 물었다. 그녀가 베스트팔렌 출신이라고 짤막하게 대답했다. 하지만 그건 누구에게도 상관없는 일이지요. 그녀는 머리 모양에 손을 댈 수 없었으므로 모자를 바로 고쳤다. 그녀는 누가 다른 사람의 생에 코를 바짝 들이대는 것을 절대 참을 수 없었다. 그런 행동을 하는 사람은 바로 에슈 같은 사람, 혹은 그와 비슷한 손님들이었다. 그들은 전부 더러운 과거가 없다고는 상상할 수 없는 사람들이었다. 그런 사내들은 자기가 여자를 소유할 수 없을 경우엔 적어도 여자에게 애정 행각과 과거를 덮어씌우려고 했다. 그녀는 화가 나서 그에게서 약간 등을 돌렸다. 아직 헨트옌 씨의 생각에서 맴돌고 있던 에슈는 이제 그녀가 필경 아주 불행했으리라고 확신했다. 그의 표정이 침통해졌다. 틀림없이 그녀는 지팡이로 얻어맞으며 결혼을 강요당했을 수도 있다. 그래서 그는 악의에서 그런 말을 한 것이 아니었다고 말했다. 울고 있거나 불행하게 보이는 여자들을 육체의 애무로 위로하곤 하던 버릇대로 그는 그녀의 손을 잡고 어루만졌다. 기이한 정적이 자연에 깃들어 있어서였을까, 그녀가 지쳐 있어서였을까, 그녀는 저항하지 않았다. 그녀가 자기 의견을 말했다. 그러나 마지막 말은 이미 찢긴 깃털처럼 그녀의 입 속에서 흩어져 사라졌다. 그리하여 그녀 자신도 자기 말을 거의 의식하지 못했고 반감이나 구토감을 느낄 수 없을 정도로 완전히 허탈해졌다. 그녀는 펼쳐져 있는 계곡을 보았으나 본 것이 아니었다. 자신이 어디 있는지도 알지 못했다. 그녀가 카운터와 낯익은 거리 사이에서 살아온 오랫동안의 기계적인 세월이 작은 점으로 응축해 들었다. 마치 거의 언제나 이 낯선 지점에 앉아 있었던 것 같았다. 세상이 너무 낯설어 이해하기가 불가능했다. 그녀를 세상과 연결시켜 주는 것은 가시투성이 잎들이 달린 가느다란 나뭇가지 이외엔 아무것도 없었다. 그것은 벤치의 등받이 위로 늘어져 있었고, 그녀의 왼쪽 손가락이 그것을 이리저리 만지작거렸다. 에슈는 그녀에게 입을 맞추어야 하는지 자문했다. 그러나 욕망을 느끼지 않았다. 이것 역시 에슈는 착하지 못한 것으로 여겨졌다.

그렇게 말 없이 그들은 앉아 있었다. 태양이 서쪽으로 기울며 그들의 얼굴에 햇살을 비추었다. 그러나 헨트옌 어머니는 열기도, 긴장되고 붉어진 먼지 낀 피부가 그을리는 것도 느끼지 않았다. 마치 꿈결 같은 반(半)의식적인 상태가 에슈에게도 건너가 그를 얼싸안은 것 같았다. 계곡의 산 그림자가 넓어지고 길어져 서늘한 유혹으로 눈앞에 펼쳐 있는데도 지금의 위치를 바꾸기가 두려웠기 때문이다. 그러나 결국 그는 약간 망설이며 옆에 놓인 커다란 은시계가 들어 있는 조끼를 집어 들었다. 기차를 탈 시간이었다. 이제 의지를 상실한 여인은 그의 요구에 순종했다. 언덕을 내려가면서 그녀가 그의 팔에 무겁게 의지했다. 그는 가느다란 장밋빛 양산을 어깨에 걸쳤다. 조끼와 저고리가 거기서 달랑거렸다. 그는 그녀의 걸음을 가볍게 하기 위해 높이 채워진 그녀 옷의 단추를 두 개 열어 주었다. 헨트옌 어머니는 그가 하는 대로 가만히 있었고 또한 산책하는 사람이 마주 왔을 때에도 그를 밀쳐 내지 않았다. 그녀는 그들을 보고 있지 않았다. 그녀의 갈색 비단옷이 지방 도로의 먼지 속에서 질질 끌렸다. 에슈는 역에서 그녀를 벤치 위에 앉혀 두고 갈증을 진정시키고자 그녀를 떠났다. 그녀는 희망도 도움도 없이 그 자리에 앉아서 그가 돌아오기를 기다렸다. 그가 그녀에게 맥주 한 잔을 가져왔고 그녀는 그의 요구대로 그것을 마셨다. 삼등 열차의 어두운 칸막이에서 그는 그녀의 머리를 자기 어깨 위에 올려놓았다. 그는 그녀가 잠을 자는지 안 자는지 알지 못했고 그녀 자신도 그것을 알 수 없었다. 그녀의 머리가 어색하게 그의 딱딱한 어깨 위에서 이리저리 뒹굴었다. 그녀를 끌어당기려는 그의 시도에 고래뼈로 만든 틀[21] 속에 든 그녀의 넓은 몸이 뻣뻣하게 저항했고 흔들거리는 머리 위의 모자 핀이 그의 얼굴을 위협했다. 그가 단호하게 그녀의 모자를 뒤로 밀어 버리자 그와 함께 머리 모양이 뒤로 무너지면서 그녀를 술에 취한 사람처럼 보이게 했다. 그녀의 비단옷에선 먼지 냄새가 났고 열기가 뿜어 나왔다. 단지 아주 이따금씩 아직 주름에 남아 있던 라벤더 향수 냄새가 풍겼다. 그다음 그는 자기 입술 옆을 미끄러져 지나가는 그녀의 뺨에 입술을 대었다. 그리고 마침내 그는 둥글고 무거운 머리를 손으로 잡고 자기에게로 돌렸다. 그녀가 건조하고 두툼한 입술로 입맞춤에 응수했다. 마치 유리창에 긴 주둥이를 누르는 짐승처럼.

그들이 집의 현관에 서 있을 때에야 비로소 그녀는 다시 자신의 세계로 돌아왔다. 그녀는 에슈의 가슴을 밀어냈고 여전히 불안한 걸음걸이로 카운터 뒤에 있는 자기 자리로 갔다. 거기서 그녀는 몸을 앉히고 안개 속에서처럼 자기 앞에 놓여 있는 식당을 쳐다보았다. 이윽고 첫 번째 테이블에 브로베크가 앉아 있음을 알아차리고 말했다. 「안녕하세요, 브로베크 씨.」 그러나 그녀는 에슈가 그녀를 따라 식당 안으로 들어온 것도 보지 못했고 그가 마지막까지 식당에 앉아 있던

21 코르셋을 말함.

사람 중의 하나임도 알아차리지 못했다. 그가 그녀에게 작별 인사를 하자 그녀는 무관심하게 말했다. 「안녕히 가세요, 신사분들.」 그런데도 에슈는 술집에서 나오면서 이상스럽고 거의 자랑스러운 기분이 들었다. 헨트옌 어머니의 애인이라는 기분이.

◆

만약 한 남자가 한 여자에게 입을 맞춘 일이 있다면 그 밖의 모든 결과는 불가피하고 불변적인 것이다. 사람은 그것을 촉진시킬 수도 지연시킬 수도 있지만 자연법을 무시할 수는 없는 일이다. 에슈는 그것을 잘 알고 있었다. 그럼에도 불구하고 그는 헨트옌 어머니와의 관계에서 어떤 진전이 있어야 하는지 상상할 수 없었다. 그랬기 때문에 그는 텔처가 다음 날 오후 식당에 따라온 것이 마음이 편했다. 그렇게 함으로써 헨트옌 어머니를 다시 만나는 일이 쉬워졌다고나 할까, 어쨌든 더 간단했다.

텔처는 새로운 착상을 해냈다. 흑인 여자를 찾아내게 되면 마지막 회전이 특히 매력적인 것이 될 겁니다. 그는 그녀를 〈아프리카의 검은 별〉이라고 부르려 한다고 말했다. 독일 여자와 막상막하의 2회전을 치른 다음 결국 그 검은 별이 지는 거지요. 에슈는 텔처가 그와 같은 아프리카 계획을 헨트옌 어머니 앞에서 떠벌릴까 봐 조금 염려되었다. 그의 염려는 어긋나지 않았다. 텔처는 들어서면서 즉시 그의 새로운 착상을 펼쳐 놓았다. 「헨트옌 부인, 우리의 에슈가 흑인 여자를 찾아준답니다.」 그녀는 바로 알아듣지 못했다. 에슈가 어디서 흑인 여자를 구해야 할지 모르겠노라고 사실대로 말했을 때에도 이해하지 못했다. 이해하기는커녕 헨트옌 어머니는 귀를 기울이려고조차 하지 않았고 거세고 신랄한 무장을 했다. 「여자가 하나 더 많건 적건, 저 사람에겐 별 차이가 없을걸요.」 텔처가 흥분하여 그의 무릎을 탁탁 쳤다. 「물론 여자들이 그런 식으로 날아드는 사내, 그런 사내와는 아무도 대적할 수 없습지요.」 에슈는 헨트옌 씨의 초상에 시선을 주었다. 저기 그와 대적했던 사내가 있었다. 「그럼요, 에슈는 그런 남자랍니다.」 텔처가 반복했다. 헨트옌 부인에겐 그 사실이 그가 나쁘다는 견해를 증명하는 것이었으므로 그녀는 텔처에게서 동지를 찾았다. 그녀는 에슈의 빳빳하고 짧은 머리털을 바라보았다. 그 검은 솔 같은 머리털 아래에서 피부가 누렇게 빛나고 있었다. 그녀는 오늘 동지가 필요함을 느꼈다. 그녀는 에슈에게서 등을 돌리고 텔처를 칭찬했다. 조금이라도 자신을 가치 있게 여기는 남자라면 그런 여자들의 이야기를 조금도 알고 싶어 하지 않을 건 너무나 자명하지요. 그런 일은 에슈 씨 같은 분에게 위임하는 편이 좋을 겁니다. 에슈가 흥분하여 말했다. 그런 일은 많은 사람들이 서로 차지해 보려고 다투겠지만 실행할 수 있는 사람은 많지 않지요. 그러면서 그는 일로나를 지키지 못했던 텔처를 경멸했다. 아, 진정하세요, 그 여자는 누구도 지키지 못할 겁니다. 「자, 에슈 씨」 헨트옌 부인이 말했다. 「어서 가보세요, 흑인 여자가 기다립니다. 빨리 일을 시작하셔야죠.」 네, 그렇게 하리다, 그가 대꾸했다. 그리고 식사를 하자마자 일어서서 좀 어안이 벙벙해 있는 헨트옌 부인을 텔처와 함께 남겨 두고 떠났다.

그는 얼마 동안 어슬렁거리고 돌아다녔다. 할 일이 없었다. 그는 그녀를 혼자 텔처에게 두고 온 것이 화가 났으므로 마침내 충동적으로 되돌아갔다. 텔처를 다시 만나리라고 가정할 수는 없었지만 그것을 확인하고 싶었던 것이다. 식당은 비어 있었고, 부엌에도 아무도 없었다. 그렇지만 그는 헨트옌 부인이 이 시간에 곧잘 자기 방에 있음을 알고 있었다. 돌연 그는 자기가 이곳으로 돌아온 것이 그 때문이기도 함을 깨달았다. 그는 약간 망설였지만 소리를 죽이고 나무 계단을 올라갔다. 그는 노크도 하지 않고 대뜸 들어갔다. 헨트옌 어머니가 창가에 앉아 양말을 깁고 있었다. 그녀는 그가 들어온 것을 보고 나지막이 비명을 지르더니 굳어 버렸다. 그는 똑바로 그녀에게로 가서 의자 위에 눌러앉히고 입술 위에 입맞춤을 했다. 그녀는 저항하고 피하면서 이리저리 몸을 뒤척였고 쉰 목소리로 헐떡였다. 「나가요…… 당신이 여기서 찾을 건 없어요.」 그의 난폭한 행동보다 그녀에게 더 고통스러웠던 일은 어떤 체코 여자나 흑인 여자에게서 나왔을 그가 여기 그녀의 방에, 남자가 한 번도 들어온 적이 없는 이 방에 있다는 생각이었다. 그녀는 그 방을 위하여 싸웠다. 그러나 그가 그녀를 세게 붙잡고 있었으므로, 마침내 그녀는 건조하고 두꺼운 입술로 그의 입맞춤에 응수하고 말았다. 어쩌면 그렇게 관대해진 목적은 다만 그를 보내려는 것이었을지도 모른다. 왜냐하면 그러는 동안에도 그녀는 악문 이빨 사이로 자꾸 이렇게 말했기 때문이다. 「당신이 여기서 찾을 건 없어요.」 결국 그녀는 이런 애원밖에 할 수 없었다. 「여기선 안 돼요.」 욕정도 없는 싸움에 지친 에슈는 자신이 존중과 존경을 받을 만한 여자를 앞에 두고 있음을 기억해 냈다. 그녀가 무대를 바꾸기를 원한다면, 그렇게 하지 못할 이유가 있겠는가? 그는 그녀를 놓아주었고 그녀는 그를 문 쪽으로 밀어냈다. 그들이 복도에 나왔을 때 그가 쉰 목소리로 말했다.「어디로 가지요?」 그녀는 그가 이제 가겠다고 말한 것으로 생각했기 때문에 그 말을 이해하지 못했다. 에슈는 그녀의 얼굴에 가까이 대고 다시 한 번 〈어디로?〉라고 물었다. 그녀가 꼼짝도 않고 서서 아무 대답도 하지 않았으므로 그는 그녀를 다시 얼싸안으며 방으로 밀어 넣으려 했다. 그녀는 방을 지키는 것이 유일한 사명임을 느꼈다. 무기력하게 그녀는 주위를 둘러보았고 좋은 방으로 향하는 문을 보았다. 갑자기 그녀는 그 방의 고상함으로 인해 그가 이성과 예의를 되찾을지도 모른다는 희망이 생겼기 때문에, 눈으로 그곳을 가리켰다. 그는 길을 비켰으나 마치 포로를 이끌듯 손을 그녀의 어깨 위에 얹고 그녀를 따라갔다.

방으로 들어가면서 그녀가 불안스럽게 말했다.「자, 이제 이성을 찾으셨겠지요, 에슈 씨.」 방이 덧문 때문에 어두웠다. 그녀가 덧문을 열기 위해 창문으로 가려 했다. 그러나 그가 그녀를 뒤에서 껴안았기 때문에 헨트옌 부인은 그 자리에서 움직일 수 없었다. 그녀가 몸을 빼내려고 하는 바람에 그들은 약간 비틀거리며 호두 속으로 빠져들어갔고 하마터면 넘어질 뻔했다. 호두들이 그들의 신발 아래에서 산산이 부서졌다. 헨트옌 부인은 그 저장물을 아끼기 위하여 작은 침실 쪽으로 물러섰다. 그녀가 그렇게 한 것은 확고한 발판 위에 발을 디디고 서려는 것이었다. 그러나 그때 그녀의 의식은 순간 몽유병자 같았다. 그를 이리로 유혹한 것은 그녀 자신이 아니었을까? 그런 생각이 그녀를 더욱 격분케 했으므로 그녀는 쇳소리를 냈다. 「그 흑인 여자한테나 가봐요…… 당신은 날 당신 부인 다루듯이 해선 안 돼요.」 그녀는 작은 침실의 구석에 박혀 있었지만 커튼을 재빨리 붙잡았다. 그리고 커튼 기둥에 붙어 있던 나무 고리가 가볍게 딸그락거리자 좋은 커튼을 망치겠다는 불안감이 들어 그것을 놓았다. 그리하여 그녀는 이제 어두운 골방 속의 부부 침대로 몰려갈 수가 있었다. 여전히 그녀의 뒤에 있는 그가 그녀의 자유로워진 손을 자신이 있는 뒤쪽으로 잡아당겼다. 그래서 그녀는 그에게 성적인 흥분을 느끼지 않을 수 없었다. 그 때문이었을까, 아니면 부부의 침대를 보자 방어할 수 없이 굳어졌기 때문이었을까, 그녀는 그의 헐떡이는 공격 속에서 맥이 풀어졌다. 그리고 그가 참을성 없이 그녀의 옷을 잡아당겼기 때문에, 그녀는 자진해서 형리를 도와주는 죄인처럼 그가 하지 못하는 일을 스스로 도와주었다. 그러자 모든 일이 너무 순조롭게 되어 간다는 것, 침대 위로 넘어진 헨트엔 어머니가 그를 받아들이기 위해 사무적으로 등을 대고 누워 있다는 것이 그를 거의 무섭게 했다. 그를 더욱 깊이 무섭게 했던 것은 그녀가 꼼짝도 않고 굳어진 채, 마치 오래된 의무를 따르듯이, 단지 오래되고 익숙한 의무를 이행하듯이, 소리도 욕정도 없이 되는 대로 몸을 내맡겨 두고 있는 것이었다. 오직 그녀의 둥근 머리만이 끊임없이 아니라고 말하는 것처럼 침대보 위에서 이리저리 뒹굴었다. 그는 그녀의 열린 육체의 체온을 느끼면서 자기의 욕정을 과장했다. 그는 그녀의 욕정을 일깨워 그것을 정복하려고 했던 것이다. 그는 두 손으로 그녀의 머리를 잡았다. 흡사 그 안에 응고되어 있지만 그의 것은 아닌 어떤 생각을 쥐어짜 내리는 양 그녀의 머리를 움켜쥐었다. 그의 입술이 살진 뺨과 이마 아래의 아름답지 못한, 무거운 평면을 따라갔다. 그 둔감하고 움직임 없는 평면은 마치 마르틴의 희생에도 불구하고 구원받지 못한 채 남아 있는 무리들처럼 움직임 없고 둔감했다. 어쩌면 일로나는 비대한 코른의 덩치를 그렇게 느꼈을지도 모른다. 일순간 그가 그녀에게 같은 행동을 한다는 것, 그것이 정당한 행동이라는 것, 그녀를 위해서도 구원을 위해서도 정의로운 일이라는 것, 그런 것들이 그를 행복하게 했다. 오, 자신을 말살시키기 위하여, 영원히 고독해지기 위하여, 누구나 지니고 있고 누구나 집적시켜 두었던 온갖 부정(不正)과 함께 자신을 스스로 무화시키기 위하여, 그럼에도 불구하고 또한 누구나 갈망하는 입술을 지닌 여인을 없애 버리기 위하여, 그녀의 것이기도 했던 시간, 노쇠한 뺨에 침전되어 있는 시간을 지워 버리기 위하여, 그 시간 속에 살아왔던 여인을 부정하기 위하여, 굳어진 채 억지로 그와 하나가 되어 있는 그녀를 시간을 초월하여 새로이 소생시키기 위하여! 이제 그녀의 입술은 그의 갈구하는 입술에 눌려 유리창에 눌린 짐승의 주둥이 같았다. 에슈는 그녀가 그녀의 영혼을 그의 소유가 되지 않도록 악물 이빨로 붙들어 두고 있는 데 화가 잔뜩 났다. 이윽고 그녀가 거칠게 씩씩거리며 입술을 열자 그는 어떤 여인에게도 체험하지 못했던 희열을 느꼈고 그녀를 소유하기를 열망하며 한없이 그녀에게로 흘러 들어갔다. 그녀는 이제 그녀가 아니었다. 그녀는 다시 받은 선물, 낯선 사람에게서 빼앗아 온 어머니 같은 생명이었다. 경계가 깨진 자아를 지우며, 자유 속으로 사라져 잠수해 버린 생명. 선과 정의를 원하는 사람은 절대성을 원한다. 따라서 에슈는 처음으로 깨달았다. 욕정이 중요한 게 아니라 우연적이고 슬픈, 그렇다, 초라하다고까지 할 수 있는 동기를 넘어선 합일이, 시간 자체를 초월한, 시간을 지양하는 합일된 소멸이 중요하다는 것, 그리고 사람의 재탄생은 우주처럼 고요하다는 것, 그럼에도 불구하고 그 우주는 그의 황홀한 의지가 그것을 정복하지 않을 수 없을 때 작아지며 그에게 감싸 안긴다는 것, 그리하여 그가 받게 되는 것, 그 사람만이 가질 수 있는 것, 그것은 구원이라는 것을.

◆

헨트옌 어머니의 애인이라는 것이 무슨 의미가 있단 말인가! 인생의 중심은 어떤 여인의 존재 속에 있다고 말하는 많은 남자들이 있다. 에슈는 일찍이 그런 편견에서 해방되는 법을 알고 있었다. 그는 그런 사람이 아니었다. 설령 헨트옌 부인이 가끔 그의 생각 속으로 이상하게 밀고 들어왔을지라도, 그는 그런 사람이 아니었다. 그의 삶에는 보다 크고 높은 목표가 있었다.

노이마르크트 근처의 서점 앞에서 그는 멈추어 섰다. 그의 시선이 초록빛 리넨 위에 박힌 금빛 자유의 여신상 그림에 닿았다. 그 아래의 제목은 〈미국, 그 현재와 미래〉였다. 그는 살아가면서 많은 책을 사는 사람이 아니었다. 자기가 그리로 들어가는 데 그도 놀랐다. 매끄러운 카운터가 있고 사각형 책이 질서정연하게 꽂혀 있는 서점은 아득히 먼 곳에 있는 담배 가게를 연상시켰다. 그는 이야기를 나누고 싶어 좀 오래 머무르려 했지만 아무도 그를 주목하지 않았으므로 책값을 계산하고 꾸러미를 받았다. 그는 그걸 어떻게 해야 할지 알 수 없었다. 헨트옌 부인에게 선물할까? 그것이 그녀의 관심을 조금도 일으키지 않을 것임은 분명했다. 그런데도 설명할 수는 없지만 책을 산 것은 그녀와 관계가 있었다. 그는 결정을 내리지 못하고 다시 한 번 진열대 앞에 멈추어 섰다. 유리창 뒤의 끈에 알록달록한 외국어 교본 책자들이 매달려 있었다. 그 표지에 해당 국가의 국기가 학습 의욕을 고무하려는 듯이 유쾌하게 나부끼고 있었다. 에슈는 식당으로 점심을 먹으러 갔다.

　부적당한 선물을 들고 나타나는 건 어색한 일이므로 에슈는 그의 책을 창가로 들고 갔다. 여기서 그는 식사 후 언제나 신문을 읽곤 했으니 책을 들고 앉아 있지 못할 이유 또한 없었다. 오래 지나지 않아 빈 객실 너머로 헨트옌 어머니가 그를 불렀다. 「아니, 에슈 씨, 대낮에 책을 읽다니 시간이 있으신 게로군요.」──「그래요.」 그가 기뻐서 마주 외쳤다. 「책을 보여 줄까요.」 그는 일어서서 카운터로 책을 가져갔다. 「무슨 책이에요.」 그녀가 말했고 에슈가 책을 내밀었다. 그는 그녀가 구경해도 좋다는 고갯짓을 했다. 그녀는 잠시 뒤적거리다가 그림 몇 개를 보며 〈아주 좋군요〉라고 말하더니 금방 돌려주었다. 에슈는 실망했다. 그녀가 조금도 흥미 없어 하리라고 생각은 했었다. 저런 여자가 보다 크고 높은 목표를 뭐 알겠는가! 그런데도 그는 무슨 말이 이어지기를 기다리고 서 있었다. 그러나 다음에 따른 것은 헨트옌 어머니의 이런 말뿐이었다. 「오후 내내 그 자료들 들고 저기 앉아 있을 생각이겠지요.」 에슈가 대답했다. 「그럴 생각은 조금도 없습니다.」 기분이 상한 그는 책을 그냥 집으로 가져가 혼자 읽기로 했다. 그는 혼자 이민을 가겠다고 계획했다. 그러면서도 그는 미국에 대한 책을 열심히 읽는 것은 자기를 위해서만이 아니라 헨트옌 어머니를 위해서이기도 하다는 가정을 자꾸만 다시 했다.

매일 그는 조금씩 읽었다. 처음엔 그림만 구경했다. 이제 그가 미국을 생각해 볼 때면 그곳의 나무는 초록빛이 아니며 초원도 다채롭지 않고 하늘도 푸른색이 아닌 듯이 여겨졌다. 아니 그곳의 생은 모두 반짝이는 우아한 회갈색 사진의 그림자 속에서, 혹은 섬세하게 선으로 그려진 펜 자국의 날카로운 윤곽 속에서 발생하는 것 같았다. 나중에 그는 문장에 몰두했다. 많은 통계 숫자가 그를 지루하게 했지만 그중 상당 분량을 기억하기에 이르렀다. 그는 미국의 경찰 제도와 사법 제도에 많은 흥미를 느꼈다. 책의 주장에 의하면 그 제도들은 민주주의적 자유에 봉사하면서 수립된 것이었고, 그래서 책을 읽을 줄 아는 이라면 누구나 그곳에선 어떤 절름발이라도 패륜적인 선박업자의 명령으로 구금되는 법이 없음을 이해할 수 있었다. 에슈는 책을 뒤적였다. 기이하게도 뉴욕 부두 앞에 있는 거대한 여객선의 사진이 갈색 비단옷을 입고 가느다란 장밋빛 양산을 두 손 사이에 든 헨트옌 어머니가 난간에 기대 있는 모습을 보여 주었다. 그녀의 시선은 도착하고 있는 혼잡한 무리들에 향해 있었고 목발을 든 마르틴이 상자 위에 앉아 있었다. 사방에는 영어로 지껄이는 소리가 가득했다.

그렇듯 철저한 사람이니만치 에슈는 잠시 망설인 다음 서점을 다시 방문하기로 결심했다. 서점의 시설이 고향에 온 느낌을 주었다. 그는 새로 돈이 드는 것을 고려하지 않고 유쾌한 유니언 잭[22]이 유혹하는 영어 교습서를 구입하여 즉시 영어 단어를 공부하기 시작했다. 모든 낱말 뒤에 〈자유〉라는 단어가 비단처럼 빛나는 사진의 우아한 회갈색 색조로 깃들어 있어, 마치 그 단어와 더불어 존재했던 모든 것, 옛날 언어로 표현되었던 모든 것이 망각 속으로 용해되고 구원되는 것 같았다. 그는 결정했다. 그들까지도 서로 영어를 사용하게 되리라고, 헨트옌 어머니가 그 목적을 위하여 영어를 배워야 한다고. 그러나 그는 건전하게도 모든 몽상적인 것을 경멸하는 사람이었으므로 그것을 공허한 희망에 그치도록 내버려 두지 않았다. 그의 이익 배당은 증대되었다. 비록 최근에 레슬링 경기에 가보는 것을 조금 등한시하긴 했지만 어쨌든 사업에서 200마르크의 잔액이 남아 있었으며, 그는 그 돈을 이제 여행비의 기금으로 정했다. 그것을 가지고 무엇이든 할 수 있었다. 감옥에서 도망갈 수도, 새로운 생을 시작할 수도 있었다. 이제 그에겐 자주 돔 사원에 가보고 싶은 충동이 일었다. 계단으로부터 돔 광장을 바라보고 있을 때 영어를 지껄이는 사람들이 나타나면 그는 마치 이마를 스치는 자유의 입김을 맞으려는 듯 미적지근한 여름 바람 속에서 모자를 벗

22 영국 국기를 말함.

었다. 퀼른의 거리 자체가 거의 순결하다고 할 수 있는, 다른 면모를 얻고 있었다. 에슈는 호의를 품고, 약간 고소한 기쁨을 느끼며 그 거리를 바라보았다. 사람은 저 커다란 대양 저편에 가보고 나서야 비로소 이곳이 다르게 보이는 것이다. 그리고 이곳으로 다시 돌아오게 된다면 영어로 말하는 안내원이 돔을 안내할 것이다.

공연이 끝난 후 그는 텔처를 기다렸다. 그들은 밤을 가르며 미지근한 빗살이 섞인 공기 속을 걸었다. 에슈가 멈추어 섰다. 「그런데, 텔처, 당신은 늘 미국에서의 활동에 대해 자랑을 해왔지요. 이제 그걸 진지하게 생각해 봐야 할 것 같습니다.」 텔처는 그 굉장했던 운에 대한 대화를 사랑했다. 「내가 원한다면 거기선 원하는 대로 계약을 할 수 있습니다.」 에슈는 거부했다. 「그 칼 던지기 말이지요…… 글쎄…… 거기서 레슬링 경기 같은 것을 할 수 있다고 생각진 않습니까?」 텔처가 경멸하는 웃음을 지었다. 「우리 여자들하고 같이 건너가려는 생각이십니까?」 ―「안 될 게 뭐 있겠습니까?」―「얼간이 같은 소리, 에슈, 그런 것들하고 건너간다고요! 어쨌든…… 거기선 진짜 스포츠를 기대합니다. 한데 우리 여자들이 하는 경기란…….」 그가 다시 웃었다. 에슈가 제안했다. 「일부를 뽑아 선별해야겠지요.」 ―「말도 안 되는 소리, 그곳 사람들이 우리를 기다려 준답디까.」 텔처가 말했다. 「그리고 여기 어디서 그렇게 훈련받은 여자들을 모아 보나요…….」 텔처가 숙고했다. 「그 암소들이 좀 볼 만해지면 뭘 해볼 수는 있겠지요. 물론 멕시코나 남아메리카에서만 가능하지만.」 에슈는 이해할 수 없었고, 텔처는 그런 우둔함에 화를 냈다. 「그 말이 아니오, 거긴 여자들이 궁하니…… 레슬링이 잘 안 되면 아무튼 암소들이 우리 속에 갖추어져 있겠다, 그러면 여행 비용과 구전이 주머니에 있는 겁니다.」 그 말은 이해되었다. 하긴 남미나 멕시코가 안 될 이유가 뭔가. 그래서 에슈의 머릿속에 있던 회갈색 사진들의 그림은 찬란한 남쪽 나라들로 바뀌었다. 그래, 그건 믿을 만하다. 텔처가 말했다. 「이번엔 일을 상당히 잘 처리했습니다, 에슈. 우리 서커스를 새로 조직할 생각을 해봅시다. 좀 그럴듯한 여자들로 말입니다. 저쪽에서의 우리 일을 잘 중개해 줄 사람들을 몇 알고 있습니다. 그다음 짐을 모조리 끌고 떠나는 겁니다.」 에슈는 이 일이 빌어먹게도 여자 매매처럼 보임을 알았다. 그러나 그는 그것을 알 필요가 없었다. 레슬링 경기는 합법적인 사업이었으니까. 약간 수상쩍은 일로 보인다 해도 그게 어쨌단 말인가. 이번 일로 죄 없는 사람을 가두는 경찰과 대차를 맞추는 셈인데. 자유를 위해 봉사하고 선박 회사에서 돈을 받아먹지 않는 경찰이라면 그런 식의 착오 정정을 기대할 필요가 없는 것이다. 물론 여자 매매는 좋은 일이 아니다. 그러나 결국 헨트옌 어머니도 자기 신념과는 달리 술집을 경영하지 않는가. 로베르크도 자기의 일을 좋아하지 않는다. 또한 텔처가 여기서 칼을 던지게 하는 것보다는 서커스와 함께 미국으로 보내는 편이 훨씬 낫다. 그들은 밤비 속에서 이리저리 무료하게 순찰을 돌고 있는 경찰관을 지나쳤다. 에슈는 그 경관에게 그런 일을 해야 하더라도 한탄해서는 안 된다고 단언해 주고 싶었다. 조만간 그가 경찰에게 저들의 넨트비히를 보내 줄 테니까! 에슈 같은 사람은 파트너가 돼지 같은 작자라 하더라도 질서와 의무를 지킨다. 「돼지 같은 경찰.」 그가 으르렁 거렸다. 촉촉이 젖어 있는 아스팔트가 누런 램프의 불빛 속에서 사진 종이처럼 검은 갈색으로 빛났다. 에슈는 자유의 여신상을 떠올렸다. 여신의 횃불이 이쪽에 남아 있는 모든 것을 태워서 구원하고, 모든 과거의 것, 죽어 버린 것을 불길에 내맡기고 있었다. 이것이 설령 살인이라 해도 경찰은 손을 뻗쳐서는 안 된다. 바로 구원을 위하여. 그의 결단은 내려졌다. 텔처가 작별 인사를 하려고 그를 불렀다. 「잊지 마십시오. 저쪽에선 언제나 금발, 금발을 찾습니다.」 그때 그는 금발 여자를 찾아 데려가리라 확정했다. 우선 그는 오래된 계산을 잘 처리해야 한다. 그다음 그들은 온통 금발인 화물들과 함께 떠나 버릴 것이다. 대양 여객선의 드높은 갑판으로부터 더 작은 배들의 무리를 내려다보리라. 아마도 배 위의 금발 아가씨들이 노래를 부르기 시작할 것이고, 그것은 합창이 될 것이다. 돛을 활짝 펴고 배가 해변을 지날 때면 일로나가 해변에서 산책을 하며 손짓을 보내리라. 그녀 자신도 금발이지만 위험을 피한 것이다. 그리고 수면이 점점 더 넓어지리라.

◆

진정코 그는 자기 연인이 자기와 동등한 파트너임을 인정해야 했다. 사랑을 마무리지었다고는 해도 헨트엔 어머니는 그것에 대해 조금도 알고자 하지 않았다. 그 점에서 그녀는 그와 비슷했다. 그녀의 마음이 움직인 것도 역시 다른 동기에서였다. 즉 그녀에겐 사랑이란 거의 입 밖에 내어 이름 부를 수 없을 정도로 깊은 비밀과 같은 것이었다. 그녀는 일단 소유하게 된 애인이 잠시 눈을 붙이는 시간인 오후나 마지막 손님이 가버린 밤에 자기에게 기어 들어오는 것을 그만두게 할 수는 없었지만, 언제나 다시 애인의 존재를 잊어버렸고, 그가 접근할 때면 언제나 새로이 놀라며 굳어졌다. 그 놀라움은 어두컴컴한 방과 골방이 그들을 받아들일 때에야 비로소 서서히 풀리는 것이었다. 그다음 그것은 무책임한 고독감으로 변했다. 그녀가 누워서 천장을 쳐다보고 있는 골방 침실이 둥둥 떠오르기 시작하여, 곧 그것은 이제 친숙한 집의 일부가 아니라 어둠과 무한의 어디엔가 자유로이 부유하는 마차처럼 느껴졌다. 그러고 나서야 그녀는 옆에 누가 있고 그가 그녀를 요구하고 있음을 깨달았다. 그는 이제 에슈가 아니었다. 그녀가 알고 있는 누구도 아니었다. 그는 기이하고도 폭력적으로 그러한 고독 속으로 밀고 들어온 존재였다. 그러나 그의 폭력 행위를 질책할 수는 없었다. 왜냐하면 그 존재가 바로 고독의 한 조각이었기 때문이다. 고독과 더불어 비로소 한 존재가, 옆에 머무르며, 위협하며, 갈망하며, 그의 폭력 행위를 누그러뜨려 달라고 요구하고 있음을 알았다. 그렇기에 사람은 그와 놀이를, 그가 요구하는 놀이를 해야 했다. 비록 그 놀이가 억지로 강요된 것이긴 하지만, 고독이 놀이를 에워싸고 있고 신조차도 그 앞에서 눈을 감아 주기 때문에, 그것은 이상하게도 허락되는 놀이였다. 그러나 그녀가 자리를 나누어 준 사람은 그런 고독감을 거의 예측하지 못한다. 그리고 그녀는 그가 고독을 파괴하지 않도록 엄중한 경계를 한다. 깊은 침묵이 그를 감싼다. 그녀는 이 침묵을 다치지 않는다. 그가 이 완고한 침묵을 수줍음이나 둔 감함으로 여겨도 좋다. 침묵 속에서 수치가 파괴된다. 수치감은 말 속에서 생기는 것이다. 그녀가 체험하는 것은 쾌락이 아니라 수치로부터의 해방이다. 영원히 혼자인 것처럼 그녀의 주위는 고독하다. 그녀는 이제 육체의 근육 한 오라기도 부끄럽지 않다. 그는 이런 침묵을 이해하지 못한다. 하지만 그는 짐승 같은 부동 자세에서 제공되고 요구되는, 수치 없는 침묵에 굴복해 있다. 그녀는 신음 소리도 발하지 않는다. 그의 내부에 있는 모든 것이 고통스럽게 기다리고 기대한다. 이 침묵이 마침내 자유롭고 거친 쾌락의 외침으로 변하기를. 물론 너무도 자주 기다리지만 그의 기다림은 헛되다. 그다음 그는 움직이지 않는 살진 어깨 옆에서 자라고 그를 초대할 때 그녀가 보여 주는 달래는 듯한 몸짓을 증오한다. 그렇지만 그녀는 매번 애인을 강인하고 거세게 보내 버린다. 마치 그녀가 그를, 그가 알고 있는 비밀을 돌연 부정하려는 듯이, 그녀는 그를 문 쪽으로 밀어 버린다. 그가 계단을 미끄러져 내려갈 때면 그는 그녀의 적의를 등에 느낀다. 그때 그는 자기가 아주 낯선 곳에 있었음을 짐작한다. 그럼에도 불구하고 그 인식은 고통스럽게 증대하는 욕망과 함께 다시금 새로이 그녀에게로 돌아가지 않을 수 없도록 강요한다. 희열 속에 잠기는 것, 말도 이름도 없이 정사의 몰염치 속으로 사라지는 것, 그것이 제어할 수 없이 욕망을 일깨우기 때문이다. 여인으로 하여금 그를 인식시키려는 욕망, 현재가 그녀 속에서 횃불처럼 타오르며 다른 모든 것을 태워 버리기를, 그리하여 밝게 타오르는 화염 속에서 그녀가 그를 알아보고, 모두를 둘러싼 밤 같은 침묵 속에서 거칠게 소리를 발하며, 유일한 사람인 그에게, 그녀의 어린아이에게 하듯이, 친밀한 호칭으로 부르지 않을 수 없게 하고픈 욕망. 그는 이제 알지 못한다. 그녀가 어떤 모습인지를. 그녀는 미추노소(美醜老少)를 넘어서 존재한다. 그에게 있어 그녀는 단지 그녀를 정복하여 구원하라는 침묵하는 사명일 뿐이다.

그는 많은 관계에서도 다른 것을 원할 수 없었다. 심지어 그는 자기가 따라가고 있는 길이 고압적인 사랑, 이를테면 보통 정도를 넘는 사랑임을 인정하지 않을 수 없었다. 그렇기는 해도 에슈는 매번 새로이 기분이 상했다. 왜냐하면 그가 식당에 들어가면 헨트옌 어머니는 손님이 눈치 챌까 봐 잔뜩 불안해하며 그에게 거의 주의를 보내지 않음으로써 그녀의 의도와는 달리 바로 눈에 띄었기 때문이다. 그가 그 이상의 센세이션이나 소문을 피하려고 하지 않았더라면, 그리고 값싸고 풍부한 점심 식사가 문제되지 않았더라면, 그는 당장 떠나 버렸을 것이다. 그래서 그는 양보하려고 노력했고, 방문에서도 적당한 정도를 찾으려고 애썼다. 그러나 잘 되지 않았다. 그는 헨트옌 어머니에게 합당하게 해줄 수가 없었다. 그가 식당에 나타나면 그녀는 무뚝뚝하게 상을 찌푸리고 그가 사라져 버리길 바라고 있음을 보였다. 그리고 그가 오지 않으면 혹시 흑인 여자와 함께 집에 처박혀 있었느냐고 쉿소리를 내며 독살스럽게 물었던 것이다.

◆

텔처의 의견은 게르네르트가 상당한 인물이기 때문에 남

미의 계획에 참여할 것을 권해 보아야 한다는 것이었다. 그렇게 함으로써, 에슈의 눈에는 그 계획에 어떤 견실성이 부여될 것처럼 보였다. 그러나 게르네르트는 가족을 빌미로 거절했다. 그는 가을에, 새로운 임대를 시작하자마자, 그들을 데려오고 싶다고 말했다. 그리하여 그의 유일한 동지로 남은 사람은 허풍쟁이 텔처뿐이었다. 물론 그런 사람과 대사를 논할 수는 없었다. 하지만 일이 지체되어서는 안 되었다. 에슈는 즉시 모집을 시작했고, 수출할 수 있는 여자 레슬러들을 찾아보기 시작했다. 아마 이 기회에 지금은 빠져 있는 흑인 여자를 찾을 수도 있으리라. 그것은 물론 특별한 재미가 되리라.

그는 다시 선술집과 창가를 뒤졌다. 그가 바로 거기서 때때로 양심의 가책 같은 것을 느꼈다면, 그것은 단지 헨트옌 부인이 혹 그의 그런 일에 생각이 미치는 경우 그가 그런 일을 사업적인 견지에서 행해야 한다는 것을 믿지 않을 터였기 때문이다. 말하자면 그의 성적 무관심의 증거로서, 조금 불합리하긴 하지만 이를테면 도덕적인 알리바이로서, 그는 이 사업상의 정찰을 동성애자의 술집까지, 이제까지는 거의 소심하게 피해 왔던 장소까지 확대했다. 그런데도 그는 자기를 그곳에 가게끔 충동질한 다른 이유가 있을 것임을 희미하게 느끼고 있었다. 그곳에서 벌어지는 일을 그는 당연히 무관심하게 보아 넘길 수 있었을 것이다. 남자들이 뺨에 뺨을 대고 서로 춤추고 있는 것을 볼 때 그에게 어떤 공포가 엄습하는 것은 정말 웃기는 일이었다. 언제나 그는 그런 추잡한 곳을 처음으로 방문했던 때를 기억해야 했다. 그가 비록 어머니를 거의 알지 못하고 세상에 내팽개쳐진 사내이긴 했지만, 처음으로 코르셋과 질질 끌리는 비단옷을 입고 가성으로 음란한 노래를 부르고 있는 여장 남자의 얼굴을 보았을 때, 그는 그곳에서 도망쳐 어머니에게로 달려가고 싶었다. 그가 그 쓰레기 같은 인간을 지금 다시 보게 되고, 그 비역질하는 자를 보는 순간 그에게 엄습하는 구토를 참는다면, 칠면조 암컷 같은 저 헨트엔 어머니는 그가 이 일에서 어떤 즐거움을 얻는지 이해할 수 있으리라. 누가 알 것인가, 그가 이곳을 어슬렁거리며 잃어버린 순결이라 할지, 그런 것을 찾아야 하느니보다는 그녀에게 도망가고 싶어 한다는 것을. 이런 패거리들 속에서 어떤 선박 회사 사장과 마주칠 수도 있다니 정말 웃기는 일 아닌가. 거리에서 같은 남자를 유혹하는 자식들은 분명 사장을 위한 물건이 아닌 것이다. 어쨌거나 이런 족속들에게선 온갖 것을 각오하고 있어야 한다. 대담한 상황에 있는 인간은 자제를 필요로 하는 법이므로 에슈는 예쁘장한 신사들이 말을 걸어온다 해도 그들의 연지 칠한 주둥이를 내려치진 않는다. 그 반대로 그는 친절한 사람이었으므로 그들에게 달콤한 술을 권하며 그들의 일이 잘되어 가는지를 물어보았고 — 서로 허물없이 되면 — 그들의 수입원에 대하여, 돈을 대주는 숙부가 있는지에 대하여 물어보았다. 왜 이런 잡담에 끼어 있는지 때때로 자신도 의아했지만 베르트란트 사장의 이름이 나오면 귀를 기울였다. 그러노라면 그 고상한 남자의 모습에서 그가 거의 이해할 수 없었던, 그럼에도 불구하고 초등신대라고 생각했던 형상, 섬세한 선으로 윤곽 지어진 형상이 서서히 색채로 충만되어, 기이할 정도로 부드러운 색채를 띠는 동시에 약간 작아지는 것이었다. 이제 그 형상은 더 세밀해지고 더 짙어졌기 때문이다. 그 사람은 모터 요트를 타고 라인 강을 따라 달린단다. 그 배의 선원들은 세상에서 가장 멋지단다. 그 꿈의 배 위에 있는 모든 것은 하얗고 하늘처럼 푸르단다. 언젠가 그가 쾰른에 왔을 때 꼬마 하리가 그의 팔 속에 달려가는 행운을 얻었단다. 그들은 안트베르펜까지 마법의 요트로 달렸었고 오스트엔데에서 신들처럼 살았단다. 하지만 언제나 그가 우리 같은 사람을 상대하는 건 아니다. 그의 성은 바덴바일러의 커다란 공원 지대에 있다. 초원 위에선 노루가 풀을 뜯고 아주 희귀한 꽃들이 향내를 발한다. 그는 거기서 산다. 만약 아주 머나먼 나라에 있지 않을 때면 말이다. 아무도 들어갈 수 없다. 그의 친구는 형언할 수 없이 부자인 영국인과 인도인들이다. 그는 자동차가 있다. 밤에 잠을 자도 될 만큼 큰 자동차다. 그는 황제보다 더 부자이다.

에슈는 자신의 모집 일을 잊어버릴 정도로 하리 쾰러를 찾고 싶은 욕망에 사로잡혀 있었다. 그리고 그를 찾았을 때 그는 심장이 뛰었다. 그는 그 작은 사내가 다름 아닌 남자에게 몸을 파는 녀석임을 알지 못하는 것처럼 존경스러운 태도를 취했다. 그는 그의 증오를 잊고 있었다. 마르틴이 고통받는 것은 이런 사내들이 멋진 생활을 영위할 수 있기 위해서임을 잊고 있었다. 그렇다, 그는 자기가 이 세련되고 유복한 교제에 익숙해 있는 소년에게 그와 유사한 어떤 것도, 레슬링 경기를 제외한 어떤 것도 제공할 수 없다는 데 질투가 일 지경이었다. 그는 하리 씨를 극히 친절하게 레슬링 경기에 초대했다. 그렇지만 그 사람은 감동하기는커녕 다만 역겨운 듯 피하면서 〈체〉 하는 소리를 냈으므로 에슈는 자기의 부적절한 제안을 부끄러워하지 않을 수 없었다. 그러나 그 역시 화가 났으므로 거칠게 말했다. 「그래요, 우린 당신을 요트에 초대할 수 없으니까.」 ─「무슨 말을 하시려는 겁니까?」 좀 의심스러운 듯한, 그러나 아주 부드러운 대답이었다. 뚱뚱한 금발의 음악가, 겉옷 없이 알록달록한 비단 셔츠만 입고 테이블에 앉아 있던 알폰스, 셔츠 밑의 비곗살이 여자의 젖가슴 같은 그가 흰 이빨을 드러내며 웃었다. 「그 사람 말은 맞는 말인데, 하리.」 하리는 모욕당한 표정을 지었다. 「선생, 바라건대 남의 감정을 상하게 할 의도는 아니었겠지요.」 그럴 리가 있습니까? 에슈가 양보했다. 내 말은, 하리 씨가 좀 세련된 것에 익숙해 있는 걸 알기에 유감으로 생각했을 뿐입니다. 하리가 체념한 듯 희미하게 웃으면서 피곤하게 손짓을 했다. 「지난 일이야.」 알폰스가 그의 팔을 쓰다듬었다. 「마음 상해 말게, 꼬마. 너를 위로하려는 사람은 많으니까.」 하리가 머리를 흔들며 다시 부드러운 슬픔에 잠겼다. 「사람은 일생에 한 번밖에 사랑을 할 수가 없어.」 로베르크와 같은 말을 하는군, 에슈가 생각했다. 그래서 그는 말했다. 「그건 정말이오.」 하리는 동의를 얻어 아주 기뻤으므로 에슈를 감사하는 눈으로 쳐다보았다. 하지만 그런 소리를 듣고 싶지 않았던 알폰스는 격분했다. 「하리, 그렇다면 사람들이 너에게 보여준 모든 우정이 네겐 아무것도 아니란 말이야?」 하리는 고개를 저었다. 「그건 자그마한 친밀감이야. 그걸 자네는 우정이라고 하나? 마치 사랑이 너희의 우정이나 그런 친밀감과 무슨 관계라도 있다는 어투군!」──「그래, 꼬마야, 사랑에 대해선 자기 나름의 견해가 있는 법이다.」 알폰스가 상냥하게 말했다. 하리가 어떤 기억을 더듬으며 말했다. 「사랑이란 커다란 낯섦이야. 두 사람이 있어. 그들은 각자 다른 별 위에 있고 둘 중 누구도 다른 사람에 대해선 알 수 없지. 그런데 갑자기 거리도 시간도 없어지며 두 사람이 서로 와락 달려들게 되지. 그러면 그들은 자신에 대해서도 상대에 대해서도 알지 못하게 되는 거야. 알 필요도 없고. 그것이 사랑이야.」 에슈는 바덴바일러를 생각했다. 머나먼 성에 있는 머나먼 사랑. 일로나를 위해 예정된 사랑은 그런 것일지도 모른다. 그러나 그가 그것에 대해 숙고해 보는 동안 돌연 고통스러운 노여움이 그를 스쳤다. 절대로 그는 규명하지 못하리라, 그런 고상한 형식의 사랑이 있었음을, 혹은 다른 종류의 사랑, 헨트옌 부부가 서로 사랑했고 발견했던 형식의 사랑이 있었음을. 하리가 성경을 낭독하듯이 말을 이었다. 「그런 낯섦을 극도로 고양시키고 나서야, 그런 낯섦이 무한에 이르고 나서야, 비로소 꽃피어나리, 도달할 수 없는 사랑의 목적이라 간주해도 좋을 것, 사랑이 이루는 것, 합일의 신비가…… 그래, 그거야.」──「멋지군.」 알폰스가 슬프게 말했다. 하지만 에슈는 그 소년이 그 문제에 대해 보다 지고한 지식을 가지고 있는 듯한 생각이 들었으므로, 그 꼬마가 품고 있는 깨달음이 자신의 물음에 대한 대답도 내포하고 있으리라는 기대가 일었다. 그래서 그의 생각은 하리가 연설한 것과 전혀 일치하지 않았음에도 불구하고 언젠가 로베르크에게 했던 말을 꺼냈다. 「하지만 그렇다면 아무도 다른 사람보다 오래 살아

남아선 안 될 겁니다.」 아직 살고 있는 헨트옌의 미망인이 남편을 사랑할 수 없었으리라는 그의 확신은 한편으로는 기쁘고 한편으로는 씁쓸했다. 알폰스가 에슈에게 소곤거렸다. 「맙소사, 그런 말을 저 꼬마 앞에서 하다니.」 그러나 너무 늦었다. 하리는 놀라서 그를 쳐다보더니 억양 없이, 필요 이상으로 억양 없이 말했다. 「난 살고 있는 게 아닙니다.」 알폰스가 그에게 곱빼기 잔을 내밀었다. 「불쌍한 녀석, 그 사건 이후론 저런 이야기만 하는군…… 그 작자가 그를 완전히 망쳤어.」 그는 현실 속으로 잡아당겨지는 느낌이 들었다. 그는 모르는 척했다. 「누가요?」 알폰스가 어깨를 으쓱했다. 「아 그, 그 위대한 하느님, 그 하얀 천사지…….」 ─ 「입 닥치지 못해, 아니면 눈알을 파버릴 거야.」 하리가 씩씩대었다. 꼬마가 안되었다고 생각한 에슈가 알폰스에게 호통을 쳤다. 「그를 가만두지.」 하리는 갑자기 히스테리컬한 울음을 터뜨렸다. 「난 사는 게 아니야, 사는 게 아냐…….」 에슈는 상당히 당황했다. 그는 우는 여자들에게 곧잘 해주었던 것과 같은 방식을 적용할 수는 없었다. 그래, 그 작자가 이 꼬마의 인생도 파괴했겠다. 그는 하리에게 좀 정다운 행동을 해주고 싶어서 느닷없이 말했다. 「그 베르트란트를 쏘아 죽이자.」 하리가 고함을 쳤다. 「안 돼!」 ─ 「왜 안 돼? 그게 널 기쁘게 할 텐데. 그건 그의 자업자득이야.」 ─ 「너, 너, 그러진 않겠지…….」 꼬마가 광기 어린 눈으로 버럭 소리를 질렀다. 「……그를 해쳐선 안 돼…….」 에슈는 사내가 그렇게 어리석고 자신의 선의를 곡해하는 것에 화가 났다. 「그런 돼지는 찔러 죽여야 해.」 그가 고집했다. 「그는 돼지가 아냐.」 하리가 애원했다. 「그는 이 세상에서 가장 고귀하고, 착하고, 아름다운 사람이야.」 어떤 점에선 하리의 말이 옳았다. 그자에게 아무 짓도 해서는 안 된다. 하마터면 에슈는 약속을 할 뻔했다. 「절망적이군.」 알폰스가 슬픈 듯이 말하며 잔을 비웠다. 하리는 주먹 사이에 얼굴을 박고 목각 인형처럼 고개를 까딱이며 웃기 시작했다. 「그는 돼지야, 돼지라고.」 그다음 그의 웃음은 다시 흐느낌으로 변했다. 알폰스가 자신의 두툼한 비단옷의 가슴으로 그를 끌어들이려고 할 때 에슈는 격투를 막기 위하여 중간에 막아서야 했다. 「우리 가지. 자네 어디서 사나?」 의지를 상실한 꼬마는 순순히 주소를 말했다. 거리에서 에슈는 여자하고 걸을 때처럼 그의 팔을 잡았다. 보호를 주고 보호를 받으며 두 사람은 거의 행복했다. 바람이 소리 없이 라인 강으로부터 불어 올라왔다. 그의 집 문 앞에서 하리가 에슈에게 몸을 바짝 기댔다. 그것은 마치 그의 얼굴에 남자의 키스를 받으려는 듯이 보였다. 에슈는 그를 문 안으로 밀어 넣었다. 그러나 하리가 다시 기어 나오더니 그에게 속삭였다. 「그 사람에게 아무 짓도 하지 마.」 그리고 에슈가 어찌할 겨를도 주지 않고 소년은 그를 껴안고 어색하게 그의 소매에 입을 맞추고는 집 안으로 사라졌다.

◆

레슬링 경기의 방문객이 이상하게 뜸해졌다. 선전에 문제가 있음에 틀림없었다. 에슈는 다른 사람에게 물어보지 않고 단독으로 「폴크스바흐트」지에 경기 광고를 내기로 결정했다. 그렇지만 그가 편집실의 더러워진 하얀 문 앞에 섰을 때,

그는 자신을 이리로 오게 한 것은 어떤 다른 것이었음을 극히 분명히 깨달았다. 이 방문은 그 자체로서는 아주 무의미하고 무목적적인 것이었다. 레슬링 경기란 것도 일로나를 위해서 아무것도 이룬 것이 없었으니, 아무래도 좋았던 것이다. 일로나를 위해서도 무언가 보다 가치 있고 궁극적인 일이 일어나야 했다. 그가 또한 깨달은 바는 「폴크스바흐트」가 어떤 프롤레타리아적인 편견에서 이제까지 그에 대한 보도를 하지 않았다면 앞으로도 그 기사를 싣지 않으리라는 것이었다. 근본적으로 사회주의 신문의 자세는 칭찬할 만했다. 거기선 적어도 좌우가 있어 부르주아와 프롤레타리아의 세계관 사이를 명료히 구별하고 있었다. 사실 그들은 헨트옌 어머니의 주의를 그런 종류의 성격상의 강점에 돌려야 할 것이다. 비록 평범한 사회주의자에 지나지 않지만 자신처럼 레슬링 경기를 혐오하는 이 사람들을 그녀는 결코 얕잡아보지 않을 것이다. 그리고 역시 사회주의자인 마르틴도 그녀가 더 이상 어깨너머로 구경만 해서는 안 되리라. 그는 마르틴을 생각하고 당황했다. 이 아우구스트 에슈가 오늘 여기 이 편집실을 방문했던 목적은 악마나 알고 있으라지! 레슬링 경기 때문에 여기 온 것이 아님은 명백했다. 그는 들어서면서도 그것을 찬찬히 생각했다. 모욕스럽게도 편집장이 그를 기억해 내지 못하는 관계로, 그가 그의 나쁜 기억력을 돕기 위하여 스트라이크 사건을 꺼내야 했을 때, 그때 비로소 에슈는 마르틴의 문제가 중요함을 의식했다. 그는 토로했다. 「중요한 소식이 있습니다.」 ─ 「아, 스트라이크 일이오.」 편집장이 몸짓으로 그 사건을 가볍게 취급해 버리려 했다. 「그건 벌써 지난 일입니다.」 — 「물론.」 에슈는 흥분하여 대답했다. 「하지만 가이링은 아직 감옥에 있습니다.」 — 「그래서요? 그는 3개월 형을 받았습니다.」 — 「무슨 조처가 있어야 합니다.」 에슈는 자기가 의도했던 것보다 더 큰 목소리로 말하고 있음을 깨달았다. 「자, 그렇게 소리를 지르지 마십시오. 내가 그를 가둔 것은 아니지 않습니까.」 에슈는 누그러질 남자가 아니었다. 「무슨 조처가 있어야 합니다.」 그는 난폭하고 참을성 없이 말했다. 「난 당신의 저 깨끗한 베르트란트 씨가 관계하고 있는 인물들을 알고 있습니다…… 그들은 쾰른에 있습니다, 이탈리아에 있는 것이 아니라!」 그는 의기양양하게 덧붙였다. 「그 사람들을 우리는 여러 해 동안 알고 있습니다, 친애하는 친구이며 동지. 그래 그것이 당신이 알려 주러 온 뉴스입니까?」 에슈는 머리를 얻어맞는 것 같았다. 「그렇습니다. 한데 그렇다면 왜 당신들은 아무 노력도 하지 않습니까? 그는 정말 자신을 희생한 사람입니다.」 — 「친애하는 동지.」 편집장이 말했다. 「당신은 좀 소박한 상상을 하고 계신 것 같습니다. 어쨌거나 당신은 우리가 법치국가에 살고 있음을 인정해야 할 겁니다.」 그는 이제 에슈가 물러가기를 기다렸다. 그러나 그가 조금도 움직이지 않았으므로 두 남자는 잠시 서로 마주 보며 앉아 있었다. 그들은 서로 어떻게 해야 할지 모르면서, 서로를 이해하지 못하면서, 상대방의 뻔히 드러나 보이는 보기 싫은 꼴을 보고 있었다. 에슈는 뺨 위로 홍분된 붉은 반점이 나타나며 갈색의 피부 위로 밀려왔다. 편집장은 다시 자신의 밝은 갈색 비로드 상의를 여몄다. 그의 갈색 구레나룻이 매달린 약간 통통한 얼굴이 저고리의 비로드처럼 부드럽고도 억세 보였다. 그런 조화 속에 어린 어떤 교태 같은 것이 에슈에게 남자들의 집에서 보았던 사내들의 치장을 연상시켰다. 그는 공격적이 되었다.「그럼 동성애자, 그자를 당신은 옹호하는 겁니까? 그것 때문에 다른 사람이 감옥에 썩고 있어도 된단 말입니까.」그는 역겨운 듯이 입술을 일그러뜨리며 말같이 억센 이빨을 드러냈다. 편집장은 초조해졌다.「아니, 친애하는 선생, 그것이 당신하고 무슨 상관이 있단 말이지요?」에슈의 얼굴이 붉어졌다.「당신들은 의도적으로 그를 구출할 수 있는 모든 것을 방해하고 있군요…… 그러고도 당신, 당신은 자유를 대표한다고 자처하겠지?」에슈는 웃어 젖혔다.「당신들은 정말 자유를 잘 보관하고 있구려.」정말 바보로군, 편집장은 생각했다. 그래서 그는 조용히 대답했다.「이보십시오, 몇 주, 몇 달을 늦게 가져온 것을 뉴스라고 보도하는 것은 신문의 성질상 불가능한 일입니다. 이를테면……」에슈가 벌떡 일어섰다.「그렇담 내가 꼭 뉴스를 제공해 드리지.」그가 고함을 쳤다. 그가 밖에 나오자 희고 더러운 문이, 잘 닫히지 않던 문이 흔들리며 몇 번 쾅쾅거리다가 뒤에서 닫혔다.

거리에서 그는 얼빠진 사람처럼 서 있었다. 왜 그런 식으로 행동했던가? 그렇다고 그 사회주의자들이 돼지라는 사실이 달라지기라도 한단 말인가? 다시 한 번 그 족속들을 경멸하는 헨트옌 부인이 옳다고 여겨졌다.「썩어 빠진 신문 같으니.」그는 혼잣말을 했다. 그는 최상의 의도를 가지고 그곳에 갔었다. 그들이 헨트옌 부인에게 자신들을 정당화시킬 기회를 제공해 주고자 했었다. 다시 상황들이, 일들이 분통 터지게 밀리고 뒤섞이기 시작했다. 그 편집인의 행동이 돼지 같다는 것만큼은 확실했다. 그것이 첫째였다. 둘째는 그 작자가 그 썩어 빠진, 그래, 그 썩어 빠진 신문이 할 수 있는 온갖 수단을 다해 그 베르트란트 사장을 옹호하려고 했기 때문이다. 그런데 그 사장이 바로 돼지인 것이다. 그런데도 그 꼬마는 그 말을 들으려 하지 않고 그 돼지 같은 사장에게 아무 짓도 말라고 했었다. 그에 반해 꼬마가 사랑에 대해 한 말은 다시금 옳았다. 정말 명백한 것은 하나도 없구나! 분명한 것은 기껏해야 한 가지 — 헨트옌 부인은 남편을 사랑할 수 없었으리라는 것, 그것뿐이었다. 그녀는 그 돼지와 결혼하도록 강요받은 것이었다. 에슈는 그런 식으로 거센 증오를 품고 주위 세계를 생각했고 찔러 죽여야 할 돼지 같은 인간들을 생각했다. 돼지들은 그래야 마땅하다. 베르트란트 사장에 대한 증오가 점점 더 뚜렷해졌다. 그는 그의 패륜과 범죄 때문에 그를 증오했다. 그는 그 작자가 얼마나 거만하게 두꺼운 시가를 손에 들고 쿠션 달린 의자 위에 앉아 성에서 연회를 벌이고 있는가를 상상해 보려고 했다. 그리하여 마침내 자욱한 담배 연기 속에서 드러난 그 고상한 모습은 어떤 멋쟁이 재단사의 모습과 비슷해 보였고, 식당의 선반 위에 걸려 있는 헨트옌 씨의 초상과 아주 비슷해 보였다.

◆

매년 단골손님들이 때에 맞추어 축하해 주는 헨트옌 어머니의 생일을 위해 에슈는 청동으로 된 작은 자유의 여신상을 찾아냈다. 그는 그 선물이 의미 있게 여겨졌다. 그것이 미래의 미국에서의 생활을 암시할 뿐만 아니라, 그가 그렇게 성공을 거두었던 실러의 조각상과 행복한 짝이 될 것이기 때문이었다. 점심때 그는 그것을 들고 식당으로 갔다.

유감스럽게도 효과가 없었다. 만약 그가 아주 비밀리에 선물을 주었더라면 분명 그녀는 조각품의 아름다움을 감상할 수 있었을 것이다. 하지만 어떤 공공연한 접근이나 친밀감의 표시에도 대단한 두려움에 빠지는 그녀는 아무것도 보이지 않게 되었으므로 거의 기쁨을 나타내지 못했고, 그 조각품이 실러의 기념상과 잘 어울리리라고 에슈가 주를 달았을 때에도 더 따뜻한 태도를 취하지 못했다. 「네, 당신이 그렇게 생각한다면……」 그녀는 무관심하게 말했고, 그것이 전부였다. 물론 그녀도 이 선물을 자기 방의 장식품으로 사용하고 싶었다. 하지만 그가 가져오는 모든 것이 특별한 자리를 차지할 권리가 있다고 상상하지 않도록, 또한 자신이 언제나 방의 순결을 중히 여긴다는 걸 그가 염두에 두도록, 그녀는 위로 올라가 실러 상을 가지고 내려와 새로 받은 자유의 여신상과 함께 선반 위 에펠탑 옆에 세워 놓았다. 그리하여 이제 자유의 찬가와 미국의 조각상, 그리고 프랑스의 탑이 그녀 자신의 것은 아닌 어떤 사상의 상징들로서 나란히 서 있는 꼴이 되었다. 그리고 자유의 여신상은 팔을 뻗쳐 헨트옌 씨를 향해 횃불을 치켜들고 있었다. 에슈는 자신의 선물이 헨트옌 씨로 인해 손상되었다고 느꼈다. 그는 적어도 초상화를 멀리 치우라고 요구하고 싶었다. 어쨌든, 그것이 무슨 소용이 있겠는가? 그렇더라도 헨트옌 씨가 활동했던 식당은 그대로 남아 있을 터였다. 그리고 스스로도 모든 것이 명확하고 정직하게 제자리에 그대로 있는 편이 더 낫게 여겨졌다. 대체 숨겨질 수 없는 것을 정직하지 못하게 감추려고 할 이유가 있겠는가! 그는 깨달았다. 그가 유혹당한 이유는 단지 헨트옌 씨의 눈 아래에서 넘겨받은 저렴한 식사 때문만이 아니라는 것을. 또한 어떤 비밀스러운 것을 위하여 음식의 톡 쏘는 특별한 양념과 같은 그의 얼굴을 필요로 했다는 것을. 그가 헨트옌 어머니의 무뚝뚝한 태도로 감정이 상했을 때에도 그와 동일한 톡 쏘는 맛을 피할 수 없었고 또한 그녀가 그에게 무뚝뚝한 어조로 밤에 와도 된다고 속삭일 때 어쩔 수 없이 그녀에게 빠져드는 느낌도 그와 똑같은 톡 쏘는 맛이었다.

그는 오후를 헨트옌 어머니의 사무적인 사랑의 의식에 대한 음탕한 생각으로 보냈다. 그리고 다시 그 사무적인 태도에 마음이 상했다. 그것은 보통때 그녀가 거절하는 태도와는 너무도 모순되는 것이었다. 어떤 날 밤에 그녀는 그런 습관을 가지게 되었을까? 그 자신도 믿지 않는 한가닥 희망이 피어오르며 그들이 미국에 도착하게 되면 그런 습관은 무너지리라고 약속했다. 그가 호주머니에서 그녀의 집 열쇠를 느끼자 그런 희망의 온기가 그에게 엄습한 홍분과 혼합되었다. 그는 열쇠를 꺼내어 손바닥 위에 올려놓고 열쇠 자루의 매끄러운 쇠 감촉을 감상했다. 영어를 배울 것을 그녀는 거절할지도 몰랐다. 그러나 미래의 숨결은 다시 거리를 스쳐 갔다. 자유를 위한 열쇠, 에슈는 생각했다. 돔 사원이 짙은 어스름 빛 속에서 회색으로 서 있었고 쇠 같은 잿빛으로 우뚝 솟은 탑들 주위는 어떤 새롭고 낯선 것의 입김이 감싸고 있었다.

445

에슈는 밤까지의 시간을 계산했다. 알함브라보다 남미에 데리고 갈 여자들의 모집이 더 중요할 것이다. 다섯 시간이 온전히 남아 있었다. 그다음에야 집 문을 열 수가 있으리라. 에슈는 침실을 그려 보며 그곳 침대에 누워 있는 그녀를 떠올렸다. 그는 그녀에게 살금 다가갈 것이다. 그녀는 그의 살과 흥분을 접촉하고 몸을 부르르 떨 것이다. 그런 생각을 하자 그의 호흡이 가빠지고 건조해졌다. 지난주에는, 아니 언제나, 그녀는 무감각하게 아무 움직임 없이 그를 받아들였다. 그러므로 그런 짧고 경직된 전율이 하찮은 것이라고 할지라도, 그것은 어느 위치에선가 습관의 덩어리가 제거되는 것이었다. 비록 아주 작았지만, 그러나 처녀지라고 할 수 있는 자리에서. 그것은 미래와 희망에 대한 신호와 같은 것이었다. 에슈는 헨트옌 어머니의 생일인 오늘 사창가에 간다는 것이 점잖지 않게 생각되었으므로 알함브라로 갔다.

나중에 식당으로 돌아올 때 그는 멀리서부터 울퉁불퉁한 포도 위에 노란 불빛이 드리워져 있음을 알아보았다. 원반형 유리창문이 열려 있었다. 그 안에 생일을 맞은 아이가 비단옷을 입고 시끄러운 손님들에 둘러싸여 꼿꼿하게 앉아 있는 것이 보였다. 볼주(酒)가 테이블 위에 있었다. 에슈는 어둠 속에서 기다렸다. 들어가는 것이 싫었다. 그는 돌아섰다. 술집을 찾아가 자기 임무인 모집 일을 하려던 것은 아니었다. 그는 화가 나서 거리를 싸돌아다녔다. 라인 강 다리 위에서 그는 철 난간에 몸을 기대고 검은 물을 쳐다보았고 건너편의 창고들을 바라보았다. 그의 무릎에서 힘이 빠졌다. 그만큼 그는 그 여자가 들어가 있는 딱딱한 코르셋 껍질을 폭파해 버리고 싶은 욕망에 사로잡혀 있었다. 그 고래뼈는 일어나지 않을 수 없는 거친 싸움 속에서 딱 하고 부러질 것이다. 허탈한 표정으로 그는 흐느적흐느적 시내로 돌아갔다. 그는 걸어가며 손으로 다리 난간의 먼지를 쓸었다.

집은 어두웠다. 등잔을 손에 든 헨트옌 어머니가 층계 위에서 그를 기다리고 있었다. 그는 불을 간단히 불어서 끄고 그녀를 얼싸안았다. 그녀는 이미 코르셋을 입고 있지 않았다. 그녀가 저항을 하기는커녕 오히려 부드럽게 그의 입술에 입을 맞추었다. 이런 인사가 그를 매우 놀라게 했음에도 불구하고, 또 그가 초조하게 기다리던 저 전율과 다를 바 없이 새로운 것이었음에도 불구하고, 그 입맞춤은 명백히, 끔찍하지만 부정할 수 없이, 생일 잔치와 상냥한 사랑의 축제를 연결시키는 것이 그녀의 오랜 습관의 하나임을 드러내었다. 이제 바라던 순간이 왔고 기쁨을 주는 전율이 그녀의 몸을 통과했어도, 이런 상황에서 그가 전혀 상상하고 싶지 않았던 헨트옌 씨의 피부, 그의 육체가 그녀를 이와 마찬가지로 전율케 했으리라는 것, 그것이 에슈에겐 분통 터지는 고통이 되었다. 그가 환영을 막 쫓아냈다고 생각하자마자 환영은 다시 일어났다. 여느 때보다도 더 조소적으로, 이길 수 없이. 그것을 이기려고, 여인에게 자신만이 존재함을 확인시키려고, 그는 그녀 위로 몸을 던져 그녀의 살집 좋은 어깨 위에 억센 이빨 자국을 남겼다. 그는 그녀를 아프게 했으리라. 하지만 그녀는 말 없이 참았다. 물론 그녀의 표정은 시큼한 레몬을 깨무는 듯한 표정이었다. 이제 그가 지쳐서 그녀에게서 떨어져 나갔기 때문에 감사를 표하려는 양 그녀가 육중하고 투박한 팔로 나사돌리개처럼 세게 휘감았고, 그는 거의 숨을 쉴 수가 없는 데 화를 내며 거기서 빠져나오려고 했다. 그러나 그녀는 그를 풀어 주지 않고 말했다. 그녀가 이 침실에서 그에게 말을 건 것은 이번이 처음이었다. 그녀의 어조는 평상시대로 사무적이었지만 그가 좀 더 감각이 예민한 사람이었더라면 어떤 불안감을 엿들을 수 있었을 것이다. 「왜 그렇게 늦게 왔지요? ……내가 한 살을 더 먹어선가요?」 에슈는 그녀가 보통때와는 달리 말을 하는 데 놀라서 말뜻을 파악할 수 없었다. 아니, 결코 이해해 보려고 하지 않았다. 왜냐하면 그녀의 목소리의 놀라운 울림이 그에게는 어떤 결말처럼, 오랫동안의 고통스러웠던 일련의 생각에 대한 조명처럼, 모든 것을 변화시킬 수 있는 신호처럼 들렸기 때문이다. 그는 말했다. 「질렸습니다. 끝장을 내야겠어요.」 헨트옌 부인은 혈관의 피가 막혔다. 그녀는 압착시키고 있던 팔을 그의 어깨에서 풀 수조차 없었다. 얼음처럼 차갑고 무서운 것이 그녀의 내부를 스쳐 갔다. 팔이 힘없이 늘어졌다. 그러나 그녀는 알았다. 자기의 당황을 어떤 남자에게도 보여선 안 됨을. 그가 자신에게서 도망치기 전에 그녀가 해고장을 내주어야 함을. 그녀는 애써 노력하여 〈그렇게 하시지요〉라고 나지막하게 말했다. 에슈는 건성으로 흘려들으며 말을 계속했다. 「다음 주에는 바덴으로 가려 합니다.」 어째서 그는 이런 말을 그녀에게 해야 하는가? 그녀는 약간 아첨당한 기분을 느꼈다. 분명 끝장을 내려는 의도에 뒤흔들린 나머지 그는 세상을 돌아다닐 생각을 하나 보았다. 그러나 그가 끝장을 낼 생각이라면 지금 다시 입술을 그녀의 어깨에 누르는 그의 행동은 정말 옳지 않다. 아니면 그는 최후의 순간까지 자신의 쾌락만을 꾀하려는 걸까? 사내들이란 정말 믿을 만하구나! 그렇지만 그녀는 다시 희망을 붙들면서, 말을 떼기가 힘이 들었음에도 불구하고 물어보았다. 「왜죠? 그곳에도 오버베젤에서처럼 어떤 여자가 있나요?」 에슈가 웃었다. 「그럼요, 그런 여자가 있고말고요.」 헨트옌 부인은 그가 여전히 자기를 놀리는 데 화가 났다. 「약한 여자를 조롱하는 건 쉬운 일이지요.」 에슈는 여전히 바덴바일러에 여자가 있는 체하며 더욱 웃지 않을 수 없었다. 「한데, 그 여잔 끔찍하게도 전혀 약한 여자가 아니랍니다.」 그녀의 의심이 새로운 자양분을 얻었다. 「누구예요?」— 「비밀입니다.」 그녀는 기분이 상하여 입을 다물고 그의 새로운 상냥한 태도를 참았다. 그 한가운데서 물었다. 「왜 다른 여자가 필요한가요?」 그는 자백하지 않을 수 없었다. 이 여인은 냉정하고, 그래, 사무적이면서도 이상하게 반항적이고 순결한 헌신을 해주므로 다른 어떤 여자들보다 더 큰 쾌락과 욕정을 안겨 준다고. 다른 여자는 정말 필요없다고. 그녀가 거듭 말했다. 「왜 다른 여자가 필요하지요? 내가 당신에게 어울릴 만큼 젊지 않다고 간단히 말해요.」 그는 대답하지 않았다. 그녀가 이제 말을 하기 시작했다는 것이 그를 흥분시키고 기쁘게 했기 때문이다. 그녀는 이제껏 침묵만을 지켜 왔고 그의 팔 속에서 머리를 뒹굴뒹굴 굴리며 누워 있기만 했었다. 그리고 그녀의 이해할 수 없을 정도의 침묵이 그에게는 언제나 헨트옌 씨 시절로부터의 유산처럼 생각되었다. 그녀는 그의 행복감을 느꼈으므로 자랑스럽게 말을 이었다. 「당신은 젊은 여자가 필요없어요, 난 어떤 여자와도 겨룰 수 있으니까요……」 그건 정말 말도 안 되는 소리야, 에슈는 고통스럽게 생각했다. 아니면 거짓말을 하고 있거나. 그러자 고통스럽게도 하리의 말이 생각났다. 그는 그 말을 꺼냈다. 「사람은 한 번밖에 사랑을 할 수가 없습니다.」 헨트옌 부인이 단순하게 〈그래요〉라고 말했다. 마치 그렇게 함으로써 그녀가 사랑하는 사람이 바로 그라는 것을 암시하려는 듯이. 그녀가 거짓말을 하고 있음은 명백했다. 남자들을 역겨워하는 척했으면서도 그들과 테이블에 앉아 술을 마시며 축하를 받았었다. 그런데 지금은 그만을 사랑하는 척하면서 아주 사무적인 태도를 취하고 있단 말씀이야. 어쩌면 모든 게 사실이 아닐지도 모른다. 그녀에겐 어린아이가 없다. 다시 명확성과 절대성에 대한 그의 욕구가 넘을 수 없는 장벽에 부딪혔다. 이 모든 것이 사라져 끝장이 난다면! 그 순간 바덴바일러로의 여행이 그에겐 필연적인 서곡처럼, 미국 이민에의 불가피한 예행 연습처럼 생각되었다. 분명 그녀도 여행에 대한 생각을 눈치 챘나 보았다. 그녀가 물었다. 「그 여잔 어떻게 생겼죠?」 — ? — 「저, 그 바덴의 여자 말이에요……?」 아, 베르트란트가 어떻게 생겼더라? 그가 베르트란트를 단지 헨트옌의 모습으로만 상상할 수 있음을 그는 여느 때보다 더 예리하게 깨달았다. 그는 거칠게 말했다. 「그림을 없애야 해.」 그녀는 이해하지 못했다. 「무슨 그림?」 — 「저 아래 있는……」 그는 이름을 말하기가 두려웠다. 「에펠탑 위에 걸린 것.」 그녀는 조금 이해했다. 그러나 그녀는 그가 자기 일에 간섭하려는 데 반발했다. 「그게 방해가 되었던 사람은 아무도 없잖아요.」 — 「바로 그 때문이오.」 그는 고집했다. 그러는 동안 그는 베르트란트와의 청산이 헨트옌과의 일이기도 함을 아주 분명히 깨달았다. 그래서 그는 생각을 계속 말했다. 「그리고 하여간, 결말이 나야 합니다.」 ─ 「그렇겠지요……」 그녀가 주저하며 응수했다. 그리고 그런 흥분에 이해가 더딘 그녀는 덧붙였다. 「무슨 결정이지요?」 ─ 「우리 미국으로 갑시다.」 ─ 「네.」 그녀가 말했다. 「알겠어요.」

에슈는 일어났다. 그는 무슨 일이 있을 때 곧잘 그러듯이 이리저리 거닐고 싶었다. 하지만 골방 침실엔 그럴 자리가 없었고 그 밖에도 바깥엔 호두가 있었다. 그래서 그는 침대의 가장자리에 앉았다. 그는 오직 하리의 말을 그대로 해보려 했을 뿐이었는데 그의 입에서 나온 말은 조금 다른 말이었다. 「사랑은 먼 곳에서만 가능합니다. 사랑을 하려는 사람은 새 생활을 시작하고 낡은 생을 버려야 합니다. 새롭고, 아주 낯선 생활 속에서만, 모든 과거가 죽어 버린 곳에서만, 두 사람은 하나가 될 수 있습니다. 그들에게 과거가, 아니 시간이 존재하지 않을 정도로 말입니다.」

「나는 과거 같은 건 없어요.」 헨트옌 어머니가 모욕을 느끼며 말했다.

「그런 후에야,」 에슈는 화를 내며 상을 찌푸렸으나 다행히도 어둠 속이라 헨트옌 부인은 보지 못했다. 「그런 후에야 아무것도 부정할 필요가 없고, 그런 후에야 진리가 있게 되는 겁니다. 진리란 시간을 초월하는 것이지요.」

「난 부정할 것이 아무것도 없어요.」 헨트옌 어머니가 저항했다.

에슈는 흔들리지 않았다. 「진리는 이 세상과는 하등의 상관이 없습니다. 만하임과도……」 그는 거의 고함을 질렀다. 「이 낡아 빠진 세상하고는 아무런 상관이 없습니다.」

헨트옌 어머니가 한숨을 쉬었다. 그가 날카롭게 그녀를 응시했다. 「한숨을 쉴 필요도 없습니다. 자신을 구원하려면 낡은 세계에서 떠나야 합니다……」

헨트옌 어머니가 걱정스럽게 한숨을 쉬었다. 「그럼 식당을 어떻게 하죠? 팔아 버릴까요?」

에슈는 확신하며 말했다. 「희생이 있어야 합니다…… 희생이 없다면 구원도 없다는 건 명명백백한 일입니다.」

「우리가 떠나야 한다면, 우린 결혼을 해야 해요.」 그리고 다시 불안스럽게 말을 이었다. 「……당신과 결혼하는 데 내가 너무 나이가 많을까요?」

침대 모서리에 앉아 있던 에슈는 촛불의 깜박임 속에 있는 그녀를 쳐다보았다. 그의 손가락이 이불 위에 37이라는 숫자를 썼다. 그는 37개의 초를 켠 케이크로 축하해 줄 수도 있었으리라. 아니, 그대로가 더 나았다. 그녀는 나이를 숨겨 왔으므로 화만 내었을 것이다. 그는 그녀의 무겁고 움직임 없는 표정을 바라보았다. 그러자 갑자기 그는 훨씬 더 나이가 든 그녀를 보고 싶었다. 이유는 그 자신도 몰랐지만 그렇게 하는 것이 더 안심할 수 있을 것 같았다. 그녀가 갑자기 소녀가 되어 버린다면, 소녀처럼 반짝이 옷을 입고 저기 누워 있다면, 희생은 쓸모없는 것이 되리라. 그러나 희생은 있어야 한다. 이 나이 많은 여인에게 헌신함으로써 점점 더 커져야 한다. 그러면 세계에 질서가 오게 되고 일로나는 칼에서 보호될 것이며, 순결의 상황이 모든 살아 있는 자에게 다시 주어질 것이며, 어떤 사람도 감옥에서 썩을 필요가 없으리라. 자, 헨트옌 어머니는 늙고 추해질 것이다. 세상이 무한하고 매끄러운 평평한 복도처럼 생각되었으므로 그는 숙고하는 어조로 말했다. 「식당을 갈색 리놀륨으로 깔아야겠어요. 그게 아름다울 겁니다.」

헨트옌 어머니는 희망을 얻었다. 「그래요, 칠도 해야지요. 집 전체가 끔찍한 상태에 있어요…… 해마다 아무 손질도 안 했으니…… 하지만 미국으로 가고 싶다면서……?」

에슈가 반복했다. 「해마다…….」

헨트옌 어머니는 사과를 해야 한다고 느꼈다. 「절약해야 하니까 자꾸 해를 미루었지요…… 그래서 시간이 흘러……」 그리고 그녀는 덧붙였다. 「……그러다 보니 사람이 나이가 들더군요.」

에슈는 화를 냈다. 「어린아이가 없는데도 절약한다는 건 웃기는 일입니다…… 나를 위해 저금을 해준 사람은 아무도 없었어요.」

하지만 헨트옌 어머니는 귀를 기울이지 않았다. 그녀는 오직 식당에 칠을 할 가치가 있을지 알고 싶었다. 그녀가 물었다. 「나를 미국으로 데려가겠어요? ……아니면 젊은 여자를?」

에슈가 거칠게 말했다. 「그 젊고 늙은 것이 영원한 것과 무슨 상관이 있단 말입니까! ……거기선 젊음도 늙음도 없어요…… 아니 시간이란 것이 없을 겁니다…….」

에슈는 중단했다. 늙은 사람은 어린아이를 얻을 수 없다. 어쩌면 그것도 희생의 하나이리라. 그리고 순결의 상태에선 어린아이를 갖지 않는다. 처녀는 어린아이를 갖는 것이 아니므로. 그는 침대로 다시 기어들면서 보충했다. 「그러면 모든 것이 확고하고 확실해질 겁니다. 사람의 뒤에 있는 것은 그에게 해를 끼칠 수가 없으니까요.」

그는 이불을 바로잡고 조심스럽게 헨트옌 어머니의 어깨 위로 끌어당겼다. 그런 다음 그는 헨트옌 씨도 비슷한 기회에 사용했었던, 촛대에 걸려 있는 놋쇠 소화구에 손을 뻗어 깜박이는 촛불 위에 덮어 씌웠다.

3

 바덴으로 가는 도중에 만하임이 있다. 에슈는 친구로서의 의무가 있음을 상기했다. 벌써 오랫동안 무엇인가가 에슈의 마음을 누르고 있었는데 그것을 이제 그는 깨달았던 것이다. 몹시 침체해 가는 사업에서 친구들의 출자금을 그대로 두어선 안 된다. 이제까지 그들은 50퍼센트 이상의 수익을 기록할 수 있었다. 그것은 다행하고 근사한 일이었다. 하지만 지금은 말하자면 수익금을 안전하게 해놓아야 했다. 사업에서 손을 떼어야 한다. 그 자신의 300마르크는 입장이 달랐다. 설령 그것을 잃는다 해도 그로서는 합당한 일이다. 50퍼센트의 수익으로도 아직 두 달은 살 수 있고, 그것도 어렵지 않게 살 수 있다. 그렇다면 일로나를 구원하려던 희생은 어디 있단 말인가? 또한 미국의 자유로의 도피를 부정한 돈으로 행하려 한 것, 그것도 역시 너무 잘못된 계산이었다! 지금이야말로 레슬링 경기가 그 돈과 더불어 없어질 절호의 기회이다. 그와 여인들 전부가 모욕과 오욕으로 끝을 맺으리라던 헨트옌 어머니의 예언은 어디까지나 옳았다.

그런데 지금 문제는 로베르크와 에르나를 위한 돈이었다. 게르네르트와 일을 상의하기는 간단하지 않았다. 저녁마다 감독님은 홀이 비었다고 한탄했고 낮에는 그를 잡기가 힘들었기 때문이다. 그는 알함브라에 있은 적이 없었고, 집에도 거의 들르지 않은 것 같았으며, 오펜하이머의 집에는 더러운 빈 방 두 개가 있을 뿐 사람은 없었다. 어디서 식사를 하느냐고 물을라치면 이렇게 대답했다. 「아, 난 버터빵 한 조각이면 됩니다. 가장이 흥청거릴 수 있겠습니까.」 물론 그 말은 전적으로 일치하지는 않았다. 영국인 여행단이 돔 사원에서 호텔로 건너갈 때, 거기 호텔의 대리석 현관에서 걸어 나오던 사람은 누구였던가? 바로 배불리 먹고 두꺼운 시가를 입에 문 게르네르트 선생께서 나오고 계셨었다. 〈체면치레였습니다, 친애하는 친구〉라고 그가 말했었다. 그러나 그는 누가 전 가족과 함께 돔 호텔에서 묵고 있는 걸 어여삐 여기지 않을 사람이라도 있는 듯이 도망쳐 버렸다. 오늘은 물론 사정이 달랐다. 감독 나리가 어디로 새도록 두진 않으리라!

저녁에 에슈는 감독실의 문들을 열었고 상을 찌푸리며 안에서 잠가 버렸다. 그리고 열쇠를 바지 주머니에 넣은 다음 붙잡힌 게르네르트에게 찌푸린 상을 하고 깔끔한 〈프리츠 로베르크 씨와 에르나 코른 양의 출자금에 대한 이익 계산서〉를 들이대었다. 거기엔, 상기자들은 출자금 2,000마르크, 이익금 1,123마르크, 합계 3,123마르크를 지불받아야 함,이라고 씌어 있었고 아래에 〈전권 대리인, 아우구스트 에슈 작성〉이라고 씌어 있었다. 그 밖에 그는 자신의 돈도 요구했다. 게르네르트는 〈사람 죽이는군〉 하고 소리쳤다. 〈첫째, 에슈는 합법적인 전권 대리인이 아니다. 둘째, 레슬링은 아직 끝나지 않았다. 일이 끝나지 않았는데 지불하는 법은 없다〉고 말했다. 그들은 잠시 엎치락뒤치락 언쟁을 했다. 마침내 잔뜩 죽는 소리를 하며 게르네르트가 마지못해 로베르크와 에르나를 위해 요구된 총액의 절반을 에슈에게 지불해 줄 것을 응낙했다. 〈나머지 절반은 계속 사업에 쓰일 것이다, 이를테면 소득이 계속되는 데서 분배할 것이다〉라고 했다. 그렇지만 자기 자신을 위해 에슈가 후려낼 수 있는 액수는 50마르크의 여행 비용뿐이었다. 어쩌면 그는 너무 양보했는지도 모른다. 여하튼 여행을 하는 데는 충분했다.

헨트옌 부인이 갈색 비단옷을 입고 역에 왔다. 그녀는 이러쿵저러쿵 소문을 퍼뜨릴 수도 있을, 아는 사람이 있는지 주의 깊게 주위를 살펴보았다. 이른 시각이었음에도 불구하고 사람들로 혼잡했기 때문이다. 다른 플랫폼에 반대 방향으로 가는 기차 하나가 서 있었다. 그 기차엔 이주민들을 위한 차량이 끼어 있었고, 체코인들 혹은 헝가리인들, 또 몇몇 구세군인들이 분주하게 돌아다니고 있었다. 헨트옌 어머니가 그를 배웅 나온 것은 잘된 일이었다. 지금이야말로 그녀가 우둔하게 비밀을 지키는 짓을 그만둘 절호의 기회였다. 그러나 이주민들과 구세군인들을 보았을 때 에슈는 양심의 가책을 느꼈다. 「어리석은 무리들.」 그가 욕을 했다. 왜 그가 그렇게 화를 내는지 누가 알겠는가. 어쩌면 그 역시 지금 어리석은 비밀의 병에 전염되어 있기 때문일지도 몰랐다. 어떤 구세군 소녀가 지나가자 그는 외면했다. 헨트옌 부인이 그것을 알아차렸다. 「내가 옆에 있는 게 부끄러워요? 그 여자랑

같이 가기로 되어 있는 것 아녜요?」에슈는, 상당히 무뚝뚝하게, 그런 바보 같은 소리 말라고 말했다. 그렇지만 그 말로는 부족했다. 「아아, 한 남자를 위해 자신과 타협하고 얻는 것이란…… 개하고 자게 되면 벼룩을 달고 일어서는 법이라니까.」에슈는 다시 이 여자에게 자기를 묶어 두고 있는 것이 무엇인지 알 수 없었다. 그녀가 여기 대낮의 빛 속에서 그의 앞에 서 있자, 그녀의 성적 준비 태세와 어두운 골방 침실의 영상들이 가라앉기 시작했고, 그를 쫓아왔던 이 영상들은 그가 그녀에게서 멀어지자마자 마치 한 번도 존재한 적이 없었던 것처럼 무(無) 속으로 침몰했다. 같은 기차를 타고 헨트엔 어머니와 그는 그 당시 바하라흐까지 갔었다. 그때가 시작이었고 — 아마 오늘이 마지막일지도 모른다. 그가 다른 생각을 하고 있음을 느꼈을까, 갑자기 그녀가 말했다. 「만약 당신이 날 배반하면, 두고 보아요, 곧…….」그런 아첨을 받은 그는 그녀의 말을 더 듣고 싶었다. 동시에 그녀를 슬프게 하고 싶은 충동이 일었다. 「좋아요, 오늘도 당신에게서 도망치고 있는데…… 뭘 두고 볼까요?」그녀는 굳어진 채 대답하지 않았다. 그는 미안해져 그녀의 손을 잡았다. 무겁고 뻣뻣하게 그녀의 손이 그의 손에 놓여졌다. 「자, 자, 그래 무슨 일이 일어나겠습니까?」그녀가 공허한 눈길로 말했다. 「당신을 죽여 버릴 거야.」그것은 마치 약속이며 구원에의 희망 같았다. 그럼에도 불구하고 그는 억지로 웃었다. 그러나 그녀는 자기 생각을 그만두지 않았다. 「그 밖에 할 수 있는 일이 무엇이겠어요?」잠시 후, 「오버베젤에 가는 게 아닌지? ……그 여자한테?」에슈는 참을 수 없었다. 「어리석은 소리, 골백번도 더 말했잖습니까, 로베르크와 만하임 일을 청산할 게 있다고⋯⋯ 우린 미국에 갑시다.」 헨트옌 부인은 믿지 않았다. 「솔직하세요.」 에슈는 초조하게 출발 신호를 기다렸다. 그는 결코 베르트란트에게 간다는 것을 폭로해선 안 되었다. 「내가 함께 가자고 하지 않았나요?」— 「그건 진심이 아니었잖아요.」 이제, 출발 신호 바로 전, 그는 자신의 제안이 아주 진심이었던 것 같은 생각이 들었다. 그가 그녀의 두툼한 윗팔을 잡았을 때 그는 그녀에게 입맞추고 싶은 기분이 들었다. 그녀가 그를 떠밀었다. 「이봐요, 여기 이 많은 사람들 앞에서!」 그러나 그는 그때 기차에 올라야 했다.

그의 진정한 의도는 바덴바일러까지 직행하려는 것이었다. 하지만 장크트고아르 역의 현판을 보자 오늘은 만하임에서 내리자고 결정하고 말았다. 그래, 만하임에서 그녀에게 편지를 쓰기로 하자. 그것이 그녀를 진정시키리라. 그리고 에슈는 그녀가 자기를 죽이겠다고 한 말을 생각해 내고 상냥하게 미소 지었다. 그렇게 되도록 할 수도 있지. 여하튼 바덴바일러의 방문은, 이를테면 그의 전부를 건 모험이나 마찬가지였다. 또한 타인의 돈을 먼저 건네주라는 것이 예의가 내린 명령이었다. 〈사람은 목숨을 노리개로 삼아선 안 된다〉라는 말이 떠올랐고 그 말이 굴러가는 바퀴의 박자와 얽혀 들었다. 그는 헨트옌 어머니가 예쁘장한 권총을 드는 것을 보았고 그다음 하리가 다시 말하는 소리를 들었다. 「그 사람에게 아무 짓도 하지 마.」 이제 로베르크, 일로나, 에르나 양, 발타자르 코른이 차례차례 눈앞에 떠올랐다. 그리고 자신이 그렇게 오랫동안 그들을 보지 못했다는 것에 놀랐다. 어쩌면 그동안 그들은 이 세상 사람이 아니게 되었을 수도 있다. 그들은 박자에 맞추어 팔을 들어 그에게 인사한다. 마치 보이지는 않지만 훌륭하게 꼭두각시를 놀리는 사람이 그들을 철사 줄에 매달아 움직이고 있는 듯했다. 문득 삼등실의 차실이 감방 같았다. 어쩌면 이 빠진 구멍을 지녔을지도 모르는 사람이 앉아 있는 무대 왼쪽 위에 잿빛의 무대 세트, 그 뒤엔 먼지 낀 무대 벽밖에는 아무것도 없을, 판지로 만든 세트가 앞으로 나와 있었다. 그러나 세트 위엔 〈감옥〉이라는 단어가 씌어 있었다. 그 뒤엔 아무것도 없겠지만 진짜 감옥 속에는 한 사람이 처박혀 있음을 알고 있었다. 결코 존재하지 않는, 그럼에도 불구하고 주요 인물인 어떤 사람이. 감옥의 세트가 이빨처럼 솟아 있는 무대는 배경에 장엄한 공원이 그려진 거대한 전망으로 막혀 있다. 거대한 숲 속으로 노루가 풀을 뜯고 금박이 반짝이는 옷을 입은 소녀가 꽃을 꺾고 있다. 넓은 차양의 밀짚모자를 쓴 정원사가 번쩍이는 가위를 손에 들고 강아지 한 마리를 데리고 검은 연못 옆에 서 있다. 연못의 분수가 번쩍이는 채찍과 같은 하얀 물줄기를 허공으로 시원하게 내뿜는다. 아주 멀리 등대와 웅장한 성의 장식이 보인다. 성의 첨탑에서 흑, 백, 홍의 삼색기가 펄럭인다. 그리고 그것이 사람을 다시 불안하게 했다.

◆

만하임에 가까워지고 있는 지금 에르나가 분명 순결한 요셉과 잠을 잤으리라는 생각이 그의 뇌리를 스쳤다. 사실 그것은 의심할 여지가 없었다. 숙고할 필요가 전혀 없을 정도로 자명한 일이었다. 얼굴에 있는 코처럼, 혹은 걸어 다닐 수 있게 하는 발처럼 당연한 것이었다. 어떤 것도, 어떤 사람도 에슈가 그렇게 생각하지 않도록 할 수 없을 것이다. 두 사람이 서로 함께할 수 있는 일이 대체 무엇이겠는가? 그런데 그는 잘못 생각하고 있었다. 왜냐하면 생의 내용이 빈약하다고 해도, 그리고 성(性)이 다른 두 사람이 의견을 합치시킬 필요가 그리 많지 않다고 해도, 많은 것이 사람이 생각할 수 있는 것보다 자명하지는 않은 법이기 때문이다. 에슈처럼 날마다 세속적인 생활을 하는 사람, 혹은 아주 하찮은 것만을 이겨 냈던 사람은, 구원의 나라가 존재한다는 것, 그 나라의 존립은 온갖 세속적인 것을 불확실한 것으로 만든다는 것, 그렇다, 두 사람이 같이 잠을 자느냐의 여부는 말할 것도 없고, 사람이 다리로 걸어 다니느냐의 여부도 돌연 의심스럽게 될 수 있다는 것을 쉽게 잊어버리는 법이다. 여기선 물론 사정이 이렇다. 로베르크는 한편으로는 소심함 때문에, 또 한편으로는 여성이라는 성에 대한 끊임없는 불신 때문에, 특히 그가 추악한 경험을 하고 난 다음 추악한 병이라는 선물을 두려워해야 함을 알게 된 후로는, 또한 에르나가 문 하나를 사이에 두고 한 난봉꾼의 온갖 유혹에 내맡겨진 일이 있었음을 생각하지 않을 수 없었기에, 고귀하고 성실한 우정의 경계를 넘어서지 못하고 있었던 것이다! 그렇다, 로베르크는 그런 사람이었다. 그는 에르나 코른 양과 산책을 했을 뿐이며, 함께 커피를 마셨고, 그것을 정화와 속죄의 시간으로 생각했다. 그 시간은 그에게 위로부터의 신호, 소위 참된 구원의 은총의 신호가 주어지고 난 다음에야 비로소 끝나게 될 것이었다.

에슈는 물론 그 바보의 미덕을 알고 있었다. 하지만 그는 그 미덕의 정도를 상상할 수 없었다. 더욱 짐작도 못 했던 일은 그 자신이 끊임없이 에르나 양을 불안하게 한다는 것, 비록 그녀의 심장에는 아닐지라도 그녀의 피 속에 자신이 있다는 것, 이런 이유로 그녀는 서둘러 로베르크에게 구원의 은총의 신호를 주지 않는다는 것, 심지어 그런 망설임을 결혼 생활을 위한 적절한 준비라고 보고 의도적으로 일을 지연시키고 있다는 것이었다. 그렇다, 에슈는 그 모든 것을 짐작할 수 없었다. 그러나 그 두 사람이 그의 성격에서 반감을 일으키는 특징을 찾는 일을 즐거움으로 삼고 있다는 것, 심지어 그런 열광적인 사정(査定)에 의거한 공동의 관심사를 가지는 것이 생의 결합을 위한 좋은 토대라고 여기고 있다는 것을 더더욱 짐작하지 못했다.

이런 상황을 알지 못했던 에슈는 기쁘고 장중한 환영을 받으리라고 생각했다. 그러나 에르나 양은 그가 문턱에 나타났을 때 깜짝 놀랐다. 아, 그녀가 재빨리 정신을 가다듬고 말했다. 에슈 씨를 다시 보게 되다니 기쁘군요. 에슈 씨가 친절하시게도, 너무 친절하시게도, 다시 기억을 해주시다니 황송하기 그지없군요. 엽서 한 장 보내는 수고를 해줄 가치가 없는 사람을 말이죠. 그러고 나서 그녀는 말했다. 「그래요, 빵을 준 사람에게라야 노래를 해주지요.」 그리고 온갖 뾰족한 소리를 퍼부었으므로 에슈는 복도에도 발을 들여놓지 못했다. 그러나 그 목소리를 들은 코른이 셔츠 바람으로 거실에서 나왔다. 그는 누이보다 더 거친 기질의 소유자였고 그 두 달 동안 한 번도 에슈를 생각한 적이 없었으므로, 그의 무

소식을 조금도 불쾌하게 여기지 않았다. 오히려 에슈가 그에게 편지를 쓸 생각을 했더라면 매우 놀랐을 것이다. 코른은 전적으로 기뻐했다. 그것은 그가 이제까지 알았던 모든 것에 아직도 애착을 품고 있었기 때문만은 아니었다. 그는 다시 돌아온 에슈에게서 금방 자극의 원천을 보았고 또한 비어 있는 별실에 묵음으로써 환영할 만한 소득을 안겨 줄 사람을 보았기 때문이다. 게다가 그는 일로나를 위하여 돈이 필요했다. 따라서 그는 진심의 환성을 발하며 손님의 손을 잡고 흔들었고, 그를 고대하고 있는 방에 다시 좀 들어가 보라고 초청했다. 그런 진심은 기분이 나빴던 사람에게 좋은 영향을 주는 법이기에, 에슈는 오직 그만을 기다리고 있던 방으로 짐을 나르기 시작했다. 그때 에르나 양이 그것을 저지하며 오빠에게 반쯤 몸을 돌려 말했다. 그렇게 해도 되는지 난 모르겠는데요. 글쎄, 코른이 분통을 터뜨렸다. 「어째서 안 된다는 거지! 내가 된다 하면 되는 거야.」 에슈가 눈치 빠른 사람이었다면 그때 유감을 표명하며 물러나야 했음은 의심할 여지가 없었다. 그러나 그가 눈치 빠른 사람이었다 해도, 물론 그렇지는 않았지만, 그는 너무 가족과 가까웠기 때문에, 호기심의 문제를 눈치의 문제 뒷전에 둘 수가 없었다. 여기서 무슨 일이 있었을까? 그는 놀라서 그냥 서 있었다. 한데 입 앞에 반창고를 붙이고 있는 데 익숙하지 못한 에르나 양이 너무도 신속하게 그의 호기심을 만족시켜 주었다. 그녀가 오빠에게 쇳소리를 질렀다. 나를, 지금 존경할 만한 결혼식을 앞두고 있는 나를, 낯선 남자와 한 지붕 밑에 살도록 강요할 수는 없어요. 그녀는 이 집에서 아무튼 창피를 감수할 만큼 감수했다고, 미래의 남편이 그렇게 도량이 넓은 남자가 아니었다면 그녀가 그의 뒤를 쫓아가야 했을 거라고 말했다. 이에 대해 코른이 고향의 사투리로 말했다. 「얼씨구, 주둥아리 닥쳐. 에슈는 여기 머무를 거다.」 그러나 에슈는 에르나 양의 암시에 다른 모든 것을 잊어버리고 소리쳤다. 「이거 참 놀라운 일이군요. 진심으로 축하합니다, 에르나 양. 한데 그 행복한 사람은 누구입니까?」 그때 에르나 양은 당연히 축하를 받아들이는 것 이외에 달리 어떻게 할 수가 없었기 때문에, 로베르크 씨와 하나가 될 것이라고 말했다. 그녀는 에슈의 팔을 끼고 거실로 안내했다. 네, 약혼자도 곧 여기에 올 거예요. 그들이 로베르크의 이야기를 하고 있을 때, 코른이 에슈를 어두운 구석에 세워 두자는 굉장한 생각을 해냈다. 에슈가 거기 서 있다가 갑자기 유령처럼 대화에 끼어들면 그것을 전혀 예상치 못한 약혼자 양반은 깜짝 놀라 펄쩍 뛰지 않겠는가라고.

현관에서 초인종이 울리자 에르나가 문을 열러 나갔다. 에슈는 온순하게 어두운 구석으로 갔다. 탁자에 남아 있던 코른이 그에게 더 바짝 몸을 붙이라는 엄숙한 신호를 보냈다. 코른은 기술의 안전성에 가치를 두는 사람이었으므로 실행이 잘 안 되는 경우 화를 내었다. 하지만 에슈는 코른의 격노가 두려워서 그렇게 얌전히 구석에 붙어 있던 것은 아니었다. 아무렴, 아니고말고, 그는 구석에서 함부로 창피를 당하는 그런 사람이 결코 아니었다. 게다가 그가 있는 곳은 벌 서는 자리도 굴욕을 당하는 자리도 아니었다. 극히 자의적으로 그는 벽에 몸을 더 바짝 붙였다. 그림이 소매에 스쳐 벗겨지는지 어쩐지 역시 그에게는 상관이 없었다. 왜냐하면 그 그늘진 구석에 있게 되자 아주 느닷없이 그리고 기이하게 그의 내부에서 저 탁자에 앉아 있는 사람들과의 거리가 더욱 확대되었으면 좋겠다는 바람이 일어났기 때문이다. 로베르크가 입장하기까지 지나간 몇 분은 그가 그것을 명확히 깨닫기에 충분한 시간이 아니었다. 그렇지만 그는 마치 자기가 다시 저 기이한 고독 속으로, 어딘가 만하임과 관련되는, 그러면서 이곳의 다른 사람들과 함께 있기를 금하는 고독 속으로 빠져드는 듯한 생각이 들었다. 그러나 그런 요구를 하는 고독이 너무도 마음에 든 나머지 지금 그는 충분히 고독할 수 없을 지경이었다. 그가 점점 더 구석으로 움츠러들기만 하면 그는 자기 암자 속에 틀어박혀 세상과 격리된, 구원받은 숭고한 은자(隱者)가, 육체에 구속되는 사람들이 앉아 있는 탁자 위의 정령이 될 것이다. 물론 이 상태는 그리 오랫동안 계속될 수 없었다. 왜냐하면 그런 생각은 끝까지 생각하거나 실현시키기에 시간이 충분치 않을 경우에만 야기되는 것이기 때문이다. 에슈 역시 계획대로 로베르크가 들어와 손님이 있는 것에 심지어 기뻐할 정도로까지 깜짝 놀랐을 때 이미 그런 생각을 잊어버렸다. 하지만 그들이 탁자 주위에 둘러앉아 있는 지금, 그들은 마치 한 가족처럼 서로 여러 가지를 물어보았다. 이런 질문들은 곧 복지의 문제에 이르게 되었으므로, 에슈는 자랑스럽게 지갑과 돈주머니를 꺼내어 탁자 위에 1,561마르크 50페니히를 세어 놓았다. 에르나 양이 기뻐하며 그것에 손을 뻗쳤다. 그녀는 이자까지 포함한 자기의 출자금이라고 생각했던 것이다. 그러나 에슈가 그녀는 그만큼 받아야 하겠지만 절반은 아직 유보 상태이므로 당장은 로베르크와 나누어 가져야 한다고 해명하자, 그녀는 이익이 아니라 손해를 보고 있다고 소리 질렀다. 그가 그녀에게 설명을 해주려 해도, 그녀는 이성을 찾기는커녕 소리소리 지르며 그런 말 따위는 믿지 않을 것이며 자기도 계산을 잘할 수 있는 사람이라고 말했다. 보세요 — 그녀는 종이와 연필을 가져왔다 — 이-백-십-구 마르크 이십오 페니히를 지불했음, 그렇게 흰 종이에 검게 쓰어 있지요. 그녀가 소리소리 지르며 종이를 에슈의 슬픈 코밑에 들이대었다. 로베르크는 입을 뻥끗하지 않았다. 그는 상인이므로 물론 계산을 아주 잘 이해하고 있을 것이었다. 약혼녀의 기분을 상하게 하지 않을 작정이겠지, 저 비겁한 바보는. 에슈가 거칠게 말했다. 「우리 같은 사람도 예의는 있소. 아마 여기 입을 다물고 있는 많은 사람보다 더 그럴 것이오.」 그는 에르나의 팔을 잡았다. 사랑하는 마음에서가 아니라 화를 내며. 그리고 별로 부드럽지 않게 종이를 든 그녀의 팔을 탁자 위에 다시 놓았다. 근본적으로 이해했기 때문이거나 아니면 에슈의 단단한 주먹 때문이거나, 한마디로 말해, 에르나 양은 입을 다물었다. 이제까지 무관심하게 앉아 있던 코른이 단지 그 텔처, 그 유대놈이 사기꾼이라고 말했다. 그렇다면 고발을 해야지, 에슈가 대꾸했다. 사기꾼은 전부 고발해야 해, 죄 없는 사람들을 가만두게 하지 말고. 그리고 로베르크의 비겁하고 더러운 태도는 벌받을 필요가 있었기에 그는 이런 말로 그를 욕보였다. 「죄 없는 사람들을 잊고 있다니! 예를 들어 볼까, 로베르크 씨는 저 마르틴을 방문한 적이 있던가?」 한풀 꺾이긴 했지만 여전히 생생한 분노에 충만되어 있던 에르나가 대꾸하기를, 자신은 친구들을 잊어버리는 어떤 다른 사람을 알고 있다고 했다. 그는 심지어 친구를 모욕하기조차 한다고. 게다가 가이링 씨를 보살피는 건 아마 에슈 씨의 일일 거라고. 「그래서 내가 여기 온 것이오.」 에슈가 말했다. 「아하.」 에르나 양이 말했다. 「그렇지 않았더라면 우린 에슈 선생을 다시 못 볼 뻔했군요.」 그리고 그녀는 망설이며 거의 겁을 내며, 이를테면 서로의 싸움을 포기하지 않으려는 의무감에서 덧붙였다. 「아울러 우리 돈도 말예요.」 그러나 천천히 생각을 하고 있던 코른이 말했다. 「그 유대놈을 처넣지.」

그것은 물론 기이한 해결이었다. 그걸 제안한 사람이 비록 에슈 자신이었다고 할지라도, 그가 다가가고 있다고 느끼는, 보다 나은, 보다 철저한, 말하자면 정신적인 해결에 비하면 그건 초라하기 짝이 없는 일부분의 해결에 불과하리라고 응수하고 싶어 견딜 수가 없었다. 일로나가 다시 칼잡이에게 맡겨질 거라면 텔처를 1~2개월 감옥에 처넣는다 해도 그것이 무슨 성과가 되겠는가. 그제야 그는 진정 이곳의 일원인 일로나가 없음을 알아차렸다. 마치 그가 사명을 완수하기 전에는 그녀의 눈앞에 나타나는 걸 피해야 한다는 듯이. 어쨌든 사명이 하나 가면 또 다른 사명이 온다! 눈앞에 있는 거대한 희생을 생각하면서 동시에 나중에 이익금을 가져올 걸 약속한다! 진정 질서가 있으려면 레슬링 같은 건 망해 버려야 하리라. 어쨌든 그런 식으로 소리소리 지르는 에르나를 부추겨 그를 위하여 돈을 걸라고 부당한 요구를 한 셈이기에 죄의식이 일었다. 그 죄의식은 근본적으로 결코 불쾌한 것은 아니었다. 그러나 그것을 다른 사람이 알 바가 아니었으므로 그는 고함을 치기 시작했다. 그렇다면 그것이 감사의 말이군, 돈을 가지고 온 건 정말 유감천만이야, 이런 대접을 받으니 말이야, 어쨌든 잔금 문제로 게르네르트에게 편지를 쓰겠어. 원하시는 대로 하시구려, 에르나가 뾰족한 목소리로 말했다. 그다음 그녀는 자기가 편지를 쓰고 싶다고 했다. 그는 분명 모든 책임을 부정할 테니. 하지만 그녀는 다시 그렇게 하지 않겠노라고 했다. 좋소, 그럼 내가 쓰지, 나는 예의 바른 사내니까. 「아하?!」 에르나 양이 말했다. 그리하여 에슈는 잉크와 종이를 요구하고 모여 있는 사람들을 더 쳐다보지 않고 방으로 돌아갔다.

방에 들어간 그는 성큼성큼 이리저리 거닐었다. 그것은 그가 화가 났을 때 곧잘 하는 버릇이었다. 그다음 그는 집 안에 있는 사람들이 자신이 화가 났다고 생각하지 않도록 휘파람을 불었다. 그렇게 한 것은 또한 고독하게 느껴졌기 때문일지도 모른다. 곧 그는 에르나와 로베르크가 함께 거실로 나오는 소리를 들었다. 그들은 조용했다. 로베르크는 겁쟁이인 까닭에 여전히 그의 분노가 두려워 어찌할 바를 모르고 허연 눈알을 이리저리 굴리고 있을 게 분명했다. 자주 그랬듯이 로베르크의 모습이 헨트옌 어머니의 모습과 연결되었다. 지금 그녀 역시 어찌할 바를 모르며 일이 되어 가는 대로 두고 볼 수밖에 없으리라. 불쌍한 여자. 그는 로베르크와 에르나가 자기 욕을 하는지 귀 기울여 들었다. 헨트옌 어머니가 어리석은 질투로써 그를 이곳에 보냈던 멋진 상황. 이것은 반드시 있어야 했던 것은 아니다. 그는 벌써 바덴바일러에 가 있을 수도 있었다. 거실은 조용했다. 로베르크는 가버렸다. 에슈는 앉아서 깔끔한 부기계원의 필체로 글을 썼다. 〈쾰른 알함브라 극장, 연극 감독 알프레트 게르네르트 귀하. 780.75마르크 상당의 대부금의 대체를 앙망하오며, 동시에 최종 결산서를 발부하겠나이다. 재배.〉 한 손엔 종이를, 다른 손엔 잉크병과 펜을 들고 그는 곧장 에르나의 방으로 건너갔다.

에르나는 가죽 슬리퍼를 질질 끌면서 방금 자리를 펴던 참이었다. 에슈는 그녀가 그렇게 빨리 신발을 갈아 신을 수 있다는 데 놀랐다. 그녀는 그의 무장 해제를 알아차리고 그의 침입에 대해 화를 내기 시작했다. 「내가 그 휴지 조각에다 뭘 하길 원하죠?」 그는 명령했다. 「서명하시오.」──「이젠 당신과의 일에는 서명하지 않겠어요……」 그러나 그러면서 그녀는 편지를 훑어보고 책상으로 가지고 갔다. 「나의 일이라면야.」 그녀가 말했다. 어쨌든 아무 소용 없는 일일 것이다, 돈은 없어졌다, 탕진되었다, 썩어 버렸다, 그것으로 만족해야 한다, 에슈 같은 사람의 마음은 차디차다. 그녀의 욕을 듣는 동안 다시 그녀에 대한 이상한 죄책감이 올라왔다. 아 그래, 당신에게 돈을 꼭 찾아 주겠소. 그는 어디에 서명할지 지시하기 위해 그녀의 손을 잡았다. 그녀가 손을 빼내려고 하자 그는 다시 성이 났다. 그가 손을 더욱 세게 쥐고 몹시 부드럽지 못하게 다루자, 에르나 양은 두 번째로 입을 다물며 저항하지 않게 되었다. 처음 그는 그것을 깨닫지 못하고 단지 서명하도록 하기 위하여 그녀의 손을 이끌었다. 그러나 그때 그녀의 비스듬한 도마뱀 눈초리가 마치 어떤 요구처럼 아래에서 위로 그를 찔렀다. 그가 그녀를 포옹했을 때 그녀는 뺨을 그의 가슴에 바싹 붙였다. 그녀의 그런 행동이 그의 머리를 깨부순 건 아니었다. 그러니만치 그는 그것이 그녀의 오래된 애정의 여운일 뿐인지, 혹은 그녀가 이를테면 로베르크의 남성답지 못함에 복수하려는 것인지, 혹은 — 에슈에겐 이것이 제일 가까워 보였으리라 — 그가 바로 거기 있었으므로, 일이 일어나지 않을 수 없는 것이었으므로, 결혼 때문에 더 싸울 필요가 없었으므로, 그녀가 일이 되어 가는 대로 그냥 둔 것일 뿐인지 질문을 제기하지 않았다. 일은 명약관화했다. 에르나에겐 구혼자가 있고 그 자신은 헨트옌 어머니와 미국으로 사라질 것이다. 심지어 로베르크에 대한 분노조차 가라앉았고, 그 바보에게 거의 부드러운 마음까지 들었다. 그는 여러 가지로 헨트옌 어머니와 닮았기 때문이다. 그리고 에르나 양은 친밀한 관계 속에서 그녀의 신랑으로부터 많은 것을 넘겨받았을 것이 분명하므로, 비록 멀리서이긴 하지만 에르나를 통해 헨트옌 어머니의 한 조각을 포옹하고 있는 것과 같다. 따라서 그것은 배반이 아니었다. 그러나 옛날 싸움의 기억이 다 증발한 것은 아니어서 두 사람은 주저했다. 그것은 마치 적개심에 가득 찬 순결의 순간 같았다. 그리하여 하마터면 에슈는 일을 이루지 못하고 제 방으로 돌아갈 뻔했다. 그때 갑자기 그녀가 말했다. 「쉬, 가만.」 그리고 그에게서 몸을 뺐다. 밖에서 현관문이 삐걱였다. 에슈는 일로나가 왔음을 알았다. 그들은 꼼짝도 않고 서 있었다. 그러나 바깥의 걸음 소리가 사라지고 코른의 방 뒤에 있는 거실 문이 닫히자, 그들 역시 서로의 품 속으로 쓰러졌다.

그가 나중에 자기 침대로 기어 올라갔을 때 그는 헨트옌 어머니를 생각하지 않을 수 없었다. 그가 만하임에 내렸던 이유는 오직 그녀의 질투 섞인 불신을 만족시켜 주기 위해서 였다. 그렇다, 이 일은 그녀의 질투심이 자초한 일이다. 물론 바로 오늘 그녀를 배반하리라던 그의 위협은 농담에 불과했었다. 이제 그것은 맞아떨어졌지만 그의 책임은 아니었다. 또한 그것은 결코 정말 배반이라 할 수 없는 것이었다. 그런 여인을 그렇게 쉽사리 배반할 수는 없는 일이다. 그럼에도 불구하고 돼지 같은 짓이었다. 왜냐고? 주저하지 말고 계산을 청산했어야 했기 때문이다. 그렇게 어리석은 질투를 고려하는 대신 고상한 방식으로 벌써 바덴바일러에 갔어야 했기 때문이다. 그 결과가 이렇게 되었다. 하지만 이미 엉망진창이 된 일을 바꿀 수는 없다. 에슈는 벽 쪽으로 돌아누웠다.

◆

눈을 뜨면서 그는 자기가 옛날 자기 방에 있음을 알아차렸다. 밝은 오전의 태양이 커튼을 통해 들여다보고 있었다. 그는 창으로 찔리는 듯한 느낌이 들었다. 운송 창고에 가야 할 시간이 아닌가? 그다음 자신이 미텔라인과는 아무 관계가 없음을 기억했다. 마치 휴일처럼 자유로웠다. 이제 음식을 먹으라고 그를 깨울 수 있는 사람은 없었다. 그는 침대에 계속 누워 있었다. 그렇게 하는 게 이젠 재미있게 느껴지지 않았다. 그러나 마음에 드는 한은 계속 누워 있을 수 있는 것이다. 또한 헨트옌 어머니가 그를 죽일 가능성이 없지는 않다. 그녀는 이제 그가 배반하지 않았다고 생각하지 않을 테니까. 그녀가 그를 죽이려고 할 것이다. 그리고 그것도 역시 매우 기분 좋고 홀가분한 확신이었다. 죽음 앞에 서 있는 사람은 자유롭고, 자유로 구원받은 사람은 죽음을 감수했던 사람이다. 그의 눈앞에 검은 깃발이 조용하게 나부끼고 있는 성의 첨탑이 보였다. 아니 에펠탑일지도 모른다. 누가 미래를 과거와 구별할 수 있겠는가! 공원에는 무덤이, 어느 소녀의 무덤이, 비수로 살해된 소녀의 무덤이 있다. 그렇다, 죽음 앞에 선 인간에겐 모든 것이 허용된다. 모든 것이 자유롭다. 말하자면 공짜이며 이상하게 홀가분하다. 거리의 모든 여인에게 다가가 같이 잠자자고 청할 수도 있었다. 그것은 에르나와 함께 자는 것처럼 편안하고 구속력이 없다. 그는 오늘이나 내일 어둠 속으로 여행하기 위하여 그녀를 떠날 것이다. 밖에서 돌아다니는 소리가 들렸다. 작은 척추 동물. 그는 옛날처럼 그녀가 들어오기를 기다렸다. 사람은 태양을 볼 수 있는 한 이용할 대로 다 이용해야 하기 때문이다. 배반에의 허락은 바로 배반을 통해 획득되어야 한다는 것, 그럼에도 불구하고 그것 때문에 죽음을 당하기를 원한다는 것, 물론 헨트엔 어머니는 그런 것을 이해할 사람이 아니었다. 그렇게 복잡한 회계를 그녀가 어찌 알겠는가. 그녀가 어떻게 이런 회계상의 잘못을 꿰뚫어 볼 수 있겠는가. 너무도 술책적으로 세상에 빠져들어 있는 오류, 그러기에 정확히 계산할 줄 아는 사람만이 구원자의 죽음을 죽어도 되는 것이다. 아주 사소한 간과만으로도 자유의 건물은 흔들릴 수가 있다. 그때 에르나 양이 부엌에서 말하는 소리가 들렸다. 「저 고귀하신 나리, 커피를 가져가도 될까요?」 —「아니오.」 에슈가 소리쳤다. 「내가 곧 나가겠소.」 그는 침대에서 벌떡 일어나 재빨리 옷을 입었다. 커피를 마셨다. 그리고 벌써 전차 정류장에 와 있었다. 자신도 그 모든 일의 속도에 놀랐다. 감옥으로 가는 차를 기다리면서 비로소 그는 오직 감옥을 방문하려는 생각으로만 그렇게 빨리 침대에서 쫓기듯 나와야 했는지, 아니면 혹시 에르나의 목소리 때문에 그렇게 했는지 곰곰이 생각해 보았다. 그 목소리는 아름답지 않았다. 어제 저녁처럼 빽빽거릴 때면 특히 그러했다. 물론 에슈를 소리소리 지르며 몰아낸 사람은 아무도 없었다. 목소리 탓은 아니었다. 그녀가 그를 쫓아내려 했다면 벌써 집에서 쫓아 버렸을 것이다. 예를 들면, 자고 있는 일로나를 보라고 그를 부엌으로 불러냈던 그때 말이다. 게다가 일로나, 그 여자를 이제 더 볼 필요가 없었다. 여기서건 어디서건 말이다. 최선책은 어쩌면 이런 것들과 멀리 있는 것, 그리고 그것이 에르나와 그녀의 심술로부터의 도피에 불과한 것인지 장차 온갖 것이 연출될 무책임한 쾌락으로부터의 도피에 불과한 것인지 알려고 하지 않는 것이리라. 그 쾌락은 대낮엔 부끄럽다. 자유의 시간은 밤뿐이니까.

감옥에서 그는 면회일이 일주일에 세 번뿐임을 알았다. 내일 다시 신청해야 한단다. 에슈는 숙고했다. 어쩐다? 지체하지 말고 바덴바일러로 떠날까? 그는 행동의 자유가 방해받았으므로 욕설을 퍼붓기 시작했다. 그러나 결국 그는 말했다. 「좋아, 최후의 유예다.」 최후의 유예란 말이 그를 떠나려 하지 않고 귀에서 맴돌며 그에게 베르트란트 사장처럼 막강한 사내와 한 동료라는 즐겁고 흐뭇한 감정이 들게 했다. 최후의 유예는 그 사람에게뿐만 아니라 자신에게도 선사된 것이었으니까. 그래, 먼저 마르틴을 만나 보지 않고는 떠날 수가, 어둠 속으로 가버릴 수가 없다. 이러한 만하임의 체류가 다만 에르나와의 밤을 위해서였더라면 우스꽝스러웠으리라. 그렇다, 가치 없는 일이었을 것이다. 큰 여행을 하려는 사람은 정리되지 않은 것을 남겨 두어선 안 된다. 말하자면 인사를 교환하며 작별을 해야 한다. 그래서 그는 우선 창고와 매점에 있는 사람들을 찾아보기 위해 부두로 갔다. 그는 자기가 머나먼 미국으로부터 사랑하는 사람들에게 돌아온, 그리고 사람들이 수염을 기른 그를 알아보지 못할까 봐 불안해하는 친척 같은 느낌이 들 지경이었다. 예를 들어 입구의 경비원이 그가 지나가는 것을 허락하지 않을 수도 있다. 하지만 일은 대단한 친절과 함께 전개되었다. 그것은 특히, 그가 만난 모두가 이제 그에게 해를 끼칠 수 없음을 느껴서인지도 몰랐다. 세관 경비원들은 금방 가벼운 우의를 표명하며 환영했고 가벼운 대화가 전개되었다. 그래, 그들이 웃으며 말했다. 이제 자네는 선박 회사에 다니지 않으니까 여기서 할 일이 없을 텐데. 그러자 에슈가 말했다. 여기서 할 일이 있음을 보여 주겠네. 그리고 그가 들어가도 그들은 저지하려는 시도를 조금도 하지 않았다. 그가 모든 차고, 크레인, 창고, 철궤 차량을 기분 내키는 대로 바라보는 걸 방해하는 사람은 아무도 없었다. 그가 창고 안에다 소리쳐 부르자 관리장과 창고지기가 나오며 형제들처럼 그의 앞에 섰다. 그런데도 그는 이 모든 것을 떠난 것이 후회되지 않았다. 단지 모든 것을 분명하게 마음에 새겼을 뿐이다. 때때로 그는 철궤 차량이나 짐 내리는 판을 만져 보았다. 건조한 나무의 느낌이 그의 딱딱한 손바닥에 달라붙도록 하기 위해서였다. 실망했던 건 단지 매점에서였다. 그의 시선이 코른을 찾았지만 코른은 없었다. 코른은 어리석었고 두려워하고 있었다. 에슈는 웃지 않을 수 없었다. 그는 이제 일로나로 인해 그에게 마음 상해 있지는 않았기 때문이다. 일로나는 세상에 등을 돌리고 다다를 수 없는 성으로 사라져 버릴 터이니. 그래서 그는 경관과 브랜디 딱 한 잔을 마시고 익숙한 길을 걸어갔다. 아니 그것은 이제 익숙하진 않았다. 그런데도 여느 때보다 더 친밀하게 그의 앞에 펼쳐 있었다. 그는 담뱃가게가 있는 거리의 모퉁이까지 갔다. 그 안에 로베르크가 그와 이야기를 나누기 위해 아주 그리운 마음을 품고 기다리고 있는 것처럼, 가게가 기대에 부푼 모습으로 그를 마주 쳐다보았다.

로베르크가 여전히 손에 커다란 시가 절단기를 들고 금전등록기 뒤에 앉아 있었다. 에슈가 들어서자 그는 친절하게도 도구를 치워 놓았다. 에슈에게 사죄할 것이 많았기 때문이다. 그러나 두 사람 누구도 그 말을 발설하지 않았다. 에슈는 벌써 용서할 태세가 되어 있었고 로베르크가 우는 것을 원하지 않았기 때문이다. 로베르크가 에르나에 대한 말을 시작한 것은 약속에 위반되는 일일지도 몰랐다. 하지만 그것은 하찮은 일이었으므로 에슈는 거의 주의하지 않았다. 그가 원하지 않는데 누가 그를 먼저 깨울 수 있겠는가. 그는 자유로웠다! 「당신은 훌륭한 친구입니다.」 로베르크가 말했다. 「그리고 우린 여러 가지로 공동의 관심사가 있지요.」 그러나 에슈는 자유로웠으므로 자기가 원하는 말을 할 수가 있었다. 그는 말했다. 「그래, 그 여자가 자네를 죽이진 않을 거야.」 그때 그는 로베르크의 걱정스러운 모습을 바라보았다. 헨트엔 어머니라면 그 얼굴을 엄지손가락 하나로도 으께 버릴 수 있으리라. 에르나는 결코 그렇게 할 수 없을 것이기에 유감이었다. 그러나 로베르크는 비겁한 미소를 지었다. 그는 그 어두운 농담이 약간 두려웠다. 그는 성난 손님의 눈 아래에서 점점 빈약하고 왜소해졌다. 정말 그는 에슈 같은 사나이가 승부를 겨루고 싶은 상대가 아니었다. 죽은 사람들만이 강하다. 비록 그들이 살았을 때는 가난한 재단사 패거리같이 보였을지라도 말이다. 에슈가 유령처럼 가게 안을 이리저리 거닐며 킁킁 냄새를 맡고 이 상자 저 상자를 열어 보더니 손바닥으로 매끄러운 카운터 위를 쓸었다. 그가 말했다. 「자네가 죽으면 나보다 강해질 거야…… 하지만 아무도 자네를 죽일 수는 없어.」 그는 경멸스럽게 덧붙였다. 그때 로베르크가 죽은 사람일지라도 아무 문제 되지 않으리라는 생각이 들었던 것이다. 그는 그를 너무도 잘 알고 있었다. 그는 언제까지고 바보이리라. 결코 누구에게도 알려지지 않았던 사람들, 결코 살아 본 일이 없었던 사람들, 그들만이 초인들인 것이다. 그러나 여자들을 믿지 못하는 로베르크가 말했다. 「무슨 뜻입니까? 과부들의 생계를 고려하라는 뜻입니까? 난 생명 보험에 들어 있습니다.」 물론 그것이 한 남자에게 독을 먹일 이유일 수도 있지, 에슈가 말했다. 그는 큰 소리로 웃지 않을 수 없었기 때문에 목이 웃음으로 인해 약간 마비되며 아팠다. 그래, 헨트엔 어머니, 그녀도 여자이다! 그 여자라면 독 같은 것은 쓰지 않는다. 로베르크 같은 인간이야 풍뎅이를 꿰듯이 간단하게 바늘로 꿰어 놓을 것이다. 사람들은 그녀를 존경심을 품고 우러러보아야 한다. 그러자 그가 그녀를 로베르크와 비교할 수 있었다는 사실이 에슈를 놀라게 했다. 그는 약간 감동했다. 그런 그녀가 그때 그렇게 약한 체하다니, 그러나 그녀는 짐작건대 옳았다. 로베르크는 소름이 돋아 허연 눈을 굴렸다. 「독이라고요.」 그가 말했다. 마치 그가 이미 충분히 자주 사용했던 그 말을 처음으로 듣기나 한 듯이, 혹은 적어도 이제야 이해하게 된 듯이. 에슈의 웃음은 상냥해졌지만 약간 경멸이 어려 있었다. 「그녀는 자넬 독살하지 않을 거야. 에르나는 그럴 수 없는 사람이야.」—「그럼요.」 로베르크가 말했다. 「그녀는 황금빛 마음을 가졌어요. 결코 파리 한 마리도 손대지 못합니다.」—「풍뎅이 한 마리야 핀으로 꿰겠지.」 에슈가 말했다. 「아뇨, 그렇지 않아요.」 로베르크가 말했다. 「하지만 자네가 그녀를 배반하면 죽여 버릴 거야.」 에슈가 위협했다. 「난 결코 아내를 배반하지 않습니다.」 바보가 설명했다. 그렇지만 에슈는 그때 갑자기 깨달았다. 유쾌하고 명료한 인식이었다. 어째서 그가 로베르크를 헨트엔 어머니와 비교할 수 있었던가. 그것은 로베르크가 사실 여자에 불과했기 때문이었다. 일종의 남장 여성. 그렇기 때문에 그가 에르나와 잠을 잔다 해도 대수로운 일이 될 수 없었다. 일로나도 에르나의 침대에 누워 있지 않았던가. 에슈는 일어섰다. 늠름하고 탄탄하게 두 다리로 버티고 서서 팔을 뻗쳤다. 잠에서 깨어난 사람처럼, 또는 십자가에 매달린 사람처럼. 그는 자기가 강하고, 힘세고, 재능 있는 사람처럼 여겨졌다. 죽음을 당할 가치가 있는 사내로. 「그자냐 나냐.」 그는 말했다. 마치 세상이 자기 것 같은 느낌이 들었다.

「그자냐 나냐.」 그가 가게 안을 성큼성큼 걸으며 다시 말했다. 「무슨 말입니까?」 로베르크가 물었다. 「자네가 아냐.」 에슈가 대답하며 말처럼 튼튼한 이빨을 내보였다. 「자네, 자네는 에르나를 얻게.」 그것이 합당했다. 여기 있는 작자는 생명보험까지 합해 아름답고 매끄러운 가게가 있으니 작은 에르나를 얻어 고통이나 노심초사 없이 살아도 된다. 그에 반해 그는 깨어 있었고 사명을 맡은 인물이었다. 로베르크가 따뜻한 말로 에르나를 계속 칭찬하고 있었으므로 에슈는 그가 듣고 싶어 하던 말, 위로부터의 신호로서 그가 오랫동안 기다렸던 말을 해주었다. 「아, 자네의 그 구세군 같은 알량한 연설…… 자네가 오래 망설인다면 여자가 등을 돌릴 걸세. 지금이 그녀에게 손을 뻗칠 절호의 기회야. 이 레몬수의 형제야.」 —「네.」 로베르크가 말했다. 「네, 이제 정화의 시간을 채웠다고 생각합니다.」 약간 우중충한 여름날의 빛 속에서 가게의 모습이 밝고 친절했다. 누르스름한 참나무 가구가 견실하고 튼튼한 인상을 주었다. 금전등록기 옆에 깔끔하게 세로 덧셈이 되어 있는 장부가 놓여 있었다. 에슈는 로베르크의 책상에 앉아 헨트엔 어머니에게 무사히 도착했으며 바야흐로 일을 끝내려 한다고 편지를 썼다.

◆

두 번째 밤도 에르나와 함께 보내는 것을 그는 자유로운 인간이 수행할 권리가 있는 예식으로 보았다. 그들은 우정으로 로베르크와의 결혼에 대해 이야기했고 거의 부드럽고 애상적으로 사랑의 행위를 했다. 결코 서로 싸운 적이 없다는 듯이. 그렇게 눈을 뜨고 지샌 긴 밤이 지나자 그는 에르나와 로베르크가 행복하도록 도와주었다는 기분 좋은 느낌이 들었다. 인간이란 여러 가지 가능성을 내포하고 있는 법이며 그가 사물의 주위에 던진 논리적인 사슬에 따라 그것이 좋은지 나쁜지를 증명할 수 있는 것이다.

식사를 한 다음 바로 그는 감옥으로 떠났다. 로베르크에게서 그는 마르틴에게 줄 담배를 샀다. 다른 사람이 떠오르지 않았기 때문이다. 찌는 듯이 더워졌으므로 에슈는 열기 때문에 마르틴을 동정했던 고아르스하우젠에서의 오후를 생각해 내지 않을 수 없었다. 형무소에서 그는 면회실을 지정받았다. 그 방의 격자창이 풀 한 포기 없는 마당 쪽으로 나 있었고, 누렇게 칠해진 건물들이 텅 빈 마당으로 날카롭게 각이 진 그림자를 드리우고 있었다. 광장 한가운데 어쩌면 피의 무대가 세워진 일이 있었을지도 모른다. 그 무대 위에서 죄인은 무릎을 꿇고 목을 대고 자기 머리를 베어 버릴 예리한 도끼를 기다려야 했을 것이다. 에슈는 그런 확신이 들자 더 이상 마당을 내다보고 싶지 않았으므로 창에서 몸을 돌렸다. 그는 방 안을 보았다. 한가운데에 탁자가 있었다. 그 위의 잉크 자국으로 미루어 짐작건대 어떤 관청에서 보내온 것이리라. 또한 의자가 몇 개 있었다. 그늘 속이었지만 방은 난로 속 같았다. 오전의 태양이 작열하여 들어오는 데다 창문이 닫혀 있었기 때문이다. 에슈는 졸음이 왔다. 혼자였다. 그는 자리에 앉았다. 기다리라고 했으니까.

그러자 포장된 복도 위를 누가 걸어오는 소리가 들렸다. 마르틴의 목발이 딸각거리는 소리였다. 에슈는 국회의장을 맞아들이듯 몸을 일으켰다. 그러나 마르틴은 헨트옌 어머니의 식당에 들어설 때처럼 방 안에 들어왔다. 자동 음악 기계가 있더라면 털털거리다가 작동했을 것이다. 그는 방을 둘러보고 에슈 혼자 있음에 만족스러운 것 같았다. 그가 에슈에게 다가가 손을 내밀었다. 「잘 있었어, 에슈. 날 찾아 주다니 고맙군.」 그는 헨트옌 어머니의 집에서 늘 하던 대로 목발을 탁자에 기대어 놓고 의자에 몸을 앉혔다. 「자, 너도 앉아, 에슈.」 그를 데려온 감시인은 제복을 입고 있어선지 코른을 연상시켰다. 그는 규정에 따라 문 옆에 서 있었다. 「간수장님, 당신도 앉으시지 않겠습니까? 아무도 오지 않을 테고, 나도 물론 내빼지는 않을 겁니다.」 남자가 직무 규정 같은 것을 중얼거렸다. 그러나 탁자로 와서 커다란 열쇠 꾸러미를 그 위에 놓았다. 「자,」 마르틴이 말했다. 「이제 마음이 편하군요.」 세 남자는 말 없이 탁자에 둘러앉아 나무에 팬 금을 바라보았다. 마르틴은 전보다 좀 더 누렇게 뜬 것 같았다. 에슈는 어떻게 지내느냐고 감히 물어볼 수가 없었다. 마르틴은 어색한 침묵에 미소 짓지 않을 수 없었다. 그가 말했다. 「그래, 아우구스트, 쾰른에 무슨 새로운 일이 있어? 헨트옌 어머니와 다른 사람들은 어떻게 지내?」

에슈는 뺨에 이미 열이 올라 있었음에도 불구하고 얼굴이 붉어지는 느낌이 들었다. 갑자기 죄수가 붙들린 틈을 타서 그의 친구들을 훔친 듯한 생각이 들었기 때문이다. 게다가 감시인 앞에서 사람들을 노출시켜도 될지 잘 알 수 없었다. 결과적으로 감옥의 면회실에서 죄수와 관련되는 것을 좋아할 사람은 아무도 없을 것이었다. 그는 말했다. 「모두 잘 지내고 있어.」

아마 마르틴은 그런 생각을 이해했을지도 모른다. 왜냐하면 보다 더 상세한 대답을 추궁하지 않고 이렇게 물었기 때문이다. 「그럼 너는 어때?」

「난 바덴바일러에 갈 거야.」

「휴양하러?」

에슈는 마르틴이 조롱할 이유가 없음을 알았다. 그는 건조하게 말했다. 「베르트란트를 만나러.」

「아니 이런, 출세했구나! 베르트란트는 멋진 사내야.」

에슈는 여전히 마르틴이 농담을 하고 있는지 아니면 아이로니컬한 의미로 말하는지 분명하지 않았다. 베르트란트는 멋진 동성애자였다. 그 말은 옳다. 하지만 감시인 앞에서 그런 말을 할 수는 없었다. 그는 으르렁거렸다. 「그래, 그가 그렇게 멋진 사내라면 네가 여기 있지 않을 거야.」

「?」

「넌 죄가 없어.」

「나? 난 하얀 종이에 검은 글씨로, 바로 법원 조직법에 의거해 볼 때, 나의 순결을 여러 번 상실했노라고 씌어 있는걸.」

「그런 어리석은 농담은 집어치워. 만약 베르트란트가 그렇게 좋은 사내라면 당시에 무슨 일이 있었는지를 들어야 해. 그럼 네가 나오도록 그 사람이 배려해 주겠지.」

「그래서 네가 그를 깨우쳐 주러 가는 거야? 그래서 바덴바일러로 가는 거야?」 마르틴이 웃으며 탁자 위로 그에게 손을 뻗었다. 「아니, 아우구스트, 그게 무슨 생각이야! 그 사람이 거기 없는 것이 다행이군…….」

에슈가 급히 말했다. 「그는 어디 있어?」

「아, 그 사람은 언제나 여행 중이야. 미국이나 아니면 어딘가 다른 곳에 있겠지.」

에슈는 당황했다. 그럼 그 베르트란트가 미국에 있단 말인가! 나를 앞질러 벌써 옛날에 그 찬란한 자유의 나라에 갔단 말인가! 그러자 그는 언제나 그 머나먼 나라의 크기와 자유가 그 다다를 수 없는 사내의 크기와 자유와 비록 이해할 수는 없으나 아주 중요한 관련이 있으리라고 예감해 왔음에도 불구하고, 에슈에게는 마치 그 사장의 미국여행을 통하여 자신의 이민 계획이 영원히 부정되는 것처럼 보였다. 이런 이유로 해서, 또 모든 것이 너무 멀리 있고 도달할 수 없음으로 해서, 그는 마르틴에게 분통을 터뜨렸다. 「사장이란 쉽게 미국으로 갈 수 있지…… 하지만 이탈리아도 갈 수 있을 거야.」

마르틴이 온화하게 말했다. 「나로선 이탈리아가 좋지.」

에슈는 미텔라인의 본사에 가서 베르트란트가 어디에 체류하고 있는지 물어보아야 할지 숙고했다. 그러나 갑자기 그것이 쓸모없는 일로 여겨졌다. 그는 말했다. 「그는 바덴바일러에 있어.」

마르틴이 웃었다. 「글쎄, 내가 옳을 수도 있어. 하여간 너를 들어오게 하진 않을 거야…… 여행 뒤에는 어떤 여자가 숨어 있는 거니까. 안 그래?」

「난 그가 나를 들어가게 할 수단과 방법을 찾아내고야 말걸.」 에슈가 위협적으로 말했다.

마르틴이 어떤 낌새를 챘다. 「어리석은 짓 마, 아우구스트. 그 사람을 귀찮게 하지 마. 그는 훌륭한 사람이야. 그를 존경해야 한단 말이야.」

분명 그는 베르트란트의 뒤에 어떤 것이 숨겨져 있는지를 짐작도 못 하고 있군그래, 에슈는 생각했다. 그러나 그는 아무 말도 해서는 안 되었으므로 다만 이렇게 말했다. 「그들은 모두 훌륭하지. 심지어 넨트비히도 말야.」 그리고 잠시 생각한 후에, 「죽은 자들도 훌륭하지. 암, 그런 훌륭함이 무엇인지는 그들이 남긴 유산을 보고야 알게 되지.」

「무슨 소리야?」

에슈가 어깨를 으쓱했다. 「아무것도 아냐, 내 말은 단지…… 그래, 결국엔 훌륭하다 아니다가 상관없다는 말이야. 한 면에서 볼 땐 언제나 고상하지. 사람은 전혀 문제가 되지 않아. 중요한 것은 오직 그가 행했던 행동뿐이야.」 그리고 격분하며 덧붙였다. 「그렇지 않다면 누가 어찌할 바를 알겠어.」

마르틴은 재미있어했다. 그러나 걱정스럽게 고개를 저었다. 「이봐, 아우구스트, 너에겐 여기 만하임에 언제나 독을 뿌리고 다니던 친구가 있지. 난 그자가 너에게 해독을 끼쳤다는 생각이 들어…….」

그러나 에슈는 동요하지 않고 계속 말을 이었다. 「어쨌거나 무엇이 희고 무엇이 검은지 이제 모르게 되었어. 모든 게 뒤죽박죽이야. 넌 몰라, 과거가 어떠했고 현재는 어떤지…….」

마르틴이 다시 웃었다. 「미래가 어떨지는 더욱 모르고.」

「좀 진지하게 생각해. 미래를 위해서 넌 자신을 희생한 거야. 그 말을 너도 했잖아…… 유일하게 남아 있는 것은 미래를 위해 자신을 희생함으로써 이미 벌어진 일에 대해 속죄를 하는 거야. 훌륭한 사람은 자신을 희생하지. 그렇지 않으면 질서란 존재하지 않아.」

간수가 의심스러운 듯이 귀를 기울였다.「여기선 혁명적인 연설을 해서는 안 되오.」

마르틴이 말했다.「이 사람은 혁명가가 아닙니다, 간수장 나리께서 오히려 더 혁명적일 것입니다.」

에슈는 자신의 의견이 그렇게 파악될 수도 있음에 아연했다. 그렇다면 이제 난 사회민주주의자가 틀림없군! 그렇다면 그러라지! 그래서 그는 과감하게 덧붙였다.「글세, 혁명적이라고 할 수도 있겠지. 게다가 너 자신이 언제나 예언했었지. 자본가가 훌륭하든 안 하든 상관없는 일이라고. 투쟁해야 하는 대상은 자본가로서의 그이지 인간으로서의 그가 아니니까,라고.」

마르틴이 말했다.「이보십시오, 간수장 나리, 이런 방문객을 받아도 됩니까? 이 사람의 연설로 나의 영혼 전체에 독이 퍼질 것입니다. 내가 방금 전까지 정화되었던 곳에서 말입니다.」그리고 에슈를 향하여 말했다.「친애하는 아우구스트, 넌 늙다리 정신착란자야.」

감시인이 말했다.「의무는 의무요.」하여간 그도 너무 더웠으므로 시계를 보고 면회 시간이 지났음을 알린 것이다. 마르틴이 목발을 집었다.「그럼 날 다시 데리고 가십시오.」

그는 에슈에게 손을 내밀었다.

「들어봐, 아우구스트, 어리석은 짓은 마. 모든 게 고마워.」

에슈는 그렇게 갑작스러운 중단을 예기하지 못했다. 그는 마르틴의 손을 쥐고 있으면서 저 적대적인 감시인에게도 손을 내밀어도 되는지 생각해 보았다. 그러나 그들은 같이 한 탁자에 앉아 있던 사람들이므로 그는 손을 내밀었다. 마르틴이 만족하여 고개를 끄덕였다. 그리고 마르틴은 가버렸다. 에슈는 마르틴이 헨트옌 어머니의 식당을 떠날 때와 다르지 않은 것에 다시 놀랐다. 감방으로 가는 것인데도! 세상사란 정말 전부 그렇고 그런 것처럼 보였다. 그래도 그렇고 그런 것은 없었다. 그렇게 강요될 뿐이었다.

형무소의 문 앞에서 에슈는 숨을 들이쉬었다. 그는 자신이 존재함을 확인이라도 하듯 옷을 탁탁 털었다. 마르틴을 위한 담배가 주머니에 있음을 알아차렸다. 그러자 다시 설명할 수 없이 괘씸하다는 분노가 속에서 치솟았다. 다시 그의 입 안은 욕설로 가득했다. 심지어 그는 마르틴을 웃기는 대중 연설가, 사람들이 말하듯 선동가라고 불렀다. 근본적으로 그를 비난할 것은 아무것도 없었음에도 불구하고 말이다. 그를 비난하자면 기껏해야, 마치 주요 인물처럼 거들먹거리더니 이제 보니 더 중요한 것 주위를 맴돌고 있다고나 할까. 하지만 그것이 바로 선동가들의 모습인 것이다.

에슈는 시내로 돌아갔다. 그는 전차 차장이 제복을 입은 데 화가 났다. 그리고 그의 물건들을 가지러 에르나 양에게 갔다. 그녀가 아주 큰 호감을 표시하며 그를 맞았다. 그는 뒤엉클어진 세상에 화를 내며 경멸과 함께 그것을 받아들였다. 즉시 그는 짧은 작별 인사를 나누고 뮐하임행 저녁 기차를 타기 위하여 서둘러 역으로 갔다.

◆

욕망과 목적이 응축될 때, 꿈이 삶의 커다란 계기와 위기를 향해 치달아 갈 때, 길은 좁혀져 협곡이 되고, 죽음을 전조하는 꿈은 이제껏 꿈속에서 방황하던 사람에게로 내려앉는다. 존재했던 것, 욕망과 목적, 그것들이 죽어 가는 사람을 스치듯 다시 한 번 그의 눈앞을 스쳐 지나간다. 그것이 죽음으로 나아가지 않으면 사람들은 그것을 거의 우연이라 부를 수 있다.

머나먼 곳에서 자기 여인을 혹은 어린 시절의 고향만이라도 그리워하는 남자는 몽유를 시작한 사람이다.

어쩌면 벌써 많은 것이 준비되어 있는지도 모른다. 단지 그가 그것을 유의하지 않았을 뿐이다. 예를 들어 볼까. 정거장으로 가는 도중, 집은 층층이 쌓인 벽돌로, 문은 톱으로 켜진 널빤지로, 창은 사각의 유리판으로 이루어져 있음이 그의 눈에 띌 때, 혹은 편집자들과 선동가들이 생각날 때. 그들은 좌우가 어딘지 알고 있는 듯이 행동하지만 그것을 아는 사람은 여자들뿐이다. 그러나 또한 모든 여자들이 그걸 아는 건 결코 아니다. 하지만 언제나 그런 것들을 생각하고 있을 수는 없는 일이므로, 평온한 기분으로 역에서 맥주 한잔을 들이켠다.

그러나 그가 뮐하임을 향해 칙칙폭폭 달려가는 기차, 너무도 확실하게 목표를 향해 돌진하는 거대하고 긴 벌레를 볼때, 갑자기 그를 사로잡는 생각이 있다. 어쩌면 길을 잃을 수도 있으리라는, 기관차의 확실성에 대한 의심이 갑자기 그를 사로잡는 것이다. 주지하다시피 그는 아주 중요한 지상의 의무를 수행해야 하는 사람이다. 그런 그에게서 그 의무를 빼앗아 결국 그를 미국으로까지 보내 버릴지도 모르는 강제에 대한 공포가 그를 사로잡는다.

그런 의심 속에서 그는 서투른 여행자가 하는 방식대로 제복을 입은 관리에게 다가가고 싶다. 하지만 플랫폼이 너무 길게 뻗쳐 있다. 너무 측량할 수 없이 길고 텅 비어 있어 달려갈 수가 없을 정도다. 어디로 가는 기차이든 비록 숨이 차지만 운 좋게 따라잡는 경우는 정말 운이 좋다고 할 수 있다. 그다음 그는 당연히 목적지를 알리는 차량의 표지판을 판독해 보려 애를 쓴다. 그러나 그는 곧 그것이 아무 쓸데 없는 시작임을 깨닫는다. 표지판이 제시하는 것은 단순한 단어일 뿐이니까. 그리하여 여행자는 약간 주춤하며 차량 앞에 서 있는다.

망설임과 숨 가쁨은 성급한 기질의 사람에게는 욕설을 야기시키기에 아주 충분한 일이다. 게다가 그가 출발 신호에 쫓겨 바람같이 차량의 불편한 층계에 올라서야 하고 정강이뼈가 발판에 부딪치게 되는 경우엔 더욱 그렇다. 그는 욕설을 퍼붓는다. 계단에, 그 멍청한 구조에 욕을 한다. 운명에 욕을 퍼붓는다. 하여간 그런 본데없는 행동 위에는 어떤 보다 타당한, 보다 치열한 인식이 있는 것이다. 만약 그 사람이 명석하다면 이렇게 말할 수 있으리라. 이 모든 것들은 단순한 인간의 고안품이다. 인간의 무릎이 굽혀지고 펴지는 것에 적합한 이 계단, 이 무한히 긴 플랫폼, 단어가 쓰인 표지판, 기관차의 칙칙폭폭 소리, 번쩍이는 강철의 철궤, 이 풍부한 고안품들, 이들 모두는 불임(不姙)의 자식들이다,라고.

불분명하지만 여행자는 그런 관찰을 통하여 자신이 일상을 넘어 고양됨을 안다. 그는 전 생애 동안 그것을 명심하고 싶다. 그런 종류의 관찰을 일반적으로 인간적인 관찰이라 일컫는다 해도 여행자들, 특히 성질 급한 여행자들은 오히려 날마다 그렇게 자주 집 계단을 오르락내리락할지라도 아무 생각 없는 방안퉁수보다 더 개방적이기 때문이다. 방구석에 처박혀 있는 방안퉁수는 자기가 인간의 작품에 둘러싸여 있음을, 그의 생각 역시 인간의 고안물에 불과함을 알아차리지 못한다. 그는 사업에 능통하고 신용 있는 여행자를 파견하듯이 그의 생각을 파견하여 온 세계를 여행한다. 그런 식으로 세계를 자기 방 속에, 자신의 사업 속에 억지로 끌어들였다고 생각한다.

그렇지만 생각 대신에 자기 자신을 파견하는 사람은 그런 경박한 안전감을 상실한다. 그의 분노는 모든 인간의 작품에 향한다. 계단을 다름 아닌 바로 그렇게 만든 엔지니어에게, 마치 그들의 머리대로 세상이 이룩될 수 있는 양, 정의, 질서, 자유를 지껄여 대는 선동가들에게, 아는 체하는 사람에게 분노가 향한다. 그에게 무지의 지(知)가 싹터 오른다.

어떤 고통스러운 자유가 그것이 다른 말로도 표현될 수 있음을 신고한다. 알지 못하는 사이에 사물들과 관계되는 단어들이 불확실성에 빠져 든다. 마치 단어들이 고아가 된 것 같다. 여행자는 갈피를 못 잡고 열차의 긴 복도를 지나간다. 건물에서처럼 유리창이 있는 것에 약간 의아해하며 손으로 싸늘한 표면을 만져 본다. 여행을 하는 사람은 그렇게 쉽사리 홀가분한 무책임의 상태에 빠져 든다. 이제 기차가 전속력으로 칙칙폭폭 달려간다. 외견상 목적지를 향해 돌진하며 외견상 무책임을 향해 나간다. 이 돌진을 정지시킬 수 있는 것은 기껏해야 비상 브레이크 정도이다. 이제 여행자는 발 아래의 아주 빠른 속도로 운반되어 간다. 그때 대낮의 고통스러운 자유 속에서도 양심을 상실하지 않은 그는 반대 방향으로 가보려는 시도를 한다. 그러나 결코 끝에 이를 수가 없다. 이곳은 바로 미래이기 때문이다.

쇠바퀴가 그를 확고하고 좋은 대지와 분리시킨다. 복도의 여행자는 많은 통로가 있는 배를 생각한다. 거기선 선실에 선실이 연이어 있다. 그것은 물의 산 위에서 헤엄친다. 그 깊은 아래, 바다의 밑바닥, 대지가 있다. 달콤한, 그러나 결코 충족되지 않는 희망이여! 오직 살인만이 자유를 가져다줄 수 있다면 배의 배 속에 기어들어 숨어 있는 게 무슨 소용인가. 아, 배는 연인이 살고 있는 성에 결코 닿지 못하리라. 복도의 여행자는 산책을 포기한다. 그 대신 그는 풍경과 멀리 있는 산을 바라보는 것처럼 코를 유리창에 납작하게 누른다. 어린 시절에 했던 것처럼.

자유와 살인은 얼마나 가까운가, 마치 탄생과 죽음처럼! 자유 속에 던져진 사람은 사형대로 다가가며 어머니를 부르는 살인자처럼 고독하다. 칙칙거리며 달리는 기차에선 모든 것이 미래이다. 모든 순간 다른 곳에 있는 것이기 때문이다. 차 속의 사람들은 만족한다. 마치 자신들이 벌(罰)에서 멀어지리라는 것을 알고 있는 것 같다. 플랫폼에 남아 있는 사람들, 그들은 부르짖고 손수건을 흔들며 떠나가는 사람들의 양심을 움직여 그들이 맡은 바 의무로 돌아오도록 애를 썼었다. 하지만 여행자들은 이제 무책임의 상태를 포기하지 않는다. 그들은 외풍으로 목이 뻣뻣해질까 두렵다는 구실하에 창문을 닫는다. 그들은 준비한 음식의 꾸러미를 푼다. 이제는 그것을 다른 사람과 나누어야 할 필요가 없다.

그들 중 많은 사람은 차표를 모자 위에 꽂아 두었다. 그의 결백을 멀리서도 알 수 있도록 하기 위해서다. 물론 대부분의 사람들은 양심의 소리가 울리고 제복을 입은 관리가 나타나면 불안해하며 황급히 차표를 찾는다. 살인을 생각하는 사람은 곧 체포된다. 그가 어린아이처럼 알록달록한 가지가지의 음식과 과자를 섭취해도 아무 소용이 없다. 오직 처형 전의 식사가 남아 있을 뿐이다.

그들은 의자 위에 앉아 있다. 부끄러움 없이 그리고 어쩌면 날림으로 설계자에 의해 몸을 구부려 앉은 꼴의 두 배가 되도록 이어 맞추어져 있는 의자이다. 그들은 여덟 명씩 판자 우리 안에 정렬되어 서로 압착되어 앉아 있다. 그들은 고개를 흔들거리며 나무의 삐꺽 소리와 구르는 바퀴 위의 쇠막대기가 부딪치며 가볍게 덜컹거리는 소리를 듣는다. 기차가 달려가는 방향으로 앉아 있는 사람은 지나간 것을 보는 다른 사람들을 경멸한다. 그들은 외풍이 두렵다. 문이 왈칵 열리면 그들의 목을 돌리게 할 수 있을, 들어오는 사람이 무섭다. 왜냐하면 고개를 돌리는 이런 일은 죄와 벌 사이에 있는 정의(正義)를 전혀 알지 못하는 사람에게 일어나기 때문이다. 그는 둘 더하기 둘이 넷임을 의심한다. 그는 자기가 어머니의 자식임을, 이를테면 기형아가 아님을 의심한다. 그렇게 그들의 발끝은 조심스레 앞을 향하여 있고 추구해야 할 사업을 가리킨다. 왜냐하면 그들이 행하는 사업에는 그들의 공동체가 있기 때문이다. 힘은 없지만 불확실성과 악의 의지로 가득 차 있는 그런 공동체가.

자식을 기형아가 아니라고 진정시킬 수 있는 사람은 어머니뿐이다. 그러나 나그네와 고아들, 자신의 뒤에 있는 다리 [橋]를 태워 버린 그들 모두는 주위의 사정을 알지 못한다. 그들은 자유 속에 던져졌으므로 질서와 정의를 새로이 수립해야 한다. 그들은 기술자와 선동가들이 눈앞에 얼씬거리게 내버려 두지 않으려 한다. 그들은 국가와 기술이 장치한 인간의 고안품을 증오한다. 그러나 그들은 감히 몇천 년 동안의 오해를 거부하거나 인식의 끔찍한 혁명을 일으켜 보지는 않는다. 거기선 둘과 둘이 더해지지 않을 수도 있으리라. 왜냐하면 거기선 이미 상실했다가 재발견된 무죄를 그들에게 확신시켜 주는 사람이 아무도 없기 때문이다. 대낮의 자유로부터 망각 속으로 도피하면서 그들의 머리를 가슴에 품어 줄 수 있는 사람은 아무도 없기 때문이다.

분노는 감각을 예리하게 한다. 여행자들은 아주 신중하게 짐을 자리에 정리해 놓는다. 그들은 제국의 정치 제도에 대해서, 공공질서에 대해서, 법의 본질에 대해서 분노하며 비판적인 대화를 한다. 그들은 예리한 형식으로 사물들과 제도들을 혹독히 비평한다. 물론 그들은 말로 의사 표현을 하지만 이제 말의 적합성을 믿을 수는 없다. 그들은 자기들의 자유에 양심의 가책을 느끼면서 철도 사고의 끔찍한 위기를 두려워한다. 사고가 일어나면 쇠막대기가 그들의 몸뚱이를 꿰찌르리라. 그런 것을 사람들은 이미 신문에서 종종 본 일이 있다.

그러나 그들은 기차 시간에 늦지 않으려고 너무 일찍 잠에서 깨어나 자유로 향했던 사람들과 같다. 그래서 그들의 말은 점점 불확실해지고 졸음이 온다. 불분명한 중얼거림의 대화는 곧 썰물처럼 빠져나간다. 이 사람 또는 저 사람이 미친 듯이 지나가 버리는 생을 보느니 차라리 눈을 감고 싶다고 말하기도 한다. 그러나 이미 꿈속으로 돌아가 버린 동료 여행자들은 이제 그 말에 귀를 기울이지 않는다. 그들은 외투를 얼굴에 덮고 주먹을 쥔 채로 잠이 든다. 그들의 꿈은 기술자와 선동가들에 대한 분노로 꽉 차 있다. 그자들은 흉악한 지식으로 사물을 거짓 이름으로 부르면서 자신들의 오류를 부끄러워하지 않는다. 그렇기에 분노 어린 꿈은 사물들에 새롭지만 아주 불확실한 이름을 부여해야 한다. 또한 그들의 꿈은 어머니들이 올바른 이름을 불러 주어 세상이 안전한 고향처럼 확실하게 되기를 바라는 동경으로 가득 차 있다.

어린아이에게서처럼 사물들은 너무 가까이 있거나 너무 멀리 있다. 기차에 몸을 실었던, 먼 곳에서 여인을 그리워하거나 또는 고향만이라도 그리워하는 여행자는 시력을 잃기 시작하는 사람과 같다. 자신이 눈이 멀 수도 있으리라는 소리 없는 불안이 그를 엄습한다. 그의 주위의 많은 것이 불분명해졌다. 적어도 그가 외투로 얼굴을 덮자마자 그렇게 되었다고 생각한다. 그런데도 그가 어쩌면 이미 가지고 있었겠지만 유의하지 않던 깨달음이 그의 내부에서 싹트기 시작한다. 그는 몽유를 시작한 것이다. 여전히 그는 기술자가 준비해 놓은 거리를 따라간다. 하지만 그는 가장자리만을 따라 걷는다. 따라서 사람들은 그가 넘어지지나 않을까 하고 두려워할 것이다. 아직도 그는 선동가의 목소리를 듣는다. 그러나 이제 그것은 그에게는 말이 아니다. 그는 팔을 옆으로 뻗치고 앞으로 향한다. 마치 확실한 대지 위 저 높은 곳에 더

확실한 받침이 있음을 알고 있는 줄타기꾼처럼. 마비되고 무리한 자세로 저 사로잡힌 영혼은 부유한다. 잠자는 사람이 앞으로 나아간다. 거기선 사랑하는 사람의 날개가 죽은 자의 입술에 놓아 둔 부드러운 깃털처럼 그의 숨결을 스친다. 그가 바라는 것은 누군가가 그에게, 마치 그가 어린아이인 양, 이름이 뭐냐고 물어 주는 것이다. 그러면 그는 고향을 숨쉬며 꿈 없이 여인의 품 속으로 가라앉을 것이다. 아직 그는 그리 높은 곳에 있지 않지만, 그렇지만 그는 조그마한 최초의 동경의 사닥다리 위에 서 있는 것이다. 이제 그는 자신의 이름이 무엇인지 알지 못하기 때문이다.

◆

희생의 죽음을 감수하고 세계를 새로운 무죄 상태로 구원할 어떤 사람이 오리라는 것. 인간의 그런 영원한 희망은 살인으로 나아간다. 그런 영원한 꿈은 혜안(慧眼)으로 상승한다. 꿈꾸어진 희망과 예감하는 꿈 사이에 모든 지(知)가 부유한다. 희생과 구원의 나라에 대한 지가 부유한다.

그는 밀하임에서 묵었다. 그가 그를 바덴바일러로 태워다 줄 기차에 탔을 때 슈바르츠발트[23]의 초록빛 산들이 서늘한 여름 안개 속에 놓여 있었다. 세상은 맑고도 가까워 보여 마치 위험한 장난감 같았다. 기관차가 목의 단추를 열어 주고 싶을 만큼 헉헉거렸다. 기차가 빨리 끌려가고 있는지 천천히 끌려가고 있는지는 알 수 없었다. 그럼에도 불구하고 사람들은 아무 걱정 없이 기차에 자신을 맡겨 둘 수 있었다. 기차

---

23 Schwarzwald. 독일 서남부의 산맥 이름.

가 정거했을 때 나무들이 여느 때보다 더 친근하게 인사했다. 흥겹고 가벼운 공기가 하늘하늘거렸다. 예쁜 그림엽서로 가득 찬 진열장이 있는 매점 하나가 역사(驛舍) 옆에 두드러져 있다. 저 엽서들은 모두 헨트엔 어머니의 수집에 유용하리라. 에슈는 성이 있는 언덕이 아름다워 보이는 엽서 한 장을 골라 주머니에 꽂고 한가롭게 엽서를 쓸 수 있을 그늘진 벤치를 찾았다. 그러나 그는 엽서를 쓰지 않았다. 마치 이제 서두를 필요가 조금도 없는 사람처럼 편안하게 앉아 있었다. 그의 손이 평화롭게 무릎 위에서 쉬고 있었다. 그렇게 오랫동안 앉아 있었으므로 그다음 그가 사람들이 호흡하고 있는 걱정 없는 거리를 걸어갈 때 놀랍게도 자신이 어떻게 이곳에 왔는지 알 수 없을 정도였다. 어느 집 앞에 위압적인 자동차가 서 있었다. 에슈는 그것을 찬찬히 바라보며 그 속에서 잠을 잘 수 있을지를 생각해 보았다. 의연하게 그는 다른 것들도 관찰했다. 그의 내부에서 목적지에 도착하여 안장 위에서 몸을 돌려 먼 곳에 남아 있는 다른 사람들을 바라볼 때 일어나는 듯한 안전감과 이완감이 일었기 때문이다. 모든 긴장이 그에게서 떨어져 나간다. 그는 편안하게, 거의 망설이며, 마지막 구간을 뒤로하며 나아간다. 그렇다, 그가 목적지에 도착하기 전에, 확실한 승리를 붙잡기 전에, 특별히 높고 어려운 장애물이 아직 그에게 맞서기를 잔뜩 기대하고 있다. 그렇기 때문에 그가 그런 안전감을 품고 베르트란트의 집으로 향하는 것은 거의 고통스럽다. 날이 아무리 아름답다 하더라도 누구나 고통은 싫은 법이다. 멈추어 서지도 물어보지도 않았지만 그는 자기가 어디로 향해야 하는지를 알고 있었다.

그는 부드럽게 구불구불한 공원 길을 올라갔다. 숲의 숨결이 그를 맞으며 이마를 쓰다듬고 칼라와 소매의 살갗을 어루만졌다. 그는 그 숨결을 받아들이려고 모자를 손에 들고 조끼의 단추를 풀었다. 이제 그는 공원 문을 들어섰다. 순간 그 자리에 있는 것들이 그의 꿈의 형상들로 떠 있던 웅대함을 지녔다고는 할 수 없어도 그는 거의 놀라지 않았다. 설령 저 높은 곳의 어느 창문에서도 반짝이는 옷을 입은 일로나를, 아름다운 경치의 아름다운 짝인 그녀 자신이 벌써 목적지에서 한가로이 누워 있는 모습을 볼 수 없다 하더라도, 아, 그 모습이 없음을 아무리 애달파하더라도, 꿈의 성은 무사했다. 꿈의 형상은 무사했다. 그것은 마치 그의 눈앞에 살아 있는 모습으로 순간적이며 실제적인 목적, 꿈속의 꿈을 위하여 세워져 있는 것 같았다. 아침 그림자가 드리워진, 완만하게 비탈진 짙푸른 초원 위쪽에, 절제되고 견실한 양식의 별장 같은 건물이 배치되어 있었다. 그리고 흡사 이런 아침의 장난스럽고 매끄러운 서늘함이 상징화되어야 하는 양, 흡사 상징이 다시 한 번 상징화되어야 하는 양, 비탈의 끝에 거의 소리 없는 분수가 있었다. 그것은 다만 물의 맑디맑음 때문에 맛보고 지나가는 투명한 음료와 같았다. 문 뒤에 있는, 덩굴나무로 휘감긴 관리인의 집으로부터 회색 옷을 입은 남자가 나와 용건을 물었다. 저고리에 달린 은빛 단추가 제복이나 하인복의 표시로서가 아니라 단지 이 영롱한 아침을 위해 꿰매어져 있는 듯이 부드럽고 서늘한 빛을 반사하며 반짝였다. 어제는 사장을 만나 볼 수 있을지 의심하면서 순간 자신감을 눌렀었다면, 모든 의심이 사라져 버린 지금 에슈는 자기가 묻지 않고 출입할 수 있는 사람의 하나라고 주장할 뻔했다. 그는 이름과 용건을 장부에 기입하는 걸 등한시하는 문지기가 놀랍게 여겨지지 않았고, 입구에서 기다리는 것이 어쩌면 보다 예의 바른 일이라고 생각하지 않았다. 오히려 그는 남자와 한편이 되어 그와 나란히 걸어갔다. 남자는 그가 하는 대로 잠자코 내버려 두었다. 그들은 어스름하고 쾌적한 대기실로 들어갔다. 남자가 흰 래커 칠을 한 여러 문 가운데 하나로 사라질 때 그 문이 부드럽게 열렸다가 부드럽게 닫혔다. 그동안 에슈는 발바닥 아래 부드럽게 쏠리는 양탄자를 느끼면서 말을 전하러 간 사자(使者)를 기다렸다. 그가 돌아와 몇 개의 방을 지나 또 다른 현관까지 그를 안내하고는 절을 하면서 손님을 떠났다. 손님은 이제 안내자 없이 행동해야 했음에도 불구하고 이런 생각을 한다. 만약 방들이 훨씬 더 멀리, 어쩌면 영원까지, 도달할 수 없는 영원까지 계속 도망하여, 가장 안쪽의 성스러운 곳, 소위 왕의 알현실까지 연장된다면 더 합당하고 심지어 더 바람직하리라고. 그런데도 손님은 그가 무한한 방들의 무한한 대열을 기묘하고 버릇 없이, 알아차리지 못하게 황급히 통과했노라고 거의 믿고 있다. 왜냐하면 그는 이미 손을 내밀고 있는 사람의 앞에 서 있기 때문이다. 에슈는 알고 있었다. 그가 바로 베르트란트임을, 또한 그가 의심할 여지 없이 이곳에도 없고 여타 어느 곳에도 없음을. 그때 그는 그 사람이 어떤 다른 것의 상징이라는, 어떤 보다 본질적이며 어쩌면 보다 위대한 것의 상징이라는 생각이 들었다. 그 사람은 숨어 있으나 이 모든 일을 너무도 간단히, 너무도 매끄럽게, 진실로 유려하게 처리하고 있었다. 이제 또한 그는 연극배우처럼 수염이 없는 그를 보았다. 그러나 그는 결코 연극배우가 아니었다. 그의 얼굴은 청년이나 그의 고수머리는 하얬다. 방에는 많은 책들이 있었다. 에슈는 의사 옆에 앉듯이 책상 옆에 앉았다. 그는 그가 말하는 소리를 들었다. 그 목소리는 의사의 목소리처럼 동정적이었다. 「무슨 일로 오셨습니까?」

그러자 꿈꾸는 사람은 자신의 나지막한 목소리를 들었다. 「난 당신을 경찰에 고발하겠습니다.」

「오 유감이로군.」 대답 소리가 너무 낮아서 에슈 역시 감히 목소리를 높일 수 없었다. 거의 혼잣말처럼 반복했다. 「경찰에 신고하겠습니다.」

「그럼 당신은 나를 증오하십니까?」

「그렇습니다.」 에슈는 거짓말을 했고 그 거짓말이 부끄러웠다.

「그럴 리가 있소, 나의 친구여, 당신은 나를 좋아하오.」

「죄 없는 사람이 당신 대신에 감옥에 있습니다.」

에슈는 그 사람이 미소 짓는 것을 느꼈다. 마르틴이 말하며 미소 짓는 모습이 보였다. 그런 미소가 또한 베르트란트의 음성에도 깃들어 있었다. 「여보시오, 젊은이, 그렇다면 당신은 벌써 오래전에 나를 고발했어야 했소.」

그에게 무슨 짓도 해서는 안 되었다. 에슈는 대담하게 말했다. 「나는 암살을 하지는 않습니다.」

이제 베르트란트는 정말로 웃었다. 경쾌하고 들리지 않는 웃음이었다. 아침이 너무 쾌적했기 때문일까, 그렇다, 아침이 너무 쾌적했기에 에슈는 조소를 당했어도 화를 낼 수가 없었다. 오히려 그는 그가 방금 살인에 대해 이야기했음을 잊어버렸다. 그는 또한 만약 그것이 예의에 맞는 일이라면 그도 베르트란트의 경쾌한 웃음을 따라 웃고 싶었다. 그러나 억지로나마 정색을 하고 비록 두 사람의 생각이 정확히 일치하지 않았다 하더라도, 또는 서로 다른, 이해하기 어려운 연관성을 지니고 있었다 하더라도 그는 말을 계속했다.「절대로 나는 살인하지 않습니다. 당신은 마르틴을 석방해야 합니다.」

분명 모든 것을 이해하고 있었을 베르트란트는 이번에도 이해한 것처럼 보였다. 그의 음성은 이제 더욱 진지해졌으나 여전히 유쾌하고 경쾌한 즐거움에 가득 차 있었다.「하지만, 에슈, 어떻게 사람이 그렇게 비겁할 수가 있소? 살인에 대한 핑계가 필요할 정도로 말이오?」

다시 말이 있었다. 비록 조용한 검은 나비처럼 펄럭이며 지나가는 말에 불과했지만. 에슈는 생각했다. 베르트란트가 죽을 필요는 없으리라. 아무튼 헨트옌은 이미 죽었으니. 그러자 사람은 두 번 죽을 수도 있다는, 명료하고 부드러운 깨우침 같은 것이 일어났다. 에슈는 이전에 그런 생각을 해보지 못했던 것에 의아해하며 말했다.「당신은 자유로이 도망갈 수 있습니다.」 그리고 유혹하듯 제안했다.「미국으로 말입니다.」

베르트란트는 그를 향해 말하는 것이 아닌 듯이 보였다. 「내가 도망가지 않음을 친애하는 자네도 알고 있겠지. 너무 오랫동안 난 이런 순간을 기대해 왔네.」

그때 에슈는 자기보다 훨씬 높이 서 있는, 그러나 그의 기업체의 젊은 피고용인에 불과하고 게다가 고아인 자기와 마치 친구하고처럼 죽음을 이야기하는 그 사람에게 벅찬 사랑을 느꼈다. 에슈는 자신이 창고 장부의 처리를 잘했고 상당한 일을 성실하게 수행했던 것이 기뻤다. 그는 감히 자신이 베르트란트의 사정을 알고 있음을 긍정하지 않았다. 또한 베르트란트더러 자신을 죽여 달라고 감히 청하지도 않았다. 그 대신 그는 단지 이해한다는 듯이 고개를 끄덕였다. 베르트란트가 말했다. 「다른 사람을 심판해도 될 만큼 높이 서 있는 사람은 없네. 그의 영원한 영혼이 경외감을 일으키지 못할 만큼 극악한 사람도 없고.」

그때 에슈는 갑자기 이제까지 한 번도 없었던 깨달음을 얻었다. 또한 그가 자신과 세상을 속여 왔음을 알았다. 그는 결코 이 남자가 마르틴을 석방하리라고 믿은 적이 없었다. 그것은 마치 베르트란트가 에슈로부터 얻었으나 그에게 돌려주는 지(知)와 같았다. 그러나 인식자이자 피인식자인 베르트란트는 가볍게 내던지는 듯한 손짓을 하며 말했다. 「만약 내가 당신의 무서운 희망과 충족될 수 없는 조건을 충족시킨다면, 에슈, 우리는 서로에게 부끄러워할 필요가 없을 겁니다. 에슈, 당신은 왜소하고 평범한 협박자에 불과했음에, 나는 그런 협박자에게 자신을 맡겼음에 부끄러워할 필요가 없을 거요.」

눈을 뜬 채 꿈꾸는 사람, 에슈는 피할 것이 없었다. 베르트란트의 경멸 어린 손짓도 입가의 미소 속에서 보이는 아이로 니컬한 표정도 피하지 않았다. 그런데도 베르트란트가 그의 조건을 어떻게든지 실현시키리라는 또는 적어도 멀리 도망치리라는 희망이 그를 놓아주지 않았다. 에슈는 그러길 희망했다. 왜냐하면 헨트옌 씨의 두 번째 죽음에서 헨트옌 이미니에 대한 동경도 죽어 버릴 수 있으리라는 공포가 격렬하게 올라왔기 때문이다. 하지만 그것은 개인적인 일이었고 베르트란트의 운명을 그것과 결부시킨다는 건 돈을 옭아내는 일보다 더 적지않이 품위 없는 일로 생각되었다. 그리고 그것은 이 아침의 순수함과도 조화되지 않았다. 그래서 그는 말했다. 「다른 돌파구가 없습니다. 난 당신을 고발하겠습니다.」

베르트란트가 대답했다. 「누구나 자기 꿈을 실현해야 하지. 그것이 나쁜 것이든 성스러운 것이든 간에 말일세. 그렇지 않으면 그는 자유를 나누어 받지 못할 거야.」

에슈는 그를 완전히 이해하지는 못했다. 그래서 확인하기 위해 말했다. 「난 당신을 고발하겠습니다. 그렇지 않으면 더 나빠질 것입니다.」

「그래, 친애하는 이여, 그렇지 않으면 더 나빠질 걸세. 그리고 그렇게 되지 않도록 우리 노력해 보세. 나는 우리 두 사람 중에서 비교적 노력하기에 쉬운 축에 속하네. 나는 도망가 버리면 되니까. 낯선 이방인은 결코 고통스러워하지 않아. 그는 해방된 사람이니까. 얽매여 있는 사람만이 고통을 받지.」

에슈는 베르트란트의 입가에서 아이로니컬한 표정을 보았다고 생각했다. 그렇다면 저런 차갑고 낯선 이방인적 성격에 타락적으로 얽매였었기에 하리 쾰러는 고뇌에 찬 파멸을 맞아야 했으리라. 그러나 에슈는 이 불행을 야기하는 사람에게 화를 낼 수가 없었다. 그 자신이 내던지는 손짓을 하며 손을 씻어 버리고 싶었다. 그래서 거의 베르트란트의 말을 보충하는 것처럼 말했다. 「만약 속죄가 없다면, 어제도, 오늘도, 내일도 존재하지 않을 겁니다.」

「오, 에슈, 자네는 내 마음을 무겁게 하는군. 자네의 희망은 너무 과하네. 죽음 뒤의 시간은 결코 계산된 일이 없네. 시간은 언제나 탄생과 더불어 시작되는 법이야.」

에슈 역시 마음이 무거웠다. 그는 그 사람이 첨탑 위에 검은 기를 달아 올리라고 명령하기를 기다리며 생각했다. 그는 그 시간을 계산할 사람을 위하여 자리를 물러나야 한다. 그러나 베르트란트는 그것을 슬프게 생각지 않는 것 같았다. 왜냐하면 그는 가볍게, 마치 주석을 달듯이 말했기 때문이다. 「많은 사람이 죽어야 하네. 많은 사람이 희생되어야 해. 그리하여 인식하며 사랑하는 구원자를 위한 자리를 마련해야 해. 그러나 우선 적그리스도가 와야 해. 미치광이, 꿈을 상실한 자가. 그러면 세계는 공기가 없어지게 되지. 마치 진공 용기 속처럼 텅 비어 버리는 거야…… 무(無)가 되는 거야.」

베르트란트의 말이 전부 와 닿았다. 그의 아이로니컬한 표정을 대담하게 모방하는 것이 거의 의무처럼, 거의 동의의 표시처럼 되어 버릴 정도로, 그의 말이 너무 이해되고 친숙해졌다. 「그렇습니다, 질서가 수립되어야 합니다. 그래야 처음부터 시작할 수 있습니다.」

그러나 그는 그 말을 발설한 것이 부끄러웠다. 자신의 신랄한 표정과 어조가 부끄러웠다. 그는 그의 앞에 벌거숭이로 서 있는 것 같았고 베르트란트가 그를 다시 조소할까 봐 두려웠다. 그러나 그 사람은 감사하게도 그의 말을 조용히 정정했다. 「살인과 대응 살인이 그 질서라네, 에슈. 기계의 질서지.」

에슈는 생각했다. 그가 나를 여기서 붙들어 두는 것, 그것이 질서이리라. 사람은 모든 것을 잊어야 한다. 그러면 밝은 나날이 평온하고 명료하게 흘러가리라. 그런데 그는 나를 거절한다. 일로나가 이곳에 있으려면 그는 가야 하는 것이다. 그래서 그는 말했다. 「마르틴은 자신을 희생했지만 그가 구원한 사람은 아무도 없습니다.」 베르트란트의 손이 가볍게, 약간의 경멸과 절망을 담고 움직였다.

「아무도 어둠 속에선 다른 사람을 볼 수가 없네, 에슈. 밝아지리라는 건 꿈에 불과할 뿐이야. 내가 자네를 곁에 붙잡아 두지 않는 것은 자네도 알다시피 자네가 너무도 고독을 두려워하기 때문일세. 우린 잃어버린 종족일세. 나 역시 오직 내 일만을 할 수 있을 뿐이네.」

에슈가 그 말을 대단히 노엽게 생각했음은 자명한 일이었다. 그는 말했다. 「십자가에 못 박혀 죽는 일 말이군요.」

그때 베르트란트가 다시 미소 지었다. 에슈는 그에게 내쫓겼다고 느껴졌으므로, 만약 그 미소가 그렇게 친절한 것이 아니었더라면, 거의 그가 죽기를 바랐을 것이다. 「그래, 에슈 — 십자가에 못 박히는 일이야. 그리고 최후의 고독 속에서 창으로 꿰뚫리고 초산이 발라질 거야. 그때서야 비로소 어둠이 닥치며, 그 어둠 속으로 세계가 용해되겠지. 그리하여 세상은 다시 밝아지고 무죄로 될 것이네. 어느 누구도 다른 사람의 길을 찾아내지 못하는 어둠 — 그 속에선 우리가 나란히 걸어가면서도 서로의 소리를 듣지 못하고 서로를 잊어버리겠지. 자네, 사랑하는 나의 마지막 벗, 자네 역시 내가 해준 말을 잊어버리겠지. 마치 꿈을 잊어버리듯이.」

 그가 버튼을 눌러 명령을 내렸다. 그다음 그들은 집 뒤로 멀리 무한대까지 뻗어 있는 아름다운 정원으로 나갔다. 베르트란트가 그에게 꽃들과 말들을 보여 주었다. 꽃 사이에 소리 없이 검은 나비들이 펄럭펄럭 날아다녔다. 말들은 투레질을 하지 않았다. 베르트란트는 자기의 소유물 속을 걷는 것이었으므로 가볍게 걸었다. 에슈는 종종 그 경쾌한 사람이 목발을 짚고 가는 듯한 생각이 들었다. 그다음 그들은 함께 식탁에 앉았다. 은 식기와 포도주, 과일이 식탁을 장식하고 있었다. 그들 두 사람은 서로의 모든 것을 알고 있는 친구 같았다. 식사를 끝냈을 때 에슈는 이별의 시간이 가까웠음을 알았다. 저녁은 예기치 않게 금방 저물 수 있는 법이다. 베르트란트가 정원으로 향하는 계단까지 그를 배웅했다. 그곳에는 이미 크고 붉은 자동차가 기다리고 있었다. 붉고 번쩍이는 가죽 좌석이 정오의 태양으로 인해 아직도 뜨거웠다. 그리고 작별하기 위하여 그들의 손가락이 서로 닿았을 때 에슈는 베르트란트의 손에 몸을 굽혀 입맞추고 싶은 강한 욕망을 느꼈다. 그러나 자동차의 운전기사가 경적을 요란하게 울렸으므로 손님은 서둘러서 차에 올라야 했다. 차가 움직이기 시작하자마자 거센, 그러나 미지근한 바람이 일었다. 그러자 집과 정원이 나부껴 사라지는 듯했다. 그 바람은 뮐하임에서야 잔잔해졌고, 그곳에선 불 밝힌 기차가 헐떡거리며 여행자들을 기다리고 있었다. 그것이 에슈가 최초로 한 자동차 여행이었다. 참 아름다운 여행이었다.

◆

　깨어 있는 자의 불안은 너무도 크다. 그는 보다 더 가치가 적어진 자격을 갖고 돌아온다. 그는 강렬한 자신의 꿈이 두렵다. 그 꿈은 어쩌면 행위로 옮겨지진 않았을지 모르나 새로운 앎이 되었다. 꿈에서 쫓겨난 사람, 그는 꿈속을 방황한다. 그가 바라볼 수 있는 그림엽서를 주머니에 가지고 있어도 아무런 소용이 없다. 법정에서 그는 여전히 위증자이다.

　사람이란 종종 얼마 안 되는 시간에 동경의 면모가 바뀌는 것을 주의하지 않는다. 어쩌면 그것은 어떤 미묘한 차이, 보통 여행자로선 주의하지 않고 간과해 버리는 조명의 뉘앙스에 불과할지도 모른다. 그러나 그에게서 고향에의 동경은 예기치 않게 약속된 땅에의 동경으로 변했던 것이다. 어두운 공포에 가득 찬 그의 마음은 조용히 기다리고 있는 고향의 밤을 두려워할지라도, 그의 눈은 어느 곳에서부터인가 비추어 오는 어떤 보이지 않는 밝은 빛으로 충만되어 있다. 그 빛은 아직 보이지 않지만, 그럼에도 불구하고 바다 저편에 그 빛이 있음을, 그리고 그곳에선 검은 안개가 트일 것임을 예감한다. 안개가 걷히면 넓고 밝은 들이 열 지어 있는 것이 보인다. 완만하게 비탈진 초록빛 초원이 보인다. 그 나라엔 영원한 아침이 깃들어 있으므로 두려워하는 사람은 여인들을 잊기 시작한다. 그 나라엔 사람이 귀하고 얼마 안 되는 식민지 개척자들은 외국인이다. 그들은 서로 어떠한 공동체도 결성하지 않고 각자가 고독하게 각자의 성에서 산다. 그들은 자신의 일에 몰두하여 밭을 갈고 씨를 뿌리고 풀을 뽑는다.

정의의 팔이 그들을 간섭할 수 없다. 그들은 권리도 법도 필요하지 않기 때문이다. 그들은 자동차를 타고 초원 위로, 한 번도 길이 난 적이 없는 처녀지 위로 달려간다. 그들의 유일한 영도자는 그들의 충족될 수 없는 동경이다. 설사 개척자들이 정착한다 하더라도 그들은 자신을 이방인으로 느낀다. 그들의 동경은 먼 곳에 있는 것에 대한 동경이다. 그것은 점점 더 커지는, 결코 도달할 수 없는 빛이 있는 머나먼 곳을 향한다. 그들이 바로 서양인이기에, 마치 그들이 서 있는 곳이 밤이 아니라 빛의 입구인 양 저녁을 향해 시선을 주고 있던 사람들이기에, 그건 정말 기이한 일이다. 그들이 그렇게나 밝은 빛을 찾는 것이 예리하고 틀림없이 사고를 하기 때문인지, 아니면 단지 그들이 어둠 속에 있는 걸 두려워하기 때문인지는 결정을 내리지 못할 일이다. 다만 그들은 언제나 숲이 거의 없는 곳에 정착한다는 것, 혹은 숲을 탁 트인 공원으로 개간한다는 것을 알고 있을 뿐이다. 그들은 자기들이 설사 총림의 서늘함을 사랑한다 하더라도 아이들을 섬뜩한 암흑으로부터 지켜야 하지 않겠느냐고 말하는 것이다. 그 말이 옳건 그르건 그 식민지 개척자들은 사람들이 흔히 이주민이나 개척자들을 생각하듯이 그런 거친 사람들이 아님이 드러난다. 오히려 그들의 태도는 여인들의 태도를 연상시키며 그들의 동경은 여인들의 동경 — 겉으로는 사랑하는 남자에게 향하지만 실제로는 그가 그녀를 어둠에서 끌어내 줄 약속된 땅에 향해 있는 동경을 연상시킨다. 그렇지만 사람은 그런 표현을 할 때 신중해야 한다. 왜냐하면 그들 식민지 개척자들은 즉시 감정이 상하여 더욱 폐쇄적인 고독 속으로 움츠러들기 때문이다. 그러나 초원 — 시원한 강이 혈관처럼 흐르는, 그들이 좋아하는 구릉진 풀밭에서 그들은 비록 노래 부르기에는 너무 수줍다 할지라도 명랑하다. 이것이 고통을 등진 식민지 개척자들의 삶이며 그들은 그 삶을 바다 저편에서 찾는다. 그들은 머리가 이미 세었다 하더라도 쉽사리 젊은 나이로 죽는다. 그들의 동경은 언제나 계속되는 작별이기 때문이다. 그들은 약속된 땅을 보았으나 홀로 신성한 동경 속에서 그 혼자만이 제외되었던 모세처럼 오만하다. 종종 그들에게서 산상의 모세에게서와 같은 약간은 절망적이며 약간은 경멸 어린 손짓이 느껴진다. 왜냐하면 그들 뒤에 있는 민족의 고향은 되돌아갈 수 없이 멀고 그들 앞의 머나먼 곳은 닿을 수 없이 멀리 있기 때문이다. 그리고 자신은 알지 못하지만 동경이 변화된 사람은 때때로 자신의 고통을 마비시켰을 뿐이지 결코 완전히 잊을 수는 없음을 느낀다. 헛된 희망. 축복받은 광야로의 돌진과 고아들의 방황을 누가 구별할 수 있겠는가. 약속된 땅을 향하여 점점 더 돌진하면 할수록 되찾기 어려운 것에 대한 고통이 점점 더 적어진다 해도, 많은 것이 점점 밝아지는 빛으로 바뀌고 그것에 귀속한다 할지라도, 어쩌면 고통 또한 점점 누그러지고 밝아지고 심지어 보이지 않게 될지 모르지만, 그러나 고통은 남자의 동경처럼 거의 사라지지 않는다. 남자의 몽유 속에서 세계가 사라진다. 여인과의 밤, 그리고 자애로운 어머니와 같은 밤에 대한 기억 속에서 용해되다가 마침내 과거의 고통스러운 입김으로 화하는 것이다. 헛된 희망, 때로는 이유 없는 오만. 잃어버린 세대. 식민지 개척자들 중 많은 사람은 비록 명랑하고 의연하게 보일지라도 양심의 가책을 느끼고 있다. 그들은 그들보다 죄 많은 다른 많은 사람들보다 더 속죄를 행할 각오를 한다. 그렇다, 자신들이 처한 명료함과 평온함을 더 이상 참지 못하는 사람들이 존재함은 믿을 수 없는 일이 아니다. 비록 사람들은 자신들의 진정되지 않는 먼 곳에의 동경이 너무도 커서 필연적으로 다시 반대 부분, 어쩌면 근원으로 돌아가야 한다고 말할 수 있을지라도, 바로 그렇기 때문에 향수병을 앓는 듯이 손을 얼굴에 대고 쿨쩍이는 식민지 개척자들을 보았다는 말 또한 믿을 수 없는 이야기가 아니다.

이리하여 에슈는 잿빛 안개 어린 아침에 만하임 시로 접근하면 할수록, 점점 더 고통스러운 공포에 빠져들었다. 그는 거의 알지 못했다. 기차가 그를 곧바로 쾰른의 식당까지 실어다 줄 것인지 아닌지, 아니면 그에게서 아이를 얻었을 헨트옌 어머니가 만하임에서 그를 기다리고 있을지 아닐지를. 그는 다만 편지 한 통만이 기다리고 있는 것에 실망했다. 아무튼 편지는 예상한 일이었다. 그러나 그는 조금도 읽고 싶지 않았다. 게다가 잉크 얼룩으로 미루어 보건대 그 편지가 헨트옌 씨의 초상 밑에서 쓰였음을 알 수 있었다. 어쩌면 그래서일까, 어쩌면 공포에서였을까, 에슈가 편지를 잡았을 때 그의 손이 떨렸다.

◆

그가 에르나를 거의 주목하지 않고, 그녀의 모욕당한 표정을 무시하고 곧장 시내로 갔던 이유는 그가 경찰서에 고발을 해야 한다고 깨달았기 때문이다. 그러나 이상하게도 먼저 로베르크에게 가서 인사를 했다. 그다음 그는 이제 다시 부두로 가야 할지를 숙고했다. 그러나 그럴 기분이 아니었으므로 비록 오후가 되어서야 면회가 허락됨을 알고 있었지만 그는 감옥으로 가고 싶었다. 멀리서 고독이 자태를 드러냈다. 결국 그는 실러의 기념상 앞에 섰다. 그 옆에 에펠탑과 자유의 여신상이 있었더라면 그는 만족했을 것이다. 아마 그것은 차원의 차이에 불과했을지도 모른다. 실물 크기의 기념상은 그에게 거의 아무것도 말해 주지 않았다. 이제 그는 헨트옌 어머니의 식당을 상상할 수가 없었다. 이렇게 그는 기억과 싸우면서 아침을 빈둥거리며 보냈다. 그렇다, 그는 경찰에 고발하려 했었다. 그러나 고발문의 내용을 작성할 수가 없었다. 그리고 마르틴을 가두었던 만하임 경찰이 그런 고발을 받아들일 듯싶지 않다는 통찰에 이르자 그는 어떤 홀가분함을 느끼며 마침내 계획을 포기했다. 그러나 한편 그에겐 어쨌든지 쾰른 경찰에게 넨트비히를 대신할 인물을 안겨 주어야 할 빚이 여전히 남아 있었다. 그는 화가 났다. 그런 생각을 좀 더 일찍 할 수도 있었을 텐데. 그러나 지금은 정리가 되었으므로 로베르크의 일행과 맛있게 점심을 먹었다.

그다음 그는 감옥에 갔다. 찌는 듯이 더운 날 다시 면회실에 앉았다. 아니, 여기서 한 번이라도 떠났던 적이 있었던가? 다시 마르틴이 간수와 함께 들어왔고 다시 에슈는 머릿속에서 고통스러운 공허감을 느꼈고, 다시 그가 왜 이런 방에 와 있는지를 설명할 수 없게 되어 버렸다. 비록 일이 어떤 특정한, 오랫동안 계획했던 목표를 위한 것이었음에도 불구하고 말이다. 다행스럽게도 그는 호주머니 속에 담배가 있음을 알아차렸다. 이번에는 반드시 마르틴에게 건네주어, 적어도 이 방문으로 옛날의 빚을 갚아야 할 것이다. 그러나 이것은 핑계, 그래 핑계에 불과하다, 에슈는 생각했다. 그다음 생각은, 건망증이 있는 사람은 헛걸음질을 하게 마련이지. 모든 것이 화가 났다. 그리고 그들이 다시 셋이서 탁자에 둘러앉았을 때 마르틴의 아이로니컬한 친절이 오늘 특히 그를 화나게 했다. 그 태도는 그가 인정하고 싶지 않은 어떤 것을 환기시켰던 것이다.

「그래 요양에서 돌아왔어, 아우구스트? 정말 멋있게 보이는군. 아는 사람을 전부 만나 보았지?」

「난 아무도 만나지 않았어.」 에슈가 그렇게 말한 것은 거짓말이 아니었다.

「오호, 그럼 바덴바일러에서도 가지 않았던 거야?」

에슈는 대답할 수 없었다.

「에슈, 어리석은 짓을 저질렀어?」

에슈는 여전히 잠자코 있었고 마르틴은 정색을 했다. 「만약 네가 어떤 일을 저질렀다면 우리 관계는 마지막이야.」

에슈가 말했다. 「정말 이상하군. 내가 무슨 일을 저질렀어야 한단 말이야?」

그에 대해 마르틴 왈, 「너 양심에 찔리는 게 있어? 뭐가 좀 잘못되었군!」

「찔리는 거 없어.」

마르틴이 여전히 살피듯이 그를 응시했고 에슈는 마르틴이 뒤에서 목발로 한 대 먹이려는 듯 그를 따라왔던 날을 회상하지 않을 수 없었다. 그러나 마르틴은 다시 친절해지며 물음을 던졌다. 「그럼 아직 만하임에 무슨 볼일이 있는 거야?」

「로베르크가 에르나 코른과 결혼한대.」

「그래, 그 로베르크가…… 그 담배 장수를 알고말고. 그래서 네가 아직 여기 있는 거야?」 마르틴의 시선에 다시 의심이 어렸다.

「난 오늘 떠날 거야…… 적어도 내일은.」

「그래 무슨 일이 있는 거야?」

에슈는 가능한 한 멀리 떠나 버리고 싶었다. 그가 말했다. 「난 미국으로 가려고 해.」

마르틴이 늙은 어린아이 같은 표정을 지으며 미소 지었다. 「그래, 그래, 그게 네가 오랫동안 바라던 것이었군…… 아니면 지금 네가 쫓겨 갈 특별한 이유라도 생긴 거야?」

아냐, 난 단지 지금 그곳의 전망이 좋을 거라고 생각할 뿐이야.

「글쎄, 에슈, 그전에 널 보기를 바라. 네가 쫓겨난다는 것보다는 그곳에 좋은 전망이 있다는 이유가 더 낫지…… 하지만 만약 다른 경우라면 넌 나를 영원히 보지 못할 거야, 에슈!」 그 말은 거의 위협같이 울렸다. 뜨겁고 통풍이 안 되는 방 안에 다시 침묵이 잉크로 얼룩진 탁자 옆의 세 남자 위로 내려앉았다. 에슈는 일어나며 말했다. 오늘 기차를 타려면 서둘러야 해. 마르틴이 작별을 하면서 다시 묻듯이, 그리고 의심스럽게 그를 응시했으므로, 그는 담배를 그의 손에 밀어 넣어 주었다. 그동안 제복 입은 감시인은 못 본 척했다. 혹은 정말로 못 보았는지도 모른다. 그리고 마르틴은 인도되어 나갔다.

시내로 돌아오는 길에 마르틴의 위협이 에슈의 귀에 쟁쟁했다. 어쩌면 그의 위협이 벌써 실현되었는지도 모른다. 갑자기 그는 마르틴을 상상할 수 없었기 때문이다. 그가 절름거리는 것도, 미소 짓는 것도, 그 절름발이가 다시 식당에 들어서리라는 것도 상상할 수 없었다. 그는 낯선 사람이 되어 버렸다. 에슈는 성큼성큼 유연하게 걸어 나아갔다. 마치 자신과 감옥 사이의 거리를, 자신과 그의 뒤에 있는 모든 것과의 거리를 가능한 한 빨리 벌려야 하는 듯이. 그래, 그가 나를 뒤에서 지팡이로 찌르려고 쫓아오진 않을 거야. 누구도 다른 사람을 쫓아갈 수도, 떠나보낼 수도 없다. 누구나 자신의 고독한 길을 가는 숙명을 지고 모든 공동체에서 멀어진다. 과거의 얽힌 실타래에서 자신을 빼내어 고통받지 않고자 하는 것이다. 다만 재빠르게 걸어서 나아가기만 하면 된다. 마르틴의 위협이 기이하게도 아무 내용 없는 것이 되어 버렸다. 마치 사람이 이미 오래전부터 관여하고 있던 보다 지고한 사실의 하찮은 모방 같았다. 마르틴을 내버려 둔다 해도, 소위 그를 희생시킨다 해도, 그것 역시 보다 지고한 희생의 세속적인 반복과 같다. 설령 과거를 궁극적으로 부정하기 위해서는 필연적인 반복일지라도 말이다. 만하임의 거리는 여전히 친밀했지만, 그럼에도 불구하고 낯선 나라로 자유를 향하여 나아갈 것이다. 그는 보다 높은 고원을 걷듯이 걸어갔다. 내일 쾰른에 도착한다 해도 이제 그는 그 도시나 도시의 모습에 굴복하지 않을 것이며, 도시가 유순하고 겸손함을, 변화되기 쉬움을 알게 될 것이다. 에슈는 손을 흔들며 내던지는 듯한 손짓을 했고, 아이로니컬하게 찌푸린 표정을 짓는

데에도 성공했다.

 그는 너무도 생각에 골몰하고 있었으므로 코른의 집 문을 보지 못했다. 다락방의 문 입구에서야 비로소 그는 한 층 다시 내려가야 함을 깨달았다. 에르나 양이 문을 열어 주었을 때 그는 깜짝 놀랐다. 그는 그녀를 잊고 있었다. 그녀는 문틈으로 내다보면서 그녀의 누런 미소를 보이고 자기 몫을 요구했다. 그것이 바로 동경의 문을 가로막는 과거의 악마였다. 그것은 여느 때보다 더 이겨 내기 어렵고 조소적이며 언제나 다시금 과거의 뒤얽힌 실타래 속으로 내려갈 것을 요구하는 세속적인 찌푸림이었다. 그때 양심은 아무 도움이 되지 않았고 쾰른이든 미국이든 언제나 마음 내킬 때 떠날 수 있다는 것도 아무 도움이 되지 않았다. 일순간 마치 마르틴이 그를 데리러 온 것 같았다. 에르나 양에게 그를 밀어붙이는 마르틴의 복수 같았다. 에르나 양은 그에게 빠져나갈 구멍이 없음을 알고 있는 것 같았다. 왜냐하면 그녀도 마르틴처럼 어두운 속세의 관계, 빠져나갈 수 없고 위협적이지만 극히 중요한 관계를 잘, 그리고 비밀리에 알고 있는 듯이 미소 지었기 때문이다. 그는 에르나 양의 용모를 살폈다. 그것은 시든 적그리스도의 얼굴이었고 아무런 해답을 주지 않았다. 「로베르크는 언제 옵니까?」 에슈는 느닷없이 물었다. 마치 거기서 해답을 찾으리라고 막연하게 기대를 품은 사람 같았다. 에르나 양이 교활하게 그녀가 의도적으로 약혼자에게는 말하지 않았다는 의미를 풍겼을 때 그것은 자극적인 호의이긴 했지만 그런데도 에슈의 격분을 불러일으켰다. 그는 그녀의 화난 얼굴을 주의하지 않고 로베르크를 저녁에 초대하기 위하여 집을 나왔다.

그 바보를 만나는 것은 정말 유쾌했다. 너무 유쾌하여 에슈는 그를 동반하여 온갖 식료품을 구입했을 뿐만 아니라 아울러 꽃다발 두 개도 구입했다. 그중 하나를 그는 로베르크의 손에 쥐어 주었다. 그들을 보는 순간 에르나가 손뼉을 치며 〈정말이지 두 기사님이 오셨네요!〉 하고 부르짖은 건 놀라운 일이 아니었다. 에슈가 자랑스럽게 응수했다. 「이별의 축하입니다.」 그리고 그녀가 식탁을 차리는 동안 그는 친구 로베르크와 소파에 앉아 〈난 이제 떠나네, 떠나야 하네〉를 노래했다. 그 때문에 에르나 양은 그에게 비난하며 꾸짖는 눈초리를 보냈다. 그렇다, 어쩌면 정말로 이별의 파티, 모든 현세적인 공동체로부터 탈퇴하는 파티일지도 모른다. 그는 에르나에게 일로나의 식기를 놓는 걸 금하고 싶었다. 일로나 역시 거기서 탈퇴해야 할 사람이며 또한 벌써 목적지에 가 있어야 할 사람이기 때문이다. 이런 바람은 에슈가 아주 진지하게 일로나가 멀리 있기를, 영원히 멀리 있기를 희망할 정도로 강했다. 그 밖에 그는 코른이 실망할 게 약간 기뻤다.

한데, 코른은 정말 실망한 모습이었다. 어쨌건 그의 실망은 헝가리 여인에 대한 더러운 욕설에서, 곧 있게 될 영양 공급을 전혀 참아 내지 못하는 데서 나타났다. 게다가 그는 커다란 덩치를 기이할 정도로 신속히 움직여 방을 통과했다. 그는 술병 쪽으로 갔다가 식탁으로 몸을 돌려 거기서 두툼한 손가락으로 소시지 조각을 집어 갔다. 에르나가 나무라자 그는 로베르크에게 몸을 돌려 주먹을 들고 그를 소파에서 내쫓았다. 마치 그 소파가 자신이 물려받은 자리임을 주장하는 듯했다. 코른이란 사내가 여기서 야기시킨 소란은 굉장했다. 그의 몸뚱어리와 목소리가 방 안을 더 가득 채웠다. 방 구석구석까지 가득 채웠다. 정말이지 코른의 식욕 과다증적 태도의 세속성과 육욕성이 방 위로 솟구쳐 오르며 전 세계를 압도적으로 채우려 했다. 그것은 과거의 것과 변화될 수 없는 것을 부풀리며 다른 모든 것을 위협하고 희망을 질식시켰다. 고조되고 밝은 무대가 어두워졌다. 어쩌면 그것은 결코 존재한 일이 없을지도 몰랐다. 「말이 났으니 말이지, 로베르크, 지금 자네의 구원의 나라는 어디에 있지?」 에슈가 소리쳤다. 마치 그렇게 함으로써 소름 끼치는 공포를 억누를 수 있다는 듯이. 그는 격분하여 소리쳤다. 그것은 로베르크도 그 밖의 어느 누구도 대답해 줄 수 없는 물음이었기 때문이다. 왜 일로나가 속세와 죽음을 접촉하러 내려와야 하지? 그러나 거기 코른이 널찍하게 앉아 사납게 명령했다. 「식사를 가져와!」 ― 「안 돼.」 에슈가 되받아 소리쳤다. 「일로나가 오고 난 다음에!」 그러나 그는 일로나를 다시 만날 것이 두려웠다. 이제 모든 것이 의문스러웠다. 문득 에슈는 일로나가 온다는 걸 아주 참을 수 없었다. 말하자면 그녀가 진리의 시금석의 자격으로 온다는 것을.

일로나가 들어왔다. 그녀는 그곳에 있는 사람들을 거의 주의하지 않았고, 오직 잠자코 음식을 씹고 있는 코른의 눈짓에 복종하여 그에게로 가서 소파 위에 앉았다. 마찬가지로 그녀는 침묵의 명령에 복종하며 부드러운 팔을 나른하게 그의 어깨로 가져갔다. 그러나 그 밖에 그녀가 본 것은 다만 얻어먹게 될 좋은 음식들이었다. 모든 것을 관찰하고 있던 에르나가 말했다. 「일로나, 내가 만약 당신이라면, 난, 식사 중에는 그 손을 발타자르에게서 치울 거야.」 물론 그 말은 허공에다 대고 행한 연설이었다. 일로나는 분명 아직도 독일어를 조금도 이해하지 못할 것이었기 때문이다. 그녀는 그 말을 이해할 수도 없었을뿐더러 그녀를 위해 행해졌던 희생에 대해서도 알 수 없었다. 언어를 할 수 없는 그녀는 육신을 지닌 사람들의 식탁 손님이라기보다는 오히려 속세 감옥의 방문객 혹은 자발적인 죄수라고 호칭될 수 있을 것이다. 오늘 많은 것을 알고 있는 듯이 보이는 에르나는 세속적인 사물들에 대해 더 이상의 언급을 하지 않았다. 그녀가 식탁의 꽃다발을 집어 일로나의 코밑에 갖다 댄 행동은 보다 사려 깊은 이해의 증거 같았다. 「한번 맡아 봐, 일로나.」 그녀가 말했다. 일로나가 말했다. 「응, 고마워.」 그 말은 어느 먼 곳에서, 음식을 우물거리는 코른은 결코 닿지 못할 곳에서 울려 나오는 것 같았다. 희생을 중지하지만 않는다면 그녀를 받아들일 준비가 되어 있는, 보다 높은 곳에서 울려 나오는 것 같았다. 에슈는 약간 기분이 가벼워진 듯했다. 누구나 자기의 꿈을 실현해야 한다. 그것이 악한 것이든 성스러운 것이든. 그러면 그는 자유를 나누어 갖게 될 것이다. 그러자 그만큼 유감이었던 것은 저 도덕군자가 에르나를 얻게 된다는 것, 그리고 일로나가 이제 한 계정에 종결 부호가 찍힐 것임을 거의 짐작하지 못하리라는 것이었다. 그것은 종결이며 전환이었다. 증언이며 새로운 앎이었다. 그때 에슈가 일어나 주위 사람들에게 건배하며 짤막하고 진심 어린 축하의 말과 더불어 신랑, 신부를 위한 만세를 불렀으므로 모든 사람들은 일로

나만 제외하고, 사실은 그녀를 위한 것이었음에도 불구하고, 아주 깜짝 놀랐다. 그러나 그것은 그들 모두의 소원이기도 했으므로 그들은 고마워했다. 로베르크는 젖은 눈으로 여러 번 손을 잡고 흔들었다. 그다음 신랑, 신부는 그의 명령에 따라 서로에게 약혼의 입맞춤을 했다.

그런데도 그는 아직 일이 끝나지 않은 것 같기만 했다. 파티가 끝나고 코른은 이미 일로나와 함께 방으로 들어가 버렸다. 에르나 양이 모자를 핀으로 꽂아 쓰고 에슈와 함께 새로운 약혼자를 집까지 배웅하려 했을 때 에슈는 거절했다. 아니, 총각인 내가 로베르크의 신부의 집에 묵는다는 건 예의 바르지 않다고 생각되는 바이니, 오늘만큼은 로베르크 씨의 집에 있는 방을 택하여 기꺼이 그와 바꾸어 잘 태세가 되어 있다고 말했다. 그 밖에도 어찌 되었건 그들은 새로운 부부로서 같이 이야기하며 생각해야 할 일이 있을 거라고도 했다. 그리하여 그는 두 사람을 에르나의 침실에 밀어 넣고 자기 방으로 갔다.

그런 식으로 그의 첫 번째 탈퇴의 낮이 끝났고, 낯설고 불편한, 첫 번째 포기의 밤이 열렸다.

잠 못 이루는 사람

잠 못 이루는 사람은 촉촉하고 부드러운 손가락 끝으로 침대 옆에 있는 고요한 촛불을 껐다. 그는 이제 서늘해진 방에서 서늘한 잠을 기다린다. 그는 심장의 고동 소리와 더불어 점점 죽음을 향해 살아 나간다. 그의 주위에 펼쳐진 공간이 기이하게 서늘하기 때문이다. 그의 머릿속의 시간이 너무 숨가쁘게 뜨겁고 바쁘다. 시작과 끝, 근원과 죽음, 어제와 내일이 유일하고 고독한 지금 속에서 하나가 될 정도로 숨가쁘다. 그것은 가장자리까지 팽만하여 거의 폭파될 것 같다.

에슈는 순간 로베르크가 집에 가는 길에 자기를 데리러 올 것인가를 생각했었다. 그러나 아이로니컬하게 얼굴을 찌푸리며 잠을 자도 되리라고 결정했다. 그는 여전히 상을 찌푸리고 옷을 벗기 시작했다. 양초의 불빛 속에서 그는 헨트옌 어머니의 편지를 훑어보았다. 식당에 대한 많은 이야기가 지루했다. 그러나 그를 기쁘게 한 부분이 한 군데 있었다. 〈사랑하는 아우구스트, 당신이 세상에서 나의 유일한 사랑이었고 사랑이리라는 것을 잊지 마세요, 그리고 당신 없이는 더 살 수가 없다는 것도. 사랑하는 아우구스트, 당신과 함께 차가운 무덤으로 가지 않으면 안 될 정도랍니다.〉 그렇다, 그 말이 그를 기쁘게 했다. 그래서 이제 그는 로베르크를 에르나에게 보낸 것이 헨트옌 어머니를 위한 것이기도 하다고 만족스럽게 생각했다. 그다음 그는 손가락 끝을 젖게 하여 촛불을 끄고 늘어지게 기지개를 켰다.

잠 못 이루는 밤은 평범한 생각으로 시작한다. 이를테면 곡예사가 더 어렵고 스릴 있는 재주로 나아가기 전에 우선 평범하고 쉬운 재주를 보여 주는 것과 같다. 어둠 속에서도 에슈는 로베르크가 킥킥대는 에르나의 이불 밑으로 기어 들어갈 것에 상을 찌푸리지 않을 수 없었다. 그러나 그가 그 도덕군자를 그렇게까지 질투할 필요가 없음에 기뻤다. 물론,

에르나에 대한 욕정은 이제 근본적으로 사라져 버렸다. 그것은 다만 좋은 일이며 당연한 일일 뿐이다. 그리고 사실 그가 저 위의 일들을 생각하는 것은 단지 그가 그들에게 얼마나 무관심할 수 있는지를, 에르나가 손으로 그 바보의 빈약한 육체를 쓰다듬는 것에 무관심하고, 그녀가 그런 불구자를 옆에 두고 참는 것에 무관심하고, 그녀가 마음속에 어떤 인상과 어떤 성기 ─ 그는 다른 단어를 사용했다 ─ 의 모습을 품고 있는지에 무관심할 수 있는지를 시험하려는 것뿐이었다. 이 모든 것을 상상하기는 너무도 쉬워 별 중요한 일로 보이지 않을 정도였다. 게다가 순결한 요셉에게서 그런 식으로 일들이 진행되었는지의 여부는 결코 확실하지 않았다. 이 모든 것이 헨트옌 어머니에게도 마찬가지로 그를 무관심하게 할 수 있었으면 아마 생은 쉬웠으리라. 그러나 그 생각이 살짝 스치는 것만으로도 너무 고통스러웠으므로 그는 어떤 특정 순간의 헨트옌 어머니처럼 경련을 일으켰다. 그는 생각을 에르나에게 되돌리고 싶었다. 하지만 어떤 모호한 것, 그것이 그날 오후의 위협적이며 불가피한 일이라고밖에 알 수 없는 어떤 것이 그 길을 방해했다. 그때 그는 일로나를 생각해 보려고 했다. 그녀의 경우 질서가 수립되기 위해선 단지 획획 날아가는 칼에 대한 기억을 뇌리에서 지우는 것이 문제였다. 흡사 어려운 사명의 사전 연습을 하는 것처럼 그녀를 생각하고 싶었지만, 그러나 그렇게 할 수 없었다. 그렇지만 이윽고 그는 분노와 반감과 함께, 그녀가 칼 사이에서 미소 짓고 서서 칼 하나가 그녀의 심장을 맞히기를 기다리듯 이 그녀 자신을 주의하지 않고 나른하고 부드럽게 저 죽은 고깃덩

어리 코른을 참아 내고 있는 모습을 눈앞에 떠올릴 수 있었다. 오, 그때 그는 갑자기 사명의 해결을 분명하게 보았다. 그것은 자살이었다. 그녀가 기이할 만큼 복잡하고 여성적인 방식으로 수행하고 있는 자살이었다. 그녀를 세속적인 것과 접하도록 끌어내리는 자살이었다. 그렇다, 그녀는 거기서 구원되어야 한다! 그것이 사명의 해결이며 또한 새로운 사명이다. 진실로 위협자가 길을 가로막고 있지는 않았다. 일로나를 제쳐 버리고, 에르나에게로 건너가 로베르크의 목덜미를 잡고 당장 공중에다 내동댕이쳐 버리면 간단할 일이다. 그 즉시 사람은 편안하고 꿈 없는 잠을 잘 수 있으리라.

그러나 금방 그렇게 되면 세상이 얼마나 평화로울까를 그려 보기 시작하며 한 여자에 대한 아주 소박한 갈망이 다시 일어났기 때문에, 그 잠 못 이루는 사람은 약간 희극적인, 동시에 약간 두려운 생각에 사로잡히게 된다. 그는 이제 에르나에게 돌아가서는 안 될 것이었다. 그렇다면 아이의 아버지가 누구인지 알 수 없게 될 테니까. 그것은 설명할 수 없는, 보다 깊은 세속적인 결합이었고, 오늘 그로 하여금 에르나로부터 움츠러들게 하는 위협자였다! 계산은 틀림없이 옳았다. 왜냐하면 한 사람은 다음 시간을 계산하게 될 사람을 위한 자리를 만들어 주기 위하여 가버리기 때문이다. 그리고 어떤 구원자의 아버지가 순결한 요셉이어야 한다는 말도 옳았다. 잠 못 이루는 사람은 다시 아이로니컬하게 찌푸린 얼굴을 지으려 해보지만 이제 그렇게 할 수가 없다. 그의 눈까풀은 너무 꼭 감겨 있다. 그리고 어둠 속에서 미소 지을 수 있는 사람은 없다. 왜냐하면 밤은 자유의 시간이며 웃음은 자유롭지 못한 자의 복수이기 때문이다. 오, 그가 여기서 잠 못 이루며 눈을 뜬 채 차갑고 이상한 흥분 — 그것은 욕정이 아니었다 — 속에서 누워 있는 것은 옳은 일이었다. 가사자(假死者)가 무덤 속에 누워 있었다. 그는 꿈도 없이 굳어진 채 자기 동굴에서 쉬고 있었으니까. 그렇지만 그 때문에 그 사람이 에르나 양이라고 불리는 그릇으로부터 새로운 생명을 싹터 오르게 하기 위하여 희생되었다고 가정할 수는 없었다. 그 잠 못 이루는 사람은 자신의 버릇대로 욕을 한다. 그러나 욕을 하면서도 죽음의 마법적인 순간은 출산의 순간이어야 하는 만큼 욕을 하는 건 옳지 않은 일이었다고 생각한다. 사람은 바덴바일러와 만하임에 동시에 있을 수는 없다. 따라서 그것은 성급하게 이끌어 낸 결론이었다. 모든 것은 아마 더 복잡하고 더 가치 있는 일일 것이다.

방이 어둠 속에서 서늘했다. 성급한 태도의 사람인 에슈는 꼼짝도 하지 않고 누워 있었다. 그의 심장이 시간을 두들겨 얇은 무(無)로 화하게 하고 있었다. 어째서 죽음을 미래로 미루어야 했는지 통찰할 수 없었다. 아무튼 그 미래는 벌써 현재가 되어 있다. 깨어 있는 사람에겐 그런 것들이 비논리적으로 여겨질 수도 있다. 하지만 그는 그 자신이 대개 일종의 어스름한 상태에 있다는 것, 단지 잠 못 이루는 사람만이 밤을 지샘으로써 진실로 논리적인 사고를 한다는 것을 잊고 있다. 잠 못 이루는 사람은 자기가 누워 있는 서늘한 무덤의 어둠을 보지 않으려는 듯이 눈을 감는다. 그런데도 그는 두렵다. 그가 눈을 떴을 때 창문 앞에 여자의 스커트 자락처럼 걸려 있는 커튼을 봄으로써, 어둠으로부터 분리되어 나올 수도 있을 모든 대상물을 봄으로써, 불면이 아주 일상적인 깨어 있음의 상태로 바뀔 수도 있을 것이다. 그렇지만 그는 깨어 있음보다는 잠 못 이룸의 상태로 있고자 한다. 그렇지 않다면 그는 헨트옌 어머니와 함께 세상을 하직하고 이곳 무덤에 숨어서 누워 있을 수 없을 것이다. 정욕이 가득하지만, 그것은 이제 정욕이 아니었다. 그렇다, 그는 정욕을 빼앗겼다. 그래도 괜찮았다. 죽음 속에서 하나가 된다. 잠 못 이루는 사람은 생각한다. 외견상으로 살해당한 사람은, 그렇다, 죽음 속에서 하나가 되는 것이다. 그것은 이제 또한 어떤 죽음 속에서 하나가 되고 있을 에르나와 로베르크를 생각하지 않았더라면 위안이 되는 생각이었을 것이다. 하지만 어떻게 그럴 수가 있단 말인가! 그때, 그 잠 못 이루는 사람은 이제 더 이상 냉소적인 재담을 하고 있을 기분이 나지 않는다. 그는 사건의 소위 형이상학적인 내용이 자신에게 작용하도록 내버려 두려고 한다. 그리고 자기 위치를 다른 방들로부터 분리시키는 이상할 정도로 먼 거리를 정확히 측정해 보려고 하고, 진지함을 다해 도달할 수 없는 공동체에 대하여, 완성으로 나아가야 할 꿈의 실현에 대하여 숙고해 보려 한다. 그러나 이 모든 것이 더 이상 이해되지 않으므로 그는 투덜거리며 한탄하고 성을 낸다. 이제 그가 숙고하는 것은 다만 어떻게 죽음으로부터 생명이 발생할 수 있는가에 대해서이다. 잠 못 이루는 사람은 짧게 깎은 머리를 손으로 쓰다듬는다. 손바닥에 서늘하고 따끔따끔한 느낌이 남는다. 그것은 위험한 실험과 같았으므로 그는 그것을 반복하지 않을 것이다.

그런 식으로 그의 생각이 보다 어렵고 보다 가치 있는 연습으로 진전함에 따라 그의 분노가 자라난다. 그리고 어쩌면 그것은 힘과 기분을 상실한 정욕의 분노일지도 모른다. 일로나는 아주 복잡하고 여성적인 방법으로 자살을 하며 밤이면 밤마다 한 조각의 죽음을 견디어낸다. 그리하여 그녀의 얼굴은 이제 마치 부패가 손을 댄 듯이 부석부석해졌다. 그녀의 마음속에 더러운 형상들이 새로이 아로새겨지는 밤이 계속될수록 그런 부석부석함은 더욱 커지지 않을 수 없으리라. 그렇기 때문에 그는 오늘 일로나를 보는 것이 두려웠었던 게다! 그 잠 못 이루는 사람의 깨달음은 죽음을 미리 투시하는 꿈이 된다. 그는 인식한다. 헨트옌 어머니가 벌써 죽었음을. 그녀는 죽은 사람이므로 그에게서 어린아이를 얻을 수 없고, 그래서 그녀는 만하임에 오는 대신 다만 편지 한 장을 쓸 수밖에 없었음을. 일로나가 짐승과 같은 코른에게 죽음을 당하는 것과 마찬가지로 그녀는 그들을 죽게 한 사람의 초상 밑에서 편지를 쓸 수밖에 없었음을. 헨트옌 어머니의 뺨도 부석부석해졌으리라. 시간과 죽음이 그녀의 얼굴에 놓여 있고, 밤마다의 사랑은 죽어 있다. 손을 집어넣기만 하면 기계적으로 골골거리는 자동 음악 기계처럼 죽어 있다. 에슈는 화가 치민다.

그 잠 못 이루는 사람은 자기 침대가 특정한 위치에, 특정한 거리의 어느 집에 있음을 알지 못한다. 그는 그것이 환기되는 것을 거부한다. 잠 못 이루는 사람이 쉽사리 분노의 흥분에 내맡겨짐은 주지의 사실이다. 밤거리의 외로운 전차 구르는 소리가 그들의 광기를 야기시킬 수도 있다. 그럴 때면 단지 회계상의 오류라고 불러서는 안 될 정도로 크고 끔찍한 모순에 대한 분노가 얼마나 더 강해지는지. 대단히 성급하게 그 잠 못 이루는 사람은 생각을 뒤쫓으며, 어디선가 머나먼 곳에서, 어쩌면 미국에서부터 자신에게 치달아 왔던 물음의 의미를 찾으려 한다. 그는 느낀다. 그의 머릿속에 미국이라는 한 지역이, 다름 아닌 미래의 장소로서 존재함을. 그러나 그 지역은 과거가 미래로, 부정된 것이 새로운 것으로, 그렇게 거침없이 돌진하는 한 결코 존재할 수 없다. 이러한 돌진의 질풍 속으로 자신도 휩쓸려 들어갈 것이다. 그러나 그 혼자만이 아니라 주위의 모두가 얼음의 허리케인 속에서 그와 함께 날려가게 되리라. 그들 모두가 처음으로 질풍 속에서 내던져지고 휩쓸린 사람을 따른다. 그것은 시간이 다시 시간이 되도록 하기 위해서이다. 이제 더 이상 시간이 존재하지 않았다. 기이하게도 공간만 많이 있을 따름이었다. 그 잠 못 이루는 사람, 밤을 지새우는 사람은 그들 모두가 죽어 가는 소리를 듣는다. 그가 그것을 보지 않으려고 다시 아주 세게 눈까풀을 압착시킨다 해도 죽음은 언제나 살인임을 그는 알고 있다.

이제 그 단어가 다시 나타났다. 한 마리 나비처럼 스치고 지나가는 것이 아니라, 밤거리의 전차처럼 덜컹거리며 나타나 소리쳤다. 그 말은 살인이라는 단어였다. 죽은 사람은 계속 죽음을 전해 준다. 누구도 살아남을 수 없다. 죽음이 어린 아이이기라도 한 양 헨트엔 어머니는 죽은 재단사로부터 죽음을 받았고, 일로나는 코른에게서 죽음을 얻고 있다. 어쩌면 코른도 마찬가지로 죽어 있는 사람일지도 모른다. 그는 헨트엔 어머니처럼 비대하며 구원에 대해선 조금도 알지 못한다. 혹은, 만약 그가 아직 죽지 않았다면 앞으로 죽게 될 것이다 — 기쁨을 주는 작은 희망이다 — 그가 살인을 완수하고 난 다음에 그 역시 재단사처럼 죽게 될 것이다. 살인과 대응 살인이 하나씩 하나씩, 과거와 미래가 서로서로, 죽음의 순간을 향해 돌진한다. 그 죽음의 순간이 현재이다. 너무도 예리하고 너무도 진지한 통찰이었다. 회계상의 오류란 너무도 빨리 다시 기어 들어오는 법이기 때문이다. 벌써 얼마나 희생과 살인의 구별이 터무니없이 어려워졌는가! 비록 그 잠 못 이루는 사람은 모든 잠 못 이루는 사람들처럼 외견상으로는 죽어 있지만, 아직 살아 있다. 비록 죽음은 이미 일로나를 어루만지고 있지만, 그녀는 아직 살아 있다. 오직 한 사람만이 새로운 생과 이제는 칼이 던져져서는 안 되는 세계의 질서를 위하여 희생을 감수한다. 이제 더 이상 희생이 안 일어나서는 안 된다. 모든 추상적이며 보편적인 인식은 불면으로 지새우는 상태에서 찾아지는 법이므로, 에슈는 결론에 이르렀다. 죽은 사람들은 여자들을 살해한 자라고. 그러나 그에게는 죽지 않고 일로나를 구원할 책임이 있었다.

다시 소망이 그의 내부에서 일어난다. 헨트옌 어머니의 손으로부터 죽음을 받아들이려는 초조가, 벌써 그 일이 일어나지 않았을까 하는 의구심이 일어난다. 만약 그가 죽은 자들에게서 오는 죽음을 떠맡는다면 그는 죽은 자들을 화해시킬 것이며 그들은 그 하나의 희생으로 위로받을 것이다. 그건 정말 위안이 되는 생각이리라! 그리고 몽롱한 상태에서 잠 못 이루는 사람은 깨어 있는 자보다 더 격렬하게 분노를 억제할 수 없는 것과 마찬가지로 행복에서도 더 희열 찬 행복,

야생적인 홀가분함이라고까지 말할 수 있는 행복을 느낀다. 그렇다, 이런 가볍고 구원받은 듯한 행복감은 너무도 밝아져 감긴 눈까풀 아래의 어둠을 비추기 시작할 정도이다. 이제 의심할 여지 없이, 살아 있는 그로부터 여자들은 아이를 얻어도 될 것이며, 바로 그가 헨트엔 어머니와 그녀의 죽음에 몸을 바치면서, 그러한 이상적 조처를 통해 단지 일로나의 구원을 완수하는 데 그치지 않고, 단지 그녀를 영원히 칼에서 구해 내는 데 그치지 않고, 단지 그녀의 아름다움을 그녀에게 되돌려 주어 모든 죽음을 물러서게, 새로운 처녀성을 얻을 때까지 물러서게 하는 데 그치지 않고, 아울러 필연적으로 헨트엔 어머니를 죽음에서 구해 내고 시대를 수립할 아이를 잉태할 그녀의 품 속에서 다시 살아갈 것이기 때문이다.

그때 그는 마치 침대와 더불어 아주 먼 곳에서 도착하여 이제 다시 어떤 골방 침실의 특정한 자리에 서 있는 것 같다. 잠 못 이루는 사람은, 새로 일깨워진 갈망 속에서 다시 태어나, 이제 목적지에 이르렀음을 안다. 그곳은 비록 아직 상징과 원형이 다시 통일체가 된 최종점은 아니지만, 그러나 지상의 인간을 만족시킬 저 잠정적인 목적지, 그가 사랑이라 부르는 목적지, 그리고 마지막에야 닿을 수 있는 확고한 해안의 지점처럼 도달할 수 없는 자의 눈앞에 서 있는 목적지인 것이다. 흡사 상징과 원형의 대립에서처럼 여인들은 기이하게도 합일되어 있지만, 그럼에도 불구하고 분리되어 있다. 그는 알고 있다. 헨트엔 어머니가 쾰른에서 그를 기다리고 있음을, 일로나가 도달할 수 없고 보이지 않는 곳으로 도망쳤음을. 그는 안다. 그가 그녀를 다시 보지 못할 것임을. 그러나 보이는 것과 보이지 않는 것이, 도달할 수 있는 것과 도달할 수 없는 것이 합일되어 있는 저 해안, 그곳에서 두 사람이 걸어가고 두 사람의 실루엣이 서로 융합되어 하나가 될 것이다. 그들은 서로 분리되어 있을지라도 영원히 충족되지 않는 희망 속에서 합일되어 있다. 헨트엔 어머니를 완전한 사랑으로 얼싸안기 위하여, 그녀의 생을 그의 생으로서 담당하기 위하여, 죽은 여인인 그녀를 그의 포옹 속에서 구원하여 소생시키기 위하여, 그가 나이 든 여인을 사랑하며 포옹할 때, 그는 노쇠와 기억의 짐을 일로나의 육체에서 덜어 낼 것이며, 일로나의 새로운 처녀다운 아름다움에 고양된 단계의 동경을 설치할 것이다. 그렇다, 그들 두 여인이 아무리 분리되어 있다 하더라도, 그럼에도 불구하고 하나가 되어 있었던 것이다. 합일된 것, 저 보이지 않는 것의 영상. 사람은 그것을 향해 몸을 돌려선 안 되지만, 그러나 그 영상이 바로 고향인 것이다.

잠 못 이루던 사람은 이제 목적지에 도달했다. 밤을 지새우며 해답을 발견했음에도 불구하고 그는 자신이 다만 해답 주위에 논리적인 끈을 풀어놓았음을, 바로 그 때문에 그 끈이 더욱 길어지도록 잠 못 이룬 채 있어야 했음을 이해하고 있다. 그러나 이제 그는 감히 마지막 매듭을 지어 보려 한다. 그것은 마치 그가 마침내 해결에 이른 복잡한 회계 과제 같았다. 그것은 심지어 회계 과제 이상의 일이었다. 그는 완전한 결단 속에서 진정한 사랑의 과제를 떠맡았던 것이다. 왜냐하면 그는 자기의 현세에서의 삶을 헨트엔 어머니에게 종속시켰기 때문이다. 그는 일로나에게 이 결과를 알리고 싶었다. 그러나 그녀는 독일어를 모르기에 그만두어야 했다.

잠 못 이루던 사람은 눈을 뜬다. 그는 자기 방을 알아본다. 그리고 만족스럽게 잠이 든다.

◆

그는 헨트옌 어머니를 위하여 결단을 내렸었다. 드디어. 에슈는 차창 밖을 내다보지 않았다. 그가 생각을 완전하고 무조건적인 사랑에 향하게 하는 것은 과감한 실험과 같았다. 친구들과 손님들은 술주정을 할 것이다. 그가 들어가면 많은 눈들이 있음에도 불구하고 헨트옌 어머니가 마주 달려와 그의 가슴에 안길 것이다. 그렇지만 그가 쾰른에 도착했을 때 그런 상상은 이상하게도 멀리 밀쳐졌다. 그 도시는 그가 알고 있던 도시가 아니었고 저녁 거리를 통과하는 길은 몇 킬로미터나 넓고 낯설게 확장되어 있었기 때문이다. 그가 떠나 있던 날이 엿새에 지나지 않음을 그는 이해할 수 없었다. 이제 시간도 존재하지 않았다. 열리는 집도 불확실했고 넓이가 불분명한 방도 불확실했다. 에슈는 문에 서서 헨트옌 어머니를 건너다보았다. 그녀가 카운터 뒤에 군림하고 있었다. 거울 위에 걸린 튤립 모양의 화사한 갓 속에서 등불이 타오르고 있었고 침묵이 공기 속에 드리워져 있었다. 침침한 홀엔 손님이 아무도 없었다. 아무 일도 일어나지 않았다. 왜 그는 이곳에 왔을까? 아무 일도 없었다. 헨트옌 어머니는 카운터 뒤에 앉아 마침내 버릇대로 아무렇지 않게 〈안녕하세요〉라고 말했다. 그러고는 두려워하며 식당 안을 둘러보았다. 분노가 안에서 끓어올랐다. 어째서 이런 여자를 위해 결단을 내렸었는지 그는 갑자기 이해할 수 없었다. 그래서 그 역시 마찬가지로 〈안녕하십니까〉라고 말했다. 그는 마음속 어느 구석엔가 그녀의 오만한 냉정함을 긍정하고 있었고, 또한 같은 값으로 되갚을 권리가 없음을 알고 있었음에도 불구하고 화가 났기 때문이다. 무조건적인 사랑의 결심을 가슴에 품고 있는 사람은 아무튼 동등할 권리가 있는 것이다. 그는 대들 듯이 말했다. 「편지 고마웠습니다.」 그녀는 화를 내며 텅 빈 식당을 둘러보았다. 「누가 들으면 어쩌려고 그래요?」 몹시 화가 난 에슈는 특별히 분명한 어조로 말했다. 「그렇다면…… 그 어리석은 비밀 지키기가 끝장이 나는 거지요!」 그 말은 아무런 의미도 목적도 없었다. 식당은 비어 있었고 그 자신도 왜 자기가 여기 앉아 있는지 알 수 없었기 때문이다. 헨트옌 어머니는 깜짝 놀라 입을 다물었고 머리 모양을 매만지러 갔다. 그와 함께 역에 간 이래로 그녀는 자기가 너무 무모한 짓을 했다고, 너무 자기를 바쳤다고 잔뜩 후회하고 있었다. 그리고 경솔하게도 만하임으로 편지를 쓴 후로부터 헨트옌 어머니는 정말 공포에 빠져 있었다. 에슈가 편지에 대해 언급하지 않았더라면 그녀는 감사하게 생각했을 것이다. 그러나 목석같이 무정한 얼굴을 한 그가 분명 제 모습을 뻐기고 있는 지금 그녀는 다시 쇠 집게로 붙잡혀 저항할 수 없는 듯한 느낌이 들었다. 에슈가 말했다. 「난 나가 버릴 수도 있습니다.」 그때, 만약 바로 첫 손님들이 들이닥치지 않았더라면 그녀는 정말 탁자 뒤에서 일어서서 나왔을 것이다. 그들 둘은 그렇게 서서 잠시 침묵했다. 그러자 헨트옌 어머니가 소곤거렸다. 약간 경멸 어린 어조로 다만 이런 장면을 끝내기 위하여임을 암시하면서. 「오늘 밤에 와요.」에 슈는 아무 대답도 하지 않고 포도주 한 잔을 들고 탁자에 가서 앉았다. 에슈는 아주 고독한 느낌이 들었다. 어제 그렇게 명백했던 계산은 이제 셈하기 어려운 것이 되었다. 그는 어째서 일로나 때문에 이 여자로 결정을 내려야 했을까? 그는 식당을 둘러보았고 여전히 낯설다는 느낌을 받았다. 그가 이 모든 것에서 아무리 멀리 있다 해도 상관없는 일이었다. 대체 그가 아직도 쾰른에서 해야 할 일이 무엇이란 말인가? 그는 벌써 오래전에 미국에 갔어야 했다. 그렇지만 그때 그의 시선이 자유의 표징들 위쪽에 걸린 헨트옌 씨의 초상화에 닿았다. 그러자 이제 점차 기억이 되살아나는 것 같았다. 그는 잉크와 종이를 가져와 아주 아름다운 회계사의 필체로 쓰기 시작했다.

고발장

본인은 존경하옵는 경찰 당국에 만하임 미텔라인 선박 회사의 이사회 회장이며 바덴바일러에 체류하고 있는 에두아르트 폰 베르트란트 씨가 유감스럽게도 남자들과 불미스러운 관계를 맺고 있음을 고발하는 바입니다. 또한 본인은 본 고발에 대한 증인으로 나설 각오가 되어 있습니다.

그는 서명을 하려다가 멈추었다. 〈애도해 마지않을 유족들을 위하여〉라고 쓰고 싶었던 것이다. 그런 생각에 대해 웃으려고 했지만 그러나 그는 놀랐다. 하지만 결국 이름과 주소를 종이에 기입하고 조심스럽게 접어서 서류 지갑에 간직했다. 내일까진, 그는 혼잣말을 했다. 최후의 유예이다. 서류 지갑 속에는 바덴바일러의 그림엽서도 들어 있었다. 그는 오늘 밤 그것을 헨트엔 어머니에게 주어도 될지 생각해 보았다. 아주 고독한 느낌이었다. 그렇지만 그때 골방 침실이 그의 눈앞에 떠올랐다. 그녀가 다시 선정적으로 고통스러운 성교 태세를 갖추고 있는 것이 보였다. 그가 카운터 옆을 지날 때 그의 음성이 칼칼했다. 「그럼 나중에 봅시다.」 그녀는 의자 위에 앉아 아무 말도 듣고 있지 않은 듯이 보였다. 그래서 이전의 분노와는 다른 종류이긴 했지만 새로운 분노에 가득차, 되돌아와서 마구 큰 소리로 말했다. 「저기 위 초상화를 떼어 버렸으면 아주 좋겠습니다.」 그녀는 여전히 꼼짝도 하지 않았고 그는 문을 쾅 닫고 나와 버렸다.

그가 나중에 돌아와 문을 열려고 했을 때 집 문이 안에서 잠겨 있었다. 그는 하녀가 들을 수도 있음을 염두에 두지 않고 초인종을 울렸다. 아무 움직임도 없자 그는 난폭하게 마구 울렸다. 효과가 있었다. 발걸음 소리가 들렸다. 그는 식모 아이가 나오기를 거의 희망했다. 그 아이에게라면 식당 안에 두고 나간 것이 있다고 말할 수 있으리라. 그 밖에도 그 계집아이는 그를 퇴짜 놓지 않을 것인데, 그것은 어머니에게 좋은 교훈이 될 것이었다. 그러나 나온 이는 식모아이가 아니라 바로 헨트엔 부인 자신이었다. 그녀는 여전히 완전히 옷을 입은 채 울고 있었다. 두 가지가 그의 분을 돋우었다. 그들은 말 없이 올라갔고 위에 이르자 즉시 그는 그녀를 기습했다. 아래에 깔린 그녀의 입맞춤이 부드러워지자 그는 위협적으로 물었다. 「그림을 떼어 버렸습니까?」 그녀는 처음 그가 무슨 말을 하는지 알지 못했지만, 그 말을 알아들었을 때에도 바로 이해하지 못했다.「그림?…… 아 그 그림, 왜죠? 마음에 안 들어요?」그는 그녀의 몰이해에 절망하여 대답했다.「그래요, 마음에 안 듭니다…… 아무튼 많은 것이 마음에 안 듭니다.」그녀는 다소곳이 공손하게 말했다.「당신 마음에 안 들면 다른 곳에 걸 수도 있어요.」이 여자는 말할 수 없이 어리석어 매를 들지 않고는 어쩔 도리가 없군, 이제, 하고 에슈는 자제했다.「그림을 태워 버려요.」──「태워요?」──「네, 태워 버려요. 만약 계속 어리석은 태도를 취한다면 내가 이 집 전체에다 불을 놓겠습니다.」그녀는 놀라서 그에게서 물러났다. 그는 효과에 만족하여 말했다.「당신에게 합당한 것은 그것뿐입니다. 여하간 당신은 식당을 좋아하진 않지요.」그녀는 대답하지 않았다. 설령 그녀가 정말로 아무것도 생각지 않고 다만 지붕 위로 타오르는 불꽃을 보고 있다 하더라도 그녀는 마치 무엇인가를 감추려는 것 같았다. 그는 그녀에게 호통을 쳤다.「어째서 아무 말이 없습니까?!」날카로운 어조가 완전히 그녀를 굳어지게 했다. 이 여인은 결국 가면을 떨어 버릴 수 없는 걸까? 에슈는 일어나 위협하듯이 침실 입구에 섰다. 그녀가 도망가는 것을 막으려는 것 같았다. 사람은 사물을 합당한 이름으로 불러야 한다. 그렇지 않으면 이 살덩어리하고는 일을 진척시킬 수 없을 것이다.「어째서 그와 결혼했었습니까?」그런 질문과 함께 아주 거칠고 절망적인 감정이 치밀어 올라왔으므로 그는 생각을 에르나에게 도피시켰다. 그는 그녀를 버렸었다. 그런데도 그녀의 경우는 그를 괴롭히는 것이 조금도 없었다. 그녀의 기억 속에 어떤 남자의 성기의 모습이 담겨 있는지도 전혀 중요하지 않았다. 또한 에르나가 아이를 가졌었는지, 아니면 인공적인 피임 기구를 통해 보호되었는지도 아무런 상관이 없었다. 그는 대답이 두려웠다. 아무 말도 듣고 싶지 않았다. 그런데도 그는 소리를 질렀다. 「왜 그랬습니까?」 그에 반해 헨트옌 부인은 자신을 너무 하락시킨 게 아닐까 하는 새로이 일깨워지는 불안 속에서, 어쩌면 자기가 사랑을 받게 된 이유라고 생각하는 후광을 잃어버릴 수도 있다는 불안 속에서 정신을 가다듬어 대답했다. 「오래전 일이에요…… 당신에겐 상관없는 일이잖아요.」— 에슈는 턱을 내밀고 말처럼 튼튼한 이빨을 드러냈다. 「내게 상관이 없을 거라고요…… 나야 아무래도 좋다고요!」 자신의 절대적이며 그칠 줄 모르는 헌신과 고통에 이 여자는 이렇게 보답하다니. 그녀는 어리석고 무정했다. 아우구스트 에슈, 그는 그녀의 운명을 자신의 운명으로 감수하려고 했다. 비록 그녀의 생이 죽음으로 인해 노쇠하고 더럽혀졌어도 그는 그녀의 생을 떠맡고자 했다. 아우구스트 에슈, 그는 완전히 그녀에게 헌신하려고 결단을 내렸었다. 그는 자신의 온갖 낯섦을 그녀 속에서 소멸시킴으로써 또한 그녀의 낯섦과 그녀의 생각을, 비록 그것이 자신에게는 아주 고통스러울지라도, 말하자면 교환하는 식으로 얻고자 했다. 그런데 상관없는 일이라니!! 오, 어리석고 무정한 여인. 바로 그렇기 때문에 그는 그녀를 때리지 않을 수 없었다. 그는 침대로 다가가 손을 쳐들고 그녀의 통통하고 움직이지 않는 뺨에 적중시켰다. 마치 그렇게 함으로써 그녀의 움직이지 않는 정신을 적중시킬 수 있다는 듯이. 그녀는 저항하지 않았고 굳어진 채 누워 있었다. 설사 그가 그녀에게 칼을 던졌다 하더라도 그녀는 역시 움쭉도 하지 않았으리라. 그녀의 뺨이 벌게지며 둥근 곡선 위에 눈물이 떨어져 내렸다. 그때 그의 분노가 가라앉았다. 그는 침대 위에 앉아 그녀를 옆으로 밀어 자기 자리를 만들었다. 그리고 그는 명령했다. 「우리 결혼합시다.」 그녀는 단지 〈네〉라고만 말했다. 에슈는 다시 분노에 빠져 버릴 뻔했다. 왜냐하면 그녀가 그 증오스러운 이름을 드디어 벗어 버릴 수 있어 기쁘다고 말하지 않았기 때문이다. 그러나 그녀는 팔을 그에게 감고 그를 자신에게 끌어당기는 것 이외의 어떤 다른 대답을 알지 못했다. 그는 피곤했으므로 그대로 두었다. 어쩌면 그것이 합당한 행동이었을 것이다. 어쩌면 아무래도 좋았을 수도 있다. 왜냐하면 구원의 나라라는 관점에서 볼 때 모든 것이 어쨌든 불확실했고, 모든 시간도 불확실했고, 모든 계산과 모든 덧셈도 불확실했기 때문이다. 그는 새로이 분격했다. 그녀가 구원의 나라에 대해 무엇을 알 것인가? 대체 무엇인가를 알고 싶어라도 했던가? 어쩌면 코른만큼 거의 알지도 못하고 알고 싶어하지도 않으리라! 아마도 그녀에게 푸른 물을 들이려면 시간이 필요할 것이다. 화가 나긴 하지만 우선 이것으로 만족하고 그녀가 이해할 때까지 기다려야 할 것이다. 그녀가 행해 왔던 바로 그대로 그녀의 식당 장부를 다루도록 내버려 두어야 할 것이다. 정의의 나라, 미국에선 달라질 것이다. 그곳에선 과거가 부싯돌처럼 떨어져 나갈 것이다. 그리고 그는 그녀가 쥐어짜는 듯이 오버베젤에 체류했었느냐고 물었을 때 화를 내지 않고 진지하게 고개를 저으며 퉁명스레 말했다. 「아, 천만에요.」 그렇게 그들은 결혼의 밤을 축하했다. 그들은 식당을 팔아 버릴 것을 상의했다. 1개월이 지나면 그들은 높은 바다 위에 있을 것이다. 내일 그는 텔처와 미국에서의 사업을 진행시키는 일에 다시 착수할 것이다.

그는 여느 때보다 오래 머물렀다. 그들은 이제 더 이상 계단을 발끝으로 살금살금 내려오지 않았다. 그녀가 그를 내보냈을 때 거리 위엔벌써 사람들이 있었다. 그것이 그를 매우 자랑스럽게 했다.

◆

다음 날 아침 그는 알함브라에 갔다. 물론 아직 아무도 없었다. 그는 게르네르트의 책상 위에서 우편물을 찾아보았다. 뜯지 않은 봉투가 하나 있었다. 자신의 필적으로 쓴 것이었다. 그는 아연한 나머지 처음 순간엔 인정할 수 없었다. 그것은 그 자신이 만하임에서 써 보낸 에르나의 편지였다. 흠, 그 여자는 오랫동안 답장을 얻지 못하면 다시 그 아름다운 비명 소리를 끊임없이 내지를 텐데. 극장이란 곳의 칠칠치 못한 망나니들 같으니라고.

이윽고 텔처가 어슬렁어슬렁 들어왔다. 에슈는 그를 다시 만나 거의 기뻤다. 텔처는 너그러웠다. 「아니, 마침 때맞추어 다시 오셨소이다. 전부 자기 사사로운 일만 하는데, 텔처는 이 꾀죄죄한 일을 혼자 해나가야 한다나요.」 게르네르트는 어디 있소? 「노, 뮌헨에 있는 소중한 가족에게 갔지요…… 집안에 심한 우환이 있다나, 감기가 들었다던가.」 곧 돌아오겠군, 에슈가 말했다. 「곧 와야겠지요, 그 감독은. 어젠 구경꾼이 쉰

명도 안 되었으니. 오펜하이머와 상의해야 할 겁니다.」—
「좋아요.」에슈가 말했다. 「오펜하이머에게 갑시다.」

오펜하이머와 그들은 마지막 회전을 생각해야 한다는 데 의견의 일치를 보았다. 「당신에게 경고했건 안 했건,」오펜하이머가 말했다. 「레슬링은 멋진 거요. 하지만 영원히 레슬링뿐이라면 누가 흥미가 있겠습니까?」에슈는 그 말이 옳을지 모른다고 생각했다. 그는 다만 게르네르트가 돌아왔을 때 자기 이익금을 계산하게 하면 된다. 그리고 결정이 빠르면 빠를수록 그들은 빨리 미국에 갈 것이다.

이번에는 그가 기꺼이 점심 식사에 텔처를 데리고 갔다. 미국의 계획에 착수할 때가 지금이라고 여겨졌기 때문이다. 거리에 나서자마자 에슈는 주머니에서 어떤 리스트를 꺼내어 그가 여행을 위해 미리 적어 둔 여자들을 더해 보았다. 「그래요, 내게도 몇이 있습니다.」텔처가 말했다. 「하지만 우선 게르네르트가 내 돈을 돌려주어야 하는데.」에슈는 놀랐다. 텔처는 로베르크와 에르나의 출자금에서 지불받았을 텐데. 텔처가 화를 내며 말했다. 「그럼 무슨 돈으로 레슬링 경기 자금을 조달했다고 생각하십니까? 그는 정말 수동적이었다고요. 그걸 알지 못했나요? 그는 내게 기금을 담보로 해주었습니다. 하지만 그 기금 가지고 미국에서 뭘 시작하겠습니까?」그것은 약간 놀라운 일이었다. 하지만 레슬링 경기를 청산하게 되면 게르네르트에게 돈이 흐를 수 있을 것이며 텔처가 여행을 할 수 있을 것이다. 「일로나도 같이 갑니다.」텔처가 결정했다. 당신은 잘못 생각하고 있군, 친구. 에슈가 생각했다. 이제 일로나는 이런 일과는 아무 관계가 없어. 그녀가 지금 아직 코른의 집에 있을지라도 그것은 얼마 가지 않을 것이며 머지않아 그녀는 공원에서 노루가 풀을 뜯는, 어느 멀고 다다를 수 없는 성에서 살게 될 거야. 그는 말했다. 경찰서에 갈 일이 있으니 좀 돌아서 가야 할 것 같다고. 어느 종이 가게에서 에슈는 신문과 편지 봉투를 샀다. 그는 신문을 주머니에 꽂아 넣고 즉시 편지 봉투에다 장식체로 주소를 썼다. 그리고 서류 지갑에서 조심스럽게 접힌 고발장을 꺼내어 봉투에 넣은 다음 경찰서로 건너갔다. 그는 건물에서 돌아왔고, 대화를 계속했다. 일로나와 같이 가는 건 쓸데없는 일입니다. 「아무 소리 마시오.」 텔처가 말했다. 「첫째, 그곳에서 우리는 휘황찬란한 계약을 찾을 겁니다. 둘째, 여행에서 이도저도 안 되면 우리는 여기서 일해야 합니다. 그녀는 충분히 게으름을 피웠습니다. 난 벌써 그 여자에게 편지를 보냈습니다.」 ─ 「어리석은 짓이오.」 에슈가 거칠게 말했다. 「여자 매매 상인은 부인을 데려가선 안 되오.」 텔처가 웃었다. 「노, 당신의 의견이 내가 일을 그대로 두어야 한다는 거라면 내게서 그곳의 기회를 사들이십시오. 당신은 지금 대자본가이니…… 사업 여행을 했으면 대개 돈을 가져오는 게 아니겠습니까?」 에슈는 놀랐다. 마치 텔처가 경찰서 쪽에 신호를 보내는 것 같았다. 무슨 소리일까? 이 유대인 마술쟁이가 무얼 알고 있을까? 나 자신도 이 여행에 대해선 아무것도 모르지 않는가. 그는 텔처에게 호통을 쳤다. 「빌어먹을 농담이구려. 난 돈을 가져오지 않았소.」 ─ 「나쁜 뜻은 아니었소, 에슈 씨. 내게 너무 역정 내지 마시지요. 그저 지나가는 소리였으니.」

그들은 헨트옌 어머니의 집으로 들어갔다. 에슈는 다시 텔처가 무엇인가를 알고 있으며 그를 이를테면 〈살인자〉라고 부를 수 있을 것 같았다. 그는 감히 식당 안을 둘러볼 수 없었다. 결국 그는 눈을 들었다. 헨트옌의 초상이 있던 자리에 하얀 얼룩이 있음을 발견했다. 얼룩 가장자리엔 거미줄이 걸려 있었다. 그는 텔처를 건너다보았지만 그는 아무 말이 없었다. 아무것도 눈치 채지 못한 게 분명했다. 그는 아무것도 알아차리지 못했다! 에슈는 뿌듯했다. 한편으로는 자부심에서, 한편으로는 텔처의 눈을 그림으로부터 돌리게 하기 위해서, 그는 자동 음악 기계로 가서 시끄러운 음악을 연주하게 했다. 소음을 향해 헨트옌 어머니가 모습을 나타냈다. 그러자 에슈는 커다랗고 친밀한 애정의 말로 그녀를 환영하고픈 기분이 들었다. 그는 그녀를 기꺼이 에슈 부인으로 소개하고 싶었다. 만약 그가 그런 사랑 가득한 농담을 억눌렀다면, 단지 그것은 그가 그녀에게 고마운 마음이 들어 수줍은 태도를 취하는 그녀를 아껴 줄 태세가 되었기 때문만은 아니었고, 텔처텔티니 씨가 그런 친밀함에 어울릴 가치가 조금도 없는 사람이기 때문이기도 했다. 그러나 에슈는 결코 그런 분별 있는 행동을 너무 오래 준수할 생각은 없었다. 텔처가 식사를 마치고 가려고 하자 그는 여느 때처럼 빙 둘러서 다시 돌아오기 위해 그를 배웅하기는커녕 오히려 더 남아서 신문을 읽겠다고 분명하게 말했다. 그는 주머니에서 신문을 꺼냈으나 다시 그것을 집어넣었다. 그리고 앉아서 기다렸다. 그의 두 손이 평화롭게 위에서 쉬고 있었다. 그는 읽고 싶지 않았다. 벽의 흰 얼룩을 바라보았다. 그리고 조용해지자 그는 일어섰다. 그는 헨트옌 어머니에게 감사했고 그들은 유쾌한 오후를 보냈다. 그들은 다시 식당의 처분에 대해 이야기했고 에슈는 어쩌면 오펜하이머가 살 사람을 찾아 줄지 모른다고 말했다. 그리고 다정하게 그들의 결혼 이야기를 했다. 골방 침실의 천장에 마치 검은 나비처럼 보이는 얼룩이 있었다. 그러나 그것은 더러운 얼룩에 불과했다.

저녁에 그는 의무대로 여자들을 찾아보는 일을 하려고 했다. 그러나 우선 그 젊은이 하리가 뭘 하고 있는지 보아야 한다는 생각이 들었다. 그는 그를 찾았으나 허사였으므로 그 돼지 같은 식당을 떠나려 했다. 그때 알폰스가 왔다. 그 뚱보는 희극적인 상태에 있었다. 그의 기름 낀 머리카락은 어지럽게 두개골에 달라붙어 있었고 비단 셔츠는 열려서 털 없는 흰 가슴을 내보이고 있었다. 그 몰골이 속이 헤집힌 쿠션을 연상시켰다. 에슈는 웃지 않을 수 없었다. 그 뚱보가 입구의 어느 탁자에 앉아 신음했다. 에슈는 그의 앞에 서서 여전히 웃음을 지었다. 그러나 그것은 그렇게 함으로써 무엇인가를 의식하지 않으려는 것 같았다. 「안녕하시오, 알폰스, 무슨 일이 있소?」 음악가가 비곗덩어리 몸뚱어리로부터 흐리멍덩하고 적대적인 시선으로 그를 응시했다. 「한잔 하고 무슨 일인지 말해 보지.」 알폰스는 코냑을 마시고 침묵했다. 이윽고, 「하느님 맙소사⋯⋯ 엄청난 일이야⋯⋯ 책임이 있으면서 무슨 일이냐고 묻다니!」 — 「말도 안 되는 소리 지껄이지 말고, 그래 무슨 일이야?」 — 「오오 맙소사! 그가 죽었어!」 알폰스는 얼굴을 손으로 받치고 앞을 응시했다. 에슈는 탁자 옆에 앉았다. 「그래, 누가 죽었어?」 알폰스가 중얼거렸다. 「그는 그 사람을 너무 사랑했어.」 다시 좀 우스꽝스러웠다.

「누가? 누구를?」 알폰스의 목소리가 갑자기 변했다. 「그렇게 모르는 척하지 마. 하리가 죽었어······.」 아니 뭐라고, 하리가 죽었다고. 에슈는 정말 이해하고 싶지 않았다. 그는 좀 얼떨떨해져 뚱보를 멍하니 바라보았다. 눈물이 뚱보의 뺨에서 주루룩 흘렀다. 「네가 그런 말을 했기 때문에 그가 실성한 거야······ 그는 그 사람을 너무 사랑했어······ 신문을 읽고 그는 틀어박혀 버렸지······ 오늘 점심때······ 겨우 우린 그를 찾아냈어······ 베로날[24]을 먹고.」 그래, 하리가 죽었다고. 그 말이 어딘가 옳긴 옳았다. 이런 일은 일어나지 않을 수 없었다. 에슈는 무엇이 옳았는지 알지 못했을 뿐이다. 그는 〈불쌍한 녀석〉이라고 말했다. 그리고 문득 그는 그것을 알았고 해방된 행복감을 가득 느꼈다. 그건 그가 낮에 편지를 붙였기 때문이다. 드디어 여기서 살인과 대응 살인, 우편과 대응 우편이 계산상 상쇄한 것이다. 여기서 계산이 정확하게 잘 처리된 것이다! 그렇다고 그더러 책임이 있다고 하는 건 웃기는 일일 뿐이다. 그는 다시 한 번 말했다. 「불쌍한 녀석······ 왜 그런 일을 저질렀지?」 알폰스는 그를 얼이 빠진 눈초리로 쳐다보았다. 「그가 신문을 읽었어······.」 ─ 「뭐라고?」 ─ 「거기.」 알폰스가 에슈의 바지 주머니에서 내다보이는 신문 뭉치를 가리켰다. 에슈는 어깨를 으쓱했다. 신문을 잊고 있었다. 그는 그것을 꺼냈다. 마지막 페이지에 검은 테가 둘리고 커다란 활자로 여러 번 반복하여 쓰인 내용인즉, 이사회 회장이며 고귀한 기사단의 기사 운운의 에두아르트 폰 베르트란트 씨가 짧은 중병 후 서거했다는 소식에 접하여 회사의

24 Veronal. 수면제의 이름.

어느 누구나, 관리들과 노동자들까지 비탄을 금할 수 없다는 것이었다. 그러나 앞쪽의 본문에서 명예스러운 추도문 이외에도 추측건대 갑작스러운 정신착란으로 권총을 사용하여 생을 마쳤다는 내용을 읽을 수 있었다. 에슈는 기사를 전부 읽었지만 거의 관심이 없었다. 그는 오직 오늘 초상화가 사라진 일이 얼마나 합당한 일인가를 확인할 뿐이었다. 이 음악가처럼 그것을 없애 버린 일이 전혀 상관없는 사람이 울고불고 할 수 있다는 것이 우스꽝스러웠다. 그는 가볍고 아이로니컬하게 상을 찡그리며 뚱보의 몽실몽실한 등을 호의적으로 위로하듯 다독거리고 그의 브랜디 값을 계산한 다음 헨트엔 부인에게로 갔다. 성큼성큼 유쾌하게 걸어 나오면서 그는 마르틴을 생각했다. 그는 이제 딱딱한 목발을 짚고 따라와 자기를 위협하진 않으리라. 그것도 좋은 일이었다.

◆

혼자 남겨진 음악가 알폰스는 주먹을 관자놀이에 대고 허공을 바라보았다. 에슈란 작자는 여자들을 소유하기 위해 여자들에게 가는 모든 남자들처럼 나쁜 사람 같았다. 그는 이런 모든 사내들이 불행을 만들어 내는 것임을 경험한 바 있었다. 그들은 세상 속에서 날뛰는, 발작적인 정신착란증을 지닌 살인자들처럼 보였다. 그들이 접근하면 불복할 수밖에 없는 것이다. 그는 그런 남자들을 경멸했다. 그들은 어리석게 쫓기듯 달려 나온다. 그들은 생을 바라지 않는다. 분명 그들은 생을 보지 못한다. 그들이 바라는 것은 그것의 밖에 있는 어떤 것이다. 그들은 그것을 위하여 일종의 사랑이라는 이름으로 생을 파괴한다. 음악가 알폰스는 너무 슬퍼서 그 것을 분명하고 철저하게 생각해 볼 수 없었다. 그러나 그는 알았다. 그런 남자들은 비록 아주 열정적으로 사랑을 언급 하지만 그 의미는 단지 소유일 뿐임을. 혹은 소유라는 의미 에서만 이해할 수 있는 어떤 것임을. 물론 사람들은 그를 아무것도 아닌 사람으로 생각했다. 그는 기껏해야 생각 없는 사람이었고 영락한 악단의 연주자였기 때문이다. 그러나 그는 알고 있었다. 한 여자를 위해 결단을 내린다 해도 그것으로는 결코 절대적인 것에 도달할 수 없음을, 또한 그는 그런 남자들의 고약한 분노를 용서했다. 그런 분노가 불안과 환멸에서 나온다는 것 역시 알고 있었기 때문이다. 또한 저 열정적이며 성질이 고약한 남자들은 한 조각의 영원성을 추구함으로써 자기들 등 뒤에 있는, 그들의 죽음을 알리는 불안에서 보호되고 싶어 한다는 것을 알고 있었다. 그가 비록 어리석고 생각 없는 오케스트라의 깽깽이 연주자일지라도 그는 소나타를 암기하여 연주할 수 있었다. 그는 여러 가지를 알고 있었으므로, 사람들이 절대적인 것을 불안스러이 추구하면서 영원히 서로 사랑하고자 한다는 것, 그러면 자신들의 생은 종말을 고하지 않고 영원히 지속되리라고 오산하는 것을 슬픈 기분일망정 비웃어도 되었다. 그가 접속곡과 폴카를 빠르게 연주해야 한다는 이유로 그를 하찮게 평가해도 좋았다. 그렇더라도 그는 인식하고 있었다. 불멸성과 절대성을 현세에서 찾으려는, 그 쫓기는 사람들이 발견하는 것은 언제나 그들이 찾는 것에 대한 상징이나 대용물에 불과함을. 그들은 자기들이 찾는 것을 이름 부를 수 없을 것이었다. 왜냐하면 그들은 동정이나 슬픔 없이 타인의 죽음을 보기 때문이다. 그들은 그만큼 자신의 죽음에 사로잡혀 있는 것이다. 그들은 소유를 추종하고 그것에 사로잡혀 버린다. 그들은 거기서 자기들을 소유하고 보호해 줄 확고함과 불변성을 기대하기 때문이다. 그들은 맹목적으로 결단을 내리게 한 여인들을 증오한다. 그들을 증오하는 이유는 그들이 단순한 상징에 불과하기 때문이다. 만약 그들의 몸뚱어리가 다시 불안과 죽음에 내맡겨져 있음을 알게 되면 그들은 격분하여 상징을 쳐부술 것이다. 음악가 알폰스는 여자들에게 동정을 느꼈다. 여자들은 더 잘 지내지 않는다 해도 그들은 그런 파괴적이며 어리석은 소유욕에 빠지지 않을 것이기 때문이다. 만약 앞에서 연주되는 음악을 듣게 되면 그들은 덜 불안에 쫓길 것이며, 더 황홀감을 느낄 것이며, 죽음과 더욱 진정에서 우러나오는 친밀한 관계를 맺게 될 것이다. 그 점에서 여자들은 음악가와 같다. 그렇기에 자신은 비대하고 동성애를 하는 오케스트라 연주자에 불과할지라도 그는 그들과 밀접함을 느껴도 되며, 그들에게 죽음이 어떤 슬프고 아름다운 것이라는 한 조각의 예감을 고백해도 되는 것이다. 그들은 안다. 그들이 우는 것은 소유물을 빼앗겼기 때문이 아니라, 그들이 사용하고 보았던 어떤 것이 착하고 부드러웠기 때문임을. 오, 생은 얼마나 혼란스러운가. 소유욕을 지닌 자에게서는 이해받지 못하는 생. 다른 누구에게도 거의 이해받지 못하는 생. 그러나 음악은 예감한다. 모든 기억된 것들을 소리로서 울리는 상징인 음악, 그것은 시간을 박자마다 지키기 위하여 시간을 지양하고, 공명 속에서 죽음을 새로이 부활시키기 위해 죽음을 지양함을. 그것을 예감하는 여자들이나 음악가와 같은 이들은 생각 없고 어리석은 존재임을 감수해도 좋은 것이다. 음악가 알폰스는 자기 몸의 두툼한 지방질이 마치 부드럽고 좋은 덮개처럼 느껴졌다. 그것을 통해 사람은 어떤 가치 있고 사랑스러운 것을 만져 볼 수 있었다. 사람들이 그를 경멸할지라도, 여자라고 욕할지라도, 그렇다, 그가 가난한 개자식에 불과할지라도, 그럼에도 불구하고 그는 그를 욕하면서 다만 조그만 현세의 한 조각을 자신들의 슬픈 노력의 상징과 목적으로 삼는 그들보다 더 행복스럽고 수동적이며 부드럽게 영원성의 다양성에 헌신하고 있는 것이다. 그는 다른 사람을 경멸해도 되는 사람이었다. 그는 에슈 역시 유감스럽게 생각했다. 그리고 영웅적인 레슬링의 음악을 생각하지 않을 수 없었다. 투사가 투기장에 등장할 때 동반하는 음악, 투사의 용기를 격려하여 그들의 뒤에 있는 죽음을 잊게 하는 음악을. 그는 하리의 시신 옆에서 밤샘을 해야 하는지 숙고해 보았다. 그러나 부풀어 오른 얼굴과 마주할 것이 두려웠으므로, 술을 마시며 움직이고 있지만 죽음의 낙인을 얼굴에 간직하고 있는 손님이나 웨이터들을 관찰하는 편을 택했다.

  그날 밤 같은 시각에 일로나는 침대에서 일어나 성모 마리아 그림 밑의 작고 붉은 석유 등잔의 불빛으로 자고 있는 발타자르 코른을 관찰하고 있었다. 그는 코를 골고 있었다. 드르렁 소리가 멎을 때면 마치 극장에서 그녀의 차례가 되었을 때 음악이 멎은 상태 같았다. 그의 식식거리는 숨소리가 칼이 획획 날아오는 소리 같았다. 텔처가 편지로 그녀에게 그의 사업으로 돌아오라고 했음에도 불구하고 그녀는 그것에 대해 생각하지 않았다. 그녀는 코른을 관찰하며 만약 검은 콧수염이 없다면 어떤 모습일까, 어린 소년이었을 때는 어떤 모습이었을지를 상상해 보려 했다. 자기가 왜 그런 짓을 하는지 정확히 알 수 없었으나, 그러나 벽에 걸린 성모 마리아가 이미 자신의 죄를 사하여 준 것처럼 보였다. 왜냐하면 처녀의 성스러운 눈앞에서 그녀가 그를 불경스러운 욕정에 이용했던 것이 바로 죄였기 때문이다. 만약 그녀가 이전에 병에 전염된 일이 없었더라면 그녀는 어린아이를 가질 수 있었으리라. 코른을 떠나야 하는 것도 그녀에겐 아무렇지 않았다. 그녀는 어떤 다른 사람이 쫓아오리라는 것을 알고 있었고, 텔처에게 돌아가는 일도 그녀에겐 별 상관이 없었다. 그녀는 그가 쾰른에서 기다린다는 것도, 그가 그녀의 소유였다는 것도 전혀 생각하지 않았다. 그녀가 아는 것은 다만 그가 칼을 던질 수 있기 위하여 자기를 필요로 한다는 사실이었다. 자기가 미국으로 가리라는 것도 그녀에겐 아무 상관 없는 일이었다. 그녀는 이미 너무 많이 여행했으며, 미국 역시 다른 도시와 매한가지였다. 그녀의 사랑은 희망도 불안도 없는 것이었다. 그녀는 사람을 떠나는 법을 배웠다. 오늘까지는 다만 아직도 자신이 코른의 소유임을 느끼고 있을 뿐이었다. 그녀는 목에 흉터가 있었다. 언젠가 그녀가 배반했던 남자가 그녀를 죽이려 했던 일이 있었는데, 그녀는 그 일을 합당하게 여겼다. 코른이 그녀를 배반한다면 그녀는 그를 죽이는 대신 황산을 부을 것이다. 그렇다, 그런 식의 분배가 질투에 적당한 것으로 여겨졌다. 소유했던 자는 대상을 없애려

하지만, 단지 그것을 이용했던 자는 사용할 수 없게 만드는 것으로 만족할 수 있기 때문이다. 그녀가 무대에 서면 불빛이 밝았다. 그녀가 한 남자 옆에 누우면 어두웠다. 삶이란 먹는 것이며 식사란 삶을 의미했다. 언젠가 어떤 사람이 그녀를 위해 자살하려 했던 적이 있다. 그녀는 감동하지 않았으나 즐겨 그에 대한 생각을 했다. 그 밖에 다른 모든 것은 그림자 속에 잠겨 있었고, 그림자 속에서 사람들은 검은 그림자처럼 서로 혼합되고 또다시 분리되려 애쓰고 있었다. 그들이 서로에게서 쾌락을 찾을 때면 마치 서로에게 벌주어야 하는 듯이 불행한 행동만을 했다. 그녀도 불행을 가져왔기 때문에 약간 자랑스러웠다. 그리고 그 사람이 자살을 하려 했을 때 그것은 속죄처럼 느껴졌고 신이 그녀의 불임성을 인정한 보상 같았다. 많은 것이, 정말은 전부가 이해되지 않았다. 사람은 사건들의 의미에 대해 숙고할 수가 없었다. 단지 어린아이가 세상에 태어날 때에만, 그림자 같은 것이 농축되어 육체를 얻게 되는 것과 같았다. 그러면 마치 달콤한 음악이 그림자의 세계를 영원히 충만시키는 것 같았다. 그래서 아마도 마리아 역시 아기 예수를 붉은 빛 위에서 잉태했으리라. 에르나는 결혼하여 아이를 가질 것이다. 어째서 로베르크는 뾰족하고 누렇고 조그마한 여자 대신에 자기를 취하지 않았을까. 그녀는 코른을 관찰했지만 그의 얼굴에선 자기가 찾던 것을 아무것도 찾지 못했다. 그의 털북숭이 주먹이 이불 위에 얹혀 있었다. 그 주먹은 부드러웠거나 어렸던 적이 한 번도 없었던 것 같았다. 그의 붉게 조명된 수염투성이의 고깃덩어리 같은 얼굴이 섬뜩했다. 그래서 그녀는 맨발로 가만히 에르나에게 건너갔고 부드럽고 맥없이 그녀 옆으로 미끄러져 들어가 다정하게 그녀의 모난 몸뚱어리에 바짝 붙어 누웠다. 그리고 그런 상태에서 그녀는 잠이 들었다.

◆

 이제 에슈는 거의 신랑 같은, 혹은 보다 정확히 말해 보호자 같은 태도를 취하고 있었다. 그들은 자신들의 관계를 사람들이 눈치 채지 못하게 했던 것이다. 그에 반해 에슈는 무엇이 약한 여자에게 어울리는 일인가를 알았고 그녀는 그에게 그녀의 이해관계를 지킬 것을 허락했다. 그는 천연수와 얼음을 가져오는 남자뿐만 아니라 오펜하이머와 상의할 권한을 받았다. 오펜하이머는 그의 권고로 식당 매각 문제를 위탁받았었다. 그 부지런한 오펜하이머는 극장 일 이외에도 필요하다면 부동산 및 여타 모든 중개인과의 중개도 추진하고 있었으므로, 기꺼이 그 일에 온갖 주의력을 기울일 태세가 되어 있음은 자명했다. 그 순간 물론 그의 머릿속에는 다른 걱정이 있었다. 그는 집을 구경하러 왔다가 층계 중간에서 멈추어 서며 말했다. 「게르네르트의 일은 이해할 수 없습니다. 그에게 별일이 없도록 하느님이 지켜 주시기를…… 여하간 내가 걱정할 일은 아니지만.」 그렇게 말하면서 자신을 진정시키려 해보면서도 그는 게르네르트가 벌써 여드레나 나타나지 않는다는 이야기로 자꾸 되돌아가는 것이었다. 당신들이 경기를 끝장내려 하는 지금이 바로 사례금과 체불 임대금이 필요한 때인데. 그렇게 예의 바른 인물인 게르네르트가 임대금을 체불할 수 있으리라곤 생각도 해본 적 없었는데. 게다가 사업이 최근까진 굉장했지. 암, 굉장했지. 물론 지금은 잡비를 덮기에도 충분치 않지만. 아무렴, 이제 끝내야 할 때요. 「그리고 그 말 같은 텔처가 그를 도망가게 두고 금고 열쇠도 가지고 있지 않으니, 아무것도 할 수 없는 일이지요. 그는 다름슈타트 은행에 돈을 맡겨 두었었습니다…… 텔처 씨, 그 예술가 양반은 그런 일에 마음 쓰기에는 너무 고상하다니까.」

에슈는 그때까지 그냥 듣기만 했다. 그러면서 더욱더 텔처가 말라죽을 레슬링 경기보다는 미국을 더 어여쁘게 여긴다는 말이 이해되는 것 같았다. 그러나 그는 지금 귀를 기울였다. 다름슈타트 은행에 돈이 있다고? 그는 오펜하이머에게 대들었다. 「다름슈타트 은행의 돈은 내 친구들의 출자금이오, 돈을 꺼내야 합니다!」 오펜하이머가 고개를 갸웃했다. 「사실 그것은 조금도 염려되지 않소.」 그가 말했다. 「어쨌든 뮌헨으로 게르네르트에게 전보를 보내야겠소. 그가 와서 정리를 해야 한다고. 일을 이리저리 끌어 봐야 무슨 소용이냐는 당신의 말이 옳소.」 에슈는 그 조처에 동의했다. 전보가 보내졌다. 회답이 없었다. 그들이 불안한 심정으로 이틀 후에 게르네르트 부인에게 반신료를 선불하여 전보를 친 결과 게르네르트가 집에 없음을 알았다. 수상했다. 주말에는 지불을 해야 한다! 경찰에 알릴 필요가 있었다. 경찰이 다름슈타트 은행에 조회했다. 벌써 약 3주일 전에 계좌의 잔액 전부가 게르네르트에 의해 인출되었음이 알려졌다. 이제 의심할 여지가 없었다. 게르네르트가 돈을 가지고 날라 버린 것이다! 최후의 순간까지 게르네르트를 옹호했던 텔처는 이제 자신이 세상에서 제일 어리석은 유대인이라고 말했다. 다시 한 번 그런 나쁜 놈에게 잡아먹힌 셈이었기 때문이다. 텔처는 게르네르트와 손을 잡고 일을 벌였다는 의심을 받게 되었다. 기금을 저당잡힌 것 때문에 그는 무죄를 증명하려는 온갖 노력을 했다. 물론 그것이 성공한들 무슨 소용이 있겠는가. 그는 그다음 며칠 동안의 생활을 연명하기에도 주머니의 돈이 충분하지 않았다. 어린아이처럼 어쩔 줄 몰라하며 그는 자신과 세상에 탓을 돌렸고 자꾸만 일로나가 오리라는 소리만 했다. 그는 날마나 오펜하이머의 귀에 계약이 즉각 이루어지리라는 희망을 성가실 정도로 불어넣었다. 오펜하이머는 자기 돈이 문제가 된 것은 아니었으므로 태연자약하기가 보다 쉬웠다. 그는 텔처를 위로했다. 텔처텔티니가 기금의 소유주로서 멋진 극장 감독의 구실을 하게 되리라는 건 그리 나쁜 일이 아니지 않은가라고. 경영 자금을 조금 조달하기만 하면 만사가 형통할 것이며 늙은 오펜하이머와 또 많은 사업을 할 수 있지 않겠는가라고. 텔처는 그 말을 잘 알아듣고 금방 너무도 많이 그리고 너무도 빨리 활기를 되찾았고 새로운 계획을 생각해 내자마자 즉시 전속력으로 에슈에게 달려갔다.

그러나 에슈는 이런 식으로 일이 전환된 것에 격분했다고 말할 수 있는 이상이었다. 그는 언제나 결코 여행을 떠나지 못하리라 예감했으며 심지어 알고 있었다. 아마 그래서도 그는 여자들의 모집을 다만 부수적으로, 또 태만하게 했을 것이다. 내밀하게 알고 있던 것이 어디까지나 옳았기에 심지어 그는 어떤 만족감을 느낄 정도였다. 그럼에도 불구하고 그의 생활은 미국의 계획에 향해 있었고, 그로 인해 아주 깊은 곳까지 뒤흔들려 있었다. 그에겐 마치 헨트옌 어머니와의 관계의 토대가 허물어지는 것 같았다. 그녀와 어디로 가야 한단 말인가? 어떻게 그는 저 여인의 앞에 서 있을 것인가? 그녀가 그를 예술 단체의 주인으로 보아 주기를 바랐는데, 수치스럽게도 그 단체의 함정에 빠져 버렸던 것이다! 그는 헨트옌 어머니를 보기가 부끄러웠다.

이런 분위기에 처해 있는데 텔처가 계획을 토로했다. 「들어 보십시오, 에슈. 지금 당신은 대자본주입니다. 당신은 나의 동업자가 될 수도 있습니다.」 에슈는 미치광이를 바라보듯 그를 빤히 응시했다. 「동업자? 정말 미쳤소, 당신? 그럼 미국 일이 재로 변한다는 걸 당신도 나만큼 잘 알고 있지 않소.」 ― 「유럽에서도 돈을 벌 수 있습니다.」 텔처가 말했다. 「만약 당신이 돈을 효과 있게 투자한다면……」 ― 「무슨 돈?!」 에슈가 고함을 질렀다. 노, 노, 그렇다고 소리 지를 필요는 없지 않소. 말하자면 누군가가 유산을 좀 받게 된 일이 있을 수도 있지 않을까 생각해서 한 말인데. 그 말이 에슈를 완전히 격분케 했다. 「당신 완전히 미쳤군.」 그가 으르렁거렸다. 「그 허튼 말이 뭐라는 소리요? 당신에게 내가 감쪽같이 속아 넘어간 것으로는 충분치 않다는 말……」 ― 「그 비열한 게르네르트가 도망쳤다고 내게 책임을 돌려선 안 되지……」 텔처가 감정이 상하여 말했다. 「나는 당신보다 더 손해를 입었소. 내가 비참하게 되었다 해서 당신에게 믿을 만한 일을 가져왔는데도 당신이 나를 모욕할 필요는 없는 거요.」 에슈가 으르렁거렸다. 「내 손해가 문제가 아니오. 내 친구들의 손해가 문제지……」 물론 텔처의 제안은 희망이었기에 에슈는 그가 어떤 일을 계획하고 있느냐고 물었다. 글쎄, 기금으로 뭘 시작해 볼 수 있을 겁니다. 오펜하이머도 그렇게 말했지요. 숙달된 일을 시작하면 돈이 벌리는 걸 에슈 당신도 보지 않았습니까. 「만약 안 된다면?」 그렇다면 물론 기금을 경매에 부치고 일로나와 어떤 식으로든 계약하는 것밖에 다른 출구를 찾을 수 없겠지요. 에슈는 찬찬히 생각했다. 그래? 그렇다면 텔처는 다시 일로나와 계약을 해야 할 것이다…… 칼을 던진다고? ……그래, 그래…… 생각해 보지요…….

다음 날 그는 오펜하이머에게 물어보았다. 텔처에 대해선 아주 신중한 태도가 요망되었기 때문이다. 오펜하이머는 텔처의 계획을 확증했다. 「그래요?…… 그렇다면 그는 일로나와 다시 계약을 해야겠군요…….」 ― 「내 쪽은 염려하지 마시오. 내가 그에게 틀림없이 계약하도록 해볼 테니까.」 오펜하이머가 말했다. 「그렇지 않다면 그 텔처가 뭘 해볼 수 있겠습니까?」 에슈가 고개를 끄덕였다. 「그 자신이 임대를 하게 된다면 돈이 필요하겠지요……?」 ― 「당신이 일이천쯤 조달할 수 없겠습니까?」 오펜하이머가 물었다. 아니, 그건 할 수 없습니다. 오펜하이머가 고개를 이리저리 갸웃거렸다. 돈 없이는 안 되는데. 아마 누구 다른 사람을 사업에 관심을 갖도록 해보면…… 예를 들어 헨트엔 부인은 어떨까요. 말을 듣자니 그 여자는 식당을 팔 거라던데 그러면 상당한 액수를 마음대로 할 수 있지 않겠습니까. 난 그럴 만한 영향력이 없소이다, 에슈가 말했다. 하지만 헨트엔 부인에게 한번 제안해 보지요.

그는 그렇게 하고 싶지 않았다. 그러나 그것은 새로운 사명이었고 에둘러 갈 수는 없었다. 에슈는 간계에 빠졌다는 느낌이 들었다. 하여간 그 오펜하이머가 텔처와 한 이불 속에 있을 수도 있었다. 유대인 두 놈이! 어째서 그런 놈에게 칼 던지는 일 이외엔 남아 있는 게 없을까? 마치 다른 훌륭하고 고상한 일은 없는 것처럼! 그놈이 죽음과 유산에 대해 뭐라고 지껄였더라? 그들은 그를 막다른 골목으로 몰아 댄다. 마치 그들은 아무것도 그전 상태로 두어선 안 된다는 걸 아는 듯하다. 일로나는 칼로부터, 세상은 부정으로부터 지켜져야 한다. 베르트란트의 희생이 헛되어선 안 되고 헨트옌 씨의 초상이 치워진 것이 헛되어서는 안 될 것이다! 그래, 이제는 후퇴할 수도 없고 후퇴해서도 안 된다. 중요한 것은 정의와 자유이다. 이제 자유는 선동가와 사회주의자, 망할 놈의 신문기자 나부랭이에게 떠맡겨서는 안 된다. 그것이 사명이다. 그리고 그가 로베르크와 에르나의 돈을 구출해야 한다는 게 마치 저 지고한 사명의 일부이자 상징같이 여겨졌다. 만약 텔처가 임대를 못 하게 된다면 그 돈은 결국 없어지리라! 도피구는 없다. 에슈는 계산을 서로 견주어 보며 곰곰이 따져 보았다. 그 계산에서 명확한 해결이 나왔다. 그는 헨트옌 어머니를 움직여 자신과 함께 사명에 헌신하도록 해야 한다.

명확히 보게 된 후 그에게는 불확실성과 분노가 사라졌다. 그는 자전거를 타고 집으로 가서 로베르크에게 게르네르트 감독이 저지른 믿을 수 없고 분노케 하는 범죄에 대해 상세한 보고서를 썼다. 그는 출자금을 구제하기 위해 즉시 믿을 만한 사전의 배려를 했노라고 덧붙이며 친애하는 에르나 양이 제발 진정하시길 부탁한다고 썼다.

◆

 그래서 미국의 일은 수포로 돌아갔다. 이젠 퀼른에 머물러야 했다. 세상의 문은 닫혀 버렸다. 갇힌 것이었다. 자유의 횃불은 꺼져 버렸다. 이상하게도 그는 게르네르트에게 화가 나지 않았다. 오히려 어떤 보다 위대한 사람에게, 유혹과 희망에도 불구하고, 특히 미국으로 도망가는 것을 수치스럽게 여겼던 어떤 사람에게 죄를 전가할 수 있었다. 그렇다, 정의는 아닐지라도 그것이 법칙이었다. 자신을 희생하는 사람은 우선 그의 자유를 내주어야 하는 것이. 그런데도 그것은 있음 직하지 않은 상황이었다. 에슈가 다시 말했다. 「갇혔어.」 마치 자신에게 납득시키려는 듯. 그리고 거의 좋게 믿어 보면서, 또한 다만 아주 가볍게 양심의 가책을 느끼면서, 그는 헨트옌 어머니에게 게르네르트가 그곳의 사업에 착수하기 위하여 미리 가버렸기 때문에 그들의 미국 여행은 훨씬 후로 미루어야 하리라고 말했다.

 물론 그가 의도하는 바를 헨트옌 어머니에게 설명해서는 안 되었다. 그녀는 레슬링 경기에도 게르네르트 감독에게도 관심이 없었고 대체로 외적인 사건들로부터 단지 자기에게 합당한 것만을 받아들였다. 그래서 그녀는 지금까지도 두려워하고 있는 모험의 나라로의 여행을 당장은 하지 않으리라는 말만 골라 들었다. 그것은 미지근한 위안의 목욕물과 같았다. 예기치 않게 그 물 속에 그녀의 영혼이 놓이게 되자 그녀는 잠자코 즐길 수밖에 없었다. 그래서 지금 그녀는 이렇게까지 말할 수 있었다. 「내일 페인트공을 부르겠어요. 그렇지 않으면 겨울이 되면 벽이 잘 마르지 않을 테니까요.」에슈가 놀랐다.「칠을 한다고요? 당신은 식당을 팔려고 했지 않습니까!」헨트옌 어머니는 팔을 허리에 받치고 섰다.「아니죠, 여행을 떠나기까진 상당한 시간이 있잖아요. 나는 집을 아름답게 칠해 놓겠어요.」에슈는 양보하며 어깨를 으쓱했다.「파는 가격에 같이 계산해 넣을 수도 있겠지요.」 ―「그래요.」헨트옌 어머니가 말했다. 그렇지만 그녀는 일말의 불안을 떨쳐 버릴 수 없었다. 미국의 허깨비가 정말 사라졌는지 누가 알겠는가. 그리고 그녀는 정주와 안정에 비용을 좀 들이는 것을 전적으로 타당하게 여겼다. 따라서 에슈와 오펜하이머는 놀랍게도 헨트옌 부인이 게르네트르가 없는 동안 극장 일의 재정 부담을 해야 한다는 것을 알게 하는 데 거의 설득이 필요하지 않았기에 매우 유쾌했다. 그리고 그만큼 빠르게 집을 저당 잡히자는 데 ― 이것이 오펜하이머가 일에 신중을 기하고자 제출한 제안이었다 ― 그녀의 동의를 받아 낼 수 있었다. 일이 완전히 성사되었고 오펜하이머는 1퍼센트의 수수료를 받았다.

그런 식으로 헨트옌 어머니는 텔처의 새로운 극장 사업의 참여자가 되었다. 오펜하이머의 중재로 활기 있는 뒤스부르크에서 임대가 이루어졌고 헨트옌 어머니는 풍부한 이익에 참여하게 되었으면 하는 희망을 걸 수 있게 되었다. 에슈는 세 가지 조건을 내세웠다. 첫째, 그가 회계 통제권을 가진다. 둘째, 기금의 회수에 앞서 로베르크와 에르나에게 미불된 차용금을 완전히 지불한다(헨트옌 어머니가 그것에 대해 아무것도 알 필요가 없음은 정당하고 지당한 일일 뿐이다). 그리고 셋째, 그는 의아해하는 텔처와 오펜하이머 씨에게 칼을 던지는 찬란한 프로그램은 어떠한 곡예 공연에서도 삭제한다는 계약상의 의무를 부과했다. 「미쳤군.」 두 신사가 말했다. 그러나 에슈는 아랑곳하지 않았다.

그런 정도로 일이 정말로 상당히 정리되었다. 헨트옌 어머니가 행한 희망으로 말미암아 이제 그는 영원히 그녀에게 책임이 있었고 그의 결심을 취소하기가 어렵게 되었다. 비록 꼴보기 싫은 식당은 아직 팔리지 않았지만 저당이 잡혔다는 사실은 바로 과거를 부정하는 제일보였다. 그리고 헨트옌 어머니의 태도에서도 새로운 생의 시작으로 의미될 수 있을 많은 것이 있었다. 그녀는 그의 결혼 계획에도 집을 저당 잡히는 것에도 반대하지 않았다. 그녀의 영혼은 이제껏 아무도 그녀에게서 알지 못했던 부드러움으로 충만했다. 가을이 일찍 다가와 날이 선선해졌다. 그녀는 다시 회색의 투박한 블라우스를 입었지만 종종 코르셋을 하지 않았다. 심지어 그녀의 뻣뻣한 머리 모양이 굽실거리는 듯이 보이기조차 했다. 그녀가 이제 옛날처럼 외모를 깔끔하게 보살피지 않음은 의심할 여지가 없었고, 거기서도 과거와 현재가 구별되었다.

에슈는 집 안을 터벅터벅 걸어 다녔다. 사람이 할 일을 상실하고 갇히게 되었다면 적어도 그럴 만한 보람이 있어야 했다. 물론 이것을 새로운 생활이라고 부를 수는 없었다. 그는 식당에서 아침을 들었고 저녁 식사 역시 여전히 그곳에서 했다. 헨트옌 어머니는 이곳에 널리 퍼져 있는 건달과 무위도식자들에 대해 여러 말을 했음에도 불구하고 그를 기꺼이 먹여 살렸다. 에슈는 그 두 가지를 다 견디어 내었다. 그는 신문을 열심히 읽었고 때때로 거울 틀에 끼어 있는 그림엽서들을 보았다. 그 안에 자신의 필적이 있는 엽서가 없는 것이 그는 기뻤다. 그리고 창피감에서 화가와 칠장이를 감시했다. 헨트옌 어머니야 입으로 무슨 말인들 못 하랴. 그 여자가 새로운 생에 마음을 쓰는 양이란! 여자들이란 대체로 더 단순하다. 에슈는 웃지 않을 수 없었다. 그들은 도처에서 새로운 생을 품고 있었다. 특히 그들의 가슴 아래에. 그러니까 그들은 새로운 세상으로 나가려 하지 않는 것일지 모른다. 모든 것을 이미 그들의 사면의 벽 안에 가지고 있을지도 모른다. 순결하려면 새장 속에 눌러앉아 있을 필요가 있다고 말하면서! 거기서 그들은 쓸고 닦고 하면서, 그런 약간의 기계적인 질서와 관계하고 있다고 믿는 것이다! 새장 속의 새로운 생이라고? 그렇게 단순할 수가 있다면!

그렇다, 작은 수단으로는, 작은 변화로는 새로운 생이 수립될 수 없으며, 감옥 속에선 무죄 상태가 수립될 수 없었다. 불변의 것, 기존의 것, 속세적인 것, 그런 것은 쉽사리 손을 댈 수 없었다. 집이 그대로 서 있었다. 이 꾀죄죄한 저당물은 그가 주목할 것이 아무것도 없었다. 변함없이 거리가, 탑이 있었다. 탑 주위엔 가을 바람이 휭휭 불었으나 미래의 숨결은 조금도 느껴지지 않았다. 정말 쾰른의 네 귀퉁이를 전부 불지르고 땅바닥을 고르게 하여 헨트옌 어머니의 과거와 기억을 일깨우는 돌이 어떤 다른 곳에 하나라도 남아 있지 않도록 해야 할 필요가 있으리라. 헨트옌 어머니가 이제 덜 깔끔하게 머리를 빗질하는 건 도움이 되는 일이었다. 그렇지만 그녀는 변함없이 거리를 활보했고, 사람들은 모자를 가볍게 들어 인사했으며, 누구나 그녀가 달고 다니는 이름이 무엇인지 알고 있었다. 누가 알랴, 어떤 사람이 희생을 위하여 그녀가 늙어 가고 매력이 소멸되는 것을 감수할 때, 그런 일은 전혀 생각해 본 적이 없었음을. 그렇다, 그녀의 머리카락이 밤새 하얗게 세어진다면, 그녀가 갑자기 아무것도 기억하지 못하고, 아무것도 알아보지 못하는 파파 할머니가 되어 버린다면, 낯선 주위 세상과 연결해 주는 것이 거의 없는 이방인이 되어 버린다면 — 그렇다, 그것이 새로운 생이리라! 에슈는 모든 어린아이가 어머니를 나이 들게 하며 어린아이 없는 여인들은 늙지 않음을 생각하지 않을 수 없었다. 그들은 변하지 않은 채로 죽는다. 시간을 소유하지 않는다. 그러나 그들이 새로운 생을 고대할 때마다 그들은 자신들의 시간이 다시 계산되리라는 희망에 차 있다. 그것은 노화이며 동시에 새로운 처녀성이다. 그것은 모든 생물의 무죄 상태에 대한 희망이며 죽음을 알리는 꿈, 그럼에도 불구하고 새로운 생, 낡은 세계에서의 구원의 나라를 알리는 꿈이다. 달콤한, 그러나 영원히 실현되지 않을 희망이여.

물론, 그런 생각은 헨트옌 어머니의 취향에 맞지 않았으리라. 그녀는 그런 생각을 무정부주의적 이념이라고 부를 것이다. 아마 옳은 말일지도 모르겠다. 사람은 감옥에 갇히게 되면 바로 혁명적인 사상을 갖게 되고 혁명적인 연설을 하는 법이다. 자기도 자기가 하는 짓을 모른다. 에슈는 오르락내리락하며 집을 저주하고, 계단을 저주하고, 일꾼들을 저주했다. 이곳의 새로운 생이란 정말 멋있어 보이는군! 식당 주인의 초상이 걸려 있던 벽의 밝은 얼룩은 이제 덧칠이 되었다.

그래서 그림이 떼어진 것은 단지 칠 때문이라 할 수도 있었다. 절대 다른 이유에서가 아니었다. 에슈는 벽을 응시했다. 아니다, 이것은 결코 새로운 생의 시작이 아니다. 정반대로 시간이 다시 되돌려진 것이었다. 그 여자는 모든 것을 후퇴시켜 아무 일도 없었던 것으로 하려는 시도를 하는 꼴이다. 어느 날 그녀는 쓸고 닦는 일을 하다가 식당으로 내려와 숨을 헐떡이며, 땀을 흘리며, 그러나 만족스럽게 말했다. 「이 집이 이런 작업을 얼마나 필요로 했는지 믿을 수 없을 정도예요.」 에슈가 시큰둥하게 말했다. 「대체 마지막으로 손질한 게 언제입니까?」 문득 어렴풋하게나마 그것이 헨트옌과 결혼할 때였으리라는 생각이 들었다. 그는 식탁을 한 대 내리쳤다. 접시가 달그락거렸다. 그는 고함을 질렀다. 「새로운 새를 집어넣을 때만 새장을 새로 칠하지요!」 그는 하마터면 식당 한가운데서 그녀에게 몽둥이질을 할 뻔했다. 그는 목 위의 고개를 돌려 언제나 다시 과거를 쳐다보아야 하는 것에 물려 버렸다. 게다가 그녀는 아직도 그가 구혼할 것을 요구하고 있었다. 왜냐하면 그녀에겐 결혼이 조금도 절박한 일이 아닌 듯했기 때문이다. 사면팔방에서 관습이란 것이 다시 피할 수 없이 몰아쳐 왔다. 그녀의 모든 새로운 아늑함과 부드러움 속에는 정착이라는 넓은 줄무늬가 눈에 띌 정도로 짙게 그려져 있었다. 모든 것에서 그녀가 그녀의 옛날 생활을 다시 받아들여 영원히 이어 가리라는 생각이 나타났고, 또한 그녀가 애인과 함께 사랑을 마구잡이로 부수적인 장식의 서열로, 그녀 생에 있어 일종의 집 단장으로 격하시키려는 듯이 보였다. 심지어 저 반(半)공개적인 친밀감, 말하자면 그녀가 자신과 동맹을 맺은 담보로 그에게 지켜 왔던 친밀감을 그녀는 다시 제한하고자 애를 썼다. 텔처의 계산서를 검토하기 위해 그가 뒤스부르크에 간다 해도 그녀는 한마디의 인정도 하지 않았다. 그가 그녀더러 같이 가자고 초대해도 그녀는 그것을 부당한 요구라고 일컬으며 그곳에 머물건 말건 그의 마음대로 하라고 했다. 그곳이 그에게 맞을 거라고도 했다.

헨트옌 어머니는 옳았다! 이번에도! 그녀의 집에서 그는 관용이 베풀어진 낯선 고아에 불과하며 결코 함께 공동체를 이루어서는 안 될 사람이었다. 그럼에도 불구하고 그녀는 옳지 않았다! 그리고 그 점이 어쩌면 최악의 것이었다. 왜냐하면 외견상으로는 정당한 거부 뒤에, 외견상으로는 공정한 벌 뒤에, 언제나 새로이 옛날의 어리석은 공포가 내다보고 있었기 때문이다. 그 역시 — 아우구스트 에슈, 그 역시 — 오직 그녀의 돈을 노리며 결혼할 수 있으리라는 공포가. 담보 서류가 도착하자 사태는 갑자기 명백해졌다. 그때 헨트옌 어머니는 기분이 상해 한참 동안이나 서류를 꼬나보고 나더니 마침내 비난을 가득 담고 말했다. 「이자가 높아 유감이군요⋯⋯ 그 정도는 내 저축에서 쉽사리 환불할 수 있겠지만.」 그럼으로써 그녀에겐 남 모르는 저축이 있었다는 것, 그걸 그에게 보여 주느니보다 감추고 싶었다는 것, 그의 통찰을 인정하느니 저당권을 받고 싶어 했다는 것이 백일하에 드러났다. 현실적인 회계상의 통제에 대해선 전혀 언급이 없었다. 그렇다, 그녀는 그런 여자였다. 그녀는 아무것도 더 배운 것이 없었고 구원의 나라에 대해서 알지도 못했고, 알려고도 안 했다. 새로운 생이란 그녀에겐 들리지 않는 단어였다. 오, 그녀는 다시 저 상업적이며 인습적인 사랑의 형식을 추구했다. 그는 그 사랑에 빠져들었으나 이제 더 이상 참을 수 없었다. 그것은 그가 빠져나갈 수 없는 순환이었다. 빠져나갈 수 없이, 변화되지 않은 채 그대로 있는 과거의 것. 그것을 공격할 수는 없었다. 전 도시를 없애 버린다 해도 — 죽은 자들은 여전히 막강하게 존재할 것이다.

그때 로베르크가 나타났다. 그가 불신감을 보였다면, 그 이유는 다만 투자금만 지불되었을 뿐 조망했던 대로 이익 배당금은 지불되지 않았기 때문이다. 그건 에슈에게 너무 심한 요구였다. 물론 그 바보는 약간 당황하여, 그러나 약간 자랑스럽게, 자기들에겐 한 푼이라도 중요함을 시사했다. 이유인즉 에르나의 준비가 곧 다 되어 가니 결혼을 진지하게 생각해 보아야 하기 때문이라고. 그 말은 에슈에겐 저세상의 목소리 같았다. 그는 알았다. 희생이 아직도 이루어지지 않았음을. 그가 이미 책임을 벗어 버린 그 아이가 그런데도 로베르크의 아이일 수 있으리라는 작고 초라한 희망, 그 희망이 속죄의 비현실적인 확신 속에서 질식해 버렸다. 악행 속에서 살인이란 단어가 불임의 저주를 내리며 위협하듯 달그닥 소리를 내고 있는 가운데 악행을 속죄하기 위하여 신이 정했던, 그리고 그가 결단을 내렸던 완전한 사랑이 해야 하는 속죄. 그동안 죄와 더불어 그러나 사랑은 없이 잉태된 어린아이는 거역할 수 없이 태어나리라. 그는 그의 경악을 나누는 대신 아무것도 모르고 집 단장 일만 생각하는 헨트옌 어머니에 대한 분노로 가득 찼다. 그러나 그는 그런 속죄를 동경했고, 그를 죽이기 위해 헨트옌 어머니가 팔을 쳐들었으면 하는 욕망이 다시 아주 강렬해졌다. 그런데도 그는 로베르크에게 행복을 빌며 그의 손을 잡고 말했다. 「이자는 가능한 한 나중에 지불하겠네…… 유아 세례 축하금으로.」 그 밖에 달리 그가 할 수 있는 일이 있겠는가? 그는 짧고 뻣뻣한 머리카락을 쓸었다. 차갑고 따가운 느낌이 손바닥에 닿았다. 로베르크로부터 그는 일로나가 곧 뒤스부르크로 이사하리라는 것을 알았다. 그는 결정했다. 텔처의 장부는 다음 달부터 매월 1일에 우편으로 쾰른에 보내져 검사받아야 하리라고.

그렇다, 그 밖에 무슨 할 일이 있겠는가? 모든 일이 정리되었다. 에르나는 결혼상의 아이를 얻을 것이며 그는 헨트옌 어머니와 결혼할 것이다. 식당은 산뜻하게 단장되고 갈색 리놀륨이 깔릴 것이다. 아무도 미리 알지 못한다. 아름답고 매끄러운 국면 뒤에 무엇이 숨어 있는지. 아무도 모른다. 어린 아이가 누구에게서 생기게 되었는지. 아이는 로베르크의 성(姓)을 가질 것이다. 누가 알랴, 그가 구원받으려 했던 완전한 사랑은 거짓과 기만, 순전한 사기에 불과했음을. 그가 여기서 아무라도 좋은 재단사의 후계자 X로서 돌아다님을, 도피와 머나먼 곳의 자유를 생각하지만 창살을 흔드는 것밖에는 할 수 없는 사람으로서 이 새장 속을 돌아다님을 감추기 위한 사기. 날이 점점 어두워졌다. 바다 저편의 안개는 이제 결코 트이지 않을 것이다.

그는 이제 자주 집을 피했다. 좁고 낯설어졌다. 그는 강변을 어슬렁거리며 일렬로 늘어선 창고들을 구경하고 천천히 흐름을 따라 헤엄쳐 가는 배들을 바라보았다. 라인 교에 가게 되면 그 멀리 경찰서, 오페라하우스까지 어슬렁거렸고 시민 공원으로까지 나아갔다. 어느 벤치 위에 서서 — 그의 앞에 탬버린을 든 소녀들이 있었다 — 노래를 부르는 것, 그것이 어쩌면 옳은 일일지도 몰랐다. 사로잡힌 영혼 앞에서 노래하면, 그 영혼은 구원의 사랑의 힘을 통하여 해방될 것이다. 저들, 구세군 바보들의 말, 사람은 무엇보다도 진실하고 완전한 사랑의 길을 발견해야 한다는 말이 옳을지도 모른다. 자유의 횃불 자체도 어쩌면 구원을 비출 수 없을지 모른다. 그 사람은 미국 여행과 이탈리아의 여행이 전부 가능했음에도 불구하고 구원되지 않았었다. 속임수로는 아무것도 이루어지지 않는 법이다. 천애 고아처럼 외롭게 꽁꽁 언 채 눈 속에 서서 사랑의 은총이 부드럽게 내려앉기를 기다린다. 그러면, 그러면, 기적이, 또한 완전한 충만의 기적이 내릴지도 모른다. 천애 고아의 귀향. 세계와 운명이 중첩되는 기적 — 그 사람은 아이를 위해 멀리 떠났었다. 그 아이는 에르나의 아이가 아니라, 온갖 것에도 불구하고 참되고 새로운 생을 잉태하게 될 여인의 아이일 것이다! 곧 눈이 올 것이다. 부드럽고 솜털 같은 눈이. 사로잡힌 영혼은 구제될 것이다. 할렐루야. 그는 벤치 위에 서게 될 것이다. 보통 그렇게 아주 높이 서 있던 사람보다 더 높게. 그는 마음속으로 그를 통해 어머니가 될 사람의 이름을, 처음으로 그녀의 이름을 불렀다. 게르트루트, 하고.

집에 오자 그는 그녀의 표정을 보았다. 그 얼굴은 친절했고 그녀의 입술은 오전에 만든 요리들을 충실하게 나열했다. 아우구스트 에슈는 별로 큰 식욕을 느끼지 않았으므로 거절했다. 그는 몸서리쳤다. 어쩔 수 없이 그는 알았다. 그녀의 자궁은 죽어 있음을. 아니면 더 나쁜 일일 터이지만 그녀의 자궁은 기형아를 출산했어야 했음을. 그는 너무도 분명하게 저주를 깨달았다. 죽은 자가 부인에게 행했던, 행하게 될 살인이 너무도 분명했다. 다시 너무도 고통스러워 감히 물어볼 수 없는 물음이 일었다……. 그들에게는 어린아이가 거부되었었는가, 아니면 그들은 다만 쾌락에만 빠져 있었던 것인가? 헨트옌 어머니에 대한 욕정적인 분노가 솟아올랐다. 그는 다시 그녀를 이름으로, 죽은 자가 그녀를 불렀던 이름으로 부를 수가 없었다. 그렇다, 그는 맹세했다. 그녀가 무슨 일 때문에 그러는지 이해하기 전에는 그 이름을 입에 담지 않으리라고. 그러나 그녀는 이해하지 못했다. 그녀는 부드럽고 즉물적으로 그를 받아들였고 그를 혼자 그의 고독 속에 남겨 두었다. 그는 운명에 굴복하고자 노력했다. 어쩌면 어린아이는 문제가 아니었으리라. 중요한 것은 그녀의 준비 자세였으리라. 그는 그 준비를 기다렸다. 그러나 여기서도 그녀는 그를 혼자 두었다. 그가 그녀의 기분을 북돋우려고 결혼 후에 아이를 갖자는 암시를 하자, 그녀는 아무렇지도 않은 듯이 메마르게 〈네〉라고만 말했다. 그렇지만 그녀는 그가 기대했던 것을 주지도 않았고, 밤마다 그더러 아이를 만들어 달라고 소리치지도 않았다. 그는 그녀를 때렸다. 그러나 그녀는 이해하지 못하고 잠자코 있었다. 그리하여 그는 그렇게 해봤자 아무 소용 없으리라는 통찰에 이르렀다. 그녀는 헨트옌 씨에게도 어린아이를 간청하지 않았으리라는 의심이 어쩔 수 없이 솟았기 때문일까. 그가 아버지가 되기를 열망하는 아이 역시 그녀의 자궁 속에서는 헨트옌의 씨앗으로부터 나온 아이와 마찬가지로 우연의 산물일 것이다. 아내는 불가피성을 의심하며 고통스러워하는 남편에게 어떠한 도움도 줄 수 없었다. 그가 더 고통스러워하면 할수록 그녀는 점점 더 영문을 모르면서 되어 가는 대로 내버려 두어야 했다. 그럼에도 불구하고 그가 그녀를 구타할 때면 그것은 아주 약한 것에 불과했고, 그것은 소위 말하는 상징과 암시에 불과했다. 그의 반항은 마비되어 갔다.

왜냐하면 그는 현실에선 결코 충만이 있을 수 없음을 깨달았기 때문이다. 그는 점점 더 분명하게 인식했다. 가장 머나먼 곳에 있는 장소 역시 현실 속의 것이며, 따라서 그곳에서 죽음으로부터의 구원과 충만과 자유를 추구하기 위한 도피는 모두 무의미하다는 것을 — 심지어 어린아이도, 그것이 비록 어머니의 육체로부터 살아서 나오더라도 쾌락의 우연한 외침 이상의 의미는 없으며, 그 아이가 받아들여졌던, 울려 사라져 버린, 오래전에 거부된 외침, 그것도 그가 가치 있게 여겼던 사랑하는 사람의 현존에 대한 어떠한 증거도 아니라는 것을. 낯설다, 어린아이는. 사라진 음향처럼 낯설다. 과거처럼 낯설다. 죽은 자와 죽음처럼 낯설고 메마르고 공허하다. 왜냐하면 지상의 것은 너무도 불변적이기 때문이다. 외견상으로는 변화될 수 있을지 모르지만 말이다. 그리고 전 세계 자체가 새로이 탄생된다 해도, 세계는 구원자의 죽음에도 불구하고 지상에서의 무죄 상태에 도달할 수 없으리라. 시간의 끝에 다다르기 전에는.

그녀는 아주 분명하게 그런 의식을 한 것은 아니었지만, 에슈가 속세적인 쾰른의 생활에 적응하여 훌륭한 지위를 찾아 일에 열중하도록 하는 데서 만족을 찾았다. 그가 가지고 있던 좋은 추천서 덕분에 그는 이전보다 더 자랑스럽고 책임 있는 자리를 찾았고, 다시 한 번 헨트옌 어머니가 그를 위해 말할 태세가 되어 있던 사랑과 감탄을 얻었다. 그녀는 식당을 갈색 리놀륨으로 깔게 했다. 그리고 지금, 이민의 위험이 완전히 사라진 지금, 그녀 자신이 미국의 공중누각을 언급하기 시작했다. 그가 그녀의 말상대를 했던 것은 한편으로 그녀가 그런 대화를 함으로써 그를 기쁘게 해준다고 믿고 있음을 느꼈기 때문이며, 또 한편으로는 의무감에서였다. 그가 이제 미국을 눈앞에 그리지 않게 되었다 하더라도, 그는 그곳을 향한 길을 버리지 않을 것이며 돌아서지도 않을 것이기 때문이다. 비록 보이지 않는 것이 그를 찌를 태세를 취하고 창을 들고 따라온다 하더라도 말이다. 희망과 예감 사이를 부유하는 하나의 앎이 그에게 말하기를, 그 길은 보다 높은 길의 상징이며 암시에 불과하며, 그 길을 누구나 현실 속에서 가야 하며, 그 길에 비하면 앞에 말한 길은 속세의 영상에 불과하고 어두운 연못 속의 영상처럼 흔들리고 불확실하다고 했다. 이 모두가 그에게 전적으로 명백히 이해된 것은 아니었다. 충만과 절대가 찾아질 수 있을 정신적인 것의 단어 자체도 그에게는 계명이 아니었다. 그러나 그는 인식했다. 덧셈 계산이 맞는 것은 우연에 불과하다고. 그러므로 그는 현세를 보다 높은 계단 위에서 관찰해야 한다고. 마치 세상에서 격리되었으나, 그것을 반사하며 세상을 향해 문을 열어 둔, 높이 솟아 있는 성에서 바라보듯이. 종종 마치 행해진 것, 말해진 것, 일어난 것들이 다름 아닌 부옇게 조명된 무대 위의 공연과 같아 보였고, 잊히고 결코 존재하지 않았던 여흥과 같아 보였고, 현세의 고통을 확대시키지 않고는 아무도 고수할 수 없는 과거의 것과 같아 보였다. 언제나 현실에서의 충만은 거부되는 것이기에, 동경과 자유로의 길은 끝이 없고 결코 그 위를 활보할 수 없으며, 그 길은 열려 있는 고향의 팔 속으로 가슴속으로 인도하는 길일지라도 마치 몽유병자의 길처럼 좁고 가파른 것이다. 이렇게 에슈는 사랑 속에서 낯선 이방인으로 남아 있었지만, 여느 때보다도 더 현세적인 것과 친밀해졌고, 그리하여 아무것도 변화시키지 않은 채 실제 속세를 초월한 곳에 머물러 있었다. 비록 정의를 위해서 일로나에 대해 여전히 많은 세속적인 일을 해야 했음에도 불구하고. 그는 헨트옌 어머니와 함께 자유로운 미국에 대해, 식당의 처분에 대해, 결혼에 대해 이야기했다. 마치 기꺼이 그의 뜻을 행하려는 아이하고 이야기하듯이. 그리고 때때로 그녀를 다시 게르트루트라고 부를 수 있게 되었다. 비록 그가 그녀에게 잠기는 밤마다 그녀는 이름 없는 존재가 되었을지라도. 그들은 손에 손을 잡고 걸어갔다. 비록 각자가 따로따로 끝없는 길 위에 있었을지라도. 그다음 그들은 결혼했고 식당은 아주 헐값으로 내던져졌다. 그것은 상징의 노정에 있는 역들이었다. 그럼에도 불구하고 보다 높고 영원한 것으로 나아가는 노정에 있는 역들이었다. 그것은, 에슈가 자유 사상가가 아니었다면, 심지어 신성한 것이라고도 부를 수 있을 것이다. 그러나 그럼에도 불구하고 그는 알았다. 우리가 여기 지상에서 모두 함께 목발을 짚고 우리의 길을 가야 함을.

4

 뒤스부르크의 극장이 파산하고 텔처가 일로나와 함께 다시 살아갈 길이 없을 지경에 이르렀을 때, 에슈와 그의 부인은 남은 재산의 거의 전부를 극장 일에 처박았고, 그리하여 곧 그 돈을 잃어버리게 되었다. 그러나 에슈가 그의 고향, 룩셈부르크의 큰 산업체에서 경리 부장의 자리를 찾았으므로, 그의 부인은 그를 더욱 감탄스러워하게 되었다. 그들은 손에 손을 잡고 서로를 사랑했다. 때때로 그는 그녀를 때렸으나, 점점 횟수가 줄어들어, 마침내 전혀 때리지 않게 되었다.

〈하권에 계속〉

열린책들 세계문학 061 몽유병자들 상

옮긴이 김경연 1956년 서울에서 태어났다. 서울대학교 독어독문학과를 졸업하고 동 대학원에서 독일 문학으로 박사 학위를 받았으며, 프랑크푸르트 대학에서 아동·청소년 환상 문학 이론으로 박사 후 연구를 했다. 현재 아동·청소년 문학 평론가 및 번역가로 활동하고 있다. 주요 논문으로는 「헤르만 브로흐의 『몽유병자들』 연구」, 「헤르만 브로흐의 문학 이론: 키치Kitsch론을 중심으로」, 「여성 해방의 시각에서 본 박완서의 작품 세계」, 「세상에의 침묵 혹은 절연에의 아름다운 변명」 등이 있으며, 번역한 책으로는 페터 뷔르거의 『미학 이론과 문예학 방법론』(1987), 『포스트모더니즘의 도전』(1992), 『괴테가 한 아이와 주고받은 편지』(1994), 『그림동화』(1995), 『붓다』(1997), 『셰익스피어』(1998), 하인리히 만의 『앙리4세의 청춘』(2000) 등 다수가 있다.

지은이 헤르만 브로흐 **옮긴이** 김경연 **발행인** 홍예빈·홍유진
발행처 주식회사 열린책들 **주소** 경기도 파주시 문발로 253 파주출판도시
전화 031-955-4000 **팩스** 031-955-4004 **홈페이지** www.openbooks.co.kr
Copyright (C) 김경연, 2007, *Printed in Korea*.
ISBN 978-89-329-0978-3 04850 ISBN 978-89-329-1499-2 (세트)
발행일 2007년 12월 30일 초판 1쇄 2009년 11월 30일 세계문학판 1쇄 2023년 12월 5일 세계문학판 3쇄

이 도서의 국립중앙도서관 출판예정도서목록(CIP)은 서지정보유통지원시스템 홈페이지(http://seoji.nl.go.kr)와 국가자료공동목록시스템(http://www.nl.go.kr/kolisnet)에서 이용하실 수 있습니다.(CIP제어번호:CIP2009003386)